新编高等院校公共基础课程特色教材

中外文学精品导读

An Introduction to Classic Chinese and Foreign Literature Works

王振军 宋向阳 ◎ 主编

中国广播影视出版社

图书在版编目（CIP）数据

中外文学精品导读 / 王振军，宋向阳主编. -- 北京：中国广播影视出版社，2016.9（2021.9重印）
新编高等院校公共基础课程特色教材
ISBN 978-7-5043-7655-8

Ⅰ．①中… Ⅱ．①王… ②宋… Ⅲ．①世界文学－文学欣赏 Ⅳ．①I106

中国版本图书馆CIP数据核字(2016)第064937号

中外文学精品导读

王振军　宋向阳　主编

责任编辑	余潜飞
装帧设计	亚里斯
责任校对	龚　晨

出版发行	中国广播影视出版社
电　　话	010-86093580　010-86093583
社　　址	北京市西城区真武庙二条9号
邮　　编	100045
网　　址	www.crtp.com.cn
电子信箱	crtp8@sina.com

经　　销	全国各地新华书店
印　　刷	涿州市京南印刷厂

开　　本	787毫米×1092毫米 1/16
字　　数	510（千）字
印　　张	30.25
版　　次	2016年9月第1版　2021年9月第4次印刷

书　　号	ISBN 978-7-5043-7655-8
定　　价	66.00元

（版权所有　翻印必究·印装有误　负责调换）

《中外文学精品导读》编委会

主　　编：　王振军　　宋向阳

编委成员：（按姓氏笔画排列）

　　　　　　王振军　　华　敏

　　　　　　宋向阳　　林　玲

　　　　　　俞　阅　　倪雪坤

　　　　　　夏冬兰　　葛文杰

前　言

　　奉献在读者面前的这本《中外文学精品导读》，是我社出版的新编高等院校公共基础课程特色教材系列中的一本，也是我们为高等院校非中文专业本专科学生提高文学素养而编写的。同时，本书亦可作为参加艺术类高考的学生复习和应考的必备参考书。

　　本书精选了中外文学史上的经典作品，积极吸收国内外最新研究成果，对作品的解读力求做到深入浅出，探索和挖掘作品的人文精神与审美内涵，使其更加契合大学生的认知能力和学习需求。

　　在内容上，本书包括中国古代文学精品导读、中国现当代文学精品导读与外国文学精品导读共三个部分。按照文学史的发展顺序组织章节，以文学作品作为主体，同时对文学史的发展脉络作清晰的梳理；对各个时期的文学发展状况、文学思潮以及重要的作家作品均有简明扼要的介绍。

　　在体例上，本书进行了大胆的创新，主要设置以下几个板块："（文学史）概述"、"（作家）简介"、"作品选读"、"作品导读"、"思考与讨论"、"拓展与延伸"和"推荐阅读"。我们之所以着力增加了"思考与讨论"、

"拓展与延伸"和"推荐阅读"这几项内容,其目的就是为了更好地培养学生自主学习的积极性和质疑创新的精神,从而更好地提高学生的文学艺术素养。同时,也方便教师的课堂教学。

教材建设是一个永无止境的过程,需要在教学实践中不断打磨修订。毋庸置疑,本书必定存在有待改进的地方。我们真诚希望使用本教材的专家、教师和同学提出宝贵意见,以期不断完善。

目 录

第一编　中国古代文学精品导读

第一单元　先秦文学……………2

远古神话……………………4
　盘古开天地………………5
　女娲补天…………………6
　鲧禹治水…………………7
　精卫填海…………………8
　东海夔牛…………………9

诗经…………………………10
　关雎………………………12
　静女………………………13

先秦散文……………………15
　老子………………………15
　　天下皆知美之为美……16
　论语………………………17
　　吾十有五而志于学……18
　　贤哉回也………………18
　庄子………………………19
　　庄子与惠子游于濠梁…19
　楚辞………………………21
　　山鬼……………………22

第二单元　秦汉文学……………25

司马迁………………………27

史记…………………………27
　项羽本纪（节选）………29

汉代诗歌……………………34
　汉乐府民歌………………34
　　陌上桑…………………35
　古诗十九首………………36
　　迢迢牵牛星……………36

第三单元　魏晋南北朝文学……38

建安诗歌……………………41
　曹操………………………41
　　短歌行…………………41
　曹植………………………42
　　杂诗（南国有佳人）…43

两晋诗文……………………44
　陶渊明……………………44
　　归园田居（其三）……45
　　饮酒（其五）…………46

南北朝乐府民歌……………48
　南朝乐府民歌……………48
　　西洲曲…………………48
　北朝乐府民歌……………49
　　木兰诗…………………49

· 1 ·

魏晋南北朝小说·····52
世说新语·····52
　　管宁、华歆共园中锄菜·····53
　　刘伶病酒·····53
　　王子猷居山阴·····54
　　石崇要客燕集·····55
搜神记·····56
　　紫玉·····57
　　三王墓·····59
　　东海孝妇·····60

第四单元　隋唐五代文学·····63
初唐诗歌·····65
陈子昂·····65
　　登幽州台歌·····66
张若虚·····66
　　春江花月夜·····67
盛唐诗歌·····69
孟浩然·····69
　　临洞庭·····70
王维·····71
　　终南别业·····72
　　山居秋暝·····73
　　鸟鸣涧·····74
李白·····75
　　江上吟·····76
　　将进酒·····78
　　月下独酌（其一）·····79
杜甫·····81
　　望岳·····82

　　石壕吏·····84
　　登高·····85
中唐诗歌·····87
孟郊·····87
　　游子吟·····87
刘禹锡·····88
　　石头城·····89
　　乌衣巷·····90
白居易·····91
　　赋得古原草送别·····92
　　长恨歌·····93
元稹·····98
　　离思·····98
晚唐诗歌·····100
杜牧·····100
　　泊秦淮·····100
　　秋夕·····101
李商隐·····102
　　锦瑟·····103
　　无题·····105
唐传奇·····106
白行简·····107
　　李娃传（节选）·····107
裴铏·····**111**
　　聂隐娘·····112
唐五代词·····116
温庭筠·····117
　　菩萨蛮·····117
韦庄·····118
　　思帝乡·····119

目录

李煜 119
 虞美人 120
 乌夜啼 121

第五单元　宋代文学 124

北宋前期词 127

柳永 127
 雨霖铃 127
 望海潮 129

晏几道 130
 鹧鸪天 131

苏轼 133
 念奴娇 134
 定风波 136
 水调歌头 138

北宋后期词 140

秦观 140
 鹊桥仙 141

周邦彦 142
 兰陵王 143

南宋前期诗词 145

李清照 145
 如梦令 146
 声声慢 147

岳飞 149
 满江红 149

辛弃疾 151
 摸鱼儿 152
 破阵子 154

陆游 156

书愤 156
临安春雨初霁 157
钗头凤 158

南宋后期诗词 161

姜夔 161
 扬州慢 161

文天祥 163
 过零丁洋 163

第六单元　元代文学 166

元代杂剧 168

关汉卿 168
 窦娥冤（第三折） 168

王实甫 174
 西厢记（第四本　第三折） 174

第七单元　明代文学 179

明代小说 181

罗贯中 181
 三国演义（三顾茅庐） 182

施耐庵 189
 水浒传（血溅鸳鸯楼） 190

吴承恩 196
 西游记（过火焰山） 197

明代戏曲 205

汤显祖 205
 牡丹亭（惊梦） 205

第八单元　清代文学 211

清代小说 213

蒲松龄 213

聊斋志异 婴宁（节选）……213
曹雪芹……218
　　红楼梦（黛玉葬花）……219
清代戏曲……227
孔尚任……227
　　桃花扇（却奁）……228

第二编　中国现当代文学精品导读

第一单元　二十世纪二十年代文学……236

鲁迅……237
　　阿Q正传（节选）……238
"五四"时期诗歌……244
郭沫若……244
　　凤凰涅槃（节选）……245
徐志摩……250
　　偶然……250
　　再别康桥……251

第二单元　二十世纪三十年代文学……256

茅盾……257
　　子夜（节选）……258
巴金……262
　　家（节选）……263
老舍……268
　　骆驼祥子（节选）……269
沈从文……274
　　边城（节选）……275
曹禺……280
　　雷雨……281

第三单元　二十世纪四十年代文学……291

张爱玲……292
　　金锁记（节选）……293
钱钟书……298
　　围城（节选）……298

第四单元　二十世纪五十到七十年代的文学……304

杨沫……305
　　青春之歌（节选）……305

第五单元　二十世纪八十年代以来的文学……311

二十世纪八十年代以来的诗歌……313
舒婷……313
　　呵，母亲……314
顾城……316
　　一代人……317
　　我是一个任性的孩子……318
二十世纪八十年代以来的小说……323

莫言 ……………………323	第六单元　港台文学…………342
红高粱（节选）………324	港台小说 ……………………343
刘震云 …………………329	金庸 ……………………343
一地鸡毛（节选）……330	天龙八部（节选）……344
余华 ……………………335	赖声川 …………………349
活着（节选）…………336	暗恋桃花源（节选）…350

第三编　外国文学精品导读

第一单元　古代——中世纪欧美文学…………360	雅典的少女 ……………398
	雪莱 ……………………401
希腊神话 ……………………361	西风颂 ………………401
普里阿摩斯、赫卡柏和帕里斯（节选）…………362	济慈 ……………………405
	秋颂 …………………406
荷马史诗 ……………………366	普希金 …………………408
伊利亚特（节选）………367	致凯恩 ………………409
索福克勒斯 …………………375	
俄狄浦斯王（节选）……376	**第四单元　十九世纪欧美现实主义文学**…………412
第二单元　文艺复兴——十八世纪欧美文学…………384	列夫·托尔斯泰 ……………413
	安娜·卡列尼娜（节选）…414
莎士比亚 ……………………386	
哈姆莱特（节选）………387	**第五单元　二十世纪以来的欧美文学**…………422
第三单元　十九世纪欧美浪漫主义文学…………396	现代主义诗歌 ………………425
	叶芝 ……………………425
十九世纪浪漫主义诗歌 ……398	当你老了 ……………426
拜伦 ……………………398	丽达与天鹅 …………427

· 5 ·

庞德……429
　在一个地铁站台……430
菲茨杰拉德……432
　了不起的盖茨比（节选）…433
卡夫卡……441
　变形记（节选）……442
马尔克斯……446
　百年孤独（节选）……447

第六单元　亚非文学……453
泰戈尔……454
　新月集（节选）……455
川端康成……461
　雪国（节选）……462

后记……470

第一编

中国古代文学精品导读

第一单元

先秦文学

【概述】"先秦"主要指秦统一中国前的时期,包括原始社会、奴隶社会和封建社会初期。原始社会开始于约一百七十万年前的远古时期,那时人类群居生活,并使用石器等作为生产工具。在距今约一万年至四千年前,我国进入原始氏族公社制社会,氏族公社分为母系氏族公社和父系氏族公社两个阶段。传说中的有巢氏、燧人氏、伏羲氏、神农氏大约是母系氏族时期的氏族首领。随着男子在社会生产中的地位的变化,母系氏族社会逐渐转化为父系氏族社会。在氏族社会里,人们主要从事采集、渔猎等集体劳动,并逐渐发展到以农业和畜牧业为主。到了父系氏族公社中晚期,出现了私有制和阶级分化,原始公社制度逐渐解体,奴隶制开始萌芽。大约在公元前21世纪,夏禹死后,其子启继位,废除禅让制,实行世袭制,初步建立国家形式。随后,奴隶制社会经夏、商朝和西周,结束于春秋战国之交,前后共一千六百多年。春秋初年,开始使用铁器和牛耕,社会经济基础和阶级关系发生了变化。鲁宣公十五年(前594),实行"初税亩",井田制瓦解,封建的生产关系开始出现,诸侯势力逐渐强大,王室因之衰微。公元前475年,田氏代齐,这是封建制时代的开始。公元前403年,韩、赵、魏三家世卿分晋,历史进入了秦、楚、齐、燕、韩、赵、魏七雄对峙争霸的战国时代。春秋战国是中国古代社会大动荡、大变革的时代,旧的宗法分封制度逐渐退出历史舞台,社会结构逐渐开始了向新的统治和管理方式过渡、演变的过程。与社会的这种巨大变革相适应的是,在思想文化方面,呈现出百家争鸣的局面。士阶层迅速壮大,私人著述讲学,教育走向民间,"士"阶层开始活跃于政界和学界,处士横议,百家争鸣,都是这一时代的历史特点。秦国自商鞅变法后国力空前强大，于公元前221年用武力统一中国，结束了战国纷争的局面。

在文学史上，先秦文学是指从远古时代开始，到公元前221年秦始皇统一中国这一漫长历史时期的文学现象。

原始口头文学是中国古代文学史的开端，它包括原始歌谣和神话。原始诗歌是中国文学的源头，它出现于原始社会，是在原始人类为求得生存发展的集体劳动中产生的，如《弹歌》和《伊耆氏蜡辞》，反映了原始人类狩猎生活的情景和战胜自然的愿望。原始诗歌是集体的口头创作，它以劳动为主题，带有不同程度的原始宗教意识，是诗、乐、舞三者结合为用的综合性的艺术形式。远古神话传说是在原始人类解释自然、征服自然的愿望中产生的，如《女娲补天》《鲧禹治水》等。一些部族间的战争，也在《黄帝杀尤》《共工与颛顼争帝》等神话传说中生动反映出来。神话传说和原始诗歌一样，是集体的口头创作。

《诗经》是我国最早的诗歌总集，共收入自西周初年至春秋中叶大约五百多年间（前11世纪至前6世纪）的诗歌三百零五篇，分为《风》《雅》《颂》三大类。《诗经》中的作品产生于西周初至春秋中叶的黄河流域（仅有小部分产生于汉水流域），总的来说，反映了黄河流域文化，尤其是周文化的特点，注重理智，幻想成分较少，感情比较克制，道德和政治色彩比较浓厚。

相隔三百多年的战国末期，在南方土地上产生了以屈原的创作为主体的《楚辞》，把先秦文学推向了新的高峰。《楚辞》的篇幅通常比《诗经》长，文辞也更加华美多彩。不同于《诗经》文辞的质朴自然，《楚辞》的句式除了《诗经》普遍使用的四言句外，更多地采用五、六、七言句，富于变化；《楚辞》多奇思异想和神话色彩。

散文主要包括历史散文和诸子散文。历史散文主要有《尚书》《左传》《国语》《战国策》等；诸子散文主要有《论语》《墨子》《老子》《孟子》《庄子》《荀子》《韩非子》等。从文学史的意义来看，作为中国最早书面语记载的甲骨卜辞，可以视为中国散文的雏形。《尚书》中的《盘庚》篇，虽然是统治者言论的记录，但并不完全是直录口语，从口语到长篇的书面记载，促进了文字的表达能力，以后的《左传》《国语》《战国策》等在语言表现方面越来越成熟。特别是作为叙事作品，它们所包含的情节安排、人物描绘、气氛渲染，乃至某种程度上的虚构等多种因素，都具有显著的文学性。从春秋中叶开始出现到战国时期呈现繁荣的诸子散文，属于讨论政治、哲学、伦理等问题的思想性著作，因为它是在论辩争鸣的风气中发展起来的，所以越是后期的作品，越是篇幅宏大，逻辑严密，使用的修辞手法也愈加丰富。如果说历史散文主要发展了文字的叙事能力，那么诸子散文则显著提高了人们运用文字表述自身思想感情的能力，这对后代，包括文学散文在内的各种文章，都具有重要意义。而且，先秦诸子在论说事理的过程中，还经常使用寓言故事帮助说理，以及通过语言的美化和感情的抒发直接打动读者。

中国古代文学在经历了漫长的酝酿、准备阶段后，终于在春秋战国时期达到了发展的第一次高峰。无论是《诗经》《楚辞》，还是史传著作、诸子散文，都取得了非常高的艺术成就，并在内容、体制、风格等方面形成规范，成为中国文学的源头，在中国文学史上占有极为重要的地位。

远古神话

【简介】神话是人类认识发展的初始阶段的产物。马克思认为，神话是"通过人民的幻想用一种不自觉的艺术方式加工过的自然和社会形式本身"（《政治经济学批判导言》）。语言文字成为人类社会沟通交流的特有方式之后，人类自身的认识水平和认识能力仍处于低级阶段，对自然界和复杂的社会现象以及某些发明创造不能作出科学合理的解释，所以只能以自身的经历和体验，把自然物、自然力和社会力加以神话和人格化，幻想出一些超自然的神和神的故事，经过不自觉的艺术加工，由此，产生了神话。鲁迅说："昔者初民，见天地万物，变异不常，其诸现象，又出于人力所能之上，则自造众说以解释之：凡所解释，今谓之神话。"（《中国小说史略》）神话也表达了人类支配自然，改造社会的愿望，宣泄了人们的情感和情绪，成为最早的叙事作品。当然，就文化意义上而言，神话不仅是一种融文学、音乐、舞蹈等艺术形式为一体的综合性的艺术形式，也是上古初民世界观和信仰的主要表述形式。从现存的文献资料来看，中国古代神话较多地保留在《诗经》《山海经》《淮南子》《穆天子传》《楚辞》《庄子》等文献中。

中国上古神话按照内容，大约可以分为两大类。第一类是探究事物起源的神话，即万物起源的问题。这主要包括天地开辟的创世神话，如"盘古开天地"，始祖神话如"女娲造人"、"玄鸟生商"，发明创造的神话如"燧人氏钻燧取火"、"神农尝百草"、"仓颉造字"等。这类神话蕴含着自然崇拜、图腾崇拜和祖先崇拜等意识，反映了上古时代人们的物质、文化创造活动。第二类是反映人与自然斗争以及人类之间战争的神话。包括地震、火山、洪水、旱灾神话，如"女娲补天"、"鲧禹治水"、"夸父逐日"、"后羿射日"、"精卫填海"等。战争神话，如"黄帝擒蚩尤"、"炎黄之战"、"共工怒触不周山"、"刑天与帝争神"等。

远古神话是中国文学的重要源头，为后世作家的文学创作提供了非常丰富的文学素材和艺术形象，其强烈的浪漫主义精神和厚生爱民的意识都深刻地影响和模塑了我们的民族精神；其在艺术形象的创造上所采用幻想、夸张等手法以及所体现出的悲剧美和崇高美的美学特征，都对后世文学艺术的发展产生了重要影响。

盘古开天地

盘古像

天地混沌如鸡子，盘古生其中①。万八千岁，天地开辟，阳清为天，阴浊为地。盘古在其中，一日九变，神于天，圣于地②。天日高一丈，地日厚一丈，盘古日长一丈。如此万八千岁，天数极高，地数极深，盘古极长。后乃有三皇。

（唐）欧阳询撰《艺文类聚》引《三五历纪》，上海古籍出版社1999年版

【注释】

①盘古：也作"盘古氏"，神话里开天辟地的巨人。②九：古人讲这个数字，常表示"多"的意思。这里是表示多次。

【导读】

盘古开天辟地是一则典型的卵生神话。在先民的想象中，宇宙是破壳而生的，这对中国的阴阳太极观念有极其重要的影响。最初，宇宙是混沌的，待到一定时期，才自然分开。分开之始，盘古生于其中。这便有了"天、地、人""三才"说的影子，同时也表现出"人生于天地之间"的强烈意识。另一则神话记载了盘古死后，呼吸变为风云，声音变为雷霆，两眼变为日月，肢体变为山岳，血液变为江河，发髭变为星辰，皮毛变为草木……这种"垂死化身"的宇宙观，暗示着中国古代文化中人与自然的和谐共生的关系。

【选评】

陈建宪《神祇与英雄：中国古代神话的母题》："在盘古神话中，埋藏着中国太极阴阳学说与'天人合一'宇宙观的萌芽，表现了中国先民对宇宙来源的天才直觉。"

女娲补天

往古之时，四极废，九州裂。天不兼覆，地不周载。火爁焱而不灭①，水浩洋而不息，猛兽食颛民②，鸷鸟攫老弱③。于是女娲炼五色石以补苍天，断鳌足以立四极④，杀黑龙以济冀州⑤，积芦灰以止淫水⑥。苍天补，四极正，淫水涸，冀州平，狡虫死，颛民生。

（汉）刘安《淮南子·览冥训》，上海古籍出版社1986年影印《二十二子》本

女娲补天想象图

【注释】

①爁焱（làn yàn）：大火蔓延燃烧的样子。②颛（zhuān）：善良无辜。③鸷（zhì）鸟：指鹰隼一类的猛禽。攫（jué）：用爪抓取。④鳌（áo）：大龟。⑤济：救助。冀州：九州之一，在中原一带。这里泛指九州。⑥淫水：淫：过多、过甚，此指泛滥的洪水。

【导读】

相传水神共工造反，与火神祝融交战，被打败后用头撞倒了西方的世界支柱不周山，导致天塌陷下来，天河水倾注人间。女娲不忍心人类受灾，于是炼五色石以补苍天，折神龟之足撑四极，平洪水杀猛兽，人类始得安宁。有的文献还记载了女娲用黄土仿照自己的模样造出了人，创造了人类社会。关于女娲的传说有很多，一直流传至今，中国云南的苗族、侗族等地还将女娲作为本民族的始祖加以崇拜。

【选评】

袁珂《古神话选释》："女娲补天神话，看似情景纷繁，实际上只是一个洪水为灾、女娲用种种方法诛妖除怪、堙塞洪水的故事。"

鲧①禹治水

洪水滔天。鲧窃帝之息壤以堙洪水②，不待帝命。帝令祝融杀鲧于羽郊③。鲧复生禹④。帝乃命禹卒布土以定九州⑤。

袁珂《山海经校注·海内经》，上海古籍出版社1980年版

大禹治水画像砖

【注释】

①鲧（gǔn）：上古时代汉族神话传说人物。姓姒，字熙，夏后氏。帝颛顼之曾孙、大禹之父、夏启的祖父。②息壤：相传一种能自生自长的神土。堙（yīn）：堵塞。③祝融：神话中的主火之神。④复：当通"腹"。⑤卒：终于。布：铺。

【导读】

这则神话反映了古代劳动人民治理洪水的艰苦过程，也表现出他们执著、勇敢的大无畏精神。

相传古代中国洪水暴发，一片汪洋。鲧命神鸟到天帝那里偷来能阻止洪灾的"息壤"（神土，能生长不息），又叫神龟驮来"息壤"堵塞洪水缺口。天帝知道了，将"息壤"收回，并派火神杀死了鲧。在以后的文献材料中又说，三年后鲧的肚子突然裂开，生出天神禹。大禹继承父业，杀死了水灾魔神共工的部下无支祁。许多天神得知其宏愿后，都来帮助他：伏羲送禹一幅八卦图，河神冯夷送禹一幅河图。最后，大禹开河引渠，改用疏导的方法，终于治理好了洪水，完成了鲧的遗愿。

【选评】

袁珂《古神话选释》："鲧禹治水的神话中，鲧盗窃天帝息壤去平治洪水，触怒了上帝，被杀死在羽山的情节，和希腊神话里普罗米修斯因把天上火种盗去给人间，遂被宙斯锁禁在奥林帕斯山上，叫岩鹰终年啄食它的心肝的情节非常类似，而鲧死三年尸身不腐，又从肚子里孕育、化生出能秉承他的遗志继续去做平治洪水工作的禹来的这一点，那博大坚忍的心志，较之普罗米修斯似乎又有所超过。"

精卫填海

发鸠之山①,其上多柘木②。有鸟焉,其状如乌,文首③,白喙,赤足,名曰"精卫",其鸣自詨④。是炎帝之少女⑤,名曰"女娃"。女娃游于东海,溺而不返,故为精卫。常衔西山之木石,以堙于东海。

袁珂《山海经校注·北山经》,上海古籍出版社1980年版

精卫填海插画

【注释】

①发鸠之山:即发鸠山,旧说在今山西省子长县西。②柘(zhè)木:柘树,属桑科树木。③文:同"纹"。④詨(xiào):通假字,通"叫",呼唤。⑤炎帝:相传即教人民种植五谷的神农氏。

【导读】

这是一个悲惨却又鼓舞人心的故事。相传,炎帝的小女儿在东海游玩不慎溺水淹死。她死不甘心,魂魄化成一只精卫鸟,不断地衔细枝和碎石投向大海,想把大海填平。她的这种做法虽然充满了空想色彩,但是其坚定的信念和超人的毅力却令人赞叹。人们称其为"誓鸟"、"志鸟",反映出历代民众对它的敬佩。

【选评】

袁珂《中国古代神话》:"我们想想,这样一只小鸟,在波涛汹涌的海面上,从高高的天空中,投下一段小枯枝,或是一粒小石子,想要填平大海,这是多么悲壮!我们谁不伤念这早夭的少女,又谁不钦佩她的坚强的志慨?她真不愧是太阳神的女儿,她在我们的印象中,也和太阳一样,是万古常新的。"

东海夔牛[①]

东海中有流波山，入海七千里。其上有兽，状如牛，苍身而无角[②]，一足，出入水则必风雨，其光如日月，其声如雷，其名曰夔。黄帝得之，以其皮为鼓，橛以雷兽之骨[③]，声闻五百里，以威天下。

袁珂《山海经校注·北山经》，上海古籍出版社1980年版

古本《山海经》夔牛图

【注释】

①夔（kuí）：传说中的异兽。②苍：青黑色。③橛：通"撅"，击打。雷兽：即雷神。《山海经》郭璞注："雷兽即雷神也，人面龙身，鼓其腹者。"

【导读】

夔牛是东海中流波山上的一种野兽，样子像牛，当它进出海水时，会带来急风暴雨，眼睛中发出的光芒像太阳和月亮，它叫喊的声音像炸雷。黄帝得到了它，用它的皮蒙鼓，再拿雷兽的骨头做鼓槌来敲打这鼓，发出的响声五百里以内都能听见，黄帝便用它威服天下。古代神话中只提到了黄帝用夔牛的皮做成鼓，并没有把夔和黄帝与蚩尤的战争联系起来，到了后世的民间传说中，这面用夔牛皮所制成的大鼓，成为黄帝克敌制胜的法宝。（清）吴任臣《山海经广注》引《广成子传》云："蚩尤铜头啖石，飞空走险，黄帝以夔牛皮为鼓，九击而止之，尤不能飞，遂杀之。"正是因为有了这面大鼓，黄帝才能将蚩尤吓得魄丧胆落，既不能飞，也不能走，最终才能擒杀蚩尤。

【选评】

袁珂《中国古代神话》："这种一足怪兽，古时越国的人又叫它作'山缫'，说它有一张人的脸，猴子的身子，而且会说人话，大概是传闻不同的缘故。"

【思考与讨论】

1. 神话是怎样产生的，我国古代神话主要包括哪些内容？

2. 中国神话蕴含怎样的民族精神，这对后世的文学创作有什么影响？

3. 中国的"盘古开天地""女娲补天"等神话，与古希腊创世神话、基督教创世神话相比，体现出怎样的文化特性和审美精神？

【拓展与延伸】

1. 选择自己熟悉的上古神话故事，编写一个动画剧本，或根据远古神话中对盘古、精卫等神话人物的描述，将文字图像化，想象并描绘出其形象。

2. 清代李汝珍的小说《镜花缘》，其中有对《山海经》中所记神异国度的扩写。请仔细阅读后，谈谈对其改编的认识。

3.2015年，国产电影《捉妖记》获得内地票房总冠军。导演许诚毅接受采访时表示，在创作《捉妖记》时，他和团队翻遍《山海经》，画了一千多张草稿，但"并不是直接用《山海经》里的妖怪，而是根据《山海经》的描述，另外创造了新的妖怪，相当于《山海经》里那些妖怪的亲戚"。请观看《捉妖记》，分析该影片中的妖怪对《山海经》有哪些方面的继承和改造。

【推荐阅读】

1.《中国古代神话》，袁珂著，华夏出版社2006年版。

2.《山海经校注》，袁珂校注，上海古籍出版社1980年版。

3.《中国古代神话研究》，王青著，中华书局2010年版。

诗经

【简介】《诗经》，原名《诗》，是我国古代第一部诗歌总集，收录自西周初年至春秋中叶大约五百多年的诗歌，共三百零五篇，其中《小雅》有笙诗六篇，有目无辞，不算在内，因此又称"诗三百"。从汉朝起，儒家将其奉为经典，始称《诗经》。

《诗经》的最初编集者，可能是周王朝的乐官太师，是他们进行搜集、整理、加工、配乐而成为"诗三百"的。《诗经》最后编定成书，大约在公元前六世纪。作品涉及的地域很广，主要在黄河流域，西起山西和甘肃一带，北到河北西南，东到山东，南到江汉流域。

《诗经》分为《风》《雅》《颂》三部分。《风》也称为《国风》，包括周南、召南、邶风、鄘风、卫风、王风、郑风、齐风、魏风、唐风、秦风、陈风、桧风、曹风和豳风，共一百六十篇。《雅》分《大雅》《小雅》

《诗经》书影

两部分。《大雅》三十一篇，《小雅》七十四篇，共一百零五篇。《颂》中包括《周颂》《鲁颂》《商颂》，合称三颂。《周颂》三十一篇，《鲁颂》四篇，《商颂》五篇，共四十篇。

《诗经》是我国现实主义诗歌的源头，真实地反映了殷周时代的社会风貌，其思想内容大致分为：

一是反映劳动生产的诗篇。代表作品有《周南》中的《芣苢》，表现了一群劳动妇女边采芣苢边唱山歌的生动情景；《豳风·七月》按时序逐月地写出了男女奴隶们的全年农事活动，反映了奴隶们终年劳累和痛苦的生活。

二是反对剥削和压迫的诗篇。如《魏风·伐檀》，写奴隶们在伐木劳动中怒斥和讽刺统治者的不劳而获，表达了奴隶们对奴隶主阶级的愤恨和反抗情绪；《硕鼠》，诗中把奴隶主比作"大老鼠"，充满了对奴隶主阶层的蔑视与厌恶，并表达了走向没有剥削和压迫的理想乐园的愿望。

三是反映征战、徭役和离乱的诗篇。如《秦风·无衣》，表现了战士慷慨从军，团结友爱，共同抗敌的豪迈感情，反映了秦国人民团结御侮的爱国精神。

四是反映爱情和婚姻的诗篇。如《周南·关雎》是全书的首篇。这篇民间情歌，描述了一个男子对心中姑娘的深情追求。《邶风·静女》生动地描绘了一对青年男女的秘密约会。《邶风·谷风》和《卫风·氓》都是诉说"弃妇"不幸之作，揭露了春秋时代劳动妇女的苦难命运。

五是反映社会黑暗腐朽的政治讽刺诗篇。如《邶风·新台》揭露了卫宣公霸占儿媳宣姜的乱伦丑行，《鄘风·墙有茨》暴露了卫国宫中的淫乱。

此外，还有古老的祭歌与颂扬祖先创业功绩的史诗。如《大雅》中的《生民》《公刘》《绵》《皇矣》《大明》五篇，比较完整地勾勒出了周民族发祥、创业、建国的经过，是民族的史诗。

《诗经》作为中国现实主义文学的重要源头，其艺术成就主要表现在：

一是强烈的现实主义精神。如《七月》，以铺叙直陈的手法，展现了一幅古代农奴悲惨生活的真实图画。《伐檀》和《硕鼠》则表现了奴隶们在繁苦剥削压迫下的觉悟和反抗。

二是赋、比、兴是《诗经》中最突出的艺术表现方法，它们同风、雅、颂被称为诗的"六义"。"赋"即铺陈直叙，就是不加譬喻，把要表达的内容有层次地叙述出来，给人以明确而完整的印象。"比"，就是比喻和比拟，它是用形象事物来打比方，使被比喻的事物生动形象，给人以真实感、形象感，增强诗的感染力量。如《卫风》中的《硕人》，连用六个比喻来描绘硕人的美艳，形象地赞美了卫庄公夫人庄姜的姿容和神态。"兴",就是托物起兴,是一种凭借自然界的事物,先引起开头,然后借以联想,引出诗人内心感情的表现方法。兴句多放在一首诗或一章诗的开头,如《周南·关雎》,以雎鸟的和鸣引起下文男女求偶的联想。有时"兴"还起到创造意境,烘托气氛的作用,如《秦风·蒹葭》开头"蒹葭苍苍,白露为霜"两句,描绘了凄冷的意境,抒发主人公忧伤失望的心情,渲染了浓烈的气氛。

三是重章叠句成为《诗经》章法上的显著特征。重章叠句又称复沓,即各章的词句基本相同,中间只更换几个字,反复咏唱。它的作用在于加深印象,渲染气氛,深化诗的主题,增强诗的音乐性和节奏感,使感情得到尽情抒发。如《伐檀》,全诗三章采用章节复沓的形式,起到了层层深入表现诗歌主题的作用。

此外,《诗经》在四言中又有杂言,还大量运用了双声字、叠韵字和重叠字,这既丰富了语汇,而且写景状物,拟形传声,使诗歌更富于形象美和音韵美。

总之,《诗经》在文学史上有崇高的地位,是我国现实主义文学的光辉起点,它以丰富的思想内容、崇高的审美情趣与精湛的艺术手法,哺育着我国历代文学创作的发展。

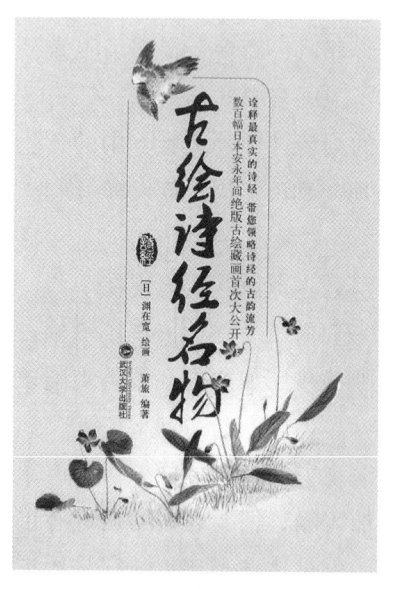

《古绘诗经名物》书影

关 雎

《诗经·周南》

关关雎鸠①,在河之洲②。窈窕淑女③,君子好逑④。

参差荇菜⑤,左右流之⑥。窈窕淑女,寤寐求之⑦。

求之不得,寤寐思服⑧。悠哉悠哉⑨,辗转反侧⑩。

参差荇菜,左右采之。窈窕淑女,琴瑟友之⑪。

参差荇菜,左右芼之⑫。窈窕淑女,钟鼓乐之⑬。

《十三经注疏·毛诗正义》,中华书局1980年版

【注释】

①关关：鸟的和鸣声，拟声词。雎（jū）鸠：一种水鸟名。鸠的一种，一名王雎。据说这种鸟有固定的配偶，情意专一。②洲：水中的陆地。③窈窕（yǎo tiǎo）：体态轻盈美好的样子。淑：美，善。④好逑（qiú）：好的配偶。逑，匹配，"仇"的假借字。⑤参差（cēn cī）：长短不齐的样子。荇（xìng）菜：水生植物，嫩叶可食。⑥左右：指采荇菜女子的双手时而向左、时而向右。流：朱熹《诗集传》："顺水之流而取之。"毛传作"求"解。⑦寤（wù）寐：醒着与睡着。⑧思服：思念。思，语助词。服，思念。⑨悠哉：思念深长的样子。哉，语气词。⑩辗转反侧：翻来覆去不能入眠的样子。⑪琴、瑟：皆弦乐器名。琴，五弦或七弦。瑟，二十五弦。友：友，用作动词，此处有亲近之意。友之：亲近淑女。⑫芼（mào）：择取。⑬钟鼓乐之：用钟奏乐来使她快乐。乐，使动用法，使……快乐。

【导读】

《关雎》一诗写一个男青年爱慕、追求采荇菜的姑娘，并在想象着迎娶她的热烈场面。在古代中国，男女婚姻，人伦之始。毛诗以为此诗"淑女"指太姒，"君子"指周文王，圣主配贤妃，足为天下后世楷模，故将此诗列于"三百篇"之首。现代学者多认为这是一首描写恋爱的作品。从作品的内容可看出，诗中的男主人公应是一位贵族青年，他热烈地追求一位美丽而贤淑的女子，反复地倾吐自己内心缠绵的思念之情，迫切地向往着未来的美好婚姻。诗人回环的咏唱，构成了这首优美的爱情诗。

在艺术手法上，这首诗主要运用了"兴"的艺术手法，开头"关关雎鸠，在河之洲"，它原是诗人借眼前景物发端的话，但水鸟和鸣，这里喻男女求偶或男女的恩爱，与下文"窈窕淑女，君子好逑"意义上发生关联。诗中，主人公的情趣与自然景物浑然一体地契合，达到了情景交融的艺术境界。此外，《关雎》还大量运用了重章叠句的表达方式，充分表达了诗人细腻曲折的思想感情。

【选评】

（宋）朱熹《诗集传》："孔子曰'《关雎》乐而不淫，哀而不伤'，愚谓此言为此诗者，得其性情之正，声气之和也。"

静　女

《诗经·邶风》

静女其姝①，俟我于城隅②。爱而不见③，搔首踟蹰④。

静女其娈⑤，贻我彤管⑥。彤管有炜⑦，说怿女美⑧。
自牧归荑⑨，洵美且异⑩。匪女之为美，美人之贻。

《十三经注疏·毛诗正义》，中华书局1980年版

【注释】

①姝（shū）：姝，美丽。②俟（sì）：等待，等候。③爱：通"薆（ài）"，隐藏，遮掩。④踟蹰（chí chú）：亦作"踟躇"，心里迟疑，要走不走的样子。⑤娈（luán）：美好。⑥贻（yí）：赠送。⑦彤（tóng）管：一说红色的草，一说红色的笔，一说管是一种乐器。炜（wěi）：鲜明有光的样子。⑧说怿（yuè yì）：喜爱。说，通"悦"，和"怿"一样，都是喜爱的意思。女（rǔ）：通"汝"，你，这里指代"彤管"。⑨牧：野外放牧的地方。归荑（kuì tí）：赠送荑草。归，通"馈"，赠送。荑，初生的茅草。⑩洵（xún）：的确，确实。匪女（rǔ）：不是你（荑草）。匪，通"非"，女，同"汝"。

【导读】

《静女》一诗历来备受关注，不仅仅因为诗中写出了男女爱情的纯真，其中的女子亦文静可爱，令人神往。这首诗并非是朱熹所说的"淫奔"之诗，而是描写男女青年幽会的爱情诗。

"静女其姝，俟我于城隅。爱而不见，搔首踟蹰。"这首诗一开始是以一个男子的口吻进行叙述。他怀着喜悦的心情期待着与心上人的约会。然而，等他迫不及待地赶到约会地点，却见不到静女的出现。于是，他"搔首踟蹰"，不知所措，这里形象细腻地传达出人物的心理状态，刻画出男子的痴情和憨厚。

"静女其娈，贻我彤管。彤管有炜，说怿女美。"男子正站在那里等着，忽然，心爱的女孩出现了，还送给他彤管，这个礼物是如此精美至极，色泽鲜艳，一如姑娘的容颜。所以，男子对它爱不释手。

"自牧归荑，洵美且异。匪女之为美，美人之贻。"心爱的女子从野外给他送来亲自准备的礼物，尽管礼物很简朴，但男子欣喜若狂，因为这是所爱的人给予的馈赠。

这首诗，语言清新活泼，情节生动有趣。无论是男子痴情焦急的神态，还是女子姣好的容貌和活泼的性格，都跃然纸上，栩栩如生。

【选评】

（宋）朱熹《诗集传》："此淫奔期会之诗也。"

余冠英《诗经选译》:"这诗以男子的口吻写幽期密约的乐趣。"

【思考与讨论】

1. 请结合《诗经》,谈谈你对"风骚""赋比兴""风雅颂"等概念的理解。

2.《诗经》是我国最早的一部诗歌总集,西汉时又被尊为儒家经典,请谈谈其在中国文学史和文化史上的地位及影响。

3. 你如何看待《关雎》中男女爱情的结局,这是一场男子的"单相思",还是两情相悦最终结了了"琴瑟之好"?

【拓展与延伸】

1. 关于《诗经》的编订,有"采诗说""献诗说""删诗说"等多种观点,请查找资料,谈谈你的理解。

2. 请选择一两首《诗经》里的作品,在基本尊重作品原意的基础上,尝试将其改编成现代诗歌或者散文。

3. 请想象并用绘画的形式表现《关雎》或《静女》诗中的女子及当时男女青年见面时的场景(地点、氛围),表现手法不限。

【推荐阅读】

1.《诗经注析》,程俊英、蒋见元注,中华书局1991年版。

2.《诗集传》,(宋)朱熹集注,上海古籍出版社1980年版。

3.《诗经选译》,余冠英选注,人民文学出版社1985年版。

4.《思无邪:追绎前生的记忆》,安意如著,天津教育出版社2006年版。

先秦散文

老子

【简介】 老子名聃,姓李名耳,字伯阳,楚国苦县(今河南鹿邑)人。老子是我国古代伟大的哲学家和思想家,道家学派的创始人。老子生卒年不详,大约与孔子同时又稍年长。他曾做过周朝"守藏室之史"(管理藏书的史官),博学多才,据说孔子周游列国时还向老子问礼。《老子》是老子的传世名作,又名《道德经》。老子以"道"解释宇宙万物的演变,认为"道生一,一生二,二生三,三生万物","道"乃"夫莫之命(命令)而常自然",因而"人法地,地法天,

天法道，道法自然"。"道"既是客观自然规律，同时又具有"独立不改，周行而不殆"的永恒意义。《老子》包括许多朴素辩证法观点，如老子认为一切事物均具有正反两面，"反者道之动"，并能由对立而转化，"正复为奇，善复为妖"，"祸兮福之所倚，福兮祸之所伏"。老子还认为世间事物均为"有"与"无"之统一，"有无相生"，而"无"为基础，"天下万物生于有，有生于无"。两千多年以来，老子的哲学思想和由他创立的道家学派，对我国思想文化的发展产生了极为深远的影响。

老子像

天下皆知美之为美

天下皆知美之为美，斯恶已①；皆知善之为善，斯不善已。

故有无相生②，难易相成③，长短相形④，高下相倾⑤，音声相和，前后相随⑥。

是以圣人处无为之事⑦，行不言之教⑧，万物作而不辞⑨，生而不有，为而不恃⑩，成功不居⑪。夫唯不居，是以不去⑫。

朱谦之《老子校释》第二章，中华书局1984版

【注释】

①天下皆知美之为美，斯恶已：天下都知道美之所以为美，丑的认识便产生了。恶：丑。已：一作"矣"。②相生：互相依存。③成：成就，完成。④形：表现，呈现。⑤倾：倾斜，引申为依靠。⑥随：追随。⑦圣人：道家的理想人物，体任自然，无为自化，清静自正。处：做。⑧不言：不发号施令，不用政令。⑨万物作而不辞：万物兴起而不加以评论。作，兴起。不辞：不倡导，不评论。⑩为而不恃：有所作为，但是不依靠它。⑪成功不居：成就了功业，但并不居为己有。⑫夫唯不居，是以不去：正因为不自居功，所以他的功绩就不会泯灭。

【导读】

这一章主要有两层意思。其一，以美与丑、善与恶说明一切事物以及人们

对它们的认识都是在对立的关系中产生的,因为事物在相反中发挥相成的作用,它们互相对立而又相互联系。其二,"圣人"的行事,是按照自然规律而不强作妄为。万物兴起,各呈己态,圣人仅仅从旁辅助,任凭它们各自展示其生命的内涵。"无为"并不是什么都不做,而是要"生",要"为",要"功成",即要人们去创造,并且发挥自己的才能,成就伟大的功业,但不要居功自傲。

【选评】

傅佩荣《傅佩荣细说老子》:本章描述老子的相对观,所有的判断,如高下、长短、有无,都是相对的。我们所见的一切,不但在感官上是相对的,在认识判断上也是相对的。这种相对观的目的在于让我们知道一切本来是一个整体,所以不要盲目进行价值判断,坚持什么是好,什么是不好,其实好与不好都在一个整体里面,换一个角度,好就变成不好,不好就变成好。一切都来自"道",最后又回归于"道",任何东西都会由这一面变成那一面,因为它是相反相成的,这就是相对观。

论 语

【简介】 孔子(前551—前479)是儒家学派的创始人,其学说的核心是"仁"和"礼"。《论语》一书即是孔门后学记录孔子及其门人们言语行事的语录体著作,全书二十章,成书约在春秋战国之际,编集者已难考订。

《论语》比较集中地反映了孔子的思想。《论语》作为孔子及门人的言行集,内容十分广泛,多涉及人类社会生活问题,对中华民族的文化心理及道德行为起到过重大影响。在两千多年的历史中,一直是中国人的初学必读之书。

孔子像

作为一部优秀的语录体散文集,《论语》言简意赅、含蓄隽永,富有哲理和感情色彩,形成一种平易雅正、隽永含蓄的语言风格。

吾十有五而志于学

子曰："吾十有五而志于学①，三十而立②，四十而不惑③，五十而知天命④，六十而耳顺⑤，七十而从心所欲，不逾矩⑥。"

杨伯峻《论语译注·为政篇第二》，中华书局2012年版

【注释】

①十有五：十五岁。有：同"又"。志于学：坚定了学习的方向。②立：学业有成就。③不惑：不疑惑。④天命：既可以指自然（道）的实体代表的意志；也指上天主宰之下的人们的命运。⑤耳顺：什么话都能听得进去，都能正确对待。⑥逾矩：越过规矩。

【导读】

孔子讲述其一生坚持学习道德修养的进步过程，由"志于学"至"从心所欲不逾矩"，是学问和道德修养日渐完美的过程。"从心所欲不逾矩"，则指内心自由的极致，一切念头和外界法度规矩自然吻合。

【选评】

（明）鹿善继《四书说约·论语二》："此是'学而时习'实录。吾人天命，一个至善，从起初归依于此，而中间功夫浅深，有日异月不同之妙。盖体验愈久，本体愈亲，自然之理也。"

贤哉回也

子曰："贤哉，回也①！一箪食②，一瓢饮③，在陋巷，人不堪其忧④，回也不改其乐。贤哉，回也！"

杨伯峻《论语译注·雍也篇第六》，中华书局2012年版

【注释】

①回：颜回（前521—前481），字子渊，在孔子弟子中以德行高尚著称。②箪（dān）：古代盛饭的圆形竹器。③瓢：将葫芦一剖为二，作为舀水或盛酒的器皿。④不堪：不能忍受。

【导读】

颜渊在孔门四科（德行、言语、政事、文学）中居"德行"之首。《论语》中有关颜渊的记载多达二十一章，从中可以看出颜渊好学深思，闻一知十，持之以恒，是孔子"仁"学的忠实的践行者。面对常人难以忍受的物质生活的贫穷，他却能够怡然自得，由"仁"陶冶性情，体会着其中的"乐"。

【选评】

（明）辛全《四书说·论语上》："箪瓢陋巷，偶然之遇耳，颜子处之，不改其乐，箪瓢陋巷似为千古美谈。可见贫未尝孤负人，但恐人不会享用此贫耳。"

庄子

【简介】 庄子（约前369？—前286？），名周，宋国蒙（今河南商丘）人。曾为漆园吏，家境贫穷，而又轻视功名利禄。庄子是战国中期道家学派的重要代表。他学问渊博，鄙视富贵，愤世嫉俗，主张自然无为，提倡齐万物、一死生，追求绝对的精神自由。

《庄子》是庄子及其门人、后学所作的哲理性著作。《庄子》33篇，分内、外、杂篇三个部分。一般认为，内篇是庄子所作，外篇、杂篇出于庄子后学。《庄子》思想源于老子思想，又有所发展。他说："天地与我并生，而万物与我为一"（《齐物论》），他追求的理想人格是要翱翔于"无何有之乡"（《逍遥游》），始终处于无生死、无觉知的"真人"状态（《大宗师》）。《庄子》一书形象瑰伟，极富想象，言辞参差恢诡。

庄子像

庄子与惠子游于濠梁

庄子与惠子游于濠梁之上①。庄子曰："儵鱼出游从容②，是鱼之乐也。"惠子曰："子非鱼，安知鱼之乐？"

庄子曰："子非我，安知我不知鱼之乐？"

惠子曰："我非子，固不知子矣；子固非鱼也，子之不知鱼之乐，全矣！"

庄子曰："请循其本③。子曰'汝安知鱼乐'云者，既已知吾知之而问我，我知之濠上也。"

郭庆藩《庄子集释》卷六下《秋水》，中华书局1961年版

【注释】

①濠梁：濠水的桥上。濠，水名，在今安徽凤阳。②鯈（tiáo）鱼：一种银白色的淡水小鱼，又名白鲦。③循其本：从最初的话题说起。

【导读】

本篇节选自《庄子·秋水篇》。文中庄子与惠子辩论，与惠子从认识规律出发不同，庄子追求"天地与我共生，而万物与我为一"（《庄子·齐物论》），认为"鱼"乐其实是他心境愉悦的投射和外化。在这场对话中，惠子巧辩，逻辑清晰；庄子智辩，超然物外。《庄子》散文语言简洁，透辟哲思，觉悟之后，方能体味到其中的无限乐趣。

【选评】

（宋）李涂《文章精义》："不读《庄子·秋水》，见识终不宏阔。"

【思考与讨论】

1. 老子说："大道废，有仁义。智慧出，有大伪。六亲不和，有孝慈。国家昏乱，有忠臣。"（老子·第十八章）"绝圣弃智，民利百倍。绝仁弃义，民复孝慈。绝巧弃利，盗贼无有。"（老子·第十九章）请思考，老子为什么要"绝圣弃智"，又为什么说"大道废，有仁义……"，对儒家所提倡的"仁义忠孝"持否定的态度？

2. 庄子与惠子濠梁之上的这场辩论，你支持谁的观点？说出理由。

3. 《庄子》对后世文学创作产生重要影响，你能举出一些例子吗？

【拓展与延伸】

1. 德国学者雅斯贝尔斯在《历史的起源与目标》中说，公元前800年至公元前200年之间，是人类文明的"轴心时代"。在轴心时代里，各个文明都出现了伟大的精神导师——古希腊有苏格拉底、柏拉图，以色列有犹太教的先知们，印度有释迦牟尼，中国有孔子、老子……他们提出的思想原则塑造了不同的文化传统，也一直影响着人类的生活。如何看待"轴心时代"的观点，今天还会出现这样的思想大师吗？请就此写一篇评论，阐述你的观点。

2. 胡玫执导、周润发主演的电影《孔子》，对孔子一生的重要经历进行改编。请观看这部电影，并从剧本、导演、表演等方面谈谈自己的看法。

3. 阅读《庄子》，根据里面的几个故事，并编写剧本，将其制作成动画短片。

【推荐阅读】

1.《老子》，汤漳平、王朝华译注，中华书局2014年版。
2.《庄子今注今译》，陈鼓应注译，中华书局1983年版。
3.《论语译注》，杨伯峻译注，中华书局2006年版。
4.《论语别裁》，南怀瑾著，复旦大学出版社2005年版。

楚辞

【简介】"楚辞"之名，本义泛指楚地的歌辞，后专指以战国时楚国屈原等人所创作的新诗体。东汉王逸的《楚辞章句》是现存最早的楚辞注本。屈原的《离骚》是楚辞的代表作，故楚辞又被称为"骚"或"骚体"。

屈原，名平，字原，楚王同姓贵族。祖先封于屈，遂以屈为氏。屈原"博闻强志，明于治乱，娴于辞令"，年轻时就官至左徒。对内主张举贤任能，对外主张联齐抗秦，深得楚怀王的信任。后遭奸人谗陷，被王疏远，被迫离开郢都，流寓汉北。楚与秦两次大战，均告失败，怀王客死秦国。楚顷襄王继位，对秦完全退让，又与秦联姻，以求苟安。屈原极力反对，却遭令尹子兰、上官大夫诋毁。约在顷襄王十三年前后，他被流放到沅、湘一带。晚年的屈原，游离于沅水、湘水，亲见楚国日益衰落，写了大量抒发忧愤的诗作。秦破郢都，屈原无望，饱含悲愤自沉汨罗江而死。

屈原作品有《离骚》《九歌》（十一篇）、《九章》（九篇）、《天问》等。

《离骚》是屈原的代表作,也是中国古代文学史上最长的一首政治抒情诗,开创了新诗体——楚辞(或称骚体诗)。《离骚》带有自传性质,全诗共370多句,近2500字,反映了屈原对楚国黑暗腐朽政治的愤慨和自己遭遇谗陷和放逐的哀怨。《离骚》塑造了第一位个性鲜明、情感强烈、志节高尚、深沉激越而伟大的诗人形象。在创作手法上不完全写实,多采用幻想、虚拟的意象,新奇的比喻和夸张,构筑出深邃而瑰丽的艺术世界。《离骚》发展了《诗经》的比兴手法,形成了美人、香草等意象,综合运用了抒情与叙事等表现手法,把诗人漫长的斗争经历和复杂的心路历程以及强烈的情感波澜,表现得细致入微、酣畅淋漓。诗中多用"兮"等楚地方言,增强了咏叹的节奏,极富地方特色和音乐感。

屈原之后,楚辞作家宋玉较具代表性。宋玉,战国时鄢(今襄樊宜城)人,生于屈原之后,或曰是屈原弟子。好辞赋,与唐勒、景差齐名。其作品《九辩》主要抒发他因不同流俗而被谗见疏、流离失所的悲伤,开辟了中国文学史上影响深远的"悲秋"主题。

山 鬼

若有人兮山之阿,被薜荔兮带女萝①。既含睇兮又宜笑,子慕予兮善窈窕②。

乘赤豹兮从文狸,辛夷车兮结桂旗③。被石兰兮带杜衡,折芳馨兮遗所思④。余处幽篁兮终不见天,路险难兮独后来⑤。

表独立兮山之上,云容容兮而在下⑥。杳冥冥兮羌昼晦,东风飘兮神灵雨⑦。留灵修兮憺忘归,岁既晏兮孰华予⑧?采三秀兮於山间,石磊磊兮葛蔓蔓⑨。怨公子兮怅忘归,君思我兮不得闲⑩。

山中人兮芳杜若⑪,饮石泉兮荫松柏⑫。君

(元)张渥《九歌·山鬼图卷》(局部)

思我兮然疑作⑬。雷填填兮雨冥冥⑭，猿啾啾兮狖夜鸣⑮。风飒飒兮木萧萧，思公子兮徒离忧⑯。

洪兴祖《楚辞补注·九歌第二》，中华书局1983年版

【注释】

①若有人：仿佛有人，指山鬼。山之阿(ē)：山的曲折处。被：同"披"。女罗，即女萝，一种蔓生植物。带女罗：以女萝为衣带。薜(bì)荔：常绿灌木，蔓生，又名木莲。②含睇(dì)：含情微视。宜笑：适宜于笑，指笑得很美。予：山鬼自称。善：美好。窈窕：美好的样子。③从：随行。文狸：毛色有花纹的狸猫。辛夷车：以辛夷木做成的车。结桂旗：结桂枝为旗。④芳馨：指香花或香草。遗(wèi)所思：送给所思慕的人。⑤余：山鬼自称。幽篁：幽深的竹林。险难：艰险难行。独：却，偏。后来：迟到。⑥表：突出的样子。容容：刘旦宅作《山鬼》图云雾浮动的样子。⑦杳：深沉。冥冥：昏暗。羌：连词，犹"乃"、"竟"。昼晦：白天而光线昏暗。飘：风势迅疾。神灵雨：神灵下雨。⑧留：等待。憺(dàn)：安定。晏：晚。岁既晏，犹言年华老大。华予：使我焕发光彩。这句是说自己年华渐老，谁能使我的生命重放光彩？⑨三秀：灵芝草的别名。灵芝一年开花三次，故又称三秀。⑩怅：失意，怨望。君思我句：这句设想对方思念自己但不得空闲而来。⑪山中人：山鬼自指。芳杜若：像杜若般芬芳。⑫石泉：山石中流出的泉水。荫松柏：住在松柏树下。⑬然：是，相信。疑：怀疑。作，交作。"然疑作"意指半信半疑。⑭填填(tián tián)：雷声。⑮啾啾(jiū)：猿鸣声。狖(yòu)：长尾猿。⑯"离"忧，离同"罹"。离忧，遭受忧伤。

【导读】

《山鬼》出自《九歌》的第九首。《九歌》是一组祀神的乐歌，一般认为是屈原在民间祀神乐歌的基础上加工修改而成的。山鬼即山神，这里是指巫山神女。诗中写在阴暗的雷雨天气里，山鬼盼望自己日夜思念的恋人前来相会，谁知得到的却是空等一场的失望与忧愁。全诗实际上是以男女对唱的方式，塑造了一位美丽、率真、痴情的少女形象。

这首诗先从各方面描绘了"山鬼"的美好。"若有人兮"，准确地传达出"山鬼"给人的若隐若现、来去飘忽之感。"被薜荔兮带女罗"以及"辛夷车兮结桂旗"、"被石兰兮带杜衡"等写"山鬼"的装束，刻画出"山鬼"这样一位身为巫山之神的自然女儿的形象。接着叙述神女乘车赴约，结果未能等到她的恋人，爱情的

天空一片阴霾。诗中写女主人公相思，怨恨，犹疑，忧伤的情绪，而且情绪的发展跌宕起伏。先是满怀希望，"留灵修兮憺忘归"。等了一会儿不来，对爱人不禁有所埋怨，"怨公子兮怅忘归"，而这时又设想爱人有事耽搁，不能如期赴约，即所谓"君思我兮不得闲"。然后写山鬼久等恋人不来，山鬼不禁开始检讨自己，是不是自己不够好，让对方不再爱自己呢？你为什么还要怀疑我对你的爱情呢？所谓"君思我兮然疑作"。从白昼等到黑夜，恋人一直没来，神女极度失望忧伤，心绪正如此时环境之恶劣。情绪这样发展，更表明了巫山神女爱之至深，爱之至诚。

《山鬼》是一篇祭诗，更是一首优美的恋歌。诗人赋予女神以人的性格，通过歌颂巫山神女对爱情的忠贞，曲折地反映了古代楚地人民的爱情生活。

【选评】

马茂元《楚辞选》："山鬼即山中之神。称之为鬼，因为不是正神。……篇中所说的是一位缠绵多情的山中女神，必然有着当地流传的神话作为具体依据，当非泛指。"

【思考与讨论】

1. 《离骚》是屈原最为杰出的代表作品，其艺术成就主要体现在哪些方面？
2. 屈原作为一位伟大的浪漫主义诗人，在文学史上具有怎样的地位和影响？
3. 屈原"信而见疑，忠而被谤"，最终投江而死，你如何理解屈原的"自杀"行为？请说明观点。

【拓展与延伸】

1. 假若可以跨越时空的话，你和屈原将有一番怎样的对话？请以书信体的形式写一篇文章。
2. 2008年起，农历除夕、清明、端午、中秋等民族传统节日被定为国家法定节假日。请以中国传统节日为主题，创作一组节日贺卡和一期电视节目短片。
3. 请给楚辞中的《山鬼》等诗配上人物插图，要求：契合诗中情境，表现人物个性。此外，你还可以尝试将《山鬼》改编成一幕人鬼之恋的剧本。

【推荐阅读】

1. 《楚辞补注》，(宋)洪兴祖注，中华书局1983年版。
2. 《屈原集校注》，金开诚等校注，中华书局1996年版。
3. 《屈原评传》，郭维森著，南京大学出版社1998年版。
4. 《端午》，刘晓峰著，生活·读书·新知三联书店2010年版。

第二单元

秦 汉 文 学

【概述】公元前221年,以秦灭齐为界,中国建立起历史上第一个统一的中央集权制国家。秦始皇在统一货币、度量衡、文字、法令等的同时,还加强思想控制:各国史书,除《秦纪》外一律烧毁;除官方博士所掌管的书籍,民间所收藏的《诗》《书》及"百家语"一律交公焚烧;有谈论《诗》《书》的,一概处以死刑。秦朝实行文化专制政策,加之统治时间短暂,从而导致传世的文学作品屈指可数,较有成就的仅有《吕氏春秋》和李斯的《谏逐客书》,造成了"秦世不文"的局面。

秦朝灭亡后,经过楚汉之争,刘邦击败项羽,于公元前202年称帝,国号汉,史称西汉,定都长安。西汉在诸多制度上承袭了秦制,并注意吸取秦朝灭亡教训。汉初实行轻徭薄赋、休养生息的政策,被秦末战乱破坏的社会经济迅速恢复,农业、手工业及商业空前繁荣,史称"文景之治"。为了强化中央集权制度,汉武帝时,采纳了董仲舒的建议,"罢黜百家,独尊儒术",儒学由此成为汉代社会的主流意识形态,汉代统治者还在政治制度上把明习经术与士人求官谋禄的出路密切结合,"自此以来,公卿大夫士吏彬彬多文学之士矣。"西汉末期,政治危机加剧,外戚专政,王莽篡位,引发了农民起义。公元25年,刘秀建立东汉政权,国家复归一统,东汉前期,国力强盛,对外又进行了一系列战争,但同时,国内的豪族政治开始形成,两极分化日益严重。东汉中期以后,中央权力削弱,豪强肆意兼并,宦官与外戚交替专政,社会矛盾激化。党锢之祸,黄巾农民大起义,以及由此形成了军阀割据,直至刘氏政权被曹氏取代。

两汉历时四百余年,其间虽经历了王莽后期以及汉末的动乱,但在大多数时间里，国家处于统一强盛之中，这是中华民族的一个重要发展时期。汉朝以辽阔的疆域、雄厚的国力出现于世界的东方，从物质和精神两个方面为文学的发展提供了广阔的空间和坚实的基础。汉初，楚辞由南方传到中原地区，受到了人们的广泛喜爱，它把楚文化中热烈的浪漫精神带到了北方，给汉代文学注入了蓬勃生机。大一统的局面造成了一种恢宏开阔的时代精神，汉代人积极进取，重视名节，普遍带有一种强烈的民族自豪感和历史责任感，充满雄峻豪迈的气概。两汉都曾大量采集民歌俗曲，范围之广，遍及四方，这也是大一统局面下才能出现的盛举。由于提倡经学，儒家的价值观成为全社会共同信奉的思想，这对于改良社会政治、维系社会的稳定乃至形成全民族共同的文化心理，都起到了难以估量的作用。但另一方面，用政治的力量把某种学说定于一尊，又对思想文化的发展产生了消极影响。

赋是汉代文学最具有代表性的样式，它介于诗歌和散文之间，韵散兼行，可以说是诗的散文化、散文的诗化。汉代辞赋的发展演变历程大致可分为三个阶段：第一阶段由从西汉开国至武帝初年约七十多年的时间，是汉赋的形成期。这一时期的辞赋呈现着由楚辞向汉赋过渡的形态，并最终确立了汉大赋这种新体赋的形式。主要代表作品有贾谊的《吊屈原赋》《鹏鸟赋》和枚乘的《七发》。其中枚乘的《七发》标志着新体赋的正式形成。第二阶段主要是从武帝初年至东汉中叶约二百年的时间，是汉赋的全盛时期。这一时期以新体赋即汉大赋的创作为主流。武帝、宣帝之时是汉赋创作的鼎盛时期，汉赋创作形成了劝百讽一，润色鸿业，"铺采摛文，体物写志"（刘勰《文心雕龙·诠赋》）的内容和艺术上的特点。这一时期代表作品主要是司马相如的《子虚赋》《上林赋》，扬雄的《甘泉赋》，班固的《两都赋》和张衡的《二京赋》。第三阶段从东汉中叶至东汉末，是汉赋的衰微和转变期。这一时期汉大赋的创作趋于衰落，随之是抒情小赋创作的兴起。张衡首开其风，其《归田赋》成为标志这一转变的重要作品，其后的重要赋作还有赵壹的《刺世嫉邪赋》和蔡邕的《述行赋》等。

两汉史传散文在文体上有较大发展。司马迁的《史记》是我国纪传体史学的奠基之作，也是我国传记文学的代表之作。《史记》在我国历史散文的发展史中具有承前启后的地位，也是传记文学发展成熟的标志，其以人物为中心来反映历史，创立了纪传体史书的新样式，也开辟了传记文学的新纪元。《汉书》继承《史记》的体例，并且使之更加完善。《吴越春秋》则进一步强化史传作品的文学性，是历史演义小说的滥觞。

先秦的主要诗歌样式是四言诗，这种体裁在汉代继续沿用，但已不再居于主导地位。汉代产生了新的诗歌样式——五言诗，这种诗体西汉时期多见于歌谣和乐府诗；文人五言诗在东汉开始大量出现，班固、张衡、秦嘉、蔡邕等人对五言诗的发展起了积极的推动作用，都有这类作品流传下来。东汉的五言诗已经成熟，叙事诗有《孔雀东南飞》这样的长篇巨制，《古诗十九首》则是文人五言抒情诗的典范，它的出现，标志着五言诗已开始走向成熟，对后世文人的诗歌创作有着深远影响。

司马迁

史记

【简介】 司马迁（前145或前135—前87？），字子长，夏阳龙门（今陕西韩城北）人。约17岁师从董仲舒、孔安国，20岁左右，从长安出发，到各地游历。后来回到长安，做了郎中。父亲司马谈死后，元封三年（前108），司马迁接替他做了太史令，得以遍览皇家藏书，并决心遵守父嘱，专心撰写史书。太初元年（前104），与天文学家唐都等人共订"太初历"。同年，开始动手编《史记》。天汉二年（前99），李陵出击匈奴，兵败投降，司马迁为其辩护，触怒了汉武帝，获罪被捕，受"腐刑"免死。

司马迁像

出狱后，任中书令。他发愤著书，全力写作《史记》，大约在55岁那年终于完成了全书的撰写和修订工作。除《史记》外，《汉书·艺文志》还著录司马迁赋8篇，均已散失，唯存书信体散文《报任安书》和赋作《悲士不遇赋》片段。

《史记》记载了上自黄帝时代，下至汉武帝（前122）共3000多年的历史，是中国历史上第一部纪传体通史。《史记》共130篇，有12本纪、10表、8书、30世家、70列传，52.65万余字。

全书以世家、本纪、列传为主体，这五种体例相互补充、前后勾连，构思上独具匠心。"本纪"是全书提纲，按年月时间记述帝王的言行政绩；"表"用表格来简列世系、人物和史事；"书"则记述制度发展，涉及礼乐制度、天文兵律、社会经济、河渠地理等内容；"世家"记述子孙世袭的王侯封国史迹和特别重要人物事迹；"列传"是除帝王诸侯外，其他各方面代表人物的生平事迹和少数民族的传记。其中，司马迁将项羽列入"本纪"，把孔子和陈涉列入"世家"，都反一般体例，足见其非凡的史学观。司马迁还以"不虚美、不隐恶""扬善贬恶"的史家实录精神，如实记录了上古到汉代各阶层不同地位、不同职业人物的生平活动，思想内容极为丰富，具有鲜明的倾向性。

《史记》点校本书影

《史记》不仅是一部伟大的史学巨著，也是一部杰出的文学作品，其艺术成就主要表现在以下方面：

一是塑造了丰富多彩的人物形象。《史记》作为历史著作，作者在"实录"的基础上，通过对人物生活经历的具体描绘，再现了一大批栩栩如生、富有性格特征的历史人物形象，如项羽、李广、刘邦、陈涉、张良、韩信、廉颇、蔺相如等。《史记》在塑造人物时，首先，对材料进行精心选择、高度概括和适当剪裁。作者选择那些重要的、有代表性的、足以表现人物性格特征的语言和事件（如《项羽本纪》《李将军列传》《留侯世家》等）来展开叙事。其次，为了突出某一中心思想、体现某一创作意图而采用"互见法"。这种方法的运用既可保持各篇自身的统一完整，倾向鲜明，又可使篇与篇之间相互补充（如《魏公子列传》《范雎列传》等）。再次，司马迁通过许多戏剧性的情节场面，把人物推到矛盾冲突的尖端，使其性格特征得到充分体现（如《项羽本纪》"鸿门宴"和《魏其武安侯列传》"使酒骂座"等）。此外，作者还通过细节的描写来突出人物性格，使之更为生动、逼真，并增强其传记的故事性。如张汤劾鼠，李广射石，陈涉辍耕等都是经典范例。

二是悲慨激扬，具有强烈的抒情性。鲁迅称它是"无韵之《离骚》"，这是对《史记》的文学成就及抒情色彩的高度概括和评价。《史记》在描写历史人物时，不仅秉承着"实录"精神如实记录人物的生平活动，而且"寓论断于叙事"之中，寄寓着作者的褒贬和鲜明的爱憎感情。《史记》全书褒善贬恶，爱憎分明。全书既闪现着作者的理想之光，也融入满腔愤世嫉俗之情。在表现形式上，有的通篇以抒情议论为主，有的夹叙夹议，有的引入一些诗赋歌谣，淋漓慷慨，增强了文章的抒情气氛（如《屈原贾生列传》《伯夷叔齐列传》《李将军列传》等）。

三是匠心独运的谋篇布局。《史记》全书一百三十篇是一整体，互相补充，互相照应，每一篇传记又是各自独立的文学作品。在文章组织上，一方面首尾呼应，针线严密，结构紧凑；同时又穿插灵活，变化多端，用文章波澜起伏而又摇曳多姿。

四是语言艺术的高度成就。《史记》语言上善于运用符合人物地位身份的有特征性的口语来传达人物的神情态度（如《张丞相列传》写周昌的口吃，《陈涉世家》写伙伴的惊诧，以及刘邦、项羽观秦始皇出游的不同感慨等）。《史记》还大量引用民谣、谚语、俗语，使语言更加丰富生动。

项羽本纪（节选）

项籍者，下相人也①，字羽。初起时，年二十四。其季父项梁，梁父即楚将项燕②，为秦将王翦所戮者也。项氏世世为楚将③，封于项，故姓项氏。

项籍少时，学书不成，去；学剑，又不成，项梁怒之。籍曰："书足以记名姓而已。剑一人敌，不足学，学万人敌。"于是项梁乃教籍兵法，籍大喜，略知其意，又不肯竟学。项梁尝有栎阳逮④，乃请蕲狱掾曹咎书⑤，抵栎阳狱掾司马欣，以故事得已。项梁杀人，与籍避仇于吴中，吴中贤士大夫皆出项梁下。每吴中有大徭役及丧⑥，项梁常为主办，阴以兵法部勒宾客及子弟⑦，以是知其能。秦始皇帝游会稽⑧，渡浙江。梁与籍俱观。籍曰："彼可取而代也。"梁掩其口，曰："毋妄言，族矣！"梁以此奇籍。籍长八尺余，力能扛鼎⑨，才气过人，虽吴中子弟，皆已惮籍矣。

……行至安阳，留四十六日不进。项羽曰："吾闻秦军围赵王钜鹿，疾引兵渡河，楚击其外，赵应其内，破秦军必矣。"宋义曰："不然。夫搏牛之虻不可以破虮虱⑩。今秦攻赵，战胜则兵罢，我承其敝；不胜，则我引兵鼓行而西，必举秦矣。故不如先斗秦赵。夫被坚执锐，义不如公；坐而运策，公不如义。"因下令军中曰："猛如虎，很如羊⑪，贪如狼，强不可使者⑫，皆斩之！"乃遣其子宋襄相齐，身送之至无盐，饮酒高会。天寒大雨，士卒冻饥。项羽曰："将戮力而攻秦，久留不行。今岁饥民贫，士卒食芋菽⑬，军无见粮⑭，乃饮酒高会，不引兵渡河因赵食，与赵并力攻秦，乃曰：'承其敝。'夫以秦之强，攻新造之赵，其势必举赵。赵举而秦强，何敝之承！且国兵新破，王坐不安席，埽境内而专属于将军，国家安危，在此一举。今不恤士卒而徇其私⑮，非社稷之臣！"项羽晨朝上将军宋义，即其帐中斩宋义头，出令军中曰："宋义与齐谋反楚，楚王阴令羽诛之。"当是时，诸将皆慑服，莫敢枝梧⑯。

……项羽已杀卿子冠军，威震楚国，名闻诸侯。乃遣当阳君、蒲将军将卒二万渡河⑰，救钜鹿。战少利，陈馀复请兵。项羽乃悉引兵渡河，皆沈船，破釜甑⑱，烧庐舍，持三日粮，以示士卒必死，无一还心。于是至则围王离。与秦军遇，九战，绝其甬道，大破之，杀苏角⑲，虏王离。涉间不降楚，自烧杀。当是时，楚兵冠诸侯。诸侯军救钜鹿下者十余壁，莫敢纵兵。及楚击秦，诸将皆从壁上观。楚战士无不一以当十。楚兵呼声动天，诸侯军无不人人惴恐。于是已破秦军，项羽召见诸侯将。诸侯将入辕门⑳，无不膝行而前，莫敢仰视。项羽由是始为诸侯上将军，诸侯皆属焉。

《秦崩》《楚亡》书影

……居数日，项羽引兵西屠咸阳，杀秦降王子婴。烧秦宫室，火三月不灭。收其货宝妇女而东。人或说项王曰："关中阻山河，四塞㉑，地肥饶，可都以霸。"项王见秦宫室皆以烧残破，又心怀思欲东归，曰："富贵不归故乡，如衣绣夜行，谁知之者！"说者曰："人言楚人沐猴而冠耳㉒，果然。"项王闻之，烹说者。

……项王军壁垓下㉓，兵少食尽，汉军及诸侯兵围之数重。夜闻汉军四面皆楚歌，项王乃大惊曰："汉皆已得楚乎？是何楚人之多也！"项王则夜起，饮帐中。有美人名虞，常幸从；骏马名骓㉔，常骑之。于是项王乃悲歌慷慨，自为诗曰："力拔山兮气盖世，时不利兮骓不逝㉕。骓不逝兮可奈何，虞兮虞兮奈若何！"歌数阕，美人和之。项王泣数行下，左右皆泣，莫能仰视。

......于是项王乃欲东渡乌江㉖。乌江亭长檥船待㉗。谓项王曰："江东虽小，地方千里，众数十万人，亦足王也。愿大王急渡！今独臣有船，汉军至，无以渡。"项王笑曰："天之亡我，我何渡为？且籍与江东子弟八千人渡江而西，今无一人还。纵江东父兄怜而王我，我何面目见之？纵彼不言，籍独不愧于心乎！"乃谓亭长曰："吾知公长者。吾骑此马五岁，所当无敌，尝一日行千里，不忍杀之，以赐公。"乃令骑皆下马步行，持短兵接战。独籍所杀汉军数百人。项王身亦被十余创。顾见汉骑司马吕马童㉘，曰："若非吾故人乎？"马童面之㉙，指王翳曰㉚："此项王也。"项王乃曰："吾闻汉购我头千金，邑万户，吾为汝德。"乃自刎而死。

......太史公曰：吾闻之周生曰㉛，舜目盖重瞳子㉜。又闻项羽亦重瞳子，羽岂其苗裔邪？何兴之暴㉝也！夫秦失其政，陈涉首难，豪杰蜂起，相与并争，不可胜数。然羽非有尺寸，乘势起陇亩之中，三年，遂将五诸侯灭秦㉞，分裂天下而封王侯，政由羽出，号为霸王，位虽不终，近古以来，未尝有也。及羽背关怀楚㉟，放逐义帝而自立，怨王侯叛己，难矣。自矜功伐㊱，奋其私智而不师古㊲，谓霸王之业，欲以力征经营天下，五年卒亡其国。身死东城，尚不觉寤，而不自责，过矣。乃引"天亡我，非用兵之罪也"，岂不谬哉！

司马迁撰《史记》卷七，中华书局修订本2014年版

【注释】①下相：秦县名，在今江苏省宿迁市西。②项燕（yān）：项羽的祖父。秦始皇二十三年（前224），秦将王翦破楚，虏楚王负刍，项燕立昌平君为王，在淮南反秦。明年，王翦等破楚军，昌平君死，项燕自杀。③项：古国名，春秋时为鲁所灭，后楚灭鲁，项遂属楚，在今河南省项城市东北。④栎（yuè）阳逮：被栎阳县追捕。栎阳：秦县名，在今陕西省临潼区东北。逮：追捕。作"及"解，指因事受牵连。⑤蕲（qí）：秦县名，在今安徽宿县东南。狱掾：掌刑狱诉讼的佐吏。⑥繇：同"徭"，劳役。丧：丧事。⑦阴：暗中，私下。部勒：部署，约束。⑧会稽：秦郡名，辖地为今江苏省东部和浙江省西部，郡治在吴县（今江苏苏州城区）。一说，会稽：山名，在今浙江绍兴市东南。浙江：今浙江余杭县以下的钱塘江。一说乃吴县南之南江。⑨扛（gāng）鼎：举鼎。扛，双手对举。⑩搏：击，斩。虻：牛虻。虮：虱卵。这句说，虻所要搏的是牛而不是要消灭虱子，喻志在大不在小。⑪很：《说文解字》："很，不听从也。"⑫彊不可使：倔强而不听

指挥，不服调遣。强，同"彊"，固执。⑬ 芋：山芋等薯类。菽：豆类。⑭ 见粮：现时吃的粮食。见，同"现"。⑮ 徇（xùn）：营，谋。⑯ 枝梧：犹今言抗拒。⑰ 当阳君：即英布，项羽的猛将，封当阳君，后降汉，后谋反被诛。蒲将军：项羽的部将。⑱ 釜：锅。甑（zèng）：蒸煮食物用的瓦器。⑲ 之：指章邯。《史记·张耳陈余列传》云："项羽悉引兵渡河，遂破章邯。章邯引兵解，诸侯军乃敢击围钜鹿秦军，遂虏王离。"苏角：秦将。⑳ 辕门：即营门。《史记集解》引张晏曰："军行以车为阵，辕相向为门，故曰辕门。"㉑ 四塞：指关中四面可以扼守的险要关隘。关中东有函谷关，西有散关，南有武关，北有萧关，合称"四塞"。㉒ 沐猴而冠：猴子戴帽，比喻虚有仪表。这里讥笑项羽看上去轰轰烈烈，其实不能成大事。沐猴，猕猴。㉓ 壁：安营。垓下：地名，故址在今安徽灵璧县东南。㉔ 骓（zhuī）：毛色青白相间的马。㉕ 不逝：指被围困，不能向前跑。㉖ 乌江：地名，即今安徽和县东北长江江岸的乌江浦。㉗ 亭长：乡官。秦时，十里一亭，设亭长一人，管理乡里事务。檥（yǐ）：同"舣"，撑船靠岸。㉘ 骑司马：官名，骑兵将领。吕马童：人名，原为项羽部属，后以战功封中水侯。㉙ 面：通"偭"，背对着。㉚ 王翳：汉将，后封杜衍侯。㉛ 周生：当是和司马迁同时代的人，其名及行事不详。㉜ 重瞳：双目各有两个眸子。㉝ 暴：突然。㉞ 五诸侯：指齐、赵、韩、魏、燕五国故地的反秦义军。㉟ 背关怀楚：指放弃关中形胜之地而定都彭城之事。㊱ 自矜：自夸。功伐：功劳。㊲ 奋：逞。私智：个人的智慧。

【导读】

《项羽本纪》是《史记》人物传记中极为精彩的一篇，也是司马迁的得意文字之一。本篇一开始便简要介绍了项羽的出身、家教和家仇对项羽性格以至人生结局的影响。项羽少年时学剑，以为不足敌万人，足见其志向不寻常。学兵法又不肯潜心钻研，见其志向远大，然而性格粗狂浮躁，这也为后面的结局埋下伏笔。

作者写项羽时，不刻意去扬长避短，如写项羽在反秦的过程中，表现出了非凡的决战勇气和军事指挥才能。力斩宋义，显示了他力挽狂澜的决心和敢于驾驭局势的非凡气概。破釜沉舟、决一死战，更显示出项羽超人的胆识、胆略。直至垓下突围，东城决战，项羽都表现出他一贯的勇猛强悍。司马迁抓住项羽个性中最突出的特点着力刻画，塑造了一位叱咤风云的英雄形象。

司马迁还刻画了项羽的贵族气度与"柔情"。一方面，项羽重"仁义"，讲"诚信"，他喜爱豪杰，为人直爽，厚道，讲义气，凡曾有恩于项梁的，他都给予信任。鸿门宴中,他本可以将刘邦除掉,却心慈手软。当被围垓下,他慷慨悲歌,对自己的爱姬与骏马倾诉了恋恋不舍之情,表现了浓烈的人情味。当垓下突围退到乌江时,项羽由因愧见江东父老而不肯东渡,自刎前还将自己的头颅赠送给故人,使其得以封侯,表现了不苟活偷生,慷慨赴死的英雄本色。

当然,对项羽缺乏战略眼光,滥用武力,以及临终之时尚执迷不悟,言"天亡我,非用兵之罪也"的言论,司马迁也进行了严厉批判,显示其"不虚美,不隐恶"的实录精神和史家卓识。

【选评】

(清)吴见思《史记论文·项羽本纪》:"项羽力拔山、气盖世,何等英雄,何等力量!太史公亦以全神付之,成此英雄力量之文。如破秦军处,斩宋义处,谢鸿门处,分王诸侯处,会垓下处,精神笔力,直透纸背,静而听之,殷殷阗阗,如有百万之军,藏于喻麋汗青之中,令人神动。"

【思考与讨论】

1."历史"如何定义?一部优秀史书的评判标准是什么?请谈谈你的理解。

2.《史记》塑造了诸多栩栩如生的人物形象,其具体艺术手法有哪些?请举例说明。

3.如何理解鲁迅关于《史记》"史家之绝唱,无韵之离骚"的评价?

【拓展与延伸】

1.《史记》有很多精彩的故事成为后世小说、戏剧、影视改编的素材。请以《史记》中"鸿门宴"等故事为题材,重新创作一个影视剧本。有条件的话,可以进行排演。

2.请观看与汉代历史有关的影视剧,如《汉武大帝》《大汉天子》和《鸿门宴》等,并对比《史记》《汉书》等历史著作,分析它们做了哪些改编?就此写一篇评论性文章。

3.请结合《史记》中的相关人物传记,创作一组连环画或者是一个动画短片。

【推荐阅读】

1.《史记》,(汉)司马迁撰,赵生群主持修订,中华书局2014年版。

2.《史记》,(汉)司马迁撰,韩兆琦译注,岳麓书社2011年版。

3.《史记:历史的长城》,蔡志忠编绘,三联书店2003年版。

4.《史记二十讲》,梁启超、王国维等著,华夏出版社2009年版。

汉代诗歌

汉乐府民歌

【简介】"乐府"本是古代掌握音乐的官署机构,最早见于秦代,汉初承之。当时的乐府只管民间俗乐,祭祀的雅乐则属太乐掌管。汉武帝时重建乐府机构,扩大其规模。乐府机构职能除制定乐谱、训练乐工、填写歌辞、编配乐器进行演奏外,还负有采集民歌的使命,因此保存了大量的民间乐歌。六朝时,人们把合乐的歌辞、袭用乐府旧题或模仿乐府体裁写成的诗歌统称为"乐府",于是乐府演变成为一种诗体名称。沿用到后世,含义进一步扩大,如宋人把词,元、明人把散曲也称作乐府。

汉乐府诗歌包括文人乐府和乐府民歌,现仅存百余首,主要保存在宋郭茂倩编的《乐府诗集》中的郊庙歌辞、相和歌辞、杂曲歌辞和鼓吹曲辞中。

汉乐府民歌继承和发扬了《诗经》的现实主义传统,"感于哀乐,缘事而发",展现了丰富的社会生活。其重要内容是表现民众的悲苦、怨恨与反抗,如《妇病行》《孤儿行》《东门行》;控诉战争、徭役给人民带来的沉重灾难,是汉乐府民歌的又一重要内容。如《战城南》《十五从军征》;还有很多反映爱情、婚姻、家庭生活的作品,如《有所思》《上邪》《上山采蘼芜》《孔雀东南飞》《陌上桑》等。

在艺术手法上,汉乐府民歌突出的艺术特色是它的叙事性,在汉乐府中出现了由第三者叙述,有一定性格的人物形象和比较完整的情节的作品。如《孔雀东南飞》中通过人物的语言和行动来表现人物性格;《陌上桑》中罗敷和使君的对话,刻画了罗敷的机智勇敢、不卑不亢。此外,还较多运用了比兴、拟人、夸张、铺陈和烘托等多种表现手法,而且句式上打破《诗经》的四言,以杂言为主,逐渐趋于五言,开了文人五言诗的先河。

因此,在文学发展史上,汉乐府民歌标志着我国古代叙事诗达到一个新的更加成熟的发展阶段。

陌上桑

日出东南隅,照我秦氏楼。秦氏有好女,自名为罗敷。罗敷喜蚕桑,采桑城南隅。青丝为笼系,桂枝为笼钩。头上倭堕髻①,耳中明月珠。缃绮为下裙,紫绮为上襦②。行者见罗敷,下担捋髭须③。少年见罗敷,脱帽著帩头④。耕者忘其犁,锄者忘其锄。来归相怨怒⑤,但坐观罗敷。

使君从南来,五马立踟蹰⑥。使君遣吏往,问是谁家姝?"秦氏有好女,自名为罗敷。""罗敷年几何?""二十尚不足,十五颇有余⑦。""使君谢罗敷,宁可共载不?"罗敷前置辞:"使君一何愚!使君自有妇,罗敷自有夫。""东方千余骑,夫婿居上头。何用识夫婿?白马从骊驹⑧。青丝系马尾,黄金络马头。腰中鹿卢剑⑨,可值千万余。十五府小史,二十朝大夫,三十侍中郎⑩,四十专城居⑪。为人洁白皙,鬑鬑颇有须⑫。盈盈公府步,冉冉府中趋⑬。坐中数千人⑭,皆言夫婿殊。"

罗敷画像

郭茂倩《乐府诗集》卷二八,中华书局 1979 年版

【注释】

①倭(wō)堕髻:汉代流行的一种女子发式,又称堕马髻,发髻偏在一方,呈欲堕之状。②襦(rú):短袄。③髭(zī)须:胡子。髭:嘴边的胡子。须:下巴上的胡子。④脱帽著帩头:把帽子脱下,只戴着纱巾。古代男子戴帽,先用头巾把发束好,然后戴帽。著,戴。帩头,古代男子束发的头巾。⑤相怨怒:互相埋怨。⑥五马:五匹马。汉代太守乘五匹马拉的车。踟(chí)蹰(chú):徘徊不前。⑦遣:派遣。⑧骊驹:深黑色的小马。⑨鹿卢剑:用辘轳形的玉装饰剑首的剑。⑩侍中郎:在皇帝左右侍奉的官。汉官制,侍中郎是加官,在原官职上特加的荣衔。⑪专城居:独居一城。从文意看,所夸夫婿地位远高于太守。⑫鬑鬑(lián):这里是胡须疏长的样子。⑬冉冉:义同"盈盈"。⑭坐:同"座"。

【导读】

此诗最早载于《宋书·乐志三》,题为《艳歌罗敷行》,郭茂倩《乐府诗集·相和歌辞》收此诗时题为《陌上桑》。此诗通过刻画罗敷的美貌和她巧妙拒绝使君的调戏,成功塑造了一个貌美品端、机智活泼、亲切可爱的女性形象。整首诗歌也充满了浓郁的喜剧色彩,洋溢着幽默诙谐、健康乐观的情调。

【选评】

萧涤非《汉魏六朝乐府文学史》:"《陌上桑》实为我国五言诗歌发展史上之明珠,后世大诗人如曹植、杜甫、白居易等莫不为之醉心倾倒。"

古诗十九首

【简介】《古诗十九首》是汉代文人五言诗中最成熟的作品。它最早载于《文选》,因作者佚名,时代莫辨,又风格相近,南朝梁萧统题为"古诗",从此成了专称。这组诗非一人一时之作,作者多是中下层文人。大体创作于东汉末年的桓帝、灵帝之时,或表现及时建功立业的壮志,如《今日良宴会》《西北有高楼》;或表现追求幻灭后心灵的迷惘与痛苦,如《青青陵上柏》《明月皎夜光》;或表现对个体生命的重新认识和及时行乐的思想,如《驱车上东门》《生年不满百》;或表现游子思妇相思离别之苦,如《迢迢牵牛星》《行行重行行》。《古诗十九首》的思想内容虽然复杂,但有一个共同的特点,就是饱含着人生易逝的感伤。

在艺术上,《古诗十九首》浑然天成,长于抒情,方法却灵活多变,或用比兴,或寓景于情,或以事传情。语言浅近自然,意蕴丰厚,南朝刘勰称它为"五言之冠冕"(《文心雕龙·明诗》)。

迢迢牵牛星

迢迢牵牛星[①],皎皎河汉女[②]。纤纤擢素手[③],札札弄机杼[④]。终日不成章[⑤],泣涕零如雨[⑥]。河汉清且浅[⑦],相去复几许[⑧]?盈盈一水间[⑨],脉脉不得语[⑩]。

《文选》卷二九,中华书局1977年影印胡刻本

【注释】①迢（tiáo）迢：遥远的样子。牵牛星：俗称牛郎星，天鹰星座主星，在银河南。②皎皎：明亮的样子，兼有衬托年轻女子娇艳的效果。河汉女：俗称织女星，天琴星座主星，在银河北，与牛郎星隔银河相望。③纤纤：纤细柔长的样子。擢（zhuó）：摆动。素手：洁白的手。④札札：机织声。杼（zhù）：织机上的梭子。⑤章：织物的纹理。⑥此句借用《诗经·邶风·燕燕》中的诗句："瞻望弗及，泣涕如雨。"零：坠落。⑦河汉：银河。⑧相去：相离，相隔。复：又。几许：多远。⑨盈盈：水清浅的样子。一水：指银河。⑩脉脉（mò）：含情相视的样子。

【导读】此诗借牛郎织女传说，表现了世间夫妻相爱却不能团聚的不幸遭遇。全诗一共十句，其中六句都用了叠音词，即"迢迢"、"皎皎"、"纤纤"、"盈盈"、"脉脉"。这些叠音词使此诗质朴、清丽，情趣盎然。特别是后两句，一个饱含相思之愁的少妇形象现于纸上，意蕴深沉、风格浑成，是极难得的佳句。

【选评】

（清）李因《汉诗音注》："写无情之星，如人间好合绸缪，语语认真，语语神化。"

【思考与讨论】

1. 以《陌上桑》为例，说说汉乐府民歌在艺术上对《诗经》有哪些继承和发展？
2. 汉乐府民歌中还有一首著名的长诗《孔雀东南飞》。你如何看待其中的主要人物刘兰芝和焦仲卿的殉情以及浪漫主义的结尾？
3. 《古诗十九首》在艺术上有什么特点？请结合具体作品谈一谈。

【拓展与延伸】

1. 请发挥想象力，对《陌上桑》这一故事进行改编。
2. 请为《迢迢牵牛星》一诗配上几幅插图，并辅以文字介绍。
3. "牛郎织女"传说，在中国可谓家喻户晓。请搜集资料，自拟角度，写一篇关于这一传说的评论性文章。

【推荐阅读】

1. 《汉魏六朝诗选》，余冠英选注，人民文学出版社1978年版。
2. 《叶嘉莹说汉魏六朝诗》，叶嘉莹著，中华书局2007年版。
3. 《古诗十九首与乐府诗》，曹旭撰，上海古籍出版社2002年版。

第三单元

魏晋南北朝文学

【概述】 从汉末战乱到隋代统一,这是中国历史上战乱不断、国家分裂的大动荡时期。公元196年,曹操迎汉献帝,定都许昌,改年号为建安(196—220)。曹操"挟天子以令诸侯"。自此,东汉帝国已名存实亡。建安二十五年(220)曹丕称帝,而分割东南、西南地区的孙权、刘备相继称号建国,由此形成了魏、吴、蜀三国鼎立的局面。265年,司马炎灭魏自立,建立西晋王朝,280年,晋武帝灭吴,统一了全国。晋武帝死后,诸侯争权夺利,爆发混战,史称"八王之乱",前后达16年之久。西北的匈奴、鲜卑少数民族趁机入侵,西晋王朝瓦解。我国又进入了南北朝长期分裂时代。在北方,先是所谓的"五胡十六国"(304—429),后来跖跋珪建立北魏(386)、高洋建北齐(550—577)、宇文觉建北周(557—581)。司马睿在江南建立东晋(317),刘裕(宋武帝)代晋自立宋(420),东晋便灭亡了。后来是齐、梁、陈,历史上把这四个朝代称为南朝(420—589)。东晋与之前的孙吴以及其后的宋、齐、梁、陈,合称为六朝。

魏晋南北朝时期社会动荡,战争频仍,军阀割据,朝代更迭,同时也是一个思想异常活跃、文化环境较为宽松、文学艺术极为活跃的时期,是中国古代文学艺术极富创造性时期。在这一时期,政治生活中的重要现象是世族门阀制度的存在。由于士族对政治权力的垄断,造成"上品无寒门,下品无势族"的不公平现象。在思想文化领域里,也发生着剧变,传统儒家思想的正统地位受到前所未有的冲击,以《老子》《庄子》《周易》为代表的玄学思想广泛流行,这给当时文人的思想行为和价值观念都带来了巨大变化。这一时期,是继战国时代之后中国历史上又一个思想解放的时代,也被称为"人的觉醒"的时代。

此外，佛教在这一时期亦广泛流布，与儒、道思想渐进交流融合，并逐渐本土化。思想的多元和解放为个体意识的觉醒和创造力的产生提供重要契机，极大地促进了文人的思想观念的解放和个体人格精神的自觉。文学也开始从经学的附庸地位中挣脱出来，走向了更为自由发展的天地。

在文学创作上，由于文学自觉的时代到来，文学创作风格逐渐趋向个性化和多样化。文学自觉最显著的标志首先是文学理论的自觉。这一时期涌现出了众多的文学理论和文学批评著作，魏国曹丕《典论·论文》首开批评之风，西晋陆机的《文赋》继踵而至，而钟嵘《诗品》和刘勰《文心雕龙》则集其大成，成为中国文学批评史上的两座高峰。其次，在文学创作的主体方面，文学集团大量出现。建安时期，以曹氏父子为中心聚集了"建安七子"（孔融、陈琳、王粲、徐干、阮瑀、应玚、刘桢）等文人，结成了成为中国文学史上第一个重要的文学集团。此后，"竹林七贤"（嵇康、阮籍、山涛、向秀、刘伶、王戎、阮咸），酣饮放歌，弹琴赋诗，成就文坛佳话。随后，西晋时期出现以陆机、左思为代表的"二十四友"。东晋时期，王羲之、谢安为中心的文学交游，齐朝竟陵王萧子良周围的"竟陵八友"，梁朝萧统和简文帝萧纲身边的文学集团。这些都有力刺激了文学创作，促进了文学的交流和发展。

魏晋南北朝时期的文学，在诗歌、散文、辞赋、小说等众多领域都取得了很高的成就。

魏晋时期的诗歌，在这一时期取得辉煌的成就，抒情化和个性化成为诗歌发展的基本倾向。五言古诗的创作达到了鼎盛，七言诗初创并有所发展，从乐府、古体诗到齐梁新体，众多作家、不同流派、各种风格，形成了异彩纷呈的诗歌艺术世界。建安时期以"三曹"、"七子"为代表的一批作家，慷慨悲歌，奏响了时代的乐章。曹操以乐府古题写时事，其四言诗独具一格，慷慨悲凉，气韵沉雄；曹丕的《燕歌行》为现存最早的一首完整的七言古诗；曹植则是第一个大力创作五言诗的诗人，也是建安诗坛最杰出的诗人，"骨气奇高，词采华茂，情兼雅怨"（钟嵘《诗品》）。建安七子骋才任气，使五言之作蔚然走向高潮。正始诗歌由建安诗歌忧患民生、抒写政治理想变为抒写个人的苦闷忧愤的情怀，改建安风骨慷慨悲凉、清新刚健的格调为正始之音的隐晦曲折、寄托遥深的风格。其中阮籍《咏怀诗》、嵇康《幽愤诗》体现了这一时期诗歌的特点。西晋时期，陆机和潘岳的诗歌，代表着西晋诗歌的主流诗风，其诗讲究形式，趋向骈偶，描写细腻繁富，辞藻华丽。寒士左思，满怀不平之心唱出了愤世之音，形成了别具一格的"左思风力"。东晋诗坛，玄言诗歌兴盛，许询、孙绰是玄言诗的代表人物，其诗"皆平典似道德论"（《诗品》），艺术成就相对欠缺。晋宋之际，隐逸之士陶渊明，以平淡自然的诗风，开田园诗之先河，使五言诗歌的创作别开生面。南北朝诗坛，"庄老告退，山水方滋"（刘勰《文心雕龙·明诗》），山水诗逐渐成为诗歌描写的重要题材，元嘉诗坛"颜谢"齐名，谢灵运首开山水诗派，抒发自然之美，颜延之从文人雕饰之习，追求藻装，错彩镂金。鲍照诗歌承汉魏风骨，尤擅长乐府诗，也使七言歌行体的创作达到了新的高度。颜、谢、鲍，世称"元嘉三大家"。永明体诗歌的代表作家是"竟陵八友"，其中以沈约、谢朓成就最高。南北朝民歌也涌现出不少优秀作品，艺术风格迥异。南朝民歌柔媚婉转，北朝诗曲质朴刚健。南朝之《西洲曲》，北朝之《木兰诗》，誉为双璧，分别代表着南北民歌的最高成就。而一曲粗犷豪放的《敕勒歌》，亦成为千古绝唱。

魏晋南北朝的辞赋创作，虽无汉代大赋的恢弘气度和独尊地位，但叙事、咏物、抒情小赋等各类题材的小赋佳作迭出。如魏晋时期，王粲《登楼赋》、曹植《洛神赋》、向秀《思旧赋》、潘岳《闲情赋》、陶渊明《归去来兮辞》，均为传世名作。此外，左思的《三都赋》更是引起"洛阳纸贵"。南北朝时期，鲍照《芜城赋》、谢惠连《雪赋》、庾信《哀江南赋》、江淹《别赋》等，也属上乘之作。

魏晋南北朝散文，时有名篇，曹操的《让县自明本志令》通脱直率，言语自然；诸葛亮《出师表》质朴深刻，感人至深；阮籍《大人先生传》绘声绘色，独出机杼。嵇康《与山巨源绝交书》嬉笑怒骂，犀利透辟。两晋时期骈散兼具。李密《陈情表》情深意切，真挚感人，王羲之《兰亭集序》文笔清新、洒脱流畅。陶渊明《桃花源记》显高洁之志趣，绘理想之家园。南北朝散文的总体特点是：南朝骈体文广泛流行，追求对偶排比、词采声律等形式之美。如鲍照的《登大雷岸与妹书》、丘迟的《与陈伯之书》、吴均《与朱元思书》、孔稚珪的《北山移文》、陶弘景的《答谢中书书》等，都是脍炙人口的骈体篇章。北朝散文也出现了郦道元《水经注》和杨衒之《洛阳伽蓝记》两部散体名作。

魏晋南北朝也是我国古代小说形成和发展的重要时期。这一时期，作品繁多，内容庞杂，主要可分为志人和志怪二类。志人小说以宋朝刘义庆的《世说新语》为代表，志怪小说以东晋干宝的《搜神记》为代表，志怪小说虽多写鬼神灵异，但实际上不同程度反映民众理想愿望，揭露现实社会黑暗。不少篇章艺术形式上已经注重人物刻画，情节曲折，结构完整，为后世小说的发展奠定基础。志人小说《世说新语》主要记录魏晋名士的逸闻轶事和玄虚清谈，反映了魏晋时期士族的精神面貌和生活方式，言简意赅，隽永传神，开启后世笔记小说之先河。

建安诗歌

曹 操

【简介】 曹操（155—220），字孟德，小名阿瞒，沛国谯（今安徽亳州市）人。父曹嵩，为宦官曹腾养子，官至太尉。初举孝廉，历任洛阳北部尉、济南相等职，后参加讨伐董卓受封大将军及丞相，建安二十一年（216）封魏王，其子曹丕称帝后追尊其为魏武帝。曹操是杰出的政治家、军事家、文学家，他"外定武功，内兴文学"（《三国志·魏志·荀彧传》），今存乐府诗 20 余首。

曹操像

曹操的诗歌，继承汉代乐府"感于哀乐，缘事而发"的现实主义传统，借乐府古题写时事，反映社会现实和人民苦难、抒发建功立业的雄心壮志，气韵沉雄、慷慨悲凉，是建安风骨的杰出代表。此外，曹操的散文直抒胸臆，清峻通脱。有《魏武帝集》。

短歌行①

对酒当歌，人生几何？譬如朝露，去日苦多。慨当以慷②，忧思难忘。何以解忧？唯有杜康。青青子衿，悠悠我心③。但为君故，沉吟至今。呦呦鹿鸣，食野之苹。我有嘉宾，鼓瑟吹笙④。明明如月，何时可掇⑤？忧从中来，不可断绝。越陌度阡，枉用相存⑥。契阔谈䜩⑦，心念旧恩。月明星稀，乌鹊南飞，绕树三匝⑧，何枝可依？山不厌高，海不厌深⑨。周公吐哺，天下归心⑩。

（宋）郭茂倩《乐府诗集》卷三〇，中华书局 1979 年版

【注释】

①短歌行：属汉乐府《相和歌·平调曲》。本题共二首，这是第一首。②"慨当"："慨当以慷"：犹云"当慨而慷"，慨慷，汉末多用来抒发感慨之气。③"青青"二句：比喻渴慕贤才。化用《诗经·郑风·子衿》的成句。衿（jīn），衣领。青衿是周代学子的服装。④"呦呦（yōu yōu）"四句：比喻渴望招纳贤才。此四句用《诗经·小雅·鹿鸣》中的成句："呦呦鹿鸣，食野之苹。我有嘉宾，鼓瑟吹笙。"⑤"掇"，拾取；一作"辍"，停止。⑥存，问候。⑦"契阔"句："契（qì）阔"：契是"投合"，"阔"是疏远，这里是契阔的偏义复指偏用"阔"意。"契阔"的意思久别重逢，一起宴饮谈心。"讌"，通"宴"。⑧匝（zā）：周围。⑨"山不"二句：意思是就像贤才多多益善。厌，满足。⑩"周公"句：是说自己要像周公那样，礼遇贤才。《史记·周鲁公世家》载：周公曾自谓："一沐三捉发，一饭三吐哺，起以待士，犹恐失天下之贤人"。吐哺（bǔ），指中途停止吃饭。哺，口中咀嚼着的食物。

【导读】

这首诗写于建安十三年（208）赤壁之战前后，诗中抒发时光易逝、功业未成的苦闷，也表现出渴望招纳天下贤才，实现天下一统的雄心壮志。

曹操生于乱世，是一位具有文韬武略的雄才。他的诗歌质朴沉雄、苍劲古直，其诗中所呈现的雄伟气象是一般诗人所无法企及的。

这首诗结构上四句一章，反复咏叹，笔法顿挫有致，语言流畅自然，气韵沉雄悲壮，且善用比兴，志深笔长。如诗中以"朝露"喻人生之短暂，以"明明如月，何时可掇"比兴人才难得和礼贤之情，以"周公吐哺"的典故来表现自己渴求人才的愿望和一统天下的宏伟志向。

整体而言，尽管此诗也有建安诗歌慷慨悲凉的时代色彩，但总体基调昂扬向上，充满积极进取之心。

【选评】

（明）钟惺、谭元春《古诗归》："少小时读之，不觉其细；数年前读之，不觉其厚。至细，至厚，至奇！英雄骚雅，可以验后人心眼。"

（清）沈德潜《古诗源》："曹公四言，于三百篇外，自开奇响。"

曹　植

【简介】 曹植（192—232），字子建。沛国谯县（今安徽亳州市）人。曹操第四子，封陈思王。早年受曹操宠爱，一度欲立为太子，因放纵任性而后失宠。

建安十六年（211）封平原侯，建安十九年（214）改为临淄侯。魏文帝黄初二年（221）改封鄄城王。曹丕称帝后，他受猜忌和迫害，屡遭贬爵和改换封地。曹丕死后，曹丕的儿子曹睿即位，曹植曾几次上书，希望能够得到任用，但都未能如愿，最后忧郁而死。死后谥"思"，世称"陈思王"。

曹植的文学创作，以曹丕即帝位为界，分为前后两期。前期作品主要反映社会动乱和自己的抱负，诗的基调开朗、豪迈，表现建功立业的愿望。后期作品则反映所受迫害的苦闷心情和愤激之意，其诗歌风格清新，善用对偶，讲究音律，语言自然流丽，钟嵘称其诗"骨气奇高，词采华茂"（《诗品》）。曹植对五言诗的发展起到巨大推动作用，在散文和辞赋上也有突出成就，他的《洛神赋》是脍炙人口的名作。有《曹子建集》传世。

杂诗（南国有佳人）

南国有佳人①，容华若桃李。朝游江北岸，夕宿潇湘沚②。时俗薄朱颜③，谁为发皓齿④？俯仰岁将暮⑤，荣耀难久恃⑥。

（梁）萧统《文选》卷二七，中华书局1977年影印胡刻本

【注释】

①南国：泛指江南一带。容华：容貌。②湘沚：湘水中的小洲。湘水在湖南，入洞庭湖。沚，水中小洲。③朱颜：美好的容颜。④发皓齿：指唱歌或说话，这里是指推荐、介绍。⑤俯仰：低头扬头之间，形容时间之短。⑥荣耀：这里指女子的青春盛颜。久恃：久留，久待。

【导读】

萧统《文选》选录曹植《杂诗》六首，此诗是其中的第四首。这首诗为诗人后期所作，以比喻的手法抒发怀才不遇的苦闷之情。

曹植不但文学上才华横溢，而且对政治也极富热情。他希望自己能建功立业，名垂青史。然而，与曹丕争太子之位的失败，已经注定了他后半生的凄凉境遇。这首诗学习屈原楚辞中"香草美人"作喻的手法，以佳人自喻，表现了怀才不遇的苦闷。

诗的前四句，先以简练爽朗的语言描绘南国佳人的艳若桃李的容貌，并揭示她朝游"江北"，夕宿"潇湘"，日夜奔波，居无定所的境况。后四句转向议

论抒情。"时俗薄朱颜,谁为发皓齿",揭示了佳人空有才貌,却受人嫉妒,遭受厄运,诗句中寄寓了诗人怀才不遇的苦闷心理。"俯仰岁将暮,荣耀难久恃",结尾这二句,感叹时光流逝,岁月无情,佳人容华再美却难以久恃,寄寓了自己正当盛年,空有盖世才华和远大抱负却无法施展的苦闷。诗歌声调谐和,音节流畅,诗义隽永,耐人寻味。

【选评】

(清)张玉榖《古诗赏析》:"通体以佳人作比,首二自矜,中四自惜,末二自慨,音促韵长。"

【思考与讨论】

1.《短歌行》是曹操四言诗中的名篇,如何理解这首诗的主题?

2.作家的人生经历往往会对其创作风格产生重要影响,请结合曹植的人生境遇,谈谈其诗歌在前后期有什么不同?

【拓展与延伸】

1.阅读《三国志》中有关曹操的内容,谈谈《三国志》中的曹操和《三国演义》中的曹操形象有何不同?

2.1994年版的电视剧《三国演义》中由鲍国安主演的曹操和2010年版的新《三国》中由陈建斌主演的曹操,各具神韵。请比较分析这两位"曹操",就此写一篇影视评论。

【推荐阅读】

1.《三曹诗选》,孙明君选注,中华书局2005年版。

2.《三国志》,(晋)陈寿撰,栗平夫、武彰译,中华书局2009年版。

3.《品三国》,易中天著,上海文艺出版社2007年版。

4.《曹操》,(日)陈舜臣著,张力薇译,福建人民出版社2010年版。

两晋诗文

陶渊明

【简介】 陶渊明(365?—427),字元亮,一说名潜,字渊明。浔阳柴桑(今江西九江)人。陶渊明的曾祖陶侃,东晋名将,显赫一时,其祖父、父亲也都出仕做过官。但陶渊明年幼时,家境即已败落。他曾先后出任江州祭酒、镇军参军、建威参军、彭泽县令等不高的官职,41岁那年弃官而去,开始隐居躬耕的生活。陶渊明去世以后,友人私谥为"靖节",故后世称"陶靖节",因曾任彭泽县令,后人又称为"陶彭泽"。

陶渊明生活在晋宋之际,儒家济世救民的入世精神、道德人格修养、安贫乐道的心态在他的思想中均有所体现,而道家所追求个体自由和超脱世俗的出世精神以及崇尚自然、追求反璞归真的思想,又深深地影响了其灵魂。

陶渊明像

陶渊明的诗歌描写了自然恬静的田园风光和清贫纯朴的田园生活,开创了自然平淡、真淳隽永的田园诗风,表现出对本真、自由、和谐的人生理想和美好社会的追求。除了田园诗外,他还创作了不少咏怀诗和言志诗,抒发个人的思想、情怀和志节。此外,他的文章创作也造诣极高,《五柳先生传》《桃花源记》《归去来兮辞》都是脍炙人口的名作。有梁萧统编《陶渊明集》。

归园田居(其三)

种豆南山下①,草盛豆苗稀。晨兴理荒秽②,带月荷锄归③。道狭草木长④,夕露沾我衣。衣沾不足惜,但使愿无违⑤。

袁行霈《陶渊明集笺注》卷二,中华书局2003年版

【注释】

①南山:指庐山。②晨兴:早晨起来。荒秽(huì):田中杂草。此处化用杨恽的《拊缶歌》"田彼南山,芜秽不治。种一顷豆,落而为萁。人生行乐耳,须富贵何时。"③荷(hè):扛着。④草木长:指草木高深。⑤愿无违:不违背躬耕隐居的心愿。

【导读】

这首诗描写了诗人归隐后真实的田间生活和劳动的感受，抒发了作者乡居的乐趣和生活的艰辛，也表现出其人格的高洁和追求的淡泊。

陶渊明隐居田园、躬耕乡野后，体验到远离官场的自由，也品尝到早起晚睡、耘田锄草的艰辛。古往今来，并非每一个诗人都有这份勇气和闲情，陶渊明身体力行，确显高士之风。

这首诗平淡朴实，看似漫不经心，实则妙若天成，既有旷达之风，亦含伤情之感。

【选评】

（宋）真德秀《西山真文忠公全集》："虽其遗宠辱，……其有旷达之风，细玩其词，时亦悲凉感慨，非无意世事者。……食薇饮水之言，衔木填海之喻，至深痛切，顾读者弗之察耳。"

饮酒（其五）①

结庐在人境②，而无车马喧。问君何能尔，心远地自偏③。采菊东篱下，悠然见南山④。山气日夕佳，飞鸟相与还。此中有真意，欲辩已忘言⑤。

袁行霈《陶渊明集笺注》卷三，中华书局2003年版

（清）石涛《陶渊明诗意图》（悠然见南山）

【注释】

①饮酒：本题共20首，这里选的是第五首。②结庐：建造房室。人境：人聚居的地方。③"心远"句：心境高远，远离了尘俗，自然会觉得所处地方的僻静。尔，如此，这样。④南山：指庐山。⑤"此中"二句：意思是从大自然的景色中，领悟到人生的真趣，想要说，却又忘了要说些什么，无法也无须明白地说出来。《庄子·齐物论》："大辩不言"，又《庄子·外物》："得意而忘言。"真意，真趣。

【导读】

这首《饮酒》诗，描写了作者和谐静谧、悠然自得的隐居生活，是陶渊明

最具盛名的作品之一。

诗人心境高远，不为尘俗所扰。他东篱采菊，远眺南山，乐在其中，达到物我合一、精神与自然景物契合无间的境界。同时，诗人在这种"物我合一"之中体悟到了宇宙人生的真意，反映出旷逸冲淡的隐居乐趣。"采菊东篱下，悠然见南山。"不仅仅是一句表现作者恬静淡远情怀的诗，更是成为文人生活艺术化的象征。

当然，有一点必须指出的是，我们并不能以"采菊东篱下，悠然见南山"呈现出的生命状态来代表陶渊明的全部人生。毕竟真实完整的陶渊明不可能时刻都陶醉在南山赏菊的人生乐事当中。

【选评】

（宋）苏轼《与苏辙书》："吾与诗人无所甚好，独好渊明之诗，渊明作诗不多，然其诗质而实绮，癯而实腴，自曹、刘、鲍、谢、李、杜诸人，皆莫过也。"

【思考与讨论】

1. 结合陶渊明的《饮酒》《归园田居》等作品，谈谈其田园诗的艺术特点。

2. 陶渊明的《桃花源记》，虚构了一个与世无争、和谐安宁的世外桃源，你如何理解这种"桃花源情结"？

【拓展与延伸】

1. 鲁迅在《且介亭杂文二集》中这样评价陶渊明："就是诗，除论客所佩服的'悠然见南山'之外，也还有'精卫衔微木，将以填沧海，形天舞干戚，猛志固常在'之类的'金刚怒目'式，在证明着他并非整天整夜的飘飘然。这'猛志固常在'和'悠然见南山'的是一人，倘有取舍，即非全人，再加抑扬，更离真实。"请结合鲁迅的评价，谈谈你对陶渊明及其诗文的认识，并就此写一篇文章。

2. 陶渊明被誉为"古今隐逸诗人之宗"，请为陶渊明画一幅肖像，力求体现出人物的神韵。

【推荐阅读】

1.《陶渊明集》，（晋）陶渊明著，逯钦立校注，中华书局1979年版。

2.《陶渊明》，王青著，南京大学出版社2009年版。

3.《陶渊明集研究》，袁行霈著，北京大学出版社2009年版。

4.《高山流水—隐逸人格》，陈洪著，东方出版社2009年版。

南北朝乐府民歌

【简介】南朝乐府民歌多保存在郭茂倩《乐府诗集·清商曲辞》中，主要有吴歌、西曲两类。吴歌起于建业（今南京），东晋后扩及江南；西曲歌出于荆、郢、樊、邓等江汉地区。吴歌和西曲多出自市民之口，内容多抒写男女爱情生活。南朝乐府民歌一般篇幅较为短小，风格柔媚，情感细腻缠绵，语言清新自然，对后世诗歌创作颇有影响，代表作是《西洲曲》。

南朝乐府民歌

西洲曲

忆梅下西洲①，折梅寄江北。单衫杏子红，双鬓鸦雏色②。西洲在何处，两桨桥头渡。日暮伯劳飞③，风吹乌臼树④。树下即门前，门中露翠钿⑤。开门郎不至，出门采红莲。采莲南塘秋，莲花过人头。低头弄莲子，莲子青如水。置莲怀袖中，莲心彻底红⑥。忆郎郎不至，仰首望飞鸿⑦。鸿飞满西洲，望郎上青楼⑧。楼高望不见，尽日栏杆头。栏杆十二曲，垂手明如玉⑨。卷帘天自高，海水摇空绿⑩。海水梦悠悠，君愁我亦愁。南风知我意，吹梦到西洲。

郭茂倩《乐府诗集》卷七二，中华书局1979年版

【注释】

①西洲：地名，唐温庭筠《西洲曲》："西洲风色好，遥见武昌楼。"西洲可能在武昌一带。下：落。②鸦雏：小鸦，羽毛柔软而黑。③伯劳：鸟名，仲夏时开始鸣叫。④乌臼树：落叶乔木。⑤翠钿（diàn）：用翠玉嵌镶的妇女的头饰。⑥莲心："怜心"的双关语，即相爱之心。彻底：意谓通透到底。⑦望飞鸿：盼

望江北来信。古代相传鸿雁可以传书。⑧青楼：有青色涂饰的楼。⑨"垂手"句：手垂下来白净得像玉一样。⑩"卷帘"二句：意思是天空像大江大湖，卷帘一望只见碧天高远，仿佛江水摇荡。"海水"句：意思是大江辽阔无边，梦也如江水一般悠远。君：指在江北的情人。

【导读】

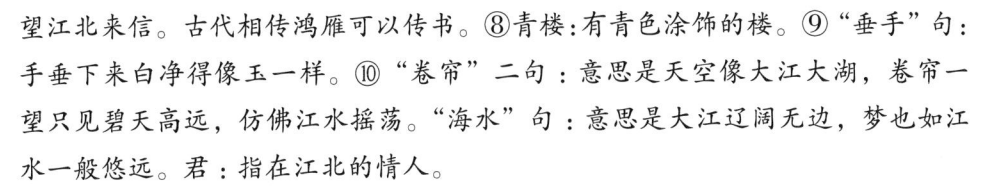

《西洲曲》属于乐府杂曲歌辞，是南朝乐府民歌的代表作，表达了一个多情的江南女子对情郎的深切思念。

诗中先用"单衫"、"双鬓"等词语，形象地描绘出一个美丽多情的女子形象。接着通过对她一系列的行动描写，如"开门郎不至，出门采红莲"，"忆郎郎不至，仰首望飞鸿"，生动地表现女子内心的强烈相思之情。诗歌通过"莲子"、"飞鸿"、"栏杆"、"海水"、"南风"等富有象征意味的词语以及双关、顶针的手法把少女内心执著的情感表现得摇曳多姿，余味悠悠。

【选评】

（明）谭元春《古诗归》："仰首望飞鸿"：有不语含情之妙。"尽日栏干头"：禁不得。"海水摇空绿"：情中境语，如登临眺览诗最难。"吹梦到西洲"：人忆梅，风吹梦，清幻之极。

北朝乐府民歌

【简介】北朝乐府民歌多保存在郭茂倩《乐府诗集·横吹曲辞》的《梁鼓角横吹曲》中。北朝民歌所存数量不多，歌辞约有60余首，主要描写了北方所特有的壮丽山川和游牧生活，表现了北方民族粗犷豪迈的个性和豪侠尚武的精神，也有反映北方频繁的战争给人民带来的痛苦以及北方民族的婚姻爱情生活。北朝乐府民歌语言质朴刚健，风格粗犷豪迈，《敕勒歌》《木兰诗》是其中的代表作。

木兰诗

唧唧复唧唧①，木兰当户织。不闻机杼声②，惟闻女叹息。问女何所思，问女何所忆。女亦无所思，女亦无所忆。昨夜见军帖③，可汗大点兵④，军书十二卷，卷卷有爷名。阿爷无大儿，木兰无长兄，愿为市鞍马⑤，从此替爷征。

东市买骏马，西市买鞍鞯⑥，南市买辔头，北市买长鞭。旦辞爷娘去，暮宿黄河边。不闻爷娘唤女声，但闻黄河流水鸣溅溅。旦辞黄河去，暮至黑山头。不闻爷娘唤女声，但闻燕山胡骑鸣啾啾⑦。

万里赴戎机⑧，关山度若飞。朔气传金柝⑨，寒光照铁衣。将军百战死，壮士十年归。归来见天子，天子坐明堂⑩。策勋十二转⑪，赏赐百千强。可汗问所欲，木兰不用尚书郎，愿驰千里足⑫，送儿还故乡。

爷娘闻女来，出郭相扶将⑬。阿姊闻妹来，当户理红妆。小弟闻姊来，磨刀霍霍向猪羊。开我东阁门，坐我西阁床。脱我战时袍，著我旧时裳。当窗理云鬓⑭，对镜帖花黄⑮。出门看火伴⑯，火伴皆惊惶。同行十二年，不知木兰是女郎。

雄兔脚扑朔⑰，雌兔眼迷离。两兔傍地走，安能辨我是雄雌。

郭茂倩《乐府诗集》卷二五，中华书局1979年版

（清）钱慧安《花木兰》

【注释】①唧唧：叹息声，也可以理解为织布的声音。②机杼（zhù）声：织布的声音。杼：织布的梭子。③军帖：征兵的文书。④可汗（kè hán）：古代西北民族对君主的尊称。点兵：征兵。⑤市：购置。⑥鞯（jiān）：马鞍下的垫子。⑦燕山：燕然山，即今蒙古国境内的杭爱山。⑧戎机：军事行动。⑨朔气：

北方寒气。金柝（tuò）：即刁斗，军用铜器，白天用来作炊具，晚上用来打更。⑩ 明堂：天子用以祭祀、选材等的地方。⑪ 策勋：记录功勋。十二转：将勋位分成若干等，每升一等为一转。十二转，表示功高。⑫ 千里足：指驼、马等代步之物。⑬ 郭：外城。⑭ 云鬓：指头发柔密如云。⑮ 帖花黄：在脸上贴花，额上涂黄色，是当时妇女流行的装饰。帖，同"贴"。⑯ 火伴：古时兵制，十人为一火，火伴即同火的人。⑰ 扑朔，雄兔跳跃的样子。

【导读】

这首长篇叙事诗，通过女英雄代父从军的故事，塑造了一个不贪功名富贵、刚强勇敢、淳朴高洁的女性形象。

诗歌以"唧唧复唧唧，木兰当户织。不闻机杼声，惟闻女叹息"开头，暗示木兰内心的忧思，既表现了木兰孝顺柔情的一面，又表现出她响应国家召唤，义不容辞的爱国精神。接下来，"东市买骏马，西市买鞍鞯，南市买辔头，北市买长鞭"，写花木兰出征前的认真准备以及长途跋涉的艰苦。"万里赴戎机，关山度若飞。朔气传金柝，寒光照铁衣。将军百战死，壮士十年归。"这几句诗形象地表现出战事的激烈和将士的英勇。接着"归来见天子，天子坐明堂。策勋十二转，赏赐百千强。可汗问所欲，木兰不用尚书郎，愿驰明驼千里足，送儿还故乡。"既以天子的厚重赏赐来从侧面衬托木兰在战场上功勋卓著，又表现出木兰归家情切。诗歌的后半部分："开我东阁门，坐我西阁床。脱我战时袍，著我旧时裳。当窗理云鬓，对镜帖花黄。出门看火伴，火伴皆惊惶。同行十二年，不知木兰是女郎。"通过描写木兰回乡后的喜庆气氛以及伙伴对其女性身份的惊讶，营造了颇具喜剧色彩的结局，木兰"女性"和"英雄"的双重角色也在此得到完美的塑造。

这首诗在艺术上运用了设问、对偶、排比和互文等多种修辞手法，语言生动传神，人物形象栩栩如生，是一首浪漫主义和现实主义相结合的杰作。

【选评】

（明）贺贻孙《诗筏》："叙事长篇动人啼笑处，全在点缀生活。如一本杂剧，插科打诨，皆在净丑。《木兰诗》有阿姊理妆，小弟磨刀一段，便不寂寞，而'出门见伙伴'，又是绝妙团圆剧本也。"

【思考与讨论】

1.《西洲曲》可能隐含着一个怎样的故事，请谈谈你的理解。

2.请以《西洲曲》和《木兰诗》为例，比较分析南北朝乐府民歌在内容和艺术风格上的不同，为什么会有这种不同？

【拓展与延伸】

1. 请以乐府诗《花木兰》为题材，创作一组人物画或制作一段1分钟左右的动漫短片。

2. 美国迪士尼动画电影《花木兰》，巧妙地将现实的内在立意与富于神秘色彩的东方经典传说相结合，并被不同文化、不同年龄的观众群体普遍接受，在全球范围获得巨大成功。这对国产动画电影的发展有什么启示？请就此写一篇评论性文章。

3. 传统戏曲中，如豫剧、河北梆子等剧种都演绎了《花木兰》题材的故事，请选择欣赏相关片段。

【推荐阅读】

1.《乐府诗集》，（南朝宋）郭茂倩中华书局1979年版。

2.《最美的乐府诗》，建华、李艳华编著，外文出版社2011年版。

3.《美的历程》，李泽厚著，生活·读书·新知三联书店2009年版。

魏晋南北朝小说

世说新语

【简介】 刘义庆（403—444），彭城（今江苏徐州）人。宋武帝刘裕之侄，袭封临川王。爱好文艺，常招聚文学之士，故其所著《世说新语》可能出于门下众文士之手。全书共30卷，按内容分类系事，分德行、言语、政事、文学等36门，记述汉末至魏晋士大夫阶层逸闻轶事、隽言琐语。所记虽多是一些零星琐碎的人物言行，但涉及内容相当广泛，多方面地反映了魏晋士大夫的思想、生活情况和当时的社会面貌。

《世说新语》书影

《世说新语》全书取材典型，语言精练，意味隽永，是我国古代轶事小说的典范。

管宁、华歆共园中锄菜

德行篇第一

管宁、华歆共园中锄菜①,见地有片金,管挥锄与瓦石不异,华捉而掷去之。又尝同席读书,有乘轩冕过门者②,宁读如故,歆废书出看③。宁割席分坐曰④:"子非吾友也。"

余嘉锡《世说新语笺疏》,中华书局1983年版

【注释】

①管宁,字幼安,北海朱虚(今山东临朐县东)人,据传为管仲之后。少恬静,不慕荣利。华歆,字子鱼,高唐(今属山东)人,汉桓帝时任尚书令,曹魏时官至太尉。②轩冕:轩车。指古代士大夫所乘的华贵车辆。③废书:放下书。④割席分坐:割断坐席,分开座位,以示志趣不同。后引申为绝交。

【导读】

本篇通过写管宁、华歆二人在锄菜见金、见轩冕过门时的不同表现,来凸显管宁视金如土、视富贵如浮云,恬静自守、淡泊名利的形象,而华歆眷恋金钱、羡慕富贵、难以脱俗。由此,两人的德行已有高下之分。

【选评】

刘强《世说新语会评》:"刘会孟(刘辰翁)曰:'捉掷未害其真,强生优劣,其优劣不在此。'"

刘伶病酒

任诞篇二十三

刘伶病酒①,渴甚,从妇求酒,妇捐酒毁器②,涕泣谏曰:"君饮太过,非摄生之道③,必宜断之。"伶曰:"甚善,我不能自禁,唯当祝鬼神④,自誓断之耳,便可具酒肉。"妇曰:"敬闻命⑤。"供酒肉于神前,请伶祝誓,伶跪而祝曰:"天生刘伶,以酒为名,一饮一斛⑥,五斗解酲⑦。妇人之言,慎不可听!"便引酒进肉,隗然已醉矣⑧。

余嘉锡《世说新语笺疏》,中华书局1983年版

(清末)朱旭《刘伶醉酒图》

【注释】

①刘伶：字伯伦，沛国（今安徽省宿县西北）人，"竹林七贤"之一，以嗜酒闻名。②捐：倒掉。③摄生：养生。④祝：祷告。⑤名：通"命"。⑥斛（hú）：量器名，一斛为十斗。⑦酲（chéng），因饮酒过量而神志不清。⑧隗（wěi）：通"頠"，醉倒的样子。

【导读】

魏晋时期，政权更迭频繁，权力争夺激烈，诸多士子文人常被卷进残酷的政治杀夺之中。嵇康、潘岳、张华、陆机、陆云、刘琨等当时文士，均惨遭杀戮，苟活下来的名士也常常惶恐不安。于是，魏晋时期，士子文人常以酒来安顿自我，麻醉灵魂。当然，在某种程度上，饮酒等行为上的放荡形骸，也是对政权专制的一种抗争，是对当时名教礼法的反叛。

本篇塑造了刘伶这样一个以酣饮为乐的酒鬼形象。刘伶之妻关心刘伶，本想让他戒酒，然而刘伶却欺骗妻子，等妻子按照其要求准备好酒菜后，他又饮酒吃肉，直至酣醉不醒。由此可见，魏晋时期政治的黑暗也造成了部分文人放荡形骸甚至畸形的个性。

【选评】

蒋凡：《全评新注世说新语》（下）："刘伶"以酒为名（命），正是一种看透社会人生虚伪礼教的一种清醒认识和满腔无奈。社会腐败黑暗，个人无力回天，不醉酒又将如何！

王子猷居山阴[①]

任诞篇二十三

王子猷居山阴，夜大雪，眠觉，开室，命酌酒，四望皎然。因起仿偟[②]，咏左思《招隐诗》③。忽忆戴安道④。时戴在剡⑤，即便夜乘小舟就之。经宿方至⑥，造门不前而返⑦。人问其故，王曰："吾本乘兴而行，兴尽而返，何必见戴？"

余嘉锡《世说新语笺疏》，中华书局1983年版

【注释】

①王子猷（？—386），字徽之，王羲之之子。有才气，任达放诞，是东晋名士。官至黄门侍郎。后弃官家居，以病终。山阴：在今浙江绍兴市。②仿偟：同"彷徨"，徘徊。③左思：字太冲，西晋著名诗人。有《招隐诗》二首，歌咏隐居之乐。④忆：思念，想念。戴安道：戴逵，字安道，博学多才，善著文，能鼓琴，工书画。隐居不仕。⑤剡（shàn）：晋代县名，属会稽郡，治所在今浙江嵊州市。⑥经宿：过了一夜。⑦造：到。不前，不进门。

【导读】

本篇写王子猷雪夜探访戴逵，将至其家门却又返回的故事。

（元）张渥《雪夜访戴图》

全文不过百字，却把故事交代得完整而又清晰。文中通过对王子猷这种日常生活中随兴之至、率意而为的行为的描写，表现了魏晋时期文士们自然率性、任真放达的风度。读罢这短短的故事，让人不得不羡慕王子猷这位魏晋名士身上所体现出的诗意情怀和洒脱自如的闲情雅趣。

【选评】

骆玉明《世说新语精读》："这个故事描述的正是灵魂在孤独中自由飞翔。"

石崇要客燕集①

汰侈篇第三十

石崇每要客燕集，常令美人行酒②。客饮酒不尽者，使黄门交斩美人③。

王丞相与大将军尝共诣崇④。丞相素不善饮,辄自勉强,至于沉醉。每至大将军,固不饮以观其变⑤,已斩三人,颜色如故,尚不肯饮。丞相让之⑥,大将军曰:"自杀伊家人⑦,何预卿事⑧!"

余嘉锡《世说新语笺疏》,中华书局1983年版

【注释】

①石崇:字季伦,西晋贵族,曾与王恺斗富,以豪奢著名。要(yāo):同"邀",约请。燕集:同"宴集",宴饮欢聚。②行酒:斟酒劝客。③黄门:即仆役中的阉人。④王丞相:即王导,字茂弘,晋元帝时为丞相。大将军:即王敦,字处仲,王导从兄,晋元帝时为征南大将军。诣(yì):到,往。⑤固:坚持。⑥让:责备。⑦伊:他。⑧预:牵涉。卿:指王导。

【导读】

本篇记述了石崇邀请王敦、王导做客,王敦故意不肯饮酒,石崇残杀美人之事。作者没有对王敦、石崇二人的行为下定语,但石崇之凶暴、王敦之残忍,却一一显现,揭示了当时高门贵族的冷酷、凶残。

【选评】

(明)袁中道《舌华录》:"有此主人,亦有此客。"

搜神记

【简介】干宝(?—336),字令升,新蔡(今属河南)人,是东晋史学家和文学家。他勤学博览,历任著作郎、始安太守、司徒右长史、散骑常侍等职,著《晋纪》20卷。其所撰《搜神记》,是魏晋南北朝时代志怪笔记小说的代表作品。

《搜神记》中记录了大量神仙鬼怪的故事,也有不少故事反映了人民反抗压迫的斗争精神和青年男女追求爱情婚姻自由,揭露了统治者的残暴。其中不少篇章描写生动具体,情节曲折,初步具备短篇小说的规模。

《搜神记》书影

紫玉①

吴王夫差小女，名曰紫玉，年十八，才貌俱美。童子韩重，年十九，有道术，女悦之，私交信问，许之为妻。重学于齐、鲁之间，临去，属其父母②，使求婚。王怒，不与女。女结气死，葬阊门之外③。

三年，重归，诘其父母④。父母曰："大王怒，女结气死，已葬矣。"重哭泣哀恸⑤，具牲币，往吊于墓前。玉魂从墓中出，见重，流涕谓曰："昔尔行之后，令二亲从王相求，度必克从大愿⑥，不图别后遭命奈何！"玉乃左顾，宛颈而歌曰⑦：

南山有鸟，北山张罗。鸟既高飞，罗将奈何！意欲从君，谗言孔多。悲结生疾，没命黄垆⑧。命之不造，冤如之何！

羽族之长，名为凤凰。一日失雄，三年感伤。虽有众鸟，不为匹双。故见鄙姿，逢君辉光。身远心近，何尝暂忘！

歌毕，歔欷流涕⑨，要重还冢⑩。重曰："死生异路，惧有尤愆⑪，不敢从命。"玉曰："死生异路，吾亦知之。然今一别，永无后期，子将畏我为鬼而祸子乎。欲诚所奉，宁不相信？"重感其言，送之还冢。玉与之饮宴，留之三日三夜，尽夫妇之礼。临出，取径寸明珠以送重，曰："既毁其名，又绝其愿，复何言哉！时节自爱。若至吾家，致敬大王。"

重既出，遂诣王，自说其事。王大怒曰："吾女既死，而重造讹言⑫，以玷秽亡灵。此不过发冢取物，托以鬼神。"趣收重。重走脱，至玉墓所诉之。玉曰："无忧，今归白王。"

王妆梳，忽见玉，惊愕悲喜，问曰："尔缘何生？"玉跪而言曰："昔诸生韩重来求玉，大王不许。玉名毁义绝，自致身亡。重从远还，闻玉已死，故赍牲币⑬，诣冢吊唁⑭。感其笃终，辄与相见，因以珠遗之。不为发冢，愿勿推治。"夫人闻之，出而抱之，玉如烟然。

汪绍楹校注《搜神记》卷十六，中华书局1979年版

【注释】

①选自《搜神记》卷十六，又名《吴王小女》。②属：后来写作"嘱"，嘱托。③阊门：始建于春秋时期，是阖闾城的八门之一。④诘（jié）：责问，

追问。⑤哀恸（tòng）：极度悲哀。⑥克：能够。⑦宛：弯曲。⑧黄垆：坟墓。⑨歔欷（xī xū）：抽噎。⑩要（yāo）：邀请。⑪尤愆（qiān）：罪过，过失。⑫讹言：传布的流言，谣言。⑬赍（jī）：拿东西给人，送给。⑭吊唁（yàn）：祭奠死者。

【导读】

本文讲述的是一个爱情悲剧故事。吴王小女紫玉与韩重私定终身，但由于吴王的反对，导致紫玉气结而死。韩重临墓哭奠，紫玉鬼魂与之相会，并邀入坟中结为夫妇。后来韩重被诬，紫玉又现形相救。

这个故事有一个流传演变的过程。《吴越春秋》中已有吴王女滕玉的故事，记载滕玉与父怄气而死，化鹤舞于市，但是却没有爱情的内容。而《越绝书》中，则记作吴王女幼玉欲嫁韩重，结果无果而亡，没有邀韩重入墓室成婚的情事。一直到《搜神记》才完成了这一幕凄楚动人的爱情悲剧。

作品中紫玉、韩重这两个人物，特别是紫玉的形象，寄托了作者蔑视门第观念，渴望婚姻自由的精神与理想。紫玉为情而亡，为情还魂，最终与韩重实现了结合，这反映了现实社会中的青年男女急于冲破束缚的迫切愿望。

这篇小说与魏晋时期的其他小说相比，在表现手法上颇有独到之处。

首先，体现在笼罩全篇的浓厚抒情色彩上。作品中，韩重临墓痛哭，紫玉魂魄现形，有一曲长达二十句催人泪下的哀歌，尽管在叙事散文中插入诗歌是我国古代散文的传统手法，但像《吴王小女》这样长达二十句、情感饱满、层次丰富的穿插还是比较少见的。

其次，这篇文章的叙事方式也值得称道。文中最主要的情节是在对话中展开、完成的。"墓间相会"这一高潮，完全是对话，包括紫玉的哭诉、抒情的咏叹以及邀韩入墓，等二人终成良缘后，是紫玉谆谆嘱托而别。不仅情节的推演借助对话，男女主人公的心理活动也在对话中展现。这种叙事方式接近于戏剧，与后世白话小说书体迥异。一定程度上，透露出现代小说艺术中所谓"客观叙事"的萌芽。

【选评】

陈星鹤《魏晋南北朝小说赏析》："这篇小说反映了封建婚姻制度下青年男女为争取爱情幸福所进行的斗争。故事曲折生动，情节波澜起伏是它的显著特色……三次大起大落的波澜，由生到死，由合而离，由聚而散，造成开合擒纵、抑扬跌宕的艺术情趣。"

三王墓①

楚干将、莫邪为楚王作剑，三年乃成。王怒，欲杀之。剑有雌雄，其妻重身当产②，夫语妻曰："吾为王作剑，三年乃成，王怒，往必杀我。汝若生子是男，大，告之曰：'出户望南山③，松生石上，剑在其背。'"于是即将雌剑往见楚王。王大怒，使相之④："剑有二，一雄一雌，雌来，雄不来。"王怒，即杀之。

莫邪子名赤，比后壮，乃问其母曰："吾父所在⑤？"母曰："汝父为楚王作剑，三年乃成，王怒杀之。去时嘱我：'语汝子：出户往南山，松生石上，剑在其背。'"于是子出户，南望，不见有山，但睹堂前松柱下⑥，石低之上⑦，即以斧破其背，得剑。日夜思欲报楚王⑧。

王梦见一儿，眉间广尺，言欲报仇。王即购之千金⑨。儿闻之，亡去，入山行歌。客有逢者⑩。谓："子年少，何哭之甚悲耶？"曰："吾干将莫邪子也。楚王杀吾父，吾欲报之。"客曰："闻王购子头千金，将子头与剑来，为子报之。"儿曰："幸甚。"即自刎，两手捧头及剑奉之，立僵。客曰："不负子也⑪。"于是尸乃仆⑫。

客持头往见楚王，王大喜。客曰："此乃勇士头也。当于汤镬煮之⑬。"王如其言。煮头三日三夕，不烂。头踔出汤中⑭，瞋目大怒⑮。客曰："此儿头不烂，愿王自往临视之，是必烂也。"王即临之，客以剑拟王⑯，王头随堕汤中；客亦自拟己头，头复堕汤中。三首俱烂，不可识别。乃分其汤肉葬之。故通名三王墓。今在汝南北宜春县界⑰。

莫干山干将莫邪像

汪绍楹校注《搜神记》卷一，中华书局1979年版

【注释】

①干将、莫邪：《吴越春秋·阖闾内传》也载有此故事，吴人干将、莫邪夫妇，为吴王阖闾铸剑，与《搜神记》所载有异。②重（chóng）身：指怀孕。

③出户：出门。④相（xiàng）：察看。⑤所在：何在。⑥松柱：松木檐柱。⑦石低：即石砥，柱础石。⑧报：报复，报仇。⑨购：重赏征求。⑩客：侠客，指行侠仗义之士。⑪负：辜负。⑫仆：倒下。⑬镬（huò）：形似鼎而无足，秦汉时用作刑具，用以烹人。⑭踔（chuō）出：跳出。⑮瞋（chēn）目：瞪大眼睛瞪人。⑯拟：对准。⑰汝南：郡名，汉置，在今河南汝南县东南。北宜春：汉代县名，属汝南郡。因豫章有宜春，故加"北"。

【导读】

这篇小说讲述了干将、莫邪的儿子赤为父报仇的故事，反映了楚王的残暴，歌颂了底层民众不屈不挠的反抗精神和客拔刀助人、甘愿赴死的侠义精神。赤为复仇，自刎赴死，客路见不平，以死除暴。两人皆生死不惧，遂成功除暴复仇。小说将血亲复仇的主题上升到反抗强权暴力的高度，使得复仇的合理性、正义性大大增强，同时也使得小说具有崇高、悲壮之美。

在艺术上，小说具有较为完整的结构、曲折离奇的情节和奇特丰富的想象，人物对话简洁生动，结局出乎意料，又合情合理。

【选评】

陈星鹤《魏晋南北朝小说赏析》："小说不仅写了赤的生前，也用浪漫主义的手法写到了他的死后……总之，他为复仇而生，又为复仇而死；死后又为未报仇而怒，为已报仇而安。这就从生死两端着墨，极力描写了赤的死而不已，矢志不移的坚毅性格，深化了复仇雪耻的主题。"

东海孝妇①

汉时，东海孝妇养姑甚谨②。姑曰："妇养我勤苦，我已老，何惜余年，久累年少。"遂自缢死。其女告官云："妇杀我母。"官收系之，拷掠毒治③。孝妇不堪苦楚，自诬服之④。

时于公为狱吏，曰："此妇养姑十余年，以孝闻彻，必不杀也。"太守不听。于公争不得理⑤，抱其狱词，哭于府而去。自后郡中枯旱，三年不雨。

后太守至，于公曰："孝妇不当死，前太守枉杀之，咎当在此⑥。"太守即时身祭孝妇冢，因表其墓⑦。天立雨，岁大熟。

长老传云："孝妇名周青。青将死，车载十丈竹竿，以悬五旛幡⑧。立誓于众曰：'青若有罪，愿杀，血当顺下；青若枉死，血当逆流。'既行刑已，

·60·

其血青黄，缘幡竹而上标，又缘幡而下云。"

汪绍楹校注《搜神记》卷一一，中华书局1979年版

【注释】

①此篇本事也见于《说苑》《汉书》《孝子传》。东海：古郡名。在今山东省郯城县西南。②姑：婆婆。谨：恭敬。③拷掠：拷打。毒治：严刑审问。④诬：捏造罪状。诬服：无罪而被迫认罪。⑤争（zhèng）：通"诤"，规劝。⑥咎（jiù）：灾害。⑦表：墓前记载死者生平并表彰其功德的石碑，这里作动词，即立碑。⑧幡（fān）：长幅下垂的旗子。

【导读】

本文讲述一个孝顺婆母的妇人被枉杀的冤案。少妇周青，贤惠善良，十多年如一日，奉养婆婆十分勤谨。却遭人诬告，被昏官屈打成招，竟至蒙冤而死。她的屈死让人同情，也使人感到深深的不平。

小说通过她临刑前所立誓言的应验，表达出民众要求公正的愿望以及对黑暗社会的愤恨。小说以天大旱、血逆流等反常现象证实和渲染冤情，极具表现力。这对后世的文学创作也有显著的影响，成为后世一些戏曲改编的素材。元代王实甫和梁进之分别撰有杂剧《东海郡于公高门》，而关汉卿所创作的元杂剧杰作《感天动地窦娥冤》显然也受到了这篇小说中若干情节的影响。

【选评】

吴组湘《历代小说选》："孝妇周青屈打成招、蒙冤而死，在临刑前她所立誓言顷刻应验，死后郡中枯旱，三年不雨，这些充满浪漫主义的描写，有力地抨击了社会的黑暗，表现了被压迫人民的愿望。"

【思考与讨论】

1.《世说新语》中有哪些人物和故事使你印象深刻？请谈一谈。

2.《韩凭妻》的结尾，韩凭夫妇化为鸳鸯，你对此如何理解？请结合《孔雀东南飞》、"梁祝传说"等故事，谈谈你的看法。

【拓展与延伸】

1.从《世说新语》或《搜神记》中，选择一两个故事，改编成剧本，并制作一部1分钟动画短片。

2.阅读《三王墓》和鲁迅的小说《铸剑》，比较二者有什么异同，并尝试将《三王墓》改编为影视剧本。

3.2015年，热播电视剧《琅琊榜》中的历史背景被认为或是南梁王朝，而主人公梅长苏身上有魏晋时期文人陶弘景的影子。请查找资料，谈谈你的理解。

【推荐阅读】

1.《世说新语》，朱碧莲、沈海波译注，中华书局2011年版。

2.《世说新语：六朝的清谈》，蔡志忠编绘，三联书店2000年版。

3.《搜神记》（精），（东晋）干宝撰，马银琴译注，中华书局2012年版。

4.《魏晋南北朝小说》，刘叶秋著，上海古籍出版社1979年版。

第四单元

隋唐五代文学

【概述】隋文帝杨坚于589年统一了全国，结束了南北朝分裂的政治局面。但隋朝只维持了不到三十年。617年，关陇贵族集团的代表人物李渊、李世民起兵太原。第二年五月，李渊在长安称帝，改国号为唐，并于武德七年（624）统一了全国。唐代成为我国历史上政治军事强大、文化繁荣的朝代。

唐朝建国后，经济上实行均田制、租庸调法等措施，又大力兴修水利、鼓励垦荒，因而农业生产迅速恢复并得到发展。手工业、商业、交通运输业也迅速发展，形成了从贞观到开元一百多年间的"太平盛世"，达到唐代经济繁荣的顶峰。杜甫"忆昔开元全盛日，小邑犹藏万家室。稻米流脂粟米白，公私仓廪俱丰实"（《忆昔》）便是这种繁荣景象的写照。

唐初，在政治上，统治者为了巩固自己的统治，便大力加强了中央集权，限制豪门世族的势力，并照顾中小地主阶级的利益，使他们有机会参政、议政，因而扩大并巩固了唐代政权的基础；同时，完善科举制度，使许多中下层知识分子登上政治舞台，为新政权效力。上述政治上的一系列措施，有力地促进了唐帝国的兴盛。但唐玄宗末年"安史之乱"的爆发，大大削弱了唐帝国的统治。自此，大唐王朝由盛转衰。至中、晚唐时期，藩镇割据，宦官专权，边患频仍，导致政局日趋黑暗，社会日益动荡不安，终于在唐末农民起义的打击下，907年朱温篡唐，唐朝覆亡。

隋朝文学是南北朝文学的延续，又是唐代文学的前奏。隋朝文学的主要代表文人有由北入隋的作家，如卢思道、杨素、薛道衡等；还有由南入隋的作家，如江总、虞世基、虞世南等。

唐代是中国文学史上最辉煌、最富有创造力的时期之一。其文学的繁荣表现在诗歌、散文、小说、词的全面发展上，尤其是唐代诗歌达到了中国古典诗歌的顶峰。《全唐诗》收录的诗人就有两千余家，诗作近五万首。初、盛、中、晚唐各期都名家辈出、异彩纷呈。

初唐时期出现的文学名家有四杰王勃、杨炯、卢照邻、骆宾王和稍后的陈子昂。他们位卑志高，官微才大，上承汉魏风骨，自觉批判齐梁以来浮艳的文风，使唐诗开始由宫廷台阁走向社会现实，由香浓软艳的靡靡之音变为清新健康的歌唱。同时代的宋之问和沈佺期在诗歌的形式上也做了大胆的探索，他们共同为唐诗的发展铺平了道路。此外，存诗仅两首的张若虚，以长篇歌行《春江花月夜》，融诗情画意和人生哲理于一体，"孤篇横绝，竟为大家"。

盛唐时期诗歌名家众多。唐玄宗开元、天宝年间，史称盛唐。这一时期出现了山水田园和边塞两大诗歌流派。以王维、孟浩然、储光羲等人为代表的山水田园诗派，他们上承陶渊明、谢灵运而别开生面，其中孟浩然的诗歌冲淡旷远，王维的诗"诗中有画，画中有诗"；以高适、岑参、王昌龄等人为代表的边塞诗人，诗风慷慨悲壮，昂扬奋发，洋溢盛唐时代精神。唐代诗坛最璀璨的明星无疑是李白与杜甫组成的"双子星座"，两人的诗歌分别代表了唐诗浪漫主义和现实主义的高峰。李白的诗歌豪放飘逸，瑰丽奇特，无愧"诗仙"美誉。杜甫的诗歌众体兼备、沉郁顿挫，后人尊为"诗圣"。他的诗歌创作抒发了伤时悯乱、忧国忧民之心，记录了唐王朝由盛转衰过程中一系列重大事件，史称其诗为"诗史"。

安史之乱以后，中国历史进入中唐时期。此时，诗歌创作又形成了一个新的高潮。这一时期作家众多，流派林立。刘长卿、韦应物的山水诗，承接王维、孟浩然田园诗风；卢纶、李益的边塞诗为高适、岑参边塞诗派的余绪。以白居易、元稹为首的现实主义诗人，倡导了一场新乐府运动，元白二人，主张诗歌反映现实生活，关注民生，体现出知识分子强烈的社会责任感。白居易除了现实主义的新乐府作品之外，《长恨歌》《琵琶行》两首长篇叙事诗，更是广为流传，载誉诗坛。这一时期，和元白诗派齐名而诗风独特的是韩（愈）孟（郊）诗派。韩孟诗派以才学为本，以议论见长，作诗力避平俗而求生硬奇险，开了宋诗的风气。此外，虽不入他们流派，风格独具的诗人还有柳宗元、刘禹锡、贾岛和李贺。李贺以其奇谲怪诞的诗风独树一帜。

晚唐是唐代诗歌的变异时期。随着李唐王朝走向没落，诗歌气格染上了浓厚的衰亡感伤色彩，成就最高的诗人是杜牧和李商隐，世称"小李杜"。陆龟蒙、皮日休继承了新乐府运动的传统,但多具闲适淡泊的情调。此外,温庭筠、杜荀鹤、韦庄等都有一定的成就。

散文的高度发展是唐代文坛的又一重大收获。初唐时期沿着南北朝骈文创作的道路,骈文仍然占据着文坛的统治地位。初唐骈文创作的优秀作家是"初唐四杰",如王勃的《滕王阁序》、骆宾王的《代李敬业传檄天下文》等,都是脍炙人口的名篇。中唐,韩愈、柳宗元等以复兴儒学、秦汉文风为旗帜,主张"文以明道",提倡古朴文风,强调内容和形式的统一。韩、柳双峰并峙,领导了一场古文革新运动,反对南北朝以来骈文创作内容空洞的流弊。他们不仅是唐代古文运动的领袖,也不愧为继司马迁之后优秀的散文家。

在小说方面,唐人继承和突破了六朝志怪小说的艺术藩篱,创造出了唐代传奇这一艺术形式,开辟了"有意为小说"(《中国小说史略》)的新时代。如元稹的《莺莺传》、蒋防的《霍小玉传》、白行简的《李娃传》、李朝威的《柳毅传》等,都是传奇名作。唐传奇的出现,标志中国古代文言短篇小说进入了成熟阶段。变文也是唐代出现的一种新的说唱文学样式。

词是中国文学的瑰宝,它兴盛于两宋,却产生于隋唐五代。它由民间产生到成熟于文人之手,由初创到成熟。《花间集》是我国最早的一部词的总集,参与写作的词人被称之为"花间派"。晚唐的温庭筠,是这一时期的诗人中写词最多的作家,被称为"《花间》鼻祖",与由唐入蜀的韦庄被合称为"温韦"。五代文学的主要成就在于词,其创作中心一在西蜀,一在南唐。主要作家有韦庄、李珣、李煜、冯延巳等人。尤其是后主李煜,他的词突破了晚唐五代"词为艳科"的藩篱,在境界、气象和技巧上多有拓展。

初唐诗歌

陈子昂

【简介】陈子昂(659—700),字伯玉,梓州射洪(今属四川)人。睿宗文明元年(684)进士,授麟台正字、右拾遗。直言敢谏,所陈多切中时弊。先后两次从军边塞,谏言不但不被执政者采纳,反而屡遭打击。圣历元年(698),以父老辞官隐居。后为武三思指使的射洪县令段简诬陷,冤死于狱中。陈子昂论诗反对齐梁的颓靡诗风，倡导"汉魏风骨"和"风雅兴寄"，在初唐诗歌革新运动中发挥了重要作用，对后代诗人产生了深远影响。其诗作题材宽广丰富，风格刚健质朴。有《陈伯玉集》。

登幽州台歌①

前不见古人②，后不见来者③。念天地之悠悠，独怆然而涕下④！

（清）彭定求等编《全唐诗》卷八三，中华书局1960年版

【注释】

①幽州台：又称蓟北楼，遗址在今北京市西南。②古人：指前代的明君贤士。③来者：指后世的明君贤士。古音"者"与"下"韵母同。④怆（chuàng）然：悲痛伤感的样子。

【导读】

唐武后时，万岁通天元年（696），陈子昂随建安王武攸宜远征契丹，军事失利，他屡次上谏却不被采用，于是登蓟北楼，感昔乐毅、燕昭之事，赋诗数首，这是其中之一。

这首诗在极其广阔的时空背景上深刻表现了诗人知音难遇的孤独苦闷和报国无门的极大悲愤，也唱出历代失意文人壮志未酬、知音难逢的心声。诗歌悲怆之中充满豪情，是一首震烁千古的绝唱。

【选评】

闻一多《说唐诗》："'子昂的诗，是越乎形象之美，通过精神之变，深与人生契合，境界所以高绝'，《登幽州台歌》不仅有宇宙意识，而且有历史意识。'"

《陈子昂集校注》书影

张若虚

【简介】 张若虚（660—720），扬州（今属江苏）人。他曾官兖州兵曹，与

贺知章、包融、张旭并称"吴中四士"。所赋诗以《春江花月夜》最为著名。《全唐诗》仅存录其诗两首。

春江花月夜①

　　春江潮水连海平，海上明月共潮生。滟滟随波千万里②，何处春江无月明。江流宛转绕芳甸③，月照花林皆似霰④。空里流霜不觉飞，汀上白沙看不见⑤。江天一色无纤尘，皎皎空中孤月轮。江畔何人初见月，江月何年初照人。人生代代无穷已，江月年年只相似。不知江月待何人，但见长江送流水。白云一片去悠悠，青枫浦上不胜愁⑥。谁家今夜扁舟子⑦，何处相思明月楼⑧。可怜楼上月徘徊，应照离人妆镜台。玉户帘中卷不去⑨，捣衣砧上拂还来⑩。此时相望不相闻，愿逐月华流照君。鸿雁长飞光不度，鱼龙潜跃水成文⑪。昨夜闲潭梦落花⑫，可怜春半不还家。江水流春去欲尽，江潭落月复西斜。斜月沉沉藏海雾，碣石潇湘无限路⑬。不知乘月几人归，落月摇情满江树⑭。

（清）彭定求等编《全唐诗》卷二十一，中华书局1960年版

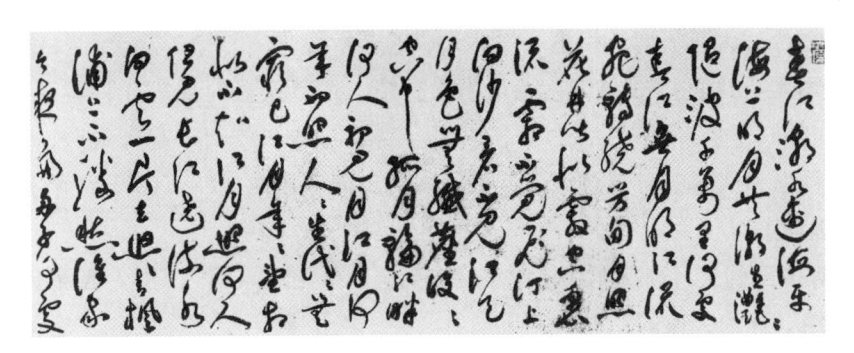

（明）祝允明草书《春江花月夜》（局部）

【注释】

　　①春江花月夜：乐府旧题，曲调传为陈后主所创。②滟滟（yàn）：月光下水波动荡闪烁。③芳甸：花草丛生的郊野。④霰（xiàn）：小冰粒。⑤汀（tīng）：江边的浅处。⑥青枫浦：在今湖南省浏阳市境内。此处泛指分别的地点。⑦扁（piān）舟子：乘船漂泊在外的游子。⑧明月楼：泛指月光下思妇所居之楼。⑨玉户：

指思妇的居室。⑩捣衣砧（zhēn）：捣衣用的垫石。"鸿雁"句：意思是鸿雁怎么也飞不出这片月光。⑪"鱼龙"句：意思是鱼在深水里游动，只能激起阵阵波纹。闲潭：幽静的水潭。⑫梦落花：比喻春天将逝。⑬碣石：山名，在今河北省昌黎。潇湘：水名，潇水和湘水在湖南省零陵县合流后称为潇湘。碣石、潇湘分居北方和南方，相距遥远，喻游子思妇难以相见。⑭"落月"句：意思是月光和思念之情一起洒落在江水之中、岸边树上。

【导读】

　　此诗为乐府旧题，而作者能自出机杼，突破了宫体题材的风格，将春、江、花、月夜这些美好的意象完美地组合到一起，构成了一幅纯净绝美的图景。这首诗生动展现了春江花月之夜的优美景色，抒写了离别相思之情，表现出对人生哲理的思索、对宇宙奥秘的追求以及对青春年华的珍惜，由此创造了一个美丽、静谧、空灵、深邃的艺术世界。

　　全诗开头八句以明月渐渐升起为中心，紧扣春、江、花、月、夜五字逐渐展开，最终构成一幅天地一体、色彩绚丽的完整图画，这既为下文抒写人间离情提供情感依托的空间，也为下面抒情烘托气氛。中间二十句，主要是用江月永恒引发生命短暂是追问和思考；用明月长圆反衬人间的离别，这两部分情景交融通过情和景的对比反衬，鲜明地体现出月圆人不圆的旨意。最后一部分主要以花落、春归、雾漫、月残来引发游子的思归之情，通过情与景的相互烘染，来烘托离别相思之苦，达到了情景相生、浑然天成的艺术境界。

　　艺术上，这首诗的突出特点是借景抒情、情景交融。此外，诗中还善于将空间与时间、过去和现在、短暂和永恒、完美与残缺放到一起来观照，渗透着深刻的哲思和广阔的时空意识，这也体现出走向盛唐时代诗人的开阔情怀。

【选评】

　　（清）王闿运《湘绮楼说诗》："张若虚'春江潮水篇'，用《西洲》格调，孤篇横绝，竟为大家。"

【思考与讨论】

　　1.初唐四杰指的是哪几位诗人，其代表作品分别有哪些？他们对唐诗的发展有何贡献？

　　2.闻一多称张若虚的《春江花月夜》是"诗中的诗，顶峰上的顶峰"，你如何理解？

【拓展与延伸】

　　1.根据《登幽州台歌》一诗的思想内容，为其配上一幅插图。

2.《春江花月夜》是一首情景交融的名作,请为其制作一段配乐的短片。
3.大唐王朝是怎样建立的?请阅读相关书籍,了解这段风云激荡的历史。

【推荐阅读】
1.《唐诗鉴赏辞典》,萧涤非等著,上海辞书出版社1983年版。
2.《唐诗三百首》,(清)蘅塘退士编,孟伟选注,广西师范大学出版社2008年版。
3.《隋唐五代史》,吕思勉著,上海古籍出版社2005年版。

盛唐诗歌

孟浩然

【简介】孟浩然(689—740),字浩然,襄州襄阳(今属湖北襄樊)人。早年隐居家乡读书,开元十六年(728)赴长安举进士不第,归乡后曾漫游吴、越、湘、赣等地。开元二十五年(737)张九龄为荆州长史,辟其为从事,不久辞归。后因王昌龄游襄阳,孟浩然与之畅饮,食鲜疾动而卒,年52岁。孟浩然的诗多为山水行旅、田园隐逸之作,诗风冲淡自然,境界清远。闻一多说:"淡得看不见诗了,才是真正孟浩然的诗。"(《唐诗杂论》)然其诗歌语淡而味浓,正如沈德潜所论:"襄阳诗从静悟得之,故语淡而味终不薄。"(《唐诗别裁》)

孟浩然像

孟浩然的田园诗写得平淡自然、质朴真淳,富有生活气息,如《过故人庄》中农家的淳朴生活和乡村的自然景色,在淡淡的笔墨中都表现得自然而亲切,深受陶渊明的诗风影响。孟浩然的山水诗也有写得气象雄浑、境界阔大的,如《临洞庭湖赠张丞相》等。明胡震亨说他"冲淡中有壮逸之气"(《唐音癸签·吟谱》)。孟浩然与王维同为盛唐山水田园诗派的代表作家,世称"王孟"。有《孟浩然集》。

临洞庭①

八月湖水平,涵虚混太清②。气蒸云梦泽③,波撼岳阳城。欲济无舟楫④,端居耻圣明⑤。坐观垂钓者,徒有羡鱼情⑥。

佟培基《孟浩然诗集笺注》卷上,上海古籍出版社 2000 年版

【注释】

①一作《望洞庭湖赠张丞相》,又作《岳阳楼》。洞庭湖:在今湖南北部,长江南岸。张丞相:有两说,一说指张说,时张说为岳州刺史;一说指张九龄。②涵虚:一作"含虚",意通。太清:天空。③云梦泽:古大泽名,长江之南为云泽,长江之北为梦泽,此句言洞庭湖一带的广大地区。岳阳城:即今湖南省岳阳市,在洞庭湖东岸。④济:渡。楫(jí):船桨。这里以欲渡洞庭却无舟楫喻指想出仕却无人引荐。⑤端居:独处,隐居。圣明:常用以指代皇帝,也指圣明时代。⑥徒,一作"空"。羡鱼情:语出《淮南子·说林训》:"临河而羡鱼,不若归家织网",此谓希望得到张丞相援引。

【导读】

这首诗一作《临洞庭》,是开元二十一年(731)作者赠给宰相张九龄的干谒诗。前两联,诗人先以雄浑夸张的手笔描写洞庭湖水的汪洋辽阔,尤其是第二联"气蒸云梦泽,波撼岳阳城",独运妙笔,以精练的语言形象地再现了八百里洞庭广阔无边的气势,境界阔大、气势雄浑,为咏洞庭的名句。当然,前两联并不只是写景,其既泛写洞庭的波澜壮美的景色,又象征开元时期的清明政治、国泰民安,从而为下联作者的表达求仕之心做好了铺垫。接着,诗的后两联即景抒情,表达了自己不甘闲居,积极用世之意。颈联,诗人以巧妙的比喻,写欲渡洞庭却没有舟楫,含蓄地表明想效力朝廷却无人引荐的困惑,其实是希望张丞相能够予以引荐提携。结尾两句,以"坐观"、"徒有"表明自己孤立于清明盛世之外,心有不甘。这既点明诗题,又照应全篇,与全诗浑然一体,含蓄委婉地表明自己积极进取的精神。

这首诗虽是干谒诗,但措辞委婉含蓄、不卑不亢,无自轻自贱之相,当属同类诗篇中的一流作品。

【选评】

(清)沈德潜《唐诗别裁集》:"起法高浑,三四雄阔,足与题称"。又云:"读此诗知襄阳非甘于隐遁者。"

王维

【简介】 王维（701—761），字摩诘，原籍太原祁县（今属山西），父辈迁居于蒲州（今山西永济）。9岁能写诗，19岁赴府试，举京兆解头，后因伶人舞黄狮子犯罪，被贬为济州司库参军。开元二十三年（735），张九龄为相，王维被任命为右拾遗，后迁监察御史。开元二十五（737）年，张九龄罢相后，王维也遭排斥，外放凉州为河西节度使幕府判官。唐玄宗天宝初年，过着亦官亦隐的生活。"安史之乱"爆发后，王维为叛军所俘，被授予伪职。安史乱平，他被以陷贼官而论罪，因曾作诗寄慨，只受到降官的处分。后官至尚书右丞，世称王右丞。有《王右丞集》。

王维像

作为盛唐山水田园诗派的代表作家，王维具有多方面的文学、艺术才能。他的诗歌创作可分前后两期，前期他立志于功名进取，写了不少风格雄浑、境界开阔，充满豪情逸气的诗作，尤以边塞和游侠题材的诗歌居多，如《少年行》《从军行》《老将行》《陇头吟》《使至塞上》等。后期由于中年丧妻、政治受挫，思想趋于消沉，在较长时间里隐居终南山和辋川别墅，诗歌创作也偏向田园生活。

王维山水田园诗歌的主要内容是反映田园隐逸生活，描写自然山水。如《渭川田家》《山居秋暝》《终南山》《鸟鸣涧》《鹿砦》《竹里馆》《辛夷坞》等。

王维的山水田园诗取得极高的艺术成就，主要表现在以下方面：

其一，"诗中有画，画中有诗"。王维以画法入诗，善于创造清新秀丽的意境。他的诗宛如一幅山水画，这与王维有意识地将绘画技法引入诗中是分不开的。如《汉江临泛》："江流天地外，山色有无中。"江水天际，好像流出了天地之外，远山蒙蒙，若隐若现，若有若无。这俨然是水墨丹青妙手造就的山水画。再如《山居秋暝》的"明月松间照，清泉石上流"，营造出来的亦是清新秀丽的诗境。

其二，精巧的艺术构思。王维善于捕捉富于生活情趣意象，善于在动态中捕捉自然景物的光和色，在诗里表现的浓郁的生活气息和丰富的色彩层次感。如写人事的："人闲桂花落""山路元无雨，空翠湿人衣""空山不见人，但闻人语响""竹喧归浣女，莲动下渔舟"等；写景物色彩的：如"日落江湖白，潮来天地青"（《送邢桂州》）、"泉声咽危石，日色冷青松""荆溪白石出，天寒红叶稀"等，无不是体现出其高超的艺术构思。

其三，诗中渗透着禅宗佛理。"禅"来自于梵语，是"禅那"的首称，"禅那"即"思维修"，静思的意思。王维追求的是一种空寂宁静的境界，用禅宗的静思参悟来欣赏品味自然山水之美，在自然界中自我陶醉，物我两忘，使诗歌呈现出清幽、恬静、闲淡、自在、冷寂的审美境界。例如，《辛夷坞》："木末芙蓉花，山中发红萼；涧户寂无人，纷纷开且落。"王维在诗中欣赏寂静，在寂静中体察感悟自然生机的空静之美。另一种是以动衬静，使静显得更为寂静。

其四，语言凝练含蓄，清新明快，音节和谐响亮，富于音乐美。如王维《竹里馆》："独坐幽篁里，弹琴复长啸。深林人不知，明月来相照。"这首诗说明王维精通音乐，也体现了其诗语言和音乐上的艺术特色。王维的诗歌创作各体皆工，尤工五律和五七言绝句，号为"诗佛"。

终南别业

中岁颇好道①，晚家南山陲②。兴来每独往，胜事空自知③。行到水穷处，坐看云起时。偶然值林叟④，谈笑无还期⑤。

赵殿成《王右丞集笺注》卷三，上海古籍出版社1984年版

【注释】

①道：这里指佛理。王维的母亲长期信奉佛教，王维也深受影响。②南山陲，指辋川别墅所在地。③胜事：快意之事。④值：遇见；林叟：山林中的老人。⑤无还期：没有回去的准确时间。

【导读】

这首诗写作者隐居终南山时的闲适怡乐、随遇而安之情，生动地刻画出一个超然物外的隐者形象。

诗的首联叙说自己中年时喜欢上研究佛理，次联写寄情山林的兴致和欣赏美景的乐趣。"兴来每独往，胜事空自知"，透露出一种内心的闲适和心灵的纯净。作者似乎已经放下世俗的羁绊和困扰，游走于天地之间而

于右任书《终南别业》

不谙所往，活出了一种超然物外，自由自在的生命状态。第三联"行到水穷处，坐看云起时"，写自己心境闲适，随意而行，无拘无束，自由自在。溪水不因外物而停止流淌，云彩不因外物而放弃飘游，一切都随意自然，彼此欣赏却不可以干涉对方，体现出的是物我的契合和自我的超脱。最后一联，进一步写出悠闲自得的心情。"偶然值林叟，谈笑无还期"，诗人与林叟朋友，偶然遇到，兴致突发，则畅谈心声，彼此深刻体悟理解着对方的心灵。兴致尽，心归于平静，就安居一地，相安无事。字里行间，渗透着禅机佛理。

综观全诗，人与山、水、云等自然事物，"我"与林叟都各自保留着自己的精神净土，看似感情冷淡，字里行间却透出温馨，同时也毫无拘束表现出诗人恬淡的天性和超然物外的风度。

【选评】

（元）方回《瀛奎律髓》："右丞此诗，有一唱三叹不可穷之妙。"

山居秋暝[①]

空山新雨后，天气晚来秋。明月松间照，清泉石上流。竹喧归浣女[②]，莲动下渔舟。随意春芳歇，王孙自可留[③]。

赵殿成《王右丞集笺注》卷七，上海古籍出版社1984年版

（明末清初）项圣谟《山居秋暝》

【注释】

①暝（míng）：夜，晚，此处指傍晚。②浣（huàn）女：洗衣的女子。③"随意"二句：出自楚辞《淮南小山·招隐士》："王孙兮归来，山中兮不可以久留。"这里诗人用来自比。

【导读】

这首诗是王维居于辋川所作，作者以清新自然的笔触，写秋天傍晚雨后山村的景色，透露出作者对大自然的爱恋。

首联点明地点、季节、时间、天气。颔联写环境的幽静：月、松、泉、石，从动、静、声、色不同的角度给以描绘。颈联由景及人，从听觉到视觉描绘了纯朴的

山村生活。尾联由写景转入抒情,表达了归隐山林的情志,揭示了全诗的主旨。整首诗有自然景物、有山中之人,写景动静结合,意境平淡清幽却又不孤寂清冷,在恬淡的隐居生活的描写中又不乏乡村生活气息。

【选评】

(清)章燮《唐诗三百首注疏》:"此诗所谓不着一字,尽得风流者,最为难学,后生不知其难,往往妄步,遂成浅俗。"

鸟鸣涧[1]

人闲桂花落[2],夜静春山空[3]。月出惊山鸟,时鸣春涧中[4]。

赵殿成《王右丞集笺注》卷一三,上海古籍出版社1984年版

(明)仇英《辋川十景图》(局部)

【注释】

[1]涧:两山间的水沟。[2]闲:安静、悠闲,含有人心淡静的意思。[3]空:空寂、空空荡荡。[4]时鸣:时,不时。不时地啼叫。

【导读】

《鸟鸣涧》是王维《皇甫岳云溪杂题》五首中的第一首,也是其中最广为传诵的一首。

诗的首句,诗人即以他平静闲适的内心聆听花落、鸟鸣,是因为诗人对自然充满热爱,也才能感受到月夜春山的静谧和优美。作者很善于运用"以动显静"、"以声写静"的艺术手法。前三句,用花落、月出衬托春日月夜之静;后一句,是用鸟鸣声来破静,又反衬出夜之静谧。诗中寓动于静,寓声于静,却愈见其静。

作者以天才的艺术素养,将诗、乐、画与佛理相融通,又兼之其高雅的情趣,这也使得静到极处的自然在诗人笔下却有声有色、生机盎然。

【选评】

(明)胡应麟《诗薮》:"太白五言绝,自是天仙口语,右丞却入禅宗。如'人闲桂花落,……','木末芙蓉花……',读之身世两忘,万念俱寂。"

钱钟书《管锥编》:"寂静之幽深者,每以得声音衬托而愈觉其深。"

【思考与讨论】

1. 盛唐山水田园诗兴起的原因是什么?代表作家又是谁?
2. 结合王维的诗作,谈谈你对苏轼所评"味摩诘之诗,诗中有画"的理解。

【拓展与延伸】

1. 王维的诗歌创作深受佛教影响,被称为"诗佛"。请查阅资料,考察唐代还有哪些文人及其创作与佛教有关。
2. 苏轼评王维的诗"诗中有画"。请选择王维的山水田园诗,根据诗歌内容为其配上几幅插图。

【推荐阅读】

1. 《王维集校注》,(唐)王维撰,陈铁民校注,中华书局1997年版。
2. 《王维孟浩然诗选》,陈铁民选注,中华书局2005年版。
3. 《涵泳大雅:王维与中国文化》,李亮伟著,中华书局2003年版。
4. 《自然的神韵:道家精神与山水田园诗》,王凯著,人民出版社2006年版。

李白

【简介】李白(701—762),字太白。祖籍陇西成纪(今甘肃天水市),其先世隋末移居碎叶(在今吉尔吉斯共和国境内),李白即出生于此。5岁时随父迁于绵州昌明县(今四川江油市)青莲乡,因自号青莲居士。公元725年出蜀漫游,踪迹遍及半个中国。742年奉诏入京供奉翰林,744年便被赐金放还,再度开始漫游生活。安史之乱中,他隐居庐山屏风叠,后应邀入永王李璘幕府。李璘事败,受累被判长流夜郎,行至巫山遇赦。晚年依族人李阳冰,762年卒于当涂(今安徽当涂县)。李白今存诗1000余首,有《李太白集》。

李白像

李白的思想主要体现为儒、道、侠三者兼综的特点。儒家济时用世的思想和忧患意识始终影响着李白,而道家超尘出世、追求精神自由的人格精神及道教的神仙思想,也始终沾溉着李白的人格和理想,李白身上还渗透了游侠和纵横家的侠义精神和人格理想。

作为唐代最伟大的浪漫主义诗人，李白的诗歌达到中国古代诗歌浪漫主义的高峰。李白的诗歌思想内容丰富博大，反映现实生活，描写山河壮美，表现个人理想抱负，抒发壮志豪情，感慨人生失意。李白的诗歌创作，其艺术成就主要体现在几个方面：

一是诗中塑造了强烈的自我形象。李白的诗在抒写理想时又总是充满着自信，如他说："天生我材必有用"（《将进酒》），"长风破浪会有时"（《行路难》其一）。他的诗在倾吐苦闷时又总是直抒胸臆，大声嗟叹："弃我去者昨日之日不可留，乱我心者今日之日多烦忧"（《宣州谢朓楼饯别校书叔云》），毫无保留地倾吐出来。

二是诗中充满丰富奇特的想象。李白善于借助梦境、仙界，捕捉超现实的意象，描绘一个个瑰丽的理想世界。如《梦游天姥吟留别》既写梦境，又写仙界，境界神奇，色彩缤纷。他融汇传说、神话，大胆想象，既描写客观世界，又抒写浪漫情怀。如《蜀道难》一诗，就融汇了蚕丛开国、五丁开山、六龙回日等神话传说，描绘出一个奇险的客观世界，渲染了蜀道的艰难险阻。

三是诗中善用大胆的夸张和新奇的比喻。李白诗歌运用夸张既大胆又合理，且往往和新奇的比喻结合运用，使浪漫主义特色更加突出。如"白发三千丈，缘愁似个长"（《秋浦歌》其十五）、"燕山雪花大如席"（北风行》）等就是著名的例子。

四是诗歌语言清新直率。如李白的《子夜吴歌》《静夜思》等名篇，语言明白如话，清新朴素，可谓"清水出芙蓉，天然去雕饰"。

李白的诗歌以蓬勃的浪漫气质表现出无限生机，成为盛唐之音的杰出代表，从而出色地完成了初唐以来诗歌革新的历史使命。李白及其诗歌对当代和后代诗人也产生了广泛影响。他追求理想、向往自由、反抗权贵的精神，他雄奇飘逸的诗风，对后世李贺、苏轼、陆游、高启、龚自珍等历代诗人均有深远影响。

江上吟[①]

木兰之枻沙棠舟，玉箫金管坐两头[②]。美酒樽中置千斛，载妓随波任去留[③]。仙人有待乘黄鹤，海客无心随白鸥[④]。屈平词赋悬日月[⑤]，楚王台榭空山丘⑥。兴酣落笔摇五岳，诗成笑傲凌沧洲⑦。功名富贵若长在，汉水亦应西北流。

（清）王琦注《李太白全集》卷七，中华书局1977年版

【注释】

①这首诗是743年（唐玄宗开元二十二年）李白游江夏（今湖北武汉）时作。江，指汉江。②木兰：即辛夷，香木名。枻（yì）：船桨。木兰枻、沙棠舟，这里形容船和桨的名贵。玉箫金管：用金玉装饰的箫笛。此处代指吹箫笛等乐器的歌伎。③樽：盛酒的器具。置：盛放。斛：古时十斗为一斛。④乘黄鹤：用黄鹤楼的神话传说。黄鹤楼故址在今湖北省武汉市武昌西黄鹤山上。旧传仙人王子安曾驾黄鹤过此。⑤屈平：屈原，名平。⑥榭：台上建有房屋叫榭。台榭：泛指楼台亭阁。五岳：指东岳泰山、西岳华山、南岳衡山、北岳恒山、中岳嵩山。此处泛指山岳。⑦凌：凌驾，高出。沧洲：江海。

【导读】

这首诗以作者江上的遨游起兴，表现了他对庸俗、羁绊心灵的社会现实的蔑弃和对自由、美好的人生理想的追求，是一首很能体现李白复杂矛盾的人生理想和生活态度的诗。

李白一生放荡不羁，孤傲不群，他向往不受拘束、自由自在的生活。然而，深处现实中又屡屡受挫。但李白往往又是矛盾的，他希望"明朝散发弄扁舟"，过上乘舟归隐的生活，但这并非意味着他会甘于清贫。所以，即使归隐，他也要乘着名贵的沙棠舟，划着名贵香木制作的船桨，有悦耳的音乐听闻，有甘洌的美酒酣饮，有美丽的歌伎陪伴，这样华丽的归隐才是李白心中向往的。李白之所以有浪漫的想法，在于他是高度自信的，他认为自己的诗歌会如屈原词赋像日月一样永恒，而帝王权贵的歌台楼榭却早已化为山中的废墟。他相信"天生我材必有用，千金散尽还复来"，他自认"兴酣落笔摇五岳，诗成笑傲凌沧洲"，这是他生于盛唐，时代给予了他选择和表达狂傲的自由。狂放不羁的李白，以睥睨天下的才华来张扬自己个性，追求着生命的价值。他既渴望着权力富贵，却又不愿折腰献媚；他既向往着自由洒脱，却又难舍功名的诱惑，这就是真实而又矛盾的李白。

这首诗形象鲜明，感情激扬，气势奔放，音调浏亮，无论在思想上还是艺术上，都能充分显示出李白浪漫主义诗歌的特色。

【选评】

（清）王琦在《李太白全集》卷七："似此章法，虽出自逸才，未必不少加惨淡经营，恐非斗酒百篇时所能构耳。"

将进酒①

君不见黄河之水天上来，奔流到海不复回。君不见高堂明镜悲白发，朝如青丝暮成雪。人生得意须尽欢，莫使金樽空对月②！天生我材必有用，千金散尽还复来③。烹羊宰牛且为乐，会须一饮三百杯④！岑夫子⑤，丹丘生⑥，将进酒，君莫停！与君歌一曲，请君为我倾耳听⑦！钟鼓馔玉不足贵⑧，但愿长醉不愿醒！古来圣贤皆寂寞，惟有饮者留其名！陈王昔时宴平乐⑨，斗酒十千恣欢谑⑩。主人何为言少钱？径须沽取对君酌⑪。五花马，千金裘，呼儿将出换美酒，与尔同销万古愁！

（清）王琦注《李太白全集》卷三，中华书局 1977 年版

（清）黄慎《将进酒》诗意图

【注释】

①将进酒：汉乐府旧题，属《鼓吹曲·铙歌》。将（qiāng），请。②金樽：酒杯的美称。③千金散尽：李白《上安州裴长史书》："曩者东游维扬，不逾一年，散金三十余万，有落魄公子，悉皆济之。"④会须：应该。⑤岑夫子：即岑勋。⑥丹丘生：即元丹丘。岑和元都是李白的好友。⑦《礼记》：倾耳听之，不可得而闻也。另，本作"侧耳听"。（萧本。即宋杨齐贤注、元萧士赟补注的《分类补注李太白诗》）⑧钟鼓馔（zhuàn）玉：指富贵生活。钟鼓，富贵人家的音乐。馔玉，指食物精美如玉。⑨陈王：指陈思王曹植。曹植《名都篇》："归来宴平乐，美酒斗十千。"平乐（lè）：汉代宫观名。东汉都洛阳，明帝取长安飞帘、铜马移洛阳西门外，置平乐观。在今河南洛阳市洛阳故城西。⑩恣：纵情。欢谑（xuè）：嬉笑作乐。⑪径须沽取：只管买来。沽，买。将：拿。

【导读】

《将进酒》原为汉乐府铙歌的曲调,为劝酒歌。这首诗大约作于752年,李白第二次漫游时期,诗人于长安放还之后,与岑勋在另一位好友元丹丘的颍阳山居做客。

李白曾在长安三年,目睹了朝廷的黑暗,理想和现实的矛盾使他十分痛苦,抑制不住内心的悲愤,痛快淋漓地抒发出内心的不平和痛苦。李白会友遇酒,"抱用世之才而不遇合"(萧士赟《分类补注李太白集》)的满腹牢骚,他以放荡不羁的天才般的热情,以一个强者的勇气抒发了对人生的感慨。在诗化的酒中表达出了他批判现实、傲岸不屈的独立精神和乐观豁达的人生态度。诗中还透露出他怀才不遇而又积极用世的复杂心理,从而使得传统诗歌中人生如梦的主题得以升华,并产生出震撼人心的力量。作为咏酒诗篇的《将进酒》,最能体现李白"谪仙人面目"。

从艺术风格上讲,这首诗在感情抒发上,忽翕忽张、大起大落,笔墨酣畅淋漓,一泻千里,具有奔放的气势和感人的力量。同时,也形成了诗歌波澜起伏、转折跌宕的章法特点。

【选评】

(清)徐增《而庵说唐诗》:"太白此歌,最为豪放,才气千古无双。"

月下独酌(其一)

花间一壶酒,独酌无相亲。举杯邀明月,对影成三人①。月既不解饮,影徒随我身。暂伴月将影②,行乐须及春。我歌月徘徊,我舞影零乱。醒时同交欢,醉后各分散。永结无情游③,相期邈云汉④。

(民国)寿山石雕《李白醉酒》摆件

王琦注《李太白全集》卷二十三,中华书局1977年版

【注释】

①三人:指作者自己、月和影。②将:偕,和。③无情:忘情,尽情。④相期:指相约。邈:遥远。云汉:天河,此处指天上。

【导读】

　　这首五言古诗构思新颖，想象奇妙，感情深婉，富有情趣，是李白诗中的杰作。

　　诗人饮酒，并无亲友相伴，这本应是寂寞的。但诗人却运用丰富的想象，举杯邀月，对影三人，把月亮、自己和自己身影合成了所谓的三人，从而营造出一番热闹的气象。这种奇特而率真的想象恐怕只有李白能做到，接着诗人又仿佛回归到现实：原来月亮并不能和自己痛饮，影子也只是空随我身，孤独和清冷似乎难以得到真正的消解。抛弃它们吗？不能，还是姑且接受现实，暂且与月、影相伴，一起狂欢吧，毕竟及时享受此时的快乐才是最重要的。清醒的时候，让我们纵情欢乐；沉醉之后，我们各自散去吧。我愿与月光、身影永远结游，并且相约在那邈远的仙境再见。从表面看来，诗人好似真能自得其乐，其实，隐藏在身后的却是深深的孤独和凄凉。

　　通览全诗，深沉的孤独感贯穿始终。在艺术上，层层转折，波澜起伏，愈转意蕴愈深，诗人看似欢乐，其实痛苦；看似热闹，其实孤独。

【选评】

　　（清）孙洙《唐诗三百首》："题本独酌，诗偏幻出三人，月影伴说，反复推勘，愈形其独。"

【思考与讨论】

　　1. 李白的诗歌具有怎样的艺术风格？请结合其作品，谈谈你的理解。
　　2. 为什么盛唐会产生李白这样伟大的浪漫主义诗人，你如何理解？

【拓展与延伸】

　　1. 请为李白作几幅画像，表现出这位伟大诗人不同时期的形象特点。
　　2. 李白的墓园在安徽马鞍山当涂县。有条件的话，请实地考察，策划并拍摄一部关于李白的纪录片。
　　3. 台湾作家张大春创作了《大唐李白》系列小说，并且有意拍摄成影视剧。请阅读小说，并尝试以编剧的身份对小说进行改编。

【推荐阅读】

　　1.《李白集校注》，（唐）李白著，瞿蜕园等校注，上海古籍出版社2007年版。
　　2.《李白诗选》，复旦大学古典文学教研室选注，人民文学出版社2002年版。
　　3.《李白传》，李长之著，百花文艺出版社2010年版。
　　4.《大唐李白》（将进酒、少年游、凤凰台），张大春著，广西师范大学出版社2014年版。

杜甫

【简介】 杜甫（712—770），字子美，自称杜陵布衣，少陵野老。祖籍襄阳（今湖北襄樊市），自曾祖时迁居巩县（今河南省巩义市）。杜甫20岁后漫游三晋、吴越、齐赵一带。天宝三载（744）在洛阳与李白相识，同游梁、宋、齐、鲁。天宝五载（746），困居长安将近10年，直到天宝十四载（755）才获得右卫率府胄曹参军的官职。"安史之乱"爆发后，肃宗在甘肃灵武即位，杜甫企图赶往灵武，途中，被叛军所俘，押至长安后逃出，至凤翔，谒见肃宗，官左拾遗。故世称"杜拾遗"。长安收复后，随肃宗还京，不久因房琯事，贬为华州司功参军。后弃官入蜀，筑草堂于成都浣花溪上，世称浣花草堂。曾被剑南节度使严武表为节度参谋、检校工部员外郎，故世称"杜工部"。杜甫晚年携家出蜀，后病逝于湘江舟上。今存诗1400多首，有《杜工部集》。

杜甫深受儒家思想影响，儒家的仁政、民本思想以及忧患意识都深深地根植于他的思想血脉之中。杜甫一生忧国忧民、积极用世，始终关心国家的命运与民生的疾苦。杜甫的诗歌以深刻的思想和丰富的内容，广泛地反映了那一时代历史的真实，因此历来有"诗史"之称。

杜甫的诗把抒写个人的遭际与国家命运、民生疾苦结合起来，表达忧国忧民的思想情感，如《自京赴奉先县咏怀五百句》《春望》《闻官军收河南河北》《茅屋为秋风所破歌》等。杜甫的诗还深刻地反映了唐代的社会矛盾，揭露和批判统治者的骄奢暴虐的行为以及战争、徭役给人民造成的灾难和痛苦，表现出深刻的现实批判精神，如《丽人行》《兵车行》、"三吏"、"三别"等。杜甫还有登临抒怀、写景咏物、思亲怀友、咏史等内容的诗歌，如《登岳阳楼》《秋兴》《春夜喜雨》《月夜》《蜀相》等。

杜诗是博大深厚的思想内容和高度完美的艺术形式相结合的产物，具有极高的艺术成就，主要表现在：

一是反映现实生活高度概括。诗人善于选取具有典型意义的人或事，加以艺术的概括,反映现实生活,揭示生活的本质,表现了鲜明的爱憎。如《兵车行》、"三吏"、"三别"、《羌村三首》《自京赴奉先县咏怀五百字》等。

二是描写事物真实细腻。诗人擅长对客观现实作真实而又具体的描写。如《垂老别》中,对老夫老妻无限伤心的心理状态的描写。

三是寓主观倾向于客观叙事之中。诗人善于把主观的思想感情融化在对客观事实的描述之中,让人物和事实本身说话。如《石壕吏》,全诗除"吏呼一何怒,妇啼一何苦"两句,稍露诗人爱憎感情外,其余都是对事件的客观白描,诗人的强烈爱憎,对事件的主观评价,都在白描中有所流露。

四是语言高度凝炼,丰富多彩。杜诗语言概括性强,精炼准确,丰富多彩,通俗自然。如《登高》首联的"急"、"高"、"清"、"白"四个形容字用得何等精炼。颔联的"下"、"来"两个动词,概括得何等准确。颈联更是历来誉为用字精炼的范例,十四个字包含有他乡作客,万里作客,经年作客,潦倒作客;深秋登高,独自登高,多病登高,暮年登高等多层可悲之意。此外,诗人也善用一些典雅清丽的语言,形象地写出事物的情态,如"留连戏蝶时时舞,自在娇莺恰恰啼"等。

五是杜诗完善了多种诗歌体式。杜诗众体兼长,几乎每一种体式都有名篇,如"即事名篇"的新题乐府(如《兵车行》《悲陈陶》)。五、七言古诗由过去的篇幅较短发展为长篇巨制(如《自京赴奉先县咏怀五百字》《北征》)。五、七律更是杜甫运用最多、成就最高的诗体,无论写景、抒情,感时、怀古都写得格律精严,对仗工稳,音调和谐,意境沉雄,使律诗得到长足的发展。

杜甫诗歌达到了我国古典诗歌艺术现实主义的发展高峰,并形成了独特的沉郁顿挫的艺术风格。所谓"沉郁",是指诗歌内容深广、意境雄浑,感情深沉;"顿挫",是指诗歌表达深情曲折,音调节奏起伏跌宕,铿锵浏亮。

望岳[1]

岱宗夫如何[2]?齐鲁青未了[3]。造化钟神秀[4],阴阳割昏晓[5]。荡胸生层云[6],决眦入归鸟[7]。会当凌绝顶[8],一览众山小。

(清)仇兆鳌《杜诗详注》卷一,中华书局1979年版

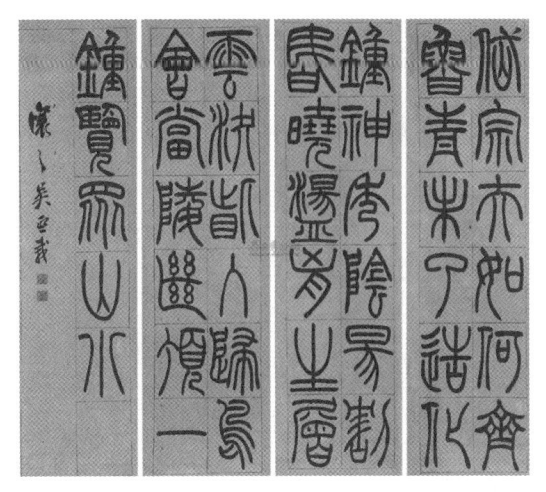

（清）吴让之篆书《望岳》

【注释】

①岳：指东岳泰山。②岱宗：即泰山。古因其为五岳之长，为诸山所宗，故称。③"齐鲁"句：意思是泰山在齐鲁之地郁郁苍苍，连绵不断，望不到尽头。未了，没有穷尽。④"造化"句：意思是大自然把神奇和秀美都赋予了泰山。造化，天地，大自然。钟，聚集。⑤"阴阳"句：山南为阳，山北为阴。山南山北两边明暗迥然不同，仿佛清晓和黄昏。⑥"荡胸"句：意思是山中层云叠生，涤荡心胸。⑦"决眦（zì）"句：意思是凝神极目远望，见飞鸟归林。形容极度使用目力。决：裂开；眦：眼眶。⑧会当：唐代口语，定当，终当。凌：登。绝顶：最高峰。

【导读】

这是一首五言古诗，约作于开元二十四年（736）杜甫漫游齐赵一带经泰山时，是作者现存诗歌中年代最早的一首。

首句"岱宗夫如何"，以问句开始，远眺泰山，表达仰慕和惊叹之情；"齐鲁青未了"，是说在整个齐鲁大地都能看到郁郁青青的泰山，凸显泰山的巍峨和青翠。三、四句"造化钟神秀"，是说大自然把神奇和秀美聚集于泰山之上。"阴阳割昏晓"，是写泰山的高大险峻，导致山之南北，一边如早晨，一边如黄昏。"荡胸生层云，决眦入归鸟"，写身处山中，眼界开阔，层云涌起，归巢飞鸟，尽收眼底。此前六句实写泰山之险峻。最后两句，是作者登临途中，想象登上泰山之巅的情景。"会当凌绝顶，一览众山小"，是说一定要登临泰山的顶峰，那时，从泰山之上朝下远望，一定会看到周围众山，格外渺小。诗中最后两句可谓"诗眼"，既收束全诗，又揭示了丰富的人生体验，包涵着深刻的哲理。

全诗生动地描写了泰山巍峨的雄姿和壮丽的景象，表现了青年时代的诗人开阔的心胸和远大的抱负,洋溢着一种积极自信、乐观进取的精神。

【选评】

(清)浦起龙《读杜心解》:"杜子心胸气魄,于斯可观。取为压卷,屹然作镇。"

石壕吏

暮投石壕村①,有吏夜捉人。老翁逾墙走②,老妇出门看。吏呼一何怒③,妇啼一何苦!听妇前致词④:三男邺城戍⑤。一男附书至,二男新战死。存者且偷生,死者长已矣⑥。室中更无人,唯有乳下孙。有孙母未去,出入无完裙。老妪力虽衰,请从吏夜归。急应河阳役⑦,犹得备晨炊。夜久语声绝,如闻泣幽咽⑧。天明登前途,独与老翁别。

《杜诗详注》书影

(清)仇兆鳌《杜诗详注》卷七,中华书局1979年版

【注释】

①投:投宿。②逾:越过,翻过。走:动词,跑。③一何:多么,何其。④前致词:走上前对人讲话。⑤三男邺城戍(shù):三男:三个儿子。邺城戍:攻打邺城去了。"邺城",今河南安阳市。⑥存者且偷生,死者长已矣:存者:活着的人。且:姑且,暂且。偷生:苟且活着。长已矣:永远完结了。⑦急应河阳役:急:赶快。应:应付。⑧如闻泣幽咽:依稀听到儿媳妇低声哽咽。闻:听到。泣:抽泣,无声地哭。

【导读】

唐肃德乾元元年(759)冬,郭子仪等九节度使率60万大军包围安庆绪于邺城,由于指挥不统一,被叛军打败。唐王朝为扭转败局,便在洛阳以西至潼关一带,强行抓丁服役,给人民带来巨大的灾难。这时,杜甫正由洛阳经过潼关,赶回华州任所。途中目睹了百姓的痛苦,写成了著名的《新安吏》《潼关吏》《石壕吏》《新婚别》《垂老别》和《无家别》,史称"三吏"、"三别"。《石壕吏》是"三吏"中的一篇。

在这首诗中，诗人用白描的手法，客观叙述了在投宿乡村时，遇到小吏捉丁之事。诗中老翁逾墙而跑，老妇出门张望，小吏凶残暴虐，老妇悲苦啼诉，如在眼前，如泣如诉。诗人对此虽未作评论，却将自己的主观情感融注在客观具体的描写中，表现出对百姓疾苦的深切同情，对官吏残暴凶虐的气愤无奈等复杂情感。全篇句句叙事，虽无抒情语，只有120个字，诗人却能以简洁、洗练的笔墨，深刻地反映了唐代现实社会中的矛盾与冲突。

【选评】

（清）仇兆鳌《杜诗详注》："古者有兄弟始遣一人从军。今驱尽壮丁，及于老弱。诗云：三男戍，二男死，孙方乳，媳无裙，翁逾墙，妇夜往。一家之中，父子、兄弟、祖孙、姑媳惨酷至此，民不聊生极矣！当时唐祚，亦岌岌乎危哉！"

登 高

风急天高猿啸哀①，渚清沙白鸟飞回②。无边落木萧萧下③，不尽长江滚滚来。万里悲秋常作客④，百年多病独登台⑤。艰难苦恨繁霜鬓⑥，潦倒新停浊酒杯⑦。

（清）仇兆鳌《杜诗详注》卷二〇，中华书局1979年版

【注释】

①猿啸哀：巫峡多猿，其声甚哀。②渚（zhǔ）：水中小洲。回：回旋飞翔。③落木：落叶。萧萧：叶落的声音。④万里：远离故乡。悲秋：秋天万物萧瑟，令人生悲。常作客：长年羁旅异乡。⑤百年：犹言一生。⑥"艰难"句：意思是时世艰难，自己华年已逝，鬓发日白。苦恨：极恨。繁霜鬓：鬓发苍苍，犹如霜雪。⑦"潦倒"句：意思是自己此时本可借酒浇愁，无奈又因肺病而停饮，使得愁苦无法排遣。潦倒：失意、衰颓。

【导读】

这首诗作于代宗大历二年（767），作者在严武死后，离开成都，也告别了那段相对安定的生活。此时的诗人寓居在夔州，已年过半百，疾病缠身，漂泊异乡，忧愁重重。适逢重阳时节，诗人登高远眺，萧瑟的秋景激起他对自己身世飘零的感慨。

诗的前四句写景,"风急天高猿啸哀,渚清沙白鸟飞回。无边落木萧萧下,不尽长江滚滚来",既有细笔描摹,又有大笔勾勒,描绘出开阔雄浑又无比苍凉的秋日景色。这四句动静结合,虚实相生,有声有色,风急、天高、猿啸、清渚、白沙、飞鸟、萧萧落叶、滚滚江水共同营造出凄清壮阔的景象。尤其是"无边落木萧萧下,不尽长江滚滚来"一联,对仗精整,意蕴浑厚,写出了秋意的深沉和时间的流逝。

后四句抒情,在壮阔的背景烘托下,抒发自己常年漂泊、老病孤舟的穷苦潦倒。"万里悲秋常作客,百年多病独登台",这两句先从空间着笔,写出了漂泊在外的凄凉和常年多病的悲苦。十四字之间含有八意,而对偶又极精确。本来诗意可从这里结束,然而作者毕竟是诗家圣手,尾联"艰难苦恨繁霜鬓,潦倒新停浊酒杯"将悲郁的情绪更加推进一步。国家动荡不安、民众困苦不堪、个人苦难多病,所有这些都让作者愁肠百结,华发早生。本来可以借助浊酒浇愁,但由于身体多病,竟然不能借酒消愁。其悲苦之情,更是无以复加!

整首诗感情沉郁顿挫,格调高浑悲壮,不愧为杜诗中的精品。

【选评】

(清)杨伦《杜诗镜铨》:"高浑一气,古今独步,当为杜集七言律诗第一。"

【思考与讨论】

1. 为什么杜甫的诗被称为"诗史",他被称为"诗圣"?谈谈你的理解。

2. 结合杜甫的诗作,谈谈杜诗"沉郁顿挫"的风格特点。

3. "千秋万岁名,寂寞身后事。"这是杜甫对李白的评价,其实也适用于杜甫本人。伟大的文学家往往生前并不得志,但其文章却与日月同辉,千古流芳。请具体谈谈中外文学史上还有哪些这样的作家。

【拓展与延伸】

1. 杜甫《望岳》中的山是泰山,它是我国的"五岳"之首,有"天下第一山"之美誉。近年来,描写泰山的纪录片数量不少,请观看《中华泰山》《泰山》《世界遗产在中国·泰山》等纪录片,谈谈你的观后感。

2. "安史之乱"是导致唐朝由盛转衰的标志性事件,请阅读相关书籍,了解这段历史。

3. 请为杜甫的《登高》配上一幅插画,表现手法不限。

【推荐阅读】

1.《杜诗详注》,(唐)杜甫著,(清)仇兆鳌注,中华书局1979年版。

2.《杜甫诗歌讲演录》，莫砺锋著，广西师范大学出版社2007年版。

3.《杜甫评传》，陈贻焮著，北京大学出版社2011年版。

4.《安史之乱与三大诗人研究》，李利民著，中国社会科学出版社2010年版。

中唐诗歌

孟郊

【简介】孟郊（751-814），字东野，湖州武康（今浙江德清）人。家境贫困，屡试不第。贞元十二年（796）进士及第。曾任溧阳尉、协律郎。晚年奉召赴山南西道任官，途中暴病而卒。孟郊潦倒一生，但颇有诗名，与韩愈并称"韩孟"；又好苦吟，诗风高古险峭、瘦硬生新，故苏轼将其与贾岛并称，谓其"郊寒岛瘦"。有《孟东野诗集》。

游子吟①

慈母手中线，游子身上衣。临行密密缝，意恐迟迟归。谁言寸草心②，报得三春晖③？

华忱之等《孟郊诗集校注》卷一，人民文学出版社1995年版

《游子吟》诗意图

【注释】

①游子吟：属乐府杂曲歌辞。②寸草心：小草的嫩芽，比喻游子对母亲的爱心。③三春晖：春天的阳光，比喻母爱。三春，指孟春、仲春、季春，春季三个月。晖，阳光。

【导读】

孟郊自幼由守寡的母亲抚养成人，所以对母亲有深深的感激之情。此诗

写母子之爱这一常见题材,通过"慈母手中线,游子身上衣"这一细节,表现出母亲对儿女无微不至的关爱。"临行密密缝,意恐迟迟归",通过进一步对动作、心理细致入微的刻画,表现母亲对远行游子的殷殷关切。诗中并没有渲染夸饰,也没有泪水盈盈,然而一片挚爱的纯情却充溢而出,拨动了读者的心弦,也唤起普天下儿女温馨的联想和深挚的忆念。的确,母爱之所以伟大,正在于她的朴实、无私与真挚,不要多少夸张的表达,却让儿女铭记在心。"谁言寸草心,报得三春晖",这里把子女比作寸草,把母亲喻为太阳,新颖形象、自然贴切,表达出儿女对母亲的深深感激。

这首诗风格古朴平易,情感真挚深沉、感人至深,因而千古传诵不衰。

【选评】

(清)宋长白《柳亭诗话》:"孟东野'慈母手中线'一首,言有尽而意无穷,足与李公垂'锄禾日当午'并传。"

刘禹锡

【简介】刘禹锡(772—842),字梦得。洛阳(今属河南)人,生于嘉兴(今属浙江)。贞元九年(793)中进士,又登博学宏词科。十一年,授太子校书。永贞革新时,参加王叔文集团,失败后,被贬朗州司马;后回京,又贬连州刺史,历夔州、和州刺史,前后度过22年的贬谪生活;后回朝历主客郎中、苏州、汝州、同州刺史等职。官至检校礼部尚书兼太子宾客。故世称"刘宾客"、"刘尚书"。刘禹锡生前与白居易齐名,世称"刘白"。其诗题材广泛、内容丰富、精练含蓄、韵味深长、富于哲理意味。他的《竹枝词》等作品,主动向民歌学习,朴素优美、清新自然,充满生活情趣。有《刘梦得文集》。

刘禹锡像

石头城①

山围故国周遭在②,潮打空城寂寞回。淮水东边旧时月③,夜深还过女墙来④。

瞿蜕园《刘禹锡集笺证》卷二四,上海古籍出版社 1989 年版

南京石头城遗址

【注释】

①石头城:今南京。战国时为楚国的金陵城,三国时吴国孙权改为石头城。②故国,即故都,指石头城。周遭,周匝、环绕的意思。③淮水,指秦淮河。④女墙,矮墙,指城墙上凹凸形的短墙。

【导读】

这是组诗《金陵五题》的第一首,本诗借描写石头城的萧条景象,寄托对于国运衰微的感慨。

金陵是六朝时故都,咏史诗中有很多是以金陵怀古为题材,但刘禹锡这首《石头城》摆脱了诸多咏史诗借咏史而抒发人生失意的常见窠臼,从国家历史的宏大背景下,以群山、潮水、月光等自然景物的依旧,反衬出六朝故都的荒凉没落,表现了对故国萧条、世事沧桑的深沉感慨。同时,在壮阔的时空背景下,也凸显出历史的无情。

【选评】

刘永济《唐人绝句精华》:"但写今昔之山水明月,而人情兴衰之感即寓其中。"

乌衣巷

朱雀桥边野草花①,乌衣巷口夕阳斜②。旧时王谢堂前燕③,飞入寻常百姓家。

瞿蜕园《刘禹锡集笺证》卷二四,上海古籍出版社 1989 年版

南京乌衣巷

【注释】

①朱雀桥:秦淮河上的桥名,在南京城内。②乌衣巷:在秦淮河南岸,是东晋大贵族王导、谢安家族的聚居地,因三国时吴国卫戍军士都穿乌衣而得名。③王谢:东晋至南朝时王、谢世家大族。

【导读】

这首诗是《金陵五题》的第二首,是刘禹锡寄物咏怀诗作中的名篇。

诗中抒发感慨藏而不露,面对昔日繁华喧嚣的朱雀桥,辚辚车马早已隐退在历史的烟云之中,进入眼前的只是桥边那一片野草花。乌衣巷口,斜阳依旧,曾经王公贵族却早已化作尘土。在这苍茫暮色中,归巢的燕子飞来飞去,只是它们筑巢的地方如今已成了寻常百姓的居所。作者的高明之处在于没有直接写

当年六朝的繁华和今日的萧条，而是从住宅主人的变迁来入笔。更高明的地方在于，作者又通过燕子回巢曲折委婉地表达出世事沧桑、人生无常的感慨。是的，生命总是有生有灭，当历史洗净铅华之后，日常生活便以它的真实生动感动了我们，宽慰着我们。时间终将抹去了富贵者与贫贱者的差别，南京乌衣巷抹去了世家大族与普通平民之间的沟壑，唯有人类生存的顽强和坚忍会越过历史的沧桑顽强地继续着。在这一瞬，诗人悟出了一切富贵功名的虚幻，既为历史的沧桑而感慨，也为生命的绵延不绝而感动。

刘禹锡不只是一位诗人，也是一位哲学家，从他的诗作中，读者也可以感受出诗情与哲思的交融。

【选评】

（明）唐汝询《唐诗解》："此叹金陵之废也。朱雀、乌衣，并佳丽之地，今惟野花夕阳，岂复有王、谢堂乎！不言王、谢堂为百姓家，而借言于燕，正诗人托兴玄妙处。后人以小说荒唐之言解之，便索然无味矣。"

白居易

【简介】白居易（772—846），字乐天，晚号香山居士。祖籍太原，后迁居下邽（今陕西渭南），生于郑州新郑（今属河南），贞元十六年（800）进士及第，十八年中书判拔萃科，授秘书省校书郎。元和元年（806）中才识兼茂明于体用科，补盩厔（今陕西周至）县尉。不久入为翰林学士，改左拾遗、左赞善大夫。元和十年（815）因上书言事，被贬为江州司马。后历任忠州、杭州、苏州刺史。因晚年官太子少傅，故世称"白傅"、"白太傅"。

白居易与元稹相友善，皆以诗名，时号"元白"。又与刘禹锡齐名，并称"刘白"。白居易创制了"元和体"，又是新乐府诗歌运动的主要倡导者，主张"文章合为时而著，歌诗合为事而作"，强调诗歌的现实内容和社会作用。除了大量的讽喻、闲适题材诗篇之外，白居易还有感伤诗一百多首，其中广为传诵的有《长恨歌》和《琵

白居易像

琵行》两首叙事长诗，更是千古传唱的名篇。白居易今存诗 2800 多首，是唐代诗歌数量最多的诗人。有《白氏长庆集》。

赋得古原草送别①

离离原上草②，一岁一枯荣。野火烧不尽，春风吹又生。远芳侵古道③，晴翠接荒城④。又送王孙去，萋萋满别情⑤。

朱金城《白居易集笺校》卷一三，上海古籍出版社 1988 年版

【注释】

①赋得：古代凡按题目作诗，常在题前加这两个词。②离离：草分披繁盛的样子。③远芳：伸向远方的芳草。侵：蔓延。④晴翠：形容草色。⑤"王孙"二句：化用《楚辞·招隐士》："王孙游兮不归，春草生兮萋萋。"王孙，原指贵族子弟，这里泛指游子。⑥萋萋，草盛的样子。

【导读】

这首五律是白居易应试练习之作，相传他作此诗时只有十六岁。

首联先说繁茂的原上之草，一年枯萎一次之后，又会开始新的生长。颔联承接上联，进一步赞颂野草顽强的生命力，即使被肆虐的野火烧成灰烬，但只要春风到来，又是野草青青。诗人不只在赞美野草的顽强生命力，也揭示了大自然生生不息的客观规律，同时也表现出自己蓬勃向上、奋发有为的精神。这一联因为既充满想象又富有哲理，而成为千古名句。颈联"远芳侵古道，晴翠接荒城"，极言春草的茂盛、原野的阔远，茂盛的春草在古道、荒城的对比下既进一步呈现出永恒的生命力，同时也渗透着离愁别恨。结句"又送王孙去，萋萋满别情"承接上联，以绵绵春草象征与友人的离别之愁，将抽象的依依惜别之情具化为客观可感的形象。

这首诗以"离离"的古原草开头，以"萋萋"的古原草结尾。通过对野草顽强生命力的描写，借物咏怀，抒发的虽是朋友间的离别之情，总体上却乐观向上。

【选评】

（唐）张固《幽闲鼓吹》："白尚书应举，初至京，以诗谒顾著作。顾睹姓名，

熟视白公曰：'米价方贵，居亦弗易。'乃披卷，首篇曰：'咸阳原上草，一岁一枯荣。野火烧不尽，春风吹又生。'即嗟赏曰：'道得个语，居即易矣。'因为之延誉，声名大振。"

长恨歌

汉皇重色思倾国①，御宇多年求不得②。杨家有女初长成③，养在深闺人未识④。天生丽质难自弃，一朝选在君王侧。回眸一笑百媚生⑤，六宫粉黛无颜色⑥。春寒赐浴华清池⑦，温泉水滑洗凝脂⑧。侍儿扶起娇无力，始是新承恩泽时⑨。云鬓花颜金步摇⑩，芙蓉帐暖度春宵。春宵苦短日高起，从此君王不早朝。承欢侍宴无闲暇，春从春游夜专夜。后宫佳丽三千人，三千宠爱在一身。金屋妆成娇侍夜，玉楼宴罢醉和春。姊妹弟兄皆列土⑪，可怜光彩生门户⑫。遂令天下父母心，不重生男重生女⑬。骊宫高处入青云，仙乐风飘处处闻。缓歌慢舞凝丝竹，尽日君王看不足。渔阳鼙鼓动地来⑭，惊破霓裳羽衣曲⑮。九重城阙烟尘生⑯，千乘万骑西南行。翠华摇摇行复止⑰，西出都门百馀里。六军不发无奈何⑱，宛转蛾眉马前死⑲。花钿委地无人收⑳，翠翘金雀玉搔头㉑。君王掩面救不得，回看血泪相和流。黄埃散漫风萧索，云栈萦纡登剑阁㉒。峨眉山下少人行㉓，旌旗无光日色薄。蜀江水碧蜀山青，圣主朝朝暮暮情。行宫见月伤心色㉔，夜雨闻铃肠断声。天旋地转回龙驭㉕，到此踌躇不能去。马嵬坡下泥土中，不见玉颜空死处。君臣相顾尽沾衣，东望都门信马归。归来池苑皆依旧，太液芙蓉未央柳㉖。芙蓉如面柳如眉，对此如何不泪垂？春风桃李花开日，秋雨梧桐叶落时。西宫南苑多秋草㉗，落叶满阶红不扫。梨园弟子白发新㉘，椒房阿监青娥老㉙。夕殿萤

（元）钱选《贵妃上马图》（局部）

飞思悄然，孤灯挑尽未成眠。迟迟钟鼓初长夜，耿耿星河欲曙天。鸳鸯瓦冷霜华重㉚，翡翠衾寒谁与共？悠悠生死别经年，魂魄不曾来入梦。临邛道士鸿都客㉛，能以精诚致魂魄。为感君王辗转思㉜，遂教方士殷勤觅。排空驭气奔如电，升天入地求之遍。上穷碧落下黄泉㉝，两处茫茫皆不见。忽闻海上有仙山，山在虚无缥缈间。楼阁玲珑五云起㉞，其中绰约多仙子㉟。中有一人字太真，雪肤花貌参差是㊱。金阙西厢叩玉扃㊲，转教小玉报双成㊳。闻道汉家天子使，九华帐里梦魂惊㊴。揽衣推枕起徘徊，珠箔银屏迤逦开㊵。云鬓半偏新睡觉㊶，花冠不整下堂来。风吹仙袂飘飘举㊷，犹似霓裳羽衣舞。玉容寂寞泪阑干㊸，梨花一枝春带雨。含情凝睇谢君王，一别音容两渺茫。昭阳殿里恩爱绝㊹，蓬莱宫中日月长㊺。回头下望人寰处，不见长安见尘雾。唯将旧物表深情，钿合金钗寄将去㊻。钗留一股合一扇，钗擘黄金合分钿㊼。但教心似金钿坚，天上人间会相见。临别殷勤重寄词，词中有誓两心知。七月七日长生殿㊽，夜半无人私语时。在天愿作比翼鸟㊾，在地愿为连理枝㊿。天长地久有时尽，此恨绵绵无绝期㊿¹！

顾学颉校点《白居易集》卷一二，中华书局1979年版

唐华清宫长生殿遗址

【注释】①汉皇：汉武帝刘彻，这里借指唐玄宗。倾国：绝代佳人的代称。源出于《汉书·外戚传》李延年歌："北方有佳人，绝世而独立。一顾倾人城，再顾倾人国。"②御宇：统治天下。③杨家有女：指杨贵妃。乳名玉环，弘农华

阴人，徙居蒲州永乐县。初为寿王（玄宗之子瑁）妃。玄宗爱之，使其为道士，住太真宫，因号太真。天宝四载（745）七月，召还俗，立为贵妃。④"养在"句：这里有意为唐玄宗的行为隐讳。⑤眸（móu）：眼中瞳人，指眼睛。⑥六宫：后妃住处。粉黛：这里代指妃嫔。无颜色：指与贵妃相比黯然失色。⑦华清池：建于骊山，原名温泉宫，后改名华清宫，温泉池也改名华清池。⑧凝脂：形容皮肤白嫩柔滑。⑨新：刚刚。承恩泽：指得到皇帝的宠爱。⑭金步摇：首饰名，用金银丝宛转屈曲制成花枝形状，上缀珠玉，插在发髻上，随人步行而摇，故名。⑭姊妹弟兄：指杨氏一家。杨玉环受封后，其大姐封韩国夫人，三姐封虢国夫人，八姐封秦国夫人。伯叔兄弟杨铦官鸿胪卿，杨锜官侍御史，杨钊赐名国忠，天宝十一载（752）为右相，故云"皆列土"（分封土地）。⑭可怜：可爱。⑬"遂令"二句：意思是遂使传统重男轻女的社会风气都改变了。据陈鸿《长恨歌传》记载，当时民间有歌谣说："生女勿悲酸，生男勿喜欢！""男不封侯女作妃，看女却为门上楣。"⑭渔阳：渔阳郡，郡治在今天津蓟县，当时属范阳节度使管辖。天宝十四载（755），安禄山于范阳起兵反。鼙（pí）鼓：古代军中用的小鼓，即骑鼓。⑮霓裳羽衣曲：唐代著名舞曲，杨贵妃很善舞此曲。⑯九重城阙：指京城长安。烟尘生：指发生战祸。⑰翠华：天子之旗，或云天子乘舆上所树的华盖，以翠鸟羽为饰。摇摇：道路坎坷、行役匆匆的样子。⑱六军：古指皇帝的羽林军。不发：不再前进，暗指哗变。⑲宛转：凄楚的样子。蛾眉：美女的代称，此处指杨贵妃。⑳花钿（diàn）：古代妇人所用的一种嵌金花的首饰。委地：丢弃在地上。㉑"翠翘"句：指丢弃地上的各种头饰。翠翘，以翠羽为饰。金雀，以黄金为凤形的金钗。玉搔头：指玉簪。㉒云栈：高入云端的楼道。剑阁：在今四川剑阁县北，也叫剑门，即相对而立的大小剑山。㉓峨眉山：在四川峨眉西南，与唐玄宗幸蜀无关，这里作者故意移作他用，以此渲染气氛。㉔行宫：皇帝外出时的住所。㉕天旋地转：指郭子仪等收复西京，时局好转。回龙驭：迎玄宗回长安。龙驭，皇帝车驾。㉖太液池，在大明宫北。未央：未央宫，在今陕西西安西北。唐时曾就汉宫原址加以修缮。㉗西宫：即太极宫，唐人称为西内，即隋之大兴宫。㉘梨园弟子：玄宗曾亲自挑选教坊乐师、宫女，在梨园亲自教练歌舞，称"皇帝梨园弟子"。㉙椒房：这里指皇后的居所，以椒粉涂壁取其温暖，且辟恶气。阿监：宫内女官。青娥：年轻的宫女。㉚鸳鸯瓦：一俯一仰的瓦屋顶。㉛临邛（qióng）：今四川邛崃县。鸿都：指长安。㉜展转思：反复思念。㉝穷：找遍的意思。碧落：道家称天空为碧落。黄泉：地下。㉞五云：五彩之云。㉟绰约：柔美的样子。仙子：仙女。㊱参差（cēn cī）是：仿佛，差不多。

㊲ 阙：门上楼观。扃（jiōng）：门户。道教相传，天堂之一上清宫，左金阙，右玉扃。㊳ 小玉：吴王夫差女名。双成：董双成，相传是西王母的侍女。此处借喻太真的侍女。㊴ 九华帐：绣着各种图案的帷帐。㊵ 珠箔：珠帘。俪（lǐ）迤（yǐ）：连接不断。㊶ 新睡觉（jué）：刚刚睡醒。㊷ 袂（mèi）：袖。㊸ 泪阑干：泪下纵横的样子。㊹ 昭阳殿：汉宫殿名，赵飞燕居住过的地方，这里借指唐宫。㊺ 蓬莱宫：传说中海上仙山的宫殿，这里借指杨太真所住的仙境。钿（diàn）合：用珠宝和金丝镶嵌的盒子。合，通“盒”。㊻“钗留”句：古代钗形皆双股折腰，故折之则成两股。合有底盖，故分之则成两扇。㊼“钗擘（bò）”句：意思是镶嵌有珠宝金丝的盒子各得一半。擘，分开。㊽ 长生殿：天宝元年（742）建造在华清宫内，用来祀神的斋宫。㊾ 比翼鸟：《尔雅·释地》：“南方有比翼鸟焉，不比不飞，其名谓之鹣鹣。”比，并。㊿ 连理枝：两树的枝叶连生在一起。理，纹理。(51) 绵绵：长久不绝的样子。

【导读】

《长恨歌》作于唐宪宗元和元年（806），是白居易叙事诗中的名篇。当时诗人正在今陕西同至县任县尉，他和友人陈鸿、王质夫同游仙游寺，有感于唐玄宗、杨贵妃的故事而创作此诗。关于长恨歌的主题，历来观点不一：有人认为是批判唐玄宗重色误国，有人认为是讴歌李、杨二人忠贞不渝的爱情，还有人认为二者兼而有之。

这首诗形象地描述了唐玄宗与杨贵妃的爱情悲剧。诗人借用历史人物和传说，创造了一个回旋宛转的动人故事，并通过塑造鲜活的艺术形象，再现了现实生活的真实，千百年来，感染了无数读者。

全诗可分为四个部分。从“汉皇重色思倾国”至“尽日君王看不足”为第一部分，叙述安史之乱爆发前，写杨贵妃得宠，唐玄宗沉溺美色，荒废朝政，因而酿成了“渔阳鼙鼓动地来”的“安史之乱”。这是李杨爱情悲剧的基础，也是世人“长恨”的主要原因。“渔阳鼙鼓动地来”至“回看血泪相和流”为第二部分，具体描述了“安史之乱”爆发后，玄宗仓皇出逃西蜀，引起了军队哗变，导致杨贵妃“宛转蛾眉马前死”，这是爱情悲剧故事的关键情节。第三部分从“黄埃散漫风萧索”起至“魂魄不曾来入梦”，诗人以悲恻动人的语调，描述了杨贵妃死后，唐玄宗对贵妃的思念，蜀中的寂寞悲伤，还都路上的追怀往事，回宫以后的睹物思人和孤独凄凉的处境，也为下面的道士、仙境的出现做了很好的渲染和铺垫。第四部分“临邛道士鸿都客”至结尾，写虚构玄宗借道士去虚无缥缈的蓬莱仙山中寻到了杨氏的踪迹。两人托物寄词，重申前誓，表示愿作"比翼鸟"、"连理枝",赞颂两人对爱情的忠贞不渝,同时也进一步渲染了"长恨"的主题。

作为白居易长篇叙事诗的重要代表作,《长恨歌》在艺术上取得极高成就:

首先,这是一曲缠绵悱恻的爱情悲剧,唐明皇与杨贵妃两人的爱情故事曲折动人,极易引起读者的共鸣。

其次,出色的人物塑造,尤其诗中对贵妃美貌的渲染,对李、杨情感世界的刻画和深入挖掘,细腻生动,真实感人。

另外,这首诗中叙事、抒情、描写等多种艺术手法自然巧妙地融合,达到中国古代叙事诗的一个高峰。

总之,《长恨歌》写情缠绵悱恻,声调悠扬宛转,语言流畅婉转,文字哀艳动人,把历史巨变与男女爱情结合起来,将帝妃之恋演绎成为真挚而又缠绵的爱情悲剧,从而具有了永恒的艺术魅力。

【选评】

(明)瞿佑《归田诗话》:"乐天《长恨歌》,凡一百二十句,读者不厌其长;元微之《行宫》,才四句,读者不觉其短;文章之妙也。"

【思考与讨论】

1. 请从思想内容和艺术特点两方面,谈谈你对白居易的《赋得古原草送别》的理解。

2. 关于《长恨歌》主题思想,历来意见不一,有人认为主要是讴歌李杨爱情,有人认为是讽喻唐明皇荒淫误国,还有人认为二者兼有。请谈谈你的理解。

【拓展与延伸】

1. 朗诵《长恨歌》《琵琶行》等长诗或片段,可以单人朗诵、双人朗诵或群诵,还可以配上音乐、舞蹈等形式。

2. 关于唐明皇、杨贵妃的电视剧有很多,如《珍珠传奇》《唐明皇》《杨贵妃》《大唐芙蓉园》《杨贵妃秘史》等,它们是怎样表现李、杨爱情的?请选择观看。

3. 关于唐明皇与杨贵妃的爱情,不少文学作品都写到他们在仙界的重逢。请你也尝试为其续写一个剧本。

4.《长恨歌》与《琵琶行》是白居易长篇叙事诗中的杰作。请你将这两首长诗制作成连环漫画,并配以文字说明。

【推荐阅读】

1.《白居易集》,(唐)白居易著,顾学颉点校,中华书局1979年版。

2.《白居易诗集导读》,朱金城著,中国国际广播出版社2009年版。

3.《白居易评传》，塞长春、尹占华著，南京大学出版社2002年版。
4.《唐史并不如烟5：安史之乱》，曲昌春著，百花洲文艺出版社2011年版。

元 稹

【简介】 元稹（779—831），字微之。洛阳（今属河南）人。早年家贫，15岁以明经擢第，21岁初仕河中府，25岁登书判拔萃科，授秘书省校书郎。曾任左拾遗、监察御史。因触犯宦官权贵，次年贬江陵府士曹参军。后历通州司马、虢州长史。后官至同中书门下平章事。

元稹的创作，以诗歌成就最大，与白居易齐名，并称元白，同为新乐府运动倡导者。元稹在散文和传奇方面也有一定成就，其《莺莺传》为唐人传奇中的名篇。有《元氏长庆集》。

四川达州元稹铜像

离 思

曾经沧海难为水，除却巫山不是云①。取次花丛懒回顾②，半缘修道半缘君③。

冀勒校注《元稹集·外集》卷一，中华书局2010年版

【注释】

①"曾经"二句：意思是经历过世间至美的事物后，对其他的事物就看不上眼了。前者化用《孟子·尽心下》："孔子登东山而小鲁，登太山而小天下，故观于海者难为水，游于圣人之门者难为言。"后者化用宋玉《高唐赋》巫山云雨的神话。这里喻指自己和妻子的爱情真挚完美，无法被其他所取代。②取次：

经过，接近。花丛：比喻美女。③缘：因为。修道：修身治学。

【导读】

本题共五首，这里选的是第四首，为元稹的悼亡之作。

首句"曾经沧海难为水"，以水比人。意思是说，曾经看过茫茫大海的人，对其他地方的水流是不会看在眼里的，言外之意是妻子在自己心中是最美的。"除却巫山不是云"，这里以用云比人。意思是说，除了巫山上的彩云，其他地方所谓的云都不足一观。"取次花丛懒回顾"，意思是说即使走到如花的美人堆里，自己也懒得回头观看。这是为什么呢？"半缘修道半缘君"，我之所以这样坚定，"一半是因为修身养性，一半是因为无法忘记你（已故的恩爱妻子）"。诗人的这种作答，既直截了当，又饱含着对妻子忠贞不渝的深情。

一首短短的小诗，用水、用云、用花比人，寄托了对亡妻的感情，写得曲折委婉、含而不露、意境深远、耐人寻味。尤其是"曾经沧海难为水，除却巫山不是云"，因富有哲理意味而成为千古传诵的名句。

【选评】

陈寅恪《元白诗笺证稿》："其悼亡诗即为元配韦丛而作。其艳诗则多为其少日之情人所谓崔莺莺者而作。"

【思考与讨论】

1. 刘禹锡的咏史诗别具特色，请和晚唐的杜牧的咏史诗进行比较，分析其异同。

2. 元稹的诗中"曾经沧海难为水，除却巫山不是云"，你怎么理解，是否赞成这种爱情观？

【拓展与延伸】

1. 古今中外，讴歌母爱的文学作品数不胜数，如孟郊的《游子吟》。请尝试以"母爱"为主题，写一篇散文或一首诗歌。

2. 结合诗中意境，给孟郊的《游子吟》和刘禹锡的《乌衣巷》各配上一幅插图。

3. "金陵怀古"是古代文人咏史诗的重要主题，如刘禹锡的《乌衣巷》《石头城》等。请查找"金陵怀古"题材的诗词，看看其抒发了作者怎样的情怀，又与时代环境、个人境遇有着怎样的联系？

【推荐阅读】

1.《刘禹锡集》，吴在庆编选，凤凰出版社2007年版。

2.《元稹诗文选》杨军等选注，人民文学出版社2004年版。

3.《唐诗风貌》，余恕诚著，中华书局2010年版。

晚唐诗歌

杜牧

【简介】 杜牧（803—852），字牧之，京兆万年（今陕西西安）人。祖居长安南樊川，世称杜樊川。其祖父杜佑是中唐著名政治家、史学家，历任三朝宰相。杜牧于文宗大和二年（828）中进士，历任监察御史、左补阙、史馆修撰，黄、池、睦、湖等州刺史，司勋员外郎，官终中书舍人。

杜牧的诗、赋、古文都很有名，而以诗的成就最高，他的诗众体皆备、题材广泛、风格多样，尤长于七言律诗和七言绝句，内容多伤时感事之作，咏史诗独具眼光、见解精辟。其诗豪放爽朗、清新俊逸，于拗折峭健之中，见风华掩映之美。杜牧与李商隐齐名，并称"小李杜"。有《樊川文集》。

泊秦淮[①]

烟笼寒水月笼沙，夜泊秦淮近酒家。商女不知亡国恨[②]，隔江犹唱后庭花[③]。

冯集梧注《樊川诗集注·樊川外集》，上海古籍出版社 1978 年版

南京秦淮河

【注释】

①秦淮：秦淮河，源出江苏省溧水县，流经南京地区，相传为秦始皇游会稽时所凿，用来疏通淮水，故称秦淮河。②商女：卖唱的歌女。③江：这里指秦淮河。后庭花：歌曲名，南朝陈后主所创制，其作《玉树后庭花》舞曲，终至亡国。后人遂称此曲为亡国之音。

【导读】

这首诗通过写作者夜泊秦淮时的所见所闻，寄寓了深沉的感慨，批判了晚唐统治集团中的上层人物沉溺声色、醉生梦死的奢侈生活。自魏晋以来，南京的秦淮河就成为达官贵人寻欢作乐、纵情声色的"金粉"之地。杜牧生活在日益没落的晚唐时期，对国家前途时刻牵挂在心。当他目睹秦淮河畔，依旧是一片灯红酒绿，歌舞升平。由此触景生情，写下这首千年传诵的名作。

诗的首句写景，描绘出一幅月色迷蒙、轻烟淡雾、笼罩寒水的景象，为整首诗点染了环境，烘托出迷惘伤感的气氛。同时，也为下面的抒情做好铺垫。第二句以"夜泊秦淮"点明了所在的具体地点，又以"近酒家"引领最后两句，并带出诗中的人物。后两句"商女不知亡国恨，隔江犹唱后庭花"，其实才是诗歌的重心所在，诗人由"酒家"引出"商女"，由"商女"引出唱《后庭花》的歌声；诗歌叙事之中有抒情，抒情中含议论。其实，诗人批判的对象并非"商女"，而是那些沉溺于歌舞、醉生梦死的达官贵人，诗人感时忧国之情也不言自明。

这首诗很容易让人想起南宋诗人林升的《题临安邸》："山外青山楼外楼，西湖歌舞几时休？暖风熏得游人醉，直把杭州作汴州"。比较起来，杜牧的诗构思更具匠心，言近旨远，含蓄深沉，当为七绝中的上乘之作。

【选评】

（清）徐增《而庵说唐诗》："'烟笼寒水'，水色碧，故云'烟笼'。'月笼沙'，沙色白，故云'月笼'，下字极斟酌。夜泊秦淮，而与酒家相近，酒家临河故也。商女，是以唱曲作生涯者。唱《后庭花》曲，唱而已矣，哪知陈后主以此亡国，有恨于内哉！杜牧之隔江听去，有无限兴亡之感，故作是诗。"

秋 夕

银烛秋光冷画屏，轻罗小扇扑流萤①。天阶夜色凉如水②，坐看牵牛织女星③。

冯集梧注《樊川诗集注·樊川外集》，上海古籍出版社 1978 年版

【注释】

①轻罗小扇：轻巧的丝质团扇。②天阶：宫里的石阶。③坐看：同"卧看"。

【导读】

这首诗描写了深居宫中的女子生活的孤寂幽怨。七夕，是古代传说中牛郎织女相会的日子，也名"乞巧节"。女孩在这一天摆上时令瓜果，朝天祭拜，乞求上天能赋予她们聪慧的心灵和灵巧的双手，其实更希望的是能够拥有美好的爱情婚姻。然而，这一切对宫女们来说，都是遥不可及的。

诗的首句"银"、"秋"、"冷"等字，渲染了凄冷的气氛，又衬出宫女们内心的孤独。第二句写宫女借扑萤以消磨时光，排遣忧愁。第三句写夜色如水，暗喻宫女内心的凄凉孤苦。末句借写宫女羡慕牵牛织女，抒发其心中悲苦。

全诗语言朴实无华，用词巧妙准确，蕴涵丰富，言近旨远。

（明）唐寅《秋风纨扇图》

【选评】

（清）蘅塘退士《唐诗三百首》："层层布景，是一幅着色人物画。只'卧看'两字，逗出情思，便通身灵动。"

李商隐

【简介】李商隐（813?—858），字义山，号玉谿生，又号樊南生。怀州河内（今河南沁阳市）人。9岁丧父，少有文名。开成二年（837）进士，授秘书省校书郎,补弘农尉,次年入泾原节度使王茂元幕府。当时牛(僧孺)、李(德裕)党争激烈,李商隐被卷入其中,政治上受到排挤,此后,他一生在牛、李两党的倾轧中度过,长期困顿失意,潦倒终生。曾先后做过校书郎、县尉、秘书省正字、节度判官等一类小官。

李商隐在诗歌创作上取得了杰出的成就,与杜牧齐名,时称"小李杜",又与温庭筠齐名,并称"温李"。李商隐的诗秾艳绮丽、寄托遥深、幽微含蓄、深情绵邈,善于用典故和神话传说,通过想象、联想和象征,构成丰富多彩的艺术形象。尤其是爱情诗含蓄朦胧、哀艳凄美、内涵丰富、感情真挚,具有独特的艺术魅力。有《李义山文集》。

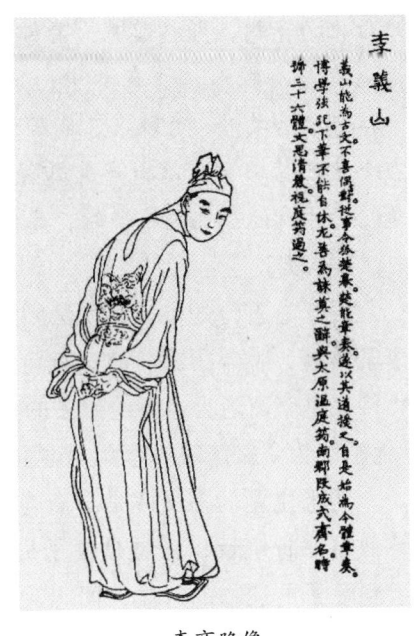

李商隐像

锦 瑟

锦瑟无端五十弦,一弦一柱思华年①。庄生晓梦迷蝴蝶②,望帝春心托杜鹃③。沧海月明珠有泪④,蓝田日暖玉生烟⑤。此情可待成追忆,只是当时已惘然⑥。

叶葱奇校注《李商隐集疏注》卷上,人民文学出版社1985年版

【注释】

①"锦瑟"二句:意思是因瑟有五十弦,联想到自己年将半百,因而追溯平生,一一忆起。锦瑟,绘有如锦花纹的瑟。无端,无缘无故,表示心惊。五十弦,古代的瑟本是五十根弦,后来多是二十五弦。华年,年轻时候。②"庄生"句:意思是浮生若梦,变幻莫测。庄生,即庄周。《庄子·齐物论》:"昔者庄周梦为胡蝶,栩栩然胡蝶也。自喻适志与!不知周也。俄然觉,则蘧蘧然周也。"③"望帝"句:意思是说自己一生伤感不已。望帝,古蜀国国王的称号,名叫杜宇。

死后化为子规,即杜鹃鸟。春心,伤春之春心。④沧海:即大海。珠有泪:传说南海外有鲛人,住在水中,哭泣时泪水能变成珍珠。晋干宝《搜神记》卷十二:"南海之外,有鲛人,水居如鱼,不废织绩,其眼泣,则能出珠。"⑤蓝田:在今陕西蓝田县,以出产美玉著称。⑥"此情"二句:这种迷惘感伤岂是等到追忆时才有的?就是在当时,已经令我十分怅惘了。可待,岂待,何待。

【导读】

关于这首诗的主旨,说法颇多。有人认为李商隐一生仕途坎坷,沉沦下僚,妻子早逝,晚年凄凉,故这首诗应是他晚年自我的感伤。有人认为这是一首悼亡诗,是李商隐为追怀他死去的妻子王氏而作。还有人认为这只是一首爱情诗,"锦瑟"为令狐楚家的婢女,这里作者借物喻人。

诗歌主题的多义性是李商隐诗歌的特别之处。就整首诗而言,理解为悼亡诗似更贴近主旨,锦瑟是妻子最喜欢的乐器,然而如今物在人亡,触景生情,看到妻子的遗物的时候,回想起这么多年来经历,更让作者难以抑制心中的悲伤。生死离别,家国悲思,这种阴阳两隔的痛苦思念使人感觉迷离惝恍,如庄生化蝶的幻灭感扑面而来,似杜宇啼叫的悲凄。然而作者并没有停止这种思念。而是在颈联转为更坚定地诉说,尽管化为人鱼的鲛人眼泪凄冷,但月光照耀下更显其高洁;蓝田玉尽管长埋地下,但在阳光的沐浴下让人感到温暖。诗至结尾,诗人又不得不面对现实,离去的毕竟去了,一切的思念,一切的追寻,都是徒劳,一切又回归于幻灭。整首诗始终沉浸在一种伤感迷惘的艺术氛围之中,诗意忽隐忽现,深情绵邈,含蓄隽永,耐人寻味。

这首诗歌运用了典故、比兴、象征等手法,诗中蝴蝶、杜鹃属于特殊含义的意象,珠、玉也特别赋予了比兴之义,作者运用这些意象创造出深情凄艳、幽婉哀怆的艺术境界。

【选评】

(清)薛雪《一瓢诗话》:"此诗全在起句'无端'二字,通体妙处,俱从此出。意云:锦瑟一弦一柱,已足令人怅望年华,不知何故有此许多弦柱,令人怅望不尽;全似埋怨锦瑟无端有此弦柱,遂使无端有此怅望。即达若庄生,亦迷晓梦;魂为杜宇,犹托春心。沧海珠光,无非是泪;蓝田玉气,恍若生烟。触此情怀,垂垂追溯;当时种种,尽付惘然。对锦瑟而兴悲,叹无端而感切。如此体会,则诗神诗旨,跃然纸上。"

无题

相见时难别亦难,东风无力百花残。春蚕到死丝方尽,蜡炬成灰泪始干。晓镜但愁云鬓改[①],夜吟应觉月光寒。蓬山此去无多路[②],青鸟殷勤为探看[③]。

叶葱奇校注《李商隐集疏注》卷上,人民文学出版社 1985 年版

【注释】

①晓镜:早晨梳妆照镜子;云鬓:女子多而美的头发,这里比喻青春年华。②蓬山:蓬莱山,传说中海上仙山,比喻女子住所。③青鸟:神话中为西王母传递音讯的信使。

【导读】

诗的首句,感叹欢聚之难得,别离之匆匆,揭示出人生聚散匆匆的普遍心理感受。紧接着,作者没有正面续写别离之难,而是化景物为情思,把绵绵情意融入象征性的语言中,"东风无力百花残",既可以指离别如暮春的落花一般无法回避和抗拒,也可以理解为这是对两人爱情悲剧的一种暗示。两句之间的跳跃性,看似很不合理,其实极大地拓展了诗歌广阔的空间,生发出丰富的内涵,这种巧妙的意象组接,正是李商隐诗歌重要艺术特色。"春蚕到死丝方尽,蜡炬成灰泪始干",承接上边,表达出虽知爱情遭遇阻隔仍不甘屈服,至死不渝。这两句也因为其比喻形象、情感真挚、化虚为实,成为千古传诵的名句。紧接着颈联中,作者笔锋一转,写对方的思念之憔悴:"你"早上对镜伤怀,晚上望月相思,其实流露出对所爱之人的关切和怜爱之情。尾联"蓬山此去无多路,青鸟殷勤为探看",既抒发作者的思念之切,也可以理解为是对自己的一种宽慰。两人因相隔不能相见,只能寄希望于间接的沟通来传递绵绵情愫。

【选评】

(清)杨成栋《精选五七律耐吟集》:"镂心刻骨之词,千秋情语,无出其右。"

【思考与讨论】

1. 赏析杜牧的《泊秦淮》和李商隐的《夜雨寄北》,并选择一首为大家讲解。
2. 文学史上的"小李杜"指哪两位诗人,他们的诗歌有什么艺术特色?
3. 李商隐的诗朦胧多义,意蕴深远,《锦瑟》是其七律中的名作。历来对其主

题众说纷纭,有"悼亡说"、"自伤身世说"、"爱情说"、"自序其诗说"、"政治寄寓说"。你是怎样理解其主题的?

【拓展与延伸】

1. 梁启超曾说过:"义山(李商隐字义山)的《锦瑟》《碧城》《圣女词》等诗,讲的什么事,我理会不着。拆开来一句一句的叫我解释,我连文义也解不出来。但我觉得他美,读起来令我精神上得一种新鲜的愉快。须知美是多方面的,美是含有神秘性的。"结合李商隐的爱情诗,谈谈你对梁启超这句话的理解,写一段发言简稿,在课堂上向大家阐述你的观点。

2. 从李商隐和杜牧的诗中各选几首,仔细体会诗歌思想内容,并给它们各配一幅插图。

3. 南京的秦淮河是一条历史之河、文化之河,千百年来成为文人墨客咏叹的对象。请尝试为"秦淮河"制作一段文化宣传片,表现其文化和历史内涵。

【推荐阅读】

1. 《李商隐诗歌集解》,(唐)李商隐著,刘学锴、余恕诚校,上海古籍出版社2003年版。

2. 《杜牧诗文选评》,吴在庆撰,上海古籍出版社2002年版。

3. 《李商隐研究》,吴调公著,中华书局2010年版。

4. 《迷人的诗谜:李商隐诗》,叶嘉莹著,文化艺术出版社2010年版。

唐传奇

【简介】"传奇",本是传述奇闻轶事的意思。唐传奇是指唐人用文言创作的短篇小说。它远继古代神话传说和史传文学,近承魏晋南北朝志怪和志人小说,在唐代发展成为一种以史传笔法写奇闻轶事的小说体式。唐传奇"始有意为小说",与魏晋小说相比,唐传奇内容更加丰富,题材更为广泛,艺术上也更成熟,唐代传奇的为生,标志着我国小说的发展已逐渐趋于成熟。

初盛唐时期是六朝志怪小说大唐传奇的过渡阶段,作品数量少,内容上也带有志怪痕迹,主要作品有无名氏的《补江总白猿传》,王度的《古镜记》、张鷟的《游仙窟》等。中唐时期是唐传奇的鼎盛期,作家作品多,成就也最高。题材也开始有志怪转入现实生活的描写。其中尤以爱情题材成就最高。主要作家作品有沈既济的《枕中记》《任氏传》,李朝威的《柳毅传》,蒋防的《霍小玉传》,李公佐《南柯太守传》,白行简《李娃传》,陈鸿《长恨歌传》,元稹《莺莺传》等。晚唐时期,晚唐传奇小说传奇仍然很繁荣。大批传奇集开始涌现。如裴铏《传奇》、薛用弱《集异记》、牛僧孺《玄怪录》、李复言《续玄怪录》、牛肃《纪闻》、袁郊《甘泽谣》、皇甫枚《三水小牍》等。

唐传奇对后世的影响表现在两个方面:一是思想题材的影响,在唐传奇中,娼妓婢妾则第一次大批成为被赞颂的主角。霍小玉、李娃、红拂等生动的形象,以及她们所反映出的追求自由,对抗专制等思想,为后代的不少作家所继承。在宋元话本《碾玉观音》中的秀秀和"三言"中的杜十娘、花魁娘子等人身上,都可以看到霍小玉、李娃的影子;在蒲松龄的《聊斋志异》中,也可以看到唐传奇的影响;戏曲里根据唐传奇改编的如王实甫的《西厢记》、郑德辉的《倩女离魂》、汤显祖的《邯郸记》、洪升的《长生殿》等更不胜枚举。

在艺术手法上,唐传奇则比较全面地采用了史传文学的手法,把一个人前后完整的一段生活,甚至一生的经历都描绘下来,形象地揭露社会矛盾,表现出人物微妙的思想感情和性格特征。体制简短而有长篇小说的规模,这种具有独特民族风格的小说形式,是由唐传奇开始的,而传奇中大量出现的离奇情节、大胆想象以及生活细节的细致刻画,对后世戏曲小说创作都具有很大的借鉴意义。

白 行 简

【简介】白行简(公元775—826),字知退,下邽(现陕西省渭南县)人,是大诗人白居易的兄弟。贞元末年登进士第,曾经担任左拾遗、主客郎中等官职,擅长诗赋,有诗集二十卷,现在已不存。所作传奇有《李娃传》和《三梦记》。

李娃传(节选)

汧国夫人李娃①,长安之倡女也。节行瑰奇②,有足称者。故监察御史白行简为传述。

天宝中，有常州刺史荥阳公者，略其名氏，不书，时望甚崇，家徒甚殷。知命之年③，有一子，始弱冠矣，隽朗有词藻，迥然不群，深为时辈推伏④。其父爱而器之，曰："此吾家千里驹也。"应乡赋秀才举，将行，乃盛其服玩车马之饰，计其京师薪储之费⑤。谓之曰："吾观尔之才，当一战而霸⑥。今备二载之用，且丰尔之给，将为其志也。"生亦自负，视上第如指掌⑦。自毗陵发⑧，月余抵长安，居于布政里。

尝游东市还，自平康东门入⑨，将访友于西南。至鸣珂曲，见一宅，门庭不甚广，而室宇严邃，阖一扉。有娃方凭一双鬟青衣立，妖姿要妙，绝代未有。生忽见之，不觉停骖久之，徘徊不能去。乃诈坠鞭于地，候其从者，敕取之，累眄于娃⑩，娃回眸凝睇，情甚相慕，竟不敢措辞而去。生自尔意若有失，乃密征其友游长安之熟者以讯之。友曰："此狭邪女李氏宅也⑪。"曰："娃可求乎？"对曰："李氏颇赡。前与通之者，多贵戚豪族，所得甚广，非累百万，不能动其志也。"生曰："苟患其不谐，虽百万，何惜！"

他日，乃洁其衣服，盛宾从而往。扣其门，俄有侍儿启扃⑫。生曰："此谁之第耶？"侍儿不答，驰走大呼曰："前时遗策郎也。"娃大悦曰："尔姑止之，吾当整妆易服而出。"生闻之，私喜。乃引至萧墙间⑬，见一姥垂白上偻⑭，即娃母也。生跪拜前致词曰："闻兹地有隙院⑮，愿税以居，信乎？"姥曰："惧其浅陋湫隘⑯，不足以辱长者所处，安敢言直耶⑰？"

越剧《李娃传》剧照

延生于迟宾之馆⑱,馆宇甚丽。与生偶坐⑲,因曰:"某有女娇小,技艺薄劣,欣见宾客,愿将见之⑳。"乃命娃出,明眸皓腕,举步艳冶。生遂惊起,莫敢仰视。与之拜毕,叙寒燠㉑,触类妍媚㉒,目所未睹。复坐,烹茶斟酒,器用甚洁。

久之日暮,鼓声四动。姥访其居远近。生绐之曰㉓:"在延平门外数里。"冀其远而见留也。姥曰:"鼓已发矣,当速归,无犯禁。"生曰:"幸接欢笑,不知日之云夕。道里辽阔,城内又无亲戚,将若之何?"娃曰:"不见责僻陋㉔,方将居之,宿何害焉。"生数目姥㉕,姥曰:"唯唯。"生乃召其家僮,持双缣,请以备一宵之馔。娃笑而止之曰:"宾主之仪,且不然也。今夕之费,愿以贫窭之家㉖,随其粗粝以进之㉗。其余以俟他辰。"固辞,终不许。

俄徙坐西堂,帷幕帘榻,焕然夺目;妆奁衾枕㉘,亦皆侈丽。乃张烛进馔,品味甚盛。彻馔㉙,姥起。生娃谈话方切,诙谐调笑㉚,无所不至。生曰:"前偶过卿门,遇卿适在屏间。厥后心常勤念㉛,虽寝与食,未尝或舍。"娃答曰:"我心亦如之。"生曰:"今之来,非直求居而已,愿偿平生之志。但未知命也若何。"言未终,姥至,询其故,具以告。姥笑曰:"男女之际,大欲存焉。情苟相得,虽父母之命,不能制也。女子固陋,曷足以荐君子之枕席!"生遂下阶,拜而谢之曰:"愿以己为厮养。"姥遂目之为郎㉜,饮酬而散。及旦,尽徙其囊橐㉝,因家于李之第。

汪辟疆校录《唐人小说》上卷,上海古籍出版社1978年版

【注释】

①汧(qiān)国夫人:封号,汧国在现在陕西省千阳县西。娃:北方地区对美丽少女的称呼。②瑰奇:高尚奇特。③知命之年:五十岁。④时辈:当时同等的人。推服:佩服。⑤薪储之费:生活费用。⑥一战而霸:一考就榜上有名。⑦上第:考试中成绩最优等的。⑧毗(pí)陵:武进。⑨平康:长安里名,是当时妓院集中的地方。⑩累(lěi):屡次。眄(miǎn):斜着眼睛看。⑪狭邪女:妓女。⑫俄:一会儿。启扃(jiōng):开门。⑬萧墙:当门的小墙。⑭垂白:头发花白。偻(lóu):驼背。⑮隙院:空屋子。⑯湫(qiū)隘:狭窄。⑰直:租金。⑱迟宾之馆:招待宾客的屋子。⑲偶坐:相对着坐在一起。⑳将:带领。㉑寒燠(yù):谈论天气冷暖,指应酬的话。㉒触类:一举一动。妍媚:讨人喜欢。㉓绐(dài):欺骗。㉔见责僻陋:因为地方不好而责怪。㉕数(shuò):屡次。

㉖ 窭（jù）：贫穷。㉗ 粝（lì）：粗糙的食物。㉘ 妆奁（lián）衾（qīn）枕：梳妆盒和被子以及枕头。㉙ 彻馔：吃完了饭。㉚ 诙谐：说趣话。㉛ 厥后：从此之后。㉜ 目之：把他当作。㉝ 橐橐（tuó）：行李。

【导读】

李娃的故事在唐代已经是流行的说唱材料了，称为"一枝花"。本篇可能就是根据"一枝花"故事改写的。

《李娃传》这部作品主要故事情节是男女主人公的悲欢离合，即李娃和荥阳生的爱情经历和坎坷命运：李娃本是长安名妓，后来却被封为汧国夫人；荥阳生原是世家公子，却被抛到社会最底层；李娃起初对荥阳生情深意笃，却又将他弃置路途，最后又将"殆非人状"的荥阳生救起，"复了本躯"，助其学业有成，在荥阳生功成名就之后，却又要离去"归养老姥"；荥阳生尝尽人间苦难，几经生死，最后又"争霸群英""累迁清显之任"，几经曲折，二人终结秦晋。

李娃是一个久落风尘的烟花寨中的老手，在长期屈辱、痛苦的生活中，灵魂也遭到了污染，甚至被扭曲，她学会了一套引诱、取悦、玩弄贵族公子的手段，包括在对方财空人穷的时候如何设计驱逐的卑劣的伎俩，她都十分熟悉。而且手脚干净利落，一点不露破绽。处处表现出她精明、老练，有很丰富的生活经验。在欺骗荥阳生以后，就敛迹藏身，不再露面。以后有所悔悟，在赎身救助荥阳生的一系列情节中，展露出她思想品德中美好的一面，但也同样表现出这种得自生活的精明、沉稳、老练的性格特色。纵观小说对李娃的全部描写，她的性格是复杂矛盾的。在利和义，当然还有与义不可分割的情之间，她先是利压倒了义，合谋驱逐荥阳生；后来在荥阳生沦为乞丐的悲苦生活面前，她善良的人性复苏，又使她的义战胜了利，而且一经转化，其所作所为就超出了常人所能达到的境地。她终于在现实生活的矛盾冲突中，克服了自身思想性格中的矛盾，由一个贪财无义的烟花女子，成了一个善良多情的贤妻良母。她转化以后的种种表现，也就是作者所热情赞美的"节行瑰奇"的"节行"。

小说对女主人公李娃的性格的塑造不是单一的，而是表现出较丰富复杂的内容，这说明作者没有将生活简单化，在塑造人物形象时更贴近现实，更符合生活的本来面目。作者歌颂李娃这个人物，却并没有将她简单化，写她好就一切皆好，纯洁无瑕，而是从生活出发，写出了由生活本身所决定的思想性格的复杂性。既写出她性格中美好的一面，也写出她性格中不好的一面。不仅是人物性格本身，在人物关系上，小说也表现出了生活的复杂面貌，全篇以表现李娃、荥阳生及其相互关系为主,但作者不仅仅着眼于两个人的关系,而是围绕中心线索,广泛地展示了都市生活的世态人情,表现了丰富复杂的社会内容。如在李娃方面,围绕她写了侍儿、李母、李姨;在荥阳生方面,围绕他写了荥阳公、老竖、布政里的旅店主人、凶肆诸人等。侍儿、李母、李姨的活动,展示了都市妓院生活的一般面貌,那就是,这儿不仅是一个寻欢作乐的场所,还是一个充满虚伪、欺骗残忍的销金窟。她们从接客到送客,都有一套高明的应付手段,并经过精心的安排。她们所看重的是嫖客的钱财,有钱就热,无钱就冷。这是烟花行当中人的本性。这一点通过这几个人物的活动,特别是通过对荥阳生从迎到逐的生活场景的描写,揭示得十分生动而且真实。

小说所描写的男女主人公门第迥异,因而他们之间的相恋经过艰难曲折以后的最终结合,确实是接触到了唐代敏感的门阀制度问题。通过荥阳公对其子态度的前后变化,通过李娃帮助荥阳生恢复本躯后的主动退却,都明显地揭示了门阀制度的不合理。小说的最后让两位在现实生活中很难跨越等级障碍而结合的恋人实现了美满的婚姻,应该说确实是体现了反门阀制度的积极的思想意义。

《李娃传》的作者匠心独运,以其独特的文笔来构思故事情节,使得故事情节跌宕起伏,扣人心弦,让读者以一种强烈的好奇心来读完整篇作品。李娃的故事,曾经被元代石君宝改编为杂剧《李亚仙花酒曲江池》,明代的薛近兖(一说徐霖)改编为传奇《绣襦记》。

【选评】

林骅《唐传奇新选》:"由于作品取材于民间说话《一枝花》,因而具有情节发展刻画人物、展示环境的民间艺术特色。院遇、计逐、鞭弃、护读、登科、团圆,峰回路转,跌宕起伏。李娃的狡黠老练、善良忠贞,郑生的聪敏单纯、淳厚多情,都是在具体情节的描述中展现的。同时,又不乏场面的描写、细节的刻画、气氛的渲染,极富生活气息。"

裴铏

【简介】裴铏,生卒年不详,号谷神子。大中年间曾修道于洪州西山(今江西新建县西),著《道生旨》一卷。后弃道求仕,于唐懿宗咸通中(867年左右)担任静海军节度使高骈掌书记,唐僖宗乾符五年(878)以御史大夫为成都节度副使。著《传奇》三卷，多记神仙怪异之事，另有诗文传世。

聂隐娘

聂隐娘者，贞元中，魏博①大将聂锋之女也。年方十岁，有尼乞食于锋舍，见隐娘，悦之。云："问押衙乞取此女教？"锋大怒，叱尼。尼曰："任押衙铁柜中盛，亦须偷去矣。"及夜，果失隐娘所向。锋大惊骇，令人搜寻，曾无影响。父母每思之，相对涕泣而已。后五年，尼送隐娘归。告锋曰："教已成矣，子却领取。"尼歘亦不见②。一家悲喜。问其所学，曰："初但读经念咒，余无他也。"锋不信，恳诘。隐娘曰："真说又恐不信，如何？"锋曰："但真说之。"曰："隐娘初被尼挈③，不知行几里。及明，至大石穴之嵌空，数十步，寂无居人，猿狖极多，松萝益邃。已有二女，亦各十岁，皆聪明婉丽，不食。能于峭壁上飞走，若捷猱登木，无有蹶失④。尼与我药一粒，兼令长执宝剑一口，长二尺许，锋利，吹毛令劫⑤，逐二女攀缘，渐觉身轻如风。一年后，刺猿狖，百无一失。后刺虎豹，皆决其首而归。三年后能飞，使刺鹰隼，无不中。剑之刃渐减五寸。飞禽遇之，不知其来也。至四年，留二女守穴，挈我于都市，不知何处也。指其人者，一一数其过曰：'为我刺其首来，无使知觉。定其胆，若飞鸟之容易也。'受以羊角匕首，刀广三寸。遂白日刺其人于都市，人莫能见。以首入囊，返主人舍，以药化之为水。五年，又曰：'某大僚有罪，无故害人若干。夜可入其室，决其首来。'又携匕首入室，度其门隙，无有障碍，伏之梁上。至瞑⑥，持得其首而归。尼大怒曰：'何太晚如是！'某云：'见前人戏弄一儿可爱，未忍便下手。'尼叱曰：'以后遇此辈，先断其所爱，然后决之。'某拜谢。尼曰：'吾为汝开脑后藏匕首，而无所伤。用即抽之。'曰：'汝术已成，可归家。'遂送还。云后二十年，方可一见。"

锋闻语甚惧，后遇夜即失踪，及明而返。锋已不敢诘之，因兹亦不甚怜爱。忽值磨镜少年及门，女曰："此人可与我为夫。"白父，父不敢不从，遂嫁之。其夫但能淬镜⑦，余无他能。父乃给衣食甚丰，外室而居。数年后，父卒。魏帅稍知其异，遂以金帛署为左右吏。如此又数年。至元和间，魏帅与陈许节度使刘昌裔不协，使隐娘贼其首。隐娘辞帅之许。刘能神算，已知其来。召衙将，令来日早至城北，候一丈夫

·112·

一女子，各跨白黑卫⑧。至门，遇有鹊前噪，丈夫以弓弹之，不中，妻夺夫弹，一丸而毙鹊者。揖之云："吾欲相见，故远相祗迎也⑨。"衙将受约束，遇之。隐娘夫妻曰："刘仆射果神人⑩，不然者，何以洞吾也，愿见刘公。"刘劳之。隐娘夫妻拜曰："合负仆射万死。"刘曰："不然，各亲其主，人之常事。魏今与许何异，顾请留此，勿相疑也。"隐娘谢曰："仆射左右无人，愿舍彼而就此，服公神明也。"知魏帅之不及刘。刘问其所须，曰："每日只要钱二百文足矣。"乃依所请。忽不见二卫所之，刘使人寻之，不知所向。后潜收布囊中，见二纸卫，一黑一白。

后月余，白刘曰："彼未知住，必使人继至。今宵请剪发，系之以红绡，送于魏帅枕前，以表不回。"刘听之。至四更却返曰："送其信了，后夜必使精精儿来杀某，及贼仆射之首。此时亦万计杀之，乞不忧耳。"刘豁达大度，亦无畏色。是夜明烛，半宵之后，果有二幡子一红一白，飘飘然如相击于床四隅。良久，见一人自空而踣⑪，身首异处。隐娘亦出曰："精精儿已毙。"拽出于堂之下，以药化为水，毛发不存矣。隐娘曰："后夜当使妙手空空儿继至。空空儿之神术，人莫能窥其用，鬼莫得蹑其踪。能从空虚之入冥，善无形而灭影。隐娘之艺，故不能造其境，此即系仆射之福耳。但以于阗玉周其颈⑫，拥以衾，隐娘当化为蠛蠓⑬，潜入仆射肠中听伺，其余无逃避处。"刘如言。至三更，瞑目未熟，果闻颈上铿然，声甚厉。隐娘自刘口中跃出。贺曰："仆射无患矣。此人如俊鹘⑭，一搏不中，即翩然远逝，耻其不中。才未逾一更，已千里矣。"后视其玉，果有匕首划处，痕逾数分。自此刘转厚礼之。自元和八年，刘自许入觐，隐娘不愿从焉。云："自此寻山水，访至人，但乞一虚给与其夫⑮。"刘如约。后渐不知所之。及刘薨于统军，隐娘亦鞭驴而一至京师，柩前恸哭而去。开成年，昌裔子纵除陵州刺史⑯，至蜀栈道，遇隐娘，貌若当时，甚喜相见，依前跨白卫如故。语纵曰："郎君大灾，不合适

《聂隐娘》书影

此。"出药一粒，令纵吞之。云："来年火急抛官归洛，方脱此祸。吾药力只保一年患耳。"纵亦不甚信，遗其缯彩，隐娘一无所受，但沉醉而去。后一年，纵不休官，果卒于陵州。自此无复有人见隐娘矣。

汪辟疆校录《唐人小说》上卷，上海古籍出版社1978年版

【注释】

①魏博：唐肃宗干元初，魏州寻置魏博节度，田承嗣为魏博节度使，统治今河北南部、山东北部，亦曰天雄军。建中三年（782），田悦拒命，称魏王，僭改魏州为大名府。②欻（xū）：忽然。③挈（qiè）带，领。④蹶失：失足跌倒。⑤劫：断。⑥瞑：指闭眼，意为睡觉。⑦淬镜：磨镜。古代用金属造镜，日久镜面容易昏暗，故须常加磨冶，方能使明亮照人。⑧卫：卫地风俗喜好蓄养驴，所以古代称驴为"卫"。⑨祗（zhī）迎：恭敬的迎接。⑩仆射（yè）：职官名。秦时设置，因古时重视武官，用善射的人掌理事物，汉以后各朝都据秦法而有此官。至唐时，左右仆射相当于宰相的职任。宋徽宗时改左右仆射为太宰、小宰，此后仆射之名不复存在。⑪踣（bó）：跌倒、倒毙的意思。⑫于阗（tián）玉：玉中上品。相传在殷商时期，商王的宫殿里就有用于阗美玉加工而成的各种用具；楚国时的王公贵胄更以玉器作为身份的象征；两汉时期越来越多的中原人士钟情于于阗美玉，各路王侯均遣工匠前往昆仑山周围采玉。经过这些采玉人的辛勤劳作，昆仑山下的玉开始运往中原，丝绸之路才得以渐渐繁盛起来。⑬蠛（miè）蠓（méng）：即"蠓"，虫名。一种比蚊子小，色白头有絮毛的飞虫。古人认为这是一种对人体有害的昆虫。⑭俊鹘（hú）：迅疾的鹰隼。⑮虚给：闲职，拿干薪的挂名差事。⑯除：任命官职。

【导读】

在中国古代的文学作品中，"侠"的形象可谓历史悠久，《史记·游侠列传》中就曾专写侠客。但长久以来，侠的性别一直局限于男性，直到唐代这一情况才得到转变。唐代女侠形象丰富了"侠"的文化内涵，使侠的形象变得千姿百态。她们既有侠士的品质、言行，又富于浓郁的时代气息，反映了当时丰富的社会生活。她们不拘守闺房、侠肝义胆、情深意长、敢作敢为又不失女性特有的风韵，是阳刚与阴柔之美的奇特组合。如此与众不同的女性形象也反映出唐代女性地位的提升。随着武则天称帝，以及胡汉融合，妇女的自然天性和社会能力得到了整个封建社会前所未有的释放。唐朝妇女自身能力上的进取性，有了空

前的高涨,从而女性意识也得以大幅度地彰显。作为社会主体之一的女子出现在文人的文学作品中也成为必然,文人们认为女人也可以像男人一样身怀绝技,智勇双全,快意恩仇,为国为民。所以,女侠们行事潇洒独立自主,敢于追求,展现自我,努力摆脱传统赋予女性的不平等待遇,争取人格上的平等和自由。

聂隐娘是唐传奇中首位出现的女侠形象,她一生境遇奇特:十岁时,有个尼姑强行将她偷走,教她学习各种道术,在五年之间,学成"飞剑"之术,将经过道术锻炼过的宝剑,缩成一丸,藏在后脑勺中,用时可取出,以意志催动,飞翔到一百里以外斩杀敌人。聂隐娘利用这些诡奇道术完成各种复杂艰难的刺杀任务,在经历过和空空儿、精精儿两位高手的恶战,获得胜利后,便偕同她的丈夫,骑着一黑一白两匹驴子飘然而去。在性格上,聂隐娘敢爱敢恨,个性张扬,机智果断,武艺高超。这一形象在唐传奇中具有重要意义,也为唐传奇中后面几位女侠的塑造,如荆十三娘、红拂女、红线女等的塑造产生了深远影响。

小说中为突出聂隐娘来去无踪的传奇色彩,作者赋予她莫大的神通:她藏匕首于脑后,用即抽出而无损伤;身轻如风,刺鹰隼无不中;百日刺人于市,而人莫能见。在投入刘昌裔帐下之后,她保护刘昌裔战胜精精儿和空空儿的情节显示了她亦仙亦侠的一面。这既反映出唐传奇"非奇不传"的特点,同时也反映出当时佛老方术的盛行。

宋代说书艺人将本篇改编为话本小说《西山聂隐娘》,清代尤侗的杂剧《黑白卫》也是根据本篇改编的。

【选评】

王立《伟大的同情》:"在中国古代现实生活中,女性的地位是卑贱的,但唯其如此,女性一旦做出了反文化反传统的侠烈之举,才特别具有传奇性和新闻性。而在侠义崇拜的文化心理支配下,中国古人用一种极为特殊而复杂的心态,注视并谈论着侠女。侠的某些素质特长一旦为女性所拥有,尤其令人感兴趣且津津乐道。久而久之,不仅民俗心理中对侠女充满着景慕好奇,连侠自身也对混迹于武侠世界中的女性刮目相看。"

【思考与讨论】

1.《霍小玉传》中造成霍小玉悲剧的原因有哪些?你如何看待"门当户对"的爱情?

2.同是青楼女子与世家公子相恋,为什么《霍小玉传》与《李娃传》的结局不同,这种不同的结局反映出怎样的思想?试加以分析。

【拓展与延伸】

1.唐传奇是我国文言小说中的奇葩,它对我国现代武侠小说创作也产生了重要影响。武侠小说作家金庸曾说,《虬髯客传》一文,虎虎有生气,或者可以说是我国武侠小说的鼻祖。作家梁羽生在《我与武侠小说的不解缘》中说:"有一点比较特别的是,在我的少年时代,对我影响最深的武侠小说却是唐人传奇……"请阅读金庸、梁羽生的武侠作品,看看他们的作品在哪些方面借鉴和学习了唐传奇。

2.唐传奇中沈下贤的《冯燕传》是一篇非常精彩的小说,塑造了一个风流倜傥、有情有义的青年侠客形象,涵盖了"侠义"和"情爱"的主题,请将之改编为话剧或影视剧的剧本。有条件的话,可以进行排演。

3.大唐王朝令人神往。近年来,描写唐代风情的电影很多,如《天地英雄》《满城尽带黄金甲》《狄仁杰之通天帝国》《刺客聂隐娘》等。请选择观看一部,并写一篇影评。

【推荐阅读】

1.《唐人小说》,汪辟疆校录,上海古籍出版社1978年版。

2.《唐宋传奇选》,张友鹤选注,人民文学出版社1997年版。

3.《想象唐朝·唐人小说》,江晓原著,文化艺术出版社2010年版。

4.《武侠文化通论》,王立著,人民出版社2005年版。

5.《千古文人侠客梦》,陈平原著,北京大学出版社2010年版。

唐五代词

【简介】 词是唐五代兴起的一种合乐歌唱的新诗体。当时一般称为"曲"、"曲子"或"曲子词",后也有"乐府"、"诗余"、"歌曲"、"长短句"等称呼。它初起于民间,后经文人模仿创作逐渐规范,形式和艺术渐趋成熟。词是依据固定的曲谱而填写的歌词,通常分为上下片,也有不分片或分三、四段的,句式长短不齐,也有平仄、押韵等格律的要求。

词的产生与音乐发展有密切关系。隋唐时,西北各少数民族和西域各国音乐大量传入内地,产生了"杂胡夷里巷之曲"的"燕乐","燕乐"是雅乐之外的俗乐的统称。依燕乐曲谱填的歌词,就是"词"。词的发展还与都市经济发展有重要关系。商业经济的繁荣和市民娱乐的需要,秦楼楚馆,歌女伶工发展很快,促进了词的发展。词首先起于民间，继而纳入了文人创作的范围，推进了词的发展。在敦煌曲子词中保存了许多民间词的作品，也有部分文人的作品，使我们看到了这种历史的发展进程。

唐五代民间曲子词题材广泛，内容丰富，涉及社会生活的不同方面。作品风格质朴，富有生活气息。文人词产生于盛唐以后，传为李白所作的有《菩萨蛮》《忆秦娥》，中唐时期张志和、韦应物、戴叔伦、白居易、刘禹锡等都写过词，可见写词的风气已开始形成。文人填词风气至晚唐五代更加普遍，并出现了像温庭筠、韦庄、冯延巳、李璟、李煜这些著名词人。至此，词的创作也达到了成熟的地步。

温庭筠

【简介】 温庭筠（812—870），字飞卿，太原祁（今山西省祁县）人。出身世家，才思敏捷。性格倨傲，放荡不羁，常讥讽权贵，为时所忌，屡试不第。曾授隋县及方城尉，官终国子助教。温庭筠才情斐然，诗词俱工。其诗歌创作，词藻华丽，与李商隐并称"温李"。温庭筠在词的创作上，开花间一派，与韦庄并称"温韦"，是晚唐词作最多的词人。有《温飞卿诗集》。

菩萨蛮①

小山重叠金明灭②，鬓云欲度香腮雪③。懒起画蛾眉，弄妆梳洗迟④。　　照花前后镜⑤，花面交相映⑥。新帖绣罗襦，双双金鹧鸪⑦。

李一氓《花间集校》卷一，人民文学出版社1981年版

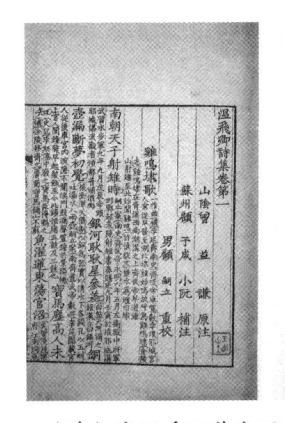

（清）康熙秀野草堂写刻本《温飞卿诗集笺注》

【注释】

①菩萨蛮：唐玄宗时教坊曲名，后用为词牌。又名《子夜歌》《重叠金》。

②"小山"句：为女子的居室。一说是指屏山（枕屏）；一说，小山指女子眉妆。
③鬓云：女子头发凌乱缭绕如云。度：撩过，掠过。香腮雪：女子白而香的面腮。
④迟：缓慢慵懒的样子。⑤照花：指对镜簪花。前后镜：两面前后对照的镜子。
⑥"花面"句：花与面容相互映衬，暗示女子美貌如花。⑦"新帖"两句：帖，通"贴"，一种手工工艺。襦，短衣。

【导读】

这是一首闺怨词，作者以浓艳香软的辞藻，刻画了一个闺中女子晨起梳妆的慵懒情景。第一句，"小山"是屏风。一般的屏风都是六扇相连，因此说"小山重叠"。"金明灭"，指女子头上插戴的饰金小梳子在清晨阳光下闪烁的情形。第二句意为散乱的鬓发几乎要遮盖了雪白的面颊。第三、四句写晚起的美人，慵懒地打扮着自己，暗示了人物孤独寂寞的心境。下片"新帖绣罗襦，双双金鹧鸪"，金色鹧鸪象征着吉祥富贵，"双双"更是男女之间和睦的象征，这里用来反衬女子的空虚孤独，用语含蓄曲折。

在艺术上，这首词善于通过环境和景物描写来烘托人物的心理，细腻传神，且用语华丽，音节流畅，当是温词中的佳作。

【选评】

叶嘉莹《迦陵论词丛稿》："无论其所写者为室内之景物，室外之景物，或者为人之动作，人之装饰，甚至为人之感情，读之皆但觉如一幅幅画图，极冷静，极精美，而无丝毫个人主观之悲喜爱恶流露于其间。……飞卿词正如俞氏（平伯）所云'仕女图'之典型代表。"

韦 庄

【简介】 韦庄（836?—910），字端己，京兆杜陵（今陕西省西安市）人。少孤居力学，屡试不第。唐昭宗乾宁元年（894）中进士，授校书郎。王建称帝于蜀以后，仕于蜀，官至吏部侍郎，兼平章事，卒谥文靖。工诗能词，曾作长诗《秦妇吟》，时人称为"秦妇吟秀才"。

韦庄像

韦庄为花间词派的代表作家,词与温庭筠齐名,并称"温韦"。词风清丽,寓浓于淡。有《浣花集》。

思帝乡

春日游,杏花吹满头。陌上谁家年少①,足风流②? 妾拟将身嫁与③,一生休。纵被无情弃,不能羞。

赵崇祚《花间集校注》卷二,中华书局2014年版

【注释】

①年少:少年。②足:十分。③拟:打算。

【导读】

这是一首有关少女春心萌动的爱情词。词中先写景,后写人,再抒情,从春日杏花纷纷到陌上翩翩年少,再到将身嫁与,到弃不羞,事件一层层递进,情感一步步深入。

全词仅用三十四字,却生动地勾画出一个率真多情的少女对爱情的无限憧憬和坚定追求,给读者一种纯真的感动和丰富的联想。

【选评】

(清)贺裳《皱水轩词筌》:"小词以含蓄为佳,亦有作决绝语而妙者。如韦庄'谁家年少,足风流?妾拟将身嫁与,一生休。纵被无情弃,不能羞'之类是也。牛峤'须作一生拼,尽君今日欢',抑亦其次。柳耆卿'衣带渐宽终不悔,为伊消得人憔悴',亦即韦意,而气加婉矣。"

李 煜

【简介】李煜(937—978),初名从嘉,字重光,号钟隐。李璟第六子,史称南唐后主。他精于书画,谙于音律,工于诗文,词尤为五

李煜像

代之冠。

李煜的词以开宝八年（975）降宋为界，分为前后两期：前期词多写宫廷享乐生活，风格柔靡；后期词反映亡国之痛，题材扩大、意境深远、感情真挚、语言清新、极富艺术感染力。尤其是其后期词突破了晚唐五代"词为艳科"的藩篱，扩大了词的题材，而且境界也比较深沉阔大。正如王国维所论："词至李后主而眼界始大，感慨遂深，遂变伶工之词而为士大夫之词。"（《人间词话》）

虞美人[①]

春花秋月何时了[②]，往事知多少？小楼昨夜又东风，故国不堪回首月明中[③]。雕栏玉砌应犹在[④]，只是朱颜改[⑤]。问君能有几多愁？恰似一江春水向东流。

詹安泰编注《李璟李煜词》，人民文学出版社1982年版

【注释】

①虞美人：唐玄宗教坊曲名，后用为词调。又名《玉壶冰》《一江春水》。②春花秋月：指岁月的更替推移。③故国：指南唐。不堪：不胜。④雕栏玉砌：雕绘的栏杆和玉石台阶，这里借指南唐宫殿。⑤朱颜改：形容憔悴，借指人事变迁。

《南唐二主词校订》封面

【导读】

这是李煜的代表作。相传他于自己生日（七月七日）之夜，在寓所命故妓作乐，唱新作《虞美人》词，声闻于外。宋太宗闻之大怒，命人赐药酒，将他毒死。这首词也成了李煜的绝命词。

词的一开头便与众不同："春花秋月何时了？""春花秋月"，本是大自然赐予的良辰美景，谁人不爱呢？为什么词人却感到厌烦，甚至怨恨它无尽无休？接着往下读："往事知多少？"原来词人害怕这美好的春花秋月勾起他痛苦的回忆，不堪回首的回忆中既有对过去岁月的无限追念，也包含对今日悲剧命运、人生变幻无常的感慨。"小楼昨夜又东风"，一个"又"字透露出他内心的多少凄楚和无奈！往事不堪回首，却又无法真正忘记，月光如水，良辰美景，眼前的一切更激起他对南唐故国的痛苦怀念。这种渗入肺腑的苦痛,不是常人所能体会到的。然而,"故国不堪回首月明中"!他遥望南国,感叹昔日雕栏玉砌的宫殿应犹在,而曾经在那里享受快乐的人,已不复当年的容颜。这里暗含着李后主对国土更姓,山河变色的无限感慨!"朱颜"一词,这里固然具体指往日宫中的红粉佳人,但同时也象征过去一切美好事物、美好生活。"只是"二字,极为沉重,传达出物是人非的无限怅惘。词人将美景与悲情,往昔与当今,景物与人事的对比融为一体,尤其是通过自然的永恒和人事的沧桑的强烈对比,把蕴蓄于胸中的悲愁悔恨曲折有致地倾泻出来,"恰似一江春水向东流"是以水来比喻忧愁的名句,它以春水的汪洋恣肆比喻愁思的深广无边,而且以春水的长流不断比喻愁思的无穷无尽。生动形象地传达出词人的故国之悲和人生无常的感慨。

全词语言明白如话,运用比喻、象征、对比、设问等多种修辞手法,把亡国之痛和人事无常的悲慨融合在一起,形成强大的艺术感染力,正如王国维所说:"后主之词,真所谓以血书者也。"李煜作为一国之君,无疑是失败的;但作为词人,他却取得了巨大的成功。

【选评】

清王鹏运《半塘老人遗稿》:"盖间气所钟,以谓词中之帝,当之无愧色矣。"

乌夜啼[①]

林花谢了春红[②],太匆匆,无奈朝来寒雨晚来风。　胭脂泪[③],留人醉,几时重[④],自是人生长恨水长东。

詹安泰编注《李璟李煜词》,人民文学出版社1982年版

【注释】

[①]此调原为唐教坊曲,又名《相见欢》《秋夜月》《上西楼》。[②]谢:凋谢。[③]胭脂泪:指女子的眼泪。女子脸上搽有胭脂,泪水流经脸颊时沾上胭脂的红色,故云。[④]几时重:何时再度相会。

【导读】

这首词将人生失意的无限怅恨寄寓在对暮春残景的描绘之中。

首句"林花谢了春红",寄托出作者的伤春惜花之情;而接着"太匆匆",则将这种伤春惜花之情进一步强化。这里的"太匆匆",既是为林花凋谢之快而发,也糅合了作者人生苦短、来日无多的喟叹,蕴涵了作者对世事无常、生命苦难的深沉思考。"无奈朝来寒雨晚来风",此句既是叹花,亦是叹己,以此表达出自身无力改变现状的痛苦和慨叹。下面"胭脂泪"三句,花本是无泪的,这里作者移情于景,使之人格化,既包含着对花、对美景的无限怜惜,也隐含着作者对曾经美人相伴、为爱缠绵的人生美好的回忆。一个"醉"字,写出两人曾经的如醉如痴、依依难舍,而"几时重"则表达出了美好愿望无法实现的怅惘与迷茫。结句"自是人生长恨水长东",一气呵成,益见悲慨。

"人生长恨",既凝结着人生苦短的生命体验,又不仅仅是抒写一己的失意情怀,其中凝练了人类所共有的生命的缺憾,这也正是李煜词超越其他花间词作家的重要原因。

【选评】

唐圭璋《唐宋词简释》:"此首伤别,从惜花写起。'太匆匆'三句,极传惊叹之神。……'几时重'三字轻顿,'自是'句重落。以水之必然长东,喻人之必然长恨,语最深刻。'自是'二字,尤能揭出人生苦闷之义蕴。与'此外不堪行','肠断更无疑'诸语皆重笔收束,沉哀入骨。"

【思考与讨论】

1. 词是怎样产生的?与诗相比,词有什么艺术特点?
2. 温庭筠被称为"花间鼻祖",请简述温词的艺术特色。
3. 王国维《人间词话》说:"词至李后主,而眼界始大,感慨遂深,遂变伶工之词而为士大夫之词。"请结合李煜词的创作对此加以论述。

【拓展与延伸】

1. 中国历史上不少帝王都具有杰出的艺术才华,如陈后主陈叔宝、隋炀帝杨广、南唐后主李煜、宋徽宗赵佶等。请搜集相关资料,制作几期广播电视节目,反映这一历史现象。
2. 由台湾演员吴奇隆主演的电视剧《问君能有几多愁》,表现了李煜的一生。请从剧本、导演、表演、化妆等方面,谈谈你对这部电视剧的看法。
3. 请为温庭筠的《菩萨蛮》、李煜《相见欢》等词分别配上人物插图,并加以100字左右的创作说明。

【推荐阅读】

1.《李煜词集》,(南唐)李煜著,王兆鹏导读,上海古籍出版社2009年版。

2.《唐五代两宋词选释》，俞陛云撰，上海古籍出版社2011年版。
3.《唐五代名家词选讲》，叶嘉莹著，北京大学出版社2007年版。
4.《李煜》，刘小川著，上海文艺出版社2009年版。

第五单元

宋 代 文 学

【概述】 宋代分北宋（960—1127）和南宋（1127—1279）两个时期，从公元960年，赵匡胤建立宋朝，至1279年"崖山海战"后，南宋正式灭亡。两宋共历三百十九年。宋代城市经济高度繁荣。汴京（开封）、临安（杭州）以及建康（南京）、成都等都是人口达十万以上的大城市。繁华的都市生活，自然滋生了各种民间文艺形式，如说话、杂剧、诸宫调等民间文艺迅速兴起和发展，词也因其娱乐功能能够满足士大夫甚至下层百姓的精神需要，开始走向鼎盛。

宋代教育非常发达，太学制度空前完备、科举防弊制度日臻严密、书院教育兴旺发达、家庭教育日趋普及，这既大大拓宽了宋代士人受教育面，培养出大批人才，极大地提高了整个社会的文化水平，又对科技、思想等各个领域的发展起了极大的促进作用。宋代理学是佛教哲学和道家思想渗透到儒家哲学中而形成的一个新儒家学派。理学家们积极地著书立说，他们的理学思想对宋代士大夫的思想及宋代文学产生了极为深远的影响。很多文学家，也是大思想家，他们热衷于讲道论学，如欧阳修、王安石、苏轼、杨万里等人。宋代理学的这种议论之风，便渗透到诗歌、散文等创作中去，形成了宋代文学好议论的特点。

此外，宋代，儒、释、道三家思想都从注重外部事功向注重内心修养转变，开始在思想层面有机融合。这种三教合一的思潮也对宋代士大夫的文化性格产生了深远的影响。

宋代政治、经济、思想等各个方面的发展，为文学、文化的成长提供了肥沃的土壤。在此基础上，文学也取得了重要的成就。宋代的主要文学文体有词、诗、文、小说、戏剧等。其中词的成就最高，诗、文亦较前代有新变。说书此时已有流行；戏剧尚处在萌芽状态，成就不高。这里主要概述词、诗、散文的发展情况。

词，可以说是宋代文学的标志。名家辈出，佳作如林。北宋前期，主要词人有柳永、晏殊父子、欧阳修、范仲淹等。此期词坛成就最大、贡献最力者首推柳永。柳永自创新调，以长调慢词取代先前的小令，扩展了词的容量；以清新俚俗的市井风情取代先前精致典雅的贵族格调，开拓了词的领域；讲究铺叙，喜用白描，丰富了词的艺术表现手法。这些创造性的贡献，使柳永成为词史上一个里程碑式的人物。晏殊、欧阳修拉开了有宋一代文人士大夫用工填词的序幕。他们的词虽是五代（特别是南唐）柔软绮丽词风的延续，同时又有局部拓展，多以小令抒写男女情事，闲雅清旷，秀丽精巧。范仲淹则突破了晏、欧婉约之格局，另树一帜，其边塞词苍凉开阔，豪放悲壮，开豪放词之先声。北宋中期，最重要的词人是苏轼。宋词至柳永而一变，至苏轼而再变。苏轼以诗为词，打破了词体的题材内容的局限，拓新了词的意境，突破了词为艳科的藩篱，在婉约词家之外另立豪放一派，提高了词的品位，使词在一定程度上突破了音律的束缚，成为独立的新诗体。北宋中期的主要词人还有晏几道、秦观、黄庭坚、贺铸等。晏几道兼融晏殊、欧阳修的词风，在回环曲折的笔致中透露出哀怨感伤的情调，深婉蕴藉，真挚动人。秦观词一向被认为是婉约派的正宗，多写男女情爱的悲苦与失志文士的幽怨，情韵兼胜。北宋后期，周邦彦被推崇为北宋词的"集大成者"，注重音律法度，风格醇雅浑成，是后来格律词派之先导。

南宋前期，主要词人有李清照、张元幹、张孝祥等。他们突破了以往吟风月、弄花草的婉丽流转的词风，为南渡词作注入了鲜明的时代性和浓郁的爱国情怀，词风慷慨悲壮、沉郁苍凉，成为中期爱国词高潮的先声。此期成就最高是女词人李清照，她主张词"别是一家"，进一步确立了词体的独立地位。其词既自然清新又精美雅洁，号称"易安体"，与秦观等一起被推为"当行本色"的婉约正宗。南宋中期的词人主要有辛弃疾、陈亮、刘过、姜夔、刘克庄等。辛弃疾横世杰出，奏响了爱国词的最强音；他以文为词，空前地解放了词体，增强了词的艺术表现力；辛词题材广泛，内容丰富，以抒写报国之志与失意之悲为主调；词风不拘一格，沉郁、明快、悲壮、妩媚，兼而有之，但以豪放雄健为主。陈亮、刘过、刘克庄都属辛氏同调，诸人词作风格之激越雄壮与辛词相近。姜夔精通音律，他上承周邦彦之精工，下开吴文英、张炎之风雅，被奉为雅词之典范。南宋后期，词坛出现了两大流派。一派是稼轩之遗响，主要词人有刘辰翁、文天祥等，他们继承苏、辛词风，词作感时伤世，情调沉痛悲郁，词风豪迈粗犷。另一派是白石之羽翼，重要词家有吴文英、周密、王沂孙、张炎等，词作凄凉哀怨，格调空灵雅婉。

宋诗创作是在唐诗的巨大影响下进行的，唐诗的灿烂辉煌在一定程度上激活了宋人的创新意识。宋诗的发展历程，从根本上说就是对唐诗的不断突破和超越，从而逐渐形成自己独特面目的历程，最终发展出足以与唐音相抗衡的宋调。北宋初期，承袭晚唐诗风余韵，呈现出效法白居易诗风的白体、师承贾岛、姚合的晚唐体和推崇李商隐的西昆体鼎足而三的局面，他们的诗作虽各有所长，但终究屋下架屋，或失之浅熟，或蔽于枯寂，或流于华艳。

北宋中期，欧阳修、王安石、苏轼等大家巨擘开创了宋诗的新局面，宋调已趋于成熟并基本定型，形成了散文化、才学化、议论化的审美风貌，开辟了与唐音迥然相异的新天地。王安石的早期之作注重现实民生，精于议论，峭刻简劲，晚年之作讲求技巧法度，诗律精严，兴象玲珑，号为"半山体"，独步一时。苏轼才思横溢，转益多师，题材丰富，风格多样，各体兼擅，无事不可入诗，无言不可入诗，大大开拓了宋诗新的境界，代表了宋诗的最高水准。北宋后期，主要诗人有苏门四学士黄庭坚、秦观、晁补之、张耒四人和陈与义，其中黄庭坚提倡"点铁成金"、"脱胎换骨"，推重学识技法，诗风瘦硬峭劲，生新奇拗，形成了宋代影响最大的诗歌流派——江西诗派。南宋前期，江西诗派形成并壮大，在两宋诗歌的发展史上起到了承前启后的重要作用，中兴四大诗人尤袤、杨万里、范成大、陆游四人都曾经出入于此派门下。

南宋中期，宋诗在北宋中期之后又一次出现鼎盛局面，代表诗人就是号称"中兴四大家"的杨万里、范成大、尤袤、陆游。杨万里师法自然，诗风活泼，意象生新谐趣，语言通俗流畅，形成了别开生面的诚斋体。范成大面向生活，风格轻巧工致，温润流婉，其田园诗在中国诗史上独树一帜。陆游是此期也是整个南宋最为杰出的诗人，他的诗取材广，用力深，诗风雄健悲壮，意境开阔宏大，各体兼工，不囿一格。南宋后期，是宋诗的变调期，主要是出现了反对江西诗派、取径晚唐的永嘉四灵与江湖诗派。宋、元鼎革的沧桑巨变，使南宋末年的诗人更多地投入到残酷的现实中去。还涌现出一批发扬杜甫现实主义精神和陆游爱国主义传统的爱国诗人如文天祥、汪元量等。

唐宋散文八大家中，宋占其六。他们竞辟新境，各树一帜。欧阳修的文风平易纡徐，自然精妙，语言简洁凝练，圆融轻快，确立了宋文文风的发展方向，同时他团结同道，奖掖后进，形成了古文运动的强大阵容。曾巩为文简古质朴，平正雅重，不事辞采；王安石为文曲折畅达，议论精警，笔力峻健；苏洵善策、论，雄迈老辣，纵横恣肆；苏辙精书、记，冲和淡泊，深醇温粹。苏轼是欧阳修之后又一位杰出的文坛领袖，向与韩、柳、欧并称，代表了宋文的最高成就。

北宋前期词

柳永

【简介】柳永（987?—1053?），原名三变，字景庄，后改名永，字耆卿。建州崇安（今福建武夷山市）人。因排行第七，故世称柳七。年轻时科场失意，流连坊曲，歌伎教坊乐工每得新腔，必请永为词，以至于"凡有井水饮处，即能歌柳词"（叶梦得《避暑录话》卷下），只是他仕途困顿失意，直到景祐元年（1034）才考中进士，官至屯田员外郎，世称"柳屯田"。有《乐章集》传世。

柳永是两宋词史上重要的词家，在多个方面对词学发展作出了贡献：

其一，大力创作慢词。这从根本上改变了唐五代以来词坛上小令一统天下的格局，使慢词与小令两种体式平分秋色。

其二，创作词调最多。在宋代所用八百八十多个词调中，有一百多调是他首创或首次使用。词至柳永，体制始备，令、引、近、慢、单调、双调、三叠、四叠等长调短令，日益丰富，形式体制的完备，为宋词的发展和后继者在内容上的开拓提供了前提条件。

其三，善于吸收俚语、俗语，促进了词的通俗化。柳永不仅从音乐体制上改变和发展了词的声腔体式，而且从创作方向上改变了词的审美内涵和审美趣味，即变"雅"为"俗"，着意运用通俗化的语言表现世俗化的市民生活情调。

其四，开拓了词的题材。柳词有不少是反映羁旅行役、都市繁华景象和中下层女性的内心世界和世俗生活的内容。这些都对宋代词学发展产生了深远的影响。

雨霖铃

寒蝉凄切①。对长亭晚，骤雨初歇。都门帐饮无绪②，留恋处、兰舟催发③，执手相看泪眼，竟无语凝噎④。念去去、千里烟波⑤，暮霭沉沉楚天阔⑥。

多情自古伤离别，更那堪、冷落清秋节。今宵酒醒何处？杨柳岸，晓风残月。此去经年⑦，应是良辰、好景虚设。便纵有、千种风情⑧，更与何人说。

唐圭璋编《全宋词》，中华书局 1999 年版

武夷山柳永纪念馆塑像

【注释】

①凄切：凄凉急促。②都门：指汴京。帐饮：搭起帐幕设宴送行。③兰舟：据《述异记》记载，鲁班曾刻木兰树为舟，后用作船的美称。④凝噎：喉咙哽塞，欲语不出的样子。⑤去去：重复言之，表示行程之远。⑥楚天：南天，古时长江中下游地区属楚国，故称。⑦经年：年复一年。⑧风情：风流情意。

【导读】

此词为抒写离情别绪的千古名篇，也是柳词和有宋一代婉约词的杰出代表。作者将他离开汴京与恋人惜别时的真情实感表达得缠绵悱恻，凄婉动人。

词一起三句点名时间、地点、景物。人即将离别，阵雨乍停，蝉声凄切，在送别的长亭，人何以堪？"都门"两句，极写饯别时的心情，委婉曲折，欲饮无绪，欲留不得。"执手"两句，再加深涂抹，在执手、相看、泪眼、无语中，更使人伤心失魄。以上三小节极尽回环、顿挫、吞吐之能事。"念去去"以后，

则大气包举,一泻千里,直抒胸怀。以"念"这一领字带起,表明是设想别后的道路辽远,"千里烟波,雾霭沉沉楚天阔",全是写景,实则融情,景无边而情无限。

换头以情写起,叹息从古到今离别之可哀,"更那堪"句又推进一层,这是将江淹《别赋》和宋玉的悲秋情思结合起来,提炼出这两句。"今宵"二句,又是推想,然而景物清丽,酒醒后在船中所见的残月、岸柳、晓风尤使人清醒,几如身历其境,而忘其是设想了。"此去"二句,再推想别后长久的寂寞,虚度美好年华。"便纵有"二句,再从上两句的遭遇,深入下去,叹后会难期,风情向谁诉说。真是"余恨无穷,余味不尽"(唐圭璋《唐宋词简释》)。

【选评】

(清)谢章铤《赌棋山庄词话》:"微妙则耐思,而景中有情,'寒鸦数点,流水绕孤村','杨柳岸、晓风残月',所以脍炙人口也。"

望海潮

东南形胜①,三吴都会②,钱塘自古繁华③。烟柳画桥④,风帘翠幕⑤,参差十万人家⑥。云树绕堤沙⑦。怒涛卷霜雪⑧,天堑无涯⑨。市列珠玑⑩,户盈罗绮,竞豪奢。　重湖叠巘清嘉⑪。有三秋桂子,十里荷花。羌管弄晴⑫,菱歌泛夜⑬,嬉嬉钓叟莲娃。千骑拥高牙⑭。乘醉听箫鼓,吟赏烟霞⑮。异日图将好景⑯,归去凤池夸⑰。

唐圭璋编《全宋词》,中华书局1999年版

【注释】

①形胜:山川壮美。②三吴:说法不一,《水经注》以吴兴(今属浙江)、吴郡(今江苏苏州)、会稽(今浙江绍兴)为"三吴",这里泛指江浙一带。③钱塘:即现在杭州。当时属吴郡。④画桥:雕饰华丽的桥梁。⑤风帘翠幕:挡风的帘子和翠绿的帷幕。⑥参差:差不多。⑦云树:茂密如云的林木。⑧卷霜雪:形容浪涛汹涌像卷起来的白色霜雪。⑨天堑无涯:广阔无边的天然壕沟,这里指钱塘江。⑩珠玑:泛指大小不同的各种珠宝。重湖叠:西湖有外湖、里湖之别,故称重湖。⑪叠巘(yǎn):重叠的山峰。清嘉:美好。⑫羌管弄晴:

悠扬的羌笛声在晴空中飘荡。⑬菱歌泛夜：采菱的歌曲在夜间唱起。⑭千骑拥高牙：这里指孙何外出时仪仗很威风，随从人员多。高牙，古代行军有牙旗在前导引，旗很高，故称高牙。⑮烟霞：美丽的自然风景。⑯图将：把杭州美景画出来。将，用在动词后的语助词。⑰凤池：凤凰池，对中书省的美称，这里代朝廷。

【导读】

　　这首词是柳永献给当时驻节杭州的两浙转运使孙何的，但主要内容仍然是咏叹杭州湖山的美丽、城市的繁华，可谓"承平气象，形容曲尽"（见陈振孙《直斋书录解题》）。

　　在艺术上，这首词风格洒脱雄浑，情致婉转，作者可谓是匠心独运。

　　上片写杭州，"烟柳画桥"，写街巷河桥的美丽；"风帘翠幕"，写居民住宅的雅致。"参差十万人家"一句，以力挽千钧之势，转弱调为强音，表现出整个都市户口的繁盛。"市列"三句，只抓住"珠玑"和"罗绮"两个细节，便把市场的繁荣、市民的殷富反映出来。珠玑、罗绮，又皆妇女服用之物，暗示了杭城声色之盛。缀以"竞豪奢"一个短语，反映了市民富足优裕的生活。

　　下片写西湖，以点带面，明暗交叉，铺叙晓畅，形容得体。其写景之壮伟、声调之激越，与东坡亦相去不远。特别是，由数字组成的词组，如"三吴都会"、"十万人家"、"三秋桂子"、"十里荷花"、"千骑拥高牙"等词中的运用，或为实写，或为虚指，均带有夸张的语气，显示出柳永词风豪放的一面。

【选评】

　　（宋）罗大经《鹤林玉露》："孙何帅钱塘，柳耆卿作《望海潮》词赠之云：'东南形胜'云云。此词流播，金主亮闻歌，欣然有慕于'三秋桂子，十里荷花'，遂起投鞭渡江之志。"

晏几道

【简介】 晏几道（1038—1110），字叔原，号小山，抚州临川（今属江西）人。晏殊之子。性格孤傲，不阿权贵，一生落魄潦倒，却与歌儿舞女多有来往。其词沿袭晚唐五代余绪，多写男女悲欢离合，人生的失意与感伤，富于生活的真情实感，充满缠绵哀怨的情思，凄丽动人。与乃父晏殊并称"二晏"。著有《小山词》。

鹧鸪天①

彩袖殷勤捧玉钟②。当年拚却醉颜红③。舞低杨柳楼心月，歌尽桃花扇底风。④ 从别后，忆相逢。几回魂梦与君同⑤。今宵剩把银釭照⑥，犹恐相逢是梦中。

唐圭璋编《全宋词》，中华书局 1999 年版

【注释】

①鹧鸪天：词牌名，一名《思佳客》，一名《于中好》。双调55字，押平声韵。②彩袖：代指穿彩衣的歌女。玉钟：珍贵的酒杯。③拚（pàn）却：甘愿，不顾惜。却：语气助词。④"舞低"二句：舞低杨柳楼心月：歌女舞姿曼妙，直舞到挂在杨柳树梢照到楼心的一轮明月低沉下去；歌女清歌婉转，直唱到扇底儿风消歇（累了停下来），极言歌舞时间之久。⑤同：聚在一起。⑥剩：只管。剩把：尽把。银釭：银灯。釭（gāng）：灯。

《鹧鸪天》词意图

【导读】

这首词写一对情人久别后的重逢，全篇都是从男子角度着笔来写的，抒情主人公即是作者，自叙其爱情生活中的一段经历。

上片追忆初次会面时的情景。因其历久难忘，印象最深，所以词中用了一半篇幅进行具体细致的描绘。开头两句，写词人与那位女子相逢在一次华筵上。彼此一见倾心，互通情愫。"彩袖"暗示伊人身为歌女，殷勤捧杯劝酒，说明女方钟情于己；词人深受感动，故不惜开怀畅饮，甘愿一醉方休。通过劝饮、醉酒这一细节描写，形象地表现了男女双方的柔情蜜意。接着两句，形容歌舞盛况，渲染欢乐场面。这里不用"嘹亮"、"婉啭"、"婆娑"、"美妙"等词去形容歌声舞态，而借时间的推移，淋漓尽致地刻画出歌舞的尽态极妍，以及与会者尽情欢度此一良宵的情景。以上场面是从主人公的回忆中展现出来，采用的是"化实为虚"的艺术表现手法。

下片起首三句，写别后相思。中间略去了相识以后和离别之时的种种情事，直接叙述别后的思念，颇见剪裁之工。前两句从事理看，是叙述句，从表现方法看却是解说句，再次点明上片所云乃是当年之事。"几回"句，具体描述相思情状，多少次梦里的欢聚，醒来后却增添了更多的烦恼和愁苦。字面上虽然没有出现"相思"的字眼，但通过双方之梦寐，自然衬出了彼此间感情的真挚与深厚。这三句仍用虚写，回想过去，一夕相会，引出了无限的相思之情。结拍两句，写意外的重逢。"今宵"点明是眼前的事，形象地表现出惊喜之情。"犹恐"句，与上文"几回魂梦与君同"相照应。先写动作——持油灯相照，再写内心活动。过去频为梦境所苦，以其并非现实；今夜真的重逢了，却又恐其仍是梦境。因而把银灯来照，极欲证其为真。总由一往情深，所以显得"曲折深婉"（陈廷焯语），心理描写十分细腻真实。

【选评】

（清）黄苏《蓼园词选》："'舞低'二句，比白香山'笙歌归院落，灯火下楼台'，更觉浓至。情愈浓情愈深，今昔之感，更觉凄然。"

【思考与讨论】

1. 为什么说柳永是北宋词史上里程碑式的人物？

2. 王国维《人间词话》云："古今之成大事业、大学问者，必经过三种之境界，'昨夜西风凋碧树，独上高楼，望断天涯路。'此第一境也。'衣带渐宽终不悔，为伊消得人憔悴。'此第二境也。'众里寻他千百度，蓦然回首，那人却在灯火阑珊处。'此第三境也。"结合自身经历，谈谈你对这段话的理解。

3. 柳永是北宋第一个大力创作词的作家，他的词传唱于市井民间，据传凡有井水饮处即能歌柳词。但其一生却充满坎坷，科举落第，创作俗词为当时士大夫所讥讽。最终潦倒一生，死时由歌妓们凑钱将之埋葬。你觉得柳永的一生是成功还是失败的？请谈谈自己的看法。

【拓展与延伸】

1. 杭州作为一座历史文化名城，历来受到文人墨客的青睐。请借鉴柳永的《望海潮》一词，以"印象杭州"为主题，写出策划方案并拍摄一组关于杭州的照片或制作一期文化专题片，表现你心目中的杭州。

2. 史学大家陈寅恪曾说："华夏民族之文化，历数千载之演进，造极于赵宋之世。"请邀请相关专家和同学，策划一期学术沙龙，讨论主题为宋代文化与宋代知识分子的文化品格。

【推荐阅读】

1.《柳永词集》，（宋）柳永著；谢桃坊导读，上海古籍出版社2009年版。

2.《唐宋词欣赏》,夏承焘著,北京出版社2009年版。
3.《宋史十讲》邓广铭著,中华书局2008年版。

苏轼

【简介】苏轼(1037—1101),字子瞻,号东坡居士,眉州眉山(即今四川眉山)人。北宋著名文学家、书法家。"唐宋散文八大家"之一。与其父苏洵(1009—1066)、其弟苏辙(1039—1112)合称为"三苏"。其文汪洋恣肆,明白畅达,与欧阳修并称"欧苏",诗歌与黄庭坚并称"苏黄",代表有宋一代新诗风和最高成就;词一扫晚唐五代以来绮艳柔靡积习,开豪放一派,与辛弃疾并称"苏辛",于词学发展影响深远;其书法与蔡襄、黄庭坚、米芾合称"宋四家"。嘉祐二年(1057)与弟苏辙同登进士,授大理评事,签书凤翔府判官。熙宁二年(1069),父丧守制期满还朝,为判官告院。与王安石政见不合,反对推行新法,自请外任,出为杭州通判。迁知密州(今山东诸城),移知徐州。元丰二年(1079),罹"乌台诗案",责授黄州(今湖北黄冈)团练副使,不得签书公文。哲宗立,高太后临朝,复为朝奉郎,知登州(今山东蓬莱)。后迁为礼部郎中,任未旬日,除起居舍人,迁中书舍人,又迁翰林学士知制诰,知礼部贡举。元祐四年(1089),出知杭州,后改知颍州、扬州、定州。元祐八年(1093),宋哲宗亲政,被远贬惠州(今广东惠阳),再贬儋州(今海南儋州市)。徽宗即位,遇赦北归,途中染病,建中靖国元年(1101),卒于常州(今属江苏),谥文忠。著有《东坡集》《东坡乐府》等。

苏轼的思想比较复杂,是儒、佛、道三家思想的融合。从儒家思想出发,他一生关心国家命运,积极从政,宽简爱民,但当政治上受到挫折时,受佛老思想的影响,又表现出超然物外与世无争的态度。这种复杂思想,在他的许多作品中都有明显的反映。

苏轼的词在我国词史上具有重要地位，他对词的发展作出了重大贡献：

一是扩大了词的题材内容。晚唐五代以来，作为"小道"、"艳科"的词，主要写男女爱情：离愁别绪。苏轼突破这一藩篱，变爱情词为性情词，给词增添空前丰富的内容。凡咏史、怀古、感旧、悼亡、记游、说理等诗文所能写的内容，他都引入词中，使词的题材无所不包，反映了广阔的社会人生。如《念奴娇·赤壁怀古》通过对壮丽河山的出色描绘，传达出对古代英雄人物的无限倾慕与向往，抒发了自己早生华发而功业未就的无限感慨。意境恢弘，情调激昂，成为千古绝唱。《水调歌头·明月几时有》则是咏月而兼怀人的名篇。诗人由对人生的思索写到悲欢离合的感叹，表现了热爱生活、怀念兄弟的心情，既有飘逸邈远的意境，又有深刻的人生哲理。这样的内容，在前人词作中是很少见的。还有些题材则是苏轼第一次把它们引入词中来。如对农村风物的描写（《浣溪纱·徐州石潭谢雨道亡作》），对亡妻的悼念（《江城子·十年生死两茫茫》）等，这都说明苏轼的词在题材内容上有新的开拓。

二是转变了词风。苏轼在婉约正宗之外，别立豪放一派，表现了新的风格。《江城子·密州出猎》慷慨激昂，充满爱国主义激情。《念奴娇·赤壁怀古》激情奔放，气势磅礴。《水调歌头·明月几时有》境界开阔，飘逸洒脱。这些具有豪放风格的词作，为南宋辛弃疾等豪放派词人开出了新路。苏词也有婉约之作，有的写得幽怨缠绵，有的写得明丽清新，表现出多种多样的风格。

三是突破了音律的束缚。词为了配合音乐而歌唱，它的格律往往比诗还严。苏轼的词为了充分表达意境，有时就突破了音律的限制。李清照曾批评苏轼的词不协音律，实际上他不是不懂音律，"豪放，不喜剪裁以就音律耳"（陆游《老学庵笔记》）。

四是在语言上的创新。苏词语言清新朴素。他多方面吸收古人语言精华，还运用典故、口语、虚字入词，丰富了词的表现力。

念奴娇

赤壁怀古

大江东去①，浪淘尽②、千古风流人物。故垒西边③，人道是、三国周郎赤壁④。乱石穿空，惊涛拍岸，卷起千堆雪⑤。江山如画，一时多少豪杰。　　遥想公瑾当年⑥，小乔初嫁了⑦，雄姿英发⑧。羽扇纶巾⑨，谈笑间，樯橹灰飞烟灭⑩。故国神游，多情应笑我，早生华发。人生如梦，一尊还酹江月。

<small>邹同庆、王宗堂校注《苏轼词编年校注》（中册），中华书局2007年版</small>

黄冈东坡赤壁

【注释】

①大江：长江。②淘：冲洗。③故垒：黄州古老的城堡，推测可能是古战场的陈迹。过去遗留下来的营垒。④周郎：周瑜（175—210），字公瑾，庐江舒县（今安徽舒城县）人。东汉末年东吴名将，因其相貌英俊而有"周郎"之称。周瑜精通军事，又精于音律，江东向来有"曲有误，周郎顾"之语。公元208年，孙、刘联军在周瑜的指挥下，于赤壁以火攻击败曹操的军队，此战也奠定了三分天下的基础。公元210年，周瑜因病去世，年仅36岁。⑤雪：比喻浪花。⑥遥想：透过历史的时空追想。⑦小乔：乔玄的小女儿，生的闭月羞花，琴棋书画样样精通，是周瑜之妻；姐姐大乔为孙策之妻，有沉鱼落雁、倾国倾城之貌。⑧英发：英俊勃发。⑨羽扇纶（guān）巾：手摇动羽扇，头戴纶巾。这是古代儒将的装束，词中形容周瑜从容娴雅。纶巾：古代配有青丝带的头巾。⑩樯橹：这里代指曹操的水军战船。樯，挂帆的桅杆。橹，一种摇船的桨。一作"强虏"。故国：这里指旧地，当年的赤壁战场。华（huā）发：花白的头发。人生：一作"人间"。尊：同"樽"，酒杯。酹（lèi）：（古人祭奠）以酒浇在地上祭奠。这里指洒酒酬月，寄托自己的感情。

【导读】

这首词是元丰五年（1082）七月苏轼谪居黄州时作。

上片咏赤壁，下片怀周瑜，结尾以自身感慨作结。起笔高唱入云，词境壮阔，在空间上与时间上都得到极度拓展。江山、历史、人物一齐涌出，以万古心胸引出怀古思绪。接着借"人道是"疑似之言，使江边故垒和周郎赤壁相关联。"乱石穿空"三句正面写赤壁景色，惊心骇目。词中把眼前的乱石大江写得雄奇险峻，渲染出古战场的气氛和声势。对周瑜，苏轼特别激赏他少年功名，英气勃勃。"小乔初嫁"看似闲笔，因为小乔初嫁周瑜在建安三年，远在赤壁之战前十年。特意插入这一句，更显得周瑜少年英俊，春风得意。词也因此豪放而不失风情，刚中有柔，与篇首"风流人物"相应。"羽扇纶巾"三句写周瑜的儒雅风范与赫赫战功。周瑜身为主将却并非兵戎相见，而是羽扇便服，谈笑风生。写战争一点不渲染金戈铁马的战争气氛，只着笔于周瑜的从容潇洒，指挥若定，这样写法更能突出他的风采和才能。苏轼这一年四十七岁，不但功业未成，反而待罪黄州，同三十左右就功成名就的周瑜相比，不禁深感惭愧。壮丽的江山，英雄的伟绩，加深了他的内心苦闷和思想矛盾。故从怀古归到伤己，他自叹"人生如梦"，举杯同江上清风、山间明月一醉消愁了。

这首怀古词兼有感奋和感伤两重色彩，但篇末的感伤色彩掩盖不了全词的豪迈气派。词中写江山形胜和英雄伟业，在苏轼之前从未成功地出现过。因此这首《念奴娇》历来被看作苏轼豪放词的代表作。

【选评】

（宋）俞文豹《吹剑续录》："东坡在玉堂，有幕士善讴，因问：'我词比柳七何如？'对曰：'柳郎中词，只合十七八岁女孩儿，执红牙板，歌'杨柳岸晓风残月'。学士词须关西大汉，执铁板，唱'大江东去'。'公为之绝倒。"

定风波

三月七日，沙湖道中遇雨。雨具先去，同行皆狼狈，余独不觉。已而遂晴，故作此词。

莫听穿林打叶声。何妨吟啸且徐行①。竹杖芒鞋轻胜马②。谁怕？一蓑烟雨任平生③。　　料峭春风吹酒醒④。微冷。山头斜照却相迎。回首向来萧瑟处。归去。也无风雨也无晴。

邹同庆、王宗堂校注《苏轼词编年校注》（上册），中华书局2007年版

黄庭坚书《大江东去》拓片

【注释】

①吟啸:放声吟咏。啸,噘口出长声。②芒鞋:芒草所制之鞋。③一蓑:一身。蓑,用草或棕制成的雨衣,此用作量词。④料峭:早春微寒貌。

【导读】

宋神宗元丰五年(1082)三月,苏轼作此词于黄州(今湖北黄冈)。首句"莫听穿林打叶声",一方面渲染出雨骤风狂,另一方面又以"莫听"二字点明外物不足萦怀之意。"何妨吟啸且徐行",是前一句的延伸。在雨中照常舒徐行步,呼应小序"同行皆狼狈,余独不觉",又引出下文"谁怕"。徐行而又吟啸,是加倍写;"何妨"二字透出一点俏皮,更增加挑战色彩。首两句是全篇枢纽,以下词情都是由此生发。"竹杖芒鞋轻胜马",写词人竹杖芒鞋,顶风冲雨,从容前行,以"轻胜马"的自我感受,传达出一种搏击风雨、笑傲人生的轻松、喜悦和豪迈之情。"一蓑烟雨任平生",此句更进一步,由眼前风雨推及整个人生,有力地强化了作者面对人生的风风雨雨而我行我素、不畏坎坷的超然情怀。以上数句,表现出旷达超逸的胸襟,充满清旷豪放之气,寄寓着独到的人生感悟,读来使人耳目为之一新,心胸为之舒阔。

下片"料峭春风吹酒醒,微冷。山头斜照却相迎"三句,是写雨过天晴的景象。这几句既与上片所写风雨对应,又为下文所发人生感慨作铺垫。结拍"回首向来萧瑟处。归去。也无风雨也无晴。"这饱含人生哲理意味的点睛之笔,道出了词人在大自然微妙的一瞬所获得的顿悟和启示:自然界的晴晴雨雨既属寻常,社会人生中的政治风云、荣辱得失又何足挂齿?句中"萧瑟"二字,意谓风雨之声,与上片"穿林打叶声"相应和。"风雨"二字,一语双关,既指野外途中所遇风雨,又暗指几乎置他于死地的政治"风雨"和人生险途。

综观全词，一种醒醉全无、无喜无悲、胜败两忘的人生哲学和处世态度呈现在读者面前。读罢全词，人生的沉浮、情感的忧乐，在我们的内心中自会有一番全新的体悟。

【选评】

郑文焯《手批东坡乐府》："此足征是翁坦荡之怀，任天而动。琢句亦瘦逸，能道眼前景。以曲笔直写胸臆，倚声能事尽之矣。"

水调歌头

丙辰中秋，欢饮达旦，大醉。作此篇，兼怀子由。①

明月几时有？把酒②问青天。不知天上宫阙③，今夕是何年。我欲乘风归去，又恐琼楼玉宇④，高处不胜⑤寒。起舞弄清影⑥，何似在人间。

转朱阁，低绮户，照无眠⑧。不应有恨，何事⑦长向别时圆！人有悲欢离合，月有阴晴圆缺，此事古难全。但愿⑨人长久，千里共婵娟⑩。

邹同庆、王宗堂校注《苏轼词编年校注》（上册），中华书局2007年版

【注释】

①子由：苏轼的弟弟苏辙的字。②把酒：端起酒杯。③天上宫阙：指月中宫殿。阙：古代宫殿前左右竖立的楼观。④琼楼玉宇：美玉砌成的楼宇，指想象中的仙宫。⑤不胜：经受不住。⑥弄清影：弄，赏玩。意思是月光下的身影也跟着做出各种舞姿。⑦何事：为何，为什么？长向：总是在。⑧朱阁：朱红的华丽楼阁。绮户：雕饰华丽的门窗。⑨但愿：只愿。但，只。⑩千里共婵娟：共，一起欣赏。婵娟指月亮。

【导读】此词作于宋神宗熙宁九年（1076），从小序可知，此词系醉后抒怀之作，同时表达了对兄弟苏辙（子由）的思念。这一时期，苏轼因为与当权的变法者王安石等人政见不同，自求外放，辗转在各地为官。他曾经要求调任到离苏辙较近的地方为官，以求兄弟多聚。但到密州后，这一愿望仍无法实现。这一年的中秋，与胞弟苏辙分别转眼已有七年。此刻，词人面对一轮明月，心潮起伏，于是趁酒兴正酣，挥笔写下了这首千古名篇。

上片借明月自喻孤高，下片用圆月衬托别情。开篇"明月几时有"一问，

排空直入，笔力奇崛。"不知天上宫阙"以下数句，笔势夭矫回折，跌宕多彩。它流露出作者在"出世"与"入世"，亦即"退"与"进"、"仕"与"隐"之间抉择上的深自徘徊与困惑。"又恐琼楼玉宇"二句，说入世不易，出世尤难，这里寄寓着出世和入世的双重矛盾心理。

下片，融写实为写意，化景物为情思，挥洒淋漓，无入不适。"转朱阁"三句，"愈转愈深，自成妙谛"（唐圭璋《唐宋词简释》）。"不应"二句，笔势淋漓顿挫，表面上是责月问月，实际上是怀人。"人有悲欢离合"三句，关联自然和社会，用变幻不拘的宇宙规律，说明人间合少离多乃是自古已然的事实，意境一转豁达，聊以自我宽慰。结尾"但愿人长久，千里共婵娟"，对一切经受着离别之苦的人表示的美好祝愿，充分显示出词人精神境界的丰富博大。

此篇属于苏词代表作之一。它构思奇拔，蹊径独辟，极富浪漫主义色彩。其格调上则"一洗绮罗香泽之态，摆脱绸缪宛转之度；使人登高望远，举首高歌"（胡寅《酒边词序》），是历来公认的中秋词中的绝唱。

【选评】

（宋）胡仔《苕溪渔隐丛话后集》："中秋词，自东坡《水调歌头》一出，余词尽废。"

【思考与讨论】

1. 苏轼"以诗为词"，改变了北宋婉约词一统天下的局面，请结合其词作谈谈你的看法。

2. 苏轼《定风波》（莫听穿林打叶声）云："回首向来萧瑟处，也无风雨也无晴"，表现了其超旷的人生襟怀。你对这种人生态度有何看法？

3. 苏轼还有一首《江城子》（乙卯正月二十日记梦）：

  十年生死两茫茫，不思量，自难忘。千里孤坟，无处话凄凉。纵使相逢应不识，尘满面，鬓如霜。　夜来幽梦忽还乡，小轩窗，正梳妆。相顾无言，惟有泪千行。料得年年肠断处，明月夜，短松冈。

这首词被认为悼亡词中的名作。请诵读并鉴赏这首词，与班上同学分享你的感悟。

【拓展与延伸】

1. 苏轼是中国文学史上的一位传奇人物，民间有诸多关于他的传说。请搜集资料，写一篇1000字左右的文章，在课堂上向大家讲述苏轼的事迹。

2. 苏轼的《水调歌头》（明月几时有）曲调优美动听，先后被两代乐坛天后邓丽君与王菲所演绎，邓丽君的演唱舒缓惆怅，王菲的演唱空灵悠远，请在课后学唱。

3. 苏轼是一位幽默风趣、平易近人的文人，他曾说："吾上可陪玉皇老儿，下可陪卑田院乞儿，眼前见天下无一个不是好人。"假若你是一位电视台主持人，负责采访苏轼，你打算从哪些角度切入问题，苏轼又会有怎样的回答？请写一篇采访苏轼的新闻报道或采访实录。

【推荐阅读】

1.《苏轼选集》，（宋）苏轼著，王水照选注，上海古籍出版社1984年版。
2.《苏轼词集》，苏轼著，刘石导读，上海古籍出版社2009年版。
3.《苏东坡传》，林语堂著，长江文艺出版社2009年版。
4.《漫话苏东坡》，莫砺锋著，凤凰出版社2008年版。

北宋后期词

秦观

【简介】 秦观（1049—1100），字少游，一字太虚，号淮海居士。扬州高邮（今江苏高邮市）人。秦观与黄庭坚、张耒、晁补之合称"苏门四学士"。元丰八年（1085）进士，初为定海主簿、蔡州教授。元祐初，苏轼荐其为秘书省正字，兼国史院编修官。哲宗时"新党"执政，被贬为监处州酒税，徙郴州，编管横州，又徙雷州，至藤州而卒。其散文长于议论，被《宋史》评为"文丽而思深"。其诗长于抒情，敖陶孙《诗评》说："秦少游如时女游春，终伤婉弱。"

秦观是北宋后期著名婉约派词人，其词大多描写男女情爱和抒发仕途失意的哀怨，文字工巧精细，音律谐美，情韵兼胜。代表作为《鹊桥仙》（纤云弄巧）、《望海潮》（梅英疏淡）、《满庭芳》（山抹微云）等。《鹊桥仙》

秦观画像

中"两情若是久长时,又岂在朝朝暮暮!"被誉为"化腐朽为神奇"的名句。《满庭芳》中的"斜阳外,寒鸦数点,流水绕孤村"被称作"天生的好言语"。张炎《词源》说:"秦少游词体制淡雅,气骨不衰,清丽中不断意脉,咀嚼无滓,久而知味。"有《淮海集》。

鹊桥仙

纤云弄巧①,飞星传恨②,银汉迢迢暗度③。金风玉露一相逢④,便胜却、人间无数。　　柔情似水,佳期如梦,忍顾鹊桥归路⑤。两情若是久长时,又岂在、朝朝暮暮⑥!

唐圭璋编《全宋词》,中华书局1999年版

粉彩牛郎织女填诗梅瓶

【注释】

①纤云弄巧:秋云巧妙多姿。亦暗指其仿佛为织女巧手织出,点出节令。"七夕"有乞巧之俗。②飞星传恨:流星飞渡银河,为牛郎、织女传达情意。③"银汉"句:指牛郎、织女于七夕在天河相会。银汉:银河。④金风:秋风。古以五行分配四季,秋属金。玉露:秋露。露水晶莹如珠,故云。⑤忍顾:怎忍顾,不忍顾。顾,回首,回视。⑥朝朝暮暮:犹言时时刻刻,特指男女相会,用宋玉《高唐神女赋》中句意。

【导读】

《鹊桥仙》原是为咏牛郎、织女的爱情故事而创作的乐曲，本词的内容也正是咏此神话。上片写佳期相会的盛况，"纤云弄巧"二句为牛郎织女每年一度的聚会渲染气氛，笔触轻盈。"银汉"句写牛郎织女渡河赴会，推进情节。"金风玉露"二句由叙述转为议论，表达作者的爱情理想：相爱的人尽管难得见面，却心心相印、息息相通，而一旦得以聚会，在那清凉的秋风白露中，他们对诉衷肠，这岂不远远胜过尘世间那些长相厮守却貌合神离的夫妻？

下片则是写依依惜别之情。"柔情似水"，就眼前取景，形容牛郎织女缠绵此情，犹如天河中的悠悠流水。"佳期如梦"，既点出了欢会的短暂，又真实地揭示了他们久别重逢后那种如梦似幻的心境。"忍顾鹊桥归路"，写牛郎织女临别前的依恋与怅惘。不说"忍踏"而说"忍顾"，意思更为深曲：看犹未忍，遑论其他？"两情若是"二句对牛郎织女致以深情的慰勉：只要两情至死不渝，又何必贪求卿卿我我的朝欢暮乐？这一惊世骇俗之笔，使全词升华到新的思想高度。显然，作者否定的是朝欢暮乐的世俗生活，歌颂的是天长地久的忠贞爱情。

这首词将抒情、写景、议论融为一体。意境新颖，设想奇巧，独辟蹊径，余味隽永。

【选评】

（明）李攀龙《草堂诗余隽评注》："相逢胜人间，会心之语。两情不在朝暮，破格之谈。七夕歌以双星会少别多为恨，独少游此词谓'两情若是久长'二句，最能醒人心目。"

周邦彦

【简介】 周邦彦（1056—1121），字美成，号清真居士，钱塘（今浙江杭州）人，北宋末期著名词人。少年时期个性比较疏散，但喜爱读书。宋神宗时，因写《汴都赋》鼓吹新法而被赏识，历官太学正、庐州教授、知溧水县等。徽宗时为徽猷阁待制，提举大晟府。精通音律，曾创作不少新词调。作品多写闺情、羁旅，也有咏物之作。格律谨严，语言典丽精雅，长调尤善铺叙，为后来格律派词人所宗。旧时词论称他为"词家之冠"或"词中老杜"。有《清真居士集》，后人改名为《片玉词》。

兰陵王[①]

柳

柳阴直[②]。烟里丝丝弄碧[③]。隋堤[④]上、曾见几番,拂水飘绵[⑤]送行色。登临望故国[⑥],谁识、京华倦客[⑦]?长亭路[⑧],年去岁来,应折柔条过千尺[⑨]。　　闲寻旧踪迹[⑩]。又酒趁哀弦[⑪],灯照离席[⑫]。梨花榆火催寒食[⑬]。愁一箭风快[⑭],半篙波暖,回头迢递便数驿。望人在天北[⑮]。　　凄恻。恨堆积。渐别浦萦回[⑯],津堠岑寂[⑰]。斜阳冉冉春无极[⑱]。念月榭携手[⑲],露桥闻笛。沉思前事,似梦里,泪暗滴。

唐圭璋编纂《全宋词》,中华书局1999年版

【注释】

①本篇又题作"柳",借咏柳伤别,抒写词人送别友人之际的羁旅愁怀。兰陵王:词调名,首见于周邦彦词。②柳阴直:长堤之柳,排列整齐,其阴影连缀成直线。③烟里丝丝弄碧:笼罩在烟气里细长轻柔的柳条随风飞舞,舞弄它嫩绿的姿色。弄:飘拂。④隋堤:汴京附近汴河之堤,隋炀帝时所建,故称。是北宋来往京城的必经之路。⑤拂水飘绵:柳枝轻拂水面,柳絮在空中飞扬。行色:指行人出发时的情况。⑥故国:指故乡。⑦京华倦客:作者自谓。京华,指京城,作者久客京师,有厌倦之感,故云。⑧长亭:古时驿路上十里一长亭,五里一短亭,供人休息,又是送别的地方。⑨应折柔条过千尺:古人有折柳送别之习。过千尺:极言折柳之多。⑩旧踪迹:指往事。又:又逢。⑪酒趁哀弦:饮酒时奏着离别的乐曲。趁:逐,追随。哀弦:哀怨的乐声。⑫离席:饯别的宴会。梨花榆火催寒食:饯别时正值梨花盛开的寒食时节。唐宋时期朝廷在清明日取榆柳之火以赐百官,故有"榆火"之说。⑬寒食:清明前一天为寒食。⑭一箭风快:指正当顺风,船驶如箭。⑮半篙波暖:指撑船的竹篙没入水中,时令已近暮春,故曰波暖。迢递:遥远。驿:驿站。望:回头看。人:指送行人。⑯别浦:送行的水边。萦回:水波回旋。⑰津堠:码头上供瞭望歇宿的处所。岑寂:冷清寂寞。⑱冉冉:慢慢移动的样子。无极:无边。⑲念:想到。月榭:月光下的亭榭。榭:建在高台上的敞屋。露桥:沾满露水的桥边。

【导读】

这首词的题目是"柳",内容却不是咏柳,而是伤别。古代有折柳送别的习俗,所以诗词里常用柳来渲染别情。

此词可称为周邦彦的代表作。词分三片。

第一片以柳色来铺写别情。"柳阴直",写柳之多而成行。"烟里丝丝弄碧",极写柳之姿态婀娜,一"弄"字,道出柳似乎是在作弄人,自己漫不经心,却使多少人、多少事、多少年在柳生柳老之际,造成离别。这里夹杂着"登临望故国,谁识京华倦客",当是作者自己。在京华,本是冠盖云集之处,而自己却是倦客,言外之意,当系不满于当时现实,然而又依依难舍。临别一瞥,谁人识我,实寓有怀才不遇的无限感慨。

第二片,写离筵与惜别之情。"闲寻"承"登临","旧"字承"曾见"及"年去岁来"。"又"字推进一层,"酒趁哀弦,灯照离席"点明现在情事。"愁"字系反语见意,情更凄苦。"望人在天北",乃是含多少眼泪,方才道出这一句啊!这个"人",既是作者所钟情、所渴慕的人,亦是作者理想的化身。周邦彦抱负不得舒展,壮志难酬,悄然离开京华,只留得这一怅望。

第三片,写愈行愈远,愈远愈恨。"恨堆积",是由于"渐别浦萦回,津堠岑寂"极写行路中的迂远寂寞。但这仍是一般的描绘,而"斜阳冉冉春无极",则是既空灵而又沉重,"斜阳冉冉"本是黄昏景象,辞虽绮丽,意却萧瑟,而和"春无极"联成一句,顿觉无限春光又现眼前,言有尽而意无穷。在萧瑟中又呈现出美好意境,给人以无穷希望。此词以柳发端,以行为愁,回想落泪,极回环往复之至,具有沉郁顿挫的特点。

【选评】

(清)谭献《谭评词辨》:"已是磨杵成针手段,用笔欲落不落,'愁一箭风快'等句之喷醒,非玉田所知。'斜阳冉冉春无极'七字,微吟千百遍,当入三昧,出三昧。"

【思考与讨论】

1. 宋代文学史上,婉约词派和豪放词派的代表人物是哪几位?你最喜欢谁的词?说说理由。

2. 周邦彦的词与柳永的词有何区别?请加以比较分析。

3. 秦观《鹊桥仙》中"两情若是久长时,又岂在朝朝暮暮",这种爱情观你是否赞同?请说说理由。

【拓展与延伸】

1. 秦观的《鹊桥仙》涉及古老的牛郎织女传说,请将这个传说改编成剧本或者制作一个动画短片。

2. 王国维的《人间词话》是中国近代最负盛名的一部词话著作。他提出了著名的"境界"说:"有我之境,以我观物,故物我皆著我之色彩。无我之境,以物观物,故不知何者为我,何者为物。古人为词,写有我之境者为多,然未始不能写无我之境,此在豪杰之士能自树立耳。"阅读《人间词话》,思考何为"境界"说?请写一篇评论性文章阐述你的理解。

3. 请结合周邦彦的《兰陵王》(柳)的词意,为该词配上几幅插图。

【推荐阅读】

1.《周邦彦词集》,(宋)周邦彦著,李保民导读,上海古籍出版社2010年版。
2.《秦观词集》,(宋)秦观著,徐培均导读,上海古籍出版社2010年版。
3.《悲情歌手秦观评传》,许伟忠著,上海辞书出版社2010年版。
4.《〈人间词话〉导读》,王国维著,李梦生评释,上海书店出版社2009年版。

南宋前期诗词

李清照

【简介】李清照(1084—1155?),济南章丘人,号易安居士。宋代女词人,婉约词人的代表。李清照生于书香门第,其父李格非为当时著名学者,进士出身,官至提点刑狱、礼部员外郎。善属文,工于词章,著有《洛阳名园记》等。李清照母亲为状元王拱宸的孙女,富有文学修养,丈夫赵明诚为金石考据家,李清照与明诚致力于书画金石的搜集整理。李清照在家庭熏陶下,少女时代便文采出众,诗、词、散文、书画、音乐无不通晓,以词的成就最高。

李清照早期生活优裕,前期的诗词多反映闺中生活感情、自然风光、别思离愁,清丽明快。金兵入据中原后,流寓南方,丈夫明诚病死,境遇孤苦。其诗词格调一变为凄

李清照像

凉悲痛，多抒发怀乡悼亡之情感，也寄托强烈亡国之思。

在艺术上，其词善于以"浅俗之语，发清新之思"，不追求砌丽的藻饰，而是提炼富有表现力的"寻常语度八音律"（张端义《贵耳集》），炼俗为雅，并用白描的手法来表现细腻、微妙的心理活动，表达丰富多样的感情体验，塑造鲜明、生动的艺术形象。她将"语尽而意不尽，意尽而情不尽"的婉约风格发展到了顶峰，赢得了婉约派词人"宗主"的地位，成为婉约派代表人物之一。同时，她词作中的笔力横放、铺叙浑成的豪放风格，又使她在宋代词坛上独树一帜，从而对辛弃疾、陆游等词人有较大影响。

李清照在词创作上代表作有《声声慢》《一剪梅》《如梦令》《武陵春》等。有《易安居士文集》《易安词》，已散佚。后人有《漱玉词》辑本。今人有《李清照集校注》。

如梦令

昨夜雨疏风骤[1]。浓睡不消残酒[2]。试问卷帘人[3]，却道海棠依旧。知否。知否。应是绿肥红瘦[4]。

唐圭璋编《全宋词》，中华书局1999年版

【注释】

[1]雨疏风骤：雨点稀疏，晚风急猛。[2]浓睡不消残酒：虽然睡了一夜，仍有余醉未消。浓睡：酣睡。[3]卷帘人：有学者认为此指正在卷帘的侍女。[4]绿肥红瘦：指绿叶繁茂，花朵凋零。绿肥：指枝叶茂盛。红瘦：谓花朵稀少。

【导读】

这是一首写女词人闺中生活的小词。词中写景："雨疏风骤"，雨小而风急；写人："浓睡"、"残酒"，睡得香甜而残醉未醒；写花："绿肥红瘦"，暮春时节，叶儿茂盛了，花儿稀少；如此精心地选择对立统一的形象和词语，相彰并比地渲染和形容，给读者更加鲜明醒豁的印象。再看词中的问答，"卷帘人"指正在卷帘的侍女。"试问卷帘人"，引出女主人公与侍女的一番对话。"却道海棠依旧"，是答语，问语省去，从答语中可知问的是："经过一夜风雨的海棠究竟怎么样了？"问答显然不相称，问得多情，答得淡漠。因答语的漫不经心，逼出一句更加多

情的"知否。知否"来。口气宛然,浑成天巧。女主人公出于对花的关心,问得那么认真;而出于惜花的心情,又驳得那么恳切。结句"应是绿肥红瘦",是她脑中浮现的景象和感受。"绿肥红瘦"四个字,无限凄婉,却又妙在含蓄,蕴积了她对春光一瞬和好花不常的无限惋惜心情,体现了女词人的纯净心灵和高雅情趣。唐韩偓《懒起》诗:"昨夜三更雨,今朝一阵寒。海棠花在否?侧卧卷帘看。"李清照此词或许胎息于韩诗,但更胜韩作。

【选评】

(明)张綖《草堂诗余别录》:"韩偓诗云:'昨夜三更雨,今朝一阵寒。海棠花在否?侧卧卷帘看。''此词盖用其语点缀,结句尤为委曲精工,含蓄无穷之意焉,可谓女流之藻思者矣。'"

声声慢①

寻寻觅觅②,冷冷清清,凄凄惨惨戚戚③。乍暖还寒时候④,最难将息⑤。三杯两盏淡酒,怎敌他、晚来风急⑥。雁过也,正伤心,却是旧时相识⑦。　满地黄花堆积⑧,憔悴损,如今有谁堪摘⑨。守着窗儿,独自怎生得黑⑩?梧桐更兼细雨,到黄昏、点点滴滴。这次第,怎一个、愁字了得。

唐圭璋编《全宋词》,中华书局1999年版

【注释】

①声声慢:词调名,有平韵、仄韵二体,这首词是仄韵体。题目一作"秋情"。②寻寻觅觅:由孤独、失落而生发的寻求解脱的追寻动作。③戚戚:忧愁的样子。④乍暖还寒时候:写深秋寒冷、又突然转暖的多变气候。⑤将息:调养,静息。⑥敌:抵挡。⑦雁过也,正伤心,却是旧时相识:作者从北方流落南方,见北雁南飞,故有故乡之思和"似曾相识"的感慨。古时有鸿雁传书之说,而李清照婚后有《一剪梅》词寄赠丈夫,内云:"云中谁寄锦书来,雁字回时,月满西楼。"如今作者丈夫已逝,孤独无靠,满腹心事无可告诉,因而感到"伤心"。⑧黄花:指菊花。⑨有谁堪摘:意思是没有人有摘花的兴致。⑩怎生得黑:怎样捱到天黑呢?怎生,怎样。梧桐更兼细雨:意谓细雨打在梧桐上。次第:景况,

情形。怎一个愁字了得：一个愁字怎么能概括得了！

【导读】

《声声慢》是李清照晚年的名作。当时，正值金兵入侵，北宋灭亡，志趣相投的丈夫也病死在任上，南渡避难的过程中，李清照夫妻半生收藏的金石文物又丢失殆尽。这一连串的打击使她尝尽了国破家亡、颠沛流离的苦痛，正是在这种背景下作者写下了《声声慢》这首词。

这首词，起句便不寻常，一连用七组叠词。这七组叠词极富音乐美，朗读起来，便有一种大珠小珠落玉盘的感觉。只觉齿舌音来回反复吟唱，徘徊低迷，婉转凄楚。前人评此词，多以开端三句用一连串叠字为其特色。但若只注意这一层，不免失之皮相。词中写主人公一整天的愁苦心情，却从"寻寻觅觅"开始，可见她从一起床便若有所失，于是东张西望，希望寻求些什么来寄托自己的空虚寂寞。下文"冷冷清清"，是"寻寻觅觅"的结果，不但无所获，反被一种孤寂清冷的气氛所袭来，使自己感到凄惨忧戚。于是紧接着再写了一句"凄凄惨惨戚戚"。仅此三句，一种由愁惨而凄厉的氛围已笼罩全篇，使读者不禁为之屏息凝神。

上片从一个人寻觅无着，写到酒难浇愁；风送雁声，反而增加了思乡的惆怅。于是下片由秋日高空转入自家庭院。园中开满了菊花，秋意正浓。这里"满地黄花堆积"是指菊花盛开，而非残英满地。"憔悴损"是指自己因忧伤而憔悴瘦损，也不是指菊花枯萎凋谢。正由于自己无心看花，虽值菊堆满地，却不想去摘它赏它，这才是"如今有谁堪摘"的确解。然而人不摘花，花当自萎；及花已损，则欲摘而已不堪摘了。这里既写出了自己无心摘花的郁闷，又透露了惜花将谢的情怀。

这首词大气包举，别无枝蔓，相关情事逐一说来，却始终紧扣悲秋之意，深得六朝抒情小赋之神髓，而以接近口语的朴素清新的语言谱入新声，运用凄清的音乐性语言进行抒情，却又体现了词家不假雕饰的本色，诚属个性独具的抒情名作。

【选评】

（宋）张端义《贵耳集》："此乃公孙大娘舞剑手，本朝非无能词之士，未曾有一下十四叠字者。"

岳飞

【简介】 岳飞（1103—1141），字鹏举，相州汤阴（今属河南）人。南宋初抗金名将，民族英雄。有《岳武穆集》，词仅存三首，《满江红》最为世所传诵。然此词是否为岳飞所作也有争论。余嘉锡在《四库提要辩证》中发怀疑之端绪，夏承焘等曾撰文响应，认为《满江红》是明人伪作，而唐圭璋、邓广铭等学者则表示反对。因为证伪的证据不足，故仍将其看作是岳飞的作品。

满江红[①]

怒发冲冠[②]，凭阑处、潇潇雨歇。抬望眼[③]、仰天长啸，壮怀激烈。三十功名尘与土[④]，八千里路云和月[⑤]。莫等闲、白了少年头，空悲切[⑥]。

靖康耻[⑦]，犹未雪[⑧]。臣子恨，何时灭[⑨]。驾长车踏破，贺兰山缺。壮志饥餐胡虏肉，笑谈渴饮匈奴血。待从头、收拾旧山河[⑩]，朝天阙。

唐圭璋编《全宋词》，中华书局1999年版

岳飞塑像

【注释】

①《满江红》又名《上江虹》,格调沉郁激昂,宜于抒发怀抱,故为苏、辛派词人所爱用。双调,九十三字,仄韵(南宋后始见于平韵体)。②怒发冲冠:《史记·廉颇蔺相如列传》:"相如因持璧却立,倚柱,怒发上冲冠。"③抬望眼:抬头纵目远望。④尘与土:谓功名犹如尘土,指报国壮志未能实现而言。⑤八千里路:作者从军以来,转战南北,征程约有八千里。"八千"与前句中的"三十"都是举其成数而言。云和月:指披星戴月,日夜兼程。⑥等闲:轻易,随便。⑦靖康:宋钦宗赵桓年号。靖康元年(1126),金兵攻陷汴京,次年掳徽宗赵佶、钦宗赵桓北去,北宋灭亡。"靖康耻"指此而言。⑧雪:洗雪。⑨灭:平息,了结。在今宁夏西,当时为西夏统治区。此处借为金人所在地。缺:指险隘的关口。⑩从头:重新。收拾:整顿。天阙:宫门。朝天阙:指回京献捷。

【导读】岳飞的词,留传下来的极少,但这首《满江红》,声情激越,气势磅礴,英勇悲壮,具有震撼人心的艺术力量。

词的上片抒写作者渴望为国杀敌立功的情怀,开头五句起势突兀,破空而来。一阵疾风暴雨刚刚停歇,词人独自登楼凭栏眺望。想到中原陷落,山河破碎,不禁"怒发冲冠"、"壮怀激烈"。这几句一气贯注,揭示了作者汹涌澎湃的胸潮。接着四句激励自己珍惜时光,早日完成统一祖国的神圣事业。"三十功名尘与土",这是作者的谦逊之辞,表现了他虚怀若谷、严于律己的美德。"莫等闲、白了少年头,空悲切。"这既是作者的自勉之辞,同时对坚持抗金救国的广大军民也是巨大的鼓舞和有力的鞭策。

下片申述作者雪耻复仇、重整乾坤的豪情壮志。换头四句以短促的句式,吐露其爱国忠君的情怀。"驾长车踏破,贺兰山缺",表示自己要挥师北伐,踏破重重险关要塞,直捣敌人巢穴。这里的贺兰山是泛指,而非实写,和陆游的"壮图万里战皋兰"一样,是借以抒发抗金的决心。"壮志饥餐胡虏肉,笑谈渴饮匈奴血。"这两句是作者的激愤之语,进一步表达对女真贵族荼毒生灵的切齿之恨,以及彻底消灭强敌的决心。

这首词情辞慷慨,悲壮激昂,充分体现了作者的英雄性格和雪耻复仇的坚定信念,对后世影响极大。

【选评】

(清)陈廷焯《白雨斋词话》:"何等气概,何等志向!千载之下,凛然有生气焉。"

【思考与讨论】

1. 李清照前后期词的风格有什么变化？请结合作品谈一谈。

2. 李清照《声声慢》，是其南渡以后的一首名作，历来备受词家推崇。学者俞平伯先生曾考证，词中的"三杯两盏淡酒，怎敌他晚来风急"，"晚"当作"晓"。你怎么看待这种说法？

3. 爱国主义是南宋前期词的主旋律，请结合南宋前期的历史文学的发展，分析这一现象。

【拓展与延伸】

1. 李清照的词画面感很强，请选取几首易安词，尝试给它们配上插图，并写出100字左右创作说明。

2. 中国历史上流传着有众多的爱国人物事迹和优秀的爱国主义文学作品，请策划一本书，或以爱国人物为主要内容，或以爱国主义文学作品为主要内容。请为这本书想好书名，设计好封面，编排好简要目录，并附上部分章节的内容示例。

3. 公元1141年，一生精忠报国，光明磊落的岳飞临刑之前，写下八个字："天日昭昭，天日昭昭！"即服毒酒身亡，时年仅三十九岁。一般认为，岳飞死于秦桧所编织的"莫须有"的罪名，也有人认为，岳飞之死的背后真正的黑手是宋高宗赵构。请查找资料，写一篇文章阐述你的观点。

【推荐阅读】

1.《李清照集笺注》，徐培均笺注，上海古籍出版社2002年版。

2.《李清照评传》，陈祖美著，南京大学出版社1995年版。

3.《唐宋词名家论稿》，叶嘉莹著，河北教育出版社2000年版。

4.《岳飞传》，邓广铭著，生活·读书·新知三联书店2007年版。

辛弃疾

【简介】辛弃疾（1140—1207），字幼安，号稼轩，历城（今山东济南）人。生于汴京沦陷后的金人占领区，自幼受民族意识熏陶及爱国思想教育。21岁入耿京抗金义军，为掌书记，后义军内部变故，叛将张安国杀耿降金。弃疾闻讯，即率五十余骑奇袭金营，生缚张安国，献俘建康，"壮声英概"，盛名一时。一生力主抗金。曾上《美芹十论》与《九议》，条陈战守之策，显示出卓越军事才能与爱国热忱。南渡后长期被派做地方官，英雄无用武之地，历任江阴签判，建康通判及湖北、江西、湖南、福建、浙东安抚使等职。

曾屡次上书朝廷，主张恢复中原、统一国土，均未被采纳，反遭排斥打击，罢仕闲居江西带湖、瓢泉几达二十年。嘉泰三年（1203），因韩侂胄倡议北伐，被起用，不久又遭弹劾落职。终老铅山，含恨辞世。稼轩以词著名，在中国文学史上他是唯一以夐异之才专力为词的大家。其词慷慨悲壮，有不可一世之概，继承苏轼所创豪放词风并拓其领域，抚时感奋，非徒应歌，处处闪现抗金爱国之时代精神，时时倾诉壮志难酬之家国悲愤，作品题材广阔，内容空前丰富。词风虽以豪放为主，然不拘一格，沉郁、明快、激厉、妩媚、俚俗、幽默，兼而有之，形成纵横博大之"稼轩体"。善用典，亦善白描，陶铸经史诗文，一如己出。以比兴之法，抒豪壮之气，致使其词曲直刚柔，多彩多姿。有《稼轩长短句》，又名《稼轩词》。

辛弃疾像

摸鱼儿

淳熙己亥①，自湖北漕移湖南，同官王正之置酒小山亭②，为赋。

更能消、几番风雨③。匆匆春又归去。惜春长恨花开早，何况落红无数④。春且住。见说道、天涯芳草无归路。怨春不语。算只有殷勤，画檐蛛网，尽日惹飞絮。　　长门事⑤，准拟佳期又误。蛾眉曾有人妒。千金纵买相如赋，脉脉此情谁诉⑥。君莫舞⑦。君不见、玉环飞燕皆尘土⑧！闲愁最苦。休去倚危栏，斜阳正在，烟柳断肠处。

唐圭璋编《全宋词》，中华书局1999年版

【注释】

①淳熙己亥：即宋孝宗淳熙六年（1179）。②同官王正之：据楼钥《玫瑰

集》卷九十九《王正之墓志铭》，王正之淳熙六年任湖北转运判官,故称"同官"。
③消：经受。④落红：落花。⑤长门：汉代宫殿名，武帝皇后失宠后被幽闭于此，司马相如《长门赋序》："孝武陈皇后，时得幸，颇妒。别在长门宫，愁闷悲思，闻蜀郡成都司马相如工为文，奉黄金百万，为相如、文君取酒，因以悲愁之辞，而相如为文以悟主上，陈皇后复得幸。"⑥脉脉：绵长深厚貌。⑦君：指善妒之人。⑧玉环飞燕：杨玉环、赵飞燕，皆貌美善妒。

【导读】

本篇作于淳熙六年（1179）春。时辛弃疾四十岁，他南归至此已有十七年了。在这漫长的岁月中，作者满以为扶危救亡的壮志能得施展，收复失地的策略将被采纳。然而，事与愿违。不仅如此，作者反而因此遭致排挤打击，不得重用，四年之间，改官六次。这次，他由湖北转运副使调官湖南。行前，同僚王正之在山亭摆下酒席为他送别，作者见景生情，借这首词抒写了长期积郁于胸的苦闷之情。

词的上片写惜春、怨春、留春的复杂情感。词以"更能消"三字起笔，在读者心头提出了"春事将阑"，还能经受得起几番风雨摧残这样一个大问题。表面上，"更能消"一句是就春天而发，实际上却是就南宋的政治形势而言的，南宋王朝处于风雨飘摇之中，"匆匆春又归去"，就是这一形势的形象化写照，抗金复国的大好春天已经化为乌有了。这是第一层。但是，作者是怎样留恋着这大好春光呵！"惜春长怕花开早"。然而，现实是无情的："何况落红无数！"这两句一起一落，表现出理想与现实之间的矛盾。这是第二层。面对春天的消失，作者并未束手无策。相反，出于爱国的义愤，他大声疾呼："春且住！见说道、天涯芳草无归路。"这两句用的是拟人化手法，明知春天的归去是无可挽回的大自然的规律，但却强行挽留。这是第三层。从"怨春不语"到上片结尾是第四层。尽管作者发出强烈的呼唤，但"春"，却不予回答。春色难留，势在必然；但春光无语，却出人意外。所以难免要产生强烈的"怨"恨。然而怨恨又有何用！在无可奈何之际，词人又怎能不羡慕"画檐蛛网"？即使能像"蛛网"那样留下一点点象征春天的"飞絮"，也是心中莫大的慰藉了。

下片借陈阿娇的故事，写爱国深情无处倾吐的苦闷。这一片可分三个层次，表现三个不同的内容。从"长门事"至"脉脉此情谁诉"是第一层。这是词中的重点。作者以陈皇后长门失宠自比，揭示自己虽忠而见疑，屡遭谗毁，不得重用和壮志难酬的不幸遭遇。"君莫舞"三句是第二层，作者以杨玉环、赵飞燕的悲剧结局比喻当权误国、暂时得志的奸佞小人，向投降派提出警告"闲愁最苦"

至篇终是第三层,以烟柳斜阳的凄迷景象,象征南宋王朝昏庸腐朽、日落西山、岌岌可危的现实。

这首词有着鲜明的艺术特点。其一,通过比兴手法创造出象征性的形象,来表现作者对祖国的热爱和对时局的关切。拟人化的手法与典故的运用也都恰到好处。其二,继承屈原《离骚》的优良传统,以男女之情来反映现实的政治斗争。其三,含蓄缠绵,沉郁顿挫,呈现出别具一格的词风。表面看,这首词写得"婉约",实际上却极哀怨,极沉痛,写得沉郁悲壮,曲折尽致。

【选评】

梁令娴《艺蘅馆词选》录梁启超语:"回肠荡气,至于此极,前无古人,后无来者。"

破阵子①

为陈同甫赋壮词以寄之

醉里挑灯看剑②,梦回吹角连营③。八百里分麾下炙④,五十弦翻塞外声⑤。沙场秋点兵。　马作的卢飞快⑥,弓如霹雳弦惊⑦。了却君王天下事⑧,赢得生前身后名。可怜白发生!

唐圭璋编《全宋词》,中华书局1999年版

辛稼轩纪念馆塑像

【注释】

①破阵子:唐教坊曲名,后用作词牌。②挑(tiǎo)灯:把油灯的芯挑一下,使它明亮。③梦回:梦醒。吹角:军队中吹号角。连营:连接成片的军营。④八百里:指牛。古代有一头骏牛,名叫"八百里驳(bò)"。麾(huī)下:指部下将士。麾,古代指军队的旗帜。炙(zhì):烤熟的肉。⑤五十弦:古代有一种瑟有五十根弦,词中泛指军乐合奏的各种乐器。翻:演奏。塞外声,反映边塞征战的乐曲。⑥的(dì)卢:一种烈性快马。相传三国时刘备被人追赶,骑"的卢"一跃三丈过河,脱离险境。⑦霹雳(pī lì):响声巨大的强烈雷电。⑧了(liǎo)

却：完成。天下事：指收复中原。

【导读】

辛弃疾一生力主抗金，遭当权者忌恨，被免官闲居江西带湖。好友陈亮（字同甫）到带湖拜访辛弃疾，他们两人促膝畅谈，共商抗金北伐大计。分手后又相互赠和，言志抒怀。

《破阵子》便是辛弃疾寄给陈亮的一首抒发壮怀的词。词中追忆了青年时期豪迈壮阔的战斗生活，抒发了渴望杀敌报国、收复中原的雄心，也表达了报国无门、壮志难酬的悲愤。从全词看，壮烈和悲凉、理想和现实，形成了强烈的对照。作者只能在醉里挑灯看剑，在梦中驰骋杀敌，在醒时发出悲叹。这是个人的悲剧，更是民族的悲剧。

这首词风格悲慨激宕，大气磅礴，艺术成就极高，是南宋豪放词的代表作品。

【选评】

（清）陈廷焯《白雨斋词话》卷一："词意殊怨，然姿态飞动，极沉郁顿挫之致。"

【拓展与延伸】

1. 辛弃疾作为宋词大家，其风格刚柔相济，瑰奇多姿，悲慨雄放、沉郁苍凉是辛词的主导风格，但也有妩媚缠绵的婉约之作。请赏析辛弃疾这首《青玉案·元夕》，结合相关作家作品，谈谈作家文学风格的多样性与一致性的关系：

  东风夜放花千树，更吹落，星如雨。宝马雕车香满路。凤箫声动，玉壶光转，一夜鱼龙舞。　　蛾儿雪柳黄金缕，笑语盈盈暗香去。众里寻他千百度，蓦然回首，那人却在，灯火阑珊处。

2. 辛弃疾《破阵子》中有对战斗生活的回顾，《清平乐》中有对安静祥和的乡村生活的描写，请为这两首词分别配上插图，并附有一百左右字的创作说明。

3. 李清照与辛弃疾都是山东济南人，如果当地的李清照纪念馆和辛弃疾纪念馆邀请你为该馆制作一份宣传手册，请尝试把你的创意付诸实践。

【推荐阅读】

1. 《辛弃疾词选评》，施议对撰，上海古籍出版社2002年版。

2. 《国学大讲堂：辛稼轩词集导读》，常国武撰，中国国际广播出版社2009年版。

3. 《辛弃疾评传》，巩本栋著，南京大学出版社1998年版。

4. 《南宋名家词选讲》，叶嘉莹著，北京大学出版社2007年版。

陆游

【简介】陆游（1125—1210），字务观，号放翁，越州山阴（今浙江绍兴）人。高宗绍兴二十四年（1154）试礼部，名在前列，为秦桧所黜。宋孝宗即位，赐进士出身。历官镇江（今属江苏）、隆兴（今江西南昌）、夔州（今重庆奉节）通判，参王炎、范成大幕府，提举福建常平茶盐公事，知严州（治今浙江建德东）。孝宗淳熙十六年（1189），被人弹劾而罢职，归老故乡。陆游生当偏安局面相对稳定的南宋中期，性格豪放，大志慷慨，在政治斗争中屡受苟安投降派的排挤、打击。但他坚持抗金复国理想，始终不渝。他是南宋著名的爱国诗人，平生所作诗将近万首，"一草一木，一鱼一鸟，无不剪裁入诗"（赵翼《瓯北诗话》卷六），题材极其广泛。其中涉及时事政治尤其是恢复大业的作品，激昂慷慨，义愤强烈，和辛弃疾的词一起成为这个时代英雄志士报国精神的最强音。诗歌艺术上，早年曾受到江西诗派的影响，后来阅历转富，感激忠愤，遂上法李杜，下学苏黄，制作既富，变境也多，与尤袤、杨万里、范成大齐名，号"中兴四大诗人"。于词似夷然不屑，然风格多样，不乏佳作，感激苍凉处与诗相类。散文成就也较高。传世有《渭南文集》《剑南诗稿》等。

陆游像

书愤[①]

早岁那知世事艰[②]，中原北望气如山。楼船夜雪瓜洲渡[③]，铁马秋风大散关[④]。塞上长城空自许[⑤]，镜中衰鬓已先斑[⑥]。出师一表真名世，千载谁堪伯仲间[⑦]！

钱仲联校注《剑南诗稿校注》卷一七，上海古籍出版社1985年版

【注释】

①书愤：抒发义愤。书：写。②早岁：早年，年轻时。③楼船：一种大型战船，于三国魏发明。瓜洲渡：地名，今在镇江对岸，当时是边防重镇。④大散关：在陕西宝鸡市西南，为宋金交界处。⑤塞上长城：南朝宋时名将檀道济，这里作者用作自比。空自许：自许落空。⑥衰鬓：苍老的鬓发。⑦堪：能够。伯仲间：兄弟之间。意为相差无几。

【导读】

《书愤》共两首，这是其中一首，是陆游的七律名篇之一，为陆游在宋孝宗淳熙十三年（1186）所写。时陆游年六十二岁，这分明是时不待我的年龄，然而诗人被黜，只能赋闲在乡，想那山河破碎，中原未收而"报国欲死无战场"，感于世事多艰，小人误国而"书生无地效孤忠"，诗人郁愤之情便喷薄而出。

这首诗前四句写的是杀敌报国、收复失地的忠愤之气，后四句写的是世事间阻、功业难成的悲愤之气。悲愤而不感伤颓唐，仍以伊吕、诸葛自期，于此可见英雄本色。感情沉郁，气韵浑厚，显然得力于杜甫。中两联属对工稳，尤以颔联"楼船"、"铁马"两句，雄放豪迈，为人们广泛传诵。这样的诗句出自他亲身的经历，饱含着他的政治生活感受，充分展示了陆游满腔热忱的爱国主义情怀。

【选评】

（清）李慈铭《越缦堂诗话》："全首浑成，风格高健，置之老杜集中，直无愧色。"

临安春雨初霁①

世味年来薄似纱②，谁令骑马客京华？小楼一夜听春雨，深巷明朝卖杏花。矮纸斜行闲作草③，晴窗细乳戏分茶④。素衣莫起风尘叹⑤，犹及清明可到家。

钱仲联校注《剑南诗稿校注》卷一七，上海古籍出版社1985年版

【注释】

①临安：今杭州市，南宋都城。霁：雨后或雪后天晴。②世味：人生况味。③矮纸：短纸。草：草书。④细乳：茶中佳品。分茶与煎茶、点茶等均属宋代

的沦茶之法。分茶实为与著棋、写字、弹琴、投壶、蹴鞠等并列的一种游艺，故以"戏"称之。⑤素衣：白色的衣服，比喻自己洁白的情操。风尘：风沙尘灰，比喻指京城中龌龊的风气。

【导读】

淳熙十三年（1186）春，陆游调官临安时作了此诗。诗中虽然描写了当时的闲适生活，但情感基调却是对炎凉世态及仕宦生涯的厌弃，是诗人抑郁多年情怀的自然流露。诗虽以"临安春雨初霁"为题，但开篇却先宕开一笔，感叹世情浅薄，表现几经沉浮后的诗人对世事荣华的淡泊志趣。"世味年来薄似纱"，以薄如蝉翼的一缕轻纱来比喻世态人情，不仅显示了作者设喻时独具的艺术匠心，也看出他对世态人情的愤慨之深。全诗以三、四句的流水对最为精彩，清新流畅，委婉多致，既即事记叙当时情景，又从背后透露出"杏花春雨江南"的季节、地域特色，"有唐人风韵"。

【选评】

（清）李调元《雨村诗话》："陆放翁诗以'小楼一夜听春雨，深巷明朝卖杏花'得名，其余七律名句辐辏大类此，而起讫多不相称。人以先生先得好句，后足成之，情理或然。然余少年颇喜之，今则弃去矣。"

钗头凤①

红酥手。黄縢酒②。满城春色宫墙柳。东风恶。欢情薄。一怀愁绪，几年离索③。错错错。　春如旧。人空瘦。泪痕红浥鲛绡透④。桃花落。闲池阁。山盟虽在，锦书难托⑤。莫莫莫。

唐圭璋编《全宋词》，中华书局1999年版

绍兴沈园《钗头凤》题壁词

【注释】

①钗头凤：原名《撷芳词》。陆游因诗中有"可怜孤似钗头凤"句，改名《钗头凤》。②黄縢酒：黄封酒，当时官酿的酒，以黄纸或黄绢封口。③离索：离群索居，指离别后的孤独生活。④浥：湿润下流的样子。鲛绡：指丝绸制作的手帕。⑤锦书：传北朝苏蕙曾织锦为回文字给薄倖丈夫。指情书。

【导读】

据周密《齐东野语》等书记载，陆游初娶表妹唐婉，伉俪相得。然而不遂陆母之意，以至听信谗言，强迫夫妻离异。后陆游另娶，唐氏也改嫁赵士程。几年后的一个春日，陆游踽踽独游，至城南沈园，恰巧唐婉与其后夫亦来游览。唐遣人送酒肴致意，陆游满怀伤感，挥毫在园壁上题下这首《钗头凤》。开端三句再现陆唐久别重逢时的情景。"宫墙"二字，使（红）手、（黄）酒、（绿）柳三种明艳色彩顿时黯然，以往的情人虽然美丽依旧，但早已另适他人。下四句紧承"宫墙柳"寓意展开。一个"恶"字，画出了封建家长的冷酷和可憎。恩爱夫妻被无端拆散，欢情苦少，离愁恨多。接着，"错、错、错"三字喊出，究竟是谁之"错"？自己乎？唐婉乎？陆母乎？命运乎？当初乎？今日乎？作者无须写明，他要表达的正是这种呼天无路，欲怨无能的压抑之情。

过片之后仍写重逢。春风依旧，但离别的痛苦、相思的煎熬却使伊人枉自瘦损了红颜。以下笔锋一转，写词人透过泪眼相看，刚才的满园春色忽然变成一片花落人稀、萧条凄苦的景象。离愁虽苦，总还有重逢的希望；死别虽哀，却也可对亡灵尽诉衷肠，而这里写的却是生离死别之外的一段苦情。"莫、莫、莫！"莫再提？莫相思？莫怨恨？劝慰对方？怜惜自己？抑或后悔已晚？都留给读者去心领神会。本词最动人处是真情，"闻者为之怆然"。无此伤心事，断无此伤心语。

【选评】

（清）陈廷焯《白雨斋词话》："'山盟虽在，锦书难托。莫。莫。莫。'放翁伤其妻之作也。'不合画春山，依旧留愁住。'放翁妾别放翁词也。前则迫于其母而出其妻，后又迫于后妻而不能庇一妾。何所遭之不偶也。至两词皆不免于怨，而情自哀。"

【思考与讨论】

1. 为什么说陆游是南宋伟大的爱国主义诗人？请结合陆游的生平思想和诗作，谈谈你的理解。

2. 据传唐婉在沈园看到陆游的《钗头凤》词后，也和了一首《钗头凤》：

世情薄。人情恶。雨送黄昏花易落。晓风干。泪痕残。欲笺心事,独语斜栏。难难难。　人成各。今非昨。病魂尝似秋千索。角声寒。夜阑珊。怕人寻问,咽泪妆欢。瞒瞒瞒。

比较阅读这两首词,并谈谈你对这两首词的理解。

3. 鲁迅《答客诮》诗中曾说:"无情未必真豪杰,怜子如何不丈夫。"陆游不但有着强烈的爱国主义情感,还经历了真挚却不幸的婚姻和爱情。除了著名的《钗头凤》之外,他还为前妻唐婉留下了数量不少的爱情诗。其中最有名的是《沈园二首》:

城上斜阳画角哀,沈园非复旧池台。
伤心桥下春波绿,曾是惊鸿照影来。

梦断香销四十年,沈园柳老不吹绵。
此身行作稽山土,犹吊遗踪一泫然。

近人陈衍《宋诗精华录》评:"无此绝等伤心之事,亦无此绝等伤心之诗。就百年论,谁愿有此事?就千秋论,不可无此诗。"请阅读这两首诗,并结合《钗头凤》一词,谈谈对陆游爱情悲剧的看法。

【拓展与延伸】

1. 陆游的故乡是历史文化名城浙江绍兴。有机会的话,请游览绍兴,拍摄一组照片,并配上文字说明。

2. 中国古代文学中有很多写"梦"的作品,如陆游的诗歌"夜阑卧听风吹雨,铁马冰河入梦来"(《十一月四日风雨大作》);辛弃疾的词"布被秋宵梦觉,眼前万里江山。"(《清平乐》)都写到"梦境"。你如何看待这种文学现象?结合相关作品,请从历史文化、社会心理等方面对此加以分析。

3. 围绕陆游与唐婉的爱情悲剧,请策划一期文艺类专题节目。广播剧或电视专题片皆可。

【推荐阅读】

1.《陆游诗词选》,邹志方选注,中华书局2009年版。
2.《陆游传》,朱东润著,人民文学出版社2007年版。
3.《陆游评传》,邱鸣皋著,南京大学出版社2002年版。

南宋后期诗词

姜夔

姜夔（1155?—1208），字尧章，号白石道人，鄱阳（今属江西省）人。一生未入仕途，布衣终身，游幕于江、浙、皖一带，与千岩老人萧德藻、范成大、杨万里以诗相交往，靠卖字和朋友接济为生。在他所处的时代，南宋王朝和金朝南北对峙，民族矛盾和阶级矛盾都十分尖锐复杂。战争的灾难和人民的痛苦使姜夔感到痛心，但由于幕僚清客生涯的局限，他虽然也为此发出或流露过激昂的呼声，但一生大部分的文学和音乐创作都致力于表达他凄凉的心境。

姜夔像

姜夔多才多艺，精通音律，能自度曲，其词格律严密，素以空灵含蓄著称，有《白石道人歌曲》等。其中代表作是《暗香》《疏影》二首。

扬州慢①

淳熙丙申至日②，予过维扬③。夜雪初霁，荠麦弥望④。入其城，则四壁萧条，寒水自碧，暮色渐起，戍角悲吟⑤。予怀怆然，感慨今昔，因自度此曲。千岩老人以为有《黍离》之悲也⑥。

淮左名都⑦，竹西佳处⑧，解鞍少驻初程。过春风十里⑨，尽荠麦青青。自胡马窥江去后⑩，废池乔木⑪，犹厌言兵。渐黄昏、清角吹寒⑫，都在空城。

杜郎俊赏⑬，算而今、重到须惊。纵豆蔻词工⑭，青楼梦好⑮，难赋深情。二十四桥仍在⑯，波心荡、冷月无声。念桥边红药，年年知为谁生⑰。

唐圭璋编《全宋词》，中华书局1999年版

【注释】

①此调为姜夔自度曲,后人多用以抒发怀古之思。又名《郎州慢》,上下阕,九十八字,平韵。②淳熙丙申:淳熙三年(1176)。至日:冬至。③维扬:即扬州。④荠麦:荠菜和麦子。弥望:满眼。⑤戍角:军中号角。⑥千岩老人:南宋诗人萧德藻,字东夫,自号千岩老人。姜夔曾跟他学诗,又是他的侄女婿。《黍离》:《诗经·王风》篇名。周平王东迁后,周大夫经过西周故都见"宗室宫庙,尽为禾黍",遂赋《黍离》诗志哀。后世即用"黍离"来表示亡国之痛。⑦淮左:淮东。扬州是宋代淮南东路的首府,故称"淮左名都"。⑧竹西佳处:杜牧《题扬州禅智寺》诗:"谁知竹西路,歌吹是扬州。"宋人于此筑竹西亭。这里指扬州。⑨春风十里:杜牧《赠别》诗:"春风十里扬州路,卷上珠帘总不如。"这里用以借指扬州。⑩胡马窥江:指1161年金主完颜亮南侵,攻破扬州,直抵长江边的瓜洲渡,到淳熙三年姜夔过扬州已十六年。⑪废池:废毁的池台。乔木:残存的古树。二者都是乱后余物,表明城中荒芜,人烟萧条。⑫清角:凄清的号角声。⑬杜郎:杜牧。唐文宗大和七年到九年,杜牧在扬州任淮南节度使掌书记。俊赏:俊逸清赏。⑭豆蔻:形容少女美艳。豆蔻词工:杜牧《赠别》:"娉娉袅袅十三余,豆蔻梢头二月初。"⑮青楼:妓院。青楼梦好:杜牧《遣怀》诗:"十年一觉扬州梦,赢得青楼薄幸名。"⑯二十四桥:杜牧《寄扬州韩绰判官》诗:"二十四桥明月夜,玉人何处教吹箫。"二十四桥,有二说:一说唐时扬州城内有桥二十四座,皆为可纪之名胜。见沈括《梦溪笔谈·补笔谈》。一说专指扬州西郊的吴家砖桥(一名红药桥)。"因古之二十四美人吹箫于此,故名。"(《扬州画舫录》)⑰红药:芍药。

【导读】

姜夔有十七首自度曲,这是写得最早的一首。

本词用今昔对比的反衬手法来写景抒情。上片用昔日的"名都"来反衬今日的"空城";以昔日的"春风十里扬州路"来反衬今日的荒芜景象——"尽荠麦青青"。下片以昔日的"杜郎俊赏"、"豆蔻词工"、"青楼梦好"等风月繁华,来反衬今日的风流云散、对景难排和深情难赋;以昔时"二十四桥明月夜"的乐景,反衬今日"波心荡,冷月无声"的哀景。二十四桥仍在,明月夜也仍有,但"玉人吹箫"的风月繁华已荡然无存了。词人用桥下"波心荡"的动,来映衬"冷月无声"的静。"波心荡"是俯视之景,"冷月无声"本来是仰观之景,但映入水中,便成为俯视之景,与桥下荡漾的水波合成一个画面,从这个画境中,似乎可见词人低首沉吟的形象。

本词在艺术表现上的一个显著特点是景中含情，化景物为情思。它的写景，不俗不滥，紧紧围绕着一个统一的主题，即为抒发"黍离之悲"服务。词人到达扬州之时，是在金主完颜亮南犯后的十五年。战争的残痕，到处可见，词人用"以少总多"的手法，只摄取了两个镜头："过春风十里，尽荠麦青青"和满城的"废池乔木"。这种景物所引起的意绪，就是"犹厌言兵"。清人陈廷焯特别欣赏这段描写，他说："写兵燹后情景逼真。'犹厌言兵'四字，包括无限伤乱语，他人累千百言，亦无此韵味。"（《白雨斋词话》卷二）

【选评】

王国维《人间词话》："白石写景之作，如'二十四桥仍在，波心荡，冷月无声'……虽格韵高绝，然如雾里看花，终隔一层。"

文天祥

【简介】 文天祥（1236—1283），吉州庐陵（今江西吉安县）人，南宋民族英雄，初名云孙，字天祥。选中贡士后，转以天祥为名，改字履善。宝祐四年（1256）中状元后再改字宋瑞，后因住过文山，而号文山，又号浮休道人。历湖南提刑、赣州知州等职。恭帝元年（1275），元军南下，在赣州组建义军入卫临安。次年任右丞相，奉命与元军谈判，被扣，脱险南

江西吉安文天祥塑像

归，坚持抗击元军，直到公元1278年兵败被俘，次年被押送大都（今北京市），系狱三年而不屈，在柴市英勇就义。他写有一些充满爱国主义和民族气节的诗篇，悲壮沉郁，铿锵有力，十分感人。有《文山诗集》《指南录》《集杜诗》等诗集传世。

过零丁洋①

辛苦遭逢起一经②，干戈寥落四周星③。山河破碎风飘絮④，身世浮沉

雨打萍⑤。惶恐滩头说惶恐⑥，零丁洋里叹零丁⑦。人生自古谁无死，留取丹心照汗青⑧。

熊飞等校点《文天祥全集·指南后录》卷一，江西人民出版社 1987 年版

【注释】

①零丁洋：一作"伶仃洋"，在今广东省珠江口外，有内零丁与外零丁，内零丁在深圳市宝安区南，外零丁在香港南。②起一经：指因精通某一经籍而通过科举考试得官。文天祥在宋理宗宝祐四年（1256）以进士第一名及第。③干戈寥落：干戈，两种兵器，这里代指战争。寥落，荒凉冷落。在此指宋元间的战事已经接近尾声。南宋亡于本年（1279），此时已无力反抗。四周星：四周年。诗人从德祐元年（1275）正月奉召起兵勤王，至此时恰为四周年。④风飘絮：比喻宋王朝江山之破碎如风吹柳絮之残败，不可收拾。⑤雨打萍：比喻自身漂泊如雨打浮萍，漂泊不已亦不能自主。⑥"惶恐"句是对往事的回忆。皇恐滩：亦作"惶恐滩"，原名黄公滩，后以音讹。在江西省万安县境内的赣江中，滩极险恶。⑦叹零丁：叹息孤苦伶仃。⑧丹心：赤诚的心。照汗青：照耀史册。上古时代，写书无纸，使用竹简。将青竹削成简，火熏而出竹油如汗，借以防虫，这种加工过程叫汗青，加工好了的竹简也叫汗青。后以汗青指代史册。

【导读】

这是一首永垂千古的述志诗。一二句诗人回顾平生，但限于篇幅，在写法上是举出入仕和兵败一首一尾两件事以概其余。中间四句紧承"干戈寥落"，明确表达了作者对当前局势的认识：国家处于风雨飘摇中，亡国的悲剧已不可避免，个人命运就更难以说起。这一联对仗工整，比喻贴切，真实反映了当时的社会现实和诗人的遭遇。国家民族的灾难，个人坎坷的经历，万般痛苦煎熬着诗人的情怀，使其言辞倍增凄楚。五六句喟叹更深，以遭遇中的典型事件，再度展示诗人因国家覆灭和己遭危难而颤栗的痛苦心灵。结尾两句以磅礴的气势收敛全篇，写出了宁死不屈的壮烈誓词，意思是自古以来，人生哪有不死的呢？只要能留得这颗爱国忠心照耀在史册上就行了。这句千古传诵的名言，是诗人用自己的鲜血和生命谱写的一曲理想人生的赞歌。

全诗格调沉郁悲壮，浩然正气贯于长虹，确是一首动天地、泣鬼神的伟大爱国主义诗篇。

【选评】

（清）贺裳《载酒园诗话》："大节如信公，不待诗为重。信公能诗，则尤可重耳。"

【思考与讨论】

1. 姜夔于辛派之外另立一宗，请简述姜夔词的艺术特色。

2. 辛弃疾词、陆游诗、文天祥诗中都包含着一种气势，试结合孟子的"养气说"，比较三者之间的异同。

【拓展与延伸】

1. 品读姜夔的《扬州慢》一词，写一篇500字左右的赏析文章并配上一幅插图。

2. 爱国主义是中国文学的重要主题，也是中华民族的光荣传统，是推动中国社会前进的巨大力量。请选取中国文学史上五位以上的爱国作家，并为他们各写200字以上的人物小传。要求：突出人物特点，事迹真实，文字简练。

3. 文天祥于公元1282年十二月初九从容就义。请查找史料，并想象文天祥就义前的情景及内心活动，以文天祥的口吻写一篇日记。

【推荐阅读】

1.《姜白石词编年笺校》，(宋)姜夔著，夏承焘笺校，上海古籍出版社1998年版。

2.《文天祥诗选》，（宋）文天祥著，黄兰波选注，人民文学出版社1979年版。

3.《宋词赏析》，沈祖棻著，上海古籍出版社2000年版。

4.《宋诗选注》，钱钟书选注，人民文学出版社2002年版。

第六单元

元 代 文 学

【概述】元朝由忽必烈于1271年所建,前身是成吉思汗所建立。1279年,元朝灭掉南宋,统一中国,至1368年灭亡,历时九十八年。元朝是我国继秦汉隋唐之后的又一个统一的朝代。

元朝建立之后,农业和手工业逐渐恢复和发展,海运和漕运发达,中西交流加强。元代出现了许多商贾云集、人口高度集中的大都市。都市生活的繁华,市民阶层的扩大,有力地刺激了通俗文学的发展,为戏剧繁荣准备了物质条件。

元朝统治者实行民族压迫和民族分化政策,把全国各族人分为蒙古人、色目人、汉人、南人四个等级。汉族人处于最低贱的地位,处处受到歧视和压迫。汉族文人、儒士同样遭受歧视压迫,有的甚至沦为奴隶。元代前三十年又不设科举,后来恢复科举,然亦时行时辍。故而大多汉族文人穷愁潦倒,沦为社会底层,他们中的不甘隐沦者就与民间艺人合作,组织书会,为勾栏行院编写演唱脚本,有的还"躬践排场"参加演出。关汉卿、白朴、王实甫、马致远等许多杂剧作家均是书会才人。他们长期生活在下层民众中间,目睹了社会的黑暗,品味着人间的辛酸,感受着底层百姓的苦难,因而,他们的作品最能反映人民心声,具有强烈的现实性和斗争精神。这些"门第卑微"的作家为元杂剧的繁荣作出了杰出的贡献。

在元代文学中,成就最高的是元曲。元曲是元代文学之主流,亦是一代文学之代表。它包括杂剧和散曲,其中,成就更辉煌的是杂剧,它是中国戏剧成熟的标志。

元杂剧是一种新的戏曲形式,它是在北曲的基础上,把唱、念、歌舞和做工结合起来表演故事的一种综合性的舞台艺术。它以丰富而深刻的思想内容和崭新的艺术形式标志着元代文学的最高成就。元杂剧的剧本结构一般是一本四折，高潮通常是在第三折，通常都有"楔子"。每本杂剧结尾用"题目正名"概括全剧的内容以结束全剧。根据主唱者分旦本、末本，全本四折由正旦（女主角）独唱者为旦本，正末（男主角）主唱者为末本。元杂剧每折限用同一宫调的曲牌组成的套曲演唱，一韵到底，故每本杂剧只用四个宫调，四折戏所用的宫调，大致是仙吕、南吕、正宫、中吕，或越调、双调等。元杂剧剧本中规定剧中人物的动作、表情以及演出时的舞台效果部分，叫"科范"，简称"科"；人物对白叫"宾白"，简称"白"，元杂剧的发展大致可分为前、后两期。大都（今北京）是前期杂剧创作的中心，这一时期，名家纷出，佳作迭现，产生了关汉卿、王实甫、马致远、白朴、高文秀、杨显之、纪君祥、石君宝等著名剧作家和《窦娥冤》《救风尘》《西厢记》《汉宫秋》《梧桐雨》《墙头马上》《李逵负荆》《赵氏孤儿》等剧作。

南戏，是南曲戏文的简称。它是北宋末南宋初产生于浙江温州一带用南曲演唱的一种民间戏曲。它的规模结构比北杂剧宏大复杂，而形式比较自由，曲调柔婉悠扬，尤为南方民众所喜爱。元灭南宋之后，南戏曾二度衰落，但元代后期，南戏又重新兴盛起来。现存南戏剧本，成就最高的是高明的《琵琶记》，较著名的还有被称为元末"四大传奇"的《荆钗记》《白兔记》《拜月亭》和《杀狗记》。南戏发展到元末已经定型并臻于成熟，到明清演变而为长篇传奇。

散曲是金元时期我国北方兴起的一种合乐歌唱的诗歌新体式。它主要来源于民间小曲和北方少数民族乐曲，一部分则从词调演化而来。散曲的形式自由活泼，语言通俗明快，风格爽朗。元代散曲作品现存小令3800余首，套数400余套。散曲作家成分复杂，因而内容有良有莠，风格各异。不少散曲作品愤世嫉俗，揭露社会黑暗，抨击丑恶现实，但许多作品也宣扬乐天安命、避世归隐、及时行乐等消极的思想情绪。前期散曲注重本色，风格质朴；后期散曲偏重词藻音律，风格趋于典雅。

相对于元曲创作所取得的辉煌成就而言，元代正统的诗文创作要逊色许多。元代前期的诗、词、散文的主要作家，在北方除元好问外，还有刘因、姚燧、卢挚等；南方主要是由宋入元的赵孟頫、戴表元、邓牧等。元代中期，随着元仁宗延祐初年科举制度的恢复，诗文创作也活跃起来，虞集、杨载、范梈、揭傒斯并称"元诗四大家"。元代后期，主要诗人有王冕、杨维桢等。其中，杨维桢的诗号称"铁崖体"，标新立异，别具一格。

元代杂剧

关汉卿

关汉卿，元代大都人，号已斋叟，它的生卒年与生平都不详。他精通各种民间技艺和舞台艺术，有时亲自登台演戏。一生所作杂剧达 60 多种，为元代作家之冠。

关汉卿的剧作题材多样，显示了他对社会生活、世间百态的敏锐的观察力，他的剧作往往在正义与邪恶的较量中充分展现其对底层百姓命运的关怀和同情，以及对一切黑暗、丑恶的辛辣讽刺和批判。其剧作可分为三类：第一类作品正面反映当时社会现实，揭露社会矛盾，抨击官场黑暗，表现广大民众的痛苦生活。这类剧作可以《窦娥冤》《鲁斋郎》《蝴蝶梦》等为代表。第二类作品反映元代妇女生活，以男女风情为主题，格调轻松活泼，女主人公靠自己的智慧和勇敢赢得最后胜利，这类剧作以《望江亭》《救风尘》等为代表。第三类是历史故事剧。剧本气势豪壮，表现了作者对历史人物的仰慕和向往。关汉卿杂剧的曲词浑朴自然、凝练生动，被视为元前期杂剧"本色派"的典范。

除杂剧之外，关汉卿也兼擅散曲，今存小令 57 首，套数 10 余套，风格以泼辣豪放为主。关汉卿与马致远、郑光祖、白朴并称为"元曲四大家"。

关汉卿像

窦娥冤（第三折）

（外扮监斩官上，云）①下官监斩官是也。今日处决犯人，着做公的把住巷口，休放往来人闲走。（净扮公人②，鼓三通，锣三下科，刽子磨旗③、提刀、押正旦④带枷上，刽子云）行动些，行动些，监斩官去法场上多时了。（正旦唱）

【正宫·端正好】没来由犯王法，不提防遭刑宪⑤，叫声屈动地惊天！顷刻间游魂先赴森罗殿，怎不将天地也生埋怨！

【滚绣球】有日月朝暮悬，有鬼神掌着生死权。天地也，只合把清浊分辨，可怎生糊突了盗跖颜渊⑥？为善的受贫穷更命短，造恶的享富贵又寿延。天地也，做得个怕硬欺软，却原来也这般顺水推船。地也，你不分好歹何为地？天也，你错勘贤愚枉做天！哎，只落得两泪涟涟。

（刽子云）快行动些，误了时辰也。（正旦唱）

【倘秀才】则被这枷纽的我左侧右偏，人拥的我前合后偃。我窦娥向哥哥行有句言。（刽子云）你有什么话说？（正旦唱）前街里去心怀恨，后街里去死无冤，休推辞路远。

（刽子云）你如今到法场上面，有什么亲眷要见的？可教他过来，见你一面也好。（正旦唱）

【叨叨令】可怜我孤身只影无亲眷，则落的吞声忍气空嗟怨。（刽子云）难道你爷娘家也没的？（正旦云）只有个爹爹，十三年前上朝取应去了，至今杳无音信。（唱）早已是十年多不睹爹爹面。（刽子云）你适才要我往后街里去，是什么主意？（正旦唱）怕则怕前街里被我婆婆见。（刽子云）你的性命也顾不得，怕他见怎的？（正旦云）俺婆婆若见我披枷带锁，赴法场餐刀去呵，（唱）枉将他气杀也么哥，枉将他气杀也么哥。告哥哥："临危好与人行方便。"

（卜儿哭上科，云）天那，兀的不是我媳妇儿！（刽子云）婆子靠后。（正旦云）既是俺婆婆来了，叫他来，待我嘱付他几句话咱。（刽子云）那婆子，近前来，你媳妇要嘱付你话哩。（卜儿云）孩儿，痛杀我也！（正旦云）婆婆，那张驴儿把毒药放在羊肚儿汤里，实指望药死了你，要霸占我为妻。不想婆婆让与他老子吃，倒把他老子药死了。我怕连累婆婆，屈招了药死公公，今日赴法场典刑。婆婆，此后遇着冬时年节，月一十五，有瀽不了的浆水饭，瀽半碗儿与我吃；烧不了的纸钱，与窦娥烧一陌儿⑦。则是看你死的孩儿面上。（唱）

【快活三】念窦娥葫芦提⑧当罪愆，念窦娥身首不完全，念窦娥从前已往干家缘；婆婆也，你只看窦娥少爷无娘面。

【鲍老儿】念窦娥伏侍婆婆这几年，遇时节将碗凉浆奠；你去那受刑法尸骸上烈些纸钱，只当把你亡化的孩儿荐。（卜儿哭科，云）孩儿放心，这个老身都记得。天那，兀的不痛杀我也。（正旦唱）婆婆也，再也不要啼啼哭哭，烦烦恼恼，怨气冲天。这都是我做窦娥的没时没运，不明不暗，负屈衔冤。

（刽子做喝科，云）兀那婆子靠后，时辰到了也。（正旦跪科）（刽子开枷科）（正旦云）窦娥告监斩大人，有一事肯依窦娥，便死而无怨。（监斩官云）你有什么事？你说。（正旦云）要一领净席，等我窦娥站立；又要丈二白练，挂在旗枪上。若是我窦娥委实冤枉，刀过处头落，一腔热血休半点儿沾在地下，都飞在白练上者。（监斩官云）这个就依你，打什么不紧。（刽子做取席，站科，又取白练挂旗上科）（正旦唱）

【耍孩儿】不是我窦娥罚下这等无头愿，委实的冤情不浅。若没些儿灵圣与世人传，也不见得湛湛青天。我不要半星热血红尘洒，都只在八尺旗枪素练悬。等他四下里皆瞧见，这就是咱苌弘化碧⑨，望帝啼鹃⑩。

（刽子云）你还有甚的说话，此时不对监斩大人说，几时说那？（正旦再跪科，云）大人，如今是三伏天道，若窦娥委实冤枉，身死之后，天降三尺瑞雪，遮掩了窦娥尸首。（监斩官云）这等三伏天道，你便有冲天的怨气，也召不得一片雪来，可不胡说！（正旦唱）

河北梆子《窦娥冤》剧照

【二煞】你道是暑气暄,不是那下雪天;岂不闻飞霜六月因邹衍⑪?若果有一腔怨气喷如火,定要感的六出冰花滚似绵,免着我尸骸现;要什么素车白马⑫,断送出古陌荒阡?

(正旦再跪科,云)大人,我窦娥死的委实冤枉,从今以后,着这楚州亢旱⑬三年。(监斩官云)打嘴!那有这等说话!(正旦唱)

【一煞】你道是天公不可期,人心不可怜,不知皇天也肯从人愿。做什么三年不见甘霖⑭降?也只为东海曾经孝妇冤⑮。如今轮到你山阳县。这都是官吏每无心正法⑯,使百姓有口难言。

(刽子做磨旗科,云)怎么这一会儿天色阴了也?(内做风科,刽子云)好冷风也!(正旦唱)

【煞尾】浮云为我阴,悲风为我旋,三桩儿誓愿明题遍。(做哭科,云)婆婆也,直等待雪飞六月,亢旱三年呵,(唱)那其间才把你个屈死的冤魂这窦娥显。

(刽子做开刀,正旦倒科)(监斩官惊云)呀,真个下雪了,有这等异事!(刽子云)我也道平日杀人,满地都是鲜血,这个窦娥的血,都飞在那丈二白练上,并无半点落地,委实奇怪。(监斩官云)这死罪必有冤枉,早两桩儿应验了,不知亢旱三年的说话,准也不准?且看后来如何。左右,也不必等待雪晴,便与我抬他尸首,还了那蔡婆婆去罢。(众应科,抬尸下)

王季思主编《全元戏曲》,人民文学出版社1990年版

【注释】

①外:角色名。②净:角色名,多扮演粗鲁滑稽人物。③磨旗:即摇旗、挥旗。④行动些:快些走。⑤刑宪:刑法。⑥盗跖:柳下跖,春秋时奴隶起义的领袖;历代统治者污称他为"盗";颜渊:孔子的学生,贫而好学,古代以为贤人的典型。⑦一陌儿:钱一百叫作一陌。一陌儿,就是一百张,犹如后来所说的"一刀纸"。⑧葫芦提:糊里糊涂。⑨苌弘化碧:苌弘,周朝的大夫,冤枉被杀。传说苌弘死后,其血变成碧。碧,青绿色的美石。⑩望帝啼鹃:传说蜀王杜宇,号望帝,死后魂化为杜鹃鸟,日夜悲啼,声音非常凄厉。⑪邹衍:战国时燕国忠臣,燕王听信谗言,将他囚禁。传说邹衍入狱时,仰天大哭,时值夏天,竟然降下雪来。⑫素车白马:东汉时,范式与张劭交好,张劭死,范式从很远的地方乘着白车白马前往吊丧。后来就用素车白马指代吊丧送葬。⑬楚州是淮安

的古称。亢旱：大旱。⑭甘霖：好雨。⑮东汉孝妇：据《列女传》和《汉书·于定国传》载，汉代有寡妇周青，为服侍婆婆不愿改嫁。婆婆因不愿长期连累她而自缢。其女诬告周青逼死婆婆。官吏不察，处死周青。周青死后，东海一代三年不下雨。⑯正法：公正地执行法律。

【导读】

《窦娥冤》全名《感天动地窦娥冤》，是关汉卿公案剧的名作，也是我国古代悲剧的代表作。它的故事渊源于《列女传》中的《东海孝妇》。

《窦娥冤》剧中的主人公窦娥，七岁时被父亲窦天章抵押给蔡婆当童养媳以换取应试之资。蔡婆婆的儿子死后，窦娥成了寡妇，与蔡婆婆相依为命。蔡婆婆出门要债，差点被债务人赛卢医勒死，恰逢泼皮张驴儿和其父路过，赛卢医逃走，张驴儿父子遂以救命恩人自居，逼窦娥婆媳成亲，遭窦娥拒绝。张驴儿买来毒药欲药死蔡婆，以逼窦娥就范，不料竟药死他老子。张驴儿反诬窦娥"药死公公"，拉她见官。贪官桃杌不问黑白对窦娥严刑逼供，并冤判死刑。窦娥临刑指天骂地痛斥贪官污吏，并发下三桩誓愿以昭示冤屈：一要血飞白练；二要六月降雪；三要亢旱三年。三桩誓愿感天动地，先后得以应验。三年后，窦娥的父亲窦天章任两淮提刑肃政廉访使，以钦差身份去楚州视察刑狱，窦娥鬼魂诉冤。窦天章重审案件，窦娥冤案终得昭雪。

《窦娥冤》是一出震撼人心的悲剧。它以精湛的人物塑造、激烈的戏剧冲突和鲜明的道德指向，成为中国古代戏剧中的不朽之作。

剧中的窦娥形象鲜明，个性突出，血肉丰满。窦娥是中国封建社会伦理道德的完美奉行者，是恪守妇道、贤惠孝顺的妇女的典范。她七岁时被卖作蔡婆婆家做童养媳后，一心侍奉蔡婆婆。丈夫死后，她恪守封建妇道，不愿再嫁。在遭受严刑拷打时，她又牺牲自己，保全婆婆。

窦娥又是一个不幸者，她三岁丧母，七岁离开了父亲，到蔡婆婆家当童养媳，以偿还高利贷。十七岁结婚，不久丈夫死去，她成为年轻的寡妇，二十岁被冤杀。在第一折【油葫芦】曲子里，窦娥就唱出了自己的不幸："莫不是八字儿该载着一世忧？谁似我无尽头！须知道人心不似水长流。我从三岁母亲身亡后，到七岁与父分离久，嫁得个同住人，他可又拔着短筹，撇的俺婆媳每都把空房守，端的个有谁问，有谁瞅？"窦娥对婆婆尽孝，为丈夫守节，这是个封建社会"孝女"、"节妇"的典型，但她是人生却充满着苦难和泪水。

窦娥还是一个顽强的反抗者。首先体现在她对张驴儿的反抗上。她一面批评婆婆的软弱，一面与张驴儿展开正面的斗争。在张驴儿威胁利诱时，她毫无畏惧:"我又不曾药死你老子,情愿和你见官去来。"

其次,窦娥的反抗精神还体现她对官府的态度上。她清醒地认识到:官吏和天地鬼神都清浊不分,助恶惩善。她"叫声屈动地惊天"、"将天地也生埋怨"。当窦娥面对昏官据理力争时,她的反抗就带有了社会意义。窦娥不屈不挠的反抗精神更表现在她对鬼神和天地的怀疑上,临刑前发下三桩誓愿,使她的反抗精神和剧本气氛达到了顶点。即使在冤死之后,窦娥化为了鬼魂,仍不屈不挠,继续为自己申冤。

《窦娥冤》正是通过窦娥这个封建社会弱小女子的悲惨遭遇,广泛而深刻地揭露了元代社会种种黑暗腐败的现象:流氓无赖的横行,社会秩序的混乱;衙门暗无天日,贪官污吏草菅人命;下层文人穷困潦倒,底层人民饱受欺凌。反映了元代社会矛盾的尖锐复杂。这也深刻地揭示了产生窦娥式悲剧的社会和阶级的根源。窦娥悲剧深刻反映了元代的黑暗现实。

《窦娥冤》堪称古典戏剧中现实主义与浪漫主义有机结合的成功范例。关汉卿在描写现实生活的同时,融入了不少理想的成分,使作品具有浓烈的积极浪漫主义气息。他发挥了丰富的艺术想象力,吸取前代流传的有关传说加以改造创新,构成了一个血溅白练、六月飞雪、三年大旱的浪漫主义境界。

剧作结构严谨,是关汉卿剧作的又一特色。他在剧中安排了众多的错综复杂的矛盾,如蔡婆婆与窦天章父女;蔡婆婆与窦娥;蔡婆婆与赛卢医;窦娥、蔡婆婆与张氏父子;张氏父子与赛卢医;窦娥与昏官;窦天章与张驴儿、赛卢医、桃杌等等,一系列矛盾交织在一起,引起了戏剧冲突,在冲突中,人物性格愈发鲜明,剧情愈发紧凑,窦娥的反抗性格,就是随剧情的发展而逐步展现的。

关汉卿还是一位杰出的戏剧大师,他的戏剧语言,被评论者认为是"字字本色",推他为本色派之首。

【选评】

王国维《宋元戏曲史》:"明以后,传奇无非喜剧,而元则有悲剧在其中。其最有悲剧之性质者,则如关汉卿之《窦娥冤》、纪君祥之《赵氏孤儿》。剧中虽有恶人交构其间,而其蹈汤赴火者,仍出于其主人翁之意志。即列之于世界大悲剧中,亦无愧色也。"

【思考与讨论】

1. 分析关汉卿《窦娥冤》中的窦娥形象。

2. 如何理解《窦娥冤》中窦娥临刑前的三桩誓愿,这是迷信还是理想?请阐述自己的观点。

3.导致《窦娥冤》悲剧发生的因素有哪些？你觉得当时社会存在哪些问题，请结合元代社会现实发表一下自己的看法。

【拓展与延伸】

1.《窦娥冤》中，窦娥遭受不白之冤，假如你是窦娥的辩护律师，你觉得应该从哪些方面为她进行辩护。请写一篇辩护词。

2.关汉卿是位极具个性的优秀作家，他在散曲《南吕·一枝花·不伏老》这样说自己："我是个蒸不烂、煮不熟、捶不扁、炒不爆，响当当一粒铜豌豆"。请欣赏现代作家田汉晚年的巅峰之作《关汉卿》，谈谈你对这部话剧中"关汉卿"形象的看法。

3.阅读古希腊的索福克勒斯的悲剧《俄狄浦斯王》和莎士比亚的悲剧《哈姆雷特》等作品，并与《窦娥冤》《赵氏孤儿》等中国悲剧比较，请写一篇评论性文章，分析中西方悲剧精神的异同。

【推荐阅读】

1.《关汉卿选集》，元关汉卿著，康保成选注，人民文学出版社1998年版。

2.《元明戏曲导读》，李简编著，北京大学出版社2003年版。

3.《关汉卿评传》，李占鹏著，南京大学出版社2000年版。

王实甫

【简介】 王实甫，生卒年不详。名德信，大都（今北京市）人。王实甫的主要戏剧活动大约在元成宗大德年间（1297—1307），约略与关汉卿同时。著有杂剧十四种，现存《西厢记》《丽春堂》《破窑记》三种。《西厢记》是王实甫爱情题材的代表剧作，它大胆地揭露了封建家长制和门第观念对青年男女自主婚姻要求的压迫，热情歌颂了具有叛逆精神的青年男女为争取真挚爱情所作出的努力，在文学上具有深远的影响。

西厢记（第四本第三折）

（夫人长老上，云）今日送张生赴京，十里长亭安排下筵席。我和长老先行，不见张生、小姐来到。（旦、末、红同上）（旦云）今日送张生上朝取应,早是离人伤感,况值那暮秋天气,好烦恼人也呵!悲欢聚散一杯酒,南北东西万里程。

【正宫】【端正好】碧云天,黄花地①,西风紧。北雁南飞。晓来谁染霜林醉?总是离人泪。

近代瓷画《西厢记·长亭送别》

【滚绣球】恨相见得迟,怨归去得疾。柳丝长玉骢难系,恨不倩疏林挂住斜晖。马儿迍迍的行②,车儿快快的随,却告了相思回避,破题儿又早别离③。听得道一声"去也",松了金钏;遥望见十里长亭,减了玉肌。此恨谁知?

(红云)姐姐今日怎么不打扮?(旦云)你那知我的心里呵?

【叨叨令】见安排着车儿、马儿,不由人熬熬煎煎的气;有甚么心情花儿、靥儿,打扮得娇娇滴滴的媚;准备着被儿、枕儿,则索昏昏沉沉的睡;从今后衫儿、袖儿,都揾做重重叠叠的泪。兀的不闷杀人也么哥!兀的不闷杀人也么哥!久已后书儿、信儿,索与我凄凄惶惶的寄。

(做到了科,见夫人了)(夫人云)张生和长老坐,小姐这壁坐,红娘将酒来。张生,你向前来,是自家亲眷,不要回避。俺今日将莺莺与你,到京师休辱没了俺孩儿,挣揣一个状元回来者④。(末云)小生托夫人赊荫,凭着胸中之才,视官如拾芥耳⑤。(洁云)夫人主见不差,张生不是落后的人。(把酒了,坐)(旦长吁科)

【脱布衫】下西风黄叶纷飞,染寒烟衰草萋迷。酒席上斜签著坐的⑥,蹙愁眉死临侵地⑦。

【小梁州】我见他阁泪汪汪不敢垂,恐怕人知;猛然见了把头低,长吁气,推整素罗衣。

【幺篇】虽然久后成佳配,奈时间怎不悲啼。意似痴,心如醉,昨宵今日,清减了小腰围。

(夫人云)小姐把盏者![红递酒,旦把盏长吁科云]请吃酒!

【上小楼】合欢未已,离愁相继。想着俺前暮私情,昨夜成亲,今日别离。我谂知这几日相思滋味,却元来此别离情更增十倍。

【幺篇】年少呵轻远别,情薄呵易弃掷。全不想腿儿相挨,脸儿相偎,手儿相携。你与俺崔相国做女婿,妻荣夫贵,但得一个并头莲,煞强如状元及第。

王实甫著,张燕瑾校注《西厢记》,人民文学出版社 1995 年版

【导读】

《西厢记》全名《崔莺莺待月西厢记》,剧本以极大的热情赞美了礼教的叛逆者相国之女崔莺莺与落魄书生张君瑞的爱情,肯定了封建社会中青年男女对封建礼教和封建婚姻制度的反抗,鞭挞了维护封建礼教、阻挠崔张自由结合的老夫人;通过崔张二人在红娘热心帮助下终成眷属的理想的爱情结局,表达出了人们对封建社会青年男女自由爱情的肯定和同情。

崔张故事,源远流长,最早见于唐代元稹所写的传奇小说《莺莺传》(又名《会真记》)。《莺莺传》写张生与莺莺恋爱又将其遗弃的故事,反映了爱情理想被社会无情摧残的人生悲剧。此后,故事广泛流传,产生了不少歌咏其事的诗词。当《莺莺传》故事流传了四百年左右的时候,金代董解元的《西厢记诸宫调》问世了,这就是所谓的"董西厢"。"董西厢"是在《莺莺传》的基础上创造出来的一种以第三人称叙事的说唱文学。它对《莺莺传》中的故事情节和人物形象作了根本性的改造,矛盾冲突的性质衍变成了争取恋爱自由婚姻的青年男女同包办子女婚姻的封建家长之间的斗争;张生成了多情才子,莺莺富有反抗性。"董西厢"故事以莺莺与张生一起私奔作结,使旧故事开了新内容。但"董西厢"在艺术上尚显粗糙,对爱情的描写也尚欠纯至,还不能满足人们的审美要求。

到了元代,王实甫在"董西厢"的基础上,以莺莺、张生、红娘与老夫人的矛盾为基本矛盾,表现崔张二人与家长的冲突;以莺莺、张生、红娘间的矛盾为次要矛盾,由性格冲突推进剧情,刻画人物。与"董西厢"相比,题材更

为集中，人物形象更加丰满，思想倾向更鲜明。作为我国古典戏剧中的一部典范性作品，元代贾仲明在《凌波仙》中称"新杂剧，旧传奇，《西厢记》天下夺魁。"

《西厢记》之所以能成为元代戏剧的压卷之作，首先在于其反封建礼教的主题。它描写了崔莺莺和张君瑞对自由爱情的热烈追求，揭露了封建礼教、封建门阀婚姻制度的虚伪性和不合理性，歌颂了青年男女的自由而真挚的爱情，表达了"愿普天下有情的都成了眷属"的美好理想。

《西厢记》最突出的艺术成就在于它成功地塑造了栩栩如生、性格各异的人物形象。王实甫善于按照人物的地位、身份、教养以及彼此之间的具体关系，准确地把握人物的性格特征；并且调动多种艺术手段，生动、鲜明地将其表现出来。张生、崔莺莺、红娘，各自都有鲜明的个性，而且彼此衬托，相映成辉。张生诚实厚道，有时又迂腐可笑。他在《西厢记》中，是矛盾的主动挑起者，表现出对于幸福爱情的直率而强烈的追求。他的大胆妄为，反映出社会心理中被视为"邪恶"而受抑制的成分的蠢动；他的一味痴情、刻骨相思，又使他符合于浪漫的爱情故事所需要的道德观而显得可爱。《西厢记》中，莺莺性格显得复杂而又丰富。在作者笔下，莺莺始终渴望着自由的爱情，并且一直对张生抱有好感。只是她受着家庭的严厉压制和名门闺秀身份的约束，又疑惧被母亲派来监视她的红娘，所以她总是若进若退地试探获得爱情的可能，并常常在似乎是彼此矛盾的状态中行动：一会儿眉目传情，一会儿装腔作势；才寄书相约，随即赖个精光……因为她的这种"虚伪"性格特点，剧情变得十分复杂。但是，她终于以大胆的私奔打破了疑惧和矛盾心理，显示爱情力量的伟大。较之《西厢记诸宫调》中，这一形象显得更加可信和可爱。而作者以赞赏的眼光看待女性对爱情的主动追求，使得这个剧本更有生气和光彩。红娘在《西厢记》中只是一个婢女身份，她机智聪明，热情泼辣，又富于同情心，常在崔、张的爱情处在困境的时候，以其特有的机警挺身而出，使矛盾获得解决。王实甫成功地塑造了红娘这一形象，并通过红娘形象表达了人们对崔、张恋爱的支持和歌颂，对封建礼教的嘲讽和批判。

其次，它在戏剧冲突、结构安排等方面，都取得了很高的艺术成就。《西厢记》的戏剧冲突有两条线索：一条是封建礼教的代表"老夫人"与崔莺莺、张生、红娘之间展开的冲突。这是维护封建礼教和反对封建礼教、追求婚姻自主这两种力量之间的冲突；另一条是追求爱情自由的封建礼教叛逆者内部之间的矛盾冲突，这显示了王实甫立足现实，塑造合情合理人物形象的精到构思。这正是《西厢记》令人叫绝之处。

《西厢记》的体制上突破了元杂剧一本四折的惯例，用五本二十折的长篇巨制来表现一个曲折动人的完整的爱情故事。因此它剧情简单化或模式化的缺点，能够游刃有余地展开情节、刻画人物。这是王实甫在元杂剧写作上的一个创举。

节选部分，作者通过"长亭送别"这一特定的时空交叉点，细腻而多层次地展示莺莺对即将来临的"南北东西万里程"的别离的无限悲戚，对逼求"蜗角虚名，蝇头微利"而"强拆鸳鸯在两下里"的做法的深深怨恨，对当时司空见惯的身荣弃妻爱情悲剧的不尽忧虑。同时，也深刻而令人信服地揭示了这一复杂心理内涵的纯净的灵魂。莺莺所追求的是纯真专一、天长地久的爱情幸福，而不是"家世利益"。作者对莺莺心理活动的刻画生动而细腻。

【选评】

（清）金圣叹《贯华堂第六才子书西厢记》："《西厢记》，必须扫地读之。扫地读之者，不得存一点尘于胸中也。《西厢记》，必须焚香读之。焚香读之者，致其恭敬，以期鬼神之通之也。《西厢记》，必须对雪读之。对雪读之者，资其洁清也。《西厢记》，必须对花读之。对花读之者，助其娟丽也……《西厢记》，必须与美人并坐读之。与美人并坐读之者，验其缠绵多情也。《西厢记》，必须与道人对坐读之。与道人对坐读之者，叹其解脱无方也。"

【思考与讨论】

1. 你认为《西厢记》中，哪个人物塑造得最成功？请谈谈看法。

2.《西厢记》中，门第观念是老夫人反对崔张二人恋爱婚姻的主要原因吗？试加以分析。

3. 在现代社会，你是否赞同《西厢记》中"愿普天下有情的都成了眷属"这一爱情理想？请说说理由。

【拓展与延伸】

1. 选取《西厢记》中的《闹简》《拷红》等片段，尝试将其改编成剧本，并进行排演。

2.《西厢记》故事的发生地普救寺位于山西省永济市境内，有机会的话去游览普救寺，请以西厢记爱情为中心，拍摄一组照片或者制作一期电视短片。

3. 关于《西厢记》的各剧种的表演有很多，请查找资料，设计一个展览，展出你的调查研究成果。

【推荐阅读】

1.《西厢记》，（元）王实甫著，张燕瑾校注，人民文学出版社2005年版。

2.《西厢记研究与欣赏》，蒋星煜著，上海辞书出版社2004年版。

3. 连环画《西厢记》，王淑晖绘，人民美术出版社2008年版。

第七单元

明 代 文 学

【概述】明朝自太祖朱元璋于1368年建国,至1644年灭亡,共277年。明初,朱元璋为加强中央集权统治,废除了长期沿袭的丞相制,废除了管理全国军事的大都督府,将中央军政大权总揽在皇帝一人手中。明成祖朱棣设立内阁,在皇帝指挥下协办政事。朱棣本是藩王,靠宦官政变夺得帝位,他信任宦官,使宦官肆虐在明代愈演愈烈。还设立"锦衣卫"、东厂等机构,实行特务统治,对官吏文人实行严酷的控制。明中叶以后,政治更加腐败,藩王、宦官、大官僚尽情奢侈享乐,皇帝昏庸无道:武宗整日耽于淫乐,朝政为宦官刘瑾把持;世宗迷信道教,把炼丹献方道士封为高官,听任严嵩父子操纵国事二十多年。明末朝政日非,天启阉党魏忠贤擅权,政治极其黑暗。以顾宪成为首的东林党人,后起的复社、几社,都先后和阉党展开了激烈的斗争。这一时期的阶级矛盾和民族矛盾空前激化,终于使明朝统治在以李自成为首的农民大起义的风暴中宣告灭亡。

在思想文化上,明代积极提倡程朱理学,以此作为社会的统治思想。朝廷还组织人力修撰"五经"、"四书"等儒家经典,广为传播。实行八股文取士制度,以朱熹注"四书"与宋儒注"五经"命题,不许考生发挥自己的思想,以防止"异端",达到思想文化的专制统治。明王朝对知识分子采取笼络和高压相结合的手段。朱元璋曾开设文华堂招揽天下人才,朱棣还命解缙及他文士三千人编成大型类书《永乐大典》;另一方面,又对"不为君用"的朝野文士施行残酷杀戮,并百般疑忌,多次大兴文字狱,使社会思想为之窒息。至明中叶,由于经济、政治的影响,思想文化才有了显著变化。首先出现了以王守仁为代表的"阳明学派",提出"良知"说,反对程朱理学的传统束缚,启发大胆思想;以王阳明的门人王艮为代表的"泰州学派",提出"百姓日用即道";思想家李贽,公开以"异端"自居,提出"穿衣吃饭是人伦物理",反对假道学,并提出了许多精辟的文学见解。明中叶出现的进步思潮,在思想文化界起着有力的推动作用,对明代中后期的文学发展产生了深远影响。

明代文学的发展有着自身的显著特点,主要表现在以下方面:

一是通俗文学,尤其是小说、传奇的成就不断提高。其中小说的勃兴最为引人注目,特别是章回小说的发展和定型,对中国文学的发展作出了宝贵的贡献。明代是中国古代长篇小说创作的一个承前启后、继往开来的时期。它一方面使宋元出现的长篇小说萌芽、发展并成熟,另一方面又在许多方面有了新的创造,出现了"四大奇书",即《三国演义》《水浒传》《西游记》《金瓶梅》。由宋元话本的基础上发展起来的白话短篇小说,在明代中后期,也出现了一个鼎盛局面,冯梦龙所编著的"三言"、凌濛初创作的"二拍"是这方面的代表。在戏曲方面,杂剧、传奇,相互争奇斗艳,涌现了大批著名作家与作品。明代戏曲的主流是由宋元南戏演变而来的传奇。明中叶三大传奇,即《宝剑记》《鸣凤记》和《浣纱记》的出现,标志着传奇繁荣时期的到来。明代杂剧形式上较前代也有较大变化发展,结构上不再严格遵守一本四折旧制,短剧创作兴起。音乐上可南可北,甚至出现南北合套。演唱形式也不拘成法、自由灵活,可对唱、合唱、接唱。传奇化的倾向很明显。

二是文学群体众多、流派纷呈。明代文人的结合,改变了过去以围绕或追随某些大家组成一个圈子的模式,形成以主张相结合的风气,比如台阁体、前七子、唐宋派、后七子、公安派、竟陵派、吴江派、临川派、复社、几社等,其中有诗文流派,也有戏曲流派。他们标新立异,争讼不息。明代这些不同流派之间的论争,有着鲜明的特点。

三是许多民间艺人和下层文人跻身文坛,作家队伍有所扩大。正由于大批下层文人进入文坛,雅文学(诗词散文)与俗文学(戏曲小说)出现了空前的融合。从钱谦益《列朝诗集》可见市井诗人为数不少,陋室穷巷中的民间诗人也见于其中。在传统的诗文创作领域不再属于贵族、士大夫等上层人物的同时,又有大批正统作家开始关注与参加俗文学的创作,这一特点导致了雅文学"俗化"和俗文学"雅化"的双重变化。

四是追求文学的独立性和主体性,把情感作为品评作品美学意义和社会功能的准则,要求文学表达真情、肯定自我,以实现对个体意识和欲望的表达。

明代文学家们有的指出"曲本取于感发人心"（徐渭《南词叙录》），有的强调"真诗乃在民间"（李梦阳《诗集自序》），还有唐宋派主张的"直据胸臆"、李卓吾提出的"童心说"、公安派和竟陵派坚持的"独抒性灵"等，都体现了对程朱理学束缚的冲击与背离。这些主张在明中叶以后出现的才子佳人戏曲，以及言情和世情小说之中得到了具体体现，汤显祖的传奇《牡丹亭》就是一部极具代表性的作品。

明代小说

罗贯中

【简介】罗贯中（1330?—1400?），山西太原人（另有山西祁县、清源人，山东东原人说）。名本，字贯中，号湖海散人。他是元末明初著名小说家、戏曲家，也是中国章回小说的鼻祖。有记载说他"有志图王"，还与元末农民起义军领袖张士诚有来往。罗贯中著作颇丰，署名罗贯中的杂剧《赵太祖龙虎风云会》《忠正孝子连环谏》《三平章死哭蜚虎子》；小说有代表作《三国演义》《隋唐两朝志传》《残唐五代史演义》《三遂平妖传》《粉妆楼》等。

绣像本《三国演义》书影

三国演义（三顾茅庐）

玄德来到庄前，下马亲叩柴门，一童出问。玄德曰："汉左将军宜城亭侯领豫州牧皇叔刘备，特来拜见先生。"童子曰："我记不得许多名字。"玄德曰："你只说刘备来访。"童子曰："先生今早少出。"玄德曰："何处去了？"童子曰："踪迹不定，不知何处去了。"玄德曰："几时归？"童子曰："归期亦不定，或三五日，或十数日。"玄德惆怅不已。张飞曰："既不见，自归去罢了。"玄德曰："且待片时。"云长曰："不如且归，再使人来探听。"玄德从其言，嘱付童子："如先生回，可言刘备拜访。"遂上马。

行数里，勒马回观隆中景物，果然山不高而秀雅，水不深而澄清；地不广而平坦，林不大而茂盛；猿鹤相亲，松篁交翠。观之不已，忽见一人，容貌轩昂，丰姿俊爽，头戴逍遥巾，身穿皂布袍，杖藜从山僻小路而来。玄德曰："此必卧龙先生也！"急下马向前施礼，问曰："先生非卧龙否？"其人曰："将军是谁？"玄德曰："刘备也。"其人曰："吾非孔明，乃孔明之友博陵崔州平也。"玄德曰："久闻大名，幸得相遇。乞即席地权坐，请教一言。"二人对坐于林间石上，关、张侍立于侧。州平曰："将军何故欲见孔明？"玄德曰："方今天下大乱，四方云扰，欲见孔明，求安邦定国之策耳。"州平笑曰："公以定乱为主，虽是仁心，但自古以来，治乱无常。自高祖斩蛇起义①，诛无道秦，是由乱而入治也。至哀、平之世二百年，太平日久，王莽篡逆，又由治而入乱。光武中兴②，重整基业，复由乱而入治。至今二百年，民安已久，故干戈又复四起，此正由治入乱之时，未可猝定也。将军欲使孔明斡旋天地，补缀乾坤，恐不易为，徒费心力耳。岂不闻顺天者逸，逆天者劳；数之所在③，理不得而夺之；命之所在，人不得而强之乎？"玄德曰："先生所言，诚为高见。但备身为汉胄④，合当匡扶汉室，何敢委之数与命？"州平曰："山野之夫，不足与论天下事，适承明问，故妄言之。"玄德曰："蒙先生见教。但不知孔明往何处去了？"州平曰："吾亦欲访之，正不知其何往。"玄德曰："请先生同至敝县，若何？"州平曰："愚性颇乐闲散，无意功名久矣，容他日再见。"言讫，长揖而去。玄德与关、张上马而行。张飞曰："孔明又访不着，却遇此腐儒，闲谈许久！"玄德曰："此亦隐者之言也。"

三人回至新野，过了数日，玄德使人探听孔明。回报曰："卧龙先生已回矣。"玄德便教备马。张飞曰："量一村夫，何必哥哥自去，可使人唤来便了。"玄德叱曰："汝岂不闻孟子云：欲见贤而不以其道，犹欲其入而闭之门也。孔明当世大贤，岂可召乎！"遂上马再往访孔明。关、张亦乘马相随。时值隆冬，天气严寒，彤云密布。行无数里，忽然朔风凛凛，瑞雪霏霏。山如玉簇，林似银妆。张飞曰："天寒地冻，尚不用兵，岂宜远见无益之人乎！不如回新野以避风雪。"玄德曰："吾正欲使孔明知我殷勤之意。如弟辈怕冷，可先回去。"飞曰："死且不怕，岂怕冷乎！但恐哥哥空劳神思。"玄德曰："勿多言，只相随同去。"将近茅庐，忽闻路傍酒店中有人作歌。玄德立马听之。其歌曰：

> 壮士功名尚未成，呜呼久不遇阳春。
> 君不见东海老叟辞荆榛，后车遂与文王亲⑤。
> 八百诸侯不期⑥会，白鱼入舟涉孟津⑦。
> 牧野一战血流杵⑧，鹰扬伟烈冠武臣⑨。
> 又不见高阳酒徒起草中⑩，长揖芒砀隆准公⑪。
> 高谈王霸惊人耳，辍洗延坐钦英风⑫。
> 东下齐城七十二⑬，天下无人能继踪。
> 二人功迹尚如此，至今谁肯论英雄？

歌罢，又有一人击桌而歌。其歌曰：

> 吾皇提剑清寰海，创业垂基四百载。
> 桓灵季业火德衰⑭，奸臣贼子调鼎鼐。
> 青蛇飞下御座傍，又见妖虹降玉堂。
> 群盗四方如蚁聚，奸雄百辈皆鹰扬。
> 吾侪长啸空拍手，闷来村店饮村酒。
> 独善其身尽日安，何须千古名不朽！

二人歌罢，抚掌大笑。玄德曰："卧龙其在此间乎？"遂下马入店。见二人凭桌对饮：上首者白面长须，下首者清奇古貌。玄德揖而问曰："二公谁是卧龙先生？"长须者曰："公何人？欲寻卧龙何干？"玄德曰："某乃刘备也。欲访先生，求济世安民之术。"长须者曰："我等非卧龙，皆卧龙之友也：吾乃颍川石广元，此位是汝南孟公威。"玄德喜曰："备久闻二公大名，幸得邂逅。今有随行马匹在此，敢请二公同往卧龙庄上一谈。"

广元曰:"吾等皆山野慵懒之徒,不省治国安民之事,不劳下问。明公请自上马,寻访卧龙。"

玄德乃辞二人,上马投卧龙冈来。到庄前下马,扣门问童子曰:"先生今日在庄否?"童子曰:"现在堂上读书。"玄德大喜,遂跟童子而入。至中门,只见门上大书一联云:"淡泊以明志,宁静而致远。"玄德正看间,忽闻吟咏之声,乃立于门侧窥之,见草堂之上,一少年拥炉抱膝,歌曰:

凤翱翔于千仞兮,非梧不栖;士伏处于一方兮,非主不依。
乐躬耕于陇亩兮,吾爱吾庐;聊寄傲于琴书兮,以待天时。

玄德待其歌罢,上草堂施礼曰:"备久慕先生,无缘拜会。昨因徐元直称荐,敬至仙庄,不遇空回。今特冒风雪而来,得瞻道貌,实为万幸。"那少年慌忙答礼曰:"将军莫非刘豫州,欲见家兄否?"玄德惊讶曰:"先生又非卧龙耶?"少年曰:"某乃卧龙之弟诸葛均也。愚兄弟三人:长兄诸葛瑾,现在江东孙仲谋处为幕宾;孔明乃二家兄。"玄德曰:"卧龙今在家否?"均曰:"昨为崔州平相约,出外闲游去矣。"玄德曰:"何处闲游?"均曰:"或驾小舟游于江湖之中,或访僧道于山岭之上,或寻朋友于村落之间,或乐琴棋于洞府之内,往来莫测,不知去所。"玄德曰:"刘备直如此缘分浅薄,两番不遇大贤!"均曰:"少坐献茶。"张飞曰:"那先生既不在,请哥哥上马。"玄德曰:"我既到此间,如何无一语而回?"因问诸葛均曰:"闻令兄卧龙先生熟谙韬略,日看兵书,可得闻乎?"均曰:"不知。"张飞曰:"问他则甚!风雪甚紧,不如早归。"玄德叱止之。均曰:"家兄不在,不敢久留车骑,容日却来回礼。"玄德曰:"岂敢望先生枉驾。数日之后,备当再至。愿借纸笔作一书,留达令兄,以表刘备殷勤之意。"均遂进文房四宝。玄德呵开冻笔,拂展云笺,写书曰:

备久慕高名,两次晋谒,不遇空回,惆怅何似!窃念备汉朝苗裔,滥叨名爵,伏睹朝廷陵替,纲纪崩摧,群雄乱国,恶党欺君,备心胆俱裂。虽有匡济之诚,实乏经纶之策。仰望先生仁慈忠义,慨然展吕望之大才,施子房之鸿略,天下幸甚!社稷幸甚!先此布达,再容斋戒薰沐,特拜尊颜,面倾鄙悃。统希鉴原。

玄德写罢,递与诸葛均收了,拜辞出门。均送出,玄德再三殷勤致意而别。方上马欲行,忽见童子招手篱外,叫曰:"老先生来也。"玄德视之,见小桥之西,一人暖帽遮头,狐裘蔽体,骑着一驴,后随一青衣小童,携一葫芦酒,踏雪而来。转过小桥,口吟诗一首。诗曰:

  一夜北风寒,万里彤云厚。
  长空雪乱飘,改尽江山旧。
  仰面观太虚,疑是玉龙斗。
  纷纷鳞甲飞,顷刻遍宇宙。
  骑驴过小桥,独叹梅花瘦!

玄德闻歌曰:"此真卧龙矣!"滚鞍下马,向前施礼曰:"先生冒寒不易!刘备等候久矣!"那人慌忙下驴答礼。诸葛均在后曰:"此非卧龙家兄,乃家兄岳父黄承彦也。"玄德曰:"适间所吟之句,极其高妙。"承彦曰:"老夫在小婿家观《梁父吟》,记得这一篇。适过小桥,偶见篱落间梅花,故感而诵之,不期为尊客所闻。"玄德曰:"曾见令婿否?"承彦曰:"便是老夫也来看他。"玄德闻言,辞别承彦,上马而归。正值风雪又大,回望卧龙冈,悒怏不已。后人有诗单道玄德风雪访孔明。诗曰:

  一天风雪访贤良,不遇空回意感伤。
  冻合溪桥山石滑,寒侵鞍马路途长。
  当头片片梨花落,扑面纷纷柳絮狂。
  回首停鞭遥望处,烂银堆满卧龙冈。

(明)戴进《三顾茅庐》图(局部)

玄德回新野之后，光阴荏苒，又早新春。乃令卜者揲蓍⑮，选择吉期，斋戒三日，薰沐更衣，再往卧龙冈谒孔明。关、张闻之不悦，遂一齐入谏玄德。正是：

高贤未服英雄志，屈节偏生杰士疑。
不知其言若何，下文便晓。

罗贯中著《三国演义》，上海古籍出版社2009年版

【注释】

①高祖斩蛇起义：据《史记·高祖本纪》载，刘邦起兵前，曾醉行泽中，遇大蛇当道，乃拔剑斩之。②光武：光武帝刘秀。斡旋：旋转，运转。比喻治理国家。③数：天命、命运。④汉胄：汉朝的后代。因刘备与汉室同姓刘，故云。⑤"君不见"二句：姜尚未遇时，年老家贫，后钓于渭水上，得遇周文王，被尊为师尚父，帮助武王兴兵伐纣，封于齐。⑥"八百"句：周武王伐纣时，反商纣的八百诸侯不约而同，齐会于孟津。不期会，不约而同聚集在一起。⑦"白鱼"句：周武王在孟津渡黄河时，行至中流，有白鱼跃入船中，武王俯取以祭。⑧"牧野"句：周武王联合诸侯在牧野大败商纣。牧野，在今河南淇县西南。血流杵，即血流飘杵，形容死伤众多。杵，古代的一种兵器。⑨鹰扬：飞扬，腾起。⑩高阳酒徒：指刘邦的谋士之一郦食其（yì jī）。郦是陈留高阳（今河南杞县）人，本为里监门吏，刘邦兵略陈留时前往投奔，成为刘邦的谋士之一。⑪芒砀隆准公：指刘邦。芒砀，刘邦起兵之处。隆准，鼻子高大。因刘邦鼻子高大，故称之为隆准公。⑫"高谈"二句：郦食其初见刘邦时，刘邦因为他是读书人，很看不起他，一边让二女子洗脚，一边听郦说话。等到听郦谈论天下大事后，肃然起敬，停止洗脚，延之上座。⑬"东下"句：楚汉战争中，郦食其游说齐王田广归顺汉王，兵不血刃而下齐七十余城。⑭"桓灵"句：意思是到汉末桓帝、灵帝时，汉室气数已尽。按谶纬之说，秦为西方少昊之后，尚金德。汉承尧绪，尚火德，故当代秦而兴。⑮揲蓍：用蓍草占卜以测吉凶。

【导读】

《三国演义》是我国第一部长篇章回小说，也是古代历史演义小说的开山之作。《三国演义》主要的历史依据是西晋陈寿的《三国志》和南北朝时裴松之为《三

国志》作"注",裴注引书共四百余种,极大程度上丰富了史书的内容,为小说作者提供了驰骋想象的广阔空间和史料依据。

《三国演义》主要描写从东汉灵帝(刘宏)中平元年(184)黄巾起义起,到西晋武帝(司马炎)太康元年(280)全国统一止,将近一百年的历史故事。在那动乱不安、战争频仍的时代,广大人民群众反对分裂,要求统一;渴望和平、反对暴政。

《三国演义》既描写了波澜壮阔的历史,同时充满浓郁的悲剧意识,这一点集中体现在刘备君臣身上。尽管刘备君臣是"明君贤臣"理想的寄托,但历史的发展恰恰是事与愿违:暴政战胜了仁政,奸邪压倒了忠义。即使是充满智慧的诸葛亮,也无力拯救汉室,最终殒命五丈原。作者试图用"道德价值"去压制、克服"政治利益",然而在残酷的历史现实面前,蜀汉悲剧不可避免。小说最后也用了这样的诗句作结:"纷纷世事无穷尽,天数茫茫不可逃!鼎足三分已成梦,后人凭吊空牢骚。"小说结尾对理想破灭、道德失落、价值颠倒的惨痛结局,流露出无奈、困惑和痛苦,表现出了悲怆和迷惘,其中无疑蕴含着对传统文化精神的苦苦追寻和呼唤。

《三国演义》人物形象的塑造,取得了突出的成就。全书一百二十回,写了近四百个人物,主要人物个性鲜明,成为中国文学史上不朽的典型。其中,历来盛赞的"三绝"就是最突出的范例。

"奸绝"曹操,作为一名封建政治名家,他虽有雄才大略的一面,作品却更多地刻画了他阴险奸邪的性格特点,他弑后杀妃,穷凶极恶;以怨报德,杀伯奢,诛陈宫;为了政治权谋,借刀杀人(如杀仓官王垕),甚至连追随他多年的谋士也不放过(杀荀彧);为了取士,他不惜拘系其母(如徐庶),为了报家仇,他可以屠戮徐州无辜平民。"宁教我负天下人,休教天下人负我"正是他的处世哲学。《三国演义》从多方面刻画出了他的性格特征,充分表现了他"奸绝"的思想本质,即极端的实用主义和利己主义。

"智绝"诸葛亮,他深谋远虑,料事如神,同时能因时制宜、随机应变,是古代人民智慧的化身。赤壁之战、三气周瑜、空城计等,都是很好的例证。除了智慧之外,他身上还集中了勇敢、谨慎,"达乎天时,尽乎人事"(指三分天下,六出祁山),鞠躬尽瘁,志决身歼等种种美好品质,寄托了普通民众和知识分子的理想,成为"古今贤相第一奇人"而永远受到后人的尊敬。

"义绝"关羽,《三国演义》重点突出他的义薄云天。桃园三结义后,他忠于刘备和他的事业。为了这一生死义气,他挂印封金、千里单骑、单刀赴会,表现出富贵不能淫，威武不能屈的英雄本色，被誉为"古今名将第一奇人"（毛宗岗语）。同时，为了义气，他在华容道上义释曹操，轻易放走了孙刘集团的政治对手。

其他，如刘备、王允、吕布、赵云、周瑜、孙权等，作品中都有出色的描写。

作为历史演义小说的典范之作，《三国演义》在艺术上的成就是多方面的：

第一，虚实结合的写作手法。"历史演义"，顾名思义，是既要有一定的史实为依据，又要有合理的虚构；既要达到讲史的目的，又能具有文学创作的艺术效果。清代史学家章学诚说《三国演义》是"七分实事，三分虚构"，基本上是符合小说的实际情况的。如小说中写刘备三顾茅庐请诸葛亮出山，在《三国志》中，只用了"先主遂诣亮，凡三往，乃见"十个字来记叙，在小说中，作者虚构了许多生动的情节，用了一万多字来描写。又如小说中所写张飞怒鞭督邮的故事，历史上本来是刘备所为，作者把这件事挪到性情直率鲁莽、嫉恶如仇的张飞身上，既突出了张飞的个性，又使刘备忠厚"仁君"的形象更为完美。《三国演义》用这种既依据史实，又有合理虚构的方法，并且融入民众的思想感情，创作出有实有虚的"历史"，由此深受人们喜爱，成为后来编撰历史演义的典范。

第二，全景式的战争描写。作为描写战争的历史小说，《三国演义》成功地描绘了汉末波澜壮阔的战争画卷，揭示封建统治阶级之间战争的特点，作者着重表现战争中策略的重要性以及战争局势的复杂多变。如赤壁之战、官渡之战和彝陵之战是影响当时政治格局和历史进程的重要战役，作者对这三次战役的描写方法多不雷同，显示了作者对先秦两汉史传文学优良叙事传统的学习和借鉴。

第三，宏大的结构艺术。《三国演义》以魏、蜀、吴三国的兴亡构成三大板块，以战争和人物活动为纽带，以汉末纷争至三国归晋的历史走向为主线（合——分——合），首尾一贯，形成一个统一的艺术结构。

此外，《三国演义》的语言"文不甚深，言不甚俗"，既吸收了史志文言的精华，又受讲史话本通俗化的影响，半文半白，既利于营造历史气氛，又能使读者"易观易入"，雅俗共赏。

本篇节选自《三国演义》第三十七回"司马徽再荐名士刘玄德 三顾草庐"。选文中通过刘备三顾茅庐的情节，突出地表现其礼贤下士的品德，又借一路渲染和隆中决策，展示了诸葛亮的非凡才智，使这一"智绝"人物一出场便熠熠生辉。

【选评】

（明）庸愚子《三国志通俗演义序》："文不甚深，言不甚俗，事纪其实，亦庶几乎史。盖欲读诵者,人人得而知之,若诗所谓里巷歌谣之义也。"

【思考与讨论】

1.《三国演义》中"拥刘反曹"倾向,在小说中体现在哪些方面,其原因有哪些?

2. 你觉得《三国演义》中哪个人物塑造得最成功?请具体谈谈。

3. 有人认为《三国演义》不仅是一部历史演义小说,也是一幕悲剧。你怎么理解?

【拓展与延伸】

1. 请观看1995年王扶林导演的电视剧《三国演义》和2010年高希希导演的《三国》。请对比编剧的创作思路、导演、化妆、道具等方面,自拟角度,写一篇影视评论。

2. 请为《三国演义》中的刘、关、张等人各设计一件兵器,或者选择一至两个人物,为其设计一套服饰造型,着力表现出人物的神采和风骨。

3. "三顾茅庐"是《三国演义》中经典故事,请以此为素材,制作几幅绘画。

【推荐阅读】

1.《三国演义》,罗贯中著,上海古籍出版社2009年版。

2.《三国演义》(连环画),上海人民美术出版社2008年版。

3.《三国史话》,吕思勉著,三联书店2012年版。

施 耐 庵

【简介】 施耐庵(生平不详),元末明初的文学家,本名彦端,祖籍是泰州海陵县或苏州吴县阊门(今江苏苏州),一说钱塘(今浙江杭州)人。

其人博古通今,才气横溢,举凡群经诸子、词章诗歌、天文、地理、医卜、星象等,无不精通,35岁曾中进士,后弃官归里,闭门著述,与拜他为师的罗贯中一起进行《三国演义》《三遂平妖传》的创作,搜集、整理关于梁山泊宋江等英雄人物的故事,最终写成"四大名著"之一的《水浒传》。关于其生平,因缺乏

施耐庵塑像

史料而众说纷纭，甚至对有无此人都有争议。

水浒传（血溅鸳鸯楼）

话说张都监听信这张团练说诱嘱托①，替蒋门神报仇，要害武松性命，谁想四个人，倒都被武松搠杀在飞云浦了。当时武松立于桥上，寻思了半晌，踌躇起来，怨恨冲天："不杀得张都监，如何出得这口恨气！"便去死尸身边解下腰刀，选好的取把，将来跨了，拣条好朴刀提着，再径回孟州城里来。进得城中，早是黄昏时候，只见家家闭户，处处关门。但见：

十字街荧煌灯火，九曜寺香霭钟声。一轮明月挂青天，几点疏星明碧汉。六军营内，呜呜画角频吹；五鼓楼头，点点铜壶正滴。两两佳人归绣巾幕，双双士子掩书帏。

当下武松入得城来，迳望去张都监后花园墙外，却是一个马院。武松就在马院边伏着。听得那后槽却在衙里②，未曾出来。正看之间，只见"呀"地角门开，后槽提着个灯笼出来，里面便关了角门。武松却躲在黑影里，听那更鼓时，早打一更四点。那后槽上了草料，挂起灯笼，铺开被卧，脱了衣裳，上床便睡。武松却来门边挨那门响。后槽喝道："老爷方才睡，你要偷我衣裳也早些哩！"武松把朴刀倚在门边，却掣出腰刀在手里，又"呀呀"地推门。那后槽那里忍得住，便从床上赤条条地跳将出来，拿了搅草棍，拔了，却待开门，被武松就势推开去，抢入来，把这后槽劈头揪住。却待要叫，灯影下，见明晃晃地一把刀在手里，先自惊得八分软了，口里只叫得一声："饶命！"武松道："你认得我么？"后槽听得声音方才知是武松。叫道："哥哥，不干我事，你饶了我罢！"武松道："你只实说，张都监如今在那里？"后槽道："今日和张团练、蒋门神他三个吃了一日酒，如今兀自在鸳鸯楼上吃哩。"武松道："这话是实么？"后槽道："小人说谎就害疔疮！"武松道："怎地却饶你不得！"手起一刀，把这后槽杀了。一脚踢开尸首，把刀插入鞘里。就灯影下去腰里解下施恩送来的绵衣，将出来，脱了身上旧衣裳，把那两件新衣穿了，拴缚得紧凑，把腰刀和鞘跨在腰里，却把后槽一床单被包了散碎银两，入在缠袋里，却把来挂在门边，又将一扇门立在墙边，先去吹灭了灯火，却闪将出来，拿了朴刀，从门上一步步爬上墙来。

此时却有些月光明亮。武松从墙头上一跳，却跳在墙里，便先来开了角门，拨过了门扇，复翻身入来，虚掩上角门，橛都提过了。武松却望灯明处来看时，正是厨房里。只见两个丫环正在那汤罐边埋冤说道："服侍了一日，兀自不肯去睡，只是要茶吃！那两个客人也不识羞耻！噇得这等醉了，也兀自不肯下楼去歇息，只说个不了。"那两个女使，正口里喃喃呐呐地怨怅，武松却倚了朴刀，掣出腰里那口带血刀来，把门一推，呀地推开门，抢入来，先把一个女使鬏角儿揪住③，一刀杀了。那一个却待要走，两只脚一似钉住了的，再要叫时，口里又似哑了的，端的是惊得呆了。——休道是两个丫环，便是说话的见了也惊得口里半舌不展！武松手起一刀，也杀了，却把这两个尸首拖放灶前，灭了厨下灯火，趁着那窗外月光一步步挨入堂里来。

武松原在衙里出入的人，已都认得路数。径踅到鸳鸯楼扶梯边来④，捏脚捏手摸上楼时，此时亲随的人都伏事得厌烦，远远地躲去了。只听得那张都监、张团练、蒋门神三个说话。武松在胡梯口听。只听得蒋门神口里称赞不了，只说："亏了相公与小人报了冤仇！再当重重的报答恩相！"这张都监道："不是看我兄弟张团练面上，谁肯干这等的事！你虽费用了些钱财，却也安排得那厮好！这早晚多是在那里下手，那厮敢是死了。只教在飞云浦结果他。待那四人明早回来，便见分晓。"张团练道："这四个对付他一个有甚么不了！再有几个性命也没了！"蒋门神道："小人也分付徒弟来，只教就那里下手，结果了快来回报。"正是：

暗室从来不可欺，古今奸恶尽诛夷。
金风未动蝉先噪，暗送无常死不知。

武松听了，心头那把无名业火，高三千丈，冲破了青天。右手持刀，左手揸开五指，抢入楼中。只见三五枝灯烛荧煌，一两处月光射入，楼上甚是明朗。面前酒器皆不曾收。蒋门神坐在交椅上，见是武松，吃了一惊，把这心肝五脏都提在九霄云外。说时迟，那时快，蒋门神急要挣扎时，武松早落一刀，劈脸剁着，和那交椅都砍翻了。武松便转身回过刀来。那张都监方才伸得脚动，被武松当时一刀，齐耳根连脖子砍着，扑地倒在楼板上。两个都在挣命。这张团练终是个武官出身，虽然酒醉，还有些气力。见剁翻了两个，料道走不迭，便提起一把交椅抢将来。武松早接个住，就势只一推。休说张团练酒后，便清醒时也近不得武松神力！扑地望后便倒了。武松赶入去，一刀先割下头来。蒋门神有力，挣得起来，武松左脚早起，翻筋斗踢一脚，按住也割了头。转身来，把张都监也割了头。见桌子上有酒有肉，武松拿起酒锺子一饮而尽。连吃了三四锺，便去死尸身上割下一片衣襟来，蘸着血，去白粉壁上大写下八字道："杀人者，打虎武松也！"把桌子上器皿踏匾了，揣几件在怀里。却待下楼，只听得楼下夫人声音叫道："楼上官人们都醉了，快着两个上去搀扶！……"说犹未了，早有两个人上楼来。

武松却闪在胡梯边，看时，却是两个自家亲随人，便是前日拿捉武松的。武松在黑处让他过去，却拦住去路。两个入进楼中，见三个尸首，横在血泊里，惊得面面厮觑，做声不得，正如"分开八片顶阳骨，倾下半桶冰雪水"。急待回身，武松随在背后，手起刀落，早剁翻了一个。那一个便跪下讨饶，武松道："却饶你不得！"揪住也砍了头。杀得血溅画楼，尸横灯影。武松道："一不做，二不休，杀了一百个，也只是这一死。"提了刀，下楼来。

《血溅鸳鸯楼》连环画

夫人问道："楼上怎地大惊小怪？"武松抢到房前，夫人见条大汉入来，兀自问道："是谁？"武松的刀早飞起，劈面门剁着，倒在房前声唤。武松按住，将去割时，刀切头不入。武松心疑，就月光下看那刀时，已自都砍缺了。武松道："可知割不下头来！"便抽身去后门外去拿取朴刀，丢了缺刀，复翻身再入楼下来。只见灯明，前番那个唱曲儿的养娘玉兰，引着两个小的，把灯照见夫人被杀死在地下，方才叫得一声："苦也！"武松握着朴刀，向玉兰心窝里搠着。两个小的，亦被武松搠死，一朴刀一个结果了。走出中堂，把拴了前门，又入来，寻着两三个妇女，也都搠死了在房里。

武松道："我方才心满意足，走了罢休！"撇了刀鞘，提了朴刀，出到角门外来，马院里除下缠袋来，把怀里踏匾的银酒器，都装在里面，拴在腰里。拽开脚步，倒提朴刀便走。到城边，寻思道："若等开门，须吃拿了，不如连夜越城走。"便从城边踏上城来。这孟州城是个小去处，那土城苦不甚高，就女墙边望下，先把朴刀虚按一按，刀尖在上，棒梢向下，托地只一跳，把棒一拄，立在濠堑边。月明之下，看水时，只有一二尺深。此时正是十月半天气，各处水泉皆涸。武松就濠堑边脱了鞋袜，解下腿绷护膝⑤，抓扎起衣服从这城濠里走过对岸。却想起施恩送来的包裹里有双八搭麻鞋，取出来穿在脚上。听城里更点时，已打四更三点。武松道："这口鸟气，今日方才出得松臊⑥，'梁园虽好，不是久恋之家'，只可撒开。"提了朴刀，投东小路便走。诗曰：

只图路上开刀，还喜楼中饮酒。
一人害却多人，杀心惨于杀手。
不然冤鬼相缠，安得抽身便走。

施耐庵著《水浒传》，上海古籍出版社2009年版

【注释】

①张都监：指孟州守御兵马都监张蒙方。在小说中，原来他对武松颇为赏识，武醉打蒋门神后，他被张团练收买，设计陷害武松，差点让武松掉了性命。张团练：与蒋门神、张都监一起陷害武松的人。②后槽：马夫。③髽（zhuā）：梳在头顶两旁的发髻。④迳（jìng）趐（xué）：直接转入（迈进）。⑤腿绷（bēng）：绑腿。⑥松臊：松快、轻爽。

【导读】

通常，《水浒传》被认为是一部反映和歌颂农民起义的小说。现在也有不少学者认为，水浒英雄中真正的农民很少，它更多地反映了市民阶层的人生理想。可以说，《水浒传》的主题思想并非是单一的，而是具有多重性，具体表现在以

下方面：

其一，宣扬忠义思想。这是《水浒传》最突出的思想倾向之一。首先，明杨定见《忠义水浒全传小引》认为："《水浒》而忠义也，忠义而《水浒》也。"小说中，"忠义"是梁山英雄行事的基本道德准则。梁山泊高悬的旗帜上，写着"替天行道"四个大字，作为梁山起义的口号，这在"皇权天授"的封建社会，其含义不言自明。小说还塑造了以宋江为首的一批忠义之士，尤其是宋江成了忠义的化身。当然，小说的深刻之处不在于讴歌忠义，更在于，奉行"忠义"的宋江，他的"忠"换来的却是自己和梁山好汉被毒死的结局，这无疑是对作者宣扬忠的一种讽刺和反思。《水浒传》所宣扬的"义"则主要表现为梁山好汉的拔刀相助、平等相处的处事原则，这反映了市民阶层的人生理想和价值观。然而，这种建立在江湖道义上的"义"，其实并不等同于今天所说的公平正义，这是需要辨析的。

其二，表现了对强权的反抗和强烈的复仇精神。在忠义的旗帜下，小说也大力宣扬了反抗精神。"官逼民反"是小说主要的思维逻辑，对此，作者作了极力的宣扬。全书从高俅写起，表明梁山起义的根源在于高俅之流奸佞们的倒行逆施。林冲"逼上梁山"，即为反抗强权的典型事例。在小说中，作者还对武松等梁山好汉的英雄主义和复仇精神进行了淋漓尽致的表现，这无疑满足了那些饱受压迫和欺凌的下层人民的愿望，成为小说吸引一般大众和在市井之间的流行的重要因素。

其三，推崇暴力与对妇女的偏见。推崇暴力和轻视女性，这两种思想在《水浒传》中都表现得非常明显。崇尚暴力固然是反抗暴政和黑暗势力的需要，但是，对暴力的过分崇拜，则表现为《水浒传》中的英雄们经常滥杀无辜，草菅人命。同时，在《水浒传》中，作者出于男权主义的高傲和偏见，所写妇女非淫即盗，存在着对女性的丑化和贬斥，这是落后的妇女观的表现。

《水浒传》作为中国古代英雄小说的代表作，在艺术上取得了极高的成就：

第一，《水浒》成功地塑造了大批栩栩如生，神态各异的人物。宋江是《水浒传》中的核心人物，也是一个具有复杂性格和深刻悲剧精神的人物形象。宋江人称"呼保义""及时雨"，原是山东郓城县的押司，他刀笔精通，兼爱习枪武棒，又仗义疏财，好结识江湖好汉。后来，他因杀死阎婆惜而被刺配江州，又因在浔阳楼上写反诗而被问成死罪。梁山好汉劫了法场将其救下，从此上了梁山。晁盖死后，他坐上了梁山第一把交椅。此后，在他的领导下，梁山泊的事业达到鼎盛期，形成排座次的高潮。日后，宋江率众被朝廷招安。在讨伐其他起义军的过程中，梁山好汉死伤甚众，宋江本人最终也被所赐御酒毒死。宋江思想非常复杂，忠与义的矛盾是宋江思想的重要内容。"忠"主要指封建正统观念即忠君思想，"义"主要指仗义疏财、扶危济困及兄弟间的江湖情义，作者把宋江作为"义胆包天，忠肝盖地"的仁义英雄来塑造的，宋江简直成为忠义的化身。但在实际上要忠于封建朝廷就难以顾及兄弟之间的义，所以"忠"与"义"在他身上发生激烈冲突时，宋江头脑里的"忠"，即居于矛盾的主导地位。然而，尽管宋江带领梁山好汉接受招安，践行"忠义"，结果却以失败告终。传统的忠义道德在残酷的社会现实面前竟然如此无能为力，这不能不发人深思。其实，这也正是作者思想的矛盾和困惑之处。可见，宋江的悲剧，也是水浒悲剧意识的重要体现。武松同样是《水浒传》中塑造得非常成功人物形象，刚猛、勇武是他的性格基点，小说从各方面着笔突出这一性格特征，景阳冈、快活林、飞云浦、鸳鸯楼等场面，壮观激烈，绘声绘色地表现出了武行者的神勇、英武。此外，《水浒传》对鲁智深、李逵、潘金莲等人物的塑造，也各具特色，都已成为中国古典文学中的经典人物形象。

第二，在结构上，《水浒传》的前半部分按人物来分别叙述，最后总归到梁山泊。小说中一些细小故事，都围绕逼上梁山这个中心事件，由分而合，宛如百川汇海。这样一来，使小说在具有一个大框架的同时，又保存了若干具有独立意义的单元，使结构完整而又灵活。此外，全书英雄人物众多，故事情节随人物命运发展而推进，一个故事紧扣一个故事，以类似人物传记的叙述方式推动全书聚义高潮的到来，到一百单八人大聚义而形成全书高潮。

第三，《水浒传》的语言是高度口语化，可谓绘声绘色，惟妙惟肖。与《三国演义》的文白相杂不同，更为准确生动。特别是人物语言个性化方面，《水浒传》能"一样人，便还他一样说话"（金圣叹《读第五才子书法》）。

本篇节选自《水浒传》第三十一回"张都监血溅鸳鸯楼　武行者夜走蜈蚣岭"，选文中主要描写武松得知遭到蒋门神、张都监等人联手陷害后，十分愤怒，并奋起反抗，杀至张都监的家中，见人就砍杀，顿时倒下一片，还用衣服蘸着鲜血在白墙上写下："杀人者，打虎武松也！"文中揭示了武松被逼上梁山的部分原因，也表现出武松强烈的恩仇观念。

【选评】

（明）李贽《李卓吾先生批评忠义水浒传》："《水浒传》文字妙绝千古，全在同而不同处有辨，如鲁智深、李逵、武松、阮小七、石秀、呼延灼、刘唐等众人都是急性的，渠形容刻画来，各有派头，各有光景，各有家数，各有身份,一毫不差,半些不混。读者自去分辨,不必见其姓名,一睹事实,知某人某人也。"

【思考与讨论】

1. 你认为《水浒传》中哪几个人物塑造得最成功?说说理由。

2.《水浒传》中几位主要女性孙二娘、顾大嫂、扈三娘、阎婆惜、潘金莲和潘巧云,她们的命运是怎样的?你如何看待小说中的这种妇女观?

3. 关于《水浒传》中宋江这个人物,历来众说纷纭,褒贬不一,你如何评价?

4. 关于《水浒传》的主题,有"农民起义说"、"忠义说"、"投降主义说"、"为市井细民写心说"、"忠奸斗争说"等不同观点。你如何理解?

【拓展与延伸】

1. 鲁迅在《三闲集·流氓的变迁》写道:"侠"字渐消,强盗起了,但也是侠之流,他们的旗帜是"替天行道"。他们所反对的是奸臣,不是天子,他们所打劫的是平民,不是将相。李逵劫法场时,抡起板斧来排头砍去,而所砍的是看客。一部《水浒》,说得很分明:因为不反对天子,所以大军一到,便受招安,替国家打别的强盗——不"替天行道"的强盗去了。终于是奴才。结合原著,谈谈你对这段话的理解。

2. 观看1998年央视张绍林导演的电视剧《水浒传》和2010年鞠觉亮导演的电视剧《新水浒传》,分析导演艺术水平和编剧创作思路等方面的不同,写一篇影视评论,谈谈这两部《水浒》题材影视剧对名著改编的得失。

3. 请为《水浒》小说中的人物创作几幅画像,表现手法不限。

【推荐阅读】

1.《水浒传》,施耐庵著,上海古籍出版社2009年版。

2.《水浒传纵横谈》,邱振声著,广西教育出版社1992年版。

3.《闲看水浒——字缝里的梁山规则与江湖世界》,十年砍柴著,山西人民出版社2010年版。

4.《游民文化与中国社会》,王学泰著,同心出版社2007年版。

5.《水浒二论》,马幼垣著,生活·读书·新知三联书店2007年版。

吴承恩

【简介】 吴承恩(1500?—1582?),字汝忠,号射阳山人,山阳(今江苏淮安)人,聪明多才,博学能文。吴承恩虽然才华绝世,却"屡困场屋",连秀才也考不中。中年后始补岁贡生。五十余岁才做了一个小小的长兴县丞,七年后,"耻折腰",拂袖归里,靠卖文自给,充分表现了他"平生不肯受人怜,喜笑悲歌气傲然"(《赠沙星士》)的倔强个性。其诗文后人辑为《射阳先生存稿》四卷。学界一般倾向于吴承恩为《西游记》作者,但也存在争议。

吴承恩像

西游记（过火焰山）

行者道:"这厮骁勇！自昨日申时前后,与老孙战起,直到今夜,未定输赢,却得你两个来接力。如此苦斗半日一夜,他更不见劳困。才这一伙小妖,却又莽壮①。他将洞门紧闭不出,如之奈何？"八戒道:"哥哥,你昨日巳时离了师父,怎么到申时才与他斗起？你那两三个时辰,在那里的？"行者道:"别你后,顷刻就到这座山上,见一个女子问讯,原来就是他爱妾玉面公主。被我使铁棒唬他一唬,他就跑进洞,叫出那牛王来。与老孙剿言剿语②,嚷了一会,又与他交手,斗了有一个时辰。正打处,有人请他赴宴去了。是我跟他到那乱石山碧波潭底,变作一个螃蟹,探了消息,偷了他辟水金睛兽,假变牛王模样,复至翠云山芭蕉洞,骗了罗刹女,哄得他扇子。出门试演试演方法,把扇子弄长了,只是不会收小。正捐了走处,被他假变做你的嘴脸,返骗了去,故此耽搁两三个时辰也。"

（明）世德堂本《新刻出像官板大字西游记》插图

八戒道:"这正是俗语云,大海里翻了豆腐船,汤里来,水里去。如今难得他扇子,如何保得师父过山？且回去,转路走他娘罢！"土地道:"大圣休焦恼,天蓬莫懈怠。但说转路,就是入了旁门,不成个修行之类,古语云,行不由径,岂可转走?你那师父,在正路上坐着,眼巴巴只望你们成功哩!"行者发狠道:"正是正是,呆子莫要胡谈!土地说得有理,我们正要与他赌输赢,弄手段,等我施为地煞变。自到西方无对头,牛王本是心猿变。今番正好会源流,断要相持借宝扇。趁清凉,息火焰,打破顽空参佛面。行满超升极乐天,大家同赴龙华宴③!"

那八戒听言,便生势力,殷勤道:

"是,是,是!去,去,去!管甚牛王会不会,木生在亥配为猪,牵转牛儿归土类。申下生金本是猴,无刑无克多和气。用芭蕉,为水意,焰火消除成既济。昼夜休离苦尽功,功完赶赴盂兰会④。"

他两个领着土地阴兵一齐上前,使钉钯,轮铁棒,乒乒乓乓,把一座摩云洞的前门,打得粉碎。唬得那外护头目,战战兢兢,闯入里边报道:"大王!孙悟空率众打破前门也!"

那牛王正与玉面公主备言其事,懊恨孙行者哩,听说打破前门,十分发怒,急披挂,拿了铁棍,从里边骂出来道:"泼猢狲!你是多大个人儿,敢这等上门撒泼,打破我门扇?"八戒近前乱骂道:"泼老剥皮!你是个甚样人物,敢量那个大小!不要走!看钯!"牛王喝道:"你这个囔糟食的夯货,不见怎的!快叫那猴儿上来!"行者道:"不知好歹的饱草!我昨日还与你论兄弟,今日就是仇人了!仔细吃吾一棒!"那牛王奋勇而迎。这场比前番更胜。三个英雄,厮混在一处。好杀:

钉钯铁棒逞神威,同帅阴兵战老牺,牺牲独展凶强性,遍满同天法力恢。使钯筑,着棍擂,铁棒英雄又出奇。三般兵器叮当响,隔架遮拦谁让谁?他道他为首,我道我夺魁。士兵为证难分解,木土相煎上下随。这两个说:"你如何不借芭蕉扇!"那一个道:"你焉敢欺心骗我妻!赶妾害儿仇未报,敲门打户又惊疑!"这个说:"你仔细提防如意棒,擦着些儿就破皮!"那个说:"好生躲避钯头齿,一伤九孔血淋漓!"牛魔不怕施威猛,铁棍高擎有见机。翻云覆雨随来往,吐雾喷风任发挥。恨苦这场都拼命,各怀恶念喜相持。丢架子,让高低,前迎后挡总无亏。兄弟二人齐努力,单身一独施为。卯时战到辰时后,战罢牛魔束手回。

他三个舍死忘生,又斗有百十余合。八戒发起呆性,仗着行者神通,举钯乱筑。牛王遮架不住,败阵回头,就奔洞门,却被土地阴兵拦住洞门,喝道:"大力王,那里走!吾等在此!"那老牛不得进洞,急抽身,又见八戒、行者赶来，慌得卸了盔甲，丢了铁棍，摇身一变，变做一只天鹅，望空飞走。

行者看见，笑道："八戒！老牛去了。"那呆子漠然不知，土地亦不能晓，一个个东张西觑，只在积雷山前后乱找。行者指道："那空中飞的不是？"八戒道："那是一只天鹅。"行者道："正是老牛变的。"土地道："既如此，却怎生么？"行者道："你两个打进此门，把群妖尽情剿除，拆了他的窝巢，绝了他的归路，等老孙与他赌变化去。"那八戒与土地，依言攻破洞门不题。

这大圣收了金箍棒，捻诀念咒，摇身一变，变作一个海东青⑤，飕的一翅，钻在云眼里，倒飞下来，落在天鹅身上，抱住颈项嗛眼。那牛王也知是孙行者变化，急忙抖抖翅，变作一只黄鹰，返来嗛海东青。行者又变作一个乌凤，专一赶黄鹰。牛王识得，又变作一只白鹤，长唳一声，向南飞去。行者立定，抖抖翎毛，又变作一只丹凤，高鸣一声。那白鹤见凤是鸟王，诸禽不敢妄动，刷的一翅，淬下山崖，将身一变，变作一只香獐，乜乜些些，在崖前吃草。行者认得，也就落下翅来，变作一只饿虎，剪尾跑蹄，要来赶獐作食。魔王慌了手脚，又变作一只金钱花斑的大豹，要伤饿虎。行者见了，迎着风，把头一幌，又变作一只金眼狻猊，声如霹雳，铁额铜头，复转身要食大豹。牛王着了急，又变作一个人熊，放开脚，就来擒那狻猊⑥。行者打个滚，就变作一只赖象，鼻似长蛇，牙如竹笋，撒开鼻子，要去卷那人熊。

牛王嘻嘻的笑了一笑，现出原身——一只大白牛，头如峻岭，眼若闪光，两只角似两座铁塔，牙排利刃。连头至尾，有千余丈长短，自蹄至背，有八百丈高下，对行者高叫道："泼猢狲！你如今将奈我何？"行者也就现了原身，抽出金箍棒来，把腰一躬，喝声叫："长！"长得身高万丈，头如泰山，眼如日月，口似血池，牙似门扇，手执一条铁棒，着头就打。那牛王硬着头，使角来触。这一场，真个是撼岭摇山，惊天动地！有诗为证，诗曰：

> 道高一尺魔千丈，奇巧心猿用力降。
> 若得火山无烈焰，必须宝扇有清凉。
> 黄婆矢志扶元老，木母留情扫荡妖。
> 和睦五行归正果，炼魔涤垢上西方。

他两个大展神通，在半山中赌斗，惊得那过往虚空一切神众与金头揭谛、六甲六丁⑦、一十八位护教伽蓝都来围困魔王。那魔王公然不惧，你看他东一头，西一头，直挺挺光耀耀的两只铁角，往来抵触；南一撞，北一撞，毛森森筋暴暴的一条硬尾，左右敲摇。孙大圣当面迎，众多神四面打，牛王急了，就地一滚，复本象，便投芭蕉洞去。行者也收了法象，与众多神随后追袭。那魔王闯入洞里，闭门不出，概众把一座翠云山围得水泄不通。

正都上门攻打，忽听得八戒与土地阴兵嚷嚷而至。行者见了问曰："那摩云洞事体如何？"八戒笑道："那老牛的娘子被我一钯筑死，剥开衣看，原来是个玉面狸精。那伙群妖，俱是些驴、骡、犊、特、獾、狐、狢、獐、羊、虎、麋、鹿等类。已此尽皆剿戮，又将他洞府房廊放火烧了。土地说他还有一处家小，住居此山，故又来这里扫荡也。"行者道："贤弟有功，可喜！可喜！老孙空与那老牛赌变化，未曾得胜。他变做无大不大的白牛，我变了法天象地的身量，正和他抵触之间，幸蒙诸神下降，围困多时，他却复原身，走进洞去矣。"八戒道："那可是芭蕉洞么？"行者道："正是！正是！罗刹女正在此间。"八戒发狠道："既是这般，怎么不打进去，剿除那厮，问他要扇子，倒让他停留长智，两口儿叙情！"

好呆子，抖擞威风，举钯照门一筑，忽剌的一声，将那石崖连门筑倒了一边。慌得那女童忙报："爷爷！不知甚人把前门都打坏了！"牛王方跑进去，喘嘘嘘的，正告诉罗刹女与孙行者夺扇子赌斗之事，闻报心中大怒，就口中吐出扇子，递与罗刹女。罗刹女接扇在手，满眼垂泪道："大王！把这扇子送与那猢狲，教他退兵去罢。"牛王道："夫人啊，物虽小而恨则深。你且坐着，等我再和他比并去来。"

那魔重整披挂，又选两口宝剑，走出门来。正遇着八戒使钯筑门，老牛更不打话，掣剑劈脸便砍。八戒举钯迎着，向后倒退了几步，出门来，早有大圣抡棒当头。那牛魔即驾狂风，跳离洞府，又都在那翠云山上相持。众多神四面围绕，土地兵左右攻击。这一场，又好杀哩：

云迷世界，雾罩乾坤。飒飒阴风砂石滚，巍巍怒气海波浑。重磨剑二口，复挂甲全身。结冤深似海，怀恨越生嗔。你看齐天大圣因功绩，不讲当年老故人。八戒施威求扇子，众神护法捉牛君。牛王双手无停息，左遮右挡弄精神。只杀得那过鸟难飞皆敛翅，游鱼不跃尽潜鳞；鬼泣神嚎天地暗，龙愁虎怕日光昏！

那牛王拚命捐躯，斗经五十余合，抵敌不住，败了阵，往北就走。早有五台山秘魔岩神通广大泼法金刚阻住道："牛魔，你往那里去！我等乃释迦牟尼佛祖差来，布列天罗地网，至此擒汝也！"正说间，随后有大圣、八戒、众神赶来。那魔王慌转身向南走，又撞着峨眉山清凉洞法力无量胜至金刚挡住喝道："吾奉佛旨在此，正要拿住你也！"牛王心慌脚软，急抽身往东便走，却逢着须弥山摩耳崖毗卢沙门大力金刚迎住道："你老牛何往！我蒙如来密令，教来捕获你也！"牛王又悚然而退，向西就走，又遇着昆仑山金霞岭不坏尊王永住金刚敌住喝道："这厮又将安走！我领西天大雷音寺佛老亲言，在此把截，谁放你也！"那老牛心惊胆战，悔之不及。见那四面八方都是佛兵天将，真个似罗网高张，不能脱命。正在仓惶之际，又闻得行者帅众赶来，他就驾云头，望上便走。

吴承恩著《西游记》，上海古籍出版社 2009 年版

【注释】

①莽壮：粗壮有力。②劖（chán）言劖语：嘲讽、玩笑的言语。③龙华宴：龙华，即龙华树，传说弥勒成道处，此处借指西方极乐世界。④盂兰会：佛教节日，即盂兰盆会，即中元节或鬼节。⑤海东青：青雕。⑥狻（suān）猊（ní）：狮子的别称。⑦六甲六丁：道教神，均归玉帝驱遣。

【导读】

《西游记》是我国古代神魔小说的代表作，它以丰富的想象，奇妙的情节，宏伟的结构，开拓了神魔小说的创作领域。《西游记》是在唐代玄奘取经故事的基础上，经过民间的长期演绎，由文人整理加工而成，全书一百回。前七回写孙悟空大闹天宫，第八回至第十二回写"江流儿"的故事，辅述取经缘起，第十三回正式转入描写西天取经故事，八十七回的篇目中包括了"九九八十一难"的四十一个小故事，和以前的取经故事相比，小说《西游记》大大丰富了作品的现实内容，冲淡了取经故事所固有的宗教色彩。

《西游记》内涵丰富，主旨具有多重性，在充满神异、怪诞的故事情节中注入了理想和现实的精神。通常认为，《西游记》前七回通过孙悟空大闹天宫的故事，以神话的形式歌颂了封建社会中底层民众对封建统治秩序的反抗，宣传了一种"皇帝轮流做，明年到我家"的战斗精神和市民阶层的审美趣味。其次，通过后八十七回的取经故事，在很大程度上表现了知识分子和底层民众为了美好的理想，克服重重困难，始终不渝的坚韧精神。同时，通过对取经路上人间国度的

黑暗和妖魔鬼怪的横行，曲折地反映了现实社会中官官相护、上下勾结、残害人民的本质，表现出作者对当时黑暗的现实社会的批判。

在长期的形成过程中，《西游记》浸染了佛教文化、道家文化、儒家文化和市井文化，具有宗教性和世俗性的色彩，也为后人提供了多种阐释的可能性。明代，慢亭过客（袁于令）在《〈西游记〉题辞》中认为《西游记》中与妖魔的种种斗争都视为心魔之争。明代《李卓吾评本〈西游记〉》认为，一部《西游》，实质是修行者的"心路历程"："灵台方寸，心也；斜月象一勾，三星象三点，也是心。言学仙不必在远，只在此心。一部《西游》，此是宗旨。"鲁迅视其为游戏之作，"然作者虽儒生，此书则实出于游戏，亦非语道，故全书仅偶见五行生克之常谈，尤未学佛，故末回至有荒唐无稽之经目。"胡适也认为《西游记》至多不过是一部带有玩世主义的有趣味的滑稽小说。新中国成立后，学者多从社会历史批评的视角对其进行解读《西游记》中的现实批判意义，强调《西游记》对封建政治的批判以及劳动人民斗争精神的阐扬。九十年代至今，学者注重从更为广泛的社会背景、时代思潮等方面来探讨。学者黄霖则认为《西游记》"颂扬了追求个性和自由的精神"。学者石麟指出，"《西游记》的主题就是：心猿意马的放纵与收束。……而'心猿意马'的真实含义却是人心人意，书中所要表达的中心思想乃是人类心灵中的欲念臆想的放纵与收束"。学者郭明志则说"西游不是写实地之游，而是写人的精神漫游，写厚德载物与自强不息的精神漫游。孙悟空的故事及全书形象体系，寓言般地概括了人的心性修持、人格完善的心理历程"。

作为一部杰出的神魔小说，《西游记》在艺术上取得巨大成就：

首先，表现在人物形象的塑造上。孙悟空无疑是全书塑造得最为成功和光辉的形象。在他的身上，集中代表了底层民众的反抗精神和勇敢、机智、顽强的优秀品质，比较突出地反映出明代中后期人们对个性解放的追求以及对自由的肯定。从石猴出世到大闹天宫，主要写孙悟空对绝对自由的追求和强烈的叛逆精神；从皈依佛门到取回真经，则主要突出他降妖除魔大智大勇的英雄性格。唐僧形象是封建知识分子和虔诚佛教徒的复合，其最主要的特点，就在于具有坚定的取经信念，但又缺乏解决实际困难的能力，即表现为道德境界的崇高和解决实际问题能力的匮乏。唐僧形象的这种特点，与宋明理学"醇儒"式的人格理想有着重要关系。小说中，作者既保留了历史人物玄奘立志苦行、意志坚定、锲而不舍的优点，又在他身上集中了封建儒士的迂腐、死板、软弱的特点和佛教徒的虔诚的品质。作品对他既有一定的讽刺和批判，也有对其矢志不渝坚持信念的肯定。唐僧形象所具有的认识价值和思想高度，是以前任何诸多取经故事所无法企及的。猪八戒是《西游记》中最具喜剧色彩的人物形象。他是高度现实化的一个引人发笑的喜剧式人物，性格十分鲜明，他既有肯干脏活、重活，憨厚、单纯的优点，但也有贪吃、好色、占小便宜、爱打小报告的弱点。从某种程度上，八戒身上的这些特点，最接近普通人。所以，小说中八戒虽然有毛病，但却不令人讨厌。沙僧则是一个老实人形象，他本是天庭的卷帘大将，因失手打碎了王母娘娘的琉璃灯盏而获罪被罚。沙僧具有自觉的"赎罪"意识，驯顺服从，任劳任怨，埋头苦干；又秉性善良，老实憨厚，世故但不圆滑。沙僧在遇到原则问题时，又不愿意表明立场，明哲保身，不想得罪人，在他身上也显示出一定奴性特征，这与封建时代的政治结构和意识形态有着重要关系。

其次，《西游记》以神魔为主要描写对象，艺术上运用超现实的夸张和描写手法，带有很大的神奇性和幻想性。作者在创作《西游记》的神话世界时，其艺术构思仍然基于现实世界，是对现实生活的一种概括和升华。例如，"三调芭蕉扇"中的斗智，则完全以知己知彼才能制胜的社会心理为依据。取经途中的一些妖魔，实际是对自然界力量的一种物化。所以，这部神话小说的细节显得合理真实，表现了作者创作手法的正确精当。

再次，《西游记》的艺术结构很有特点，全书以取经故事为中心，前十二回的大闹天宫、江流儿故事则分别介绍主人公的出身、经历，与后八十七回的取经故事合成一个完整的艺术整体。虽然每个故事（包括西行路上的四十一个小故事）具有相对的独立性，但在结构上毫不松懈，相互联系十分紧密，显示了作者的精心安排。

此外，幽默、诙谐的语言是《西游记》的另一重要艺术成就。无论是人物形象塑造，还是世态人情的刻画、描写，都体现了这一艺术特色。全书由于这一特点，处处都充满着一种浪漫的喜剧情调。

本篇节选自《西游记》第六十一回"猪八戒助力破魔王　孙行者三调芭蕉扇"。文中主要叙述了唐僧师徒经过火焰山时，前后"三调芭蕉扇"，历经艰难，终获成功。小说中围绕神奇的芭蕉扇，表现了孙悟空与牛魔王、铁扇公主的斗智斗勇，也体现出了《西游记》浓郁的游戏色彩和娱乐精神。

【选评】

鲁迅《中国小说史略》："作者禀性，'复善谐剧'，故虽述变幻恍惚之事，亦每杂解颐之言，使神魔皆有人情，精魅亦通世故，而玩世不恭之意寓焉。"

胡适《西游记考证》:"正因为《西游记》里种种神话都带有一点诙谐意味,能使人开口一笑,这一笑把那神话'人化'过了。"

【思考与讨论】

1. 《西游记》中,你最喜欢哪个人物形象?说说喜欢的理由。

2. 有学者认为,《西游记》写的是神怪世界,包罗的却是人间万象,你怎么理解?

3. 有人认为,《西游记》是一部以喜剧形式演绎悲剧的本质的作品。孙悟空的生命历程是一个"猴性"的丧失和人性的获得的历程,也是一个丧失了本真的自由而以高度异化为自由的过程。你是否赞同这一观点?

【拓展与延伸】

1. 在《西游记》中,唐僧没有孙悟空神通广大,伏魔降妖;没有猪八戒一身气力,关键时刻也能往前冲;也没有沙僧的勤勤恳恳,挑担喂马。为什么他却能领导取经团队,修成正果,最终实现目标?请结合原著,从管理学、人才学等角度,写一篇文章。

2. 周星驰主演的《大话西游》,将《西游记》重新演绎,成就了大话的经典传奇。请认真观看此片,对比《西游记》原著,谈谈《大话西游》剧本对原著做了怎样的改编?

3. 1986年,由杨洁导演的《西游记》和六小龄童饰演的孙悟空,成为观众心目中永恒的经典。你觉得这部电视剧好在哪里?

4. 2015年,国产动画片《西游记之大圣归来》劲收9.56亿票房,成为内地影史上票房最高的动画电影。这部影片还获得金羊奖最佳动画电影奖,同时入围第三十届金鸡奖最佳美术片提名。你觉得这部动画片为什么能够取得成功?请就此写一篇评论性文章。

【推荐阅读】

1. 《西游记》,(明)吴承恩著,上海古籍出版社2009年版。

2. 《吴承恩》,朱道平著,大众文艺出版社1999年版。

3. 《趣说西游人物》,竺洪波主编,上海人民出版社2008年版。

4. 《悟空传》,今何在著,湖南文艺出版社2011年版。

明代戏曲

汤显祖

【简介】 汤显祖（1550—1616），字义仍，号若士，江西临川人。汤显祖出身书香门第，为人耿直，敢于直言，一生不肯依附权贵，曾任太常博士及一些下层官职，四十九岁时弃官回家。他从小受王学左派的影响，结交被当时统治者视为异端的李贽等人，反程朱理学，肯定人欲，追求个性自由的思想对他影响很大。

在文学上，汤显祖与公安派反复古思潮相呼应，明确提出文学创作首先要"立意"的主张，把思想内容放在首位。汤显祖虽然也创作过诗文等，但成就最高的还是传奇。他的戏剧创作现存主要有五种，即"玉茗堂四梦"（或称"临川四梦"）及《紫箫记》。"玉茗堂四梦"即《紫钗记》《牡丹亭》《邯郸记》《南柯记》。这四部作品中，汤显祖最得意、影响最大的当数《牡丹亭》。具有深刻的思想内涵和卓越的艺术成就的《牡丹亭》，不仅是汤显祖的代表作，而且成为中国戏曲史上一部浪漫主义的杰作。

牡丹亭（惊梦①）

【绕池游】（旦上）梦回莺啭，乱煞年光遍②。人立小庭深院。（贴）炷尽沉烟，抛残绣线，恁今春关情似去年③？

〔乌夜啼〕（旦）晓来望断梅关④，宿妆残⑤。（贴）你侧著宜春髻子恰凭阑⑥。（旦）剪不断，理还乱⑦，闷无端。（贴）已分付催花莺燕借春看。

（旦）春香，可曾叫人扫除花径？（贴）分付了。（旦）取镜台衣服来。（贴取镜台衣服上）"云髻罢梳还对镜，罗衣欲换更添香。"镜台衣服在此。

【步步娇】（旦）袅晴丝吹来闲庭院⑧，摇漾春如线⑨。停半晌、整花钿⑩。没揣菱花⑪，偷人半面，迤逗的彩云偏⑫。（行介）步香闺怎便把全向现！（贴）今日穿插的好。

【醉扶归】（旦）你道翠生生出落的裙衫儿茜⑬，艳晶晶花簪八宝填⑭，可知我常一生儿爱好是天然。恰三春好处无人见⑮。不提防沉鱼落雁鸟惊喧，则怕的羞花闭月花愁颤⑯。（贴）早茶时了，请行。（行介）你看："画廊金粉半零星，池馆苍苔一片青。踏草怕泥新绣襦，惜花疼煞小金铃⑰。"（旦）不到园林，怎知春色如许！

【皂罗袍】原来姹紫嫣红开遍，似这般都付与断井颓垣⑱。良辰美景奈何天⑲，赏心乐事谁家院！恁般景致，我老爷和奶奶再不提起⑳。（合）朝飞暮卷，云霞翠轩；雨丝风片，烟波画船。锦屏人忒看的这韶光贱㉑！（贴）是花都放了，那牡丹还早。

【好姐姐】（旦）遍青山啼红了杜鹃，荼蘼外烟丝醉软㉒。春香呵，这牡丹虽好，他春归怎占的先！（贴）成对儿莺燕呵。（合）闲凝眄㉓，生生燕语明如剪㉔，呖呖莺歌溜的圆㉕。（旦）去罢。（贴）这园子委是观之不足也㉖。（旦）提他怎的！（行介，唱）

【隔尾】观之不足由他缱㉗，便赏遍了十二亭台是枉然，倒不如兴尽回家闲过遣㉘。

（作到介）（贴）开我西阁门，展我东阁床㉙。瓶插映山紫㉚，炉添沉水香。小姐，你歇息片时，俺瞧老夫人去也。（下）[旦叹介]默地游春转，小试宜春面㉛。春呵，得和你两留连，春去如何遣？咳！恁般天气，好困人也。春香那里？[作左右瞧介][又低首沉吟介]天呵，春色恼人，信有之乎！常观诗词乐府，古之女子，因春感情，遇秋成恨，诚不谬矣。吾今年已二八，未逢折桂之夫㉜；忽慕春情，怎得蟾宫之客㉝？

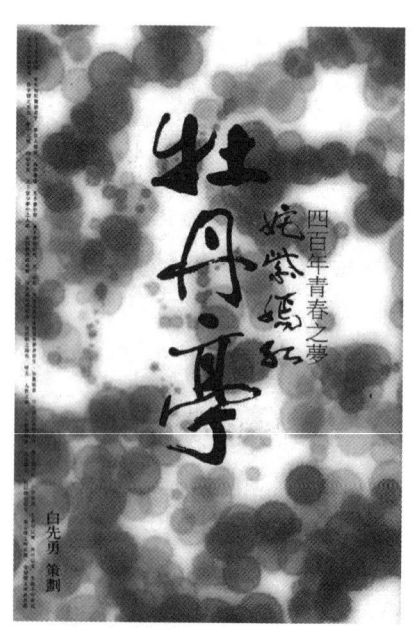

《姹紫嫣红牡丹亭》封面

昔韩夫人得遇于郎㉞，张生偶逢崔氏㉟，曾有《题红记》《崔徽传》二书㊱。此佳人才子，前以密约偷期㊲，后皆得成秦晋㊳。[长叹介]吾生于宦族，长在名门。年已及笄㊴，不得早成佳配，诚为虚度青春，光阴如过隙耳。[泪介]可惜妾身颜色如花，岂料命如一叶乎！

汤显祖著，徐朔方校注《牡丹亭》，人民文学出版社1963年版

【注释】

①《惊梦》由"游园"和"惊梦"两段组成，这里选的是前半部分。②乱煞年光遍：到处都是大好春光。③恁：为何。关情：牵动人的情怀。似：胜似，胜过。④梅关：即大庾岭，宋代在这里设有梅关。⑤宿残妆：隔夜的残妆。⑥宜春髻子：相传立春那天，妇女剪彩作燕子状，戴在髻上，上贴"宜春"二字。⑦"剪不断"二句：语出南唐后主李煜词《相见欢》。⑧袅：细长的。晴丝：游丝、飞丝，虫类所吐的丝缕，常在空中飘游。⑨摇漾春如线：春光如晴丝一般摇荡撩人。⑩花钿：古代妇女头上戴的首饰。⑪没揣：不意，没想到。菱花：借指镜子。古时所用铜镜的背面一般铸有菱花，故称。⑫"迤逗"句：谓杜丽娘照镜子害羞，将头发弄偏。迤逗，引惹，挑逗。彩云，头发的代称。⑬翠生生：颜色极鲜艳。出落的：显出，衬托出。茜，红色。⑭艳晶晶：光彩夺目的样子。花簪八宝填：镶嵌着多种宝石的簪子。⑮三春：孟春、仲春、季春。⑯"不提防"二句：极言美貌。⑰"昇花"句：《开元天宝遗事》："天宝初，宁王……于后园中纫红丝为绳，密缀金铃，掣于花梢之上。每有鸟鹊翔集，则令园吏置铃索以掣之。盖惜花之故也。"疼，因惜花常常掣铃，连小金铃都被拉得疼煞了。⑱断井：废弃了的井。颓垣：倒了的墙。⑲奈何天：无可奈何的时光。⑳老爷、奶奶：这里指杜丽娘的父母。㉑锦屏人：闺中人，这里杜丽娘自指。忒（tuī）：太。韶光：大好春光。㉒荼蘼：一种花名。烟丝：即上文所说的晴丝。㉓凝眄（miǎn）：眼睛紧盯着。㉔"生生"句：谓燕子的叫声清脆明快。生生，形容叫声清脆。明如剪，明快如剪刀。㉕"呖呖"句：形容莺啼声圆润动听。㉖不足：不厌。㉗缱：留恋、牵挂。㉘过遣：排遣。㉙"开我西阁门"二句：语本《木兰诗》"开我东阁门，坐我西阁床。"㉚映山紫：映山红（杜鹃）的一种。㉛宜春面：梳有宜春髻的脸容。常以借指少女的青春容貌。㉜折桂：科举中第。㉝蟾宫之客：比喻科举及第之人。㉞韩夫人得遇于郎：唐传奇《流红记》载，唐僖宗时，宫女韩氏以红叶题诗，从御沟中流出，被于祐拾到。于祐也以红叶

题诗,投入上流,寄给韩氏。后来两人结为夫妇。㉟张生偶逢崔氏:即唐元稹《莺莺传》中描写的张生和崔莺莺的爱情故事。㊱《崔徽传》:写的是崔徽和裴敬中的恋爱故事。㊲偷期:幽会。㊳得成秦晋:得成夫妇。春秋时,秦晋两国世代联姻,后世称联姻为秦晋。㊴及笄(jī):古代女子十五岁时,即以笄(簪)束发,叫及笄。这是女子成年的标志。

【导读】

《牡丹亭》亦名《还魂记》,全名《牡丹亭还魂记》,共55出,写杜丽娘与柳梦梅生生死死的爱情故事,取材于明代拟话本小说《杜丽娘慕色还魂记》。《牡丹亭》是汤显祖剧作中篇幅最长、成就最高的一部戏,他自己就说过:"一生四梦,得意处惟在《牡丹》。"正是由于汤显祖的天才创作,剧本深刻地反映了明代的个性解放思潮,表现出明代妇女要求爱情自由,摆脱封建束缚的时代心声。

杜丽娘是《牡丹亭》中塑造得最成功的典型形象,也是中国古代戏剧史上继《西厢记》中崔莺莺之后出现的最动人的女性形象。杜丽娘是生长在名门官宦的千金小姐,其父杜宝是一个典型封建官僚,其母是一个信守"三从四德"的"贤妻良母"。杜丽娘的塾师陈最良则是一个迂腐的落第文人。在家里,父亲杜宝只要杜丽娘专心读圣贤之书,"手不许把千秋拿,脚不许把花园路踏",在官府中住了三年,她连后花园都没有去过。母亲也要求她绝对遵从封建礼教,见女儿裙子上绣有成双成对的花鸟,怕引起女儿的情思,大为不安和不满;丽娘去了一趟后花园,她便把丫环春香训斥一顿。至于丽娘的塾师陈最良,一言一行都散发出假道学的酸臭气味,对一个16岁的少女,整日说教,灌输"有风有化,宜室宜家"和后妃之德之类的封建教条。

杜丽娘生活在这样一个封闭、窒息,压抑人性的环境里,她顺从、胆怯,举止稳重、矜持,似乎只能安于父母给她规定好的生活道路。然而,她毕竟是一个身体和思想都在发育成长的青春少女,在特定的环境下,便能引发出她少女天性中的爱美和爱情之心。当陈最良讲解《诗经》第一篇《关雎》是咏"后妃之德"时,她却从这首古老的爱情诗中领略到爱情的魅力。于是,在春香的引导下,她去了一趟后花园,春光明媚,风和日丽,姹紫嫣红的百花盛开,成双成对的歌莺舞燕,如此生气勃勃的良辰美景,开启了她封闭已久的心灵。杜丽娘的青春觉醒了!她要追求"一生儿爱好是天然";追求自由、幸福;追求美好的爱情,她感叹"年已及笄,不得早成佳配,诚为虚度青春"。然而,杜丽娘的命运还不如《西厢记》里的崔莺莺,莺莺在被禁锢的生活中,毕竟遇上了一个活生生的真诚爱上她的张君瑞,丽娘连这个机遇都没有。但是,她仍然执著于对爱情和幸福理想的追求,现实中没有,只能到梦中去追寻。在梦里她遇到了青年书生柳梦梅,而且热烈而真诚地相爱了。对这梦中相爱的书生,她专心致志,一往情深,以至卧床不起,直到为她梦中相爱的人死去。在那程朱理学盛行、以"理"灭"情"、用"理"杀人的社会,一位少女能为情而死,是对封建礼教和程朱理学的挑战和蔑视,也是对扼杀人性的封建礼教的无情讽刺。

杜丽娘死后,她的鬼魂仍执著地追求她理想的爱情,四处打探和寻找柳梦梅。相会后,人鬼相恋,结为夫妇。此时的杜丽娘已完全冲破了封建礼教的束缚,成为一个大胆、执着地为争得爱情自由和个性解放的勇敢女性。然而,她仍不满足,她还要继续斗争——起死回生,重新来到人间。当柳梦梅与她的鬼魂相遇,并掘开她的坟墓,她复活了,胜利地回到人的世界。她又继续斗争,击退了她父亲"无媒而嫁"的责难,宁愿不当杜家的千金,也不放弃以死相搏得来的自由爱情和幸福生活。最终,她激励柳梦梅考中状元,获得功名;又是在她的努力下,由皇帝出面,下旨让杜、柳完婚。这团圆的结局,虽然有些俗套,但终究是杜丽娘斗争的结果,瑕不掩瑜,并不影响杜丽娘形象的完美。

总之,《牡丹亭》所塑造的杜丽娘,从一个温顺柔弱,听命父母的大家闺秀,经历了春心萌动,到为情而死,死而复生,生而如愿的磨难和抗争,成为一个为追求爱情自由和个性解放而不惜一切甚至生命的光辉的女性典型形象。这一艺术形象的出现,对明代后期极为盛行的程朱理学予以有力的揭露和批判,有着深远的社会价值和历史意义。

《牡丹亭》在艺术上富有奇幻色彩。主人公杜丽娘因情生梦,又因情而亡,复又为情再生。作者用这一系列曲折离奇的情节来表现杜丽娘在现实中不可能得到的爱情和幸福。在她为情而死以后,作者还赋予她超人的勇气与力量,让她同顽固的封建礼教作彻底的叛逆和斗争,而且取得最后的胜利。在作者用奇幻手法所创造出来的艺术境界里,"情"战胜了"理",基于人性的青春之爱战胜了束缚人性的封建礼教。

《牡丹亭》在语言运用上是相当出色的。曲词婉转华丽、色彩鲜明、含蓄蕴藉、精工典雅。很多曲词不仅很好地刻画出人物的内心世界,而且文字优美,简直就是一首首高雅的抒情诗。明王骥德评论汤显祖的文学语言是"在深浅、浓淡、雅俗之间"(《曲律》),这话是确当的。

选段中,杜丽娘在春香的鼓舞下,违背了父母和塾师的训诫,走出深闺,看到了一个美丽的新天地。她痛惜自己的青春埋没在小庭院中,而引起了她的自我觉醒。这里有对礼教的不满,有对自然和青春的热爱,有对春色的惊叹和对命运的感伤。从这几支曲子里，可以看到封建社会青年女性内心的痛苦和对自由的向往。

【选评】

（明）汤显祖《牡丹亭记题词》："天下女子有情，宁有如杜丽娘者乎！梦其人即病，病即弥连，至手画形容传于世而后死。死三年矣，复能溟莫中求得其所梦者而生。如丽娘者，乃可谓之有情人耳。情不知所起，一往而深，生者可以死，死可以生。生而不可与死，死而不可复生者，皆非情之至也。梦中之情，何必非真，天下岂少梦中之人耶？必因荐枕而成亲，待挂冠而为密者，皆形骸之论也。"

【思考与讨论】

1.《牡丹亭》中的杜丽娘形象与《西厢记》中的崔莺莺形象有何异同？

2.《牡丹亭》是一部具有史诗气质的"寻情记"，它上承《西厢》，下启《红楼》，是中国戏曲浪漫主义的高峰。请从"情"的角度谈谈对上面说法的理解。

【拓展与延伸】

1. 白先勇执导的青春版《牡丹亭》对原著进行改编，自演出以来，深受观众喜爱。请观看并分析青春版《牡丹亭》，其对原著进行了怎样的改动？就此写一篇评论性文章。

2. 选取《牡丹亭》中的一出戏，将其改编成影视剧本，有条件的话可以进行排演。

3. 请给《牡丹亭》配上几幅人物插画或制作一分钟动漫，力求体现出其在不同情境下的风采神韵。

【推荐阅读】

1.《牡丹亭》，（明）汤显祖著，徐朔方注，人民文学出版社 2005 年版。

2.《汤显祖传》，黄文锡著，中国戏剧出版社 1986 年版。

3.《圆梦：白先勇与青春版牡丹亭》，白先勇著，花城出版社 2006 年版。

第八单元

清 代 文 学

【概述】 公元1644年至1911年的清朝,是满族建立的一个中央集权的封建专制王朝。清初,清朝统治者采取了一系列措施来安定社会,恢复生产。经过几十年的努力,农业、城市手工业和商业都蓬勃发展,终于使清代社会进入了全盛时期。这一时期从康熙中叶到乾隆中叶,延续了一个多世纪,史称"康乾盛世"。直到道光中叶,由于自身体制的僵化和帝国主义的侵入,清王朝才开始走向衰亡。

作为中国历史上最后一个封建王朝,清代社会在政治、文化上呈现以下特点:一是中央集权的封建专制主义进一步加强。主要表现如下:其一,皇权空前加强。皇帝集大权于一身,一切重大问题均须皇帝裁决,君臣关系实质上是主人和奴才的关系。其二,清朝制定《大清律》《大清律例》,用严苛的刑法来加强对民众的管理和统治。其三,清朝统治者大力提倡程朱理学,鼓吹封建礼教,豢养"理学名臣",以加强思想禁锢。其四,继续推行八股取士的科举制度,编纂大型丛书、类书、字书、设立严密的文网,以加强对知识分子的笼络、拉拢和震慑。二是思想领域的斗争激烈。一方面,清代统治者大力提倡理学,以加强思想统治;另一方面,反封建专制,反民族压迫的进步思想也非常活跃。清初黄宗羲、顾炎武、王夫之等著名思想家,提出了反封建专制、反民族压迫和一系列具有进步性、民主性的思想和主张。乾嘉时期,由于惧罹文网,大多数文人钻进故纸堆,埋头于儒家经典、诸子学说、历史典籍等各种文献中。因此,清代考据学取得了非常丰硕的成果。

清代文学是中国古代文学的终结，又孕育着20世纪新文学的萌芽。无论是诗、词、散文等传统文学，还是小说、戏曲和民间讲唱文学，都呈现出繁荣的景象。

一是以小说创作的成就最为突出，尤其是文言短篇小说取得了巨大成功。蒲松龄的《聊斋志异》集志怪、传奇之大成，又有新的创造，它代表了我国文言短篇小说的最高成就。清代长篇小说成就更高，其中以吴敬梓的《儒林外史》和曹雪芹的《红楼梦》的影响最大。《儒林外史》是我国古代最成熟的讽刺小说，它以揭露批判科举制度为中心，广泛地反映了当时的社会现实。曹雪芹的《红楼梦》以宝、黛爱情为中心，以贾府的由盛而衰为背景，对封建社会进行了有力的批判和深刻反思，揭示了封建制度走向衰亡的命运和人生的荒诞。它不仅是清代一部伟大的现实主义作品，而且是中国古代小说发展的高峰。

二是清代戏曲在元明戏曲的基础上有了新的发展。一方面即将衰微的传奇又产生了《清忠谱》《长生殿》《桃花扇》等三部杰作。尤其是后两部，或以政治事件敷衍爱情故事，或借爱情故事，反映一代兴亡，代表了清代戏曲的最高成就。另一方面，从康熙末，地方戏开始兴起，经过一番"花雅之争"之后，到乾隆中叶，地方戏终于取代了传奇、杂剧而占据了舞台的主导地位。

三是清代诗歌不仅数量巨大，作家众多，流派纷呈，风格多样，而且题材广泛，几乎涉及到了社会生活的各个领域，使已经走向衰微的古代诗歌又呈现出"中兴"的局面。其主要出现了钱谦益、吴伟业、南施北宋等国初名家，还有如王士禛的神韵派、沈德潜的格调派、翁方纲的肌理派、袁枚的性灵派。此外，赵翼、郑燮和黄景仁、龚自珍、黄遵宪等也是成就突出的诗人。

四是清代词直承两宋，词人纷起，词派林立，词作众多，其中有以陈维崧为宗主的阳羡词派、以朱彝尊为代表的浙西词派、以张惠言为代表常州词派和成就突出的京城词人纳兰性德。他们分别代表不同的流派或风格，创作了不少佳作。

五是清代的古文和骈文也取得很高成就。就古文而言，清初顾炎武、黄宗羲、王夫之等的政治散文，魏禧、汪琬、侯方域的传记散文都很有名。清代古文以桐城派为主要代表,方苞、刘大櫆、姚鼐号称"桐城三祖"。经过他们的努力，使我国古代散文进一步规范化。清代骈文是六朝以后成就最高的，其代表人物有陈维崧、吴绮、袁枚、孙景衍、洪亮吉、汪中等，以汪中的成就为最高。

清代小说

蒲松龄

【简介】蒲松龄（1640—1715？）字留仙，又字剑臣，号柳泉，山东淄川（今山东淄博）人。出身于商人家庭，但家境贫寒。他十九岁考取秀才，连中县、府、道三个第一，以后则屡试不第。垂垂暮年，他"犹不忘进取"（《原配刘孺人行实》）。对此，他感到十分悲凉，勉励其孙曰："无似乃祖空白头，一经中老良足羞。"（《过日斋杂记》）蒲松龄的一生，都在游幕、坐馆中度过，穷愁潦倒。1715年病逝，终年七十六岁。

蒲松龄著作丰富，除《聊斋志异》外，尚有诗文、词赋、俚曲、戏剧等。蒲松龄的代表著作是文言短篇小说集《聊斋志异》，"历年二十，易稿三数，始出以问世"（《过日斋杂记》）。约在他四十岁左右时基本完成，蒲松龄创作《聊斋志异》的目的很明确，"以玩世之意，作绝世之言"（王金范序），他经历的游幕坐帐生涯及贫寒的乡居生活，使其对封建社会的种种人物，上至官僚缙绅，举子名士，下至村夫农妇，婢妾娼优，乃至蠹役悍仆，酒鬼赌棍，僧道术士等，都有所接触和了解；加上他"雅爱搜神""喜人谈鬼"的艺术嗜好和创作天才，终于以谈狐说鬼的形式创作了这部不朽的"孤愤之书"。（《聊斋自志》）

蒲松龄像

聊斋志异 婴宁（节选）

王子服，莒之罗店人①，早孤，绝惠②，十四入泮③。母最爱之，寻常不令游郊野。聘萧氏④，未嫁而夭⑤，故求凰未就也⑥。

会上元⑦，有舅氏子吴生邀同眺瞩⑧，方至村外，舅家仆来招吴去。生见游女如云，乘兴独游。有女郎携婢，拈梅花一枝，容华绝代，笑容可掬。生注目不移，竟忘顾忌。女过去数武⑨，顾婢子笑曰："个儿郎目灼灼似贼⑩！"遗花地上，笑语自去。生拾花怅然，神魂丧失，怏怏遂返⑪。

……

未几，婢子具饭⑫，雉尾盈握⑬。媪劝餐已，婢来敛具⑭。媪曰："唤宁姑来。"婢应去。良久，闻户外隐有笑声。媪又唤曰："婴宁！汝姨兄在此。"户外嗤嗤笑⑮不已。婢推之以入，犹掩其口，笑不可遏。媪瞋目曰⑯："有客在，咤咤叱叱⑰，是何景象！"女忍笑而立，生揖之。媪曰："此王郎，汝姨子。一家尚不相识，可笑人也。"生问："妹子年几何矣？"媪未能解。生又言之。女复笑，不可仰视。媪谓生曰："我言少教诲，此可见矣。年已十六，呆痴才如婴儿。"生曰："小于甥一岁。"曰："阿甥已十七矣，得非庚午属马者耶⑱？"生首应之⑲。又问："甥妇阿谁？"答云："无之。"曰："如甥才貌，何十七岁犹未聘耶？婴宁亦无姑家⑳，极相匹敌，惜有内亲之嫌。"生无语，目注婴宁，不遑他瞬。婢向女小语云："目灼灼㉑，贼腔未改。"女又大笑，顾婢曰："视碧桃开未？"遽起，以袖掩口，细碎连步㉒而出。至门外，笑声始纵。媪亦起，唤婢襆被，为生安置。曰："阿甥来不易，宜留三五日，迟迟㉓送汝归。如嫌幽闷，舍后有小园，可供消遣。有书可读。"

次日，至舍后，果有园半亩，细草铺毡，杨花糁㉔径。有草舍三楹㉕，花木四合其所。穿花小步，闻树头苏苏有声，仰视，则婴宁在上。见生来，狂笑欲堕。生曰："勿尔！堕矣！"女且下且笑，不能自上。方将及地，失手而堕，笑乃止。生扶之，阴捋其腕㉖。女笑又作，倚树不

《聊斋志异》连环画

能行，良久乃罢。生俟其笑歇，乃出袖中花示之。女接之曰："枯矣，何留之？"曰："此上元妹子所遗，故存之。"问："存之何意？"曰："以示相爱不忘也。自上元相遇，凝思成疾，自分化为异物㉗，不图得见颜色，幸垂怜悯！"女曰："此大细事㉘。至戚休所靳惜㉙？待兄行时，园中花，当唤老奴来，折一巨捆负送之。"生曰："妹子痴耶？"女曰："何便是痴？"曰："我非爱花，爱拈花之人耳。"女曰："葭莩㉚之情，爱何待言！"生曰："我所谓爱，非瓜葛之爱㉛，乃夫妻之爱。"女曰："有以异乎？"曰：

"夜共枕席耳。"女俯思良久，曰："我不惯与生人睡！"语未已，婢潜至，生惶恐遁去。少时，会母所。母问："何往？"女答以园中共话。媪曰："饭熟已久，有何长言，周遮乃尔㉜？"女曰："大哥欲我共寝。"言未已，生大窘，急目瞪之，女微笑而止。幸媪不闻，犹絮絮究诘㉝。生急以他词掩之，因小语责女。女曰："适此语不应说耶？"生曰："此背人语。"女曰："背他人，岂得背老母？且寝处亦常事，何讳之？"生恨其痴，无术可以悟之。食方竟，家中人捉双卫来寻生㉞。先是，母待生久不归，始疑。村中搜觅几遍，竟无踪兆。因往询吴。吴忆曩言，因教于西南山行觅。凡历数村，始至于此。生出门，适相值。便入告媪，且请偕女同归。媪喜曰："我有志，匪伊朝夕㉟，但残躯不能远涉。得甥携妹子去，识认阿姨，大好！"呼婴宁，宁笑至。媪曰："有何喜，笑辄不辍？若不笑，当为全人。"因怒之以目。乃曰："大哥欲同汝去，可便装束。"又饷㊱家人酒食，始送之出，曰："姨家田产丰裕，能养冗人㊲。到彼且勿归，小学诗礼㊳，亦好事翁姑㊴。即烦阿姨为汝择一良匹。"二人遂发。至山坳回顾㊵，犹依稀见媪倚门北望也。

蒲松龄著《聊斋志异》，人民文学出版社 1982 年版

【注释】

①莒：古国名，在今山东省莒县一带。②绝惠：绝顶聪明。惠，通"慧"。③入泮：入县学为生员。④聘：订婚。古代订婚时，男方须向女方行纳聘礼，称"行聘"。⑤夭：未成年而死。⑥求凰：汉代司马相如《琴歌》中有"凤兮凤兮归故乡，遨游四海求其凰"两句，相传为向卓文君求爱而作，后因称男子求偶为求凰。⑦上元：上元节，即元宵节，旧时正月十五。⑧眺瞩：居高望远。此指观赏景物。⑨武：古时以六尺为步，半步为武。⑩个儿郎：这个小伙子。个，此。儿郎，指青年男子。⑪怏怏：不满意。⑫具饭：准备饭菜。⑬雏尾盈握：形容指肥大的家禽，尾巴捉着已经可以满把了。语出《礼记·内则》："雏尾不盈握，不食。"⑭敛具：收拾餐具。⑮嗤嗤笑：讥笑，嘲笑。⑯瞋（chēn）目：发怒时睁大眼睛。⑰咤（zhà）咤叱叱：这里形容大声笑。⑱庚午属马：庚午年生的属马。十二生肖分属于十二地支，午属马。⑲首应：点头答应。⑳姑家：婆家。古代妇女称丈夫的母亲为"姑"。㉑目灼灼：眼睛明亮。㉒细碎连步：一步一步走得很快，但步子很小。㉓迟迟：这里指从容不迫。㉔糁（sǎn 散）：谷物的碎屑，这里用作动词，借喻杨花散落在小路上。㉕三楹（yíng）：三间。楹：厅堂前柱，这里用作计算房屋的量词。房一间为一楹。㉖阴捘（zùn）其腕：暗

中捏她的手腕。㉗自分：自己以为。异物：此处指鬼。㉘大细事：很小的事。㉙靳（jìn）惜：吝啬。㉚葭（jiā）莩（fú）之情：指亲情。葭莩：芦苇里的薄膜，常用以比喻疏远的亲戚。㉛瓜葛：瓜和葛是两种蔓生的植物，比喻辗转牵连的亲戚关系或社会关系。㉜周遮：形容言语琐碎的样子。㉝絮絮：形容接连不断地说话，含有唠叨的意思。㉞捉双卫：牵两匹驴子。卫地驴子的别名。㉟匪伊朝夕：非止一朝一夕。匪：同"非"。伊：语助词，无意义。㊱饷（xiǎng）：款待。㊲冗人：多余的人。㊳小学诗礼：略学诗书礼法。㊴事翁姑：服侍公婆。㊵山坳（ào）：山沟、山谷。

【导读】

《聊斋志异》是中国古代最优秀的文言短篇小说集，共有文言小说491篇。《聊斋志异》具有丰富的思想内容，主要表现在：

其一，通过《促织》《席方平》等作品揭露了当时社会黑暗、腐败的政治，抨击了封建统治的残暴，鞭挞了为虎作伥、无恶不作的贪官污吏和土豪劣绅，同情被压迫人民的苦难遭遇。如小说中对席方平为父申冤，在阴间历尽艰辛，受尽酷刑，从城隍、郡司，一直斗到冥王，直到告到灌口二郎神处，冤情才得以昭雪。小说写的是冥间之事，反映的却是现实社会的黑暗。

其二，《聊斋志异》还揭露和批判了科举弊端。在《司文郎》《贾奉雉》《叶生》等诸多篇章中，嬉笑怒骂，皆成文章，有对考官不分青白的嘲弄，有对考场黑暗、贿赂公行的愤慨，更多的是对怀才不遇的才子名士的同情。

其三，歌颂了男女青年纯洁、真挚的美好爱情。小说中，作者借狐鬼花妖，赞美中国古代女性的高尚品格和超人的才智。如《小谢》《青凤》《阿宝》《连城》《鸦头》《宦娘》《瑞云》《白秋练》等，都是其中的佳作。在《瑞云》中，名妓瑞云不喜达官贵人、富商公子，独独爱上了穷书生贺生。后来，瑞云忽生怪病，"丑状如鬼"，而贺生对其痴情不改，为她赎身，并取之为妻。对自己的举动，贺生说："人生所重者知己，卿盛时犹能知我，我岂以衰故忘卿哉！"表达出一种新的爱情观。

此外，《聊斋志异》不少篇章具有寓言意味，给人以启迪和思考。如《画皮》对鬼蜮害人伎俩的刻画，《崂山道士》对好逸恶劳的生活态度的批判等，总结人们生活中的经验教训，给后人以有益的教诲。

在艺术上，《聊斋志异》也取得卓越的成就，主要体现在以下几点：

首先，"用传奇法，而以志怪"。聊斋故事情节曲折跌宕，具有生动的传奇性。《聊斋志异》每叙一事，故事情节力避平淡无奇，奇幻多姿，迷离惝恍，变幻莫测，极尽腾挪跌宕之能事，多条线索相互交织，插叙和倒叙巧妙配合。如《王桂庵》写王桂庵江上初逢芸娘，心驰神往，后沿江寻访却杳无踪迹，"抵家，寝食皆萦念之"，两年后偶入一江村，却出人意料地再遇芸娘，而芸娘之父却是峻介士人，拒绝了王桂庵的提亲，"王神情俱失，拱别而返，当晚辗转"，又求助友人做媒方才如愿，却又因一句戏言，致使芸娘投江，王痛不欲生，年余独自返家，途中避雨民舍，又蓦地见到芸娘未死，好事多磨，终成眷属，情节演进极富"山穷水复，柳暗花明"之趣，巧妙设置悬念，平添波澜。

其次，塑造了鲜明生动的人物形象。《聊斋志异》近五百篇，使人读后留下深刻印象的个性化人物不下百余个。一部《聊斋》，所写人物千姿百态，各具风采，有人类、有鬼魅、有狐精、有花妖等。而其中写得最多的，也是最成功的当是花妖狐魅的形象。《聊斋志异》中的狐魅花妖，其中除少数如《画皮》中的女子吃人之外，多数则是温情善良的之女鬼，使人读后"忘为异类"。如连琐（《连琐》）、李氏（《莲香》）、小谢、秋容（《小谢》）等。连琐是一个异乡暴夭之女子，葬于荒丘古墓。她不仅生得"瘦怯凝寒，若不胜衣"，且天资聪颖，心地善良，"慧黠可爱"。 又如《绿衣女》中的绿衣女"绿衣长裙，婉妙无比"；《花姑子》中花姑子是獐子精，"气息肌肤，无处不香"；《娇娜》中的娇娜"娇波流慧，细柳生姿"；《青凤》中青凤"弱态生娇，秋波流慧，人间无其丽也"。 她们大多有貌有才、有勇有智，是真和美的化身。

第三，作品的语言实现了诗性与口语性的完美结合。《聊斋志异》的语言凝练生动，简约传神，一方面显现出文言的典雅诗性之美，另一方面显现出民间白话口语的活泼自由之美。

选文中，通过写狐女婴宁与书生王子服的恋爱故事，成功地塑造了一个天真烂漫、憨态可掬、不受封建礼教束缚的少女婴宁形象，表现了作者对封建传统观念的蔑视和对自由爱情婚姻的憧憬。

【选评】

（清）但明伦评《聊斋志异》："此篇以'笑'字立胎，而以花为眼，处处写笑，即处处以花映带之。'拈梅花一枝'数语，已伏全文之脉，故文章全在提掇处得力也。以拈花笑起，以摘花不笑收，写笑层见叠出，无一意冗复，无一笔雷同，不笑后复用反衬，后仍结转'笑'字，篇法严密乃尔。"

【思考与讨论】

1.《聊斋志异》是一部怎样的文言小说集？请谈谈其主要的思想内容。

2.为什么说《聊斋志异》是蒲松龄"孤愤之作"？ 请结合其生活经历和时代

背景谈一谈。

3.《聊斋志异》塑造了很多光辉的女性形象,谈谈你最欣赏的几位人物。

【拓展与延伸】

1.1986版的电视剧《聊斋》,张国荣、王祖贤主演的《倩女幽魂》,甄子丹、陈坤和周迅主演的电影《画皮》,这些有关《聊斋志异》的影视剧广受好评。假若由你来编写剧本,你打算选择哪一部作品?请写出具体构想。

2.选择《聊斋志异》中的几部作品,为其配上人物插图或者做一分钟的动画视频。

3.山东淄博是蒲松龄的故乡,当地每年都举办聊斋文化旅游节。假若邀请你为聊斋文化旅游节制作一期旅游宣传手册或旅游宣传广告节目,以吸引更多的游客来到这里,你打算怎样策划?

【推荐阅读】

1.《聊斋志异》,蒲松龄著,人民文学出版社1982年版。

2.《绘本聊斋》,蒲松龄著,马兰等绘,连环画出版社2010年版。

3.《奇情聊斋》,王冉冉著,上海辞书出版社2009年版。

4.《蒲松龄评传》,袁世硕著,南京大学出版社2000年版。

曹雪芹

【简介】 曹雪芹(1715?—1763?),名霑,字梦阮,号雪芹,又号芹圃、芹溪。祖籍辽阳,远祖曹世选(锡远)出关,被掳为多尔衮家奴,入正白旗,俗称"包衣人"。清人入关,因军功擢升。其孙曹玺"雅好文",孙媳孙氏为康熙乳娘,玺传曹寅,备受康熙宠幸,父子两代均为江南织造监督,权势显赫。但随着康熙帝的去世,曹家也趋向没落。

雍正六年(1728),曹頫被革职抄家,钟鸣鼎食之家瞬间轰然坍塌。这样,生长在南京的曹雪芹,十三岁时,被迫

辽阳曹雪芹纪念馆曹雪芹塑像

随家人迁回北京。此后境遇潦倒，生计艰难，晚年移居北京西郊荒村，"满径蓬蒿""举家食粥"。生命的巨大颠簸，使他沉痛地体验着人生无常和世态炎凉，对豪门大家族的没落宿命有了刻骨铭心的感悟，并生成了浓郁的时空幻灭感与价值虚无感。他把这一切哲学体认和人性悲哀，都埋藏于《红楼梦》中。

曹雪芹大约从三十岁开始创作《红楼梦》，共"披阅十载，增删五次"，至病逝为止，只整理出八十回，八十回以后，可能也写过一些片断手稿或回目，但在传阅中"迷失"。学术界一般认为，《红楼梦》的后四十回主要是由高鹗续补。高鹗完成了这部伟大的悲剧，比较成功地处理了宝黛爱情悲剧的结局，使得故事完整，便于流传。但安排了"兰桂齐芳，家道复初"的结局，违背了曹雪芹的原意，歪曲了主要人物的性格，有损于小说的主题。

《红楼梦》的版本分为抄本和活字排印本两个系统。抄本多是带有脂砚斋等人的评语的八十回本，题为《脂砚斋重评石头记》，简称为"脂本"。其中比较重要的有甲戌、己卯、庚辰及戚本。排印系统中以程高本为代表，即乾隆五十六年（1791）、五十七年（1792）由程伟元、高鹗先后两次用木活字排印的一百二十回本《红楼梦》，分别为"程甲本"和"程乙本"，合称为"程高本"。

红楼梦（黛玉葬花）

宝玉因不见了黛玉，便知是他躲了别处去了。想了一想，索性迟两日，等他的气息一息再去也罢了。因低头看见许多凤仙石榴等各色落花，锦重重的落了一地，因叹道："这是他心里生了气，也不收拾这花儿来了。待我送了去，明儿再问着他。"说着，只见宝钗约着他们往后头去。宝玉道："我就来。"说毕，等他二人去远，把那花儿兜起来，登山渡水，过树穿花，一直奔了那日和黛玉葬桃花的去处来。

将已到了花冢，犹未转过山坡，只听山坡那边有呜咽之声，一面数落着，哭的好不伤感。宝玉心下想道："这不知是那房里的丫头，受了委屈，跑到这个地方来哭？"一面想，一面煞住脚步，听他哭道是：

花谢花飞飞满天，红消香断有谁怜？
游丝软系飘春榭，落絮轻沾扑绣帘。
闺中女儿惜春暮，愁绪满怀无着处，

手把花锄出绣帘，忍踏落花来复去？
　　柳丝榆荚自芳菲，不管桃飘与李飞。
　　桃李明年能再发，明年闺中知有谁？
　　三月香巢初垒成，梁间燕子太无情！
　　明年花发虽可啄，却不道人去梁空巢已倾。
　　一年三百六十日，风刀霜剑严相逼。
　　明媚鲜妍能几时？一朝飘泊难寻觅。
　　花开易见落难寻，阶前愁杀葬花人，
　　独把花锄偷洒泪，洒上空枝见血痕。
　　杜鹃无语正黄昏，荷锄归去掩重门。
　　青灯照壁人初睡，冷雨敲窗被未温。
　　怪奴底事倍伤神？半为怜春半恼春：
　　怜春忽至恼忽去，至又无言去不闻。
　　昨宵庭外悲歌发，知是花魂与鸟魂？
　　花魂鸟魂总难留，鸟自无言花自羞。
　　愿侬此日生双翼，随花飞到天尽头！
　　天尽头，何处有香丘？
　　未若锦囊收艳骨，一抔净土掩风流①。
　　质本洁来还洁去，强于污淖陷渠沟②。
　　尔今死去侬收葬，未卜侬身何日丧？
　　侬今葬花人笑痴，他年葬侬知是谁？
　　试看春残花渐落，便是红颜老死时。
　　一朝春尽红颜老，花落人亡两不知！

　　宝玉听了不觉痴倒。要知端详，且听下回分解。
　　说话林黛玉只因昨夜晴雯不开门一事，错疑在宝玉身上。至次日又可巧遇见饯花之期，正是一腔无明正未曾发泄③，又勾起伤春愁思，因把些残花落瓣去掩埋。由不得感花伤己，哭了几声，便随口念了几句。不想宝玉在山坡上听见，先不过点头感叹；次又听到"侬今葬花人笑痴，他年葬侬知是谁？……一朝春尽红颜老，花落人亡两不知"等句，不觉恸倒山坡上，怀里兜的落花撒了一地。试想林黛玉的花颜月貌，将来亦到无可寻觅之时，宁不心碎肠断！既黛玉终归无可寻觅之时，推之于他人，如宝钗、

民国粉彩《黛玉葬花》

香菱、袭人等,亦可以到无可寻觅之时矣。宝钗等终归无可寻觅之时,则自己又安在哉?且自身尚不知何在何往,则斯处,斯园,斯花,斯柳,又不知当属谁姓矣!——因此,一而二,二而三,反复推求了去,真不知此时此际欲为何等蠢物,杳无所知,逃大造④,出尘网,始可解释这段悲伤。正是:

花影不离身左右,鸟声只在耳东西。

那黛玉正自伤感,忽听山坡上也有悲声,心下想道:"人人都笑我有痴病,难道还有一个痴子不成?"想着,抬头一看,见是宝玉。林黛玉便啐道:"啐!我道是谁,原来是这个狠心短命的……"刚说到"短命"二字,又把口掩住,长叹一声,自己抽身便走。

这里宝玉悲恸了一回,见黛玉去了,便知黛玉看见他躲开了。自己也觉无味,抖抖土起来,下山寻归旧路,往怡红院来。可巧看见黛玉在前头走,连忙赶上去,说道:"你且站着。我知道你不理我,我只说一句话,从今以后撂开手。"黛玉回头见是宝玉,待要不理他,听他说"只说一句话,从此撂开手",这话里有文章,少不得站住说道:"有一句话,请说来。"宝玉笑道:"两句话,说了你听不听?"黛玉听说,回头就走。宝玉在身后面叹道:"既有今日,何必当初?"黛玉听见这话,由不得站住,回头道:"当初怎么样?今日怎么样?"宝玉道:"当初姑娘来了,那不是我陪着玩笑?凭我心爱的,姑娘要,就拿去;我爱吃的,听见姑娘也爱吃,连忙收拾的干干净净,收着,等着姑娘回来。一个桌子上吃饭,一个床儿上睡觉。丫头们想不到的,我怕姑娘生气,替丫头们都想到了。我心里想着:姊妹们从小儿长大,亲也罢,热也罢,和气到了儿,才见得比别人好。如今谁承望姑娘人大心大,不把我放在眼里,三日不理,四日不见的,倒把外四路的什么宝姐姐凤姐姐的放在心坎儿上⑤。我又没个亲兄弟,亲妹妹,虽然有两个,你难道不知道是我隔母的?我也和你是独出,只怕你和我的心一样;谁知我是白操了这一个心,弄的有冤无处诉!"说着不觉滴下眼泪来。

黛玉耳内听了这话,眼内见了这形景,心内不觉灰了大半,也不觉滴下泪来,低头不语。宝玉见这般形景,遂又说道:"我也知道我如今不好了,但只任凭我怎么不好,万不敢在妹妹跟前有错处。——就有一二分错处,你倒是或教导我,戒我下次,或骂我几句,打我几下,我都不灰心。谁知你总不理我,叫我摸不着头脑儿,少魂失魄,不知怎么样才好!就是死了,也是个屈死鬼,任凭高僧高道忏悔也不能脱生;还得你说明了缘故,我才得托生呢!"

黛玉听了这话,不觉将昨晚的事都忘在九霄云外了,便说道:"你既这么说,为什么我去了,你不叫丫头开门呢?"宝玉诧异道:"这话从那里说起?我要是这么着,立刻就死了!"黛玉啐道:"大清早起死呀活的,也不忌讳!你说有呢就有,没有就没有,起什么誓呢?"宝玉道:"实在没有见你去,就是宝姐姐坐了一坐,就出来了。"黛玉想了一想,笑道:"是了。想必是丫头们懒怠动,丧声歪气的也是有的。"宝玉道:"想必是这个原故。等我回去问了是谁,教训教训他们就好了。"黛玉道:"你的那些姑娘们也该教训教训,只是论理我不该说。今儿得罪了我的事小,倘或明儿宝姑娘来,什么'贝姑娘'来,也得罪了,事情可就大了。"说着,抿着嘴儿笑。宝玉听了,又是咬牙,又是笑。

曹雪芹著《红楼梦》,人民文学出版社 1982 年版

【注释】

①一抔(póu)净土:抔,掬。一抔,一捧,双手捧物。《史记·张释之列传》:"取长陵一抔土",比喻盗开坟墓。后人就以"一抔土"代指坟墓。这里"一抔净土"指花冢。②泥淖(nào):污泥。③无明:佛家用语,意译为"痴",即缺乏真知之意。佛教认为,人世的种种烦恼,就是"无明"在起作用。因此称人的发怒为无名怒火,省略称为"无明"。④大造、尘网:泛指人间。大造:大自然创造,化育万物,指宇宙。尘网:比喻在人世间被名利声色束缚,如在网中不得解脱。⑤外四路:指关系疏远。

【导读】

《红楼梦》是我国文学史上一部伟大的现实主义小说,也是一个彻头彻尾的悲剧。这部文学巨著,通过宝黛爱情的悲剧来表现一个家族的悲剧。它从一个家族的悲剧来展现一个没落时代的悲剧,又从一个时代的悲剧来揭示人生永恒的悲剧,拓展出一个多层重叠、相互融合的悲剧世界。小说将时代的悲剧、文

化的悲剧、人生的悲剧熔为一炉，显示出其深刻的主题思想和多元的文化意蕴。

《红楼梦》具有强烈的悲剧意识，主要表现为四个层面：

首先，家庭和社会的悲剧。诗礼簪缨之族、钟鸣鼎食之家的贾府，由"烈火烹油，鲜花着锦"的盛世，无可奈何地迈向薄暮穷途的"末世"，最后"忽喇喇似大厦倾，昏惨惨似灯将尽"，衣冠风流化作荒冢斜晖，上演了一出"树倒猢狲散"的家族悲剧。小说以贾府的衰亡历程为一条重要的线索，贯穿起史、王、薛等各大家族的没落和迷失，描绘了上至宫廷、下及乡村的广阔历史画卷，广泛而深刻地透露了封建末世尖锐复杂的矛盾漩涡，从而揭示了传统社会结构与家族模式趋向崩溃的历史宿命。安富尊荣者多，运筹谋划者少，这是贾府衰败的首要原因。主子们都养尊处优，饱食终日，智能萎顿；下人们得过且过，离心离德，貌合神离。那些处于核心层的主子，钩心斗角，各谋私利。如凤姐，表面上虽终日为家事操劳，其实却是沉迷于个人的极度权力，满足日益膨胀的病态权势欲。她对上欺瞒献媚，助长奢侈浮华的风气；对下欺压盘剥，克扣月银，放高利贷，一再激化矛盾，其实是在将贾府大厦一步步引向坍塌。此外，围绕家政控制权和宗族继承权，贾府的主子之间矛盾诡谲，冲突激烈。正如七十五回中探春所说："咱们倒是一家子亲骨肉呢，一个个不像乌眼鸡，恨不得你吃了我，我吃了你。"人才匮竭，后继无人，这是导致贾府衰败的重要原因。在荣宁两府的男性主子中，无论是"文"字辈的、"玉"字辈的或"草"字辈的，实已无一人可支撑贾府巨厦的危局险途。贾敬更是一心痴迷于烧丹炼汞，贾赦则以贪婪、荒淫的生活填补焦躁空虚的内心，即使是有祖辈勤恳遗风的贾政，实际上也只是一个毫无气魄雄心的腐儒庸人，贾珍、贾琏之流则更是陷身人欲的声色犬马之徒，确是"一代不如一代"，这个封建家族和它所代表的封建社会一样，生命力在不断萎缩和退化，最后走向了不可避免的没落和衰亡。

其次，爱情与婚姻的悲剧。《红楼梦》的主人公是等级社会和价值体系的叛逆者贾宝玉。宝玉在贾府的世界里，既是宠儿又是囚徒。他衔玉而生，使得以贾母为首的贾府众人都对他尊宠有加，而且把这块"宝玉"视为"命根子"，等同于家族存在的命脉，再加上他"神采飘逸""秀色夺人"，更得到了老祖宗固执的偏爱。因此，宝玉在贾府中的地位和物质待遇，都是达到极致的"安富尊荣"，特别是他得到了可在"内帏厮混"的宽许，与众姊妹朝暮厮守在梦境一般的大观园里，更使他升格为"富贵闲人"。但另一方面，由于贾政和王夫人对他寄予极大的仕途期盼，希望将他纳入固有的生活秩序和利益群体。因此，时常对他严加管教，甚至毒打，这就使得宝玉深感自我生命成为某种筹码和玩偶。他不能阅读求真，不能任情交往，不能拯救弱者，更不能自由选择爱情和婚姻，他其实成了贾府中一个多余的人。林黛玉是一个凄美而才情横溢的少女。她自幼父母双亡，孤身一人，来到贾府过着寄人篱下的孤独生活。她孤高自许，在那人际关系冷漠诡谲的大观园里，曲高和寡，只有贾宝玉成为她唯一的心灵慰藉，遂把希望和生命交付于对宝玉的爱情之中。她并没有为了争取婚姻的成功而屈服于世俗环境，也没有迎合家族长辈的需求去规劝宝玉妥协于仕途经济的道路。她特立独行，用尖刻的话语讥刺污浊的利益角逐，以高傲的性格与生存环境对抗，以诗人的敏感去抒发对生命的感受："愿奴胁下生双翼，随花飞到天尽头。天尽头！何处有香丘？未若锦囊收艳骨，一抔净土掩风流。质本洁来还洁去，强于污淖陷渠沟。"她，最终怀着对世界的绝望，含泪而夭，为守望自己的人格尊严和纯美的感情而付出了生命的代价。

再次，女子的悲剧、青春的悲剧。在书中，《红楼梦》虚构了一个与现实世界有所疏离的大观园，它实际上是与"须眉浊物"的男子相对立的众多女儿的精神家园与理想世界，但在发生"绣春囊事件"之后，大观园也很快走向毁灭。作品正是形象地展示出这些美丽的女子一起走向"千红一窟（哭）""万艳同杯（悲）"的终极归宿。大观园里这些女儿的悲剧，其实就是青春、美、爱和一切有价值的生命被毁灭悲剧，这也有力地批判了现实世界的污浊和一个没落社会的黑暗。

最后，《红楼梦》更是人生的悲剧。贾宝玉作为《红楼梦》中的核心人物，在他身上表现出强烈的叛逆性格和追求个性解放的思想意识。他出生在钟鸣鼎食之家，却极其鄙视功名富贵。他生活在科举是正途出身的时代，却唾弃科举制度。他处在封建等级制度森严的环境里，却痛斥讥讽"文死谏，武死战"的忠臣也不过是沽名钓誉之辈。在外人眼里，他是"无故寻愁觅恨，有时似傻如狂"、"天下无能第一，古今不肖无双"的"混世魔王"。然而，身为大观园里的贵公子，却说"女儿是水做的骨肉，男人是泥作的骨肉。我见了女儿，我便清爽；见了男子，便觉浊臭逼人"，尤其视纯真的少女为美丽的化身，这些惊世骇俗的观念都与传统文学中的男性形象极大不同。尽管贾宝玉与封建秩序格格不入，却无法改变现实环境，他满怀希望寻求新的出路，却又无路可走。所以，他是这个社会的一个多余人，一个无用的人。当他目睹了发生在身边的一幕幕丑剧和悲剧后，他从无当中来，又到虚无当中去，终于，出家就成为他唯一的归宿，正如鲁迅所说："悲凉之雾，遍被华林，然呼吸而领会之者，独宝玉而已。"

《红楼梦》在继承中国古代小说优秀艺术传统的基础上，大力开创，达到了我国古典小说的高峰，其杰出的艺术成就主要体现在以下几方面：

首先，人物形象塑造。作者常用似褒实贬，似贬实褒的"逆笔"法，对基本否定的人物反而写出许多外在的优点，如写薛宝钗和王熙凤。又对基本肯定的人物却写出了许多外在的缺点，如写宝玉和黛玉。作者还善于用"曲笔"写法。即在描写人物时，作者不仅不加评论，而且反面文章正面做；让读者去咀嚼其中的言外之意，弦外之音。如写贾珍对儿媳秦可卿之死的态度。曹雪芹还善于将不同人物或是相近人物进行复杂性格之间的全面对照，使她们气质的独特性在对比中凸显出来。如薛宝钗、林黛玉两个人，都是淑美多才的少女，但一个是"行为豁达，随分从时"，有时则矫揉造作；一个是"孤高自许""目下无尘"，有时不免任性尖酸。一个倾向于理性，是"任是无情也动人"的冷美人；一个执著于感性，具有热烈的情绪和细腻敏感的情感。一个是以现实的利害来规范整合自己的言行；一个以性情的自由作为人生的常态。这样两种不同层面的气质和心态，在对比中，其独特性就异常鲜明地表露出来。

在心理描写和分析方面，《红楼梦》也在这个中国古典小说比较薄弱的领域实现突破，它善于写出人物灵魂深处情感与理性的纠结。例如宝钗一方面在使自己成为温良贤德的完美淑女，这是她的社会属性和文化属性，是她理性的层面。但另一方面，她又是一个有生命活力的人，她不能抑制生命赋予的本性，这是她情感的层面。于是两种渴望便在意识深处产生了相互的碰撞：一方面，作为一个少女，面对宝玉，产生思慕之情是很自然的；另一方面，却又用理性来掩饰爱的情感。例如在宝玉被父严酷笞罚后她去探望，她伤心地"点头叹道：'早听人一句话，也不至今日。别说老太太、太太心疼，就是我们看着，心里也疼……'刚说了半句又忙咽住，自悔说的话急了，不觉的就红了脸，低下头来"。

其次，出色的结构艺术。《红楼梦》打破了中国古典小说的单线头链条式的结构方式，采用双线头网状结构。其主线是宝、黛之间的爱情悲剧，副线是贾府的由盛而衰到彻底崩溃。《红楼梦》的结构布局复杂而又和谐，全书一百二十回，其结构体系可分为四大段落，暗含春夏秋冬的四季寓意：第一回到第五回是序幕，暗示创作意图，介绍核心人物，为故事情节的展现做铺垫准备。第六回到第二十三回是第二个大段落，故事情节从刘姥姥一进荣国府开始，将刘姥姥作为四大宗族衰亡史的见证人，她的三进荣国府，正好经历了贾家盛极而衰的全过程，在艺术结构上贯穿始终，起到了纲举目张的作用。第二十四回到七十四回是第三个大段落，写宝黛爱情的萌生、曲折和升华，也写了宗族内部的危机和颓败。第七十五回到一百二十回是第四个大段落，宝黛爱情受到扼杀而凋零熄灭，贾府的内忧外患濒临总暴发的边缘，主要人物也都坠入悲剧性的结局。

《红楼梦》的语言简洁纯净而又丰富多彩。小说中的人物语言高度个性化。不但每个人物的语言各有特色，而且同一个人物在不同插合的语言也不相同。在中国古典小说中，《红楼梦》的语言成熟而优美。

本篇选自《红楼梦》第二十七回"滴翠亭杨妃戏彩蝶　十里香冢飞燕泣残红"与第二十八回"蒋玉函情赠茜香罗　薛宝钗羞笼红麝串"。林黛玉深情吟诵《葬花词》，倾诉了其寄人篱下，孤苦伶仃的愁绪，也表达出她孤洁身洁、甘屈服的傲骨，同时也表露出黛玉对生命短暂、红颜易老的感伤。《葬花词》，可以说是林黛玉的悲歌，也是大观园里青春少女的挽歌，是一曲《红楼梦》中大观园的哀歌。

【选评】

鲁迅《中国小说史略》："至于说到《红楼梦》的价值，可是在中国底小说中实在是不可多得的。其要点在敢于如实描写，并无讳饰，和从前的小说叙好人完全是好，坏人完全是坏的，大不相同，所以其中所叙的人物，都是真的人物。总之自有《红楼梦》出来以后，传统的思想和写法都打破了。"

【思考与讨论】

1. 一般认为，《红楼梦》中最主要的人物是贾宝玉？谈谈你对这一人物形象的理解。

2. 《红楼梦》是一部伟大的悲剧，其悲剧意识体现在哪些方面？试加以阐述。

3. 《红楼梦》中"木石前盟"和"金玉良缘"有什么不同？你觉得理想的爱情应该是怎样的？

【拓展与延伸】

1. 近几年，《红楼梦》热不断掀起，对《红楼梦》的翻拍、续写以及争议屡见报端。你如何看待古典名著的翻拍现象？自拟角度，写一篇评论。

2. 观看1987年王扶林导演的《红楼梦》和2010年李少红导演的新《红楼梦》，你更喜欢哪一部？请尝试从导演、编剧、表演、化妆等方面具体谈谈。

3. 《红楼梦》中有很多精彩片断，如"宝玉挨打"、"香菱学诗"、"黛玉葬花"等。请选择部分片断，将其改编成影视剧本，并进行排演。

【推荐阅读】

1. 《红楼梦》，曹雪芹著，人民文学出版社1982年版。

2. 《脂砚斋批评本红楼梦》，曹雪芹著，岳麓书社2006年版。

3. 《红楼梦与百年中国》，刘梦溪著，中央编译出版社2005年版。

4. 《红楼哲学笔记》，刘再复著，生活·读书·新知三联书店2009年版。

清代戏曲

孔尚任

【孔尚任】（1648-1718）字聘之，又字季重，号东塘，别号岸塘，又自称云亭山人，山东曲阜人，孔子六十四世孙。孔尚任二十岁进学成诸生，康熙二十年（1680）"尽典负郭田"，捐纳为国子监生。康熙二十三年（1687）秋九月，康熙南巡，十一月至曲阜祭孔，孔尚任被选为御前讲经人员，深受康熙赞赏，被授为国子监博士，时年三十七岁。入京半年，奉命随工部侍郎孙在丰南下淮扬治水。湖海四年，孔尚任对官场黑暗深有所感。返京后，历任国子监博士，户部主事，户部广东司员外郎，并在康熙三十四年（1695）奉命宝泉局监铸。康熙三十八年（1699）六月，完成《桃花扇》。

孔尚任像

次年三月，孔尚任被罢官。在京师滞留两年后，归石门故里，康熙五十七年（1718）正月上元日，卒于家，终年七十一岁。

《桃花扇》是孔尚任的代表作品，前后创作近十年。他隐居石门时，便"每拟作此传奇"，从南明旧员中广采弘光王朝遗事。南下淮扬时，又遍访南明遗老诸如冒辟疆、李清（映碧）、张瑶星等，深受其节操品行的感染，并收集到明末江南士人的第一手材料。孔尚任还亲自凭吊南明故地，对明故宫、明孝陵等一洒微臣之泪。这些都为他创作《桃花扇》剧本奠定了良好的基础。最后，经过十年甘苦，三易其稿，"一字一句、抉心呕成"的辛勤劳动之后，《桃花扇》终于在1699年脱稿，引起了巨大的社会反响，"王公缙绅，莫无借钞，时有纸贵之誉"，并出现南北上演《桃花扇》"岁无虚日"的盛况。在戏曲之外，孔尚任亦长于诗文，有《湖海集》《岸堂文集》等著作。

桃花扇（却奁①）

（杂扮保儿掇马桶上②）龟尿龟尿，撒出小龟；鳖血鳖血，变成小鳖。龟尿鳖血，看不分别；鳖血龟尿，说不清白。看不分别，混了亲爹；说不清白，混了亲伯。（笑介）胡闹，胡闹！昨日香姐上头③，乱了半夜；今日早起，又要刷马桶，倒溺壶，忙个不了。那些孤老、表子，还不知搂到几时哩④。（刷马桶介）

【夜行船】（末）人宿平康深柳巷⑤，惊好梦门外花郎⑥。绣户未开，帘钩才响，春阻十层纱帐。

下官杨文骢，早来与侯兄道喜。你看院门深闭，侍婢无声，想是高眠未起。（唤介）保儿，你到新人窗外，说我早来道喜。（杂）昨夜睡迟了，今日未必起来哩。老爷请回，明日再来罢。（末笑介）胡说！快快去问。（小旦内问介⑦）保儿！来的是那一个？（杂）是杨老爷道喜来了。（小旦忙上）倚枕春宵短，敲门好事多。（见介）多谢老爷，成了孩儿一世姻缘。（末）好说。（问介）新人起来不曾？（小旦）昨晚睡迟，都还未起哩。（让坐介）老爷请坐，待我去催他。（末）不必，不必。（小旦下）

【步步娇】（末）儿女浓情如花酿，美满无他想，黑甜共一乡⑧。可也亏了俺帮衬，珠翠辉煌，罗绮飘荡，件件助新妆，悬出风流榜。

昆曲《1699桃花扇》剧照

（小旦上）好笑，好笑！两个在那里交扣丁香⑨，并照菱花⑩，梳洗才完，穿戴未毕。请老爷同到洞房，唤他出来，好饮扶头卯酒⑪。（末）惊却好梦，得罪不浅。（同下）（生、旦艳妆上）

【沉醉东风】（生、旦）这云情接着雨况⑫，刚搔了心窝奇痒，谁搅起睡鸳鸯。被翻红浪，喜匆匆满怀欢畅。枕上余香，帕上余香，消魂滋味，才从梦里尝。

（末、小旦上，末）果然起来了，恭喜，恭喜！（一揖，坐介）（末）昨晚催妆拙句⑬，可还说的入情么。

（生揖介）多谢！（笑介）妙是妙极了，只有一件。（末）那一件？（生）香君虽小，还该藏之金屋⑭。（看袖介）小生衫袖，如何着得下？（俱笑介，末）夜来定情，必有佳作。（生）草草塞责，不敢请教。（末）诗在那里？（旦）诗在扇头。（旦向袖中取出扇介）（末接看介）是一柄白纱宫扇⑮。（嗅介）香的有趣。（吟诗介）妙，妙！只有香君不愧此诗。（付旦介）还收好了。（旦收扇介）

【园林好】（末）正芬芳桃香李香，都题在宫纱扇上；怕遇着狂风吹荡，须紧紧袖中藏，须紧紧袖中藏。

（末看旦介）你看香君上头之后，更觉艳丽了。（向生介）世兄有福，消此尤物⑯。（生）香君天姿国色，今日插了几朵珠翠，穿了一套绮罗，十分花貌，又添二分，果然可爱。（小旦）这都亏了杨老爷帮衬哩。

【江儿水】送到缠头锦⑰，百宝箱，珠围翠绕流苏帐⑱，银烛笼纱通宵亮，金杯劝酒合席唱。今日又早早来看，恰似亲生自养。赔了妆奁，又早敲门来望。

（旦）俺看杨老爷，虽是马督抚至亲⑲，却也拮据作客，为何轻掷金钱，来填烟花之窟？在奴家受之有愧，在老爷施之无名；今日问个明白，以便图报。（生）香君问得有理，小弟与杨兄萍水相交，昨日承情太厚，也觉不安。（末）既蒙问及，小弟只得实告了。这些妆奁酒席，约费二百余金，皆出怀宁之手⑳。（生）那个怀宁？（末）曾做过光禄的阮圆海。（生）是那皖人阮大铖么？（末）正是。（生）他为何这样周旋？（末）不过欲纳交足下之意。

【五供养】（末）羡你风流雅望，东洛才名㉑，西汉文章㉒。逢迎随处有，争看坐车郎㉓。秦淮妙处㉔，暂寻个佳人相傍，也要些鸳鸯被、芙蓉妆；你道是谁的，是那南邻大阮，嫁衣全忙。

（生）阮圆老原是敝年伯㉕，小弟鄙其为人，绝之已久。他今日无故用情，令人不解。（末）圆老有一段苦衷，欲见白于足下。（生）请教。（末）圆老当日曾游赵梦白之门㉖，原是吾辈。后来结交魏党㉗，只为救护东林㉘，不料魏党一败，东林反与之水火。近日复社诸生㉙，倡论攻击，大肆殴辱，岂非操同室之戈乎？圆老故交虽多，因其形迹可疑，亦无人代为分辩。每日向天大哭，说道："同类相残，伤心惨目，非河南侯君，不能救我。"所以今日谆谆纳交。（生）原来如此，俺看圆海情辞迫切，亦觉可怜，就便真是魏党，悔过来归，亦不可绝之太甚，况罪有可原乎。定生、次尾㉚，皆我至交，明日相见，即为分解。（末）果然如此，吾党之幸也。（旦怒介）官人是何说话，阮大铖趋附权奸，廉耻丧尽；妇人女子，无不唾骂。他人攻之，官人救之，官人自处于何等也？

【川拨棹】不思想，把话儿轻易讲。要与他消释灾殃，要与他消释灾殃，也提防旁人短长。官人之意，不过因他助俺妆奁，便要徇私废公；那知道这几件钗钏衣裙，原放不到我香君眼里。（拔簪脱衣介）脱裙衫，穷不妨；布荆人，名自香。

（末）阿呀！香君气性，忒也刚烈。（小旦）把好好东西，都丢一地，可惜，可惜！（拾介）（生）好，好，好！这等见识，我倒不如，真乃侯生畏友也㉛。（向末介）老兄休怪，弟非不领教，但恐为女子所笑耳。

【前腔】（生）平康巷，他能将名节讲；偏是咱学校朝堂，偏是咱学校朝堂，混好贤不问青黄。那些社友平日重俺侯生者，也只为这点义气；我若依附奸邪，那时群起来攻，自救不暇，焉能救人乎？节和名，非泛常；重和轻，须审详。

（末）圆老一段好意，也还不可激烈。（生）我虽至愚，亦不肯从井救人㉜。（末）既然如此，小弟告辞了。（生）这些箱笼，原是阮家之物，香君不用，留之无益，还求取去罢。（末）正是：多情反被无情恼，乘兴而来兴尽还。（下）（旦恼介，生看旦介）俺看香君天姿国色，摘了几朵珠翠，脱去一套绮罗，十分容貌，又添十分，更觉可爱。（小旦）虽如此说，舍了许多东西，倒底可惜。

【尾声】金珠到手轻轻放，惯成了娇痴模样，辜负俺辛勤做老娘。

（生）些须东西，何足挂念，小生照样赔来。（小旦）这等才好。

（小旦）花钱粉钞费商量㉝，（旦）裙布钗荆也不妨；

（生）只有湘君能解佩㉞，（旦）风标不学世时妆㉟。

孔尚任著，王季思校注《桃花扇》，人民文学出版社2009年版

【注释】

①奁（lián）：女性梳妆用的镜匣，这里指嫁妆。②杂：杂角，泛指生旦净丑等主要角色之外的一般角色。保儿：即鸨儿，老妓。③上头：意指女子出嫁，因要改变发型并加等，故称。这里指妓女第一次接客，也叫梳栊。④孤老：妓院中对长期固定的客人的称呼。表子：婊子，妓女。⑤平康、柳巷：旧时对妓院的

代称。⑥花郎：卖花人。⑦小旦：旦角之一种，这里指香君假母李贞丽。⑧黑甜：比喻甜美的睡梦。⑨丁香：这里以丁香花蕾形容衣服的纽扣。⑩菱花：镜子。古代铜镜常饰以菱花图案，故往往以菱花来指代。⑪扶头卯酒：早晨为振奋精神所饮的酒。一说为酒名。⑫云情接着雨况：指男女交欢时的情况。⑬催妆拙句：祝贺女子出嫁的诗句，指本剧第六出《眠香》中杨文骢所作的《催妆》诗："生小倾城是李香，怀中婀娜袖中藏。缘何十二巫峰女，梦里偏来见楚王。"⑭金屋：金屋藏娇。《汉武故事》载：汉武帝做太子时，其姑母欲将女儿阿娇嫁给他，他高兴地说："若得阿娇作妇，当作金屋贮之。"⑮宫扇：宫廷中流行的扇子。⑯尤物：特殊的东西，这里指美人。⑰缠头锦：指给歌伎的酬劳。⑱流苏：类似丝绦的一种装饰品。流苏帐，即用流苏装饰的帐帏。⑲马督抚：指马士英，当时任凤阳总督。烟花之窟：指妓院。⑳怀宁：指阮大铖，号圆海，安徽怀宁人，曾依太监魏忠贤，作过光禄卿，与东林党不合。㉑东洛才名：古时东都洛阳以出才子而著名，如晋代的左思等。这里用以比喻侯方域的才名很大。㉒西汉文章：西汉出了许多名家名作，如司马迁、司马相如、扬雄等，他们的作品流传久远。㉓坐车郎：晋代潘岳貌美，他坐车出游，总是引得妇女争相观看。这里比喻侯方域风度翩翩。㉔秦淮：指南京的秦淮河，古代是妓院聚集之地。㉕敝：对自己或自己一方的谦称。年伯：旧时科举同年登科的关系为年谊，称其长辈为年伯。㉖赵梦白：即赵南星，字梦白，明末天启间吏部尚书，东林党领袖之一。㉗魏党：指魏忠贤及其党羽。㉘东林：指东林党，明末以赵南星、邹元标、顾宪成为首的一派文人，主要从事反对魏忠贤及其党羽的活动。㉙复社：明末清初，东林党被镇压后，继承东林党思想、组织的一个文人集团。代表人物有张溥、吴伟业等。㉚定生、次尾：指陈贞慧、吴应箕，两人均为复社后期的中坚人物。㉛畏友：值得敬畏的朋友。㉜从井救人：跳进井中救人，比喻不仅救不了人，反而害了自己。㉝花钱粉钞：用在花粉装饰上面的钱钞。这里实指香君上头所用的花销。㉞湘君能解佩：《楚辞·九歌·湘君》中有"遗余佩兮醴浦"一句，写湘君久等恋人不来后，将玉佩扔掉，以示决绝。这里以湘君比李香君，称赞其却奁行为。㉟风标：梳妆打扮。这里实指行为。

【导读】

　　孔尚任的《桃花扇》与洪昇的《长生殿》被誉为清代戏曲的双璧。《桃花扇》"借离合之情，写兴亡之感"，它通过复社文人侯方域和秦淮名妓李香君悲欢离合的爱情故事，反映南明小王朝一代覆亡的悲剧历史，并从中揭示出明代三百年基业旦夕瓦解的历史原因。

《桃花扇》作为一部历史剧,具有深厚的思想内容,具体表现在以下方面:

一是剧本揭示出阉党余孽既是造成侯、李爱情悲剧的罪魁,又是致使南明覆灭的祸首。全剧从李香君与侯方域的因缘聚合开场,一开始就突出了复社正直士人与阉党余孽的矛盾冲突,阉党余孽阮大铖遭到复社文人的鄙夷与排斥,他并不善罢甘休,而是重金引诱复社领袖侯方域,进行收买和瓦解,阮大铖的阴谋被李香君识破,未能得逞。不久,政治形势突变,阉党复又得势,并开始对复社成员进行报复和迫害,侯方域出逃扬州避祸,侯李二人由合而分,同心而离居,一片相慕痴心被乱世所阻隔。阮大铖严逼新婚的李香君改嫁给漕抚田仰,对其百般侮辱迫害,致使守楼自誓的李香君在反抗时额头撞地,血溅诗扇,痛心的杨龙友就着血迹,在扇面上点染成一枝桃花,成了"桃花扇"。之后,作者以细致的笔墨描述在清军南下的严酷形势下,南明政权内部的腐败与纷争。权奸马士英、阮大铖诱使皇帝纵情秦淮声色,他们便乘机重权独揽,党同伐异,卖官鬻爵。当清兵铁蹄南侵,羽檄纷飞之时,两人带着巨额家私,早早地溜之大吉。而此时汇聚南明精兵的江北四军镇,则置外侮国患于不顾,一味争地盘,自相残杀。坚守扬州的史可法孤军无援,矢尽粮绝,析骨而炊,最终壮烈沉江。于是江北淮扬,千里空营,清兵乘虚而入,直捣南京。弘光小朝廷转瞬间灰飞烟灭。就这样,"私君、私臣、私恩、私仇,南明无一非私,焉得不亡!"

二是剧末以马、阮覆亡和侯、李遁世终结,不仅凝结了清王朝"太平盛世"下汉民族的兴亡悲怨,而且从哲理层面揭示出国家存亡统辖着个人命运,表现出鲜明的国家至上思想。南明覆亡后,在"白骨青灰长艾萧"的悲索气氛下,侯方域和李香君在南京栖霞山重逢,但此时此刻,经过了大时代的剧变和异族入侵的战火洗劫,一切记忆和理想都已化为乌有,这一缕儿女痴情已经无根可依,侯李二人的一点花月情根终于被张道士所呵醒,两人以双双"入道"而告终。"不图重做兴亡梦,儿女浓情何处消",作者借"离合之情",抒写了"兴亡之感",最后又以"家国之恸"反思了"儿女痴情"。儿女私情在民族大恸、社稷板荡的末世已经无可留恋,这里不仅蕴含了明清易代之际汉民族的兴亡之悲,而且还从"皮之不存,毛将焉附"的哲理高度,展现了个人悲欢与国家存亡的关系,表达了民族命运对个体情感的消解和超越。

在艺术上,《桃花扇》同样取得了很高成就:

首先,表现在人物形象塑造上。尤其是女主人公李香君,她是剧本写得最成功的中心人物。她温柔、聪慧,虽为歌伎,却有明确的生活目的和生活理想,积极主动地关心南明兴亡,对权奸误国十分痛恨。《却奁》表现出她具有清醒的政治头脑，《骂筵》则表现出她不畏强权，为民请命、为国请命的凛然正气，这是她反抗性格的最光辉之点。《守楼》描写她"碎首淋漓"，血染诗扇，表现出她对自己所选择的有共同政治基础（反对魏阉余孽）的爱情的忠贞不渝。然而，在国破家亡之际，她却毅然地割断花月情根，以修真入道的形式寻求自己理想的最后归宿，保持节操大义了。在中国文学史上，李香君是唯一的积极地把自己的爱情与时代风云结合得如此紧密的妇女形象，这实际上是自《牡丹亭》以来的要求个性解放的潮流在新形势下的完善和发展。

其次，体现在高超的结构艺术上。孔尚任非常注重戏剧结构。剧中以"桃花扇"这一具有象征性的道具串联侯、李爱情的离合聚散，又以侯、李爱情串联南明政府各派系以及各种社会力量的纠葛与暗战，纷繁错综，起伏转折，却又有条不紊，不显芜杂。《桃花扇》体现出我国古代戏剧结构艺术的辉煌成就。

本篇为第七出《却奁》，主要写李香君坚决拒收权奸阮大铖为收买侯方域而送给她的妆奁。作者极写李香君深明大义，坚定正直，虽然社会地位卑下，却具有不向权贵低头、不受金钱引诱的高尚情操与气节，这与软弱、动摇的侯方域构成鲜明的对比。

【选评】

（清）孔尚任《桃花扇小识》："桃花扇何奇乎？其不奇而奇者，扇面之桃花也；桃花者，美人之血痕也；血痕也，守贞待字，碎首淋漓不肯辱于权奸者也；权奸者，魏阉之余孽也；余孽者，进声色，罗货利，结党复仇，隳三百年之帝基者也。帝基不存，权奸安在？惟美人之血痕，扇面之桃花，啧啧在口，历历在目，此则事之不奇而奇，不必传而可传者也。"

【思考与讨论】

1. 《桃花扇》中的李香君形象，有何特点？
2. 怎样理解《桃花扇》"借离合之情，写兴亡之感"这一主题？
3. 侯方域与李香君的爱情悲剧是由哪些因素导致的？试加以分析。

【拓展与延伸】

1. 在清代戏曲中，还有不少描写男女爱情的戏剧精品，方成培的《雷峰塔》写了白娘子和许仙爱情，无名氏的《孽海记·思凡》，讲述自幼出家的和尚本无与小尼姑色空彼此爱慕、自结情缘的故事。请欣赏这两部戏，尝试将其改编成话剧或影视剧本。

2. 请朗诵或演唱《桃花扇》中的"哀江南"等选段，体会中国古典戏剧艺术的神韵。

3. 与清代历史文化有关的影视剧有很多，如《孝庄秘史》《康熙王朝》《铁齿铜牙纪晓岚》《宰相刘罗锅》《还珠格格》《步步惊心》《甄嬛传》等。你更喜欢哪几部影视剧？请选择其中一部认真观看，并写一篇影视评论。

【推荐阅读】

1.《桃花扇》，孔尚任著，王季思等校注，人民文学出版社1958年版。

2.《桃花扇选评》，翁敏华撰，上海古籍出版社2004年版。

3.《昆曲六百年》，蒋文博、周兵著，中国青年出版社2009年版。

4.《孔尚任评传》，徐振贵著，南京大学出版社2000年版。

第二编

中国现当代文学精品导读

第一单元

二十世纪二十年代文学

【概述】 二十世纪二十年代文学以1917年初发生的文学革命为起点，以1927年大革命的失败为终结，也称为五四时期文学。1917年初发生的文学革命在中国文学史上具有里程碑的意义，标志着古典文学的结束、现代文学的开始。文学革命带来了文学观念、内容、形式和语言的全面解放。传统的"载道"观念被否定，关注人生和时代成为现代作家们的共识。新文学作家们用白话文创作，借鉴外国多样化的文学样式，使文学语言与形式更加适合表现现代生活，接近普通大众。这一时期的作家大多具有强烈的爱国主义精神、彻底的反封建思想和浓厚的理想主义色彩，他们以文学为武器，催生和促进了中国现代新文化的发展，在中国文化和文学史上具有开创性的贡献。这个时期的文学主潮是反封建的启蒙文学，在创作中以人为中心，肯定人的价值、尊严，崇尚个性和人道主义精神，作品中蕴含强烈的个性解放意识和浓郁的现代人文关怀色彩。在小说领域，"中国现代小说在鲁迅手上开始，又在鲁迅手中成熟，这在历史上是一种并不多见的现象。"严家炎这句话，准确地概括了鲁迅小说在中国现代小说史上的位置。鲁迅极富想象力和创造性的小说创作为中国现代小说的发展奠定了坚实的基础，被称为"中国现代文学之父"。郁达夫以小说创作获得广泛声誉，成名作《沉沦》以其惊世骇俗的自我暴露，改变了中国小说的传统审美特征。白话文运动带来诗歌领域的革新，自由体的白话诗挣脱了数千年格律的束缚，自由自在地表达诗人内心的激情，郭沫若、闻一多、徐志摩都是这一时期诗人中的佼佼者。鲁迅认为，五四时期的文学，散文小品的成功，几乎在小说戏曲和诗歌之上。本时期的散文创作可谓盛况空前，题材广泛、风格多样、流派林立，名家辈出。此外，话剧作为舶来品在这个时期虽属初创，但也取得了令人瞩目的成就。

鲁迅

【简介】鲁迅（1881—1936），20世纪中国伟大的思想家、文学家。原名周樟寿，后改名周树人，字豫才，浙江绍兴人。鲁迅幼时接受传统文化教育，也受到民间文化的濡染。少年时经历了家道中落后的困顿与世态炎凉。17岁赴南京求学，接触西方思想文化，开始接受进化论思想。1902年留学日本学习医学，在观看教学幻灯片时看到健全的国民只能成为毫无意义的看客，深受刺激，决定弃医从文，致力于改造国民性的探索和斗争，并开始从事文学活动。从1907发表《人之历史》到1936年在上海病逝，鲁迅笔耕不辍，一生留下了大量文学作品。有短篇小说集《呐喊》《彷徨》《故事新编》，散文集《朝花夕拾》（原名《旧事重提》），散文诗集《野草》，杂文集《坟》《热风》《华盖集续编》《三闲集》《二心集》《伪自由书》《南腔北调集》《且介亭杂文》等十六部，书信集《两地书》，学术著作《中国小说史略》《汉文学史纲要》以及大量译著。

鲁迅三十年代摄于上海

鲁迅被称为中国的民族魂、中国现代文学之父。他卓尔不凡的精神品格和思想智慧，极具创造力和想象力的文学作品，为中国现代思想和文学作出了重要贡献，影响了一代又一代的读者。毛泽东对鲁迅在新文学中的地位和作用，作出了经典性的评价，他说："鲁迅，就是这个文化新军的最伟大和最英勇的旗手。鲁迅是中国文化革命的主将，他不但是伟大的文学家，而且是伟大的思想家和伟大的革命家。鲁迅的骨头是最硬的，他没有丝毫的奴颜和媚骨，这是殖民地半殖民地人民最可宝贵的性格。鲁迅是在文化战线上，代表全民族的大多数，向着敌人冲锋陷阵的最正确、最勇敢、最坚决、最忠实、最热忱的空前的民族英雄。

鲁迅的方向，就是中华民族新文化的方向。"(《新民主主义论》,《毛泽东选集》第2卷，人民出版社1991年版，第698页)

阿 Q 正传（节选）
第二章　优胜记略

　　阿Q不独是姓名籍贯有些渺茫，连他先前的"行状"也渺茫。因为未庄的人们之于阿Q，只要他帮忙，只拿他玩笑，从来没有留心他的"行状"的。而阿Q自己也不说，独有和别人口角的时候，间或瞪着眼睛道：

　　"我们先前——比你阔的多啦！你算是什么东西！"

　　阿Q没有家，住在未庄的土谷祠里；也没有固定的职业，只给人家做短工，割麦便割麦，春米便春米，撑船便撑船。工作略长久时，他也或住在临时主人的家里，但一完就走了。所以，人们忙碌的时候，也还记起阿Q来，然而记起的是做工，并不是"行状"；一闲空，连阿Q都早忘却，更不必说"行状"了。只是有一回，有一个老头子颂扬说："阿Q真能做！"这时阿Q赤着膊，懒洋洋的瘦伶仃的正在他面前，别人也摸不着这话是真心还是讥笑，然而阿Q很喜欢。

电影《阿Q正传》剧照

阿Q又很自尊，所有未庄的居民，全不在他眼神里，甚而至于对于两位"文童"也有以为不值一笑的神情。夫文童者，将来恐怕要变秀才者也；赵太爷钱太爷大受居民的尊敬，除有钱之外，就因为都是文童的爹爹，而阿Q在精神上独不表格外的崇奉，他想：我的儿子会阔得多啦！加以进了几回城，阿Q自然更自负，然而他又很鄙薄城里人，譬如用三尺三寸宽的木板做成的凳子，未庄人叫"长凳"，他也叫"长凳"，城里人却叫"条凳"，他想：这是错的，可笑！油煎大头鱼，未庄都加上半寸长的葱叶，城里却加上切细的葱丝，他想：这也是错的，可笑！然而未庄人真是不见世面的可笑的乡下人呵，他们没有见过城里的煎鱼！

阿Q"先前阔"，见识高，而且"真能做"，本来几乎是一个"完人"了，但可惜他体质上还有一些缺点。最恼人的是在他头皮上，颇有几处不知于何时的癞疮疤。这虽然也在他身上，而看阿Q的意思，倒也似乎以为不足贵的，因为他讳说"癞"以及一切近于"赖"的音，后来推而广之，"光"也讳，"亮"也讳，再后来，连"灯""烛"都讳了。一犯讳，不问有心与无心，阿Q便全疤通红的发起怒来，估量了对手，口讷的他便骂，气力小的他便打；然而不知怎么一回事，总还是阿Q吃亏的时候多。于是他渐渐的变换了方针，大抵改为怒目而视了。

谁知道阿Q采用怒目主义之后，未庄的闲人们便愈喜欢玩笑他。一见面，他们便假作吃惊的说：

"哙，亮起来了。"

阿Q照例的发了怒，他怒目而视了。

"原来有保险灯在这里！"他们并不怕。

阿Q没有法，只得另外想出报复的话来：

"你还不配……"这时候，又仿佛在他头上的是一种高尚的光荣的癞头疮，并非平常的癞头疮了；但上文说过，阿Q是有见识的，他立刻知道和"犯忌"有点抵触，便不再往底下说。

闲人还不完，只撩他，于是终而至于打。阿Q在形式上打败了，被人揪住黄辫子，在壁上碰了四五个响头，闲人这才心满意足的得胜的走了，阿Q站了一刻，心里想，"我总算被儿子打了，现在的世界真不像样……"于是也心满意足的得胜的走了。

阿Q想在心里的，后来每每说出口来，所以凡是和阿Q玩笑的人们，几乎全知道他有这一种精神上的胜利法，此后每逢揪住他黄辫子的时候，人就先一着对他说：

"阿Q，这不是儿子打老子，是人打畜生。自己说：人打畜生！"

阿Q两只手都捏住了自己的辫根，歪着头，说道：

"打虫豸，好不好？我是虫豸——还不放么？"

但虽然是虫豸，闲人也并不放，仍旧在就近什么地方给他碰了五六个响头，这才心满意足的得胜的走了，他以为阿Q这回可遭了瘟。然而不到十秒钟，阿Q也心满意足的得胜的走了，他觉得他是第一个能够自轻自贱的人，除了"自轻自贱"不算外，余下的就是"第一个"。状元不也是"第一个"么？"你算是什么东西"呢！？

阿Q以如是等等妙法克服怨敌之后，便愉快的跑到酒店里喝几碗酒，又和别人调笑一通，口角一通，又得了胜，愉快的回到土谷祠，放倒头睡着了。假使有钱，他便去押牌宝，一堆人蹲在地面上，阿Q即汗流满面的夹在这中间，声音他最响：

"青龙四百！"

"咳——开——啦！"桩家揭开盒子盖，也是汗流满面的唱。"天门啦——角回啦——！人和穿堂空在那里啦——！阿Q的铜钱拿过来——！"

"穿堂一百——一百五十！"

阿Q的钱便在这样的歌吟之下，渐渐的输入别个汗流满面的人物的腰间。他终于只好挤出堆外，站在后面看，替别人着急，一直到散场，然后恋恋的回到土谷祠，第二天，肿着眼睛去工作。

但真所谓"塞翁失马安知非福"罢，阿Q不幸而赢了一回，他倒几乎失败了。

这是未庄赛神的晚上。这晚上照例有一台戏，戏台左近，也照例有许多的赌摊。做戏的锣鼓，在阿Q耳朵里仿佛在十里之外；他只听得桩家的歌唱了。他赢而又赢，铜钱变成角洋，角洋变成大洋，大洋又成了叠。他兴高采烈得非常：

"天门两块！"

他不知道谁和谁为什么打起架来了。骂声打声脚步声，昏头昏脑的一大阵，他才爬起来，赌摊不见了，人们也不见了，身上有几处很似乎有些痛，似乎也挨了几拳几脚似的，几个人诧异的对他看。他如有所失的走进土谷祠，定一定神，知道他的一堆洋钱不见了。赶赛会的赌摊多不是本村人,还到那里去寻根柢呢?

很白很亮的一堆洋钱!而且是他的——现在不见了!说是算被儿子拿去了罢,总还是忽忽不乐;说自己是虫豸罢,也还是忽忽不乐:他这回才有些感到失败的苦痛了。

但他立刻转败为胜了。他擎起右手,用力的在自己脸上连打了两个嘴巴,热剌剌的有些痛;打完之后,便心平气和起来,似乎打的是自己,被打的是别一个自己,不久也就仿佛是自己打了别个一般,——虽然还有些热剌剌,——心满意足的得胜的躺下了。

他睡着了。

选自《阿Q正传》,《鲁迅全集》第1卷,人民文学出版社2005年版

【导读】

《阿Q正传》创作于1921年,是鲁迅小说中最负盛名的一篇,也是最早被介绍到世界上去的中国现代小说。《阿Q正传》是鲁迅对中国国民弱点和病根的思考最突出、最深刻的艺术表现。鲁迅通过阿Q探索中国人的灵魂,目的是"揭出病苦,引起疗救的注意"。

鲁迅曾说,"我们目下的当务之急,是:一要生存,二要温饱,三要发展。"(《忽然想到》之五)《阿Q正传》给我们叙述了一个生活在辛亥革命前后的中国农民,他的发展需求、温饱需求以及生存权利由高级到低级被渐次剥夺的过程,展现了他精神被毒害的状态。阿Q勤劳质朴,干起活来是"真能做"。但在地主的盘剥下一贫如洗,甚至连姓赵的权利也被赵老太爷剥夺。阿Q深受封建思想观念的侵害,带有小生产者狭隘保守的特点,还有些游手好闲者的狡猾。他不正视现实,也无力反抗现实,常常以健忘来摆脱痛苦。他妄自尊大,既瞧不起城里人也瞧不起未庄人。他身上有"看客"式的无聊,口口声声"杀头好看"。他愚昧保守,对剪辫子的行为深恶痛绝,更严于"男女之大防"。他畏强凌弱,受了强者欺辱不敢反抗,转而欺负更弱小者。虽然,阿Q表现出自发的革命

《阿Q生命中的六个瞬间》封面

要求，当辛亥革命爆发的消息传到未庄时，他不觉"神往"起来，但是他对革命的认识幼稚、糊涂，最终卷入了革命，糊里糊涂地被枪毙，落了个"大团圆"的结局。

精神胜利法是阿Q的主要性格特征。他不敢正视现实生活中的屈辱与失败，用夸耀过去（我先前——比你阔多啦！你算什么东西！）来解脱现实的烦恼，或编织虚无的未来（我的儿子会阔得多！）以宽解眼前的困窘。他健忘（挨了假洋鬼子打后），自欺欺人（儿子打老子），自轻自贱（我是虫豸），自戕（打自己耳光），恃强凌弱（拧小尼姑的脸），种种表现都是为了求得"精神上的胜利"，这种精神状态使阿Q显得可笑、可怜又可悲。阿Q的经历表明，一个不知觉醒的人，他的命运在社会剧变中必定是被牺牲的悲剧。鲁迅在小说中通过对阿Q这一典型人物的塑造，真实地反映了旧时代农民的悲惨命运，深刻地揭示了国民精神上的病态和性格缺陷，启示人们振奋起来，抛弃阻碍人性健全发展的精神枷锁。

在艺术表现上，《阿Q正传》最突出的特色是用喜剧的外套包装一个悲剧性的故事。阿Q的一生是悲剧性的，他的下场令人同情，令人感叹，但这一切又是通过阿Q日常生活中富有喜剧性的事件表现出来的。所以，人们往往被阿Q可笑的言行逗得忍俊不禁，可是掩卷沉思，又不免悲从中来，为阿Q的不幸遭遇而唏嘘叹息，对造成阿Q悲剧命运的文化与制度进行反思。悲剧因素与喜剧因素在小说里相互交织、融合，构成这篇小说最大的艺术特色。

《阿Q正传》具有深远的历史意义，小说所写的虽是辛亥革命前后的事情，但作品中所揭示的阿Q精神作为一种历史、社会及人自身的"病状"将在相当长的历史阶段存在，其思想价值不会因为时代的变迁而丧失。作为一种精神文化现象，阿Q精神不仅承载了中国的国民性弱点，而且也容纳了人在面对生存困境和摆脱困境时的徒劳与矛盾，具有超越时代和民族的意义和价值。从《阿Q正传》发表之日起，人们就没有停止过对阿Q的讨论，不同时代、不同民族、不同层次的读者从不同角度和侧面去解读它，成为"说不尽的阿Q"。几乎每个读者都能从这个人物身上找到自己的影子。

小说共九章，分别为序、优胜记略、续优胜记略、恋爱的悲剧、生计问题、从中兴到末路、革命、不许革命以及大团圆。本书所选主要是能够体现阿Q精神胜利法的部分内容。在这些场景中，精神胜利法的特征被淋漓尽致地展现出来，如妄自尊大、自欺欺人、自轻自贱自戕、麻木健忘等。

【选评】

阿Q性格充满着矛盾，各种性格元素分别形成一组一组对立统一的联系，它们又构成复杂的性格系列。这个性格系列的突出特征就是两重性，即两重人格，自我幻想中的阿Q与实际存在的阿Q似乎是两个人，是不相容的两种人格，但它们却奇妙地统一起来。正是各种性格元素的不协调的对比使阿Q性格具有浓厚的滑稽意味。阿Q的本色在他所处的恶劣环境中是不适生存的，因此自我就发生分裂，形成双重人格。真正的自我只好退回内心，沉醉在躲避现实的虚妄幻想中。而经常表现出来的则是人格的另一面，即被封建社会严重扭曲的自我，它是在丧失自由意志的情况下实现的，是为了适应恶劣的环境以维持个体的生存。很清楚，两重人格既是对自我的消极维护，又是对恶劣环境的痛苦适应。所以一方面是退回内心，一方面是泯灭意志。前者实际上是反抗环境的变态反应，是为了解决自身的心理冲突，以达到心理的平衡；后者是适应环境的变态反应，是为了解决个人与环境的尖锐冲突，以达到个人与环境的平衡。（林兴宅：《论阿Q的性格系统》，《鲁迅研究》1984年第1期）

【思考与讨论】

1. 阿Q是中国现代文学中的不朽形象，它以其深刻性、丰富性和普遍性吸引着国内外众多学者从不同角度对其进行研究。请结合作品，谈谈你对这一人物形象的理解。

2. 一般认为，阿Q的"精神胜利法"是国民劣根性的集中体现。但也有人认为，在现实生活中，人还是要有一点阿Q精神的。你同意哪种观点？请谈谈你的看法。

3. 在鲁迅去世后，作家郁达夫曾著文说："一个有伟大人物而不知敬仰的民族，是毫无希望的奴隶之邦。"近年来，有报道说，在一些中学语文教材的编写中出现了"去鲁迅化"现象，由此引发强烈的社会争议。你如何看待这一现象？

【拓展与延伸】

1. 鲁迅在人们的心目中往往模样是"横眉冷对"，文章则是"匕首投枪"。学者陈丹青却认为："就文学论，就人物论，他是百年来中国第一好玩的人。"请阅读陈丹青《鲁迅是百年来中国第一好玩的人》（《中国青年报》2005年8月10日）、萧红的《回忆鲁迅先生》以及鲁迅《论他妈的》《我的第一个师父》、小说集《故事新编》等作品，根据你对鲁迅及其作品的理解，以《我心中的鲁迅》为题，写一篇文章。

2. 为了纪念鲁迅诞辰一百周年，著名剧作家陈白尘将《阿Q正传》分别改编成话剧和电影剧本。中央实验话剧团、江苏话剧团、辽宁人民艺术剧院等团体用他的改编本进行演出,获得很高的评价。1982年,同名电影在全国公映,获得一致好评。《阿Q正传》还被改编成绍剧、曲剧、芭蕾舞剧等多种艺术形式。请观看部分影视戏剧作品,也可以尝试将小说改编成剧本。

3. 鲁迅的杂文也取得了很高的艺术成就,如《中国人失掉自信力了吗》《论雷峰塔的倒掉》都是其杂文中的名篇。请针对当代社会的种种现象,借鉴鲁迅杂文的艺术手法,自拟题目,写一篇杂文。

【推荐阅读】

1. 《鲁迅小说全集》(丁聪插图本),鲁迅著,人民文学出版社2013年版。
2. 《心灵的探寻》,钱理群著,北京大学出版社1999年版。
3. 《论鲁迅的复调小说》(增订版),严家炎著,北京大学出版社2011年版。

"五四"时期诗歌

郭沫若

【简介】 郭沫若(1892—1978),原名郭开贞,1892年出生于四川乐山县沙湾镇,优美的自然风光熏陶了诗人浪漫主义情怀。因其故乡为两条河流沫水和若水环绕,故改名为郭沫若。1906年入新式学堂,其间,他多次参与反帝反封建的爱国运动,逐渐养成了叛逆的性格。1914年赴日本留学,就读医学专业。这期间,郭沫若的兴趣转向文学,阅读了一批西方文学以及哲学作品,形成了浪漫主义文艺观,接受了泛神论的影响。1921年,与郁达夫等组建创造社,同年《女神》结集出版。1927年,参加中国共产党领导的南昌起义,后为躲避国民党政府缉捕而再次赴日,1937年,归国参加抗战。新中国成立后历任中国文联主席、中国科学院院长等职。他留下了丰富的文学著作,主要成就是诗歌与历史剧的创作。出版的诗集有《女神》《星空》《瓶》《前茅》等,代表性剧作有"三个叛逆的女性"、《屈原》《虎符》等。

凤凰涅槃（节选）
凤凰更生歌

鸡鸣
听潮涨了，
听潮涨了，
死了的光明更生了。

春潮涨了，
春潮涨了，
死了的宇宙更生了。

生潮涨了，
生潮涨了，
死了的凤凰更生了。

凤凰和鸣
我们更生了。
我们更生了。
一切的一，更生了。
一的一切，更生了。
我们便是他，他们便是我，
我中也有你，你中也有我。
我便是你，
你便是我。
火便是凰。
凤便是火。
翱翔！翱翔！
欢唱！欢唱！

我们新鲜，我们净朗，
我们华美，我们芬芳，
一切的一，芬芳。

一的一切,芬芳。
芬芳便是你,芬芳便是我。
芬芳便是他,芬芳便是火。
火便是你。
火便是我。
火便是他。
火便是火。
翱翔!翱翔!
欢唱!欢唱!

我们热诚,我们挚爱。
我们欢乐,我们和谐。
一切的一,和谐。
一的一切,和谐。
和谐便是你,和谐便是我。
和谐便是他,和谐便是火。
火便是你。
火便是我。

凤凰涅槃想象图

火便是他。
火便是火。
翱翔！翱翔！
欢唱！欢唱！

我们生动，我们自由。
我们雄浑，我们悠久。
一切的一，悠久。
一的一切，悠久。
悠久便是你，悠久便是我。
悠久便是他，悠久便是火。
火便是你。
火便是我。
火便是他。
火便是火。
翱翔！翱翔！
欢唱！欢唱！

我们翱翔，我们欢唱。
一切的一，常在欢唱。
一的一切，常在欢唱。
是你在欢唱？是我在欢唱？
是他在欢唱？是火在欢唱？
欢唱在欢唱！
欢唱在欢唱！
只有欢唱！
只有欢唱！
欢唱！
　欢唱！
　　欢唱！

1920年1月20日初稿
1928年1月3日改削

选自《女神》，人民文学出版社2000年版

【导读】

《凤凰涅槃》选自郭沫若诗集《女神》,《女神》是中国新诗的奠基之作,它以绝端自由的形式、奇特的想象和奔放恣肆的激情展示了五四时期狂飙突进的时代精神;以直抒胸臆的方式表现了爱国思想、反封建意识和张扬的个性。《女神》开启了一代诗风,是中国现代白话自由新诗的代表之作,也因此奠定了郭沫若在中国现代诗歌史上的地位。

《凤凰涅槃》是一首控诉旧时代,讴歌新时代的悲壮诗篇,充满了破旧立新的时代激情以及爱国主义情怀。作者在诗中以惊天动地的气概、热烈奔放的激情鞭挞封建专制,主张个性解放和民主自由。诗中凤凰的形象不仅是诗人自我形象的化身,也是民族和祖国的象征。诗人借助凤凰"集香木自焚",于"死灰中更生"的传说,象征中国的新生。诗人要把病入膏肓、腐朽衰败的旧我和旧中国投入熊熊大火,燃烧殆尽,在决然毁弃的剧痛中迎接新我以及新生中国的到来。

"凤歌"是雄鸟的歌唱,刚烈、豪放,是对"黑暗如漆"、"冷酷如铁"、"腥秽如血"的现实的强烈控诉和诅咒。"凰歌"是雌鸟的歌唱,阴柔、哀怨,"倾泻如瀑"、"淋漓如烛"的眼泪表达对美好时光的追悼和呼唤。"凤凰更生歌"是全诗的高潮,是对新生命的赞美。诗人用"光明"、"新鲜"、"华美"、"芬芳"、"自由"、"生动"等形容词呈现了一个万象更新的新世界,用"翱翔"、"欢唱"的姿态表达"欢乐"、"热诚"、高亢昂扬的情绪,呈现出一派欢乐景象。"凤凰更生歌"也包含着泛神论的色彩,消除了自然界万物之间的界限,呈现出物我合一的自由境界。全诗涌动着斗志昂扬的激情,充满了瑰丽奇特的想象,造成巨大的情绪张力和想象张力,表现出典型的浪漫主义风格。郭沫若善于捕捉艺术创作过程中的灵感、直觉,使之触动诗人刹那间的感兴,并在内心搅动起巨大的情感漩涡,正如他在《创造十年》中所说:"每每有诗的发作袭来,就好像生了热病一样,使我作寒作冷,使我提起笔来战颤着,有时候写不成字。"

在诗歌的形式上,《凤凰涅槃》打破旧诗格律的束缚,形式自由奔放,节奏抑扬顿挫。诗人采用叠字、复沓、排比等修辞手法以及不固定的韵脚变换,造成回环往复的韵律感;利用情绪的高低起伏、轻重缓急增强了诗歌内在的节奏感,将憎恨、哀怨、昂扬、坚强有力等多种情绪渲染得淋漓尽致。

【选评】

在郭沫若所面对的大海里,一切都不是作为特定的符号存在的……它是一种状态，是一种没有思想含义的形式，是一种没有本质的现象，它需要的不是领悟、咀嚼和品咂，它需要的是感受，直接的感受；它不需要你联想什么，不需要你赋予它什么意义，只需要你的心弦随着它的波涛起伏，应着它咆哮跳动。……它给你的仅仅是那一刹那的沉醉，但正是这一刹那的沉醉使你感到你自己是完全自由的，是充满巨大、澎湃的生命力的，感到你不是卑微的、软弱的、草芥般微不足道的，而是一个高扬的人，是世界的主宰，宇宙的主人。（王富仁：《他开辟了一个新的审美境界——论郭沫若的诗歌创作》，《郭沫若研究》1988年第7期）

【思考与讨论】

1. "五四运动"使身居异邦的郭沫若"个人的郁积，民族的郁积，在这时找到喷火口，也找到了喷火的方式"，（郭沫若：《序我的诗》，《郭沫若全集》第19卷，人民文学出版社1992年版，第408页）从1919年下半年至1920年上半年，他的诗歌创作进入"暴发期"，《女神》中的大部分诗篇即写于这个时期。请以《凤凰涅槃》《天狗》等诗歌为例，谈谈《女神》所蕴含的"五四"时代精神。

2. 郭沫若的诗歌创作深受西方泛神论思想的影响，他曾说："泛神便是无神。一切的自然只是神的表现，自我也只是神的表现。我即是神，一切自然都是自我的表现。"（《〈少年维特之烦恼〉序引》，《郭沫若全集》第15卷，人民文学出版社1992年版，第311页）请结合作品，谈谈泛神论思想在《女神》中的体现。

【拓展与延伸】

1. 郭沫若是中国现代文学史上一位成就杰出但也充满争议的人物。请阅读与郭沫若有关的书籍和文章，尝试给他写一个人物小传，1000字左右。要求：文笔简洁，剪裁得当，符合史实。

2. 郭沫若的故乡是四川乐山，唐宋时就有"山川秀发，商贾喧阗"的美誉。今天还是中国历史文化名城和优秀旅游城市。有条件的话，请去那里实地考察，拍摄几组照片或是一部纪录片，反映当地的人文风情。

3. 郭沫若的《凤凰涅槃》抒写了凤凰自焚追求新生命的全过程，创造了壮美奇丽的艺术风格。请体会作品的独特意境，完成一幅色彩构成作品。要求：色调与造型表达准确。

【推荐阅读】

1.《女神》，郭沫若著，人民文学出版社2002年版。

2.《屈原 蔡文姬》，郭沫若著，人民文学出版社1997年版。

2.《郭沫若正传》，黄侯兴著，江苏文艺出版社2010年版。

徐志摩

【简介】 徐志摩（1897—1931）原名徐章垿，浙江海宁人。从小接受传统教育，聪明过人。1918年赴美留学，改名为志摩。1921年进入英国剑桥大学，剑桥的生涯虽然短暂，但对徐志摩的影响却非常深远。在此期间，他深受英国浪漫主义诗人雪莱、拜伦、华兹华斯的熏陶，接受了罗素的思想，形成了单纯的人生观——对"爱、美、自由"的信仰，并开始新诗创作。1922年回国，次年发起成立"新月社"。1926年在北京主编《晨报副刊·诗镌》，与闻一多、朱湘等人在对初期白话诗创作进行反思的基础上，提倡新格律诗，推动了白话新诗的发展。1928年担任《新月》杂志主编，出国游历英美。曾在南京中央大学、北京大学等多所大学任教。1931年创办《诗刊》季刊。同年11月19日，乘坐飞机由南京飞往北平，在济南党家庄附近不幸遇难。徐志摩的主要著作有诗集《志摩的诗》《翡冷翠的一夜》《猛虎集》《云游》；散文集《落叶》《巴黎的鳞爪》《自剖》《秋》以及日记《爱眉小札》等。徐志摩是新月诗派的代表诗人，诗歌风格灵动飘逸，意境优美婉转，想象丰富，韵律和谐，形式整饬灵活，具有鲜明的艺术个性。

偶然

我是天空里的一片云，
偶尔投影在你的波心——
你不必讶异，
更无须欢喜——
在转瞬间消灭了踪影。

　　　　你我相逢在黑夜的海上，
　　　　你有你的，我有我的，方向；
　　　　　　你记得也好，
　　　　　　最好你忘掉，
　　　　在这交会时互放的光亮！

选自《徐志摩选集》（上），人民文学出版社2004年版

【导读】

　　《偶然》一诗的核心意象是"一片云"，诗人将自己比作"天空里的一片云"，在人生的道路上飘泊无定，随时变幻，透露出无法把握未来的隐隐的恐慌。诗中的"你"象征着爱情，也象征着一切"爱"与"美"的事物。在每个人的一生中，总有与这些美好纯真事物"偶然""相逢"的缘分，但往往都是"偶然"的"投影"，昙花一现，在转瞬间便会了无痕迹。它就像暗淡的生命中的一抹"光亮"，稍纵即逝，因此，更加令人感到珍贵难忘，也更加令人叹息无奈。但是，诗人并没有一味停留在失落的低谷，诗人劝慰道："你不必讶异，更无须欢喜""你记得也好，最好你忘掉"，只需把这次偶遇在记忆中好好珍藏，传达出了达观、洒脱的人生态度。诗人用非常节制的语言抹去了以前的火气，将珍惜、无奈、洒脱等丰富的内心情感奇妙地交织在一起，传达得悠长深邃，清淡典雅，在读者的心头久久萦绕不去。

　　在形式上，每个诗节第一、二句与三、四句采用错开两格的排列方式，上下两个诗节整齐对称，又富有变化。在韵律上，通过押韵、音尺等手段，带来委婉顿挫、朗朗上口的节奏感。

再别康桥

　　　　轻轻的我走了，
　　　　　　正如我轻轻的来；
　　　　我轻轻的招手，
　　　　　　作别西天的云彩。

那河畔的金柳,
　　是夕阳中的新娘;
波光里的艳影,
　　在我的心头荡漾。

软泥上的青荇,
　　油油的在水底招摇;
在康河的柔波里,
　　我甘心做一条水草!

那榆荫下的一潭,
　　不是清泉,是天上虹;
揉碎在浮藻间,
　　沉淀着彩虹似的梦。

寻梦?撑一支长篙,
　　向青草更青处漫溯,
满载一船星辉,
　　在星辉斑斓里放歌。

剑桥大学徐志摩诗碑《再别康桥》

但我不能放歌，
　　悄悄是别离的笙箫；
夏虫也为我沉默，
　　沉默是今晚的康桥！

悄悄的我走了，
　　正如我悄悄的来；
我挥一挥衣袖，
　　不带走一片云彩。

选自《徐志摩选集》（上），人民文学出版社2004年版

【导读】

　　康桥对徐志摩来说具有非同寻常的意义。徐志摩在《吸烟与文化》一文中写道："我的眼是康桥教我睁的，我的求知欲是康桥给我拨动的，我的自我意识是康桥给我胚胎的。"《再别康桥》写于1928年秋，诗人带着一颗被现实击碎的心重访康桥，"西天的云彩"还是那样动人心扉，但是时光不再、物是人非，徐志摩感触万千，在归国途中，写下了这首现代诗歌史上的不朽名作。

　　本诗第一个诗节，连用三个"轻轻的"，使我们想象到诗人如一股清风悄无声息地来临又离去，就像不忍惊扰睡梦中的恋人，显示了诗人温柔的情怀以及洒脱的人生态度。第二节至第六节，诗人通过大量的康桥景物描写，抒写了康桥的美和诗人的眷恋之情。傍晚时分，夕阳西下，披着金黄色嫁衣的柳树像新娘一样美丽动人，水波反射出的五颜六色的光彩使诗人心旌摇曳。面对这样的美景，诗人情愿化身为一株小小的水草，也要依恋着康河的怀抱，深深的眷恋之情达到极致。诗人无数次流连过的拜伦潭在满天星光的夜色中变幻着彩虹般的色彩，像一个个瑰丽的梦，到回忆中"寻梦"去，诗人沉醉在欢快的情绪里，甚至忍不住要放声高歌。但是，转念间诗人想到了现实，现实破碎了他瑰丽的梦和畅然的快乐，使他无法"放歌"，"夏虫也为我沉默，沉默是今晚的康桥"，此处无声胜有声，情绪转向深沉，更为动人。最后一个诗节，以三个"悄悄的"与第一个诗节回环呼应，将诗人的情绪变化表现得缠绵悱恻，丰富深沉，眷恋、无奈、伤痛、洒脱统统凝结在诗人离去的背影里，萦绕在读者的心头久久难以挥散。

诗人表达内心的情感是理智有分寸的，淡淡起头，又淡淡结尾，却包含了多少复杂情绪，使人产生丰富的联想和回味。诗人笔下的客观风景与主观情感和谐相容，物我合一，浑然一体，诗人像康桥一样质朴，康桥像诗人一样有了生命。

全诗共七个诗节，每个诗节四个诗句，每个诗句字数大体相等。诗句的排列采用一进一缩的形式，像一起一伏的康河水波，灵动有致。在音节上，每个诗节换韵，2、4句押韵，整齐不失变化；使用叠字、复沓等修辞手法，使第一诗节与最后一个诗节相互呼应，产生回环往复的韵律感。

【选评】

他的人生观真是一种单纯的信仰，这里面只有三个大字：一个是爱，一个是自由，一个是美。他梦想这三个理想的条件能够会合在一个人生里，这是他的"单纯信仰"。他的一生的历史，只是他追求这个单纯信仰的实现的历史。（胡适：《追忆志摩》，陈引驰编：《文人画像——名人笔下的名人》，上海三联书店1996年版，第172—173页）

【思考与讨论】

1."爱"、"美"、"自由"是徐志摩"单纯的信仰"。请结合徐志摩的诗歌，谈谈这一"单纯的信仰"是如何体现在他的创作中的。

2.作家梁遇春在 KISSING THE FIRE 一文中这样评价徐志摩："人世的经验好比是一团火，许多人都是敬鬼神而远之，隔江观火……他却肯亲自吻着这团生龙活虎般的烈火，火光一照，化腐朽为神奇,遍地开满了春花……"他认为"Kissing the fire"这句话可以代表徐志摩对人生的态度。请阅读这篇文章，结合徐志摩的人生经历和诗文，谈谈你的见解。

【拓展与延伸】

1.电视连续剧《人间四月天》讲述了徐志摩和张幼仪、林徽因、陆小曼三位女性浪漫的爱情故事，请从编剧、表演、化妆造型等方面谈谈你对这部电视剧的看法。

2.徐志摩的诗歌《偶然》,从"偶然"这一抽象的概念中化生出众多互相关联的意象："云——水""你——我""黑夜——

《你是人间四月天：林徽因》封面

光亮",象征人世的因缘际会、情感的阴差阳错、经历的怅然若失……人生,必然会有这样一些"偶然"的"相逢"和"交会"。而这"交会时互放的光亮",必将成为永难忘怀的记忆而长伴人生。请阅读《偶然》,并以此为主题制作一个小短片。

【推荐阅读】

1.《徐志摩选集》,徐志摩著,人民文学出版社2002年版。

2.《徐志摩传》,韩石山著,人民文学出版社2010年版。

3.《林徽因集》,林徽因著,梁从诫编,人民文学出版社2014年版。

第二单元

二十世纪三十年代文学

【概述】三十年代文学起始于1928年左右，到1937年抗战前结束，这是中国现代文学的第二个十年。随着社会、历史的巨大动荡，整个社会阶级矛盾日趋激烈。文学主潮随之改变，由二十年代的个性解放转变为三十年代的社会解放。人的思考中心由如何实现个人价值和人生意义转向对社会性质、出路和发展趋向的探求。在无产阶级革命文学论争的促进下形成了左翼联盟，带来革命文学思潮及其文学创作的勃兴。传承了"五四"个性主义、人道主义的人文主义文学思潮继续发展并趋于成熟，使得三十年代文学呈现出多元共生、复杂矛盾的状态。

小说创作在本时期得到长足发展，新人迭出、体式丰富、数量激增，引人注目的是出现多部中长篇小说，作品在思想的深度、反映生活的广度、表现手法的多样性等方面都有所突破。茅盾、巴金、老舍、沈从文等在本时期都拿出了能够奠定他们文学地位、确定其创作风格的作品。《子夜》《家》《骆驼祥子》《边城》等小说不仅是他们个人的代表作，也反映了三十年代中国现代小说的创作水平和成就。

诗坛在本时期呈现出争荣竞秀的局面。以殷夫、蒲风为代表的中国诗歌会诗人群继承了无产阶级诗歌创作的传统，是无产阶级革命文学的一部分。以徐志摩、陈梦家为代表的后期新月派坚持超功利的、回到内心的、贵族化的"纯诗"立场。以戴望舒、卞之琳为代表的现代派诗歌创作，致力于诗歌现代性的追求与探索，在诗歌语言、形式、风格等方面提供了新的经验，形成各自的创作风格。话剧在三十年代有了重大发展，曹禺的《雷雨》《日出》，李健吾的《这不过是春天》,田汉的《回春之曲》,夏衍的《上海屋檐下》等优秀剧作相继问世,中国话剧艺术进入成熟期。三十年代的散文创作继承了"五四"散文的传统,在时代的推动下有了新的发展,出现杂文、报告文学等各类散文作品创作的繁荣局面,杂文领域成就最突出的当属鲁迅,另外一些新进作家与二十年代成名的作家们一起促进了三十年代散文的多元发展。

茅盾

茅盾

【简介】 茅盾（1896—1981）,原名沈德鸿,字雁冰,浙江省桐乡县乌镇人。茅盾十岁丧父,由寡母抚养长大。北京大学预科毕业后进入上海商务印书馆工作。1920年11月任《小说月报》主编,随即对之进行革新,把《小说月报》由鸳鸯蝴蝶派的主要阵地变成新潮小说的核心刊物。同年,他与周作人、叶圣陶等人发起成立文学研究会,提倡"为人生"的文学。1927年"大革命"失败后,开始转向文学创作,1927年至1928年创作完成处女作《蚀》三部曲。20世纪30年代写出了长篇小说《子夜》,这是一部具有史诗品格的作品;还创作了短篇小说《林家铺子》、"农村三部曲"（《春蚕》《秋收》《残冬》）。抗战时期,辗转于香港、新疆、延安、重庆、桂林等地,发表了长篇小说《腐蚀》《霜叶红似二月花》《锻炼》和剧本《清明前后》等。中华人民共和国成立之后,他历任中国文联副主席、文化部长、中国作协主席等职。"文革"期间受到冲击,"文革"后完成《霜叶红似二月花》的续稿和回忆录《我走过的道路》。茅盾是一位杰出的现实主义小说家,他开创了社会剖析小说流派。茅盾于1981年3月27日辞世,临终前,他把自己多年积蓄的 25 万元稿费捐献出来，委托中国作协设立茅盾文学奖，奖励长篇小说的创作。

子夜（节选）

汽车发疯似的向前飞跑。吴老太爷向前看。天哪！几百个亮着灯光的窗洞像几百只怪眼睛，高耸碧霄的摩天建筑，排山倒海般地扑到吴老太爷眼前，忽地又没有了；光秃秃的平地拔立的路灯杆，无穷无尽地，一杆接一杆地，向吴老太爷脸前打来，忽地又没有了；长蛇阵似的一串黑怪物，头上都有一对大眼睛放射出叫人目眩的强光，啵——啵——地吼着，闪电似的冲将过来，准对着吴老太爷坐的小箱子冲将过来！近了！近了！吴老太爷闭了眼睛，全身都抖了。他觉得他的头颅仿佛是在颈脖子上旋转；他眼前是红的，黄的，绿的，黑的，发光的，立方体的，圆锥形的，——混杂的一团，在那里跳，在那里转；他耳朵里灌满了轰，轰，轰！轧，轧，轧！啵，啵，啵！猛烈嘈杂的声浪会叫人心跳出腔子似的。

不知经过了多少时候，吴老太爷悠然转过一口气来，有说话的声音在他耳边动荡：

"四妹，上海也不太平呀！上月是公共汽车罢工，这月是电车了！上月底共产党在北京路闹事，捉了几百，当场打死了一个。共产党有枪呢！听三弟说，各工厂的工人也都不稳。随时可以闹事。时时想暴动。三弟的厂里，三弟公馆的围墙上，都写满了共产党的标语……"

"难道巡捕不捉么？"

"怎么不捉！可是捉不完。啊哟！真不知道哪里来的这许多不要性命的人！——可是，四妹，你这一身衣服实在看了叫人笑。这还是十年前的装束！明天赶快换一身罢！"

是二小姐芙芳和四小姐蕙芳的对话。吴老太爷猛睁开了眼睛，只见左

电影《子夜》剧照

右前后都是像他自己所坐的那种小箱子——汽车。都是静静地一动也不动。横在前面不远,却像开了一道河似的,从南到北,又从北到南,匆忙地杂乱地交流着各色各样的车子;而夹在车子中间,又有各色各样的男人女人,都像有鬼赶在屁股后似的跌跌撞撞地快跑。不知从什么高处射来的一道红光,又正落在吴老太爷身上。

这里正是南京路同河南路的交叉点,所谓"抛球场"。东西行的车辆此时正在那里静候指挥交通的红绿灯的命令。

"二姊,我还没见过三嫂子呢。我这一身乡气,会惹她笑痛了肚子罢。"蕙芳轻声说,偷眼看一下父亲,又看看左右前后安坐在汽车里的时髦女人。芙芳笑了一声,拿出手帕来抹一下嘴唇。

一股浓香直扑进吴老太爷的鼻子,痒痒地似乎怪难受。

"真怪呢!四妹。我去年到乡下去过,也没看见像你这一身老式的衣裙。"

"可不是。乡下女人的装束也是时髦得很呢,但是父亲不许我——"

像一枝尖针刺入吴老太爷迷惘的神经,他心跳了。他的眼光本能地瞥到二小姐芙芳的身上。他第一次意识地看清楚了二小姐的装束;虽则尚在五月,却因今天骤然闷热,二小姐已经完全是夏装;淡蓝色的薄纱紧裹着她的壮健的身体,一对丰满的乳房很显明地突出来,袖口缩在臂弯以上,露出雪白的半只臂膊。一种说不出的厌恶,突然塞满了吴老太爷的心胸,他赶快转过脸去,不提防扑进他视野的,又是一位半裸体似的只穿着亮纱坎肩,连肌肤都看得分明的时装少妇,高坐在一辆黄包车上,翘起了赤裸裸的一只白腿,简直好像没有穿裤子。"万恶淫为首!"这句话像鼓槌一般打得吴老太爷全身发抖。然而还不止此。吴老太爷眼珠一转,又瞥见了他的宝贝阿萱却正张大了嘴巴,出神地贪看那位半裸体的妖艳少妇呢!老太爷的心卜地一下狂跳,就像爆裂了似的再也不动,喉间是火辣辣地,好像塞进了一大把的辣椒。

此时指挥交通的灯光换了绿色,吴老太爷的车子便又向前进。冲开了各色各样车辆的海,冲开了红红绿绿的耀着肉光的男人女人的海,向前进!机械的骚音,汽车的臭屁,和女人身上的香气,霓虹电管的赤光——一切梦魇似的都市的精怪,毫无怜悯地压到吴老太爷朽弱的心灵上,直到他只有目眩,只有耳鸣,只有头晕!直到他的刺激过度的神经像要爆裂似的发痛,直到他的狂跳不歇的心脏不能再跳动!

选自《子夜》,《茅盾全集》(第3卷),人民文学出版社1984年版

【导读】

《子夜》写于1931—1932年，1933年问世，是茅盾长篇小说的代表作，也被誉为20世纪30年代左翼文学运动的重要收获。《子夜》的出现，标志着中国现代长篇小说已经摆脱了"五四"时期相对幼稚的状态，逐步走向成熟。瞿秋白说："一九三三年在将来的文学史上，没有疑问的要记录《子夜》的出版。"（乐雯（瞿秋白）：《〈子夜〉和国货年》，《申报·自由谈》1933年3月2日）《子夜》以1930年春末夏初国民党军阀混战、帝国主义转移经济危机、工农运动风起云涌为背景，通过对民族工业资本家吴荪甫等典型形象的塑造，以及对各阶层人物命运的真实描写，展示了30年代初期中国社会的历史画卷。

小说的主要成就在于塑造了吴荪甫这一具有复杂个性的民族资本家。值得注意的是，因为在一段历史时期，"资本家"这个名字在政治上不大光彩，现代文学评论界在分析吴荪甫的性格特征时往往使用阶级分析的方法将吴荪甫分析成几重人格，并且套用一些政治概念，这不仅破坏了艺术形象的完整性，也违背了艺术的创造规律。在作家笔下，他不是目光短浅、庸俗猥琐的人物，而是民族资产阶级的佼佼者，是"21世纪机械工业时代的英雄、骑士和'王子'"，他富有进取心和事业心，有理想、有胆识、有魄力、有手腕，又有比较雄厚的资本，加上曾经留学德国，掌握了近代资产阶级管理工业的本领。他关心中国如何实现现代化，成为世界强国，他深信只要中国"国家像个国家，政府像个政府，中国工业一定有希望的"。但是，1930年国内外尖锐复杂的矛盾——国内军阀混战、工人罢工、农民暴动，国外经济危机、列强的侵略，让他的理想和抱负难以实现，更重要的是他有一个强劲的对手——买办金融资本家赵伯韬。

吴荪甫在各种矛盾纠缠下陷入经济困境：双桥镇的农民暴动，使他在家乡的产业尽数毁掉，失去重要的经济后盾；为了弥补工厂资金的不足，吴荪甫以辞退工人、克扣工资等手段来加重对工人的剥削，工人大罢工给他以沉重打击。但这些都不足以摧垮吴荪甫，真正毁灭性的打击来自赵伯韬。赵伯韬是美国资本在华的附庸，是上海滩的金融大亨；他在政界后台强硬，在股市上呼风唤雨，被称作股市的"魔王"。吴荪甫为了挽救自己的企业，也想到股市上去搏一下，但他的投资公司和赵伯韬较量不到两个月，就一败涂地，好像一切都按照赵伯韬计划的圈套来进行，赵伯韬依恃自己与政界、美方的关系以及雄厚的经济实力，制造假情报，又收买吴荪甫的合作伙伴，使吴荪甫腹背受敌。最后，吴荪甫孤注一掷，把自己的资产连同家产都押上与赵伯韬决一死战，以倾家荡产的悲剧收场。

吴荪甫原本以自己的才能和企业的实力自雄，但在赵伯韬的打击下，深深感受到自己在政治、经济各方面的软弱无力，这种无力感是致命的，它影响了吴荪甫的性格和心理，使他的性格呈现出两面性：果断决绝与优柔寡断，自信张扬与悲观绝望并存，最后走向崩溃。作品深刻地揭示了造成吴荪甫悲剧的原因，并不是由于他个人的失误，而是当时中国各种社会矛盾相互作用的结果。茅盾藉吴荪甫的悲剧告诉人们，在中国走资本主义道路是行不通的，中国在30年代由于外国资本主义势力的高度渗入，在各种错综复杂的历史条件下，更加半殖民地半封建化了。

　　为了适应作品的表现内容，茅盾在小说艺术结构方面颇具匠心，精心设计了"蛛网式"的密集结构来表现纷繁复杂的生活。《子夜》的故事从吴老太爷来上海开始，这个"封建主义的僵尸"在家乡"因为土匪太嚣张，而且邻省的共产党红军也有燎原之势"才躲到上海来，这就巧妙地交代了小说的时代背景，上海民族资本家的故事是在中国共产党领导的土地革命的背景下展开的，而吴老太爷受不了上海光怪陆离的刺激而猝死，象征了封建地主阶级被资本主义挤出了历史舞台。随后以吴老太爷的丧事，引出小说全部主要人物，各种矛盾也陆续铺开。小说情节安排井井有条，情绪有张有弛，互相纠缠的多重矛盾的同时出现，既多侧面地展示了吴荪甫的性格，又能揭示各种矛盾的内在联系。

　　《子夜》在艺术表现上另一个重要特征是讽喻式的描写。作为小说背景的真实事件是中原大战，战争于1930年10月以蒋介石政府的胜利告终，宣布了新兴资产阶级对于封建军阀的胜利，政权统治渐趋稳定，经济复苏。就在这似乎为资产阶级带来无限光明前景的背景中，展开了吴荪甫作为民族资本家的悲剧。这具有明显的政治讽喻色彩，"子夜"喻"夕阳"，其寓意就更为明确，道出了作者对此时虽才"正午"但已经现出"晚景"的国民政府的批判意识。

　　这里节选的是小说第一章的部分内容，描述的是吴荪甫的父亲吴老太爷初到上海时的情景，小说通过陌生化的手法细致地描写了"封建主义的僵尸"在进入现代都市中的陌生感、震惊感和恐惧感。

【选评】

　　中国自新文学运动以来，小说方面有两位杰出的作家。鲁迅在前，茅盾在后。茅盾之所以被人重视，最大缘故是在他能抓住巨大的题目来反映当时的时代和社会；他能懂得我们的时代，能懂得我们这个社会。他的最大的特点便是在此。（吴组缃：《评茅盾〈子夜〉》，《文艺月报》创刊号，1933年6月）

【思考与讨论】

1. 吴荪甫是茅盾长篇小说《子夜》的主人公,也是一个性格矛盾复杂,血肉丰满的艺术形象。谈谈你对吴荪甫这一人物形象的认识。

2. 请揣摩小说中有关吴老太爷的"都市感觉"的文字,体味一下语言的声、色变幻和节奏感,并与《红楼梦》第六回中刘姥姥进大观园的片段比较,讨论这两处描写有什么异同。

【拓展与延伸】

1. 请以"吴老太爷进上海"为主题,为《子夜》设计制作一幅插图,也可尝试将小说中的这部分情节改编成独幕话剧,并进行演出。

2. 茅盾小说《子夜》《春蚕》《林家铺子》都曾被拍摄成电影,其中《林家铺子》是名著改编的杰作。请观看这部影片,写一篇影评,谈谈这部电影中演员对人物形象的塑造。

3. "茅盾文学奖"是中国作家协会根据茅盾先生的遗愿,为鼓励优秀长篇小说创作而设立的我国具有最高荣誉的文学大奖之一。请了解"茅盾文学奖"及历届获奖作品,并通过微信公众平台推荐给大家。

【推荐阅读】

1.《子夜》,茅盾著,译林出版社2015年版。

2.《林家铺子》,茅盾著,译林出版社2015年版。

3.《茅盾:翰墨人生八十秋》,丁尔纲著,长江文艺出版社2000年版。

巴金

巴金

【简介】 巴金(1904—2005),原名李尧棠,字芾甘,四川成都人。现代文学家、翻译家、出版家,"五四"新文化运动以来最有影响的作家之一,中国现代文坛的巨匠。1919年"五四"新文化运动影响波及成都,巴金阅读《新青年》等杂志,受到新思潮的熏陶。1923年,巴金离开家乡到上海、南京等地求学,1925年毕业于东南大学附中。1927年远赴法国求学,在法国创作了处女作《灭亡》,发表时使用笔名"巴金"。1928年底回到上海，主要从事创作和翻译。1929—1937年，创作了"爱情三部曲"(《雾》《雨》《电》)、"激流三部曲"(《家》《春》《秋》)等中长篇小说，有力地奠定了巴金在中国现代文学史上的地位。抗战爆发后，巴金积极投身于抗战文化工作。创作转向对现实的理性审视和批判，显示出日益走向成熟的坚实姿态。主要作品有《寒夜》《憩园》《第四病室》等中长篇小说。1949年新中国成立后任《收获》杂志主编。"文革"结束后曾担任全国文联副主席、中国作家协会主席等职务。从1978年开始写作《随想录》，对"文革"进行反思。2005年10月在上海去世，享年101岁。

家（节选）

鸣凤从觉慧的房里出来，她知道这一次真正是：一点希望也没有了。她并不怨他，她反而更加爱他。而且她相信这时候他依旧像从前那样地爱她。她的嘴唇还热，这是他刚才吻过的；她的手还热，这是他刚才捏过的。这证明了他的爱，然而同时又说明她就要失掉他的爱到那个可怕的老头子那里去了。她永远不能够再看见他了。以后的长久的岁月只是无终局的苦刑。这无爱的人间还有什么值得留恋？她终于下了决心了。

她不回自己的房间，却一直往花园里走去。她一路上摸索着，费了很大的力，才走到她的目的地——湖畔。湖水在黑暗中发光，水面上时时有鱼的唼喋声。她茫然地立在那里，回想着许许多多的往事。他跟她的关系一幕一幕地在她的脑子里重现。她渐渐地可以在黑暗中辨物了。一草一木，在她的眼前朦胧地显露出来，变得非常可爱，而同时她清楚地知道她就要跟这一切分开了。世界是这样静。人们都睡了。然而他们都活着。所有的人都活着，只有她一个人就要死了。过去十七年中她所能够记忆的是打骂，流眼泪，服侍别人，此外便是她现在所要身殉的爱。在生活里她享受的比别人少，而现在在这样轻的年纪，她就要最先离开这个世界了。明天，所有的人都有明天，然而在她的前

20世纪30年代的上海

面却横着一片黑暗,那一片、一片接连着一直到无穷的黑暗,在那里是没有明天的。是的,她的生活里是永远没有明天的。明天,小鸟在树枝上唱歌,朝日的阳光染黄树梢,在水面上散布无数明珠的时候,她已经永远闭上眼睛看不见这一切了。她想,这一切是多么可爱,这个世界是多么可爱。她从不曾伤害过一个人。她跟别的少女一样,也有漂亮的面孔,有聪明的心,有血肉的身体。为什么人们单单要蹂躏她,伤害她,不给她一瞥温和的眼光,不给她一颗同情的心,甚至没有人来为她发出一声怜悯的叹息!她顺从地接受了一切灾祸,她毫无怨言。后来她终于得到了安慰,得到了纯洁的、男性的爱,找到了她崇拜的英雄。她满足了。但是他的爱也不能拯救她,反而给她添了一些痛苦的回忆。他的爱曾经允许过她许多美妙的幻梦,然而它现在却把她丢进了黑暗的深渊。她爱生活,她爱一切,可是生活的门面面地关住了她,只给她留下那一条堕落的路。她想到这里,那条路便明显地在她的眼前伸展,她带着恐怖地看了看自己的身子。虽然在黑暗里她看不清楚,然而她知道她的身子是清白的。好像有什么人要来把她的身子投到那条堕落的路上似的,她不禁痛惜地、爱怜地摩抚着它。这时候她下定决心了。她不再迟疑了。她注意地看那平静的水面。她要把身子投在晶莹清澈的湖水里,那里倒是一个很好的寄身的地方,她死了也落得一个清白的身子。她要跳进湖水里去。

　　忽然她又站住了。她想她不能够就这样地死去,她至少应该再见他一面,把自己的心事告诉他,他也许还有挽救的办法。她觉得他的接吻还在她的唇上燃烧,他的面颜还在她的眼前荡漾。她太爱他了,她不能够失掉他。在生活中她所得到的就只有他的爱。难道这一点她也没有权利享受?为什么所有的人都还活着,她在这样轻的年纪就应该离开这个世界?这些问题一个一个在她的脑子里盘旋。同时在她的眼前又模糊地现出了一幅乐园的图画,许多跟她同年纪的有钱人家的少女在那里嬉戏,笑谈,享乐。她知道这不是幻象,在那个无穷大的世界中到处都有这样的幸福的女子,到处都有这样的乐园,然而现在她却不得不在这里断送她的年轻的生命。就在这个时候也没有一个人为她流一滴同情的眼泪,或者给她送来一两句安慰的话。她死了,对这个世界,对这个公馆并不是什么损失,人们很快地就忘记了她,好像她不曾存在过一般。"我的生存就是这样地孤寂吗?"她想着,她的心里充满着无处倾诉的哀怨。泪珠又一次迷糊了她的眼睛。她觉得自己没有力量支持了,便坐下去,坐在地上。耳边仿佛有人接连地叫"鸣凤",她知道这是他的声音,便止了泪注意地听。周围是那样地静寂,一切人间的声音都死灭了。她静静地倾听着,她希望再听见同样的叫声,可是许久,许久,都没有一点儿动静。她完全明白了。他是不能够到她这里来的。永远有一堵墙隔开他们两个人。他是属于另一个环境的。他有他的前途,他有他的事业。她不能够拉住他,她不能够妨碍他,她不能够把他永远拉在她的身边。她应该放弃他。他的存在比她的更重要。她不能让他牺牲他的一切来救她。她应该去了,在他的生活里她应该永久地去了。她这样想着,就定下了最后的决心。她又感到一阵心痛。她紧紧地按住了胸膛。她依旧坐在那里,她用留恋的眼光看着黑暗中的一切。她还在想。她所想的只是他一个人。她想着,脸上时时浮出凄凉的微笑,但是眼睛里还有泪珠。

最后她懒洋洋地站起来,用极其温柔而凄楚的声音叫了两声:"三少爷,觉慧,"便纵身往湖里一跳。

平静的水面被扰乱了,湖里起了大的响声,荡漾在静夜的空气中许久不散。接着水面上又发出了两三声哀叫,这叫声虽然很低,但是它的凄惨的余音已经渗透了整个黑夜。不久,水面在经过剧烈的骚动之后又恢复了平静。只是空气里还弥漫着哀叫的余音,好像整个的花园都在低声哭了。

选自《家》,《巴金全集》第1卷,人民文学出版社2000年版

【导读】

《家》是"激流三部曲"的第一部,1931年在上海《时报》连载时,题名为《激流》,1935年出版单行本,作为《激流》之一,改名为《家》。小说在1933—1951年期间先后再版33次,是现代文学史上最畅销的作品之一。《家》带有一定的自传性,巴金本打算写一个旧式大家庭衰败的历史,但写了六章以后,挚爱的大哥在成都老家开枪自杀的消息给巴金很深的刺激,他认为,是旧家庭所代表的专制制度扼杀了包括他大哥在内的一切青年人的幸福。所以,巴金把他所感受到的社会压迫和反抗情绪都集中向旧家庭发泄。小说以20年代四川成都一个封建官僚家庭祖孙两代的矛盾冲突为线索,通过梅、鸣凤和瑞珏三个年轻女子的恋爱婚姻悲剧,控诉了封建家族制度对年轻生命的摧残,揭露了封建家庭的罪恶及其必然没落的命运,同时也热情歌颂了年青一代民主主义思想的觉醒和敢于冲破家庭牢笼,投身社会的反封建斗争精神。

小说成功地塑造了几个形象鲜明、性格复杂的人物形象。高老太爷虽然着墨不多，但他的阴影却时时处处笼罩着高公馆，左右着其他人物的命运。他是封建势力和封建家族制度的代表，竭力维持封建大家庭内部的伦理秩序和外部的社会地位，制造了高公馆一系列悲剧事件，小说中三个年轻的女性——梅、瑞珏、鸣凤的悲剧都是由他直接或间接造成的；小说也细致地刻画了他性格的另一面，如他的幻灭感和临终前的慈祥和忏悔，使人物形象丰富而真实。觉慧是在"五四"思潮冲击下觉醒的青年，是第一个从封建专制家庭中杀出来的"一个幼稚而大胆的叛徒"。他公然违抗高老太爷的旨意投身革命活动，编革命刊物，撰写讨伐封建主义的檄文；大胆追求个性解放和个人幸福，支持和帮助觉民逃婚，向鸣凤表达爱情，批评大哥的"不抵抗主义"，当面顶撞长辈，最后不顾一切冲破封建大家庭的牢笼，离家出走。巴金在这个人物身上，寄托了自己的理想。作者既写出了他身上叛逆大胆的一面，也写出了他"幼稚"的一面，以及思想的局限性，这在他对待鸣凤的态度上得到集中体现。

《家》初版封面

《家》中刻画得最成功的形象是高觉新，他是新旧交替时代一个具有双重性格的悲剧典型。一方面，他进过"洋学堂"，与觉民、觉慧一起阅读《新青年》与《每周评论》等进步杂志，受到"民主"、"科学"、"自由"、"个性解放"等"五四"新思潮的洗礼，在思想上有一定的进步性；另一方面，作为高家的长房长孙，他肩负着比其他兄弟更为重要的家庭责任。自小所受的封建伦理教育像沉重的枷锁，让他躬行"孝"道，磨平棱角，成为一个不会反抗甚至从来想不到反抗的人。他相貌清秀，聪明过人，曾经有过美好的理想和初恋，但他痛苦而顺从地接受了父亲安排的婚姻，放弃了学业和青梅竹马的恋人钱梅芬，陷梅芬于绝望痛苦之中，经历了远嫁、丧夫，不久离开人世；婚后的觉新为了维持大家庭的关系，在与三姑六姨的无聊应酬与琐碎繁杂的日常事务中丧尽了青春的活力。高老太爷去世时，他不相信产妇的血光会冲犯到死人身上这种愚见，但还是为了尽"孝道"而服从长辈的安排，把临产的妻子送到城外去生产，导致妻子瑞珏的死亡。可以说，他理论上接受的是新思想，行动上遵循的却是旧伦理，成为一个"分裂"式人物。他的善良怯懦、顺从退让以及"明知不对而为之"的选择导致了一次又一次悲剧的发生，这一切让他痛苦自责，陷入罪恶的深渊而不能自拔。

在塑造人物时，巴金擅长对人物心理活动和情绪波折进行细致的描摹。他不仅使用充满感情色彩的长篇独白直接书写人物心理，还使用人物之间大段对话，以急切的一泻千里的方式直诉衷肠。此外，小说还以梦境、幻想等潜意识揭示人物内心隐秘之处。

在结构上，巴金自觉借鉴了《红楼梦》的手法，以觉慧与鸣凤，觉新与瑞珏、梅芬之间的感情纠葛为小说的情节线并展示了高公馆衰亡的过程，各种矛盾围绕着情节主线展开，既纷繁复杂，又有条不紊、紧凑周密。

本文节选了小说26章的部分内容，这是小说中最能打动读者的内容之一。年轻的丫环鸣凤被迫将要嫁给六十多岁的冯乐山做小妾，纯洁、刚烈的她宁死不从，投湖自尽。巴金用内心独白的方式，让纯真善良、无依无靠的鸣凤在生命消逝的刹那倾吐出无法向人言传的孤独痛苦与对生命的留恋。

【选评】

三十年代的《激流三部曲》，表现的是封建大家庭的衰落史，作者基本是取一种俯瞰、由外向内的角度，来透视他所表现的对象（尽管作品的年青主人公与作者情感、生平经历的相似，在很大程度上遮盖了此点）。而四十年代的巴金所描写的家庭规模，不仅在逐渐缩小，更重要的是，他相当程度上放弃了由外到内的解剖式观察视角与态度，叙述者或者作为所描写的家庭的朋友，或者相当深地潜藏于他笔下的那些善良、无助的人物心灵中，以一个家庭成员的心态去关心它、表现它，从而使作品渗透出对家的深深的留恋与哀惋。（姚新勇：《〈憩园〉：五四启蒙文学的一个转折性象征》，《文学评论》2002年第2期）

【思考与讨论】

1. 觉新是中国现代文学史上一个不朽的艺术典型。80年代，巴金在《随想录》里真诚地自剖自己的内心。他发现，经过了一场浩劫之后，自己身上也有着可怕的"觉新性格"。请结合小说内容，分析"觉新性格"的内涵及其悲剧意义。

2. 作家王安忆表示：与巴老作品的巨大影响力相比，当代文学作品太局限于个人感受，一些作家责任意识缺失，使文学在当下得不到社会的共鸣。比较巴金作品和当代作家的创作，谈谈你的看法。

【拓展与延伸】

1. 巴金40年代的长篇小说《寒夜》是继《家》后的又一个艺术高峰，《寒夜》以小人物汪文宣的悲剧深入思考了国家、社会、家庭、人生和人性。请阅读小说，分析造成汪文宣悲剧的原因，并谈谈你对小说中女主人公曾树生的看法。

2. 1942年，曹禺将巴金的小说《家》改编成同名话剧，该剧以其深远的哲思与温婉哀凄、细腻缠绵的诗意吸引了一代又一代观众，被认为是中国话剧史上成功改编的经典范例。请观看话剧《家》，并与小说进行比较，谈谈改编的得失。

3. 巴金的《家》与《红楼梦》一样，都是以年轻人的爱情作为小说主线，如觉慧和鸣凤，梅和觉新，觉新和瑞珏，觉民和琴。请阅读小说，尝试把你感兴趣的情节改编成课本剧，并进行排练和演出。

【推荐阅读】

1. 《家》，巴金著，人民文学出版社2006年版。
2. 《随想录》，巴金著，人民文学出版社2006年版。
3. 《巴金传》，李辉著，人民日报出版社2011年版。
4. 《巴金晚年思想研究论稿》，陈思和著，复旦大学出版社2015年版。

老舍

【简介】 老舍（1899—1966），原名舒庆春，字舍予，满族，北京人，小说家、戏剧家，曾获得"人民艺术家"称号。曾任小学校长、中学教员、大学教授。1923年开始发表小说。1924年，老舍得到燕京大学英籍教授艾温士推荐，前往英国伦敦大学东方学院任华语讲师，在英国期间，陆续写成长篇小说《老张的哲学》《赵子曰》和《二马》。1929年老舍回国，1930年7月任教于济南齐鲁大学文学院。20世纪30年代中期，老舍进入自己的创作高峰期。1936年创

老舍

作的长篇小说《骆驼祥子》，是中国现代小说史上当之无愧的杰作，他还创作完成了长篇小说《猫城记》《离婚》等，中篇小说《月牙儿》，短篇精品《断魂枪》《微神》。40年代，老舍完成了三卷本长篇小说《四世同堂》，这是继《骆驼祥子》之后又一部里程碑式的作品。50年代，老舍创作了话剧《茶馆》，这是中国话剧经典之作，被称为"东方舞台的奇迹"，还有未完成的自传体长篇小说《正红旗下》。1966年"文化大革命"初期，老舍遭到红卫兵毒打后，自沉于北京太平湖。

骆驼祥子（节选）

　　大概有十一点多了，祥子看见了人和厂那盏极明而怪孤单的灯。柜房和东间没有灯光，西间可是还亮着。他知道虎姑娘还没睡。他想轻手蹑脚的进去，别教虎姑娘看见；正因为她平日很看得起他，所以不愿头一个就被她看见他的失败。

　　他刚把车拉到她的窗下，虎妞由车门里出来了："哟，祥子？怎——"她刚要往下问，一看祥子垂头丧气的样子，车上拉着铺盖卷，把话咽了回去。

　　怕什么有什么，祥子心里的惭愧与气闷凝成一团，登时立住了脚，呆在了那里。说不出话来，他傻看着虎姑娘。她今天也异样，不知是电灯照的，还是擦了粉，脸上比平日白了许多；脸上白了些，就掩去好多她的凶相。嘴唇上的确是抹着点胭脂，使虎妞带出些媚气；祥子看到这里，觉得非常的奇怪，心中更加慌乱，因为平日没拿她当过女人看待，骤然看到这红唇，心中忽然感到点不好意思。她上身穿着件浅绿的绸子小夹袄，下面一条青洋绉肥腿的单裤。绿袄在电灯下闪出些柔软而微带凄惨的丝光，因为短小，还露出一点点白裤腰来，使绿色更加明显素净。下面的肥黑裤被小风吹得微动，象一些什么阴森的气儿，想要摆脱开那贼亮的灯光，而与黑夜联成一气。祥子不敢再看了，茫然的低下头去，心中还存着个小小的带光的绿袄。虎姑娘一向，他晓得，不这样打扮。以刘家的财力说，她满可以天天穿着绸缎，可是终日与车夫们打交待，她总是布衣布裤，即使有些花色，在布上也就不惹眼。祥子好似看见一个非常新异的东西，既熟识，又新异，所以心中有点发乱。

心中原本苦恼，又在极强的灯光下遇见这新异的活东西，他没有了主意。自己既不肯动，他倒希望虎姑娘快快进屋去，或是命令他干点什么，简直受不了这样的折磨，一种什么也不象而非常难过的折磨。

"嗨！"她往前凑了一步，声音不高的说："别楞着！去，把车放下，赶紧回来，有话跟你说。屋里见。"

平日帮她办惯了事，他只好服从。但是今天她和往日不同，他很想要思索一下；楞在那里去想，又怪僵得慌；他没主意，把车拉了进去。看看南屋，没有灯光，大概是都睡了；或者还有没收车的。把车放好，他折回到她的门前。忽然，他的心跳起来。

"进来呀，有话跟你说！"她探出头来，半笑半恼的说。他慢慢走了进去。

桌上有几个还不甚熟的白梨，皮儿还发青。一把酒壶，三个白磁酒盅。一个头号大盘子，摆着半只酱鸡，和些熏肝酱肚之类的吃食。

"你瞧，"虎姑娘指给他一个椅子，看他坐下了，才说："你瞧，我今天吃犒劳，你也吃点！"说着，她给他斟上一杯酒；白干酒的辣味，混合上熏酱肉味，显着特别的浓厚沉重。"喝吧，吃了这个鸡；我已早吃过了，不必让！我刚才用骨牌打了一卦，准知道你回来，灵不灵？"

"我不喝酒！"祥子看着酒盅出神。

"不喝就滚出去；好心好意，不领情是怎着？你个傻骆驼！辣不死你！连我还能喝四两呢。不信，你看看！"她把酒盅端起来，灌了多半盅，一闭眼，哈了一声。举着盅儿："你喝！要不我揪耳朵灌你！"

祥子一肚子的怨气，无处发泄；遇到这种戏弄，真想和她瞪眼。可是他知道，虎姑娘一向对他不错，而且她对谁都是那么直爽，他不应当得罪她。既然不肯得罪她，再一想，就爽性和她诉诉委屈吧。自己素来不大爱说话，可是今天似乎有千言万语在心中憋闷着，非说说不痛快。这么一想，他觉得虎姑娘不是戏弄他，而是坦白的爱护他。他把酒盅接过来，喝干。一股辣气慢慢的，准确的，有力的，往下走，他伸长了脖子，挺直了胸，打了两个不十分便利的嗝儿。

虎妞笑起来。他好容易把这口酒调动下去，听到这个笑声，赶紧向东间那边看了看。

"没人，"她把笑声收了，脸上可还留着笑容。"老头子给姑妈作寿去了，得有两三天的耽误呢；姑妈在南苑住。"一边说，一边又给他倒满了盅。

听到这个,他心中转了个弯,觉出在哪儿似乎有些不对的地方。同时,他又舍不得出去;她的脸是离他那么近,她的衣裳是那么干净光滑,她的唇是那么红,都使他觉到一种新的刺激。她还是那么老丑,可是比往常添加了一些活力,好似她忽然变成另一个人,还是她,但多了一些什么。他不敢对这点新的什么去详细的思索,一时又不敢随便的接受,可也不忍得拒绝。他的脸红起来。好象为是壮壮自己的胆气,他又喝了口酒。刚才他想对她诉诉委屈,此刻又忘了。红着脸,他不由的多看了她几眼。越看,他心中越乱;她越来越显出他所不明白的那点什么,越来越有一点什么热辣辣的力量传递过来,渐渐的她变成一个抽象的什么东西。他警告着自己,须要小心;可是他又要大胆。他连喝了三盅酒,忘了什么叫作小心。迷迷忽忽的看着她,他不知为什么觉得非常痛快,大胆;极勇敢的要马上抓到一种新的经验与快乐。平日,他有点怕她;现在,她没有一点可怕的地方了。他自己反倒变成了有威严与力气的,似乎能把她当作个猫似的,拿到手中。屋内灭了灯。天上很黑。不时有一两个星刺入了银河,或划进黑暗中,带着发红或发白的光尾,轻飘的或硬挺的,直坠或横扫着,有时也点动着,颤抖着,给天上一些光热的动荡,给黑暗一些闪烁的爆裂。有时一两个星,有时好几个星,同时飞落,使静寂的秋空微颤,使万星一时迷乱起来。有时一个单独的巨星横刺入天角,光尾极长,放射着星花;红,渐黄;在最后的挺进,忽然狂悦似的把天角照白了一条,好象刺开万重的黑暗,透进并逗留一些乳白的光。余光散尽,黑暗似晃动了几下,又包合起来,静静懒懒的群星又复了原位,在秋风上微笑。地上飞着些寻求情侣的秋萤,也作着星样的游戏。

选自《骆驼祥子》,人民文学出版社 1999 年版

【导读】

《骆驼祥子》写于 1936 年,在《宇宙风》杂志 25—48 期上连载,1939 年由上海人间书屋出版单行本。《骆驼祥子》是老舍的代表作,也是现代文学史上最优秀的长篇小说之一,自问世以来,已被译成十几国文字,为老舍赢得了世界声誉。

《骆驼祥子》讲述的是一个农民进城的故事。由于农村破产,乡下"青皮后生"祥子从农村来到北京城,以拉车为生。拥有一辆属于自己的车,是他的梦

想和奋斗的动力。小说通过祥子三次"买车—丢车"的经历,串联起一系列的人物与事件,展现了30年代北京城的世态人情,也清晰地描摹出祥子由精进向上、不甘失败到自甘堕落的精神历程。

　　小说的成功首先在于塑造了祥子与虎妞两个鲜活的人物形象。小说开篇,祥子经过三年苦挣苦熬,终于实现了自己的梦想,拥有了一辆属于自己的车,成为自食其力的洋车夫。但不久,在兵荒马乱中这辆车被逃兵抢走,祥子受到第一次重大打击。丢车,成为祥子悲剧的起点。他从兵匪的魔爪中逃脱,路上捡到三匹骆驼,卖了三十五块钱,这就是"骆驼祥子"这个名字的来历。但这笔钱只抵原来车资的三分之一,祥子从头开始,继续拼命拉车攒钱,但所有的积蓄又被孙侦探敲诈洗劫一空。祥子只得又回到人和车厂拉车,车厂老板刘四爷是个唯利是图的家伙,连自己的女儿虎妞也被他当作不花钱的劳力来使用,而从不为虎妞的生活着想。虎妞在这样阴暗市侩的生存环境中见到老实、本分、勤劳、健壮的祥子,喜欢上他。祥子并不爱虎妞,但落入虎妞的婚姻圈套。婚后,虎妞用自己的钱给祥子买了一辆车,但虎妞难产去世,一贫如洗的祥子只得卖车为她安葬。而祥子真心喜欢的小福子也沦为妓女,上吊而死,他最后的梦想破灭了。太多的折磨彻底挫败了要强的、体面的祥子,他吃、喝、嫖、赌,与主人的姨太太私通染上梅毒,为了钱出卖朋友,堕落成一具行尸走肉。可以说,在祥子身上既体现了坚忍不拔的人生追求,也体现了他在理想处处碰壁之后所滋生的人性弱点。

　　祥子的悲剧命运深刻地揭示了社会的黑暗。社会失去公正和公平,腐败混乱,祥子艰苦的付出换不到最低的生活保障,基本生存条件被毁坏。勤劳却不能致富,没有权势的人致富也被强夺,社会的黑暗活活将人变成非人。另一方面,老舍在揭示祥子悲剧命运时,也没有放过祥子个人应当承担的责任。祥子不合群,一心只想挣钱,这种小生产者思想性格是他悲剧的根源。此外,老舍更深地挖掘出金钱至上、人欲横流的现代城市文明病对健康人性的腐蚀。

　　与祥子一样,虎妞也是一个悲剧人物,是"中国现代文学史上最有光彩的女性形象",但人们对虎妞这一形象的认识一直存在着扭曲、负面评价、表面化等问题:或是把她抽象化为"阶级"与"道德"的符号;或是歧视她先天的缺陷,把她作为丑女的代名词;大多关注她表面的泼辣直率,对她的内心世界缺少细致的分析。虎妞相貌丑陋,在单亲家庭中长大,缺少母亲的关爱呵护,父亲刘四爷流氓习气十足,加上长期处于粗鄙的车场生活环境中,整天与车夫们打交道,虎妞养成了爽直泼辣、厉害粗鲁、精明干练、深通世故的性格特征,缺少女性的温柔细腻。她曾经不幸失身,在贞操观念无比严重的时代,这无疑是无法言说的痛苦,也让她在祥子眼中成了一个"不要脸"的女人。但她毕竟是一个传统的女性,她渴望婚姻和家庭生活,当刘四爷不满她下嫁祥子而悄悄离开时,她有过一丝后悔,但终究舍不得祥子,选择了"嫁鸡随鸡,嫁狗随狗",就是祥子"去要饭也要永远跟着他"。然而,在即将成为母亲的时候,她在贫困中难产而死,带着她寄托了无限喜悦与希望的小生命离开人世。可以说,在她短暂的一生中几乎集中了女性所有的不幸。(参照李城希:《性格、问题与命运:虎妞形象再认识》,《文学评论》2009年第6期)

小说具有浓郁的北京地域色彩,"京味儿"醇厚。老舍在小说中主要使用现代白话和北京方言,也适当地使用了部分洋车夫的行话,不仅保留了民间口语的活泼生动,而且具有艺术语言的简洁明快。小说描写了老北京市民社会各色人物以及浓厚的风土人情,读来亲切自然,朗朗上口,是现代白话文的经典作品。老舍自己说:"《骆驼祥子》可以朗诵,它的言语是活的。"现代北京方言也正是仰赖了老舍,才具有了"文学语言"的价值,所以老舍被誉为"京味小说"创始人和重要代表。

小说共24章,本篇节选了第六章部分内容,丢掉工作的祥子茫然无助,来到人和车场后见到了虎妞,这是他与虎妞扯不清的关系的开始。

【选评】

《骆驼祥子》有两个外部特征应该引起我们的思考,第一,它不幽默;第二,它是悲剧。而它是老舍的代表作。这就说明,没有幽默,老舍依然是老舍,没有悲剧,老舍就失去了幽默。幽默只是他的脸谱,而悲剧才是他的魂魄。……祥子的悲剧,是一个人在尊严和屈辱上下两块磁石之间奋力挣扎,而终于堕入屈辱的悲剧。老舍似乎是告诉你,人天生应该抓住自己的那份尊严,有了那份尊严,人才像个人。

(孔醉:《屈辱与尊严——老舍创作与精神世界的主旋律》,《中国现代文学研究丛刊》1990年第1期)

【思考与讨论】

1.《骆驼祥子》是一部强者沉沦的悲剧。有人认为,在祥子堕落的过程中,一个重要原因是虎妞作为"资产阶级的丑女引诱与腐蚀无产阶级的强男",你同意这个观点吗?

2.虎妞"是中国现代文学史上最有光彩的女性形象"(陈思和:《中国现当代文学名篇十五讲》,北京大学出版社2003年版,第308页),而"对虎妞这一形象的认识一直存在着扭曲与忽略;负面评价;表面化;'重男轻女'等问题"(李城希:《性格、问题与命运:虎妞形象再认识》,《文学评论》2009年第6期),你眼中的虎妞又是一个怎样的人?

3. 老舍是"京味儿"小说的源头,在老舍小说中,"京味儿"体现在哪些方面?请举例说明。

【拓展与延伸】

1. 在我们所在的城市里,有众多辛勤劳作的农民工群体,请策划一次对所在城市的农民工群体的采访调查,了解他们的生存状态和内心世界。

2. 请为小说《骆驼祥子》设计封面或几幅插图,并配上文字阐述你的创作思路。

【推荐阅读】

1.《四世同堂》,老舍著,人民文学出版社1998年版。

2.《月牙儿·阳光·我这一辈子》,老舍著,人民文学出版社2009年版。

3.《老舍之死口述实录》,傅光明、郑实采写,复旦大学出版社2009年版。

4.《北京:城与人》,赵园著,北京大学出版社2002年版。

沈从文

【简介】 沈从文(1902—1988),原名沈岳焕,出生于湖南凤凰县,这是一个土、苗、侗、汉等多民族聚居的区域。14岁投身行伍,浪迹湘川黔边境地区,谙熟这一带的民风民俗,从生活中获得生命的智慧。1922年来到北京,随后开

沈从文和张兆和

始文学创作。沈从文一生创作宏富,是京派作家的重要成员。代表作有小说《边城》《长河》《萧萧》等,散文《从文自传》《记丁玲》《湘行散记》《湘西》等。新中国成立后,他在中国历史博物馆和中国社会科学院历史研究所工作,主要从事中国古代服饰的研究,著有《中国古代服饰研究》。沈从文在作品中精心构造着他心目中的"希腊小庙",庙中供奉着美好的"人性"。他始终以"乡下人"自居,既包含了对充满诗意的湘西故土深深的眷恋与赞美,又包含着对都市文明的审视与批判。

边城(节选)

　　河中划船的决了最后胜负后,城里军官已派人驾小船在潭中放了一群鸭子,祖父还不见来。翠翠恐怕祖父也正在什么地方等着她,因此带了黄狗各处人丛中挤着去找寻祖父,结果还是不得祖父的踪迹。后来看看天快要黑了,军人扛了长凳出城看热闹的,皆已陆续扛了那凳子回家。潭中的鸭子只剩下三五只,捉鸭人也渐渐的少了。落日向上游翠翠家中那一方落去,黄昏把河面装饰了一层薄雾。翠翠望到这个景致,忽然起了一个怕人的想头,她想:"假若爷爷死了?"

沈从文家乡:凤凰古城

　　她记起祖父嘱咐她不要离开原来地方那一句话,便又为自己解释这想头的错误,以为祖父不来必是进城去或到什么熟人处去,被人拉着喝酒,故一时不能来的。正因为这也是可能的事,她又不愿在天未断黑以前,同黄狗赶回家去，只好站在那石码头边等候祖父。

再过一会，对河那两只长船已泊到对河小溪里去不见了，看龙船的人也差不多全散了。吊脚楼有娼妓的人家，已上了灯，且有人敲小斑鼓弹月琴唱曲子。另外一些人家，又有划拳行酒的吵嚷声音。同时停泊在吊脚楼下的一些船只，上面也有人在摆酒炒菜，把青菜萝卜之类，倒进滚热油锅里去时发出吵——的声音。河面已朦朦胧胧，看去好象只有一只白鸭在潭中浮着，也只剩一个人追着这只鸭子。

翠翠还是不离开码头，总相信祖父会来找她，同她一起回家。

吊脚楼上唱曲子声音热闹了一些，只听到下面船上有人说话，一个水手说："金亭，你听你那婊子陪川东庄客喝酒唱曲子，我赌个手指，说这是她的声音！"另一个水手就说："她陪他们喝酒唱曲子，心里可想我。她知道我在船上！"先前那一个又说："身体让别人玩着，心还想着你；你有什么凭据？"另一个说："有凭据。"于是这水手吹着唿哨，作出一个古怪的记号，一会儿，楼上歌声便停止了，两个水手皆笑了。两人接着便说了些关于那个女人的一切，使用了不少粗鄙字眼，翠翠很不习惯把这种话听下去，但又不能走开。且听水手之一说楼上妇人的爸爸是在棉花坡被人杀死的，一共杀了十七刀。翠翠心中那个古怪的想头，"爷爷死了呢？"便仍然占据到心里有一忽儿。

两个水手还正在谈话，潭中那只白鸭慢慢的向翠翠所在的码头边游过来，翠翠想："再过来些我就捉住你！"于是静静的等着，但那鸭子将近岸边三丈远近时，却有个人笑着，喊那船上水手。原来水中还有个人，那人已把鸭子捉到手，却慢慢的"踹水"游近岸边的。船上人听到水面的喊声，在隐约里也喊道："二老，二老，你真能干，你今天得了五只罢。"那水上人说："这家伙狡猾得很，现在可归我了。""你这时捉鸭子，将来捉女人，一定有同样的本领。"水上那一个不再说什么，手脚并用的拍着水傍了码头。湿淋淋的爬上岸时，翠翠身旁的黄狗，仿佛警告水中人似的，汪汪的叫了几声，那人方注意到翠翠。码头上已无别的人，那人问：

"是谁人？"

"是翠翠！"

"翠翠又是谁？"

"是碧溪岨撑渡船的孙女。"

"你在这儿做什么？"

"我等我爷爷。我等他来。"

"等他来他可不会来,你爷爷一定到城里军营里喝了酒,醉倒后被人抬回去了!"

"他不会这样子。他答应来找我,他就一定会来的。"

"这里等也不成。到我家里去,到那边点了灯的楼上去,等爷爷来找你好不好?"

翠翠误会了邀他进屋里去那个人的好意,心里记着水手说的妇人丑事,她以为那男子就是要她上有女人唱歌的楼上去,本来从不骂人,这时正因等候祖父太久了,心中焦急得很,听人要她上去,以为欺侮了她,就轻轻的说:

"悖时砍脑壳的!"

话虽轻轻的,那男的却听得出,且从声音上听得出翠翠年纪,便带笑说:"怎么,你骂人!你不愿意上去,要耽在这儿,回头水里大鱼来咬了你,可不要叫喊!"

翠翠说:"鱼咬了我也不管你的事。"

那黄狗好象明白翠翠被人欺侮了,又汪汪的吠起来。那男子把手中白鸭举起,向黄狗吓了一下,便走上河街去了。黄狗为了自己被欺侮还想追过去,翠翠便喊:"狗,狗,你叫人也看人叫!"翠翠意思仿佛只在告给狗"那轻薄男子还不值得叫",但男子听去的却是另外一种好意,放肆的笑着,不见了。

又过了一阵,有人从河街拿了一个废缆做成的火炬,喊叫着翠翠的名字来找寻她,到身边时翠翠却不认识那个人。那人说:老船夫回到家中,不能来接她,故搭了过渡人口信来告翠翠,要她即刻就回去。翠翠听说是祖父派来的,就同那人一起回家,让打火把的在前引路,黄狗时前时后,一同沿了城墙向渡口走去。翠翠一面走一面问那拿火把的人,是谁告他就知道她在河边。那人说这是二老告他的,他是二老家里的伙计,送翠翠回家后还得回转河街。

翠翠与爷爷翠翠说:"二老他怎么知道我在河边?"

那人便笑着说:"他从河里捉鸭子回来,在码头上见你,他说好意请你上家里坐坐,等候你爷爷,你还骂过他!你那只狗不识吕洞宾,只是叫!"

翠翠带了点儿惊讶轻轻的问:"二老是谁?"

那人也带了点儿惊讶说:"二老你还不知道?就是我们河街上的傩送

二老！就是岳云！他要我送你回去！"

傩送二老在茶峒地方不是一个生疏的名字！

翠翠想起自己先前骂人那句话，心里又吃惊又害羞，再也不说什么，默默的随了那火把走去。翻过了小山岨，望得见对溪家中火光时，那一方面也看见了翠翠方面的火把，老船夫即刻把船拉过来，一面拉船一面哑声儿喊问："翠翠，翠翠，是不是你？"翠翠不理会祖父，口中却轻轻的说："不是翠翠，不是翠翠，翠翠早被大河里鲤鱼吃去了。"翠翠上了船，二老派来的人，打著火把走了，祖父牵着船问："翠翠，你怎么不答应我，生我的气了吗？"

翠翠站在船头还是不作声。翠翠对祖父那一点儿埋怨，等到把船拉过了溪，一到了家中，看明白了醉倒的另一个老人后，就完事了。但另一件事，属于自己不关祖父的，却使翠翠沉默了一个夜晚。

选自《沈从文集：边城》，长江文艺出版社，2014年版

【导读】

《边城》创作于1933年秋到1934年春，先在《国闻周报》上连载，后由上海生活书店出版。《边城》给读者呈现了一个景美、人美、情更美的"世外桃源"。这里山清水秀，景色怡人，远离尘嚣，没有受到现代文明的侵染。自然的淳朴美景与人们的日常生活和谐统一，相映成趣，令人十分向往。优美的自然环境滋养着优美的人性及人情：爷爷年逾古稀，精神矍铄，勤劳善良，不贪财不占小便宜；天保和傩送吃苦耐劳，待人和气，不骄惰，不浮华，不仗势欺人；船总顺顺正直公道，大方洒脱；翠翠更是"爱"和"美"的化身，她美丽乖巧、天真无邪，有着少女的羞涩矜持。翠翠是一个自然之子，她与大自然浑然一体，没有沾染人世间的功利思想，像水晶一样晶莹剔透。作者在翠翠身上寄予了至善至美的审美理想。

《边城》在如诗如画的背景中讲述了一个凄美的爱情故事：自幼失去父母的孤女翠翠与外祖父靠摆渡为生。在一年端午节赛龙舟的盛会上，少女翠翠邂逅了船总顺顺家的二儿子傩送，互生好感。当地的王团总也看上了傩送，想把女儿嫁给他，用价值不菲的碾坊作陪嫁。顺顺希望傩送娶王团总的女儿为妻，但是傩送喜欢翠翠，不要碾坊要渡船。傩送的哥哥天保也喜欢翠翠，托人向渡船老人提亲，但是没有得到翠翠的答复。傩送向哥哥袒露了自己也喜欢翠翠的心思，

于是两人相约唱山歌，天保自知不敌傩送，娶翠翠无望，出走桃源，卷入险流，意外而死。傩送觉得自己对哥哥的死负有责任，对爷爷也颇有微词，于是远走他乡。爷爷遭到了顺顺一家的误解，也为翠翠的婚事操心担忧，在一个风雨之夜去世。翠翠一个人孤独地守着渡船，痴心地等待傩送归来。"这个人也许永远不回来了，也许明天回来。"小说开放式的结尾给读者留下了一个意犹未尽又令人期待的结局。翠翠与傩送的爱情是自由、真纯的，没有任何金钱或地位等功利思想的影响。翠翠不因为傩送是船总的儿子而爱他，傩送也不因为翠翠是撑渡船的而不爱她，他们的相爱是自然而然的心动，这样一对有情人终不能在一起，不免令人唏嘘。

小说反映了封建社会宗法关系带来的婚姻门第观念、金钱等功利思想仍时时渗透在这个民风古朴的小城镇，制约着人们对婚姻的理解。小说也暗示了命运的不确定性和人生的无奈，翠翠、傩送、爷爷，每一个人心愿都是美好的，但是由于种种误会，阴差阳错，心愿没有很好地传达和被接受。这些都使得作品具有了优美与忧伤的双重基调。整篇故事在具有浓郁地方色彩的环境中展开，人物性格以及人际关系与湘西的风景民俗、浑然交融，呈现出独特的文化内涵。散文化的笔法和抒情诗的笔致相结合，构成了这篇小说独特的艺术风格。

在选文中，主要叙述了翠翠和傩送的初次邂逅。虽然只有短短的几句对话，但是却在彼此的心里埋下了爱的种子。作者笔下迷人的风土人情，浓郁的乡土气息以及细腻的心理描写，真挚的情感展示，都使得作品表现出强烈的艺术感染力。

【选评】

对于这个湘西，如果说《三三》《萧萧》《柏子》等篇还只是一角，那么《边城》《长河》就近于"完整"了。在这些画幅中，作者强调的，是它的未经"文明社会"的社会组织形式羁束的自在状态。一切使社会赖以成为"文明社会"的规矩绳墨，都与这世界无干。这个世界不是用法律也不是用道德来维持，"一切皆为一个习惯所支配"，却无往不合乎情顺乎理。也俨然没有阶级等级，掌水码头的与撑渡船的，都在一种淳厚古朴的人情中人格上平等：一个独立自足的文化圈。

（赵园：《沈从文构筑的"湘西世界"》，《文学评论》1986年第6期）

【思考与讨论】

1.《边城》是沈从文先生的代表作，作品构筑了一个田园牧歌般的"湘西世界"，请结合小说《边城》，谈谈"湘西世界"的审美内涵。

2.关于《边城》的主题，一般认为是歌颂人性，是一首田园牧歌，反映的是和平美好的世外桃源。但也有人认为反封建的民主思想应该是《边城》的最大主题。请结合《边城》中翠翠形象，谈谈你对《边城》主题的理解。

【拓展与延伸】

1.导演凌子风认为，"改编就是原著＋我"，坦言电影《边城》是他导演的作品中最满意的一部。请观看根据小说《边城》改编的同名电影，写一篇影评。

2.2010年，红网曾联手《魅力湘西》开展了"寻找湘西翠翠暨翠翠卡通形象大征集"活动，请你为"爱"与"美"的化身翠翠也设计一个卡通形象。

3.沈从文的故乡凤凰古城是国家历史文化名城，曾被新西兰著名作家路易·艾黎称赞为中国最美丽的小城。有机会的话，请前去参观，并拍摄一组照片或一部纪录片，记录下你看到的湘西。

【推荐阅读】

1.《沈从文集：边城》，沈从文著，北京十月文艺出版社2008年版。

2.《沈从文集：长河》，沈从文著，北京十月文艺出版社2008年版。

3.《从文自传》，沈从文著，人民文学出版社1981年版。

4.《从〈边城〉走向世界——对作为文学家的沈从文的研究》，凌宇著，生活·读书·新知三联书店1985年版。

曹禺

【简介】曹禺（1910—1996），原名万家宝，祖籍湖北潜江，出生于天津一个没落的封建官僚家庭。母亲在他出生后三天即患产褥热去世。幼年时，曹禺经常跟随继母（小姨）看戏，自小就接触京戏、地方戏和文明戏，五岁时就开始与私塾里的小同学编戏演戏，这些经历为曹禺日后的戏剧创作积累了艺术底蕴。1923年，曹禺考进天津南开中学，南开中学非常重视学生的戏剧活动，1925年曹禺加入南开中学新剧团，参演过丁西林、田汉、易卜生、莫里哀、霍普特曼、高尔斯华绥

曹禺

等众多中外剧作家的作品。1928年,担任《南开双周刊》的戏剧编辑。这些实践活动为曹禺打开了广阔的艺术视野。1928年,曹禺免试入南开大学,读政治经济专业,1929年通过清华大学组织的考试,入清华大学西洋文学系就读。

在清华,曹禺一方面饱读中外戏剧大师的作品,一方面进行戏剧的排练和演出,1933年,《雷雨》在清华大学图书馆诞生,被认为是中国现代话剧成熟的标志,那一年曹禺才23岁。1935年,以上海为背景的话剧《日出》出版并上演。《雷雨》《日出》两部话剧奠定了曹禺在中国现代文学史上的重要地位。1936年曹禺将视线转向农村,创作完成了第三部话剧《原野》。1940年,标志着曹禺创作第二个高峰的《北京人》问世。《雷雨》《日出》《原野》和《北京人》被称为曹禺的四大杰作,在中国戏剧史上占有重要的地位。

雷雨

第一幕(节选)

〔四凤端茶,放朴面前。

周朴园　四凤,——(向周冲)你先等一等。(向四凤)叫你给太太煎的药呢?

四凤　煎好了。

周朴园　为什么不拿来?

四凤　(看蘩漪,不说话)

周蘩漪　(觉出四周的征兆有些恶相)她刚才给我倒来了,我没有喝。

周朴园　为什么?(停,向四凤)药呢?

周蘩漪　(忙说)倒了。我叫四凤倒了。

周朴园　(慢)倒了?哦?(更慢)倒了!
——(向四凤)药还有么?

四凤　药罐里还有一点。

周朴园　(低而缓地)倒了来。

周蘩漪　(反抗地)我不愿意喝这种苦东西。

周朴园　(向四凤,高声)倒了来。

〔四凤走到左面倒药。

周冲　　　爸，妈不愿意，您何必这样强迫呢？

周朴园　　你同你妈都不知道自己的病在那儿。（向蘩漪低声）你喝了，就会完全好的。（见四凤犹豫，指药）送到太太那里去。

周蘩漪　　（顺忍地）好，先放在这儿。

周朴园　　（不高兴地）不。你最好现在喝了它吧。

周蘩漪　　（忽然）四凤，你把它拿走。

周朴园　　（忽然严厉地）喝了它，不要任性，当着这么大的孩子。

周蘩漪　　（声颤）我不想喝。

周朴园　　冲儿，你把药端到母亲面前去。

周冲　　　（反抗地）爸！

周朴园　　（怒视）去！

〔周冲只好把药端到蘩漪面前。

周朴园　　说，请母亲喝。

周冲　　　（拿着药碗，手发颤，回头，高声）爸，您不要这样。

周朴园　　（高声地）我要你说。

周萍　　　（低头，至周冲前，低声）听父亲的话吧，父亲的脾气你是知道的。

周冲　　　（无法，含着泪，向着母亲）您喝吧，为我喝一点吧，要不然，父亲的气是不会消的。

周蘩漪　　（恳求地）哦，留着我晚上喝不成么？

周朴园　　（冷峻地）蘩漪，当了母亲的人，处处应当替子女着想，就是自己不保重身体，也应当替孩子做个服从的榜样。

话剧《雷雨》剧照

周蘩漪　（四面看一看，望望朴园又望望周萍。拿起药，落下眼泪，忽而又放下）哦，不！我喝不下！

周朴园　萍儿，劝你母亲喝下去。

周萍　爸！我——

周朴园　去，走到母亲面前！跪下，劝你的母亲。

〔周萍走至蘩漪面前。

周萍　（求恕地）哦，爸爸！

周朴园　（高声）跪下！

〔周萍望着蘩漪和周冲；蘩漪泪痕满面，冲全身发抖。

周朴园　叫你跪下！

〔周萍正向下跪。

周蘩漪　（望着周萍，不等周萍跪下，急促地）我喝，我现在喝！（拿碗，喝了两口，气得眼泪又涌出来，她望一望朴园的峻厉的眼和苦恼着的周萍，咽下愤恨，一气喝下！）哦……（哭着，由右边饭厅跑下）

〔半晌。

周朴园　（看表）还有三分钟。（向周冲）你刚才说的事呢？

周冲　（抬头，慢慢地）什么？

周朴园　你说把你的学费分出一部分？——嗯，是怎么样？

周冲　（低声）我现在没有什么事情啦。

周朴园　真没有什么新鲜的问题啦么？

周冲　（哭声）没有什么，没有什么，——妈的话是对的。（跑向饭厅）

周朴园　冲儿，上哪儿去？

周冲　到楼上去看看妈。

周朴园　就这么跑么？

周冲　（抑制着自己，走回去）是，爸，我要走了，您有事吩咐么？

周朴园　去吧。

〔周冲向饭厅走了两步。

周朴园　回来。

周冲　爸爸。

周朴园　你告诉你的母亲，说我已经请德国的克大夫来，给她看病。

周冲　妈不是已经吃了您的药了么？

周朴园　　我看你的母亲，精神有点失常，病像是不轻。（回头向周萍）我看，你也是一样。

周萍　　爸，我想下去，歇一回。

周朴园　　不，你不要走。我有话跟你说。（向周冲）你告诉她，说克大夫是个有名的脑病专家，我在德国认识的。来了，叫她一定看一看，听见了没有？

周冲　　听见了。（走了两步）爸，没有事啦？

周朴园　　上去吧。

〔周冲由饭厅下。

周朴园　　（回头向四凤）四凤，我记得我告诉过你，这个房子你们没有事就得走的。

四凤　　是，老爷。（也由饭厅下）

〔鲁贵由书房上。

鲁贵　　（见着老爷，便不自主地好像说不出话来）老，老，老爷。客，客来了。

周朴园　　哦，先请到大客厅里去。

鲁贵　　是，老爷。（鲁贵下）

周朴园　　怎么这窗户谁开开了？

周萍　　弟弟跟我开的。

周朴园　　关上，（擦眼镜）这屋子不要底下人随便进来，回头我预备一个人在这里休息的。

周萍　　是。

周朴园　　（擦着眼镜，看四周的家具）这间屋子的家具多半是你生母顶喜欢的东西。我从南边移到北边，搬了多少次家，总是不肯丢下的。（戴上眼镜，咳嗽一声）这屋子摆的样子，我愿意总是三十年前的老样子，这叫我的眼看着舒服一点。（踱到桌前，看桌上的相片）你的生母永远喜欢夏天把窗户关上的。

周萍　　（强笑着）不过，爸爸，纪念母亲也不必——

周朴园　　（突然抬起头来）我听人说你现在做了一件很对不起自己的事情。

周萍　　（惊）什——什么？

周朴园　　（低声走到周萍的面前）你知道你现在做的事是对不起你的

|||父亲么？并且——（停）——对不起你的母亲么？
周萍　　（失措）爸爸。
周朴园　（仁慈地，拿着萍的手）你是我的长子，我不愿意当着人谈这件事。（停，喘一口气严厉地）我听说我在外边的时候，你这两年来在家里很不规矩。
周萍　　（更惊恐）爸，没有的事，没有，没有。
周朴园　一个人敢做一件事就要当一件事。
周萍　　（失色）爸！
周朴园　公司的人说你总是在跳舞场里鬼混，尤其是这两三个月，喝酒，赌钱，整夜地不回家。
周萍　　哦，（喘出一口气）您说的是——
周朴园　这些事是真的么？（半晌）说实话！
周萍　　真的，爸爸。（红了脸）
周朴园　将近三十的人应当懂得"自爱"！——你还记得你的名为什么叫萍吗？
周萍　　记得。
周朴园　你自己说一遍。
周萍　　那是因为母亲叫侍萍，母亲临死，自己替我起的名字。
周朴园　那我请你为你的生母，你把现在的行为完全改过来。
周萍　　是，爸爸，那是我一时的荒唐。
〔鲁贵由书房上。
鲁贵　　老，老，老爷。客——等，等，等了好半天啦。

1936年，中国旅行剧团演出《雷雨》

周朴园　　知道。

〔鲁贵退。

周朴园　　我的家庭是我认为最圆满、最有秩序的家庭,我的儿子我也认为都还是健全的子弟,我教育出来的孩子,我绝对不愿叫任何人说他们一点闲话的。

周　萍　　是,爸爸。

周朴园　　来人啦。(自语)哦,我有点累啦。

〔周萍扶他至沙发坐。

〔鲁贵上。

鲁　贵　　老爷。

周朴园　　你请客到这边来坐。

鲁　贵　　是,老爷。

周　萍　　不,——爸,您歇一会吧。

周朴园　　不,你不要管。(向鲁贵)去,请进来。

鲁　贵　　是,老爷。

〔鲁贵下。朴园拿出一支雪茄,周萍为他点上,朴园徐徐抽烟,端坐。——幕落

选自《曹禺戏剧全集》,人民文学出版社 2014 年版

【导读】

1934 年,曹禺的处女作《雷雨》经巴金审阅和编辑,在《文学季刊》第 3 期全文刊载。1935 年 4 月,《雷雨》由杜宣、吴天等留日学生搬上舞台,好评如潮,继而由中国旅行剧团在天津、上海等地演出,轰动了文坛、剧坛。《雷雨》不仅奠定了曹禺在中国现代戏剧史上的地位,而且对中国话剧由发展走向成熟起了决定性作用。

四幕话剧《雷雨》描写中国 20 世纪 20 年代前后,一个资产阶级化的封建家庭的悲剧。鲁侍萍和周公馆的主人周朴园不期而遇,由此引出了三十年前的故事。当年,周家的少爷周朴园爱上女佣梅妈

《文学季刊》第一卷第三期上首次发表《雷雨》

的女儿侍萍，并生了两个男孩。而周朴园迫于家庭压力，娶了一个有钱有门第的小姐为妻。侍萍带着刚出生几天的小儿子被周家人赶出家门。漂泊无依的侍萍迫于生活压力，嫁给鲁贵并生下女儿四凤。周朴园与侍萍三十年前结下的恩怨，一直延续到下一代，成为悲剧的总根源。剧作家让侍萍走进周公馆，引发了这个家庭的巨大危机：在周公馆当下人的女儿四凤在重蹈自己当年的命运，爱上自己女儿的人偏偏是自己的儿子周萍；周公馆的太太蘩漪和周萍名为母子实为情人，为了挽回周萍的爱情而苦苦挣扎；鲁大海和周朴园，父子之间正展开劳资双方的斗争，一场悲剧已经不可避免。

《雷雨》巨大的艺术震撼力首先体现在剧中人物的性格与命运中。八个人物都有着各自鲜明的性格，从不同的角度展现这场悲剧的丰富性与复杂性。曹禺说《雷雨》中的人物，最早出现在他脑海中的就是蘩漪，他喜欢蘩漪这样性格的女人，哪怕她做了罪大恶极的事情他也会原谅。他以极大的热情塑造这一人物，甚至为她写下了五百余字的精彩小传。蘩漪是《雷雨》中最复杂、最丰富、最具典型价值的人物，是受到"五四"个性解放思想影响的旧式女子，她充满蓬勃的生命热情，追求独立的个性，渴望美好的爱情，但命运让她"落在周朴园这样的家庭中"。十八年来，她在周朴园的精神压制下，没有自由与尊严，过着极端压抑的生活，渐渐被磨成一个"石头样的死人"。就在对生活近乎绝望，在"安安静静等死"的时候，周萍的到来燃起了她渴望自由、渴望爱情的希望。她对周萍的爱是极端大胆、真诚的。她冲破道德的罗网，把打破枷锁获得新生的希冀甚至自己的生命都押在周萍的身上。然而这段扭曲的爱情并没有持续多久，周萍厌恶了这种不伦之恋转而追求四凤，背弃了蘩漪的爱情。受到周家两代人欺负的蘩漪陷入绝望，原本抑郁的精神世界变得更加偏执。她紧紧抓住周萍作困兽之斗，希望他带着她逃出周公馆这口"残酷的井"。为此她机关算尽：以周冲喜欢四凤为借口让鲁妈带走四凤；一次次恳求甚至哀求周萍把她带走，甚至和四凤一起走都可以，显得那么卑微与可怜；试图让自己的儿子周冲拦住四凤。这一连串充满嫉妒、阴狠、乖戾的行动把周家引向一条死亡之路，毁灭了自己也毁灭了别人。而在这些行为背后是一个被窒息的灵魂对自由的呐喊，是环境对一个追求自由的女性的逼迫与伤害。蘩漪这一悲剧形象，是曹禺对新文学的杰出贡献，深刻地传达出"五四"反封建与个性解放的主题，引发人们对人的价值、尊严等问题的思考。

周朴园是《雷雨》的中心人物，是悲剧的总根源。曹禺塑造这个带着浓厚封建色彩的资本家形象，没有脸谱化、简单化，而是揭示出周朴园心灵世界的复杂性、丰富性，使人物显得真实可信。周朴园年轻时留学德国，一定程度上受到西方自由民主思想的影响，是一个追求个性、自由和美好爱情的年轻人，他和女仆梅妈的女儿侍萍真诚相爱。但周朴园屈服于封建传统意识和家庭的压力，抛弃侍萍和他们俩刚出生三天的小儿子而与一位富家小姐结婚，这为以后一系列的悲剧埋下了总根芽。他得知侍萍的"死讯"，多少年来一直无法摆脱一种罪恶感，应该说他后来对侍萍的怀念、内疚、忏悔是真诚的。随着周朴园步入社会，经营矿山，现代资本主义经济的发展使他成了一个拥有现代产业的资本家。唯利是图、尔虞我诈、金钱万能的社会现实影响并改变着他的性格，与此同时，封建专制文化传统的顽固性、劣根性一点点在他的精神世界中凸显出来。周朴园成为一个冷酷的资本家、虚伪的慈善家、独断的封建家长。曾经的叛逆者变成了封建伦常秩序的维护者，戏剧通过周朴园威逼繁漪喝药这个典型的戏剧动作，让人们看到他的封建家长统治对人精神的虐杀。周朴园在制造悲剧的同时也受到了命运的惩罚，成为悲剧的承担者与受害者。

《雷雨》以它巨大的悲剧性震撼着一代又一代的读者。曹禺认为《雷雨》所显示的并不是因果，并不是报应，而是天地间的"残忍"。《雷雨》中的八个人物，每个人都苦苦挣扎：周朴园想维持家庭的秩序与体面；繁漪想拥有不受压抑的生活，抓住周萍对自己的爱情；周萍想获得四凤的爱情，借以洗涤自己不洁的灵魂；天真的周冲想与四凤一起实现自己的青春幻梦；尝遍人生苦痛的侍萍想立刻带走四凤，以免女儿重蹈自己的覆辙；鲁大海希望通过罢工获得公正；鲁贵想揩更多的油水。然而"宇宙正像一口残酷的井，落在里面，怎样呼号也难逃脱这黑暗的坑"。每个人的挣扎都走向自己愿望的反面。戏剧的结尾，无辜的年青一代，周萍、周冲、四凤死了，鲁大海走了；年老的一代，繁漪和侍萍疯了，作为悲剧总根源的周朴园生活在无尽的忏悔与孤独中。在这里，可以看出古希腊命运悲剧的影响，展现出人对命运的抗争与命运对人的主宰这一对巨大的矛盾，而每个人的命运都以当时中国特定的现实社会环境为依托，使《雷雨》意蕴深邃而又真实具体。

《雷雨》有着鲜明的艺术风格，首先表现在其结构的紧凑巧妙。《雷雨》运用锁闭式结构，昨日之戏（周朴园与侍萍三十多年前的故事；繁漪与继子周萍之间的恋爱故事）在人物的对话中加以回顾说明，与今日之戏（台上正在经历着的部分：繁漪与周朴园的冲突；繁漪、周萍、四凤之间的情感纠葛；鲁侍萍与周朴园客厅见面；鲁大海与周朴园的冲突等）互为映照，以前者推动后者的急剧发展，不断有"发现"、"逆转"与"惊奇"，直至高潮。其次，《雷雨》塑造了成功的人物形象,《雷雨》中的八个人物,每一个都血肉丰满。另外,《雷雨》的戏剧语言相当出色。提示语言精准而富有启发性,人物对话与独白极具个性,并且拥有丰富的潜台词,这些潜台词不仅富有戏剧性,而且表现了人物复杂的心情。

总之,《雷雨》以卓而不凡的艺术魅力,奠定了曹禺在中国现代文学史上的地位。曹禺以诗人的慧眼与情怀关注并体味着丰富复杂的社会生活,思考人类的生存处境,探索人物精深微妙的内心世界,博采古今中外的戏剧精华,创作了一部部经典戏剧。其激荡饱满的情感、深沉幽微的哲思和一个个极具魅力的人物形象,让一代代的导演、演员、读者、观众为之沉醉。

《雷雨》共有四幕,外加序幕与尾声。节选部分是本剧第一幕的片段,体现了周朴园的封建专制家长作风以及他造成的极端压抑的家庭气氛,也体现了繁漪对周朴园的抗拒以及她与周萍的微妙关系。

【选评】

在中国现代的作家中,鲁迅在他的作品中,不仅揭示人的"生存"的问题,更深刻地揭示人的"存在"问题,这几乎是现当代伟大作家的一个共同的特质。五四之后,承继鲁迅这一伟大传统的首推曹禺。他是中国现代第一个也几乎是少数几个把探索人类的"存在"作为艺术追求的剧作家。热烈激荡的情思同形而上的哲思的交融,构成曹禺剧作的深广厚重的思想特色。曹禺对人性的复杂性有着十分深刻的把握,他以为人性的复杂性甚至是难以破解的。而人性的丰富性,也是他所重视的;因此,在他的剧中所展现出来的人物,他们人性的复杂性和丰富性,在中国剧作家中是首屈一指的。像周朴园、繁漪、陈白露、仇虎、金子、愫方、曾浩、文清等,这样的中国人性的画廊,是曹禺所发现所创造的,是我们前所未见的。

(田本相:《伟大的人文主义戏剧家曹禺,为纪念曹禺百年诞辰而作》,《中国戏剧》2010年第9期)

【思考与讨论】

1.《雷雨》中周朴园这一人物形象,一般认为是冷酷、虚伪、自私。但也有学者认为,是封建婚姻的受害者,是一个悲剧性人物,值得同情。你是如何理解的?

2.曹禺研究专家田本相用"最雷雨"来描述繁漪的性格。你如何理解繁漪这一人物形象?

3.一部优秀的文学作品,往往具有丰富的意蕴,有多种阐释的可能性。关于《雷雨》的主题,有多种研究成果,主要有"命运观"说、"宿命论"说、"反封建反资本主义"说、"生存困境"说等。你怎么理解《雷雨》的主题?

【拓展与延伸】

1. 一部《雷雨》,培育了几代话剧人,无论是观众还是剧作家、导演、演员,都从《雷雨》中得到收获。请观看不同版本的《雷雨》话剧,从剧本、导演和表演风格等方面谈谈自己的看法。

2.《雷雨》初版本中有序幕与尾声,对序幕和尾声的用意,曹禺先生曾有一个明确的说明:"简单地说,是送看戏的人们回家,带着种哀静的心情。低着头,沉思地,念着这些在热情、在梦想、在计算里煎熬着的人们……我把《雷雨》做一篇诗看,一部故事读,用'序幕'和'尾声'把一件错综复杂的罪恶推到时间上非常辽远的处所。"(曹禺:《雷雨》,人民文学出版社1998年版,第188页)但在舞台演出中,往往掐头去尾(甚至在一些文学版本中都删去序幕与尾声)。《雷雨》序幕和尾声的作用表现在哪些方面?请阅读剧本《雷雨》,谈谈你的看法。

3. 四幕话剧《日出》是曹禺的第二部重要剧作,无论是戏剧结构还是人物形象塑造都作出新的探索。请观看视频或阅读剧本,具体谈谈这种探索的具体表现。

【推荐阅读】

1.《曹禺文集》(第一卷),曹禺著,中国戏剧出版社1988年版。

2.《曹禺传》,田本相著,北京十月文艺出版社1988年版。

3.《曹禺访谈录》,田本相著,天津百花出版社2010年版。

第三单元

二十世纪四十年代文学

【概述】四十年代文学是指从1937年7月7日卢沟桥事变，抗日战争全面爆发，到1949年新中国成立前召开的第一次全国"文代会"这十二年的文学史进程。随着战争局势的发展，与全国的政治地理区域划分相对应，文学被分割为国统区文学、解放区文学、沦陷区文学以及上海"孤岛"时期文学。

抗战初期的国统区文学，以宣传"抗日救亡"为共同指向，有着不同政治和文学观念的作家们团结在一起，于1938年3月27日在武汉成立了中华全国文艺界抗敌协会（简称文协）。广大作家用简短有力、通俗易懂、极具感染力与战斗性的街头剧、朗诵诗等文学形式宣传抗日救亡的思想，基调热情激昂，具有英雄主义色彩。1938年10月武汉失守，战争进入相持阶段，抗战初期昂奋的救国热情转为对现实冷静的思考与剖析，出现了张天翼的《华威先生》、沙汀的《在其香居茶馆里》等暴露与讽刺小说。抗战中、后期，长篇小说的创作在反映生活的广度、深度以及风格的多样性等方面都取得了不俗的成绩。老舍的《四世同堂》，钱钟书的《围城》等小说都是这一时期有影响的佳作。国统区的戏剧活动非常活跃，郭沫若的历史剧《屈原》曾轰动一时。

共产党领导的解放区文学呈现出独特的风貌。1942年毛泽东的《在延安文艺座谈会上的讲话》为解放区文学指明了方向，促进了文学的大众化、民间化，以赵树理的《小二黑结婚》为代表。上海"孤岛"时期文学，指1937年11月上海沦陷后，一些作家在租界这一特殊的环境中进行创作，配合抗日救亡的文学活动。以戏剧运动最为活跃，于伶、阿英、李健吾等人创作了一批具有较高艺术水准的话剧。

沦陷区文学包括东北、华北沦陷区文学以及1942年12月太平洋战争爆发后的上海沦陷区文学。由于特殊的政治环境，通俗小说空前繁荣，具有通俗倾向的文学创作也有一定的发展，张爱玲的《传奇》堪为代表。

张爱玲

【简介】张爱玲（1920—1995），原名张煐，出身清朝官宦之家，原籍河北省唐山市，1920年9月30日出生在上海公共租界西区一幢没落贵族府邸。她的曾外祖父是李鸿章，祖父是著名的清流派大臣张佩纶。张爱玲的父亲张廷重，是典型的遗少型人物，生活颓废，不思进取。母亲黄逸梵是"五四"新女性，她不能忍受旧式家庭日趋没落的生活，无休止的争吵之后远涉重洋，留学欧洲。张爱玲从小在畸形的家庭环境中成长，感受不到家庭的温情，养成了孤僻、敏感的性格和悲凉的人生观。

张爱玲

1931年张爱玲就读于上海圣玛利亚女校，接受西方文化教育。1939年张爱玲考入香港大学，1942年日军占领香港，张爱玲中断学业回到上海。1943年5月，小说《沉香屑：第一炉香》发表，一举成名。之后短短几个月间，《茉莉香片》《倾城之恋》《心经》小说等相继问世并引起很大反响。1944年8月，张爱玲将此前发表的小说结集出版，定名为《传奇》，接着散文集《流言》出版。1955年，张爱玲移居美国，主要精力用于《红楼梦》《海上花列传》的翻译和研究。1995年在美国去世。

张爱玲的小说卓尔不群，雅俗共赏。她的小说常以独特的女性视角，深入挖掘女性在情欲上的痛苦和体验，展现物欲对人性的异化；擅长运用丰富的意象和细致深入的心理描写，把中国古典小说风格与现代西方写作技巧进行有机融合。

金锁记（节选）

季泽把椅子换了个方向，面朝墙坐着，人向椅背上一靠，双手蒙住了眼睛，又是长长地叹了口气。七巧啃着扇子柄，斜睨着他道："你今儿是怎么了？受了暑吗？"季泽道："你哪里知道？"半晌，他低低的一个字一个字说道："你知道我为什么跟家里的那个不好，为什么我拼命的在外头玩，把产业都败光了？你知道这都是为了谁？"七巧不知不觉有些胆寒，走得远远的，倚在炉台上，脸色慢慢地变了。季泽跟了过来。七巧垂着头，肘弯撑在炉台上，手里擎着团扇，扇子上的杏黄穗子顺着她的额角拖下来。季泽在她对面站住了，小声道："二嫂！……七巧！"

七巧背过脸去淡淡笑道："我要相信你才怪呢！"季泽便也走开了，道："不错。你怎么能够相信我？自从你到我家来，我在家一刻也待不住，只想出去。你没来的时候我并没有那么荒唐过，后来那都是为了躲你。娶了兰仙来，我更玩得凶了，为了躲你之外又要躲她，见了你，说不了两句话我就要发脾气——你哪儿知道我心里的苦楚？你对我好，我心里更难受——我得管着我自己——我不得平白的坑坏了你，家里人多眼杂，让人知道了，我是个男子汉，还不打紧。你可了不得！"七巧的手直打颤，扇柄上的杏黄须子在她额上苏苏磨擦着。季泽道："你信也罢！不信也罢！信了又怎样？横竖我们半辈子已经过去了，说也是白说。我只求你原谅我这一片心。我为你吃了这些苦，也就不算冤枉了。"

七巧低着头，沐浴在光辉里，细细的音乐，细细的喜悦……这些年了，她跟他捉迷藏似的，只是近不得身，原来还有今天！可不是，这半辈子已经完了——花一般的年纪已经过去了。人生就是这样的错综复杂，不讲理。当初她为什么嫁到姜家来？为了钱么？不是的，为了要遇见季泽，为了命中注定她要和季泽相爱。她微微抬起脸来，季泽立在她跟前，两手合在她扇子上，面颊贴在她扇子上。他也老了十年了，然而人究竟还是那个人呵！他难道是哄她么？他想她的钱——她卖掉她的一生换来的几个钱？仅仅这一转念便使她暴怒起来。就算她错怪了他，他为她吃的苦抵得过她为他吃的苦么？好容易她死了心了，他又来撩拨她，她恨他。他还在看着她。他的眼睛——虽然隔了十年，人还是那个人呵！就算他是骗她的，迟一点儿发现不好么？即使明知是骗人的，他太会演戏了，也跟真的差不多罢？

不行！她不能有把柄落在这厮手里。姜家的人是厉害的，她的钱只怕保不住。她得先证明他是真心不是。七巧定了一定神，向门外瞧了一瞧，轻轻惊叫道："有人！"便三脚两步赶出门去，到下房里吩咐潘妈替三爷弄点心去，快些端了来，顺便带芭蕉扇进来替三爷打扇。七巧回到屋里来，故意皱着眉道："真可恶，老妈子在门口探头探脑的，见了我抹过头去就跑，被我赶上去喝住了。若是关上了门说两句话，指不定造出什么谣言来呢！饶是独门独户住了，还没个清净。"潘妈送了点心与酸梅汤进来，七巧亲自拿筷子替季泽拣掉了蜜层糕上的玫瑰与青梅，道："我记得你是不爱吃红绿丝的。"有人在跟前，季泽不便说什么，只是微笑。七巧似乎没话找话说似的，问道："你卖房子，接洽得怎样了？"季泽一面吃，一面答道："有人出八万五，我还没打定主意呢。"七巧沉吟道："地段倒是好的。"季泽道："谁都不赞成我脱手，说还要涨呢。"七巧又问了些详细情形，便道："可惜我手头没有这一笔现款，不然我倒想买。"季泽道："其实呢，我这房子倒不急，倒是咱们乡下你那些田，早早脱手的好。自从改了民国，接二连三的打仗，何尝有一年闲过？把地面上糟踏得不成样子，中间还被收租的、师爷、地头蛇一层一层勒啃着，莫说这两年不是水就是旱，就遇着了丰年，也没有多少进账轮到我们头上。"七巧寻思着，道："我也盘算过来，一直挨着没办。先晓得把它卖了，这会子想买房子，也不至于钱不凑手了。"季泽道："你那田要卖趁现在就得卖了，听说直鲁又要开仗了。"七巧道："急切间你叫我卖给谁去？"季泽顿了一顿道："我去替你打听打听，也成。"七巧耸了耸眉毛笑道："得了，你那些狐群狗党里头，又有谁是靠得住的？"季泽把咬开的饺子在小碟子里蘸了点醋，闲闲说出两个靠得住的人名，七巧便认真仔细盘问他起来，他果然回答得有条不紊，显然他是筹之已熟的。

话剧《金锁记》剧照

七巧虽是笑吟吟的，嘴里发干，上嘴唇黏在牙仁上，放不下来。她端起盖碗来吸了一口茶，舐了舐嘴唇，突然把脸一沉，跳起身来，将手里的扇子向季泽头上滴溜溜掷过去，季泽向左偏了一偏，那团扇敲在他肩膀上，打翻了玻璃杯，酸梅汤淋淋漓漓溅了他一身，七巧骂道："你要我卖了田去买你的房子？你要我卖田？钱一经你的手，还有得说么？你哄我——你拿那样的话来哄我——你拿我当傻子——"她隔着一张桌子探身过去打他，然而她被潘妈下死劲抱住了。潘妈叫唤起来，祥云等人都奔了来，七手八脚按住了她，七嘴八舌求告着。七巧一头挣扎，一头叱喝着，然而她的一颗心直往下坠——她很明白她这举动太蠢——太蠢——她在这儿丢人出丑。

　　季泽脱下了他那湿漉漉的白云纱长衫，潘妈绞了手巾来代他揩擦，他理也不理，把衣服夹在手臂上，竟自扬长出门去了，临行的时候向祥云道："等白哥儿下了学，叫他替他母亲请个医生来看看。"祥云吓糊涂了，连声答应着，被七巧兜脸给了她一个耳刮子。

　　季泽走了。丫头老妈子也都给七巧骂跑了。酸梅汤沿着桌子一滴一滴朝下滴，像迟迟的夜漏——一滴，一滴……一更，二更……一年，一百年。真长，这寂寂的一刹那。七巧扶着头站着倏地掉转身来上楼去，提着裙子，性急慌忙，跌跌绊绊，不住的撞到那阴暗的绿粉墙上，佛青袄子上沾了大块的淡色的灰。她要在楼上的窗户里再看他一眼。无论如何，她从前爱过他。她的爱给了她无穷的痛苦。单只这一点，就使他值得留恋。多少回了，为了要按捺她自己，她遏得全身的筋骨与牙根都酸楚了。今天完全是她的错。他不是个好人，她又不是不知道。她要他，就得装糊涂，就得容忍他的坏。她为什么要戳穿他？人生在世，还不就是那么一回事？归根究底，什么是真的，什么是假的？

　　她到了窗前，揭开了那边上缀有小绒球的墨绿洋式窗帘，季泽正在弄堂里往外走，长衫搭在臂上，晴天的风像一群白鸽子钻进他的纺绸裤褂里去，哪儿都钻到了，飘飘拍着翅子。

　　七巧眼前仿佛挂了冰冷的珍珠帘，一阵热风来了，把那帘子紧紧贴在她脸上，风去了，又把帘子吸了回去，气还没透过来，风又来了，没头没脸包住她——一阵凉一阵热，她只是流着眼泪。

选自《张爱玲全集》，北京十月文艺出版社2009年版

【导读】

《金锁记》是张爱玲的代表作，1943 年 11 月发表。小说讲述了曹七巧充满悲剧感的一生。曹七巧是麻油铺老板的女儿，青春健康，性格泼辣，"十八九岁做姑娘的时候，高高挽起了大镶大滚的蓝夏布衫袖，露出一双雪白的手腕，上街买菜去。"她的哥哥贪图富贵把她嫁给了姜家患骨痨的二爷，七巧得不到正常的爱情，欲望被压抑。低微的出身使她在姜公馆备受歧视。畸形的生活刺激了曹七巧对金钱的欲望，获得并死守金钱成为她唯一的安慰。不断膨胀的金钱欲望反之又压抑了情欲的渴求。曹七巧一生

曹七巧像　张爱玲绘

中唯一一抹温暖的亮色是她对三爷季泽的爱，当季泽向她表白爱意的时候，她"低着头，沐浴在光辉里，细细的音乐，细细的喜悦……当初她为什么嫁到姜家来？为了钱么？不是的，为了要遇见季泽，为了命中注定她要和季泽相爱"。一种温暖在她的心头慢慢升起，她微微抬起脸来，充满情意的看着季泽。但是，"仅仅这一转念便使她暴怒起来"。她几乎是下意识地认为季泽是在骗她的钱："他想她的钱——她卖掉她的一生换来的几个钱？"对金钱的控制欲使她亲手断送了一丝爱的希望，她把季泽赶走了。

这个黄金铸成的枷锁不仅毁灭了她自己，锁住了正常的人性，而且滋生了疯狂的妒忌心理和残酷的破坏欲望。在儿子长白和媳妇芝寿新婚夫妻的恩爱以及女儿与童世舫相识后脸上时时露出的微笑里，曹七巧看到了她一生没有得到的爱情。她霸占长白整夜为她烧烟，探听儿子媳妇闺房私密到处宣讲，芝寿在忿恨中病亡，长白的第二任妻子绢儿吞生鸦片自杀。她把童世舫请到家里吃饭，向他透露长安有鸦片瘾，用一个"疯子的审慎和机智"断送了长安的爱情。曹七巧在情欲和金钱的煎熬中耗尽了自己，也毁掉了儿女的幸福，长白不敢再娶，长安也不敢再奢望幸福。

小说主人公曹七巧刻薄、乖戾、阴鸷，性格极端，破坏欲极强，作者对人性扭曲的刻画呈现出惊心动魄的艺术震撼力，是张爱玲作品中少见的"彻底"的人物。曹七巧的悲剧是封建伦理道德制约下的传统女性的悲剧。作者表现了封建伦理道德中的门第观念带来的大家族内部的倾轧与歧视，封建伦理道德中的"贞节观"对女性情欲的压抑。然而更深刻的悲剧因素来源于女性自身内部

的精神因素，那种无法把握自身命运的惶惶不安感，使她背上了一副沉重的黄金枷锁，严重地桎梏了她的生命。曹七巧的命运是中国传统妇女命运的极端表现。

张爱玲有非常敏锐的创作天赋，她用丰富的感觉创造出一个个新鲜独特的意象，产生了耐人寻味的意境。"月亮"意象在《金锁记》中多次出现。小说的开头和结尾处都写了月亮，开头写道："年轻的人想着三十年前的月亮该是铜钱大的一个红黄的湿晕，像朵云轩信笺上落了一滴泪珠，陈旧而迷糊。"把月亮描绘成"铜钱大的一个红黄的湿晕"、"朵云轩信笺上落了一滴泪珠"，新颖独特，把读者带入了一种陈旧而凄凉的回忆情境中。芝寿眼中的月亮是"使人汗毛凛凛的反常的明月——漆黑的天上一个灼灼的小而白的太阳"，把月亮描绘成"小而白的太阳"，表现了芝寿扭曲绝望的心绪。

张爱玲的语言是华丽的，有强烈的色彩感，她把众多色彩杂糅到一起，将人物和环境渲染得富丽堂皇。这种语言特点来源于古典小说的滋养，有着浓郁的《红楼梦》气息。从结构上说，张爱玲长于借鉴电影蒙太奇的"淡出"、"融入"的手法。"淡出"、"融入"在视觉上产生了缓慢、恍惚、静谧的感觉，使故事负载了更多的回忆、回味。

节选部分情节是整篇文章的大转折，讲述了曹七巧分家后如何赶走上门求财的姜季泽，最终成为了一个金钱桎梏下的奴隶。

【选评】

七巧是社会环境的产物，可是更重要的，她是她自己各种巴望、考虑、情感的奴隶。张爱玲兼顾到七巧的性格和社会，使她的一生，更经得起我们道德性的玩味。

（夏志清：《中国现代小说史》，复旦大学出版社2005年版，第266—267页）

【思考与讨论】

1.《金锁记》中对主人公曹七巧变态心理的深刻描写是小说成功的主要原因。请描述曹七巧的心理发展过程及其外部表现，并分析这一人物形象的悲剧成因。

2.《金锁记》中反复出现的"月亮"意象，具有什么样的作用？

【拓展与延伸】

1.阅读张爱玲的《倾城之恋》并观看许鞍华导演的同名电影以及陈数主演的同名电视剧。比较三者的不同，写一篇观后感。

2.张爱玲有不少关于爱情的警语令人心动、耐人回味，如：在这个世界上总有一个人是等着你的，不管在什么时候，不管在什么地方，反正你知道，总有这么个人。(《半生缘》) 于千万人之中，遇见你要遇见的人。于千万年之中，时间无涯的荒野里，没有早一步，也没有迟一步，遇上了也只能轻轻地说一句："你也在这里吗？"(《爱》）如果一出版社邀请你编写一本关于《张爱玲爱情语录》的书籍。你打算怎么策划？请写出具体的文案。（含封面设计、简要目录和部分样稿）

【推荐阅读】

1．《张爱玲全集》，张爱玲著，北京十月文艺出版社 2009 年版。
2．《张爱玲传》，余斌著，南京大学出版社 2007 年版。
3．《张爱玲评说六十年》，子通主编，中国华侨出版社 2001 年版。

钱钟书

【简介】钱钟书（1910—1998），字默存，号槐聚，出生于江苏无锡一个书香门第，其父钱基博是著名的文学史家。钱钟书幼年接受过良好的中国古典文学教育，相继于美国圣公会办的苏州桃坞中学和无锡辅仁中学完成中学教育，较早地接触西学。1929 年考入清华大学外文系，学习期间，钱钟书显示出惊人的博学与识见。1935 年考取"庚子赔款留学资助"，赴牛津大学学习，获英国文学学士学位，接着到巴黎大学进修。1938 年回国，先后在西南联大、国立蓝田师范学院、上海暨南大学任教。新中国成立后任清华大学外语系教授。1953 年转任中国科学院文学研究所研究员。钱钟书文学作品均创作于新中国成立前，主要有：散文集《写在人生边上》，短篇小说集《人·兽·鬼》，长篇小说《围城》。学术著作有《谈艺录》《宋诗选注》《管锥编》《七缀集》等。

钱钟书

围城（节选）

苏小姐骂方鸿渐无耻，实在是冤枉的。他那时候窘得似乎甲板上人都在注意他，心里怪鲍小姐太做得出，恨不能说她几句。他虽然现在二十七岁，早订过婚，却没有恋爱训练。父亲是前清举人，在本乡江南一个小县里做大绅士。他们那县里人侨居在大都市的，干三种行业的十居其九：打铁，磨豆腐，抬轿子。土产中艺术品以泥娃娃最出名；年轻人进大学，以学土木工程为最多。铁的硬，豆腐的淡而无味，轿子的容量狭小，还加上泥土气，这算他们的民风。就是发财做官的人，也欠大方，这县有个姓周的在上海开铁铺子发财，又跟同业的同乡组织一家小银行，名叫"点金银行"，自己荣任经理，他记起衣锦还乡那句成语，有一年乘清明节回县去祭祠扫墓，结识本地人士。方鸿渐的父亲是一乡之望，周经理少不得上门拜访，因此成了朋友，从朋友攀为亲家。鸿渐还在高中读书，随家里做主订了婚。未婚妻并没见面，只瞻仰过一张半身照相，也漠不关心。

两年后到北平进大学，第一次经历男女同学的风味，看人家一对对的恋爱，好不眼红。想起未婚妻高中读了一年书，便不进学校，在家实习家务，等嫁过来做能干媳妇，不由自主地对她厌恨。这样怨命，怨父亲，发了几天呆，忽然醒悟，壮着胆写信到家里要求解约。他国文曾得老子指授，中学考过第一，所以这信文绉绉，没把之乎者也用错。信上说什么："迩来触绪善感，欢寡愁殷，怀抱剧有秋气。每揽镜自照，神寒形削，清癯非寿者相。窃恐我躬不阅，周女士或将贻误终身。尚望大人垂体下情，善为解铃，毋小不忍而成终天之恨。"他自以为这信措词凄婉，打得动铁石心肠。谁知道父亲快信来痛骂一顿："吾不惜重资，命汝千里负笈，汝埋头攻读之不暇，而有余闲照镜耶？汝非妇人女子，何须置镜？惟梨园子弟，身为丈夫而对镜顾影，为世所贱。吾不图汝甫离膝下，已濡染恶习，可叹可恨！且父母在，不言老，汝不善体高堂念远之情，以死相吓，丧心不孝，于斯而极！当是汝校男女同学，汝睹色起意，见异思迁；汝托词悲秋，吾知汝实为怀春，难逃老夫洞鉴也。若执迷不悔，吾将停止寄款，命汝休学回家，明年与汝弟同时结婚。细思吾言，慎之切切！"方鸿渐吓矮了半截，想不到老头子这样精明。忙写回信讨饶和解释，说：镜子是同室学生的，他并没有买；这几天吃美国鱼肝油丸、德国维他命片，身体精神好转，脸也丰满起来，只可惜药价太贵，舍不得钱；至于结婚一节，务请到毕业后举行，一来妨碍学业，二来他还不能养家，添他父亲负担，于心不安。他父亲收到这封信，证明自己的威严远及于几千里外，得意非凡，兴头上汇给儿子一笔钱，让他买补药。方鸿渐从此死心不敢妄想，开始读叔本华，常聪明地对同学们说："世间哪有恋爱？压根儿是生殖冲动。"

转眼已到大学第四年，只等明年毕业结婚。一天，父亲来封快信，上面说："顷得汝岳丈电报，骇悉淑英病伤寒，为西医所误，遂于本月十日下午四时长逝，殊堪痛惜。过门在即，好事多磨，皆汝无福所致也。"信后又添几句道："塞翁失马，安知非福，使三年前结婚，则此番吾家破费不资矣。然吾家积德之门，苟婚事早完，淑媳或可脱灾延寿。姻缘前定，勿必过悲。但汝岳父处应去一信唁之。"鸿渐看了有犯人蒙赦的快活，但对那短命的女孩子，也稍微怜悯。自己既享自由之乐，愿意旁人减去悲哀，于是向未过门丈人处真去了一封慰唁的长信。周经理收到信，觉得这孩子知礼，便吩咐银行文书科王主任作复，文书科主任看见原信，向东家大大恭维这位未过门姑爷文理书法好，并且对死者情词深挚，想见天性极厚，定是个远到之器，周经理听得开心，叫主任回信说：女儿虽没过门，翁婿名分不改，生平只有一个女儿，本想好好热闹一下，现在把陪嫁办喜事的那笔款子加上方家聘金为女儿做生意所得利息，一共两万块钱，折合外汇一千三百镑，给方鸿渐明年毕业了做留学费，方鸿渐做梦都没想到这样的好运气，对他死去的未婚妻十分感激，他是个无用之人，学不了土木工程，在大学里从社会学系转哲学系，最后转入中国文学系毕业。学国文的人出洋"深造"听来有些滑稽。事实上，惟有学中国文学的人非到外国留学不可。因为一切其他科目像数学、物理、哲学、心理、经济、法律等等都是从外国港灌输进来的，早已洋气扑鼻；只有国文是国货土产，还需要外国招牌，方可维持地位，正好像中国官吏商人在本国剥削来的钱要存在外国银行里，才能保持国币的原来价值。

方鸿渐到了欧洲，既不抄敦煌卷子又不访永乐大典，也不找太平天国文献，更不学蒙古西藏文或梵文。四年中倒换了三个大学，伦敦、巴黎、柏林；随便听几门功课，兴趣颇广，心得全无，生活尤其懒散。第四年春天，他看银行里只剩四百多镑，就计划夏天回国。方老先生也写信问他是否已得博士学位，何日东归，他回信大发议论，痛骂博士头衔的毫无实际。方老先生不大谓然，可是儿子大了，不敢再把父亲的尊严去威胁他；便信上说，自己深知道头衔无用，决不勉强儿子，但周经理出钱不少，终得对他有个交代。过几天，方鸿渐又收到丈人的信，说什么："贤婿才高学博，名满五洲，本不需以博士为夸耀。然令尊大人乃前清孝廉公，贤婿似宜举洋进士，庶几克绍箕裘，后来居上，愚亦与有荣焉。"方鸿渐受到两面夹攻，才知道留学文凭的重要。这一张文凭，仿佛有亚当、夏娃下身那片树叶的功用，可以遮羞包丑；小小一方纸能把一个人的空疏、寡陋、愚笨都掩盖起来。自己没有文凭，好像精神上赤条条的，没有包裹。（选自《围城》，人民文学出版社1991年版）

【导读】

《围城》是钱钟书唯一的一部长篇小说，是用两年时间"锱铢积累"写成的杰作。先是连载于李健吾主编的《文艺复兴》杂志；1947年由上海晨光出版公司初版，并于1948年、1949年再版，足以看出《围城》在当时的影响。夏志清在《中国现代小说史》中赞誉《围城》是"中国近代文学中最有趣和最用心经营的小说，可能亦是最伟大的一部。作为讽刺文学，它令人想起像《儒林外史》那一类的著名中国古典小说；但它比它们优胜，因为它有统一的结构和更丰富的喜剧性"。

1947年上海晨光公司《围城》封面

《围城》采用欧美流浪汉小说的框架，以主人公方鸿渐的行踪为线索，描写抗战期间知识分子的生活百态。小说从留法学生方鸿渐坐着邮轮归国写起，在船上他与鲍小姐暧昧。到上海他去拜见已故未婚妻的父母，接着回乡省亲并受当地中学邀请作报告。回上海后拜见老同学苏文纨并结识了赵辛楣、曹元朗等上流社会知识分子。他与苏文纨的表妹唐晓芙相爱，恋爱失败后与赵辛楣一起接受湖南国立三闾大学的聘请，和李梅亭、孙柔嘉、顾尔谦等一路跋涉来到学校。然而三闾大学形同官场，人事上明争暗斗让方鸿渐无比失望。在这里，方鸿渐和孙柔嘉确立恋爱关系，不久即离开三闾大学，转道香港回上海。到上海后他在一家报社任职，后因报社老板的亲日倾向而辞职。事业多舛，婚姻生活也不顺利，方鸿渐与孙柔嘉的关系日渐冷淡甚至趋于破裂，小说最后，心灰意冷的方鸿渐打算通过赵辛楣的关系去重庆谋生。

小说中，归国后的方鸿渐处处没有安顿的地方，一路辗转漂泊，由沦陷区上海至内地，由城市至乡下，目睹社会上各种各样的人和事，也突出展示了战争时期中国一大批知识分子的生存状态与心理素质。他们浅薄虚伪、道德败坏，在名利场中钩心斗角、尔虞我诈。三闾大学校长高松年是个老奸巨猾、道貌岸然的好色之徒。训导长李梅亭满口仁义道德，实质利欲熏心，无耻好色。其他人物如伪造学历、招摇撞骗的假洋博士韩学愈等等，这些近代中国始产生的新型知识分子被一一置于笔下，加以暴露与讽刺，因而，《围城》又被称为现代的《儒林外史》。

钱钟书说，我想"写现代中国某一部分社会，某一类人，我没忘记他们是人类，只是人类，具有无毛两足动物的基本根性"。小说中心人物方鸿渐是个性格充满矛盾性的人物。他聪明机智兴趣广泛但学无所长，他真诚善良但有时自欺欺人玩世不恭，他风趣幽默但软弱糊涂缺乏处事能力。比起周围的知识分子方鸿渐是比较好的，但在社会现实面前，他慢慢放弃了当初的超然、纯洁而与社会妥协，这是社会的悲剧，也是知识分子的精神悲剧，在小说幽默讽刺的文字下蕴含着一种悲凉的基调。

《围城》是一部意蕴深厚的小说。"围城"既是小说题目，又具有结构功能，并通过"鸟笼"、"城堡"等意象进行点染。"围城"象征人生处境，包括婚姻、事业诸多方面。小说围绕着方鸿渐的婚姻恋爱，以及他在人生道路上精神追寻的历程，通过方鸿渐进城、出城、进城、出城这样反反复复的生命模式，揭示了现代知识分子生存和精神上的双重困境，而每一次突围的结果都是落入新的围困。正如小说中点明"结婚仿佛金漆的鸟笼，笼子外面的鸟想住进去，笼内的鸟想飞出；所以结了离，离了结，没有了局"。婚姻如"被围困的城堡，城外的人想冲进去，城内的人想逃出来"。《围城》的这一层面，与西方现代主义文学中普遍存在的对人类困境的感受与精神孤独感是相联系的。

《围城》具有独特的讽刺艺术，笔触涉及社会风俗、人情道德等方方面面，讽刺具有学者式的机智与风趣。此外，丰富多彩的比喻是《围城》又一重要艺术特色。全书有七百多条比喻，平均每页两个，这些比喻新颖、犀利、智慧风趣，凝聚着作者丰富的学识，也反映出他对人生细致入微的体察。

选文部分主要写的是方鸿渐在北京读书时与他父亲的一次通信以及在欧洲游学的经历，从中既可以看出方鸿渐软弱动摇、不彻底以及自欺欺人的性格，也体现了钱钟书幽默风趣的行文风格。

【选评】

方鸿渐人生经历不是快乐的历险，而是痛苦的历程；不是成功的收获，而是失败的总和；不是理想的实现而是对最起码的人生价值的彻底幻灭；不是自我力量的焕发，而是自我的迷失和发自本性的怯懦；不是有目的的理性凯旋，而是盲目的本能受挫。这种人生历程和生存状况完全与理性主义、英雄主义精神相背反，从而把现代文明的危机和现代人生的困境作了极为真实的、极为深刻的揭示，具有了震撼人心、发人深省的思想力量和艺术力量。

（解志熙：《人生的困境和存在的勇气——论〈围城〉的现代性》，《文学评论》1989年第5期）

【思考与讨论】

1. 关于《围城》的主题，有"新儒林说"（反映知识分子的困境和悲剧命运）、"爱情说"、"围城说"（即婚姻是围城）、"人生境况说"、"多义说"等。你赞成哪种观点？

2. 司马长风在其《中国新文学史》中认为《围城》"地地道道是一部爱情小说"。这种理解显然没有全面地概括《围城》的主题。不过，《围城》的确用诸多笔墨叙述了主人公方鸿渐的恋爱和婚姻，揭示了独特的爱情哲理。他和鲍小姐、苏文纨、唐晓芙、孙柔嘉的感情纠葛被认为是恋爱的四种模式，请结合作品与现实生活，谈谈这四种恋爱模式分别有什么样的特点？

3. 丰富多彩的比喻是《围城》显著的艺术特色。全书有七百多条比喻，这些比喻新颖、犀利、智慧风趣，凝聚着作者丰富的学识，也反映出他对人生细致入微的体察。请挑选出来一些，读一读，说说其中的妙处。

【拓展与延伸】

1. 《围城》是钱钟书的代表作，1990年，由电视剧由黄蜀芹导演，陈道明、英达、吕丽萍、葛优等人主演的电视剧《围城》上映。请观看这部电视剧，写一篇评论性文章。

2. 钱钟书的夫人杨绛是著名的翻译家、文学家，她创作于80年代的长篇小说《洗澡》经常被人与《围城》相提并论。作家施蛰存称其为"半部《红楼梦》加半部《儒林外史》"，请阅读杨绛的《洗澡》《我们仨》等作品。

【推荐阅读】

1. 《围城》，钱钟书著，人民文学出版社1991年版。
2. 《营造巴别塔的智者：钱钟书传》，张文江著，复旦大学出版社2011年版。
3. 《洗澡》，杨绛著，生活·读书·新知三联书店1988年版。
4. 《我们仨》，杨绛著，生活·读书·新知三联书店2003年版。

第四单元

二十世纪五十到七十年代的文学

【概述】 1949年10月中华人民共和国成立，中国人民完成了新民主主义革命的任务，进入社会主义建设时期。新的社会形态需要新的文学形式。同年7月，在北京召开的"第一次文代会"标志着当代文学的开始。这次会议确立了新的文学形态和文学规范——"工农兵"文学，确立了文艺为工农兵服务的总方向，进一步推进了文艺的大众化进程。同时，成立了中华全国文学艺术界联合会，简称文联，领导并规范社会主义文艺事业。

从1949年到1966年"文革"前夕，被称为"十七年"时期。在文学上，农村和民主革命斗争生活得到了充分的表现。"三红一创"（《红日》《红岩》《红旗谱》《创业史》）、"青山保林"（《青春之歌》《山乡巨变》《保卫延安》《林海雪原》）是这时期具有代表性的作品。话剧创作在1956年"双百"方针期间，诞生了两部经典之作：老舍的《茶馆》与田汉的《关汉卿》。总的来说，这一时期的文学"颂歌"是主调，张扬了昂扬的时代情绪。但是，国家意志的强行介入，使文学成为政治的附庸。围绕新的文学规范的确立，改造作家的思想成为首要任务，目的是清除封建思想的残留以及来自资本主义社会的腐朽思想，并由此引发了全国范围内的多次批判运动。虽然其间，文艺界也作出了文艺政策调整的努力，比如"双百方针"的提出，但是很快又被愈演愈烈的"左"倾思想所吞没。最终导致了1966年"文化大革命"的爆发，中国文学陷入了灾难的深渊。

"文革"文学在理论上，提出"三突出"创作原则、"主题先行论"等；在创作上，炮制"八个样板戏"，作为主流文学的样板。但是，在压迫和专制下，文学的地下之火依旧在燃烧，60年代末"北洋淀诗群"创作的诗歌，穆旦、傅雷、丰子恺等人在"文革"中写作的诗歌、书信、散文在"文革"结束后得以出版。随着"四人帮"的倒台，当代文学史上黑暗的一页终被掀过，开始走向复兴。

杨沫

【简介】 杨沫（1914—1995），原名杨成业，湖南湘阴县人，出生于北京。1928年考入北平温泉女中学习，阅读了大量中外文学作品。1931年因家庭破产而失学，先后当过小学老师、家庭教师和书店职员。1934年开始文学创作，发表处女作《热南山地居民生活素描》，抗战爆发后参加共产党领导的游击战争，做妇女、宣传工作。1943年担任《黎明报》《晋察冀日报》等报纸的编辑工作。新中国成立后，任北京市作协副主席、中国作家协会理事等职务。1958年，杨沫代表作《青春之歌》由作家出版社出版。杨沫还创作了《东方欲晓》《芳菲之歌》《英华之歌》等长篇小说，以及中篇小说《苇塘纪事》，长篇报告文学《不是日记的日记》等。

青春之歌（节选）

余永泽在开学前，从家里回到北平来。他进门的第一眼，看见屋子里的床铺、书架、花盆、古董、锅灶全是老样儿一点没变，可是他的道静忽然变了！过去沉默寡言、常常忧郁不安的她，现在竟然坐在门边哼哼唧唧地唱着，好像一个活泼的小女孩。尤其使他吃惊的是她那双眼睛——过去它虽然美丽，但却呆滞无神，愁闷得像块乌云；现在呢，闪烁着欢乐的光彩，明亮得像秋天的湖水，里面还仿佛荡漾着迷人的幸福的光辉。

"看眼睛知道在恋爱的青年人。"余永泽想起《安娜·卡列尼娜》里面的一句话，灾祸的预感突然攫住了他。他不安地悄悄地看了她一会儿，趁着她出去买菜的当儿,他急急地在箱子里、抽屉里、书架上,甚至字纸篓里翻腾起来。当他别无所获,只看到几本左倾书籍放在桌上和床头时,他神经质地翻着眼珠,轻轻呻吟道:"一定,一定有人在引诱她了。"

道静看见余永泽回来,高高兴兴地替他把饭预备好。他吃着的时候,她挨在他身边向他叙谈起她新认识的朋友、她思想上的变化和这些日子她心情上的愉快来。她想他是自己的爱人,什么事都不该隐瞒他。谁知余永泽听着听着忽然变了颜色。他放下饭碗,皱紧眉头说:"静,想不到你变的这么快……"沉了半晌才接着说,"我,我要求你别这样——这是危险的!一顶红帽子往你头上一戴,要杀头的呀!"

一句话把道静招恼了。八字还没一撇,什么事也没做,不过认识几个新朋友,看了几本新书,就怕杀头!她鄙夷地盯着余永泽那困惑的眼色,半天才压住自己的恼火,激动地出乎自己意外地讲了她自己从没讲过的话:"永泽,你干吗这么神经过敏呀?你也不满意腐朽的旧社会,你也知道日本人已经践踏了祖国的土地,为什么咱们就不该前进一步,做一点有益大众、有益国家的事呢?"

"我想,我想……"余永泽喃喃着,"静,我想,这不是我们能够为力的事。有政府,有军队,我们这些白面书生赤手空拳顶什么事呢?喊喊空口号谁不会。你知道我也参加过学生爱国运动,可这是过去的事了。现在——现在我想还是埋头读点书好。我们成家了,还是走稳当点的路吧……"

"你真糊涂!"道静气愤地打断他的话,喊道,"你才是喊空口号呢!原来你就是这么个胆小鬼呀!"

余永泽用小眼睛瞪着道静,愣愣地半晌无言。忽然他脸色发白,双唇抽搐,把头埋在桌上猛烈地抽泣起来。他哭得这样伤心,比道静还伤心。他的痛苦,与其说是因为受了侮辱,还不如说是深深的嫉妒。

"……她、她变得残酷,这样的残酷,一定变心了。爱、爱上别人了。……"他一边流着泪,一边思量着。他认为,天下只有爱情才能使女人有所改变的。

吵过嘴,道静和余永泽虽然彼此有好几天都不大说话,可是她的心里还是很高兴的。她做饭洗衣也轻声哼着唱着,快乐的黑眉毛扬得高高的。完了事,就抱着书本贪婪地读着。一点钟、两点钟过去了,动也不动、头也不抬,那种专注的神情,好像早已忘掉了余永泽的存在和这间蜗居的滞闷。她的精神飞扬到广阔的世界里去了。可是余永泽呢,他这几天可没心思去上课,成天憋在小屋里窥伺着道静的动静。他暗打主意一定要探出她的秘密来。可是看她的神情那么坦率、自然,并无另有所欢的迹象,他又有点茫然了。

电影《青春之歌》海报

晚上,道静伏在桌上静静地读着列宁的《国家与革命》,做着笔记,加着圈点,疲乏的时候,她就拿起高尔基的《母亲》。她时时被那里面澎湃着的、对于未来幸福世界的无限热情激荡着、震撼着,她感到了从未有过的快乐与满足。可是余永泽呢?他局促在小屋里,百无聊赖,只好拾起他最近一年正在钻研的"国故"来。他抱出书本,挨在道静身边寻章摘句地读起来。一大叠线装书,排满了不大的三屉桌,读着读着,慢慢地,他也把全神贯注进去了。这时,他的心灵被牵回到遥远古代的浩瀚中,和许多古人、版本纠结在一起。当他疲倦了,休息一下,稍稍清醒过来的时候——"自立一家说",——学者,——名流,——创造优裕的生活条件……许多幻想立刻涌上心来,鼓舞着他,使他又深深埋下了头。

道静呢,她不管许多理论书籍能不能消化,也不知如何去与实际结合,只是被奔腾的革命热情鼓舞着,渴望从书本上看到新的世界,找到她寻觅已久的真理。因此她也不知疲倦地读着。就这样,一今一古、一新一旧的两个青年人,每天晚上都各读各的直到深夜。自从大年初一卢嘉川给道静送来她从没读过的新书以后,她的思想认识就迅速地变化着;她的感受和情绪通过这些书籍也在迅速地变化着。多少年以后,她还清楚地记得卢嘉川给她阅读的第一本书名字叫《怎样研究新兴社会科学》。在大年初一的深夜里，她躺在被窝里，忍住寒冷——煤球炉子早熄灭了，透风的墙壁刮进了凛冽的寒风。但她兴奋地读着、读着，读了一整夜，直到把这本小册子一气读完。

卢嘉川给她的仅仅是四本用马克思列宁主义理论写成的一般社会科学的书籍，道静一个人藏在屋子里专心致志地读了五天。可是想不到这五天对于她的一生却起了巨大的作用——从这里，她看出了人类社会的发展前途；从这里，她看见了真理的光芒和她个人所应走的道路；从这里，她明白了"朱门酒肉臭，路有冻死骨"的原因，明白了她妈因为什么而死去。……于是，她常常感受的那种绝望的看不见光明的悲观情绪突然消逝了；于是，在她心里开始升腾起一种渴望前进的、澎湃的革命热情。……

选自《青春之歌》，人民文学出版社 2005 年版

【导读】

杨沫 1950 年开始创作《青春之歌》，历时八年完成。《青春之歌》是新中国十七年时期最重要的文学作品之一，也是这一时期为数不多的正面表现知识分子的作品。小说以作者自己的生活经历为原型，带有"自叙传"色彩。作品选取"九一八"事变到"一二·九"运动这段历史时期作为时代背景，再现了热情高涨、风起云涌的学生爱国运动。作者以林道静为中心，塑造了不同类型的知识分子群像：卢嘉川、江华、林红是走上革命道路的时代先锋，是具有坚定信念的无产阶级革命战士；王晓燕、许宁在革命的感召下渐渐觉醒；余永泽、戴愉、白莉萍则是时代的落伍者或革命的背叛者。

小说层次分明地写出了林道静从一个追求个性解放的小资产阶级知识女性成长为一个革命者的艰难历程。在成长的道路上，她经历了两次重要的"决裂"，遇到了余永泽、卢嘉川、江华三个对他起着重要作用的人物。第一次决裂是受到五四新思想影响的林道静与封建家庭的决裂。林道静出生大地主家庭，但亲生母亲是佃户的女儿，生下她不久即被逼惨死。自小她深受继母虐待，形成了孤独倔强的性格。长大后家庭败落，为了逃避继母给她包办的婚姻，她毅然离家出走，开始对封建家庭的反抗与独立自由的追求。她到北戴河投奔她的表哥不成，却遭到当地小学校长的欺骗，现实的冷酷与丑恶让她感到灰心绝望，无奈之中选择蹈海自尽，被余永泽发现并救起。余永泽是一个热爱文学、崇尚自由的北大学生，他赞美林道静的勇敢与美丽，并以自己的翩翩风度与出众才华

博得林道静的好感，他们相恋并同居。第二次决裂是与闭门读书、不问政治的余永泽的决裂。婚后，余永泽不愿林道静走向社会、反对她阅读革命书籍、阻挠她参加爱国游行。林道静不满于小家庭琐碎的生活，她在革命者卢嘉川的引导和鼓励下，阶级意识与革命意识逐渐觉醒。在经历痛苦的抉择之后，她与余永泽决裂，从沉闷的个人小天地中解放出来，投入波澜壮阔的社会生活，把个人的命运与大众的命运联系起来，完成了从要求个体解放到积极投身社会解放的角色转变。她急切要求入党、参加红军，勇敢地贴标语、散传单，从事进步学生运动，被捕入狱时表现得坚贞不屈，获救后逃出北平，在定县教书时得到革命者江华的引导教育与帮助，并参加农村革命实践活动，成为一个自觉的革命者。第二次入狱时受到狱友——革命者林红的思想启迪，林道静变得更加成熟坚定。被营救出狱后，她在江华等人的介绍下加入共产党，投身到更加艰巨复杂的革命运动中。

林道静是《青春之歌》塑造得最成功的形象。小说以女性作家的细腻笔触，真实地表现了林道静革命前的软弱幼稚，对爱情的缠绵沉醉，徘徊在余永泽与卢嘉川两个人中间时的矛盾、犹豫、痛苦，刚刚参加革命时的幻想与狂热，与组织失去联系时的苦闷孤独，以及经历革命洗礼后的成熟坚定。在林道静的身上，既体现了从小资产阶级知识分子到无产阶级革命者转变的艰难曲折，也描写了林道静作为青年知识女性丰富的内心世界，小说因而具有人性的内涵与抒情的格调。作者善于把人物放在尖锐的矛盾斗争中，凸显人物的思想性格特征，另外，对比手法、细腻的心理与细节描写也是作者塑造人物形象的主要手法。

《青春之歌》出版后，有人指责《青春之歌》"充满了小资产阶级情绪，作者是站在小资产阶级立场上，把自己的作品当作小资产阶级的自我表现来进行创作""林道静自始至终没有认真地实行与工农相结合""她的思想感情没有经历从一个阶级到另一个阶级的转变，到书的最后她也只是一个较进步的小资产阶级知识分子"。（郭开：《略谈林道静描写中的缺点》，《中国青年》1959年第2期）对这种政治化色彩浓厚的粗暴批评，茅盾、何其芳等人纷纷撰文进行反驳，引发一场热烈的讨论。不久，杨沫根据批评意见对《青春之歌》进行修改，删除一些她认为不符合革命者形象的小资产阶级感情的描写，强化林道静与工农相结合，增加了有关"一二·九"学生运动的章节。对《青春之歌》的修改引来了新的讨论，较为普遍的意见是：从文学的角度来看，这一修改是不成功的。

本篇节选文字是小说的第一部分第 12 章的内容，主要讲述了林道静和卢嘉川等人接触，受到革命思想的影响，与余永泽的思想产生分歧，感情出现裂痕。

【选评】

《青春之歌》产生的年代是一个理想主义和英雄主义高扬的时代，从普通走向伟大，从平凡走向崇高，是一代人的普遍追求。林道静的道路非常及时地适应了广大青年人的这种精神需求，而且自传性的写实也使这种精神诉求增加了一种真实感和可模仿性。在那样一种时代精神的感召下，林道静不再是一种艺术形象而是一种生活的典范，满足了青年读者渴望崇高的心理欲求。因此说，《青春之歌》是一部经过历史化和经典化的作品，为中国当代文学史提供了一种可深入探讨的价值与意义。

（王俊秋：《从模式化到经典化——〈青春之歌〉的文学史意义》，《文艺理论与批评》2010 年第 3 期）

【思考与讨论】

1. 每个时代的青年都像林道静、余永泽一样面临着"成长"和"选择"问题。请结合现实生活，谈谈你个人的经历和感受。

2. 关于红色经典的影视剧数量众多，有哪些给你留下了深刻的印象？请选择一两部谈谈你的观看感受。

【拓展与延伸】

1. "红色经典"，一般意义上是指产生于或者反映中国革命年代的一批具有代表性的文艺作品，是独特时代的独特产物。近年来，有关"红色经典"改编及其引发的话题成为舆论关注的热点。"雷锋和漂亮姑娘搞对象"、"黄继光是摔倒了才堵枪眼的"……恶搞盛行之下，红色经典中的英雄人物一再被调侃、戏弄甚至丑化。你如何看待当前红色经典的改编，请写一篇评论性文章。

2. 请观看 1959 年电影谢芳主演的《青春之歌》和 2006 年童蕾主演的电视剧《青春之歌》，从改编、造型设计、表演等方面比较分析这两个影视作品的异同。

【推荐阅读】

1.《青春之歌》，杨沫著，北京十月文艺出版社 2004 年版。

2.《我的母亲杨沫》，老鬼著，同心出版社 2011 年版。

第五单元

二十世纪八十年代以来的文学

【概述】1976年,"文革"结束,全国上下开展一系列的拨乱反正工作,提倡思想解放,进行经济改革,实施对外开放政策。80年代末市场经济快速发展,社会急剧转型。文学观念、文学创作、文学的运营方式以及作家的社会文化地位都随之发生巨大变化。各种文学潮流、文学运动此起彼伏,作家的创作呈现多元化格局。

小说方面,"伤痕文学"是"文革"后最先出现的创作潮流,伤痕文学着力于控诉"四人帮"的罪行,揭示"文革"给人们造成的悲惨遭遇与历史创痛,代表作有卢新华的《伤痕》、刘心武的《班主任》等。"反思文学"出现时间稍晚,不同于"伤痕文学"饱含血泪的控诉和刻骨铭心的忏悔,追溯"文革"产生的根源是"反思文学"的特点,作品反映的生活时间跨度更长,思想内容更为深广,代表作有张一弓的《犯人李铜钟的故事》、高晓声的《李顺大造屋》、古华的《芙蓉镇》等。1982年前后,中国进行城乡改革,反映改革的伟大与艰难以及改革过程中的矛盾与问题、塑造改革家形象的"改革文学"应运而生。另外,还出现了现代派文学、市井风俗小说等,汪曾祺的《受戒》《大淖记事》等小说则被作为乡土文化小说的代表。1985年前后出现了"寻根文学"热潮,代表作有王安忆的《小鲍庄》,韩少功的《爸爸爸》《女女女》,张承志的《骑手为什么歌颂母亲》《黑骏马》,阿城的《棋王》《孩子王》《树王》等,寻根文学关注人类生命本体和生存方式,力图从民族文化和大自然中寻求精神力量,以达到对当代生存困境的解脱和超越。80年代中期开始,文坛上出现了一批先锋小说,代表作有马原的《冈底斯的诱惑》,残雪的《山上的小屋》,余华的《现实一种》、苏童的《1934年的逃亡》等。先锋小说共同特征是提倡回到文学本身，注重语言实验，注重作品的形式感，强调"怎么写"比"写什么"更重要。80年代中后期，出现了新写实小说，代表作有刘恒的《狗日的粮食》《伏羲伏羲》，方方的《风景》，刘震云的《一地鸡毛》等，新写实小说改变了传统的写实观念，注重现实生活原生态的还原，体现了一种过去中国文学少有的生存意识，以"零度情感"介入的写作姿态，淡化作者的主观倾向性。1986年，莫言的中篇小说《红高粱》发表，被认为是新历史小说诞生的标志。新历史小说以个人化的立场重写历史，尽可能地凸显出历史的本来面目，力图破除政治权利观念对历史的图解。新历史小说代表作还有张炜的《古船》、周梅森的《大捷》等。80年代末，在市场运作方式的制约下，出现了一大批具有俗文学特点和商业化倾向的世俗小说，比如王朔小说系列。

90年代的文学呈现出多元化格局。主流文化、大众文化与精英文化三分天下，相互之间有着互渗与互动关系。80年代的文学实践在新的时代环境中得以延续并体现出更加复杂的面貌。张承志、张炜、史铁生等作家坚守文化理想主义的美学立场，出版《心灵史》《九月寓言》《务虚笔记》等长篇小说。先锋文学作家群纷纷转向，余华创作了《活着》《许三观卖血记》等小说。新历史小说创作方兴未艾，有陈忠实的《白鹿原》、刘恒的《苍河白日梦》等小说问世。韩少功的《马桥词典》、王安忆《纪实与虚构》等作品承文化寻根余绪。以刘醒龙、何申、关仁山、谈歌等为代表的作家，创作了一系列关注社会现实的小说，形成"现实主义冲击波"。毕飞宇、韩东、邱华栋等"晚生代"作家在九十年代登上文坛，作品各有各的可圈可点之处。女性写作蔚为壮观，这些作品表现女性意识，书写个人的女性经验。代表作有王安忆的《长恨歌》，陈染的《私人生活》，林白的《一个人的战争》等。另外，王小波《黄金时代》《白银时代》《青铜时代》《红拂夜奔》《红线盗盒》等小说以自身独特的魅力吸引着一大批读者。进入新世纪，有影响的小说有贾平凹的《秦腔》、阎连科的《坚硬如水》、莫言的《檀香刑》与《生死疲劳》、毕飞宇的《玉米》、迟子建的《额尔古纳河右岸》等。

"文革"结束后的诗坛，有重新获得写作权利的"归来者"，以老诗人艾青为代表；有在"文革"期间进行地下写作，"文革"后浮出地表的"今天派"，以北岛、顾城、舒婷为代表，他们的诗歌被称为"朦胧诗"，代表作有北岛的《回答》，舒婷的《致橡树》，顾城的《一代人》等。80年代中期以后，有一个被称为后新诗潮的诗人群，取得较高成就的是海子、于坚等。80年代以来的散文创作，巴金、杨绛、黄裳、陈白尘等重返文坛后创作的《随想录》《干校六记》《珠还记幸》《云梦断忆》等，通过个人在"文革"中的经历，展现了现代知识分子的情怀。冰心、孙犁、汪曾祺、贾平凹、周涛、余秋雨、张承志、史铁生、王小波等作家也创作出了极富个人魅力的散文佳作。戏剧在继承现实主义的同时，进行多方面的探索。沙叶新的《陈毅市长》、高行健的《绝对信号》《车站》、刘锦云的《狗儿爷涅槃》、朱晓平等人共同创作的《桑树坪纪事》，姚远的《商鞅》等都是这一时期的优秀之作，为中国当代戏剧的发展拓宽了道路。

二十世纪八十年代以来的诗歌

舒婷

【简介】舒婷，原名龚佩瑜，1952 年出生于福建。"文革"插队期间开始写诗。1972 年返城，曾在建筑公司工作。后与北岛等人结识，为《今天》撰稿。1979 年中国作家协会主办的《诗刊》刊登了《致橡树》，舒婷开始在全国知名。1980 年进入福建省文联工作，从事专业写作，后任中国作协理事、作协福建分会副主席。代表作是《双桅船》《祖国，我亲爱的祖国》《致橡树》《会唱歌的鸢尾花》《神女峰》《四月的黄昏》《啊，母亲》等。舒婷是"朦胧诗"的代表诗人之一。"朦胧诗"常常采用象征和暗示的手法，造成主题的多义性。她和北岛、顾城等以迥异于前人的"个人性"特征的写作，在中国诗坛上掀起了一股全新的诗歌潮流。她擅于捕捉丰富细腻的情感，写出个人内心的情感体验，诗歌风格柔婉典雅，体现特有的女性视角以及对价值追寻的渴望。近年，多从事散文、随笔写作。

舒婷

呵，母亲

你苍白的指尖理着我的双鬓，
我禁不住像儿时一样
　　　　紧紧拉住你的衣襟。
呵，母亲，
为了留住你渐渐隐去的身影，
虽然晨曦已把梦剪成烟缕，
我还是久久不敢睁开眼睛。

我依旧珍藏着那鲜红的围巾，
生怕浣洗会使它
　　　　失去你特有的温馨。
呵，母亲，
岁月的流水不也同样无情？
生怕记忆也一样褪色呵，
我怎敢轻易打开它的画屏？

为了一根刺我曾向你哭喊，
如今带着荆冠，我不敢，
　　　　一声也不敢呻吟。
呵，母亲，我常悲哀地仰望你的照片，
纵然呼唤能够穿透黄土，
我怎敢惊动你的安眠？

我还不敢这样陈列爱的礼品，
虽然我写了许多支歌
　　　　给花、给海、给黎明。
呵，母亲，
我的甜柔深谧的怀念，

不是激流，不是瀑布，

是花木掩映中唱不出歌声的古井。

1975年8月

选自《舒婷的诗》，人民文学出版社出版1998年版

【导读】

　　这首诗表达了对母亲深深的思念以及失去母亲的哀痛，情真意切，忧伤哀婉。诗人首先借梦境打开珍藏的记忆之门，儿时的场景和事物一幕幕出现在诗人眼前："你苍白的指尖理着我的双鬓，我禁不住像儿时一样紧紧拉住你的衣襟"、"鲜红的围巾"、"为了一根刺我曾向你哭喊"，这些记忆中的画面温馨甜柔。诗人选取生活中的细节，形成令人感动的画面。可是，时光不可再回，又是那样的令人忧伤，诗人的眼睛挪移到现实：过去可以躲在母爱的翅膀下，现在只能独自面对——"如今带着荆冠，我不敢，一声也不敢呻吟。"读者仿佛看到了诗人坎坷的人生之旅和一颗受尽盘剥伤痕累累的心。当诗人无助的时候，她真想大声地呼喊母亲——"呵，母亲"，情感达到了高潮，但是又怎能忍心打扰母亲的安睡——"纵然呼唤能够穿透黄土，我怎敢惊动你的安眠？"诗人最终将对母亲如"激流"、"瀑布"般思念沉淀成"深谧的怀念"，用记忆封存，就像"花木掩映中唱不出歌声的枯井"，诗人还是选择了冷静地走向坚强。这首诗带给读者的不仅仅是思念母亲的动人之情，还有坚强乐观的人生观。本诗在意境上静谧哀婉，在情感表达上含蓄深沉，是诗人怀念母亲的优秀诗作。

【选评】

　　舒婷那些处理"重大主题"、并带有理性思辨特征的作品（《土地情诗》《这也是一切》《祖国，我亲爱的祖国》等）总是较为逊色。通过内心的映照来辐射外部世界，捕捉生活现象所激起的情感反应，写个人内心的秘密，探索人与人的情感联系：这些是她的独特之处。

（洪子诚：《朦胧诗新编》"序言"，长江文艺出版社2004年版，第15页）

【思考与讨论】

　　1. 舒婷诗歌具有女性的细腻和敏感，她对爱的细腻感受，对人生苦难的体悟，都充盈着浪漫主义和理想色彩，对祖国、对人生、对爱情、对土地的爱，既温馨平和又潜动着激情。请结合具体作品，谈谈舒婷诗歌的风格特点。

　　2. 结合《致橡树》《会唱歌的鸢尾花》等诗，谈谈你对舒婷的爱情观的理解。

【拓展与延伸】

1.《致橡树》中,"橡树"和"木棉"都有着象征意义。请体会诗歌的思想,谈谈你对其象征意义的理解。有兴趣的话,请为《致橡树》制作一幅插图,并用200字左右阐述自己的创作意图。

2.我国女性文学发展有两个高峰期:一是五四运动到新中国成立这段时间,以丁玲、冰心、凌淑华、萧红、张爱玲、苏青、白薇等女作家为代表。第二个高峰期是从80年代初改革开放到90年代中期,这一时期我国涌现出大批女作家,如王安忆、方方、刘索拉、池莉、毕淑敏、陈染、林白、残雪、铁凝、舒婷等等。请选择阅读:《绣枕》(凌淑华)、《呼兰河传》(萧红)、《长恨歌》(王安忆)、《风景》(方方)、《红处方》(毕淑敏)、《玫瑰门》(铁凝)、《私人生活》(陈染)等,请谈谈你对其中的作家和作品的认识。

3.北岛是"朦胧诗"的重要诗人,他的诗歌具有强烈批判意识与反思精神,风格冷峻、深沉、悲壮大气。《回答》《宣告》等是他的名篇,请选择阅读并谈谈你对这些诗歌的理解与认识。

【推荐阅读】

1.《舒婷》,舒婷著,人民文学出版社2007年版。

2.《朦胧诗新编》,洪子诚、程光炜编选,长江文艺出版社2009年版。

3.《真水无香》,舒婷著,长江文艺出版社2011年版。

4.《北岛作品精选》,北岛著,作家出版社2008年版。

顾城

【简介】 顾城(1956—1993),出生于北京。6岁时开始写诗。"文革"时停止学业,跟随父亲顾工下放到山东一个部队农场,以养猪为业。期间与大自然亲密接触,写下许多优秀的诗歌作品,例如《生命幻想曲》《无名的小花》等。1974年回京,在街道服务所里做杂工,后做过编辑工作。1979年在《蒲公英》小报上发表诗歌,逐渐闻名诗坛。他的诗因与五六十年代的主流诗歌相比,具有不同的特质,

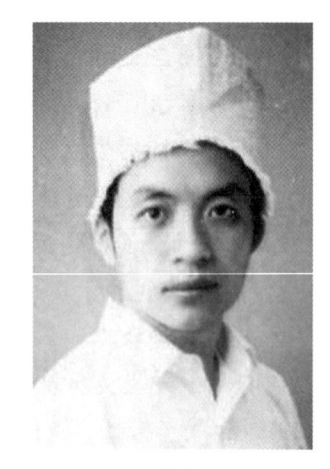

顾城

而引起强烈反响,引发了全国范围内关于"朦胧诗"的大讨论。1985年进入中国作家协会。1987年应邀出访欧美讲学,后隐居新西兰激流岛。1993年因婚姻感情生活危机,杀害妻子谢烨后自杀。

顾城是朦胧诗派的代表诗人之一。著有诗集《无名的小花》《黑眼睛》《舒婷、顾城抒情诗选》《北岛、顾城诗选》等。他用一颗童心支撑起整个诗歌世界,充满了孩童般干净纯洁气息以及童话般奇特的想象力,风格纯净稚嫩,在当代诗坛独树一帜,曾被舒婷称为"童话诗人"。

一代人

黑夜给了我黑色的眼睛
我却用它寻找光明

1979年4月

选自《中国当代名诗人选集·顾城》,人民文学出版社2006年版

【导读】

《一代人》作于1979年,发表于《星星》1980年第3期。全诗只有两个诗行,具有较强的时代指向性。第一诗行的主要意象是"黑夜"与"黑色的眼睛"。"黑夜"来势汹汹,它漫天遍野,遮天蔽地,把所经之处全都晕染,具有无限延伸的扩张感。它遮住了太阳,遮住了夜晚星星的光芒和屋内明亮的灯光,它还把人类的眼睛笼罩上黑色的阴影。"眼睛"是灵魂的窗口,象征了人类追寻真理、辨别善恶的精神性思考。"黑色的眼睛"象征着被打压的思考,被扭曲的灵魂。诗人通过"黑夜"这一意象指向了对"文革"十年浩劫的批判和否定,那个荒谬的时代像"黑夜"一样暗沉恐怖,它扭曲了人类的灵魂,窒息了人类的思考,让人类失去了辨别是非善恶的判断力。第二诗行的主要意象是"光明",象征着希望和顽强的生命力,与"黑色"形成了暗色与亮色的巨大反差,带来强烈的视觉刺激。虽然"黑夜"令人窒息,但是,那只是暂时的遮蔽,光明终会驱散黑暗,在打压中挣扎扭曲成长起来的一代青年终会暴发出背叛的呼声。因为渴求光明的心是压不住的,顽强求索独立思考的精神是压不住的。从在苦难中磨砺到勇敢、坚韧地承担,再到顽强的追求与觉醒,他们是在悲剧中磨炼的英雄。诗人给我们塑造了一代

抗争者的形象,将他们苦难、沉重的人生历程精彩绝伦地浓缩在短短的两行诗句中。

全诗在情感抒发上,含蓄内敛。语言上,简洁明快。虽然只有短短的两行,但是蕴藏着丰富的内涵和强烈的审美张力。

我是一个任性的孩子

——我想在大地上画满窗子,让所有习惯黑暗的眼睛,都习惯光明

也许
我是被妈妈宠坏的孩子
我任性

我希望
每一个时刻
都像彩色蜡笔那样美丽
我希望
能在心爱的白纸上画画
画出笨拙的自由
画下一只永远不会
流泪的眼睛
一片天空
一片属于天空的羽毛和树叶
一个淡绿的夜晚和苹果

我想画下早晨
画下露水所能看见的微笑
画下所有最年轻的
没有痛苦的爱情
画下想象中
我的爱人
她没有见过阴云

她的眼睛是晴空的颜色
她永远看着我
永远，看着
绝不会忽然掉过头去

我想画下遥远的风景
画下清晰的地平线和水波
画下许许多多快乐的小河
画下丘陵——
长满淡淡的茸毛
我让他们挨得很近
让它们相爱
让每一个默许
每一阵静静的
春天的激动
都成为一朵小花的生日

我还想画下未来
我没见过她，也不可能
但知道她很美
我画下她秋天的风衣
画下那些燃烧的烛火和枫叶
画下许多因为爱她
而熄灭的心
画下婚礼
画下一个个早早醒来的节日——
上面贴着玻璃糖纸
和北方童话的插图

我是一个任性的孩子
我想涂去一切不幸
我想在大地上

画满窗子
让所有习惯黑暗的眼睛
都习惯光明
我想画下风
画下一架比一架更高大的山岭
画下东方民族的渴望
画下大海——
无边无际愉快的声音

最后,在纸角上
我还想画下自己
画下一只树熊
他坐在维多利亚深色的丛林里
坐在安安静静的树枝上
发愣
他没有家
没有一颗留在远处的心
他只有,很多很多
浆果一样的梦
和很大很大的眼睛

我在希望
在想
但不知为什么
我没有领到蜡笔
没有得到一个彩色的时刻
我只有我
我的手指和创痛
只有撕碎那一张张
心爱的白纸
让它们去寻找蝴蝶
让它们从今天消失

我是一个孩子
　　一个被幻想妈妈宠坏的孩子
　　我任性

　　　　　　　　　　　　　1981年3月

选自《中国当代名诗人选集·顾城》，人民文学出版社2006年版

【导读】

　　《我是一个任性的孩子》表现了理想世界与现实世界的冲突，以及在冲突面前诗人的思考与选择。诗人理想的世界就是孩童的世界。孩童的世界象征着美丽的幻想和肆意的自由，一切生命遵从天性，自由伸展。成人的世界则象征着由责任带来的牵挂甚至重负以及源源不断的约束。这首诗是顾城一生的写照：拒绝长大。诗人希望能拥有一盒七彩蜡笔，在白纸上建造理想中色彩斑斓的美丽世界。在这个世界里，没有泪水，没有痛苦，没有黑暗，没有不幸，每个早晨都能看见微笑和希望，每天都充满快乐和热情，"每一个时刻都像彩色蜡笔那样美丽"；在这个世界里，爱情忠贞，大自然的每一种生命形式都相互爱护，彼此珍惜，同生共存；在这个世界里，每一个明天都令人期待，充满惊喜；在这个世界里，诗人的心不牵挂，不流浪，活在梦幻的世界里足以令诗人富有充实，灵魂变得干净、安宁。但是，现实的残酷毁灭了诗人的幻梦，他没有领到七彩蜡笔，画不出理想的世界，只剩下一颗被现实摧毁的满心伤痛的心。然而，诗人并没有放弃对理想世界的追寻，在最后一个诗节中，诗人仍固执地说：我是"一个被幻想妈妈宠坏的孩子／我任性"，"任性"一词多次使用，起到了前后呼应，突出点题的效果，传达出诗人对理想世界的执著追求。诗人所构筑的理想世界，虽然纯净美妙，令人着迷，但却是以排斥现实，排斥社会为代价的，他只愿意活在梦想构筑的虚幻的世界中，他的执著也是一种极端和绝对。这无疑是不可弥合的分裂，透露出某些危险的信息。

　　全诗采用儿童视角观察世界，描绘了一个风尘不染、简单干净的世界，风格清新稚嫩，散发着迷人的魅力。

【选评】

　　顾城是一个把生命和诗歌合为一体的纯粹的诗人，也是一个选择了诗意的生活方式的生命体验者。某些时候，他的生命服从于创作，生命的延续是为了

艺术的发展；另一些时候，生命是第一位的，创作是生命的副产品，他多次流露出"永不写诗，只过日子"的情绪，不能视为矫情，他的死和海子、骆一禾的纯粹的诗人之死有所不同。这是一个非常复杂的深刻的本质的生命的死亡，是典型的从灵魂到肉体的人的死亡，作为诗人，顾城具有天生的秉赋，但作为优秀的诗人，他却明显缺乏正视自己的勇气和超越自己的能力。他的才华和素质之间有着巨大的反差，这使他无法承受一个优秀诗人所应面对的外部压力与自身矛盾。顾城生性淡泊名利，没有读者，未必会使他沮丧，真正让他感到绝望的是创作上的无所适从。可以想象，创作上的匮乏是他走上绝路的一个重要原因。同时，童话理想的破灭，女儿国的崩溃对他则是更为严重的打击。为情而死不仅是一个表面现象，很可能正是其深邃的内因。如果我们也能像他一样，将情爱提到生命的高度去认识，并且能在一种更为理想、更为人道的社会形态和意识形态中去审视这一事件，冷静地、客观地、公正地对其进行分析评判而不是一味谴责，也许我们最终会理解顾城既疯狂又理想，既荒谬又严肃的死亡的意义。

（张捷鸿：《童话的天真——论顾城的诗歌创作》，《当代作家评论》1999年第1期）

【思考与讨论】

1. 结合顾城的诗，谈谈"朦胧诗"的艺术特点。

2. 顾城是一个颇有争议的诗人，他在诗歌中构筑了美的世界，但在现实中却制造了惨案，这使得人们对他褒贬不一。请就此谈谈你的看法。

【拓展与延伸】

1.《我是一个任性的孩子》这首诗中，诗人以一个孩子的眼光和心灵去观察和感受世界，希望用彩色蜡笔在幻想的世界里勾画出一幅幅色彩斑斓的人生蓝图，画下"笨拙的自由"、"永远不会流泪的眼睛"、"没有痛苦的爱情"。请为其配上几幅插图或者结合诗歌创作一段动漫视频。

2. "第三代"诗歌是指"朦胧诗"以后崛起的更年青一代诗人的创作。他们最初以"反朦胧诗"的姿态在诗坛亮相。请阅读于坚《尚义街6号》、韩东《有关大雁塔》《你见过的大海》等诗歌。请写一篇文章,分析诗歌中"反崇高""反文化"的特征。

3. 海子被誉为中国20世纪最后一个诗人。他用浪漫、敏感、纤细的诗行为自己构筑着乡村乌托邦。请查找海子的生平资料，阅读海子《麦地》《面朝大海，春暖花开》等诗歌，写一篇文学评论性的文章，谈谈你对海子及其诗歌的认识。

【推荐阅读】

1.《中国当代名诗人选集顾城》，顾城著，人民文学出版社2006年版。
2.《利斧下的童话——顾城之死》，麦童著，三联书店上海分店1994年版。
3.《海子作品精选》，海子著，长江文艺出版社2009年版。

二十世纪八十年代以来的小说

莫 言

【简介】莫言，原名管谟业，1956年生于山东高密。小学五年级辍学，回家务农近十年。18岁时到县棉油厂干临时工。1976年入伍，1981年发表处女作《春夜雨霏霏》，1984年考入解放军艺术学院文学系。1985年发表短篇小说《透明的红萝卜》，引起文坛注意。1986年中篇小说《红高粱》发表于《人民文学》第3期，反响强烈，获1985—1986年全国优秀中篇小说奖，后来与《高粱酒》《狗道》《高粱殡》《狗皮》《奇死》组合成长篇小说《红高粱家族》，至今已被译成英、法、德、日等十几种文字，在世界范围内广泛流传。90年代以后创作出版有长篇小说《丰乳肥臀》《檀香刑》《生死疲劳》等。2011年8月，莫言小说《蛙》获第八届茅盾文学奖。2012年10月11日，莫言获得2012年诺贝尔文学奖，成为首位获得此奖项的中国籍作家。

莫言

莫言的小说多以高密东北乡为背景，他将满腔的热情倾注到广袤的乡村世界，表达了丰富的故乡情感。莫言对历史、乡村的讲述也不同于传统的历史小说，诺贝尔文学奖在颁奖词中将莫言的创作特色称为"魔幻般的现实主义"，这一评价也揭示了其创作中的"先锋"色彩。莫言作品中天马行空的叙述，儿童视角等陌生化手段的运用，营造了一个缤纷斑斓的主观感觉世界，一个流光溢彩、生机勃勃、野性十足的传奇乡村。

莫言参加诺贝尔文学奖颁奖仪式

红高粱（节选）

  奶奶躺着，沐浴着高粱地里清丽的温暖，她感到自己轻捷如燕，贴着高粱穗子潇洒地滑行。那些走马转蓬般的图像运动减缓，单扁郎、单廷秀、曾外祖父、曾外祖母、罗汉大爷……多少仇视的、感激的、凶残的、敦厚的面容都已经出现过又都消逝了。奶奶三十年的历史，正由她自己写着最后的一笔，过去的一切，像一颗颗香气馥郁的果子，箭矢般坠落在地，而未来的一切，奶奶只能模模糊糊地看到一些稍纵即逝的光圈。只有短暂的又粘又滑的现在，奶奶还拼命抓住不放。奶奶感到我父亲那两只兽爪般的小手正在抚摸着她，父亲胆怯的叫娘声，让奶奶恨爱濒灭、恩仇并泯的意识里，又溅出几束眷恋人生的火花。奶奶极力想抬起手臂，爱抚一下我父亲的脸，手臂却怎么也抬不起来了。奶奶正向上飞奔，她看到了从天国射下来的一束五彩的强光，她听到了来自天国的，用唢呐、大喇叭、小喇叭合奏出的庄严的音乐。

  奶奶感到疲乏极了，那个滑溜溜的现在的把柄、人生世界的把柄，就要从她手里滑脱。这就是死吗？我就要死了吗？再也见不到这天，这地，这高粱，这儿子，这正在带兵打仗的情人？枪声响的那么遥远，一切都隔着一层厚重的烟雾。豆官！豆官！我的儿，你来帮娘一把，你拉住娘，娘不想死，天哪！天……天赐我情人，天赐我儿子，天赐我财富，天赐我三十年红高粱般充实的生活。天，你既然给了我，就不要再收回，你宽恕了我吧，你放了我吧！天，你认为我有罪吗？你认为我跟一个麻风病人同枕交颈，生出一窝癞皮烂肉的魔鬼，使这个美丽的世界污秽不堪是对还是错？天，什么叫贞节？什么叫正道？什么是善良？什么是邪恶？你一直没有告诉过我，我只有按着我自己的想法去办，我爱幸福，我爱力量，我爱美，我的身体是我的，我为自己做主，我不怕罪，不怕罚，我不怕进你的十八层地狱。我该做的都做了，该干的都干了，我什么都不怕。但我不想死，我要活，我要多看几眼这个世界，我的天哪……

奶奶的真诚感动上天，她的干涸的眼睛里，又滋出了新鲜的津液，奇异的来自天国的光辉在她的眼里闪烁，奶奶又看到了父亲金黄的脸蛋和酷似爷爷的那两只眼睛。奶奶嘴唇微动，叫一声豆官，父亲兴奋地大叫："娘你好了！你不要死。我已经把你的血堵住了，它已经不流了！我就去叫俺爹，叫他来看看你，娘，你可不能死，你等着我爹！"

父亲跑走了。父亲的脚步声变成了轻柔的低语，变成了方才听到过的来自天国的音乐。奶奶听到了宇宙的声音，那声音来自一株株红高粱。奶奶注视着红高粱，在她朦胧的眼睛里，高粱们奇谲瑰丽，奇形怪状，它们呻吟着，扭曲着，呼号着，缠绕着，时而像魔鬼，时而像亲人。它们在奶奶的眼里结成蛇样的一团，又呼喇喇地伸展开来，奶奶无法说出它们的光彩了。它们红红绿绿，白白黑黑，蓝蓝绿绿，他们哈哈大笑，它们嚎啕大哭，哭出的眼泪像雨点一样打在奶奶心中那一片苍凉的沙滩上。高粱缝隙里，镶着一块块的蓝天，天是那么高又是那么低。奶奶觉得天与地、与人、与高粱交织在一起，一切都在一个硕大无朋的罩子里罩着。天上的白云擦着高粱滑动，也擦着奶奶的脸。白云坚硬的边角擦得奶奶的脸嚓嚓作响。白云的阴影和白云一前一后相跟着，闲散地转动。一群雪白的野鸽子，从高空中扑下来，落在了高粱梢头。鸽子们的咕咕鸣叫，唤醒了奶奶，奶奶非常真切地看清了鸽子的模样。鸽子也用高粱米粒那么大的、通红的小眼珠来看奶奶。奶奶真诚地对着鸽子微笑，鸽子用宽大的笑容回报着奶奶弥留之际对生命的留恋和热爱。奶奶高喊：我的亲人，我舍不得离开你们！鸽子们啄下一串串的高粱米粒，回答着奶奶无声的呼唤。鸽子一边啄，一边吞咽高粱，它们的胸前渐渐隆起来，它们的羽毛在紧张的啄食中参起，那扇状的尾羽，像风雨中翻动着的花序。我家的房檐下，曾经养过一大群鸽子。秋天，奶奶在院子里摆一个盛满清水的大木盆，鸽子从田野里飞回来，整齐地蹲在盆沿上，面对着清水中自己的倒影，把嗉子里的高粱吐噜吐噜吐出来。鸽子们大摇大摆地在院子里走着。鸽子！和平的沉甸甸的高粱头上，站着一群被战争的狂风暴雨赶出家园的鸽子，它们注视着奶奶，像对奶奶进行沉痛的哀悼。

奶奶的眼睛又朦胧起来，鸽子们扑棱棱一起飞起，合着一首相当熟悉的歌曲的节拍，在海一样的蓝天里翱翔，鸽翅与空气相接，发出飕飕的风响。奶奶飘然而起，跟着鸽子，划动新生的羽翼，轻盈地旋转。黑土在身下，高粱在身上。奶奶眷恋地看着破破烂烂的村庄，弯弯曲曲的河流，交叉纵横的道路；看着被灼热的枪弹划破的混沌的空间和在死与生的十字路口犹豫不决的芸芸众生。奶奶最后一次嗅着高粱酒的味道，嗅着腥甜的热血味道，奶奶的脑海里忽然闪过了一个从未见过的场面：在几万发子弹的钻击下，几百个衣衫褴褛的乡亲，手舞足蹈躺在高粱地里……

最后一丝与人世间的联系即将挣断，所有的忧虑、痛苦、紧张、沮丧都落在了高粱地里，都冰雹般打在高粱梢头，在黑土上扎根开花，结出酸涩的果实，让下一代又一代承受。奶奶完成了自己的解放，她跟着鸽子飞着，她的缩得只如一只拳头那么大的思维空间里，盛着满溢的快乐、宁静、温暖、舒适、和谐。奶奶心满意足，她虔诚地说：

"天哪！我的天……"

原载《人民文学》1986年第8期

【导读】

1985年，莫言的小说《透明的红萝卜》发表，作家张洁认为这是中国文学界的一件大事，标志着一个文学天才的出现。1986年发表的《红高粱》，再一次震动了文坛，被视为"寻根文学"的终结与"新历史小说"的开端与重要代表作。

"寻根文学"试图把文学之根深植于民族的文化土壤中，到民间去寻找能够激发现代人生命能量的源泉。在小说《红高粱》中，莫言以故乡高密东北乡广袤狂野的高粱地为背景，塑造了一个充满暴力、野性、无拘无束的民间世界。"红高粱"既是小说的题目，也是故事中"野合"和"伏击"等主要事件的发生地，而高粱酒则是红高粱的精魂。作品中频繁出现的红高粱构成了一系列各具含义的密集意象，成为小说的主体象征。血海一样无边无际的红高粱，是我们民族不屈不挠、热烈奔放、自由不羁的伟大精神的象征。红高粱儿女的骁勇血性与他们后代的孱弱、怯懦形成极大的反差，表现出作者强烈的"种的退化"的忧患意识，也表现他对没有压抑和扭曲的自然生活状态的向往。

《红高粱》属于抗日战争题材的历史小说。它以抗日战争时期"我奶奶"戴凤莲家的长工罗汉大爷被日本人剥皮而死,"我爷爷"余占鳌愤而反抗,带领一支民间自发组织的土匪军队在胶平公路边伏击日本汽车队的故事为主线,交织着"我爷爷"与"我奶奶"戴凤莲的爱情故事:余占鳌在"我奶奶"出嫁时做轿夫,一路上试图与她调情,并率众杀了一个企图劫花轿的土匪,又在戴凤莲回门时藏身路边,把她抢进高粱地野合,两个人由此开始了激情迷荡的爱情,之后杀了戴凤莲身患麻风病的丈夫,正式做了土匪并成为她的情人。"我奶奶"在为余占鳌的队伍送饭时死在日本人枪口之下。这种普通的战争加爱情的故事框架,在莫言的笔下发散出不同凡响的灿烂光辉。

与此前的同类题材作品相比,作者在处理历史题材时有着自身的特点。首先,《红高粱》对农民的心理和生存进行了原生态还原。在人物塑造上打破了传统"革命历史题材"小说中正面人物与反面人物的二元对立模式。写出了以"我爷爷"余占鳌为首的高粱地儿女们的伟大与卑微,强悍与虚弱,善良与残忍,机智与愚昧。他们精忠报国、除暴安良、重情重义也奸淫抢掠、滥杀无辜。作者没有给主人公"我爷爷"戴上"英雄"的光环,他粗鲁豪迈匪气十足,没有民族国家的意识,也缺乏政治觉悟,然而就是他带着自己的兄弟炸掉了日本人的汽车队,身兼抗日英雄与土匪头子双重身份。其次,尽可能凸显民间历史的本来面目。小说把整个伏击过程还原成一种自然主义式的生存斗争,体现出一种民间自发的为生存而奋起反抗的暴力欲望。第三,小说以虚拟的家族回忆形式,描写"我爷爷"土匪司令余占鳌与"我奶奶"戴凤莲的爱情与抗日故事,从而把历史主体化和心灵化,很大程度上弱化了历史的政治色彩。

"我奶奶"是小说中一位流光溢彩的充满红高粱精神的女性形象。她有着蓬勃的生命欲望与刚强的生命意志,"她什么事都敢做,只要她愿意",她敢爱敢恨,蔑视人间的法规和传统的道德,追求爱情和人性的自由。她和"我爷爷"在高粱地如火如荼的野合无疑是对戕害人性的旧式婚姻的壮烈反抗,是对封建礼教的轻蔑,是生命意识的自觉。她深明大义,罗汉大叔死后,她让"我爷爷"他们喝下血酒,打掉日本汽车队,为罗汉大叔报仇,最后"为国捐躯",成为"抗日的先锋、民族的英雄"。她在临死前的对天默语和发问:"天,什么叫贞节?什么叫正道?什么是善良?什么是邪恶?你一直没有告诉过我,我只有按着我自己的想法去办,我爱幸福,我爱力量,我爱美,我的身体是我的,我为自己做主,我不怕罪,不怕罚,我不怕进你的十八层地狱。我该做的都做了,该干的都干了,我什么不怕。"正是对她红高粱般充满反叛精神和炽烈生命力的一生最好的赞美和评判。

与小说狂放不羁的想象相一致,《红高粱》的叙述方式自由灵活、别具一格。作品以十四岁的"我父亲"——豆官和成年的"我"作为双重叙述视角,以"我父亲"丰富的感觉记忆为线索,叙述人"我"则自由出入于故事内外,以自己的感觉作为补充,形成了双重审美空间。

选文部分是"我奶奶"临终前的意识与幻觉,是对她红高粱般辉煌一生的回顾,表现了"我奶奶"敢爱敢恨的性格以及对生命的留恋和热爱。

【选评】

莫言似乎迷失在这样一个彼此纠缠,犹如怪圈一样循环往复的矛盾中:现实的压抑带来泛性的苦闷,于是有对生命意志的本能呼唤,而对人类原欲的深切恐惧与对人类生存现实的道德忧虑,又使他陷入对人性更深刻的怀疑,从而更强烈地呼唤着生命意志的本能抗争,……只有在这个层次上,我们才能理解他作品中那永难驱除的忧郁所蕴含着的生命内在冲突,以及丰富的人性内容;才能理解溢彩流金的《红高粱》系列作品中,被作者满怀崇敬讴歌的先辈中国人在扭曲中蓬勃生长的人性,在激烈壮阔岁月的烟尘中,闪烁着的血性锅骨的史诗灵魂。这是性情的真与生命的善,高扬于僵死虚伪的伦理形式之上,纠缠于人类永难战胜的原欲之中,获得宗教般神圣光彩的至美内容。是精神自由自主的交际漫游,是理想别无选择的绝望抗争,是灵魂对自体生命内在苦闷的积极超越。总而言之,是类似司汤达笔下意大利激情的浪漫主义情致。

(季红真:《忧郁的土地,不屈的精魂——莫言散论之一》,《文学评论》1987年第6期)

【思考与讨论】

1.《红高粱》中,"我奶奶"是一个充满红高粱精神的女性形象,请细读小说,谈谈你对"我奶奶"这一人物形象的理解。

2."红高粱"既是小说的题目,也作为小说的中心意象在小说中频繁出现,它有什么样的象征意蕴?

3.《红高粱》被认为是80年代新历史小说的代表作之一,谈谈与传统的历史小说相比,新历史小说之"新"体现在哪些方面?

【拓展与延伸】

1. 2012年10月11日莫言获得诺贝尔文学奖一事让中国人为之"沸腾",当晚莫言即成为媒体报道的焦点人物,网络、书店的莫言多部著作被抢购一空,出版社、旅游、影视等各个行业蓄势而动,"莫言牌"所向披靡,请你谈谈对"莫言效应"的看法。

2. 根据莫言《红高粱》改编,由张艺谋导演的电影《红高粱》于1988年获得柏林国际电影节金熊奖;2014年由郑晓龙导演的同名电视剧获得广泛好评,请从名著改编的角度写一篇论文,谈谈影视剧与原著的异同。

3. 小说《红高粱》虽为文学作品,却极具视觉冲击力。请尝试以《红高粱》为素材拍几幅照片,或者绘制几幅插图,并配上合适的文字介绍。

【推荐阅读】

1.《红高粱家族》,莫言著,上海文艺出版社2005年版。

2.《蛙》,莫言著,上海文艺出版社2012年版。

3.《莫言研究资料》(乙种),孔范今、施战军编,山东文艺出版社2006年版。

4.《白鹿原》,陈忠实著,人民文学出版社2005年版。

《红高粱》封面

刘震云

【简介】 刘震云(1958—),生于河南延津农村。1973年参军,1978年复员后曾担任中学教师,同年考入北京大学中文系。1982年毕业后在《农民日报》社工作,开始文学创作。1987年在《人民文学》上发表短篇小说《塔铺》,引起文坛注目,之后连续推出中短篇小说《新兵连》《单位》《官场》《一地鸡毛》《官人》等。90年代前后,刘震云把笔触伸向历史和农村,创作长篇小说《故乡天下黄花》和《故乡相处流传》以及多卷本的长篇小说《故乡面和花朵》,这些小说都在历史和当下的权力关系中探索人性的种种问题,对"统治者"和"人民"都有毫不留情的剖析,擅于用反讽、荒诞的手法描写城乡普通平民与基层干部的日常生活以及乡村世界的历史变迁。进入21世纪后,刘震云创作了《手机》《我叫刘跃进》

刘震云

《一句顶一万句》《我不是潘金莲》等小说。2011年，刘震云的长篇小说《一句顶一万句》获得第八届茅盾文学奖。

一地鸡毛（节选）

　　孩子在幼儿园也有一个习惯过程。开始几天，孩子哭着不去。送时哭，接时也哭。这是年幼不懂事，大人只要坚持下来，孩子也没办法。坚持一段孩子就习惯了。等孩子熟悉了新的环境，老师、别的孩子，她都认识了，于是也就不哭了。小林有时觉得那么小的孩子，在无奈中也会渐渐适应环境，想起来有些心酸。可老放在身边怎么成，她就不长大了吗？长大混世界，不更得适应？于是也就不把这辛酸放到心上。这时有了世界杯足球赛，小林前几年爱看足球，看得脸红心跳，觉得过瘾，世界级的明星，都能说出口。那时觉得人生的一大目的就是看足球，世界杯四年一次，人生才有几个四年？但后来参加工作、结婚以后，足球赛渐渐不看了。

　　看它有什么用？人家球踢得再好，也不解决小林身边任何问题。

　　小林的问题是房子、孩子、蜂窝煤和保姆、老家来人。所以对热闹的世界杯充耳不闻。现在孩子入了幼儿园，小林心里轻松一些，想到今天晚上要决赛，也禁不住心里痒痒起来；由于转播是半夜，他想跟老婆通融通融，半夜起来看一次转播。于是下班接孩子回来，猛干家务。老婆看他有些反常，问他有什么事，他就腆着脸把这件事说了，并说今天晚上上场的有马拉多纳。谁知老婆仍是那么不通情达理，她的思路仍没有转过弯来，竟将围裙摔到桌子上：

　　"家里蜂窝煤都没有了，你还要半夜起来看足球，还是累得轻！你要能让马拉多纳给咱家拉蜂窝煤，我就让你半夜起来看他！"

　　小林一阵扫兴，连忙摆手：

　　"算了，算了，你别说了，我不看了，明天我去拉蜂窝煤不就行了！"

　　于是也不再干家务，坐在床头犯傻，像老婆有时在单位不顺心回到家坐床边犯傻的样子。这天夜里，小林一夜没睡着。老婆半夜醒来，见小林仍睁眼在那里犯傻，倒有些害怕，说：

　　"你要真想看，你看去吧！明天不误拉蜂窝煤就行了！"

　　这时小林一点兴致都没有了，一点不承老婆的情，厌恶地说：

"我说看了？不看足球，还不让我想想事情了！"

第二天早起，小林就请了一上午假，去拉蜂窝煤。拉完蜂窝煤下午到单位，新来的大学生便来征求他对昨晚足球的意见。小林恶狠狠地说：

"一个鸡巴足球，有什么看的！我从来不看足球！"

接着就自己去翻报纸。倒把大学生吓了一跳。晚上下班回来，老婆见他仍在闹情绪，蜂窝煤也拉来了，倒觉得有点对不住他，自己忙里忙外弄孩子，还看着他的脸色说话。这倒叫小林有些过意不去，心里的恶气才稍稍出了一些。

……

微波炉用了两个星期，孩子突然出了毛病。本来去幼儿园她已经习惯了，接送都不哭了，有时还一蹦一跳地进幼儿园。但这两天突然反常，每天早上都哭，哭着不去幼儿园，或说肚子疼，或说要拉屎；真给她便盆，什么也拉不出来。呵斥她一顿，强着送去，路上倒不哭了，但怔怔的，犯愣，像傻了一样。小林和小林老婆都有些害怕，断定她在幼儿园出了毛病，要么是小朋友欺负了她，使她见了这个小朋友就害怕；要么问题出在阿姨身上，阿姨不喜欢她，罚她站了墙根或是让她当众出丑，伤了她的自尊心，使她害怕再见阿姨。小林和小林老婆便问孩子因为什么，孩子倒哭着说：

"我没有什么呀，我没有什么呀！"

于是小林老婆只好接孩子时在其他家长中进行调查。调查的结果，原来毛病出在小林和小林老婆身上。他们大意了。大意之中过了元旦；元旦之前，别的家长都向阿姨们送东西，或多或少，意思意思，惟独小林家没有意思，于是迹象就出现在孩子身上。老婆埋怨小林：

"你也真是，孩子进了幼儿园，你连个元旦都记不住！幼儿园阿姨背地里不知嘲笑咱多少回，肯定说咱抠门、寒酸！"

小林也说：

"大意了大意了，过去送礼被人家推出去，就害怕送礼，谁知该送礼的时候，又把这件事给忘了！"

于是就跟老婆商量补救措施，看补送一些什么合适。真要说送什么，两人又犯了愁。送个贺年卡、挂历，显得太小气，何况新年已过去了；送毯子、衣服又太大，害怕人家不收。小林说：

"要不问问孩子？"

小林老婆说：

"问她干什么,她懂个屁!"

小林还是将孩子叫过来,问孩子知不知道其他孩子给老师送了什么,没想到孩子竟然知道,答:

"炭火!"

小林倒吃一惊:

"炭火?为什么送炭火?给老师送炭火干什么?"

于是让老婆第二天再调查。果然,孩子说对了,有许多家长在元旦给老师送了"炭火"。因为现在冬天了,冬天北京时兴吃涮羊肉,大家便给老师送"炭火"。小林说:

"这还不好办?别人送炭火,咱也送炭火!"

但等真要买炭火,炭火在北京已经脱销了。小林感到发愁,与老婆商量送点别的算了,何况别人家已经送了炭火,咱再送也是多余,不如送点别的。但孩子记住了"炭火",每天清早爬起来第一句话便是:

"爸爸,你给老师买炭火了吗?"

看着一个三岁孩子这么顽固地要送"炭火",小林又好气又好笑,拍了一下床说:

"不就是一个炭火吗,我全城跑遍,也一定要买到它!"

果然,最后在郊区一个旮旯小店里买到了炭火。不过是高价的。高价能买到也不错。小林让老婆把炭火送到幼儿园。第二天,女儿就恢复了常态,高兴去幼儿园。女儿一高兴,全家情绪又都好起来。这天晚上吃饭,老婆用微波炉烤了半只鸡,又让小林喝了一瓶啤酒。啤酒喝下,小林头有些发晕,满身变大。这时小林对老婆说,其实世界上事情也很简单,只要弄明白一个道理,按道理办事,生活就像流水,一天天过下去,也蛮舒服。舒服世界,环球同此凉热。老婆见他喝多了,瞪了他一眼,一把将啤酒瓶给夺了过来。啤酒虽然夺了过去,但小林脑袋已经发懵,这天夜里睡得很死。半夜做了一个梦,梦见自己睡觉,上边盖着一堆鸡毛,下边铺着许多人掉下的皮屑,柔软舒服,度年如日。又梦见黑鸦鸦无边无际的人群向前涌动,又变成一队队祈雨的蚂蚁。一觉醒来,已是天亮,小林摇头回忆梦境,梦境已是一片模糊。这时老婆醒来,见他在那里发傻,便催他去买豆腐。这时小林头脑清醒过来,不再管梦,赶忙爬起来去排队买豆腐。买完豆腐上班,在办公室收到一封信,是上次来北京看病的小学老师他儿子写的,说自上次父亲在北京看了病,回来停了三个月,现已去世了;临去世前，曾嘱咐他给小林写封信，说上次到北京受到小林的招待，让代他表示感谢。小林读了这封信，难受一天。现在老师已埋入黄土，上次老师来看病，也没能给他找个医院。到家里也没让他洗个脸。小时候自己掉到冰窟窿里，老师把棉袄都给他穿。但伤心一天，等一坐上班车，想着家里的大白菜堆到一起有些发热，等他回去拆堆散热，就把老师的事给放到一边了。死的已经死了，再想也没有用，活着的还是先考虑大白菜为好。小林又想，如果收拾完大白菜，老婆能用微波炉再给他烤点鸡，让他喝瓶啤酒，他就没有什么不满足的了。

选自《一地鸡毛》，人民文学出版社 2006 年版

【导读】

《一地鸡毛》发表于《小说界》1991年第1期。小说描写了一个普通的机关公务员小林的日常生活：早起排队买豆腐，为妻子调动工作而送礼，老家来亲戚，孩子生病去医院，与保姆的矛盾，为孩子入托而求人，帮老同学卖鸭子、教师节给老师送礼等等。"小林家一斤豆腐变馊了"，这是小说开头的第一句话，也是小说情节的起始所在。小说从一块馊豆腐开始，就注定了它的凡俗和卑琐。《一地鸡毛》是"新写实"小说的代表作。"新写实"小说与传统现实主义小说不同，传统的现实主义追求对生活的"本质"的再现，不屑于进行生活原色和本相的描绘。"新写实"小说却着意于在日常琐事的描写中呈现生活的原生态，展示当代人的那些艰难困苦、无所适从的尴尬生活情境。在叙述语调上，作者将情感压制到"零度状态"，充当隐匿者、旁观者角色。《一地鸡毛》表现出"新写实"小说的典型特征：叙事语调客观冷静，语言平实简洁，没有戏剧化的故事情节和高潮，琐碎生活叙写构成了小说的全部情节。

作品中的主人公笼罩在权力的阴影下，时时陷入现实与愿望的"错位"中，无奈地挣扎，最终只能接受现实。小林排队好不容易买到的豆腐，因为忘记放进冰箱变馊了，引起了一场家庭大战。小李调动工作由于找错关系而最后前功尽弃。小林的妻子坐上单位的班车，不是由于领导体恤下

《一地鸡毛》封面

情，而是沾了局长小姨子的光。老家的恩师来找小林帮忙，由于经济条件和社会地位的局限，小林只能放弃想要报答恩师的心意。孩子入托原以为邻居热心帮忙，其实是充当陪读的角色，小林知道真相后，像吃了马粪一样感到龌龊，但是他最终还得让孩子继续去那家幼儿园。小林被老同学拉去帮忙卖鸭子收账，起初觉得是丢脸的事情，可是赚到钱后，他就习惯成自然了。"小林感到就好像当娼妓，头一次接客总是害怕，害臊，时间一长，态度就大方了，接谁都一样。"

小说题为"一地鸡毛"，这是一种象征性的说法。在小说的结尾处，小林梦见自己在睡觉，"上边盖着一堆鸡毛，下边铺着许多人掉下来的皮屑，柔软舒服，度年如日。"生活就是由繁重琐碎的"鸡毛"小事和人的皮屑一样令人恶心的感觉组成的。作品真实地展现了琐碎而平庸的生活如何磨去了人物的个性和棱角，使他们在昏昏若睡的状态中丧失了精神上的自觉；表现了当年富有理想、诗意的大学生小林和他的妻子小李，如何被琐碎的日常生活破坏、腐蚀掉意志和热情，抹去个性，变得越来越卑微、庸俗的过程。虽然，作者不动声色地写出了一个人人都会认同又颇感无奈的人间，揭示了知识分子的窘迫人生。但是，这并不代表作者认同了这种生活，相反，作者在冷静客观的叙述之中，时时闪烁着一种尖锐的讽刺精神，显示出了知识分子批判精神和人文传统。

全书共七节，本书节选了最后一节部分片断，这一节有点明题旨的作用，"一地鸡毛"这个标题所包含的象征意义通过小林的一个梦直接表述出来。

【选评】

《一地鸡毛》让读者看到了知识精英真实生活的另一侧面，他们同普通平民百姓一样在为生存问题而顽强地"活着"；无论他们的思想境界有多么的神圣与崇高，归根结底他们仍旧是一种现实环境中的生存动物：无论你是"精英"还是"平民"，在"生活"的天平上根本就没有什么身份上的本质差别；"精英"只是人曾经接受过教育的一种经历，它只能给你带来更多苦恼而不是幸福！我们大可以去指责刘震云创作思想的过于消极，不过我们真能摆脱"一地鸡毛"式的生存烦恼吗？每一个知识精英在现实生活中所屡屡受挫的生存困境，实际上都是对《一地鸡毛》艺术价值的充分肯定。

（宋剑华：《论〈一地鸡毛〉——刘震云小说中的"生存"与"本能"》，《文艺争鸣》2010年第11期）

【思考与讨论】

1.《一地鸡毛》是"新写实"的"经典"文本，试结合作品谈谈新写实小说的审美特征。

2. 鲁迅在《且介亭杂文二集·几乎无事的悲剧》中谈到《死魂灵》时说过:"这些极平常的,或者简至近于没有事情的悲剧,正如无声的言语一样,非由诗人画出它的形象来,是很不容易觉察的。然而人们灭亡于英雄的特别的悲剧者少,消磨于极平常的,或者简至近于没有事情的悲剧者却多。"《一地鸡毛》通过一些平常人都会遇到的凡俗琐事,刻画出一个近乎无事又启人深思的悲剧。请谈谈《一地鸡毛》的悲剧性及其批判意义。

【拓展与延伸】

1. 刘震云的长篇小说《一句顶一万句》被称为中国版《百年孤独》。请阅读这两部小说,写一篇文章,谈谈这两部作品是如何体现了孤独,其中的孤独各有什么特点。

2. 2003年,刘震云发表长篇小说《手机》,表现了他在敏锐地捕捉新的生活方式、发现新的情感空间、追求新的语言趣味等方面的才华,《手机》先后被改编成电影和电视剧,曾一度引发社会热议。请阅读小说,观看同名影视剧,比较一下三者之间的区别。

3. "新写实小说"的正式命名,始于《钟山》杂志1989年第3期上开辟的"新写实小说大联展"。被归入到这一名目之下的作家非常广泛,包括刘震云、方方、池莉、刘恒等。请选择阅读:刘震云的《一地鸡毛》,方方的《风景》,池莉的《烦恼人生》《不谈爱情》,刘恒的《狗日的粮食》《伏羲伏羲》,请联系现实生活,写一篇文学性评论,谈谈你对这类小说的看法。

【推荐阅读】

1.《刘震云自选集》,刘震云著,文化艺术出版社2001年版。
2.《一句顶一万句》,刘震云著,长江文艺出版社2009年版。
3.《洞察人生与历史的迷雾:刘震云的小说世界》,郭宝亮著,华夏出版社2000年版。

余华

【简介】 余华(1960—),原籍山东高唐,生于浙江杭州,长于海盐,中学毕业后子承父业当过五年牙医。1984年开始发表小说,起初影响不大,1987年因短篇小说《十八岁出门远行》和中篇小说《现实一种》的发表而震动文坛。主要作品有长篇小说《在细雨中呼喊》《许三观卖血记》《活着》等,中长篇小

说有《鲜血梅花》《一九八六年》《四月三日事件》等，此外，他还写了不少散文、随笔、音乐评论等。余华是一位风格多变的作家。80年代，作为先锋小说代表人物之一，他以异常冷静的笔调叙述一件件冷酷荒诞、充满血腥与暴力的事件；90年代，余华的创作风格转变为温情脉脉，平淡自然的现实主义；新世纪写作风格转向通俗，创作有长篇小说《兄弟》《第七天》。

余华

活着（节选）

  那天晚上我抱着有庆往家走，走走停停，停停走走，抱累了就把儿子放到背脊上，一放到背脊上心里就发慌，又把他重新抱到了前面，我不能不看着儿子。眼看着走到了村口，我就越走越难，想想怎么去对家珍说呢？有庆一死，家珍也活不长，家珍已经病成这样了。我在村口的田埂上坐下来，把有庆放在腿上，一看儿子我就忍不住哭，哭了一阵又想家珍怎么办？想来想去还是先瞒着家珍好。我把有庆放在田埂上，回到家里偷偷拿了把锄头，再抱起有庆走到我娘和我爹的坟前，挖了一个坑。

  要埋有庆了，我又舍不得。我坐在爹娘的坟前，把儿子抱着不肯松手，我让他的脸贴在我脖子上，有庆的脸像是冻坏了，冷冰冰地压在我脖子上。夜里的风把头顶的树叶吹得哗啦哗啦响，有庆的身体也被露水打湿了。我一遍遍想着他中午上学时跑去的情形，书包在他背后一甩一甩的。想到有庆再不会说话，再不会拿着鞋子跑去，我心里是一阵阵酸疼，疼得我都哭不出来。我那么坐着，眼看着天要亮了，不埋不行了，我就脱下衣服，把袖管撕下来蒙住他的眼睛，用衣服把他包上，放到了坑里。我对爹娘的坟说：

  "有庆要来了，你们待他好一点，他活着时我对他不好，你们就替我多疼疼他。"

  有庆躺在坑里，越看越小，不像是活了十三年，倒像是家珍才把他生出来，我用手把土盖上去，把小石子都捡出来，我怕石子硌得他身体疼。埋掉了有庆，天蒙蒙亮了，我慢慢往家里走，走几步就要回头看看，走到家门口一想到再也看不到儿子，忍不住哭出了声音，又怕家珍听到，就捂住嘴巴蹲下来，蹲了很久，都听到出工的吆喝声了，才站起来走进屋去。凤霞站在门旁睁圆了眼睛看我，她还不知道弟弟死了。

邻村的那个孩子来报信时，她也在，可她听不到。家珍在床上叫了我一声，我走过去对她说：

"有庆出事了，在医院里躺着。"家珍像是信了我的话，她问我：

"出了什么事？"

我说："我也说不清楚，有庆上课时突然昏倒了，被送到医院，医生说这种病治起来要有些日子。"

家珍的脸伤心起来，泪水从眼角淌出，她说：

"是累的，是我拖累有庆的。"

我说："不是，累也不会累成这样。"

家珍看了看我又说：

"你眼睛都肿了。"

我点点头："是啊，一夜没睡。"

说完我赶紧走出门去，有庆才被埋到土里，尸骨未寒啊，再和家珍说下去我就稳不住自己了。

接下去的日子，白天我在田里干活，到了晚上我对家珍说进城去看看有庆好些了没有。我慢慢往城里走，走到天黑了，再走回来，到有庆坟前坐下。夜里黑乎乎的，风吹在我脸上，我和死去的儿子说说话，声音飘来飘去都不像是我的。

《活着》封面

坐到半夜我才回到家中，起先的几天，家珍都是睁着眼睛等我回来，问我有庆好些了吗？我就随便编些话去骗她。过了几天我回去时，家珍已经睡着了，她闭着眼睛躺在那里。我也知道老这么骗下去不是办法，可我只能这样，骗一天是一天，只要家珍觉得有庆还活着就好。

有天晚上我离开有庆的坟，回到家里在家珍身旁躺下后，睡着的家珍突然说：

"福贵，我的日子不长了。"

我心里一沉，去摸她的脸，脸上都是泪，家珍又说：

"你要照看好凤霞，我最不放心的就是她。"

家珍都没提有庆，我当时心里马上乱了，想说些宽慰她的话也说不出来。

第二天傍晚，我还和往常一样对家珍说进城去看有庆，家珍让我别去了，她要我背着她去村里走走。我让凤霞把她娘抱起来，抱到我背脊上。家珍的身体越来越轻了，瘦得身上全是骨头。一出家门，家珍就说：

"我想到村西去看看。"

那地方埋着有庆，我嘴里说好，腿脚怎么也不肯往村那地方去，走着走着走到了东边村口，家珍这时轻声说：

"福贵，你别骗我了，我知道有庆死了。"

她这么一说，我站在那里动不了，腿也开始发软。我的脖子上越来越湿，我知道那是家珍的眼泪，家珍说：

"让我去看看有庆吧。"

我知道骗不下去，就背着家珍往村西走，家珍低声告诉我：

"我夜夜听着你从村西走过来，我就知道有庆死了。"

走到了有庆坟前，家珍要我把她放下去，她扑在了有庆坟上，眼泪哗哗地流，两只手在坟上像是要摸有庆，可她一点力气都没有，只有几根指头稍稍动着。我看着家珍这付样子，心里难受得要被堵住了，我真不该把有庆偷偷埋掉，让家珍最后一眼都没见着。

家珍一直扑到天黑，我怕夜露伤着她，硬把她背到身后，家珍让我再背她到村口去看看，到了村口，我的衣领都湿透了，家珍哭着说：

"有庆不会在这条路上跑来了。"

我看着那条弯曲着通向城里的小路，听不到我儿子赤脚跑来的声音，月光照在路上，像是撒满了盐。

选自《活着》，余华著，南海出版公司 2003 年版

【导读】

《活着》是余华创作中的分水岭。余华早期小说深受西方现代主义及后现代主义思潮的影响，执著于血腥、暴力、死亡、宿命的描写，致力于揭示人性的丑陋。但是，随着时间的推移，作者内心的愤怒渐渐平息，他开始意识到："作家的使命不是发泄，不是控诉或是揭露，他应该向人们展示高尚。"正是在这样的心态下，余华听到了一首美国民歌《老黑奴》。歌中唱的是一位老黑奴经历了一生的苦难，家人都先他而去，而他依然友好地对待世界，没有一句抱怨的话。余华被深深地打动了，他决定写下一篇这样的小说，写人对苦难的承受能力，对世界乐观的态度。这就是发表在1992年第6期《收获》杂志上的长篇小说《活着》。

《活着》的主人公"我"，是一个普通的农民福贵，出身富裕的地主家庭。福贵年轻时吃喝嫖赌败了家产，气死了父亲，妻子被丈人接走，母亲积劳成疾。福贵去城里为母亲抓药时被国民党抓了壮丁，他侥幸保存生命回到家乡，母亲已死，女儿生病无药医治不幸成为哑巴。"土地改革"中，福贵分到了土地，一心要和妻子家珍、女儿凤霞、儿子有庆守在一起，"好好活着"。可是苦难并没有远离这个家庭，劳累过度的家珍患了重病，长期卧床；为了给学校校长，即县长的妻子急救输血，儿子有庆因抽血过多死去；凤霞在分娩时难产而死，妻子也病死了；女婿二喜也在劳动中死于意外事故；凤霞的儿子苦根先是淋雨得了病，后来因为吃了过多的青豆胀死了；最终只剩下可怜的福贵孤独的老去。福贵的一生，苦难、贫穷、死亡是主旋律。

尽管人生中遭遇如此多的苦难，福贵却没有被残酷的命运击垮，相反，他默默地承受着这些苦难，无怨无悔、无怨无争地"活着"。余华在《活着》的出版"序言"中多次解释过福贵式的"活着"，他认为"活着"的力量"不是来自于进攻，而是忍受，去忍受生命赋予我们的责任，去忍受现实给予我们的幸福和苦难、无聊和平庸"。对福贵来说，忍受是对抗苦难的唯一途径。从《活着》开始，余华开始了对中国国民性的思考和描述，但与鲁迅的"哀其不幸，怒其不争"不同，余华更多了一份怜悯和宽容。"如果从旁观者的角度，福贵的一生除了苦难还是苦难，其他什么都没有；可是当福贵从自己的角度出发，来讲述自己的一生时，他苦难的经历里立刻充满了幸福和欢乐，他相信自己的妻子是世上最好的妻子，他相信自己的子女也是世上最好的子女，还有他的女婿、他的外孙，还有那头也叫福贵的老牛，还有曾经一起生活过的朋友们，还有生活的点点滴滴……"生活是属于每个人的自我感受，不需要被任何其他人的看法左右。在苦难境遇中，为了活着本身而活着，不为了活着之外的任何事物而活着，不论高贵或是卑贱，超然而又不失热情地将生命继续下去。福贵式的"活着"，让余华对人生价值的寻求落在了生命本身。

本篇节选的部分，描写医院为了给县长的妻子输血，福贵的儿子有庆被医生抽血过度而亡。福贵起初瞒着病重的家珍，独自吞咽着丧子之痛，后来被家珍察觉，两人一起来到有庆坟头。有庆之死是一系列死亡的开始……

【选评】

在余华眼中，人类的苦难就是人类的生存本质，人的存在是一种永无止境的苦难历程，苦难永远是人类不可超越的生存状态。于是，当他满怀激情叙述人生苦难与不幸时，同时也表达了一个优秀作家面对丑恶与阴暗的现实的价值取向与基本立场：在80年代，更多地表现为在苦难中对温情的强烈呼唤，即因痛感人间温情的缺失故而对"人性之恶"与"人世之厄"内心充满敌意；而到了90年代，特别是在《活着》和《许三观卖血记》中，那种在苦难中对温情的呼唤却已变异为温情地受难了。

（富华：《人性之恶与人世之厄——余华小说中的苦难叙述》，《华东师范大学学报》2002年第8期）

【思考与讨论】

1. 80年代余华以先锋小说家的姿态登上文坛，90年代以后，余华小说创作出现重大转向，试结合《现实一种》《活着》等作品，谈谈余华小说创作风格的转变。

2. 余华通过《活着》传达出这样的人生态度："人为了活着本身而活着，而不是为了活着之外的任何事物而活着"。有人认为这部小说"崇高"、"悲天悯人"。有人认为这种"逆来顺受"、"苟且偷生"、"好死不如赖活着"的活法是一种陈旧而低俗的人生观念。如何看待小说中福贵的人生态度？人应该如何活着？请结合小说和现实生活，谈谈你的看法。

【拓展与延伸】

1.《活着》被张艺谋导演改编成电影，但与原著有很大的区别。请观看电影，对照原著，写一篇评论性文章。

2. 对90年代余华的小说《活着》《许三观卖血记》，有的评论家认为："余华忘记了，当福贵和许三观在受苦的时候，不仅是他们的肉身在受苦，更重要的是，生活的意义、尊严、梦想、希望也在和他们一起受苦。——倾听后者在苦难的磨碾下发出的呻吟，远比描绘肉身的苦难景象要重要得多。但余华没有这样做，他几乎把自己所有的热情都耗费在人物遭遇（福贵的丧亲和许三观的卖血）的安排上了。"(谢有顺:《余华的生存哲学及其待解的问题》,《余华研究资料》,山东文艺出版社2006年版,第349页)请阅读小说,写一篇评论性文章,谈谈你对这一观点的看法。

3. 同余华一样,苏童、叶兆言、格非等作家都被认为是"先锋小说家",但后来他们都出现了创作转向。请选择其以下作品阅读,并交流阅读感受:《一九三四的逃亡》《妻妾成群》《米》(苏童)、《褐色鸟群》《欲望的旗帜》(格非)、"夜泊秦淮"系列、《一九三七年的爱情》(叶兆言)。

【推荐阅读】

1.《现实一种》,余华著,作家出版社2008年版。

2.《许三观卖血记》,余华著,作家出版社2014年版。

3.《妻妾成群》,苏童著,上海文艺出版社2010年版。

4.《余华评传》,洪治纲著,郑州大学出版社2005年版。

第六单元

港台文学

【概述】 1949年,海峡两岸国共分治的政治局面形成,台湾文学与大陆文学分离。作为国统区文学的延伸,20世纪50年代的台湾,"反共文学"主导文坛。与此同时,怀乡文学应运而生,如林海音小说集《城南旧事》、谢冰莹的散文集《我的少年时代》、余光中的诗集《舟子的悲歌》等,这些作品摆脱了"反共文学"的束缚,抒发对大陆故土亲人的思念。台湾本土作家吴浊流、钟理和、黄春明、陈映真等致力于乡土文学的创作,表现台湾的历史文化与现实生活。现代主义文学由《现代诗》的创办者纪弦领队,登陆文坛。在郑愁予、余光中、洛夫、痖弦等人的合力推动下,现代主义文艺思潮影响巨大。与此同时,言情小说开始萌芽。60年代的台湾文坛,现代派文学占主流地位。1960年3月,由白先勇、王文兴、欧阳予、陈若曦等创办的《现代文学》杂志诞生,标志着台湾现代派文学高潮的到来。台湾现代派文学受到西方现代主义文学思潮的影响,强调表现自我,主张反理性,把梦幻、本能、潜意识看成艺术创作的源泉,探索新的艺术形式与表现手法。白先勇的《台北人》、王文兴的《家变》是台湾现代主义文学鼎盛期的代表作。60年代,琼瑶的言情小说,古龙的武侠小说,高阳的历史小说为大众所喜爱,台湾的通俗文学获得很大发展。70年代,台湾乡土文学崛起,陈映真、黄春明、王祯和等作家坚持现实主义创作手法,关注现实生活,关注小人物命运,创作了许多优秀小说。80年代以来,台湾文坛流派纷呈,风格多样,呈现出多元化格局。乡土文学继续发展,都市小说、新女性主义文学、探亲文学等争奇斗艳,并产生了后现代主义的文学。柏杨和龙应台的杂文也各有特色,为人称道。

50年代以后的香港文坛，主力军是徐訏、张爱玲等南来香港的内地作家。50年代中期，现代主义思潮兴起，刘以鬯的意识流小说《酒徒》是香港现代主义文学的代表作。五六十年代香港通俗文学迅猛发展。梁羽生、金庸、倪匡等人的武侠小说，亦舒、岑凯伦、严沁等人的言情小说构成香港通俗文学的主体。70年代，香港文学多元化发展。一些作家自觉走向本土化，反映香港社会的变迁和香港人的生存状态，西西的《我城》、刘以鬯的《岛与半岛》具有代表性。言情小说突飞猛进，风头压过武侠小说。80年代以来，香港回归问题被许多作家所关注。刘以鬯的《一九九七》是最早接触"九七"题材的小说之一。李碧华的言情小说、梁凤仪的财经小说成为大众文化消费的主要内容，其他文体的创作也有可圈可点之作，比如董桥的散文。

港台小说

金庸

【简介】 金庸（1924—　），原名查良镛，浙江海宁人。大学主修英文和国际法，曾在上海《大公报》、香港《大公报》及《新晚报》任记者、翻译和编辑。金庸八九岁开始对武侠小说着迷，50年代初经常以"林欢"和"姚馥兰"的笔名撰写影评、创作剧本。1955年在《新晚报》上发表第一篇武侠小说《书剑恩仇录》。1959年，金庸自立门户，创办《明报》，从创刊之日起，在《明报》连载他的多部作品，直到1972年年底挂印封笔。金庸的作品一共15部，金庸特别选取14部中长篇小说名字的第一个字，制成一联："飞雪连天射白鹿，笑书神侠倚碧鸳"。金庸

金庸

的小说先后被翻译成多国文字，读者遍布全球，在华人社会各个阶层几乎都能找到"金庸迷"。1992年金庸被加拿大哥伦比亚大学评为"全世界读者最多的小说家"，并被授予文学博士称号。

天龙八部（节选）

四十一　燕云十八飞骑　奔腾如虎风烟举

萧峰于三招之间，逼退了当世的三大高手，豪气勃发，大声道："拿酒来！"一名契丹武士从死马背上解下一只大皮袋，快步走近，双手奉上。萧峰拔下皮袋塞子，将皮袋高举过顶，微微倾侧，一股白酒激泻而下。他仰起头来，骨嘟骨嘟的喝之不已。皮袋装满酒水，少说也有二十来斤，但萧峰一口气不停，将一袋白酒喝得涓滴无存。只见他肚子微微胀起，脸色却黑黝黝的一如平时，毫无酒意。群雄相顾失色之际，萧峰右手一挥，余下十七名契丹武士各持一只大皮袋，奔到身前。

萧峰向十八名武士说道："众位兄弟，这位大理段公子，是我的结义兄弟。今日咱们陷身重围之中，寡不敌众，已然势难脱身。"他适才和慕容复等各较一招，虽然占了上风，却已试出这三大高手每一个都身负绝技，三人联手，自己便非其敌，何况此外虎视眈眈、环伺在侧的，又有千百名豪杰。他拉着段誉之手，说道："兄弟，你我生死与共，不枉了结义一场，死也罢，活也罢，大家痛痛快快的喝他一场。"段誉为他豪气所激，接过一只皮袋，说道："不错，正要和大哥喝一场酒。"少林群僧中突然走出一名灰衣僧人，朗声说道："大哥，三弟，你们喝酒，怎么不来叫我？"正是虚竹。他在人丛之中，见到萧峰一上山来，登即英气逼人，群雄黯然无光，不由得大为心折；又见段誉顾念结义之情，甘与共死，当日自己在缥缈峰上与段誉结拜之时，曾将萧峰也结拜在内，大丈夫一言既出，生死

《天龙八部》书影

不渝，想起与段誉大醉灵鹫宫的豪情胜慨，登时将甚么安危生死、清规戒律，一概置之脑后。

萧峰从未见过虚竹，忽听得他称自己为"大哥"，不禁一呆。段誉抢上去拉着虚竹的手，转身向萧峰道："大哥，这也是我的结义哥哥。他出家时法名虚竹，还俗后叫虚竹子。咱二人结拜之时，将你也结拜在内了。二哥，快来拜见大哥。"虚竹当即上前，跪下磕头，说道："大哥在上，小弟叩见。"

萧峰微微一笑，心想："兄弟做事有点呆气，他和人结拜，竟将我也结拜在内。我死在顷刻，情势凶险无比，但这人不怕艰难，挺身而出，足见是个重义轻生的大丈夫、好汉子。萧峰和这种人相结为兄弟，却也不枉了。"当即跪倒，说道："兄弟，萧某得能结交你这等英雄好汉，欢喜得紧。"两人相对拜了八拜，竟然在天下英雄之前，义结金兰。

萧峰不知虚竹身负绝顶武功，见他是少林寺中的一名低辈僧人，料想功夫有限，只是他既慷慨赴义，若教他避在一旁，反而小觑他了，提起一只皮袋，说道："两位兄弟，这一十八位契丹武士对哥哥忠心耿耿，平素相处，有如手足，大家痛饮一场，放手大杀罢。"拔开袋上塞子，大饮一口，将皮袋递给虚竹。虚竹胸中热血如沸，哪管他甚么佛家的五戒六戒、七戒八戒，提起皮袋便即喝了一口，交给段誉。段誉喝一口后，交了给一名契丹武士。众武士一齐举袋痛饮烈酒。

虚竹向萧峰道："大哥，这星宿老怪害死了我后一派的师父、师兄，又害死我先一派少林派的太师叔玄难大师和玄痛大师。兄弟要报仇了！"萧峰心中一奇，道："你……"第二个字还没说下去，虚竹双掌飘飘，已向丁春秋击了过去。

萧峰见他掌法精奇，内力浑厚，不由得又惊又喜，心道："原来二弟武功如此了得，倒是万万意想不到。"喝道："看拳！"呼呼两拳，分向慕容复和游坦之击去。游坦之和慕容复分别出招抵挡。十八名契丹武士知道主公心意，在段誉身周一围，团团护卫。

虚竹使开"天山六阳掌"，盘旋飞舞，着着进迫。丁春秋那日潜入木屋，曾以"逍遥三笑散"对苏星河和虚竹暗下毒手，苏星河中毒毙命，虚竹却安然无恙，丁春秋早已对他深自忌惮，此刻便不敢使用毒功，深恐虚竹的毒功更在自己之上，那时害人不成，反受其害，当即也以本门掌法相接，心想："这小贼秃解开珍珑棋局，竟然得了老贼的传授，成为我逍遥派的掌门人。老贼诡计多端，别要暗中安排下对付我的毒计，千万不可大意。"

逍遥派武功讲究轻灵飘逸，闲雅清隽，丁春秋和虚竹这一交上手，但见一个童颜白发，宛如神仙，一个僧袖飘飘，冷若御风。两人都是一沾即走，当真便似一对花间蝴蝶，蹁跹不定，于这"逍遥"二字发挥到了淋漓尽致。旁观群雄于这逍遥派的武功大都从未见过，一个个看得心旷神怡，均想："这二人招招凶险，攻向敌人要害，偏生姿式却如此优雅美观，直如舞蹈。这般举重若轻、潇洒如意的掌法，我可从来没见过，却不知哪一门功夫？叫甚么名字？"

那边厢萧峰独斗慕容复、游坦之二人，最初十招颇占上风，但到十余招后，只觉游坦之每一拳击出、每一掌拍来，都是满含阴寒之气。萧峰以全力和慕容复相拼之际，游坦之再向他出招，不由得寒气袭体，大为难当。这时游坦之体内的冰蚕寒毒得到《易筋经》内功的培养，正邪为辅，水火相济，已成为天下一等一的厉害内功，再加上慕容复"斗转星移"之技奥妙莫测，萧峰此刻力战两大高手，比之当日在聚贤庄与数百名武林好汉对垒，凶险之势，实不遑多让。但他天生神武，处境越不利，体内潜在勇力越是发皇奋扬，将天下阳刚第一的"降龙十八掌"一掌掌发出，竟使慕容复和游坦之无法近身，而游坦之的冰蚕寒毒便也不致侵袭到他身上。但萧峰如此发掌，内力消耗着实不小，到后来掌力势非减弱不可。

游坦之看不透其中的诀窍，慕容复却心下雪亮，知道如此斗将下去，只须自己和这庄帮主能支持得半个时辰，此后便能稳占上风。但"北乔峰，南慕容"素来齐名，今日首次当众拼斗，自己却要丐帮帮主相助，纵然将萧峰打死，"南慕容"却也显然不及"北乔峰"了。慕容复心中盘算数转，寻思："兴复事大，名望事小。我若能为天下英雄除去了这个中原武林的大害，则大宋豪杰之士，不论识与不识，自然对我怀恩感德，看来这武林盟主一席，便非我莫属了。那时候振臂一呼，大燕兴复可期。何况其时乔峰这厮已死，就算'南慕容'不及'北乔峰'，也不过往事一件罢了。"转念又想："杀了乔峰之后，庄聚贤便成大敌，倘若武林盟主之位终于被他夺去，我反而要听奉他号令，却又大大的不妥。"是以发招出掌之际，暗暗留下几分内力，只是面子上似乎全力奋击，勇不顾身，但萧峰"降龙十八掌"的威力，却大半由游坦之受了去。慕容复身法精奇，旁人谁也瞧不出来。

转瞬之间，三人翻翻滚滚的已拆了百余招。萧峰连使巧劲，诱使游坦

· 346 ·

之上当。游坦之经验极浅，几次险些着了道儿，全仗慕容复从旁照料，及时化解，而对萧峰所击出刚猛无俦的掌力，游坦之却以深厚内功奋力承受。

选自《天龙八部》，金庸著，上海三联书店 1996 年版

【导读】

《天龙八部》1963 年 9 月 3 日开始在香港《明报》和新加坡《南洋商报》同时连载，历时四年才完成，这是金庸写作时间和篇幅都最长的一部书。"四大名捕"之父——武侠作家温瑞安认为《天龙八部》和《笑傲江湖》《鹿鼎记》是金庸小说的三大杰作，《天龙八部》更是金庸小说的顶尖杰作。

《天龙八部》所记载的事情发生在北宋宋哲宗在位年间。当时外族纷纷觊觎大宋国土，形成宋、辽、西夏对立的局面。武林各派或效忠于本国，或相助于他族，一时间风云际会，英雄辈出。作品通过宋、辽、西夏、大理、吐蕃及女真等王国之间的武林恩怨和民族矛盾，从哲学的高度对人生和社会进行审视和描写，展示了一幅波澜壮阔的生活画卷。

首先，《天龙八部》的格局宏伟，仅从民族、国家的角度看，就写出了大宋、大理、大辽、西夏、女真、吐蕃、大燕所组成的"七国演义"。其次，小说中典型人物众多，一般小说只有一个主人公，这部小说却有三个主人公——顶天立地的萧峰，痴情而善良的公子段誉，浑金璞玉的好和尚虚竹，此外还有风流王爷段正淳，政治狂人慕容复，星宿老怪丁春秋，聪慧薄命的阿朱，口蜜心狠的马夫人，匪夷所思的天山童姥，各具形态的"四大恶人"等，共计有几十个令人难忘的生动形象；再次，小说的寓意深邃，书名"天龙八部"是佛经用语，包括八种神道怪物，作者以此命名，隐喻世间众生。小说里面也充满了佛学的道理和佛家的悲悯情怀。即使对书中最无情无义、最恶的人物如康敏和丁春秋，金庸也有悲悯之心；对鸠摩智、萧远山、阿紫等非正面人物，金庸更是抱有极大的宽宥和同情心，写出他们最终的归宿。

关于这部小说人物情节的特征，旅美学者陈世骧认为，《天龙八部》叫"无人不冤，有情皆孽"。所有人都是冤的，所有情都是孽情。因为书中每个人物都有不平常的挫折，每个人都不能达到自己的目的。第一主人公萧峰是金庸笔下写得最成功的一个人物。他本来是丐帮帮主，武功盖世，义薄云天，是江湖上人人敬仰的英雄好汉，忽然有一天被告知自己不是汉人，被逐出了丐帮。在查寻身世、洗雪冤屈的过程中，历经磨难，在命运的扭转下，他由众人眼中的大仁大义之人变为大奸大恶之人，正派人物骂他"假仁假义"，连邪道中人也骂他"卑鄙下流"。萧峰本来力图昭雪不白之冤，与命运抗争，到后来却被逼双手染血，无法洗清，他曾经发誓不杀一个汉人，可结果他身不由己杀了很多汉人，后来居然把自己的爱人也打死了。他是辽人，但对养育他的大宋怀有深厚的感情。他不忍看到两族人民自相残杀，因而付出生命的代价为两国人民赢得了和平。萧峰的悲剧命运，既有古希腊悲剧的深入心灵的震撼，又充满存在主义的荒诞。他是民族斗争夹缝里的西西弗，最后为了换取天下苍生的和平，他用气壮山河的一死，奏响了武侠精神的最强音。第二主人公段誉，他是第一个出场的主人公，小说以他初涉江湖的历险展开故事，他看起来呆里呆气却活泼幽默，毫无酸腐之气，在呆气中又包含一种卓尔不群的大气和不可忽视的侠气。他本是一个文弱书生、完全不会武功，却因缘际会习得了绝世武功。他年少多情，可命运捉弄，他爱上的所有女孩子都是自己的妹妹，这让他痛不欲生。好在金庸有菩萨心肠，突然发现所有女孩又都不是他的妹妹，最后都得到解决。第三主人公虚竹，他是一个从小不知父母，在少林寺长大的普通和尚，他按照戒律生活，一心一意要做个好和尚，可人生无常，他想当和尚而不得，不仅戒律尽破，少林武功尽失，还"被逼"成为逍遥派的掌门。他父母双全，又咫尺天涯，相认之日又成诀别之时。看起来命运似乎对他极为不公，但最后他跟自己所爱的人幸福地生活在一起，尽管他不再受制于佛教戒律，但他所言所行都证明他是慈悲之人。

　　小说全书共五十回，每回各有其精彩之处，其中第四十一回"燕云十八飞骑　奔腾如虎风烟举"尤为出色，被温瑞安等人誉为"全书精华所在"：这一场的武功，可谓琳琅满目，各种繁杂精彩的武功都融汇在这一场面中；这一场里的人物，将天下精英尽收其中；这一场的打斗，是武林中顶尖儿人物的大比拼；这一场的情感冲突，在全书中属最重要也写得最出色。本书节选了这一回的部分内容，段誉、虚竹二人见萧峰遭遇群雄围攻，挺身而出与萧峰共同御敌，这是全书三大主人公的第一次会齐。看到这三位主人公如此重视兄弟情谊，在重重危机中慷慨赴义，真是让人激动不已。

【选评】

　　金庸武侠小说是现代华人共同的神话。……《天龙八部》开篇释题："'天龙八部'，都是非人"，而这部洋洋大书就是关于"形似人而实际不是人的众生"的故事。这是一个没有疑问与反思的幻想世界，它的意义核心是严肃的、深刻的，而它寄寓的故事却是由纯粹演绎逻辑组织起来的"莫须有"的人与事，非人间的场景，非人间的人事，透示出的却是人间的道理。武侠小说没有现实的指涉性，但不一定没有文化的启悟性。它是现代华人文化生活中的一种升华形式，从这个角度看，武侠小说的意义与价值都是不可低估的。

（周宁：《从金庸作品看文化语境中的武侠小说》，《中国社会科学》1995年第5期）

【思考与讨论】

1. 请结合作品，谈谈"天龙八部"这一题目有什么内涵？

2.《天龙八部》中人物众多，小说中你最喜爱的人物和最讨厌的人物分别是谁？说说理由。

【拓展与延伸】

1. 金庸的武侠小说具有丰富的思想内容，涉及文化、宗教、历史、地理等各方面。请自选角度，写一篇评论文章。

2. 金庸的武侠小说被改编成各种版本的影视剧作品，你最喜欢哪一部，你认为哪位演员将扮演的角色塑造得最为生动成功？试加以分析。

3. 香港被诟病为"文化沙漠"，也有人认为这是个伪话题，因为香港在文化上不亚于中国其他的城市。香港除了拥有像金庸一样广为人知的通俗文学作家，还有像刘以鬯这样长久以来进行严肃文学创作的作家，他的小说《酒徒》被称为中国第一部意识流小说，《对倒》曾启发王家卫拍了电影《花样年华》。请选择阅读刘以鬯的小说，谈谈阅读感受。

【推荐阅读】

1.《金庸作品集》，金庸著，生活·读书·新知三联书店1994年版。

2.《我看金庸小说》，倪匡著，重庆大学出版社2009年版。

3.《香港文学史》，刘登翰著，人民文学出版社1999年版。

4.《千古文人侠客梦》，陈平原著，北京大学出版社2010年版。

赖声川

【简介】赖声川（1954— ），原籍江西会昌，出生于美国华盛顿。1972年入台湾辅仁大学英文系学习，大学期间从事音乐活动。1978年赴美深造，获美国加州大学伯克利分校戏剧博士学位。1983年回台湾从事戏剧工作。编导过的舞台剧主要有《暗恋桃花源》《如梦之梦》《红色的天空》《陪我看电视》、"我们说相声"系列、《宝岛一村》等。编导过《我们一家都是人》等电视剧集 300 余集。出版书籍有《赖声川创意学》《赖声川：剧场》等。赖声川是一位富有创新精神的编导，他强调戏剧的现场性，重视编、导、演的集体即兴创作与互动，让戏剧成为一个不断成长变化的生命体。他创造性地吸收西方戏剧和中国传统戏曲的理念和技巧，立足台湾的社会现实，洞察现代人的内心世界，将"精致艺术"与"大众艺术"相结合，创作了《暗恋桃花源》等形式新颖活泼又有内涵的作品。

赖声川

暗恋桃花源（节选）

春花　你这个人是怎么搞的？整天打不到一条大鱼；要我去买药，药给你买回来你又不吃；人家袁老板说啊，这个药很有效的！吃不吃，随便你！

【春花将药结实地摔往老陶身上】

【突然发现自己失言】你不要说话，我来解释。

老陶　【抓到把柄】袁老板怎么知道这个药有效啊？

春花　【心虚】人家是刚好路过，一番好心嘛！

老陶　我们家生不出孩子，袁老板怎么会知道？啊？啊？

春花　人家是好心好意的嘛！

老陶　好心好意？我们生不出孩子，他怎么会知道？你告诉我！他怎么会知道？

春花　你吃不吃？

老陶　【大吵】他怎么会知道？

春花　你吃不吃？

老陶　他怎么会知道？

春花　你吃不吃？

老陶　你告诉我他怎么知道？……

春花　　你到底是吃还是不吃？……

【两人边吵春花边把药包往地上大力一摔，老陶、春花同时一脚踩上去，然后拼命踩烂。】

老陶　　【爬到凳子上】让开——！！

【春花让开，老陶高空跳下，踩烂药包。】

春花　　【爬到凳子上】该我了！！让开——！！

【春花正要跳的时候，外面传来袁老板的声音。】

袁老板　【唱小调，上】「我的心里一大块，左分右分我分……」

【春花听见歌声，连忙收起张牙舞爪的泼样，老陶摆出个武打架势迎向袁老板。】

老陶　　【结巴】袁……袁老板！

袁老板　【发现老陶】嗯……老陶？你在家呀？

老陶　　啊！

袁老板　【自语】那我今儿可费事了！

老陶　　啊？

袁老板　我是说……你最近还好哇？

老陶　　托福！婚姻生活美满！

袁老板　那就好！

【春花趁老陶背对着时，彼此使眼色。】

春花　　袁——【发现语气太亲热】老板！

袁老板　花——【发现语气太亲热】春花！

春花　　上来玩吧！

袁老板　你在上面我不好玩嘛！

老陶　　嗯？快下来，当心摔着

【袁扶春花下桌，老陶欲扶，扑个空，十分尴尬。】

袁老板　春花！你来看看我送什么东西给你！

老陶　　啊？

《暗恋桃花源·红色的天空》封面

袁老板　【发现措词不当，补一个字】——们！

【袁老板把带来的棉被交给春花。】

春花　哇！好新的一床棉被！

老陶　【远远地站在一旁】听说过有送手表、送珠宝、送礼券的，没听过还有人送棉被的！

袁老板　哎呀！老陶呀，你们家棉被又破又旧盖上去会感冒的！

春花　就是嘛！

老陶　我们家棉被又破又旧，你怎么知道？

袁老板　【发现自己说错话】耶？！嗜！【对老陶】老陶，你想哪去了！

【袁老板向春花使眼色，但二人突然一起打喷嚏。】

袁老板、春花　阿沏……！【顿】没事！

【老陶盯着暧昧的两人看。袁把被子拿给陶。】

袁老板　老陶！这床被子可是我托人从苏州带回来给我们的【不漏一拍地更正自己】你们的！

【老陶不悦地接过被子来。】

老陶　饭都吃不饱了，要这么花哨的棉被干什么？你自己看看吧……

【老陶将被面摊开展示，春花顺势接个正着，棉被成为一张大幕，三个人——陶、袁、春花依序一并排站在被子后面，只露出头。】

袁老板　【低头指着被面子】老陶，你看这个料子有多好，我就不用多说了，这手工嘛……

【春花趁机用右手偷偷摸着袁老板的右脸，袁右脸边于是出现两只手，袁陶醉在春花嫩手的触感中。】

陶　【醉地】我说这手工……这手工……这手工巧，摸起来多舒服！

【老陶觉得不对，将眼光从被褥转移到袁老板脸上。袁自己的手立刻逃离到被下，剩下春花的手在他脸边。】

老陶　什么呀？

【春花的手忙着指被面，配合袁的话，看上去像是袁的手在动作。】

袁老板　哎！你不要看我，看被子！【低头看被面】看这手工，看手工。这上面还绣的有龙有凤……还有凤爪，又白又嫩……【亲

· 352 ·

春花指着被面的手】……嗯！嗯！嗯！

老陶　　干什么呀？

袁老板　【借春花的手打呵欠】啊！……

【春花的手忙帮着拍袁的嘴，再抓袁的头。】

吆……！看我干什么？你看被子！【春花的手忙着指被面】

老陶　　被子有什么好看？睡觉用的！不重要！

袁老板　【春花的右手猛挥】不、不、不，睡觉才重要！耶？【春花的右手打陶一巴掌】你看我干什么？你也不要看她！【春花的手又拼命指被面】你看被子呀！【陶又看】你看这龙的眼睛绣得多好？雄壮威武，炯炯有神……再说这个凤的身材那更是没话说，该凹的地方凹，该凸的地方凸，是怎么摸怎么舒服啊……

老陶　　我不喜欢！【摔下被子，转身便走】

袁老板、春花　　我喜欢哪！

【被子一落地，只看见袁双手环抱着春花的腰，两人发现没有隐蔽，大吃一惊，立刻放手，各自护住要害部位，同时一起打喷嚏。】

袁老板、春花　　阿沏……！【顿】没事！

春花　　【捡起被子】老陶，你就把这被子收进去吧！

老陶　　这别人的东西我们不能随便拿……

春花　　你给我拿进去吧！去！【脚踢老陶，老陶下】

【老陶拿棉被下。袁一旁闲逛，见地上的药包。】

袁老板　【不屑地】生孩子靠这个？我去！【一脚将药包踢开】

【春花见陶进去了，急忙地迎上来说话。】

春花　　【甜蜜地】袁！

袁老板　【柔情地】花！我送给你的花呢？

春花　　【指花】在那儿！

【二人陶醉地看着花。】

袁老板、春花　【陶醉地、齐声】噢！

春花　　【忽然清醒】你别管花，你赶快走，他已经怀疑了！

袁老板　【夸张地文艺英雄式地】不！我不能再等了！

春花　【无奈地】可是我们只能等啊！

袁老板　不！我恨不得现在就把你带走，离开这个破地方，离开这个破日子！

春花　【绝望地】不可能！我们能到哪儿呀？

袁老板　那儿都不重要！【拉着春花的手，非常文艺腔的期盼】只要我们俩真心相爱，哪怕是到了天涯海角【望着远方】，都是我们自己的园地！

春花　【跟着陶醉】噢！【梦醒】可是……可是……

袁老板　【英雄式地】不要再"可是"了！【带着春往前走两步】我——有一个伟大的抱负【指前方】在那遥远的地方，我已经看见了我们绵延不绝的子孙，在那儿手牵着手，肩并着肩，一个个只有【食指和拇指比出一点点长度】这么大。

春花　【原本陶醉，忽感怀疑】为什么只有【比】这么大。

袁老板　因为远嘛。

春花　【陶醉】噢！

春花　真有这样的地方吗？

袁老板　只要你我相信……

春花　【指里面的陶】可是他……

【袁把花一把拉回，横抱起。】

袁老板　放心！有我在！！

袁老板、春花　【陶醉地、齐声】噢！

老陶　【从房间里传出陶的声音。】

选自《赖声川剧场》，赖声川著，东方出版社2007年版

【导读】

　　《暗恋桃花源》于1986年在台湾首演，好评如潮，有力地推动了台湾小剧场运动的发展。赖声川也因此于1988年获"国家文艺奖"，1991年，该剧在美国、中国香港巡演。1992年由赖声川亲自执导改编为电影，1992年获第五届东京国际电影节青年导演银奖，台湾金马奖最佳男配角和最佳改编剧本奖等奖项。2006年开始在大陆巡演，至今常演不衰。

《暗恋桃花源》共十四场,由《暗恋》和《桃花源》两个部分"混搭"而成。《暗恋》是一个现代爱情悲剧,20世纪40年代,东北青年江滨柳和昆明姑娘云之凡在上海相遇相恋,云之凡要回昆明过年,临行前送江滨柳一条围巾,二人依依惜别。然而别时容易见时难,由于战乱,二人分手后即失去联系。后来两人同来台湾,却互不知情,各自有了自己的家庭。40多年来江滨柳一直思恋着云之凡。生命垂危的江滨柳偶然得知云之凡也在台湾,立刻在报纸上登寻人启事,两人终于在病房相见,命运弄人,白发苍苍的两位老人却无法再续前缘。《桃花源》戏说的是陶渊明的《桃花源记》,是古装喜剧。武陵渔夫老陶捕不到大鱼又无生育能力,妻子春花与房东袁老板私通,老陶无奈离家出走,冒险去上游,希望能捕捉到大鱼,无意中进入"落英缤纷、芳草鲜美"的桃花源,在那里遇到一对酷似春花与袁老板的白衣男女,他们是一对夫妻,从没离开过桃花源,不知外部世界为何物。老陶在此住下,度过一段单纯快乐的好时光。然而他心中无法忘记春花,想带她来桃花源共享幸福生活,于是回到武陵。此时的春花与袁老板已结婚生子,他们在破败不堪的家中相互抱怨不休,当初的浪漫温柔荡然无存。无奈中老陶又一次独自离开,却找不到回桃花源的路。

《暗恋桃花源》的主题呈开放性,有多种解读的可能性。你可以说它是一个经典的爱情主题,正如赖声川谈到该剧受欢迎的原因时所说:"我觉得未来会怎么样没有一个人知道,但我只知道《暗恋》在当时能够感动那么多人,到今天还是能够感动这么多人。时代是在变,但是爱情是永恒的东西,它随时都可以让人感动。"该剧展现了世俗人生中几种主要的爱情模式:江滨柳与云之凡相恋相爱却不能结合,江滨柳与江太太厮守一生却不能心心相通,春花因为对丈夫的不满而出轨,春花与袁老板偷情时的浪漫与同居后的平淡无聊,疯女人对刘子骥单方面的执著追寻,让观众目睹婚姻这座"围城"内外的种种情状。赖声川指出,"《暗恋桃花源》表达了人类心中对任何一个失去的、或者无法得到的东西的向往,这不只是一个爱情的对象。任何一个时代都会这样子,都应该被其感动。"(蒋春光:《文化名人有话说》,重庆大学出版社2009年版,第139页)从这一角度去探究,可以说《暗恋桃花源》表达了一个超越了爱情的更加宽广的关于"寻找"的主题,寻找失去的永不再来的一切美好的东西,寻找自己的"桃花源"。该剧中,疯女人在苦苦寻找着刘子骥,而在陶渊明的《桃花源记》中,刘子骥为了寻找桃花源,付出生命的代价。春花和袁老板希望排除老陶这一障碍,寻找属于他们的美好生活;老陶在寻找能打到大鱼的地方,以期给自己带来有尊严的生活。《暗恋》的导演通过戏剧的形式寻找自己年轻时的旧梦,剧中的江滨柳在寻找着云之凡，云之凡也曾寻找着江滨柳，但是具有讽刺意味的是，寻找到的眼前情境与心中设想的情境形鲜明的对比甚至对立。春花和袁老板同居生子，过着争吵不休的凡俗生活，老陶在桃花源里依然念念不忘武陵的烦恼人生；江滨柳与云之凡重逢之后更多的是苍凉、无奈与苦涩。该剧通过人物的命运引发我们对理想与现实，对平凡生活与乌托邦的思考。

该剧运用了戏中戏的复式结构。全剧在一个大的故事中，包括着两个正在上演的小故事，两个故事一古一今，一悲一喜，被"拼贴"在同一个舞台上，两组表演由互相干扰、互相串戏到相互默契，最后竟然交织融合为一体，出现一种让人意想不到的效果。两个剧组之间以及内部的矛盾纠纷，导演说戏，工作人员换布景、修改布景、穿帮、演员互相看对方演戏以及挖苦嘲讽等等都呈现在舞台上，不断营造与打破舞台情境，把舞台拉向现实，时时告诉观众这是在演戏，演员则在戏里戏外不断转换角色，这种戏中戏的安排带来一种间离效果。让观众从剧情中"间离"出来，与剧作家一起对舞台上呈现的社会人生进行思考。这样的结构安排也弱化了《暗恋》的悲剧色彩与《桃花源》喜剧色彩，在一定程度上打通了悲剧与喜剧的界限，特别是当两个剧组同台表演时，连台词都串接在一起，俨然成了一个整体。赖声川认为，"当情感激烈到一个程度，再用另一个方式来嘲讽这种激烈，更能达到净化的目的，产生更高的境界。"（鸿鸿、月惠编著：《我暗恋的桃花源》，河北教育出版社2004年版）可以说，《暗恋桃花源》是这种美学追求的体现。

节选部分表现的是武陵渔夫老陶，打不到大鱼又无生育能力，妻子春花与袁老板相好的苦恼生活情景。戏剧语言富有潜台词，动作性强，喜剧色彩浓。

【选评】

赖声川的很多话剧都有浓重的传统印记：传统的题材、传统的叙事、传统的艺术手段。"我从来不觉得传统的东西是古板的，它充满了创意。过去的东西经过时间的沉淀，形成了一个完美的形式，所以我们要更尊敬传统，越尊敬它越知道怎么用它。"《暗恋桃花源》也不例外。无论是《暗恋》还是《桃花源》都属于老题材，整个故事的讲述也符合中国观众的接受习惯。但对于理想乐土桃花源的反讽，以及通过《暗恋》和《桃花源》对比表现出来的人的生存困境却又充满现代感。"先有演出，事后才可能有成文的剧本"的"即兴集体创作"表演方式无疑也是对传统的一种超越。在吸收古希腊的羊人剧、日本的能剧、意大利喜剧以及亚里士多德、莎士比亚戏剧观念基础上打破悲喜剧对立的戏剧观念则让这一部悲喜交融的话剧更多回味的空间。（李春红：《行走在传统与现

代之间——论话剧〈暗恋桃花源〉》,《文艺争鸣》2010年第24期)

【思考与讨论】

1.《暗恋桃花源》有着丰富的主题意蕴,请谈谈你的理解?

2.《暗恋桃花源》中,寻找刘子骥的疯女人游离于《暗恋》与《桃花源》情节之外,她的反复出现有什么作用?

3. 赖声川说,《暗恋桃花源》让他"找到一个创作重心,结合传统与实验"。请谈谈该剧是如何把传统与现代相结合的?

【拓展与延伸】

1. 请选择观看赖声川的相声剧,从传统艺术的当代价值方面谈谈你的看法,可以选择其中的片段进行排演。

2. 以"赖声川戏剧周"为主题策划一系列活动,比如:图片展、赖声川戏剧视频欣赏、赖声川戏剧作品演出、专家专题讲座等。

【推荐阅读】

1.《赖声川剧场》,赖声川著,东方出版社2007年版。

2.《胡星亮讲现当代戏剧》,胡星亮著,湖南教育出版社2011年版。

3.《战后台湾文学经验》,吕正惠著,生活·读书·新知三联书店2010年版。

第三编

外国文学精品导读

第一单元

古代——中世纪欧美文学

【概述】 欧洲文明有两大源头：古希腊文明和希伯来文明。前者体现出以人为本的现世精神，后者则体现出一种以神为本的来世思想，两者既有冲突又有融合，它们共同为后来欧洲文学的发展奠定了良好基础。

古代希腊位于欧洲南部，主要包括希腊半岛、小亚细亚西海岸以及星罗棋布于爱琴海中的无数岛屿。古希腊经历了奴隶制社会形成、发展、繁荣和衰落时期，古希腊文学大体也分为四个阶段：公元前11世纪至公元前9世纪的"荷马时代"或"英雄时代"，主要成就是神话和史诗，《荷马史诗》代表着古希腊文学的最高成就；公元前8世纪至公元前5世纪的"大移民时代"，主要成就是抒情诗和寓言，如《伊索寓言》；公元前6世纪末至公元前4世纪初的"古典时期"，文学成就主要包括戏剧和文艺理论等，涌现出埃斯库罗斯（公元前525至公元前456）、索福克勒斯（约公元前496至公元前406）和欧里庇得斯（公元前484至公元前406）三大悲剧作家，柏拉图和亚里士多德为后来欧洲文艺理论奠定了基础；公元前4世纪末——公元前2世纪中叶的"希腊化时期"，文学的主要成就是新喜剧。

古罗马文学继承古希腊文学的衣钵又有新的发展，大体分为三个阶段：公元前3世纪至公元前1世纪的共和时期，这一时期主要文学成就是戏剧；公元前1世纪至公元1世纪初的共和晚期与奥古斯都时期，这是古罗马文学的"黄金时代"，散文与诗歌都有新的成就，比如维吉尔（公元前70年至公元前19年）的史诗《埃涅阿斯纪》和西塞罗的散文；公元1世纪至公元476年的帝国时期，罗马文学开始衰落。

公元前4世纪末，马其顿国王亚历山大东征，利用武力征服了埃及、波斯等地，东西文化随之有了进一步交流，希伯来文化传入欧洲并与希腊文化不断碰撞融合。

公元476年，西罗马帝国的覆灭宣告了古希腊、古罗马文学的中断，欧洲进入了新的时代——中世纪。中世纪是欧洲的封建时代，基督教思想是中世纪的主要精神支柱。中世纪文学虽然几乎都打上了基督教思想的烙印，但仍为近代文学的产生提供了一定条件。中世纪欧洲文学主要包括教会文学、英雄史诗、骑士文学和市民文学。

教会文学的主要目的是宣扬基督教教义，多采用梦幻、象征的手法。中世纪的英雄史诗是在欧洲各民族口头文学的基础上形成的，史诗中歌颂的主要是部落或民族的英雄人物。著名的有法国的《罗兰之歌》等。骑士文学是欧洲中世纪特有的一种文学现象，是欧洲骑士制度的产物。骑士文学中的虚构性以及浪漫因素对后世的西方文学产生了深远的影响。市民文学是在民间创作的基础上发展起来的，带有强烈的现实性。在风格上更为生动活泼，其中代表性的作品是出现于法国的《列那狐传奇》。

13世纪后期，欧洲出现了中世纪最伟大的作家——但丁，他的创作具有过渡性质。

希腊神话

【简介】希腊神话是希腊早期主要的文学成就之一，是人类生产力发展处于低级阶段的产物。在人类的童年时代，面对茫茫的未知世界，人们力图进行认识和解释，但原始社会先民缺乏科学知识，他们只能用神话来实现这一切。马克思说："任何神话都是用想象和借助想象以征服自然力，支配自然力，把自然力加以形象化""都是通过人们的幻想用一种不自觉的艺术方式加工过的自然和社会形式本身"（马克思：《马克思恩格斯选集》第二卷，人民出版社1972年版，第113页）。这样，人们把自然力和自然物质加以人格化和形象化，因而产生了神话。

希腊神话反映了人类童年时代的社会生活和价值观念，最早是原始先民口耳相传，后来经过文人整理加工得以流传后世。在世界各民族流传至今的神话传说中，希腊神话保存得最完整、内容最丰富。迄今为止，希腊神话已流传三千多年，其曲折丰富的故事情节和性格鲜明的人物形象仍在吸引着无数的读者。

普里阿摩斯、赫卡柏和帕里斯（节选）

有一天他（指帕里斯，编者注）偶然来到为高大的松杉和繁茂的橡树所荫蔽着的峡谷，这里离他的牧群很远，因他们找不到这深山中绿树蓊翳的峡谷的入口。他正在抱着双手背靠着一株树从群山的空隙中眺望着特洛亚的宫殿和远处的大海，忽然听到震动大地的神祇走路的声音。他还没有集中他的精神，就已看见神祇之使者赫耳墨斯飞近。手中持着黄金的神杖，但是尽管他看来是这样神奇，他不过是一种更奇妙的景象的先行者而已，因为，在他之后还有俄林波斯圣山的三位女神，她们的轻灵的脚已经落在从来没有锄过或啮食过的草地上。青年觉得毛骨悚然，但有翼的赫耳墨斯却呼唤他："别害怕！这三位女神向你走来，以便由你评判她们。她们选择你来决定她们中谁是最美丽的。宙斯吩咐你接受这个使命。他不会拒绝援助和保护你的。"

赫耳墨斯说完这话就鼓着双翼，飞出狭窄的山谷，即刻消失。帕里斯听到赫耳墨斯的话，鼓着勇气，抬头看看站在面前的三个女神，她们都有着神圣的尊严和美丽，在等候他的决定。起初在他看来好像每一个人都可以称为最美丽的。但越看下去，他越迟疑，有时觉得这个人最美，有时又好像是另一个人。渐渐地他觉得那个最年轻、最优雅的美人比其余的更迷人可爱。他觉得她的双目媚惑而迷人就好像一种炯烁的光辉将他裹住了一样。

现在三人中之最骄傲者，她比其余两人都高大，对这青年说："我是赫拉，是宙斯的姨妹和妻子。如果你同意给我这个金苹果——这个刻着'送给最美丽的人'，由不和的女神厄里斯在珀琉斯与海洋女神忒提斯的婚宴上掷给宾客们的金苹果，那你便可以统治大地上最富有的王国，即使你过去曾被人家从宫殿里掷出而现在也不过是一个牧人。"

"我是帕拉斯·雅典娜——智慧之女神，"第二个说。她的前额宽阔，庄严而美丽的面庞上两眼蔚蓝如同青天一样。"假使你赞成我是胜利者，你将以人类最智慧者和最刚毅者出名。"

第三个人，她一直只是用眼睛表情，现在才最热情、最亲切地对这个牧童说："帕里斯，你一定不会为那些包含危险而又最不可靠的诺言所诱惑。我将赠给你一件东西，它除了快乐不会带给你别的。我将赠给你的东西是你的幸福所必需的：我要将世界上最美丽的妇人给你做妻子。我是阿佛洛狄忒，是爱情的女神呀！"

当阿佛洛狄忒对帕里斯说出她的诺言时，她正束着她的腰带，因此更增加她的无比的美丽。在她的周围闪着一种神异的希望的光辉，在这种光辉的面前别的两个女神都显得黯然失色。为她的光耀所炫惑，帕里斯将那个从赫拉得到的金苹果递给爱情的女神。赫拉和雅典娜嗔怒地背转身去，并誓言由于他对她们不公平，她们一定要向他的父亲，特洛亚和所有特洛亚的人民报复。从此以后，特别是赫拉，成了特洛亚人的死敌。阿佛洛狄特则一再庄严地说着她的诺言，并以神祇的誓言作保证。然后她离开这个牧童，她的态度温柔而庄严，使他沉醉在幸福中。

《古希腊神话与传说》，（德）斯威布著，楚图南译，人民文学出版社 2002 年版

金苹果事件 （英）约翰·斐拉克曼绘

【导读】希腊神话内容丰富，情节曲折，故事众多，具有明显的家族特征，对后世的欧洲文学产生了深远的影响。希腊神话主要包括神的故事和英雄传说两部分。神的故事包括天地的开辟、神的产生、神的谱系、神的活动、人类起源等。在希腊神话中，宇宙最初是一片混沌，混沌之神卡俄斯生出了地母该亚，

该亚又生出天神乌拉诺斯,该亚和天神乌拉诺斯结合,生出6男6女12大提坦神,最小的提坦神克洛诺斯推翻了乌拉诺斯,可最后他又被自己的儿子宙斯夺取了权力。上述老辈神的故事反映了人类处于母系氏族社会的特点:女性的决定作用和明显的血缘婚姻。从宙斯开始的新辈神由于住在希腊北部的俄林波斯山上,所以被人们称为"俄林波斯神系"。宙斯是众神之首,他的兄弟姐妹中,赫拉是天后、波塞冬是海神、哈得斯是冥王。其他有日神阿波罗、智慧女神雅典娜、爱神阿佛洛狄特、月神阿尔忒弥斯、战神阿瑞斯等。新辈神的故事带有父权社会的明显特征,这"俄林波斯神系"就像一个大家庭,也是原始人类社会的缩影。无论老辈神还是新辈神,他们的关系总是交织着各种对立和冲突,夫妻关系疏远,甚至经常怀有敌意;妻子被卷在家庭纠纷的漩涡里,总是充满复仇心;父亲不祝福儿子,还诅咒他们自相残杀;家庭内部呈现出一种三角关系,通常是母亲与儿子联合起来反抗父亲;一旦父子冲突暂时淡化,兄弟之间的对抗便激烈起来。诸神之间争权夺势的斗争泄露出人类最初的历史文化信息,即种族的发展和昌盛往往伴以年轻力壮者杀死年迈力衰者的过程,简言之,社会的进步须冲决宗法制家庭血缘纽带的羁绊。

  英雄传说主要反映的是远古社会中人与自然的斗争。在原始社会中,每一个氏族或部落都有自己的领袖人物,他们非凡的力量和智慧使其备受尊重。英雄传说既是起源于对祖先的崇拜和向往,同时也是对远古社会中英雄人物的艺术性追忆。传说中的英雄通常是神和人结合所生的后代,是被神化的半神半人式的英雄,他们身形高大,毅力过人,足智多谋。他们中主要有:建立十二件大功的赫拉克勒斯,到迷宫斩除怪牛的忒修斯,盗取金羊毛的伊阿宋,等等。他们不畏艰险,披荆斩棘,受到希腊人的喜爱和崇拜,其故事体现了古希腊人渴望征服自然的愿望,对出生入死的英雄们的崇拜,展示了古希腊人对英雄主义的歌颂和向往。

2004年雅典奥运会的吉祥物:
雅典娜和费沃斯(阿波罗)

  希腊神话很早就摆脱了人兽同体的阶段,更多地体现出神人同形同性的特征。他们不

仅具备人的美丽形体，同时也具备人的思想感情。他们不是阴森可怖的高高在上的偶像，更不是人类道德的楷模。他们和人一样有七情六欲，具备人的优点和缺点。很多时候，神们并没有道德感，反而任性、虚荣、好嫉妒、争权夺利，有时还溜下山来寻找人间美貌的男女谈恋爱。所以，希腊神话更像"人话"。神是高度人格化的形象，和人唯一不同的是，神超越生死、长生不老，是不死的"凡人"。希腊神话充满了追求知识和智慧、向往美和善、热爱人类现世生活的以人为本的思想。

古希腊神话想象奇特丰富，塑造了众多性格生动鲜明的形象，具有永久的艺术魅力，对当时和后世的文学艺术都产生了极为深远的影响。它为古希腊文学艺术提供了丰富的素材，史诗、戏剧、美术和雕塑创作大都取材于这座宝库。文艺复兴时期的著名作家艺术家也不断从希腊神话中获取创作的灵感，比如莎士比亚、达·芬奇、米开朗琪罗等。纵观西方文化史可见，希腊神话是西方文化不可或缺的重要组成部分。

本文所选的是三女神争夺金苹果的故事，从中可以看出女神们的爱美天性和希腊英雄的食色本性，这一点和人类并无二致，很好地体现了神祇与普通人同形同性的特征。

【选评】

希腊神话倾向于认为世界上有一种巨大的普遍本质和力量，它不被人的意愿所左右，却决定着自然的变幻和人事的祸福，是一切事物存亡演变的主宰和根源。万事万物都处于普遍对立状态中，神与神之间、神与人之间、人与人之间概莫能外。这种对立引起冲突，导致形形色色的生灭变幻吉凶祸福，构成千差万别的形象和性格，展示出一个斑斓多姿的神话世界。（梁工：《对抗与和谐：希腊神话与希伯来族长传说之家庭观念的歧异性》，《中国比较文学》2012年第4期）

【思考与讨论】

1. 希腊神话是希腊早期文学的主要成就之一，产生于原始时期，反映了人类童年时期的希腊人的世界观和生活状况。有人说希腊神话实际上是"人话"。请你谈一下希腊神话的内容及其特点。

2. 马克思曾经指出："希腊神话不只是希腊艺术的武库，而且是它的土壤。"不仅深刻影响了古希腊的诗歌、悲剧、喜剧，而且对古罗马神话和文艺复兴时期的艺术也影响深远。请谈谈你的理解。

3. 希腊神话中的宙斯和希伯来神话中的耶和华都是本民族神话中至高无上的

神，二者有什么区别，各体现出两个民族什么样的文化传统？

【拓展与延伸】

1. 根据古希腊神话改编的电影有很多，如《特洛伊》《木马屠城记》《奥德赛》等。请欣赏1至2部，自选角度，写一篇影评。

2. 请阅读《古希腊神话与传说》一书，选择其中的神话故事并进行适当改编，然后以"讲故事"的形式在课堂上表演。

3. 选择你喜爱的希腊神话故事，编写一个动画剧本，作一组动漫图画或制作一分钟左右的动漫视频片段。

4.《圣斗士星矢》是日本著名漫画家车田正美的代表作之一，请谈谈片中的雅典娜与希腊神话中的雅典娜在性格、造型等方面的异同。

【推荐阅读】

1.《神谱》，（古希腊）赫西俄德著，王绍辉译，上海人民出版社2010年版。

2.《古希腊神话和传说》，（德）斯威布著，楚图南译，人民文学出版社2002年版。

3.《古希腊的神话与宗教》，（法）让·皮埃尔·韦尔南著，杜小真译，三联书店2001年版。

4.《希腊神话》，（俄）库恩编著，朱志顺译，上海译文出版社2006年版。

荷马史诗

【简介】 古代希腊流传至今最早的文学作品是荷马史诗，包括《伊利昂纪》(《伊利亚特》)和《奥德修纪》(《奥德赛》)，相传为盲诗人荷马所作，故称为"荷马史诗"。荷马是一位带有传说性质的人物，相传是于公元前9世纪到公元前8世纪之间在希腊东部靠近小亚细亚一带活动的盲乐师，他经常带着竖琴，辗转各地地吟唱英雄史诗。

《荷马史诗》是在民间口头文学的基础上逐渐发展而来的。公元前12世纪，希腊半岛上的部落曾组成联军攻打富庶的特洛亚，

荷马雕像

战争持续了十年，最终希腊人焚毁特洛亚城。战争结束之后，有关特洛亚战争的歌谣和传说在希腊和小亚细亚一带长期流传，在流传过程中，又与神的故事交织在一起。数百年后，盲诗人荷马搜集整理各地的传说，经过加工使之逐渐定型，成为一部情节完整、风格统一的瑰丽史诗。公元前6世纪，雅典的执政者庇士特拉妥下令用文字把史诗记录下来。以后，又经历了数百年的流传，到公元前3世纪至公元前2世纪的希腊化时期，亚里山大里亚的学者经过编订，把史诗定型为两部各为24卷的版本，这和我们今天看到的《荷马史诗》基本相似。这部史诗的形成历经数百年，所以它并不是荷马一人所为，而是古希腊人的集体创作。荷马史诗对后世欧洲文学的发展产生了深远的影响。

伊利亚特（节选）
——赫克托尔被阿基琉斯杀死遭凌辱

雅典娜这样说，用狡计带领他冲上前去，
待他们这样相向而行，互相逼近时，
头盔闪亮的伟大的赫克托尔首先说话：
"佩琉斯之子，我不再逃避你，像刚才
绕行普里阿摩斯的都城三遭不停步，

（意大利）提埃波罗《特洛伊木马的游行》

现在心灵吩咐我停下来和你拼搏，
或是我得胜把你杀死，或是你杀我。
但不妨让我们敬请神明前来作证，
神明能最好地监督和维护我们的誓言：
如果宙斯让我获胜，把你杀死，
我不会侮辱你的躯体，尽管你残忍，
阿基琉斯，我只剥下你那副辉煌的铠甲，
尸体交给阿开奥斯人。你也要这样待我。"
捷足的阿基琉斯狠狠地看他一眼回答说：
"赫克托尔，最可恶的人，没什么条约可言，
有如狮子和人之间不可能有信誓，
狼和绵羊永远不可能协和一致，
它们始终与对方为恶互为仇敌，
你我之间也这样不可能有什么友爱，
有什么誓言，惟有其中一个倒下，
用自己的血喂饱持盾的战士阿瑞斯。
鼓起你的全部勇气，现在正是你
表现自己是名枪手和无畏战士的时候。
不会有别的结果，帕拉斯·雅典娜将用
我的枪打倒你，你杀死了我那么多朋友，
使我伤心，你将把欠债一起清算。"
阿基琉斯说完，举起长杆枪投了出去。
光辉的赫克托尔临面看见，把枪躲过。
他见枪飞来，蹲下身让铜枪从上面飞过，
插进泥土，但帕拉斯·雅典娜把它拔起，
还给阿基琉斯，把士兵的牧者赫克托尔瞒过。
赫克托尔对勇敢的佩琉斯之子大声说：
"神样的阿基琉斯，你枉费力气没投中，
并非由宙斯得知我的命运告诉我。
你这是企图用花言巧语把我蒙骗，
想这样威吓我失去作战的力量和勇气。
我不会转身逃跑让你背后掷投枪，

油画《帕里斯和海伦之爱》(局部)

我要临面冲上来让你正面刺胸膛,
如果这是神意。现在你先吃我一枪,
但愿你把这支铜枪能全部吃进肉里。
只要你一死,这场战争对于特洛亚人
便会变容易:你是他们最大的灾祸。"

赫克托尔说完,晃动着投出他的长杆枪,
击中佩琉斯之子的神造盾牌的中心,
他没有白投,但长枪却被盾牌弹回。
赫克托尔懊恼长杆枪白白从手里飞去,
又不禁愕然,因为没有第二支梣木枪。
他大声叫喊手持白盾的得伊福波斯,
要他递过来长杆枪,但已匿迹无踪影。
赫克托尔明白了事情真相,心中自语:
"天哪,显然是神明命令我来受死,
我以为英雄得伊福波斯在我身边,
其实他在城里,雅典娜把我蒙骗。
现在死亡已距离不远就在近前,
我无法逃脱,宙斯和他的射神儿子
显然已这样决定,尽管他们曾那样

热心地帮助过我：命运已经降临。
我不能束手待毙，暗无光彩地死去，
我还要大杀一场，给后代留下英名。"

赫克托尔这样说，一面抽出锋利的长剑，
那剑又大又重，佩带在他的腰边，
他挥剑猛扑过去，有如高飞的苍鹰，
那苍鹰穿过乌黑的云气扑向平原，
一心想捉住柔顺的羊羔或胆怯的野兔，
赫克托尔也这样挥舞利剑冲杀过去。
阿基琉斯也冲杀上来，内心充满力量，
把那面装饰精美的盾牌举在胸前，
头上晃动着闪亮的四行饰槽的头盔，
美丽的金丝在盔顶不断摇曳，
赫菲斯托斯把它们密密地紧镶盔脊。
夜晚的昏暗中金星太白闪烁于群星间，
无数星辰繁灿于天空，数它最明亮，
阿基琉斯的长枪枪尖也这样闪光辉。
他右手举枪为神样的赫克托尔构思祸殃，
看那美丽的身体哪里戳杀最容易。

赫克托尔全身有他杀死帕特罗克洛斯
夺得的那副精美的铠甲严密护卫，
只有连接肩膀和颈脖的锁骨旁边
露出咽喉，灵魂最容易从那里飞走。
神样的阿基琉斯一枪戳中向他猛扑的
赫克托尔的喉部，枪尖笔直穿过柔软的颈脖。
沉重的梣木铜枪尚未能戳断气管，
赫克托尔还能言语，和阿基琉斯答话。
阿基琉斯见赫克托尔倒下这样夸说：
"赫克托尔，你杀死帕特罗克洛斯无忧虑，
见我长时间罢战无惊无恐心安然，

愚蠢啊，那里还有一个比帕特罗克洛斯
强很多的人在，我还留在空心船前，
现在我杀了你，恶狗飞禽将把你践踏，
阿开奥斯人却将为帕特罗克洛斯行葬礼。"

头盔闪亮的赫克托尔声音虚弱地回答说：
"我求你，以你的心灵、双膝和双亲的名义，
不要把我丢给阿开奥斯船边的狗群，
你会得到许多黄金、铜块作赎金，
我的父王和母后会给你送来厚礼，
让我的身体运回去吧，好让特洛亚人
和他们的妻子给我的遗体火葬行祭礼。"

捷足的阿基琉斯怒目而视回答说：
"你这条狗，不要提膝盖和我的父母，
凭你的作为在我的心中激起的怒火，
恨不得把你活活剁碎一块块吞下肚。
绝不会有人从你的脑袋旁把狗赶走，
即使特洛亚人为你把十倍二十倍的
赎礼送来，甚至许诺还可以增添。
即使普里阿摩斯吩咐用你的身体
秤量赎身的黄金，你的生身母亲
也不可能把你放上停尸床哭泣，
狗群和飞禽会把你全部吞噬干净。"

头盔闪亮的赫克托尔临死这样回答说：
"我这下看清了你的本性，我曾预感
不可能说服你，因为你有一颗铁样的心。
不过不管你如何勇敢，也请你当心，
我不要成为神明迁怒于你的根源，
当帕里斯和阿波罗把你杀死在斯开埃城门前。"

他这样说，死亡降临把他罩住，
灵魂离开肢体前往哈得斯的居所，
留下青春和壮勇，哭泣命运的悲苦。
捷足的阿基琉斯对死去的赫克托尔这样说：
"你就死吧，我的死亡我会接受，
无论宙斯和众神何时让它实现。"

选自《伊利亚特》，（古希腊）荷马著，罗念生、王焕生译，人民文学出版社 1994 年版

【导读】

  《伊利亚特》和《奥德赛》两部史诗各有 24 卷，内容都与特洛亚战争有关。传说中，战争的起因与希腊美女海伦有关。《伊利亚特》中的大英雄阿基琉斯的父母结婚时忘记请"不和"女神厄里斯。厄里斯怀恨在心，在婚礼现场扔下了一只写着"送给最美丽的女神"的金苹果。天后赫拉、智慧女神雅典娜和爱神阿佛洛狄忒都想得到这只苹果，后来特洛亚的王子帕里斯把金苹果判给了能让他娶到天下最美丽的女子为妻的阿佛洛狄忒。在爱神的帮助下，帕里斯拐走了最美丽的女子——斯巴达国王的妻子海伦。希腊人为了抢回海伦，在迈锡尼国王阿伽门农的带领下，组成了希腊联军，攻打特洛亚，战争持续了十年，最后奥德修斯设木马计，希腊人终于赢得了这场战争。

  《伊利亚特》主要写战争，重点描写特洛亚战争第十年中五十一天内发生的故事。史诗开头就点出"阿基琉斯的愤怒是我的主题"。战争虽然进行了九年多，但双方依然相持不下。希腊联军统帅阿伽门农和将领阿基琉斯因为一个女俘起了纷争，阿基琉斯愤而退出战场。他的退出导致希腊方面连连失败，情况危急。阿基琉斯的好友帕特罗克洛斯穿上阿基琉斯的盔甲冲上战场，挽救了希腊军队，但被特洛亚统帅赫克托尔杀死。阿基琉斯再次愤怒，重返战场为好友报仇，最终杀死了赫克托尔。赫克托尔的父亲、特洛亚老王普里阿摩斯找到阿基琉斯，希望他归还儿子的尸体。阿基琉斯被打动了，将尸体交还老王。《伊利亚特》就在赫克托尔的盛大葬礼中结束。

  《奥德赛》主要写希腊英雄奥德修斯因得罪海神波塞冬，返乡途中在海上漂泊十年，最终与家人团聚的故事。奥德修斯在海上漂流，家乡人都以为他死了，很多贵族男子贪图其财产，纠缠他的妻子珀涅罗帕。但珀涅罗帕百般拖延，一心一意等着奥德修斯的归来。最后聪明的奥德修斯设法杀死了所有的求婚者，

全家团圆。

史诗规模宏大，广泛而生动地描绘了古希腊人的生活状况和精神风貌。

《荷马史诗》是一曲"英雄"的赞歌，塑造了一系列性格鲜明的英雄形象。他们大都臂力过人、骁勇善战，具有忘我的战斗精神，希望在战场上建立功勋，而且酷爱荣誉。阿基琉斯是希腊第一英雄，他的母亲预言他面临两种命运，要么默默无闻而长寿，要么轰轰烈烈却早死，为了荣誉，他选择了后者。他也重视友情，为了给帕特罗克洛斯报仇，竟然不顾一切地杀死赫克托尔，尽管母亲告诉过他，杀死赫克托尔之后，就会迎来他自己的死亡。他固执任性，为了一己的私利竟然退出战争，体现出希腊英雄身上的个人意识。在战场上，阿基琉斯是残忍的，杀死赫克托尔之后，还拖着尸体绕城三圈。但当老王前来索要儿子尸体时，他又表现出善良温厚的一面。相较于阿基琉斯，特洛亚方的英雄赫克托尔更具有集体主义精神，他始终把保卫特洛亚当作自己分内的事。

《荷马史诗》体现了希腊人肯定人自身、热爱生活的人本精神。史诗通过英雄形象的描绘，表现了古希腊个体本位的文化价值观念。英雄们充分展示自身的勇敢、技艺与智慧，为获取个人的荣誉、爱情、财产和权力而展开行动，显示了希腊文化乃至整个西方文化的一个重要特征：重视个体本位意识，肯定和赞美个人追求人生幸福和现世价值的人本思想。

在战争中，诸神也各助一方，虽然神起着很大作用，但每次作战，英雄们都依靠自己的力量取得胜利。希腊人相信命运，但从不屈从于命运。在希腊人与神秘命运积极抗争的背后，我们也感受到史诗中体现出的一种深刻的悲剧意识。人类，包括英雄在内，经常受到命运的捉弄，比如阿基琉斯的死亡。阿基琉斯的母亲为了让儿子变得刀枪不入，在他出生不久，就把他放在冥河水里浸泡，因此，阿基琉斯的全身除了脚后跟之外都不会受伤。可最终在战争中，阿基琉斯就是被帕里斯射中了脚后跟而死的。即便英雄也躲不过命运的安排。

《荷马史诗》是西方叙事诗的典范，在艺术上取得了很高的成就。在题材处理和结构安排方面，史诗采用倒叙的方式，集中写了几十天的故事，在其中穿插进数年间发生的很多事件。这使得内容详略得当，情节结构紧凑。史诗的语言也极具特色，带有口头文学的特征。史诗中有大量生动奇特的比喻，这些比喻大都来自人们熟悉的自然现象。史诗还使用固定的修饰语来形容人物，这不仅能突出人物形象的某一特征，而且有助于增强史诗的凝重感。作为古希腊文学的最高成就，《荷马史诗》对后代欧洲文学产生了深远的影响，后世的许多作家，比如维吉尔、但丁、歌德等，都从中汲取了丰富的养料。

本篇节选的是《伊利亚特》的第二十二卷，主要写的是希腊方和特洛亚方的两大英雄阿基琉斯和赫克托尔的决战。在雅典娜的帮助下，阿基琉斯最终把赫克托尔杀死了。两大英雄的性格在对决中展露无遗，同时赫克托尔的惨死展示出了战争的残酷性。《荷马史诗》作为口头文学的特征也在这一卷中体现得非常明显。

【选评】

在荷马的作品里，每一个英雄都是许多性格特征的充满生气的总和。阿基琉斯是最年轻的英雄，但是他一方面有年轻人的力量，另一方面也有人的其他一些品质。荷马借种种不同的情境把他的这种多方面的性格都揭示出来了。（黑格尔：《美学》）

阿基琉斯正是古希腊英雄符码的形象论释，但这一形象更动人之处在于对这种英雄符码的解构，在于那种从英雄面具下隐然露出的同情心。这种同情心的实质是人本主义精神，它以另一条轨迹鲜明地贯串于整个西方文化传统。阿基琉斯的形象奇妙地将战争与人性这两种悖离的因素融合为一，从而引起人们的震撼。这就是这一千古不朽的文学形象的内在奥秘。（麦永雄：《英雄符码及其解构：荷马史诗三位主要英雄形象论析》，《外国文学研究》1997年第3期）

【思考与讨论】

1. 阿基琉斯是古典英雄的典型形象，在他身上体现了部落英雄的特点，同时也显示出在氏族英雄身上开始萌芽的个人意识。这个人物被黑格尔誉为西方文学史上出现的"第一个人"，你是怎么理解这一人物形象的？

2.《荷马史诗》代表了古希腊早期文学的最高成就，两千多年以来一直被看作是欧洲叙事诗的典范。请谈谈《荷马史诗》的艺术成就主要表现在哪些方面？

3.《荷马史诗》中的海伦虽然引起了那场战争，但战争结束后，希腊人并没有谴责她，还认为为了她打上十年仗也是值得的。在中国古代，总有"红颜祸水"一说，像夏代的妹喜、商代的妲己、周代的褒姒、唐代的杨贵妃，她们总被看成祸国殃民的根子。希腊人对待海伦的态度与中国文化中对待女性的态度似乎很不一样，你怎么看待这一现象？

【拓展与延伸】

1.《荷马史诗》中有很多典故早已成为家喻户晓的常用语，比如"特洛亚的海伦"、"木马计"、"不和的金苹果"、"阿基琉斯的脚踵"等。请查找资料，解释这些典故，并在课堂上向大家讲述。

2. 2004年，由德国导演沃尔夫冈·彼德森执导拍摄的史诗大片《特洛伊》，对《荷马史诗》中的《伊利亚特》部分作了大幅度修改，去除了所有神话的色彩，将一场人神之间的混战，变成一部完全以人为主体的，关于战争、爱情、英雄与传奇的悲壮史诗。请观看这场电影，对比原著，写一篇1500字左右的影评。

【推荐阅读】

1.《伊利亚特》，（古希腊）荷马著，罗念生、王焕生译，人民文学出版社1994年版。

2.《奥德赛》，（古希腊）荷马著，王焕生译，人民文学出版社1994年版。

3.《神圣的荷马：荷马史诗研究》，陈中梅著，北京大学出版社2008年版。

索福克勒斯

【简介】索福克勒斯（约公元前496—前406），是古希腊三大悲剧家之一，被人称为"戏剧艺术的荷马"。他出生于雅典西北郊的科罗诺斯一个兵器作坊主家庭，受过良好的教育，特别擅长音乐、体育、诗歌。在政治上，索福克勒斯是个温和的民主派，拥护民主制，积极参加政治活动。他28岁左右就在戏剧比赛中初次战胜"悲剧之父"埃斯库罗斯，是当时获奖最多的悲剧诗人。据说他共写了120多部悲剧，但流传下来的只有7部完整的剧本。它们是《安提戈涅》《埃阿斯》《埃勒克特拉》《俄狄浦斯王》《特拉基斯少女》《菲罗克忒忒斯》《俄狄浦斯在科罗诺斯》，其中以《安提戈涅》和《俄狄浦斯王》最为出色。

索福克勒斯生活于雅典民主制的鼎盛时期——"黄金时代"，所以他的创作是雅典民主制繁盛时期社会生活和思想观念的

索福克勒斯

反映。他反对专政，提倡民主思想，相信人的力量，肯定人的自由意志，赞扬人对命运的反抗精神。索福克勒斯去世时，正值雅典与斯巴达之间发生内战，道路被阻隔，遗体无法归葬故乡，出于对诗人的尊敬，斯巴达将军吕珊德洛斯

下令停战，让送葬队伍得以安全通过战区。

索福克勒斯对古希腊悲剧做出了巨大贡献：他将演员从两个增加到三个，加强了戏剧动作和戏剧对话的作用，使对话成为刻画人物性格的重要手段；不再依靠神力，而是借助人物的性格去推动情节发展，人物性格也非常鲜明；他使歌队参与到戏剧进程中，不再是单纯的旁观者而成为戏剧有机整体中的一部分；放弃了悲剧三部曲的形式，而采用独立的剧情，使结构更加紧凑完整。总之，索福克勒斯使希腊悲剧艺术臻于完善，标志着希腊悲剧进入了成熟阶段。

俄狄浦斯王（节选）

一、开场

祭司携一群乞援人自观众右方上①，俄狄浦斯偕众侍从自宫中上。

俄狄浦斯 孩儿们，老卡德摩斯②的现代儿孙，城里正弥漫着香烟，到处是求生的歌声和苦痛的呻吟，你们为什么坐在我面前，捧着这些缠羊毛的树枝③？孩子们，我不该听旁人传报，我，人人知道的俄狄浦斯，亲自出来了。

（向祭司）老人家，你说吧，你年高德劭，正应当替他们说话。你们有什么心事，为什么坐在这里？你们有什么忧虑，有什么心愿？我愿意尽力帮助你们，我要是不怜悯你们这样的乞援人，未免太狠心了。

祭司 啊，俄狄浦斯，我邦的君主，请看这些坐在你祭坛前的人都是怎样的年纪：有的还不会高飞；有的是祭司，像身为宙斯④祭司的我，已经老态龙钟；还有的是青壮年。其余的人也捧着缠羊毛的树枝坐在市场⑤里，帕拉斯的双庙⑥前，伊斯墨诺斯庙上神托所的火灰旁边。⑦因为这城邦，像你亲眼看见的，正在血红的波浪里颠簸着，抬不起头来：田间的麦穗枯萎了，牧场上的牛瘟死了，妇人流产了；最可恨的带火的瘟神降临到这城邦，使卡德摩斯的家园变为一片荒凉，幽暗的冥土里倒充满了悲叹和哭声。

我和这些孩子并不是把你看作天神，才坐在这祭坛前求你，我们是把你当作天灾和人生祸患的救星；你曾经来到卡德摩斯的城邦，豁免了我们献给那残忍歌女的捐税；⑧这件事你事先并没有听我们解释过，也没有向人请教过；人人都说，并且相信，你靠天神的帮助救了我们。

现在，俄狄浦斯，全能的主上，我们全体乞援人求你，或是靠天神的指点，或是靠凡人的力量，为我们找出一条生路。在我看来，凡是富有经验的人，他们的主见一定是很有用处的。

啊，最高贵的人，快拯救我们的城邦！保住你的名声！为了你先前的一片好心，这地方把你叫作救星；将来我们想起你的统治，别让我们留下这样的记忆：你先前把我们救了，后来又让我们跌倒。快拯救这城邦，使它稳定下来！

你曾经凭你的好运为我们造福，如今也照样做吧。假如你还想像现在这样治理这国土，那么治理人民总比治理荒郊好；一个城堡或是一只船，要是空着没有人和你同住，就毫无用处。

俄狄浦斯 可怜的孩儿们，我不是不知道你们的来意；我了解你们大家的疾苦；可是你们虽然痛苦，我的痛苦却远远超过你们大家。你们每人只为自己悲哀，不为旁人；我的悲痛却同时是为城邦，为

（法国）莫罗《俄狄浦斯和斯芬克斯》

自己，也为你们。

我睡不着，并不是被你们吵醒的，须知道我是流过多少眼泪，想了又想。我细细思量，终于想到了一个唯一的挽救办法，这办法我已经实行。我已经派克瑞翁，墨诺叩斯的儿子，我的内兄，到福玻斯的皮托庙上去求问⑨：要用怎样的言行才能拯救这城邦。我计算日程，很是焦心，因为他耽搁得太久，早超过适当的日期了，也不知他在做什么。等他回来，我若是不完全按照天神的启示行事，我就算失德。

祭司　　你说得真巧，他们的手势告诉我，克瑞翁回来了。⑩

俄狄浦斯　阿波罗王啊，但愿他的神采表示有了得救的好消息。

祭司　　我猜想他一定有了好消息；要不然，他不会戴着一顶上面满是果实的桂冠。

俄狄浦斯　我们立刻可以知道；他听得见我们说话了。

克瑞翁自观众左方上。

亲王，墨诺叩斯的儿子，我的亲戚，你从神那里给我们带回了什么消息？

克瑞翁　　好消息！告诉你吧：一切难堪的事，只要向着正确方向进行，会成为好事。

俄狄浦斯　神示怎么样？你的话既没有叫我放心，也没有使我惊慌。

克瑞翁　　你愿意趁他们在旁边的时候听，我现在就说；不然就到宫里去。

俄狄浦斯　说给大家听吧！我是为大家担忧，不单为我自己。

克瑞翁　　那么我就把我听到的神示讲出来：福玻斯王分明是叫我们把藏在这里的污染清除出去，别让它留下来，害得我们无从得救。

俄狄浦斯　怎样清除？那是什么污染？

克瑞翁　　你得下驱逐令，或者杀一个人抵偿先前的流血；就是那次的流血，使城邦遭了这番风险。

俄狄浦斯　阿波罗指的是谁的事？

克瑞翁　　主上啊，在你治理这城邦以前，拉伊俄斯原是这里的王。

俄狄浦斯	我全知道,听人说起过;我没有亲眼见过他。
克瑞翁	他被人杀害了,神分明是叫我们严惩那伙凶手,不论他们是谁。
俄狄浦斯	可是他们在哪里?这旧罪的难寻的线索哪里去寻找?
克瑞翁	神说就在这地方;去寻找就擒得住,不留心就会跑掉。
俄狄浦斯	拉伊俄斯是死在宫中,乡下,还是外邦?
克瑞翁	他说出国去求神示,去了就没有回家。
俄狄浦斯	有没有报信人?有没有同伴见过这件事?如果有,我们可以问问他,利用他的话。
克瑞翁	都死了,只有一个吓坏的人逃回来,也只能肯定亲眼看见的一件事。
俄狄浦斯	什么事呢?只要有一线希望,我们总可以从一件事里找出许多线索来。
克瑞翁	他说他们是碰上强盗被杀害的,那是一伙强盗,不是一个人。
俄狄浦斯	要不是有人从这里出钱收买,强盗哪有这样大胆?
克瑞翁	我也这样猜想过;但自从拉伊俄斯遇害之后,还没有人在灾难中起来报仇。
俄狄浦斯	国王遇害之后,什么灾难阻止你们追究?
克瑞翁	那说谜语的妖怪使我们放下了那没头的案子,先考虑眼前的事。
俄狄浦斯	我要重新把这案子弄明白。福玻斯和你都尽了本分,关心过死者;你会看见,我也要正当地和你们一起来为城邦,为天神报复这冤仇。这不仅是为一个并不疏远的朋友,也是为我自己清除污染;因为,不论杀他的凶手是谁,也会用同样的毒手来对付我的。所以我帮助朋友,对自己也有利。 孩儿们,快从台阶上起来,把这些求援的树枝拿走;叫人把卡德摩斯的人民召集到这里来,我要彻底追究;凭了天神帮助,我们一定成功——但也许会失败。

俄狄浦斯偕众侍从进宫,克瑞翁自观众右方下。

祭司 孩儿们，起来吧！我们是为这件事来的，国王已经答应了我们的请求。福玻斯发出神示，愿他来做我们的救星，为我们消除这场瘟疫。

众乞援人举起树枝随着祭司自观众右方下。

选自《罗念生全集·第二卷》，（古希腊）索福克勒斯著，罗念生译，上海人民出版社 2004 年版

【注释】

①古雅典剧场里，人物的上下场有一定的规矩：从市场里（亦即城里）或海上来的人物应自观众右方上，从乡下来的人物应自观众左方上；到市场里或海上去的人物应自观众右方下，到乡下去的人物应自观众左方下。②卡德摩斯（Kadmos）是腓尼基国王阿革诺耳（Agenor）的儿子。宙斯化成一头牛，把他的姐妹欧罗巴（Europa）拐走以后，他父亲便叫他去寻找，找不到不许回家。卡德摩斯遍寻不遇，便去向阿波罗求问。阿波罗告诉他去尾随一头母牛，在牛累死的地方建一座城。他因此建立了卡德墨亚（Kadmeia），即后来的忒拜城的卫城。据说希腊字母就是由他从腓尼基或埃及介绍来的。③在习惯上，乞援人都举着这种橄榄枝，请求如果不成功，把橄榄枝留在祭坛上；如果成功，便把树枝带走。④宙斯是克罗诺斯（Kronos）和瑞亚（Lhea）的儿子，为众神之首。⑤斯特洛菲亚（Strophia）河把忒拜城分作东西两部：西部是卫城，东部是外城。忒拜有两个市场，其中一个是卫城北部的卡德墨亚市场，另一个是外城里的市场。这里市场是复数，就是指这两处市场。⑥帕拉斯（Pallas）是雅典娜（Athena）的别名，雅典娜是宙斯的女儿。双庙之一是俄格卡（Ogka）庙，在西门俄格卡附近；另一个是卡德墨亚庙，又叫伊斯墨诺斯（Ismenos）庙。⑦此处的伊斯墨诺斯不是指河流，而是指河旁的阿波罗庙。人们在那庙上焚献牺牲，从燔祭里看出神的意思。所谓"火灰"即是指那庙上的祭坛。阿波罗是宙斯和勒托（Leto）的儿子。⑧"歌女"指狮身人面的妖兽。这种妖兽在埃及人的想象中没有翅膀；在希腊，它是经悲剧家描写有翼的妖兽以后才加上翅膀的。这兽在埃及为男性，在希腊为女性。他曾经吃掉许多忒拜人，这就等于向他们征收贡命税。⑨墨诺叩斯（Menokeus）是彭透斯（Pentheus）的孙儿。福玻斯（Phoibos）是阿波罗的别名。皮托（Pytho）是得尔福的旧名，得尔福在福喀斯境内。⑩那些靠近观众左方的进出口坐着的乞援人向祭司打了个手势，表示克瑞翁回来了。俄狄浦斯只知道拉伊俄斯死了，并不知道那人的故事，这是剧情唯一的弱点。他做国

王的时候，前一位国王拉伊俄斯才死不久，况且俄狄浦斯又做了这许多年国王，怎么会不知道拉伊俄斯被杀的故事呢？"强盗"是单数，但不是有意变换的，因为俄狄浦斯并没有想到是一个凶手把拉伊俄斯杀死的。指他妻子的前夫拉伊俄斯。这"手"字使观众联想到俄狄浦斯后来用自己的手弄瞎了眼睛。

【导读】

《俄狄浦斯王》是索福克勒斯最著名的作品，亚里士多德称其为"十全十美的悲剧"，是"杀父娶母"主题的典型代表，根据希腊神话传说中一段令人胆战心惊的故事写成。俄狄浦斯的父亲忒拜王拉伊俄斯曾诱拐了佩洛珀斯的孩子克莱西普斯，作为惩罚，阿波罗禁止拉伊俄斯有任何子嗣，若违此神谕，其子必将杀父娶母。俄狄浦斯的悲剧命运就是在竭力逃避这个神谕的行动中而逐渐应验了这个神谕。他在婴儿时因生父拉伊俄斯得知他将杀父娶母而被抛弃，后被邻国国王玻吕玻斯收养。长大后由神谕得知自己将杀父娶母，所以离开"父母"前往忒拜城。在三岔路口与一老者及几个随从发生争执，除了一个随从逃跑，老者和其他随从都被俄狄浦斯杀死，而这个老者正是他的生父。后来俄狄浦斯因铲除了以谜语围困祸害忒拜人的狮身人面女妖斯芬克司，而被推举为忒拜的新国王，并娶了前王的王后，生下了两男两女，至此他应验了杀父娶母的神谕。后忒拜城发生瘟疫，为了解除瘟疫，在追查杀害忒拜王拉伊俄斯凶手的过程中，事实真相被层层揭开，原来俄狄浦斯本人就是真正的凶手。最终生母自尽而死，俄狄浦斯也刺瞎双眼，自我流放异乡。

《俄狄浦斯王》是一部典型的命运悲剧。构成戏剧冲突的是两种强大的力量：一是强大得足以摧毁一切的命运的力量。命运的性质是邪恶的，命运的力量是强大不可抗拒的，命运的根源是神秘不可解释的。这部剧中的命运体现为太阳神的"神谕"，它总是在人物行动之前就设下陷阱，使人逐渐步入罪恶的渊薮；二是俄狄浦斯那坚强不屈的意志和崇高的人格力量。俄狄浦斯是个为民除害、受人爱戴的英雄。他在主观意图上毫无犯罪动机，甚至连一丝邪念都没有。作者通过他极力逃避犯罪、认真追查凶手和严厉地自我惩处这三个环节，充分表现了俄狄浦斯的诚实、善良、正直、坚强的品质和敢于面对现实、勇于承担责任、忠实恪守信用的刚毅精神。他是在竭力逃避犯罪、努力摆脱厄运的过程中，不知不觉犯了罪，最终被命运俘获。正因为这部剧将"人的命运"具体化、形象化，突出表现了人的"命运"问题，人们常常称它为"命运悲剧"。

剧作家通过俄狄浦斯对命运的积极反抗和悲剧结局，质疑神的正义性，控诉命运的不公和残酷，同时，肯定了个人的自主精神与生命尊严。正如别林斯基所说:"高贵自由的希腊人没有屈服,没有跌倒在可怕的命运面前,却通过对命运进行英勇骄傲的斗争而找到了出路,用这种斗争的悲剧的壮伟照亮了生活阴暗的一面。命运可以剥夺他的幸福和生命,却不能贬低他的精神,可以把他打倒,却不能把他征服。"

《俄狄浦斯王》具有很高的艺术成就。首先,结构严整,其情节结构的严密以及所表现出的艺术技巧可以和《伊利亚特》相媲美;其次,布局巧妙,索福克勒斯使用倒叙手法,从"杀父娶母"过去十六年之后,忒拜城再次被瘟疫笼罩的时刻开始,围绕着调查杀死老王的凶手展开故事;第三,在情节推动方面,《俄狄浦斯王》的情节非常错综复杂,但剧作家以高度的概括能力让故事集中发生在忒拜王宫前,在很短时间内将矛盾层层揭示出来并加以解决,情节紧凑,环环相扣,悬念迭出,扣人心弦,最后达到悲剧高潮,使观众在恐惧中产生深切的怜悯和同情。

本节所选的是戏剧的开头部分,俄狄浦斯犯下"杀父娶母"的罪行已经过去十六年,忒拜被瘟疫笼罩,人民向曾经解救过他们的俄狄浦斯王求救,希望他能再次救民于水火。俄狄浦斯从阿波罗那边得到神谕是:必须捉住杀死老王的真凶才能消除瘟疫。以追凶开始,情势紧张,线索集中,一切有待俄狄浦斯王去挖掘真相,俄狄浦斯王此时表现出一个国王对人民的热爱,文中反映了他为了解救人民而迫不及待追查凶手的坚定而急切的心理。

【选评】

人类恰似遭受毁灭的俄狄浦斯,灾难与悲剧处境注定要与之相伴。那么,最重要的不是有没有灾难,不是灾难会造成什么样的后果,而是如何面对灾难。对待灾难的态度就是人类的生存态度,就是人类对生存方式的选择。面对灾难与厄运,俄狄浦斯自始至终力排众议,坚持追查真相。他毅然决然地做出自己的选择,决不放弃对生命和对人生悲剧的理性思索。他没有被恐惧和沮丧所压倒而随波逐流,任凭命运的捉弄和摆布,而是依靠自己的顽强意志、在与命运的抗争中提高了自己的力量,以其毁灭的形式,把悲剧"悲哀"的效果化成"悲壮"。(傅守祥:《〈俄狄浦斯王〉:命运主题与悲剧精神的现代性》,《世界文学评论》2006年第1期)

【思考与讨论】

1.《俄狄浦斯王》是索福克勒斯的代表作,其主题是描写个人的坚强意志和英雄行为同命运的冲突。请你结合作品,谈谈为什么《俄狄浦斯王》被看作是一出典范的命运悲剧。

2.《俄狄浦斯王》体现索福克勒斯对"命运"的理解,你是否认同他的这种"命运"观?

3. 亚理士多德曾在《诗学》中称赞《俄狄浦斯王》的布局。他说:"'突转'指行动按照我们所说的原则转向相反的方向,并且如我们所说的那样,是按照方才说的方式,即按照可然律或必然律进行的,例如在《俄狄浦斯王》剧中,报信人前来对俄狄浦斯道破他的身世,安慰他,去掉他害怕娶母为妻的恐惧心情,不料却造成相反的情况;……'发现',如字义所示,指从不知到知的转变,并使那些显然处于顺境或逆境的人物发现他们和对方有亲属关系或是仇敌关系。最好的'发现'是和'突转'同时出现的'发现',例如《俄狄浦斯王》中的'发现'。"仔细研读《俄狄浦斯王》剧本,找到剧中"发现"和"突转"的关节点,谈谈这种处理方式对阅读欣赏产生的效果。

【拓展与延伸】

1. 北京大学严家炎教授在其《金庸小说论稿》中,在论及《天龙八部》中的萧峰时,把萧峰和俄狄浦斯王的悲剧进行类比,认为金庸借鉴了俄狄浦斯王的命运悲剧的模式去写萧峰……你是否同意这种观点?请就此写一篇1500字左右的文章。

2. 精神分析学派的创始人弗洛伊德提出了男性的恋母情结,并且称之为"俄狄浦斯情结",即男性的杀父娶母的心理。这种学说对后世文学艺术影响颇大,请搜集有关资料,选择1部至2部典型的文艺或影视作品,写一篇影评,分析其中的俄狄浦斯情结。

3.《俄狄浦斯王》是世界戏剧画廊中的瑰宝,它揭示了人与命运之间深刻的冲突。请对这部戏进行适当改编,并排练演出。

【推荐阅读】

1.《古希腊悲剧喜剧全集》,(古希腊)埃斯库罗斯等著,张竹明、王焕生译,译林出版社2007年版。

2.《罗念生全集》,罗念生著,上海人民出版社2004年版。

3.《经典与解释:索福克勒斯与雅典启蒙》,刘小枫、陈少明主编,华夏出版社2007年版。

第二单元

文艺复兴——十八世纪欧美文学

【概述】 公元14世纪到17世纪初，西欧在经历了漫长的中世纪之后，掀起了文艺复兴运动。当新兴的资产阶级思想家打着恢复古希腊、古罗马文化的旗号的同时，他们就已经在创造属于自己的文化了。文艺复兴时期西方社会取得的成就并不仅仅是在文艺领域，社会、经济、政治、科学等各个领域都发生了伟大的变化。

文艺复兴的核心概念是人文主义。人文主义的基本思想包括以下三个方面：提倡以"人"为中心，反对以"神"为中心，用人性反对神性；以个性解放反对禁欲主义；以理性和科学反对蒙昧主义和宗教神学。

这一时期，文坛上出现了一个新的繁荣时期。在这个需要巨人并且产生了大量巨人的约三百年时间里，文学在意大利、法国、西班牙、英国等国家都取得了比较大的成就。

意大利文艺复兴的大幕是由但丁、彼特拉克、薄伽丘这"文学三杰"拉开的。作为中世纪的最后一位诗人，同时又是新时代的最初一位诗人的但丁，他的《神曲》是早期体现人文主义精神的杰作。但丁之后彼特拉克的《歌集》以抒情见长，表达了作者内心真实的情感和对现世幸福的追求。而薄伽丘的《十日谈》则以短小精悍的故事形式，揭露和批判了教会的虚伪、腐败以及违反人性的禁欲主义，赞扬了平民的机智，讴歌了青年男女对爱情自由的向往和追求。

拉伯雷是法国文艺复兴时期最重要的文学家和人文主义者，长篇小说《巨人传》热情歌颂了乐天、达观、积极进取的"庞大固埃主义"，抒发了人文主义的理想，对法国的黑暗现实进行了大胆揭露。西班牙小说家塞万提斯的《堂吉诃德》是另一部重要的人文主义作品。主人公是个一心想要恢复骑士道思想的游侠，总想除暴安良、伸张正义，路见不平拔刀相助，但总是事与愿违，干了许多荒唐可笑的事。《堂吉诃德》是欧洲最早出现的现实主义长篇小说之一，对当时社会的政治、道德、法律乃至婚姻制度等都进行了反映和抨击，其中也流露出作者对劳动人民的同情。小说中两个主要人物——堂吉诃德和桑丘已经成为世界闻名的文学形象。《堂吉诃德》影响深远，后世不少作家都从这部作品中得到启发。

莎士比亚的创作代表了英国文艺复兴文学的最高成就，也代表了这时期西方文学领域的最高峰。

17世纪中期到18世纪是欧洲早期资产阶级革命阶段。这一时期，资产阶级的力量逐渐壮大，而封建统治阶级力量则日趋衰落。但资本主义在欧洲各国的发展并不平衡。文学方面也是不平衡的，以英法两国的成就最大。这一时期的法国文学主要为古典主义文学。带有清教思想的资产阶级革命文学主要出现在英国，以约翰·弥尔顿为代表，三部杰作《失乐园》（1667）、《复乐园》（1671）和《力士参孙》（1671）都取材于《圣经》，却反映了英国资产阶级革命家的面貌。古典主义文学思潮是17世纪欧洲文学的主要潮流，以法国的成就最大。古典主义文学在政治思想上主张国家统一，反对封建割据，歌颂英明的国王，把文学和现实政治结合得非常紧密。同时宣扬理性，要求克制个人情欲。古典主义文学在艺术上要求模仿古代，重视格律。它从古希腊罗马文学中汲取艺术养分，很多题材就从其中选取，并有一套严格的艺术规范和标准。例如戏剧创作要遵守"三一律"，即情节、时间、地点必须保持"整一"。古典主义文学还主张语言准确、精练、华丽、典雅，表现出较多的宫廷趣味。代表性的作品有高乃依的悲剧《熙德》、拉辛的悲剧《安德罗马克》以及莫里哀的喜剧《吝啬鬼》和《伪君子》等戏剧作品。古典主义文学的影响深远，在后来大约二百年的历史中一直在欧洲文坛占据着主导地位，直到浪漫主义文学兴起后，它的影响才逐渐消失。

在18世纪，欧洲兴起了一场继文艺复兴时期人文主义思潮之后的又一次思想文化运动——启蒙运动。启蒙文学成为这一时期的主要文学潮流。现实主义小说的出现与繁荣是启蒙文学在英国的主要成就。代表作品有：笛福的《鲁滨逊漂流记》、斯威夫特的《格列佛游记》、理查生的《帕米拉》《克拉丽莎》和菲尔丁的《汤姆·琼斯》。哲理小说、书信体小说和正剧是法国启蒙文学的主要成就。重要的作品有：孟德斯鸠的《波斯人信札》、伏尔泰的《老实人》、卢梭的《新爱洛伊丝》和狄德罗的《拉摩的侄儿》。歌德是德国文学史上第一位赢得世界级荣誉的作家，也是这一时期西方文学界成就最大的作家，主要作品有《少年维特的烦恼》《浮士德》等。18世纪法、英、德的启蒙文学都取得了较大的成就，启蒙文学作为古典主义文学向浪漫主义文学过渡的一个中介，为欧洲19世纪文学的繁荣奠定了基础。

莎士比亚

【简介】威廉·莎士比亚（1564—1616）是欧洲文艺复兴时期英国最伟大的戏剧家，也是欧洲文学史上少数几个声望最高、影响最大的作家之一。他的创作代表了英国文艺复兴时期文学领域的最高峰。

1564年4月23日，莎士比亚出生于英国中部的斯特拉福镇，父亲是当地一位商人，幼年时家境比较宽裕。莎士比亚七岁时，被父亲送入当地的"文法学校"学习。十五六岁时他因家道中落而被迫辍学。二十二岁时莎士比亚离开家乡，到伦敦求生，先后在剧院做过马夫、杂役，后来进入剧团里做演员，当小丑、跑龙套。

莎士比亚画像

1588年前后莎士比亚开始尝试写作，由于当时的剧坛都为一些"大学才子"们把持，所以莎士比亚最初的写作并不被人认可，但是他并不气馁，没过多久就显露了自己的创作才能。

早期（1590—1600）的创作中喜剧和历史剧较多，更多地带有乐观的倾向，著名的作品有历史剧《亨利四世》、喜剧《威尼斯商人》和带有喜剧色彩的悲剧《罗密欧与朱丽叶》。中期（1601—1607）的创作以悲剧为主。著名的四大悲剧《哈姆莱特》《奥赛罗》《李尔王》和《麦克白》是这一时期的代表作，悲剧感增强，忧郁悲愤是这时期作品的主要基调。后期（1608—1613）的创作主要是传奇剧。主要作品有《辛白林》《冬天的故事》和《暴风雨》，作品充满传奇色彩。莎士比亚认为戏剧创作要像镜子一样反映现实生活，所以他的作品善于展示广阔的社会背景，融现实主义的描写和浪漫主义的气息于一体，深刻地反映了文艺复兴时代的社会风貌。另外，莎士比亚的戏剧情节丰富生动，人物个性鲜明，语言丰富且极具表现力。

莎士比亚一生创作颇丰，共有37部戏剧、2篇长诗、154首十四行诗。1597年莎士比亚回到家乡购置房产，于1612年前后回到家乡定居下来，在那里度过了人生的最后时光，1616年逝世。他的作品被翻译成各种文字，20世纪初被介绍到中国来。他的作品对世界各国的戏剧发展都产生了深远的影响。

哈姆莱特（节选）

第三幕

第一场 城堡中一室

国王、王后、波洛涅斯、奥菲利娅、罗森格兰兹及吉尔登斯吞上。

国王 你们不能用迂回婉转的方法，探出他为什么这样神魂颠倒，让紊乱而危险的疯狂困扰他的安静的生活吗？

罗森格兰兹 他承认他自己有些神经迷惘，可是绝口不肯说为了什么缘故。

吉尔登斯吞 他也不肯虚心接受我们的探问；当我们想要引导他吐露他自己的一些真相的时候，他总是用假作痴呆的神气故意回避。

王后 他对待你们还客气吗？

罗森格兰兹 很有礼貌。

吉尔登斯吞 可是不大自然。

罗森格兰兹 他很吝惜自己的话，可是我们问他话的时候，他回答起来却是毫无拘束。

王后 你们有没有劝诱他找些什么消遣？

罗森格兰兹 娘娘，我们来的时候，刚巧有一班戏子也要到这儿来，给我们赶过了；我们把这消息告诉了他，他听了好像很高兴。现在他们已经到了宫里，我想他已经吩咐他们今晚为他演出了。

波洛涅斯 一点不错；他还叫我来请两位陛下同去看看他们演得怎

样哩。

国王 那好极了；我非常高兴听见他在这方面感到兴趣。请你们两位还要更进一步鼓起他的兴味，把他的心思移转到这种娱乐上面。

罗森格兰兹 是，陛下。（罗森格兰兹、吉尔登斯吞同下）

国王 亲爱的乔特鲁德，你也暂时离开我们；因为我们已经暗中差人去唤哈姆莱特到这儿来，让他和奥菲利娅见见面，就像他们偶然相遇一般。她的父亲跟我两人将要权充一下密探，躲在可以看见他们，却不能被他们看见的地方，注意他们会面的情形，从他的行为上判断他的疯病究竟是不是因为恋爱上的苦闷。

王后 我愿意服从您的意旨。奥菲利娅，但愿你的美貌果然是哈姆莱特疯狂的原因；更愿你的美德能够帮助他恢复原状，使你们两人都能安享尊荣。

奥菲利娅 娘娘，但愿如此。（王后下）

波洛涅斯 奥菲利娅，你在这儿走走。陛下，我们就去躲起来吧。（向奥菲利娅）你拿这本书去读，他看见你这样用功，就不会疑心你为什么一个人在这儿了。人们往往用至诚的外表和虔敬的行动，掩饰一颗魔鬼般的内心，这样的例子是太多了。

1948年电影《哈姆莱特》剧照（哈姆莱特与奥菲利娅）

国王　　　（旁白）啊，这句话是太真实了！它在我的良心上抽了多么重的一鞭！涂脂抹粉的娼妇的脸，还不及掩藏在虚伪的言辞后面的我的行为更丑恶。难堪的重负啊！

波洛涅斯　我听见他来了；我们退下去吧，陛下。（国王及波洛涅斯下）

哈姆莱特上。

哈姆莱特　生存还是毁灭，这是一个值得考虑的问题；默然忍受命运的暴虐的毒箭，或是挺身反抗人世的无涯的苦难，通过斗争把它们扫清，这两种行为，哪一种更高贵？死了；睡着了；什么都完了；要是在这一种睡眠之中，我们心头的创痛，以及其他无数血肉之躯所不能避免的打击，都可以从此消失，那正是我们求之不得的结局。死了；睡着了；睡着了也许还会做梦；嗯，阻碍就在这儿：因为当我们摆脱了这一具朽腐的皮囊以后，在那死的睡眠里，究竟将要做些什么梦，那不能不使我们踌躇顾虑。人们甘心久困于患难之中，也就是为了这个缘故；谁愿意忍受人世的鞭挞和讥嘲、压迫者的凌辱、傲慢者的冷眼、被轻蔑的爱情的惨痛、法律的迁延、官吏的横暴和费尽辛勤所换来的小人的鄙视，要是他只要用一柄小小的刀子，就可以清算他自己的一生？谁愿意负着这样的重担，在烦劳的生命的压迫下呻吟流汗，倘不是因为惧怕不可知的死后，惧怕那从来不曾有一个旅人回来过的神秘之国，是它迷惑了我们的意志，使我们宁愿忍受目前的磨折，不敢向我们所不知道的痛苦飞去？这样，重重的顾虑使我们全变成了懦夫，决心的赤热的光彩，被审慎的思维盖上了一层灰色，伟大的事业在这一种考虑之下，也会逆流而退，失去了行动的意义。且慢！美丽的奥菲利娅！——女神，在你的祈祷之中，不要忘记替我忏悔我的罪孽。

奥菲利娅　我的好殿下，您这许多天来贵体安好吗？

哈姆莱特　谢谢你，很好，很好，很好。

奥菲利娅　殿下，我有几件您送给我的纪念品，我早就想把它们还

	给您；请您现在收回去吧。
哈姆莱特	不，我不要；我从来没有给你什么东西。
奥菲利娅	殿下，我记得很清楚您把它们送给了我，那时候您还向我说了许多甜言蜜语，使这些东西格外显得贵重；现在它们的芳香已经消散，请您拿回去吧，因为在有骨气的人看来，送礼的人要是变了心，礼物虽贵，也会失去了价值。拿去吧，殿下。
哈姆莱特	哈哈！你贞洁吗？
奥菲利娅	殿下！
哈姆莱特	你美丽吗？
奥菲利娅	殿下是什么意思？
哈姆莱特	要是你既贞洁又美丽，那么你的贞洁应该断绝跟你的美丽来往。
奥菲利娅	殿下，难道美丽除了贞洁以外，还有什么更好的伴侣吗？
哈姆莱特	嗯，真的；因为美丽可以使贞洁变成淫荡，贞洁却未必能使美丽受它自己的感化；这句话从前像是怪诞之谈，可是现在时间已经把它证实了。我的确曾经爱过你。
奥菲利娅	真的，殿下，您曾经使我相信您爱我。
哈姆莱特	你当初就不应该相信我，因为美德不能熏陶我们罪恶的本性；我没有爱过你。
奥菲利娅	那么我真是受了骗了。
哈姆莱特	进尼姑庵去吧；为什么你要生一群罪人出来呢？我自己还不算是一个顶坏的人；可是我可以指出我的许多过失，一个人有了那些过失，他的母亲还是不要生下他来的好。我很骄傲，有仇必报，富于野心，我的罪恶是那么多，连我的思想也容纳不下，我的想象也不能给它们形象，甚至于我都没有充分的时间可以把它们实行出来。像我这样的家伙，匍匐于天地之间，有什么用处呢？我们都是些十足的坏人；一个也不要相信我们。进尼姑庵去吧。你的父亲呢？
奥菲利娅	在家里，殿下。
哈姆莱特	把他关起来，让他只好在家里发发傻劲。再会！

奥菲利娅　　　哎哟，天哪！救救他！

哈姆莱特　　　要是你一定要嫁人，我就把这一个咒诅送给你做嫁奁：尽管你像冰一样坚贞，像雪一样纯洁，你还是逃不过谗人的诽谤。进尼姑庵去吧，去；再会！或者要是你必须嫁人的话，就嫁给一个傻瓜吧；因为聪明人都明白你们会叫他们变成怎样的怪物。进尼姑庵去吧，去；越快越好。再会！

奥菲利娅　　　天上的神明啊，让他清醒过来吧！

哈姆莱特　　　我也知道你们会怎样涂脂抹粉；上帝给了你们一张脸，你们又替自己另外造了一张。你们烟视媚行，淫声浪气，替上帝造下的生物乱取名字，卖弄你们不懂事的风骚。算了吧，我再也不敢领教了；它已经使我发了狂。我说，我们以后再不要结什么婚了；已经结过婚的，除了一个人以外，都可以让他们活下去；没有结婚的不准再结婚，进尼姑庵去吧，去。（下）

奥菲利娅　　　啊，一颗多么高贵的心是这样殒落了！朝臣的眼睛、学者的辩舌、军人的利剑、国家所瞩望的一朵娇花；时流的明镜、人伦的雅范、举世注目的中心，这样无可挽回地殒落了！我是一切妇女中间最伤心而不幸的，我曾经从他音乐一般的盟誓中吮吸芬芳的甘蜜，现在却眼看着他的高贵无上的理智，像一串美妙的银铃失去了谐和的音调，无比的青春美貌，在疯狂中凋谢！啊！我好苦，谁料过去的繁华，变作今朝的泥土！

国王及波洛涅斯重上。

国王　　　恋爱！他的精神错乱不像是为了恋爱；他说的话虽然有些颠倒，也不像是疯狂。他有些什么心事盘踞在他的灵魂里，我怕它也许会产生危险的结果。为了防止万一，我已经当机立断，决定了一个办法：他必须立刻到英国去，向他们追索延宕未纳的贡物；也许他到海外各国游历一趟以后，时时变换的环境，可以替他排解去这一桩使他神思恍惚的心事。你看怎么样？

波洛涅斯　　　那很好；可是我相信他的烦闷的根本原因，还是为了恋爱上的失意。啊，奥菲利娅！你不用告诉我们哈姆莱特殿下说些什么话；我们全都听见了。陛下，照您的意思办吧；可是您要是认为可以的话，不妨在戏剧终场以后，让他的母后独自一人跟他在一起，恳求他向她吐露他的心事；她必须很坦白地跟他谈谈，我就找一个所在听他们说些什么。要是她也探听不出他的秘密来，您就叫他到英国去，或者凭着您的高见，把他关禁在一个适当的地方。

国王　　就这样吧；大人物的疯狂是不能听其自然的。（同下）

选自《莎士比亚全集》，莎士比亚著，朱生豪译，人民文学出版社2010年版

【导读】

《哈姆莱特》是莎士比亚最负盛名的悲剧作品，也是莎士比亚全部创作乃至英国文艺复兴时期文学创作的巅峰。这个剧本取材于13世纪古老的丹麦传奇。剧本一开始就充满阴郁不安的气氛。在德国威登堡大学上学的王子哈姆莱特因父亲猝然病故而回到丹麦。不久，他的母亲同他的叔父结婚。于是，哈姆莱特原先令人羡慕的一切都不复存在——父死，母嫁，王位被夺。夜间，父亲的鬼魂出现，称自己是被人谋杀致死，而凶手正是刚娶了王后、篡夺了哈姆莱特王位的叔父克劳狄斯，父亲让哈姆莱特为自己报仇。深受人文主义影响的哈姆莱特决心先查明真相再行复仇，而且他认为复仇不仅仅是他个人的问题，而是整个社会、整个国家的问题，因为这个社会已经颠倒混乱，他要肩负重整乾坤的责任。为了小心起见，又为了避免自己落入敌人的圈套，哈姆莱特不得不靠装疯来保护自己，后来他借用一个戏班排演剧目的机会，上演"戏中戏"，最终证实了叔叔克劳狄斯是杀害自己父亲的凶手，却错失复仇良机。在装疯的过程中，他误杀了老臣波洛涅斯，情人奥菲利娅也因为父亲的死而发疯，不幸堕水身亡。几经延宕之后，哈姆莱特终于在决斗中用毒剑将克劳狄斯刺死，但自己也中毒身亡。

莎士比亚认为戏剧创作要像镜子一样反映现实生活，《哈姆莱特》虽取材于一个宫廷复仇故事，但莎士比亚具有"点石成金"的本领，能化腐朽为神奇，他把反映现实生活的内容填入到旧故事的框架中，使这部作品成为一部深刻反映英国文艺复兴时代的社会风貌和时代精神的戏剧。剧本尽管以古代丹麦为背

景，但描写和反映的却是十六七世纪之交英国社会的现实生活，丹麦宫廷则是英国伊丽莎白宫廷的缩影。新王克劳狄斯与乔特鲁德结婚继承王位后，周围的大小朝臣无不阿谀奉承，甚至哈姆莱特的同学也成了特务，去刺探哈姆莱特的内心秘密，看他是真疯还是假疯。哈姆莱特的爱人奥菲利娅也不自觉地充当了克劳狄斯的工具。整个国家因此黑白颠倒，人心惶惶。所以哈姆莱特说：全世界是个"很大的监狱，里面有很多监房、囚室、地牢，而丹麦是其中最坏的一间"。

哈姆莱特是文艺复兴时期人文主义者的典型。他在威登堡大学接受良好的人文主义教育，作为一名受过人文主义教育的学子，哈姆莱特反对迷信，崇尚科学，肯定理智，对人生、爱情和友谊有着自己的看法。起初哈姆莱特的生活一片玫瑰色：他有自己的好朋友霍拉旭，有关爱自己的父母。在他眼中，父亲是个高尚的国王，父母亲的爱情是美好的，情人奥菲利娅是美丽纯洁的，他的生活是幸福完美的。但一连串的家庭变故使他的人生发生逆转：父亲被杀、母亲改嫁、自己的王位被篡夺、友谊和爱情遭破坏，他的美好的人文主义理想和残酷的现实生活之间发生了剧烈冲突，哈姆莱特从一个快乐的王子变成了一个忧郁的王子。这一切也导致他深刻地反省人性，更清醒地面对社会现实，更多地去关心人民的痛苦以及人类自身的命运，性格也变得忧郁深沉。复仇过程中的迟疑犹豫和延宕是哈姆莱特性格的另一特征。他知道，复仇不仅仅是他个人的问题，他所处的时代是一个"颠倒混乱的时代"，他必须肩负起"重整乾坤"的责任。他将个人恩怨和复仇行为同整个社会的改革和人类的命运结合起来。但是，邪恶势力非常强大，哈姆莱特深感任务的艰巨和自身力量的不足。他冥思苦想，却找不到复仇和变革的良好途径。哈姆莱特受的教育越多，经历的事情越残酷，他对社会的认识就越深刻，内心的冲突就越尖锐。哈姆莱特反对使用暴力，但是现实生活中除了使用暴力别无他法。他不断地强调思想的力量，因此在行动上顾虑重重，错过了极好的复仇机会。哈姆莱特的犹疑和延宕直接导致了与敌人同归于尽的悲剧结局。

"一千个读者，就有一千个哈姆莱特。"自作品问世以来，人们对哈姆莱特形象的探索从未停止过。在20世纪新的理论背景下，王子的形象又有了新的阐释。有学者认为，哈姆莱特的形象鲜明生动地体现了萨特存在主义哲学的精髓。萨特的存在主义认为，世界是荒诞的，人在这个荒诞的世界上是孤独无助的，人生是痛苦的。然而，面对这个杂乱无章、荒诞不经的世界，人如何才能把握自己的命运，确立自己的本质？唯有通过积极行动介入和干预生活，这样才能创造自我本质。萨特特别强调人的自由意志和主观能动性，那些敢于反抗荒诞现实，积极自由选择，从而实现自我的人，就是存在主义式英雄。面对荒诞的世界，哈姆莱特的选择不是逃避，而是起而斗争。他装疯，安排戏中戏，在被送去英国途中发现密信后主动寻求办法脱身，直至最后除掉克劳狄斯，在此过程他犹豫迟疑，看似被动，实际上哈姆莱特具有"知其不可为而为之"的勇气，他在积极主动地奋斗反抗，虽然最终玉石俱焚，但他实现了自我的价值。

《哈姆莱特》是莎士比亚戏剧艺术走向成熟的标志。第一，情节丰富生动，线索复杂多样。《哈姆莱特》表现了广阔的社会生活背景，情节发展环环相扣，引人入胜，哈姆雷特、雷欧提斯、小福丁布拉斯三条为父报仇的线索互相印衬。其次，人物个性鲜明。莎士比亚善于在对比中刻画人物，如三位为父报仇者之间的对比；哈姆雷特与好朋友霍拉旭之间的对比。另外，通过内心独白来展示人物性格。著名的独白："生存还是毁灭，这是个问题"这一段就充分展现了哈姆莱特内心的痛苦和矛盾。最后，语言丰富且极具表现力。不同的人物有不同的语言；同一个人物在不同的境遇中也会有不同的语言。莎士比亚的戏剧艺术炉火纯青，马克思把这种美学原则总结为"莎士比亚化"。他被誉为"奥林匹亚山上的宙斯"，他的戏剧已被公认为是不可企及的典范。

选文部分体现了哈姆莱特的忧郁与犹豫。作为一个人文主义者，他想以自杀来终结人间的痛苦，但又怀疑死后的那个世界也许比现实世界还要痛苦，于是犹豫徘徊。他极为审慎，善于思考，情感丰富，然而这一切也会变成复仇的障碍。

【选评】

莎士比亚从来不把当代事件直接搬进剧作中去，然而他正是通过超越日常的人生世相，抛弃直接说教的陈词滥调，反而走向更深一层意义上的现实。如果说他的戏剧向自然举起一面镜子，那么这是一面具有魔力的棱镜，它把生活的白光折射成一条五光十色、绚烂多彩的光带，比起平铺直叙的生活实录来，不仅更美丽，而且更能揭示事物的本质。在传统的崩溃当中，诗人看到了他所珍视的人的理想观念与他周围的社会现实产生了不可调和的矛盾，他看到忧患、混乱、腐败和罪恶似乎与人的命运内在地联系到一起。正是这种幻灭感、这种人文主义理想的危机，比传统价值观念的瓦解远为深刻地决定了莎士比亚悲剧观的形成，也可以说明为什么他所有的悲剧都最后终结于不可避免的死亡。(张隆溪：《悲剧与死亡——莎士比亚悲剧研究之一》，《中国社会科学》1982年第3期)

【思考与讨论】

1. 莎士比亚《哈姆莱特》中的"生存还是毁灭?"是对人的困境的深刻揭示,哈姆莱特的倔强与进还是退的徘徊性格呈现出来的人性的弱点至今仍旧能够让我们感受到人与命运、社会之间的对抗所产生的悲剧效力。请结合作品具体分析哈姆莱特这一形象。

2. 哈姆莱特最终与对手克劳狄斯同归于尽,对这种结局,你认为哈姆莱特能否避免?

3. 俄国作家屠格涅夫在《哈姆莱特与堂吉诃德》这篇文章中说:"堂吉诃德和哈姆莱特的同时出现具有重要意义。我觉得这两个典型中体现了人的天性中的两种根本的、对立的特点——即人的天性赖以转动的轴的两端。我觉得所有的人都或多或少的属于这两种类型中的一种;我们每个人或是与堂吉诃德相像,或是与哈姆莱特相像。"请谈谈你对这句话的理解。

【拓展与延伸】

1. 《威尼斯商人》中的鲍西娅、《罗密欧与朱丽叶》中的朱丽叶、《哈姆莱特》中的奥菲利娅是莎翁剧作中非常引人注目的女性形象。试给这几个女性设计人物造型,要求能体现出人物不同的个性。

2. 中国电影《夜宴》和美国动画电影《狮子王》均借鉴了《哈姆莱特》,但表现手法差异极大,你觉得哪部影片改编得更成功?请观看后,写一篇影评,阐述你的观点。

3. 请从剧本《哈姆雷特》中选出自己感兴趣的部分,适当改编并排演。

【推荐阅读】

1. 《莎士比亚全集》,(英)莎士比亚著,朱生豪译,人民文学出版社2010年版。

2. 《俗世威尔·莎士比亚新传》,(美)斯蒂芬·格林布拉特著,辜正坤 等译,北京大学出版社2007年版。

3. 《莎士比亚研究十讲》,陆谷孙著,复旦大学出版社2005年版。

4. 《西方悲剧学说史》,程孟辉著,商务印书馆国际有限公司2009年版。

第三单元

十九世纪欧美浪漫主义文学

【概述】 19世纪初期的浪漫主义是当时席卷全欧洲的文艺思潮。它产生于18世纪末期，并很快风靡欧美各国。浪漫主义文艺思潮的产生首先是社会思潮的体现。18世纪末到19世纪初在欧洲出现了重大的历史转折，1789年法国大革命推翻了旧的封建专制制度，建立了资产阶级的政权，由此又引起欧洲其他许多国家的资产阶级民主运动和民族解放运动。大革命当中发表的《人权宣言》使得当时很多人认识到人是一个独立自主的个体，人有自己的权利，自己的尊严，自己的情感自由。法国大革命催生的社会思潮孕育了浪漫主义文学运动，自由、平等、博爱的思想推动了个性解放和情感抒发的要求。浪漫主义文学以艺术的方式描摹了特定的时代精神，展现了有着强烈个性张扬欲望的"自我"。

在哲学思想方面，卢梭的"返回自然"学说对浪漫主义文学有极大影响。卢梭认为人类文明导致了人类罪恶，所以主张"返回大自然"，强调人的自然感情，这对浪漫主义讴歌自然、崇尚情感影响很大。

德国古典哲学和空想社会主义也为浪漫主义文学提供了思想理论基础。康德、黑格尔强调人的主观能动性、强调天才、强调灵感的作用，这对浪漫主义重视个人主观感受性产生了深远影响。而圣西门、傅立叶、欧文等人的空想社会主义理想对未来的美好设想，实际上反映了对当时社会制度的失望和反抗，这对浪漫主义注重想象、抨击封建制度和资本主义现实的特点具有一定影响。

另外，浪漫主义文学受文学自身发展规律的影响。随着时代发展，要求摆脱理性的主宰，强调个性张扬成为一股力量强大的暗流影响着文学发展。浪漫主义登上历史舞台是以对古典主义的反叛和批判开始的。反对古典主义对个人情感的压抑，反对理性原则，反对古典主义恪守的清规戒律，要求自由地表达情感、塑造人物。

由于以上因素影响，19世纪的浪漫主义文学思潮具有非常鲜明的特征：

在思想上，强调创作的绝对自由，反对古典主义的清规戒律，要求创新；着重表现作家的主观理想，抒发强烈的个人情感，具有强烈的主观性；崇尚自然，厌弃城市文明，把大自然当作一种神秘的力量或者是寄予某种理想的象征；重视民间文学和民族传统，对中世纪带有神秘色彩的历史和丰富多彩的民间传说、民歌等非常感兴趣，不仅收集整理民间故事而且常常以此为题材进行创作；在表现手法上，浪漫主义作家喜爱用夸张、对比等手法，追求强烈的艺术效果，对一切非凡的奇人奇事奇景非常喜爱，对庸俗丑陋的现实非常反感，强调想象的力量。

浪漫主义文学在各个国家的发展状况不一样，作家的思想倾向和风格特点也有很大差异。

这时期英国的诗歌创作，既有被称之为"天使派"（湖畔派）的华兹华斯、柯尔律治和骚塞，他们隐居英国西北湖区，寄情山水，缅怀中世纪和宗法式农村生活；也有被称之为"恶魔派"的拜伦、雪莱、济慈，他们一直坚持民主思想，支持被压迫民族争取自由解放的行动。

在德国，浪漫主义文学具有浓厚的唯心主义和神秘主义色彩。施莱格尔兄弟从理论上提出了个性解放、创作自由的主张；诺瓦利斯沉湎于神秘的世界，歌颂黑夜和死亡；格林兄弟搜集编写的《儿童与家庭童话集》至今流传甚广；海因利希·海涅后来则成为革命民主主义诗人。

法国的浪漫主义具有更加强烈的政治色彩。夏多布里昂和斯塔尔夫人是法国浪漫主义文学的早期代表。雨果是法国新一代浪漫主义的领袖和代表。

在俄国，诗人普希金以自己的创作体现了俄罗斯民族独特的精神和气质，成为俄罗斯民族精神文化的象征，并由此开启了俄罗斯文学的辉煌时期。

十九世纪浪漫主义诗歌

拜伦

【简介】乔治·戈登·拜伦（1788—1824）是英国19世纪杰出的浪漫主义诗人。拜伦生于一个没落的贵族家庭，3岁时父亲抛妻弃子，另觅新欢，"热情而神经质的"母亲因此变得失意乖戾、喜怒无常，受母亲影响，拜伦形成了激情、奔放、任性的心理秉性。虽然长相英俊，但天生跛足造成他自尊自卑、敏感忧郁、孤傲反抗的个性。10岁时拜伦继承家族勋爵爵位。在剑桥大学毕业后游历西班牙、希腊等国，长诗《恰尔德·哈洛尔德游记》的问世让他一举成名，成了"诗界的拿破仑"。之后他又写作了《异教徒》《海盗》等6部长篇叙事诗，组成《东方叙事诗》。在这些叙事诗中，拜伦塑造了一系列高傲而孤独、富有叛逆精神的主人公形象，后被称作"拜伦式英雄"。与英国政府的对立使他遭到上流社会的仇视，拜伦被逼离开英国，再未回归。他先后在瑞士和意大利居住，在瑞士期间结识雪莱并成为好友。在意大利参加了烧炭党人反抗奥地利统治的活动，起义失败后又前往希腊，参加希腊反抗土耳其侵略的战斗，最后患病死于军中。希腊临时政府宣布他的逝世为国丧，全国哀悼三天。意大利批评家基亚尼的评论恰当地概括了他的传奇人生和不朽诗歌对人类的贡献："在被制服了的、奴性十足的欧洲的心灵中重新建立起尊严和人类自由的感情。"

拜伦像

雅典的少女[①]

你是我的生命，我爱你。

雅典的少女呵，在我们分别前，

把我的心，把我的心交还！
或者，既然它已经和我脱离，
留着它吧，把其余的也拿去！
请听一句我临别前的誓语：
你是我的生命，我爱你。

我要凭那无拘无束的鬈发，
每阵爱琴海的风都追逐着它；
我要凭那墨玉镶边的眼睛，
睫毛直吻着你颊上的嫣红；
我要凭那野鹿似的眼睛誓语：
你是我的生命，我爱你。

还有我久欲一尝的红唇，
还有那轻盈紧束的腰身；
我要凭这些定情的鲜花，
它们胜过一切言语的表达；
我要说，凭爱情的一串悲喜：
你是我的生命，我爱你。

雅典的少女呵，我们分了手；
想着我吧，当你孤独的时候。
虽然我向着伊斯坦堡飞奔，
雅典却抓住我的心和灵魂：
我能够不爱你吗？不会的！
你是我的生命，我爱你。

（1810年，雅典）

选自《拜伦诗选》，（英）拜伦著，查良铮译，上海译文出版社1982年版

【注释】

①拜伦旅居雅典时,住在一个名叫色欧杜拉·马珂里寡妇的家中,她有三个女儿,长女特瑞莎即诗中的"雅典的少女"。

【导读】

这首诗是拜伦在第一次希腊之行后写的,描述了他与雅典少女特瑞莎火热的恋情。特瑞莎美丽、热情,是希腊自由精神的象征。拜伦深爱着特瑞莎和希腊文化,在临行前以热烈秾丽的笔调抒发了他对少女和希腊热烈的爱。

正因为临别在即,所以爱情之酒更浓更烈,诗中再三誓言"你是我的生命,我爱你"。滚烫的字眼把爱与生命联系起来,爱因此更深沉,更具分量,生命也因爱而增添了生机和热情。这誓语又是"凭着无拘无束的鬈发","墨玉镶边的眼睛"而发,给读者描绘了一个美丽、多情的少女形象。这誓言也是凭着"久欲一尝的红唇","轻盈紧束的腰身"而发,与东方含蓄之美不同,诗人大胆表露内心的炽热情感,少女的魅力与诗人的热情紧密结合在了一起。

"虽然我向着伊斯坦堡飞奔,雅典却抓住我的心和灵魂",雅典不只是少女居住之所,也是希腊文化集中之所。渴望爱、向往自由的拜伦为了更多人的自由,却要离开雅典。此时对少女的爱与不舍,对希腊文化的爱与不舍全都水乳交融在一起,所以,"我能够不爱你吗?不会的!你是我的生命,我爱你。"在一唱三叹中,情感达到了最高峰。

【选评】

拜伦及"拜伦式英雄"身上表现出的非道德倾向,意味着拜伦对西方传统文明之价值体系的整体性怀疑与反叛——因为道德是文化与文明的核心,实际上拜伦的反叛也是超出道德领域而波及了整个文化与文明。拜伦固然不可能像尼采那样自觉地在否定旧道德时又试图去重建新道德——实际上尼采也未必重建成功,但他笔下的人物似乎都崇尚古希腊的酒神精神,流连于古希腊神话那没有罪感的世界。他通过这一系列人物展示了带有古希腊特征的文化价值观,这些人物也就被旧道德公众逼入了孤独之境。这种在道德与文化上的强烈反叛,才是拜伦被斥之为"恶魔"的根本文化根源,而这恰恰是拜伦具有的最深刻的文化价值意义。(蒋承勇:《拜伦式英雄与"超人"原型——拜伦文化价值论》,《外国文学研究》2010年第6期)

雪莱

【简介】波西·比希·雪莱（1792—1822），19世纪英国浪漫主义诗人，与拜伦并称为英国浪漫主义诗歌的"双子星座"。雪莱出身贵族，20岁进入牛津大学，因发表论文《无神论的必然性》而被开除。投身社会后，曾经写诗并发表宣言支持爱尔兰民族民主运动，受到英国上流社会仇视，被迫于1818年永远离开英国。1822年，他驾帆船远航时遇到风暴不幸溺水身亡。他曾经在《麦布女王》中写道："一个有能力，有才气的人，哪怕只活了30岁，若以他本人的感觉而言，他的生命要比一个听凭着教士支配、浑浑噩噩地活了一百年的悲惨可怜的奴才长得多。"作为杰出的、才华横溢的浪漫主义诗人，他为诗坛流下了丰厚的遗产。雪莱的作品热情洋溢，充满了乐观主义精神；他酷爱自然，诗中多各种自然意象。代表作有：抒情诗《西风颂》《致云雀》《麦布女王》，诗剧《解放了的普罗米修斯》等。

雪莱像

西风颂

1

哦，狂暴的西风，秋之生命的呼吸！
　　你无形，但枯死的落叶被你横扫，
有如鬼魅碰到了巫师，纷纷逃避：

黄的，黑的，灰的，红得像患肺痨，
　　呵，重染疫疠的一群：西风呵，是你
以车驾把有翼的种子催送到

黑暗的冬床上，它们就躺在那里，

象是墓中的死尸，冰冷，深藏，低贱，
直等到春天，你碧空的姊妹吹起

她的喇叭，在沉睡的大地上响遍，
（唤出嫩芽，象羊群一样，觅食空中）
将色和香充满了山峰和平原：

不羁的精灵呵，你无处不远行；
破坏者兼保护者：听吧，你且聆听！

2

没入你的急流，当高空一片混乱，
　流云象大地的枯叶一样被撕扯
脱离天空和海洋的纠缠的枝干，

成为雨和电的使者：它们飘落
　在你的磅礴之气的蔚蓝的波面，
有如狂女的飘扬的头发在闪烁，

从天穹的最遥远而模糊的边沿
　直抵九霄的中天，到处都在摇曳
欲来雷雨的卷发，对濒死的一年

你唱出了葬歌，而这密集的黑夜
　将成为它广大墓陵的一座圆顶，
里面正有你的万钧之力的凝结；

那是你的浑然之气，从它会迸涌
黑色的雨、冰雹和火焰：哦，你听！

3

是你，你将蓝色的地中海唤醒，

而它曾经昏睡了一整个夏天，
被澄澈水流的回旋催眠入梦，

就在巴亚海湾的一个浮石岛边，
　它梦见了古老的宫殿和楼阁
在水天辉映的波影里抖颤，

而且都生满青苔，开满花朵，
　那芬芳真迷人欲醉！呵，为了给你
让一条路，大西洋的汹涌的浪波

把自己向两边劈开，而深在渊底
　那海洋中的花草和泥污的森林
虽然枝叶扶疏，却没有精力；

听到你的声音，它们已吓得发青：
一边颤栗，一边自动萎缩：哦，你听！

4

哎，假如我是一片枯叶被你浮起，
　假如我是能和你飞跑的云雾，
是一个波浪，和你的威力同喘息，

假如我分有你的脉搏，仅仅不如
　你那么自由，哦，无法约束的生命！
假如我能象在少年时，凌风而舞

便成了你的伴侣，悠游于太空
　（因为呵，那时候，要想追你上云霄，
似乎并非梦幻），我就不致象如今

这样焦躁地要和你争相祈祷。

哦，举起我吧，当我是水波、树叶、浮云！
我跌在生活底荆棘上，我流血了！

这被岁月的重轭所制伏的生命
原是和你一样的：骄傲、轻捷而不驯。

5

把我当作你的竖琴吧，有如树林：
尽管我的叶落了，那有什么关系！
你巨大的合奏所振起的乐音

将染有树林和我的深邃的秋意：
虽忧伤而甜蜜。呵，但愿你给予我
狂暴的精神！奋勇者呵，让我们合一！

请把我枯死的思想向世界吹落，
让它象枯叶一样促成新的生命！
哦，请听从这一篇符咒似的诗歌，

就把我的话语，像是灰烬和火星
从还未熄灭的炉火向人间播散！
让预言的喇叭通过我的嘴唇

把昏睡的大地唤醒吧！要是冬天
已经来了，西风呵，春日怎能遥远？

1819 年

选自《雪莱抒情诗选》，(英)雪莱著，查良铮译，人民文学文出版社 1993 年版

【导读】

《西风颂》历来被看作是世界诗歌宝库中的珍品,既是一首杰出的自然抒情诗,又是哲理诗中的名篇。全诗气势磅礴,想象奇特,感情奔放。诗人描绘了"破坏者兼保护者"的西风形象,歌颂了西风摧枯拉朽、孕育新生命的力量,表达了反抗黑暗、腐朽,向往光明、新生的愿望。

在前三节中,诗人赞美了西风以雄浑磅礴的气势,扫除地上的残枝败叶,又给大地吹送生命的种子,催促万紫千红的春天的到来;赞美西风在空中呼唤雷电冰雹,为黑暗唱出垂死的挽歌;赞美西风把大海唤醒,催开海底的花藻花卉。在这里作者是借赞美西风,去赞颂变革力量对黑暗旧世界的破坏和对光明新世界的呼唤。后两节作者自我直接进入诗歌。"我"想和西风一起飞翔,同游天际,因为"我"和西风具有同样的性格:骄傲、轻捷而不驯。"我"愿成为琴,与西风同奏,向世界传播"我"用韵文写就的思想。最后诗人借助了西风的力量,喊出了预言的号角:"如果冬天来了,春天还会远吗?"

作为世界抒情诗歌中的精品,《西风颂》塑造了一个摧毁旧世界、催生新世界的西风形象,也塑造了一个呼唤光明、向往新生的抒情主人公形象。

【选评】

诗人一面歌颂大自然和爱情,一面又对专制腐朽的社会制度和种种罪恶现象展开批判,这构成了雪莱抒情诗的另一副面孔。"给英国人民之歌"、"暴政的假面游行"、"1819年的英国"、"自由颂"等诗歌体现了雪莱一贯的批判立场。需要注意的是,在这些诗中,诗人总是把对恶行与暴政的批判和他的关于"善"和"恶"的道德观念结合起来,诗人在高扬"善"的主导精神的同时,把对"恶"的改造寄希望于由"美"和"善"所彰显的道德力量。

(罗义华:《雪莱诗歌和道德关系研究》,《外国文学研究》2008年第1期)

济慈

【简介】 约翰·济慈(1795—1821),19世纪英国杰出的浪漫主义诗人。济慈早年学医,但热爱诗歌,后弃医从文。他的诗歌没有拜伦、雪莱那种强烈的政治热情,但对资本主义罪恶也很厌恶。他对美非常敏感,曾说"美就是真理,真理就是美"。

济慈像

在这种思想的支持下，他写了很多优秀的抒情诗歌，如《夜莺颂》《秋颂》《希腊古瓮颂》《忧郁颂》等，一直传唱至今。他的诗歌创作对后来的英国诗坛和唯美主义产生了深远影响。

秋颂

一

雾气洋溢、果实圆熟的秋，
你和成熟的太阳成为友伴；
你们密谋用累累的珠球，
缀满茅屋檐下的葡萄藤蔓；
使屋前的老树背负着苹果，
让熟味透进果实的心中，
使葫芦胀大，鼓起了榛子壳，
好塞进甜核；又为了蜜蜂
一次一次开放过迟的花朵，
使它们以为日子将永远暖和，
因为夏季早填满它们的粘巢。

二

谁不经常看见你伴着谷仓？
在田野里也可以把你找到，
你有时随意坐在打麦场上，
让发丝随着簸谷的风轻飘；
有时候，为罂粟花香所沉迷，
你倒卧在收割一半的田垄，
让镰刀歇在下一畦的花旁；
或者，像拾穗人越过小溪，
你昂首背着谷袋，投下倒影，

或者就在榨果架下坐几点钟,
你耐心地瞧着徐徐滴下的酒浆。

三

啊,春日的歌哪里去了?但不要
想这些吧,你也有你的音乐——
当波状的云把将逝的一天映照,
以胭红抹上残梗散碎的田野,
这时啊,河柳下的一群小飞虫
就同奏哀音,它们忽而飞高,
忽而下落,随着微风的起灭;
篱下的蟋蟀在歌唱;在园中
红胸的知更鸟就群起呼哨;
而群羊在山圈里高声咩叫;
丛飞的燕子在天空呢喃不歇。

选自《英国诗选》,王佐良主编,穆旦译,上海译文出版社 1988 年版

【导读】

《秋颂》是济慈最后一首颂诗,几百年来被众多评论家认为是英国抒情诗中最完美的一篇。1819 年 9 月的一个星期天,诗人漫步于田野,秋高气爽,刚收割过的田地温暖明亮,诗人感到心旷神怡,不由边走边吟,成就此篇诗歌。

全诗分三节,第一节写累累果实、馥郁香气,向人们展现出秋景的艳丽图画。第二节写秋收,展现出农人的忙碌和忙里偷闲的闲适淡定。第三节写秋声,诗人描绘在秋天里众多生物的声音:小飞虫的哀音、蟋蟀的歌唱、知更鸟的婉啭啾鸣、群羊的咩叫、燕子的呢喃,构成了秋天的交响乐。短短一首诗,诗人用各种意象调动起人的视觉、味觉、嗅觉、触觉和听觉,既有静态的果实,也有动态的动物,还有农人辛劳的身影、怡然的神态。从早晨的雾气弥漫到黄昏时胭红的云,一天时间中自然景物、农人活动组合成一幅温暖、繁盛的秋景图。

【选评】

与济慈的其他诗歌不同,他自己没有出场,似乎刻意要让"自我否定力"

发挥到极致。在自我隐退之后，诗歌突出了秋天本身，它的优美、和谐、丰饶，在充满了感性的语言中和盘托出，仿佛我们伸手便能够触摸到秋天的质感，望眼便能够捕捉到它的斑斓。自我的隐退与自然的凸显，使《秋颂》一诗的真正主角变成了秋天。这从某种程度上讲调整了人与自然的不对称关系，颠覆了以人类为中心的思想范式。正如费尔斯蒂纳（John Felstiner）所说，济慈的诗歌将事物的本质充分显露出来，创造出"一个人类仅仅在麦茬、羊群、花园中得到一丝暗示的生态系统"。

（张剑：《英国浪漫主义诗歌与生态批评》，《外国文学》2012年第2期）

普希金

【简介】 亚历山大·塞尔盖耶维奇·普希金（1799—1837），俄国浪漫主义文学的代表人物，同时也是俄国现实主义文学的奠基人，被高尔基称为"俄国文学的始祖"。

普希金生于莫斯科的贵族家庭，家中文学藏书丰富，他从小得以接触优秀的文学作品，农奴出身的奶妈又给他以俄罗斯民间文学的熏陶。12岁进入皇村学校读书，开始创作生涯，之后以"皇村学校抒情诗人"的美名传扬。毕业后他创作了《自由颂》《致恰达耶夫》等一系列反对专制暴政、歌颂自由的政治抒情诗，不久被沙皇流放南俄四年。流放期间他继续创作，写下了《茨冈》《强盗兄弟》等浪漫主义叙事诗。1824年，普希金再次被幽禁在父母的领地——一个小山村中，在此期间他完成了长篇叙事诗《叶甫盖尼·奥涅金》的部分篇章。1826年，新沙皇尼古拉一世为笼络人心，把普希金召回莫斯科。1830年秋天，普希金因故滞留波尔金诺三个月，完成了俄国批判现实主义的奠基之作《叶甫盖尼·奥涅金》和小说集《别尔金小说集》。奥涅金成为俄国文学中第一个"多余人"形象，小说集中的

普希金像

《驿站长》首开俄罗斯文学塑造"小人物"形象的先河。1837年2月诗人因决斗去世，报上刊出噩耗："俄罗斯诗歌的太阳陨落了"（莱蒙托夫语）。

诗人的生命只有短暂的38年，但在诗歌、小说和戏剧等方面都给世人留下了丰厚的遗产。在文学主题和体裁等方面，普希金开创了俄罗斯文学的新时代，对俄罗斯文学的影响非常深远。

致凯恩

我记得那美妙的一瞬：
在我的面前出现了你，
有如昙花一现的幻想，
有如纯洁之美的天仙。

在那无望的忧愁的折磨中，
在那喧闹的浮华生活的困扰中
我的耳边长久地响着你那温柔的声音，
我还在睡梦中见到你那可爱的倩影。

许多年代过去了。
暴风骤雨般的激变驱散了往日的梦想，
于是我忘却了你温柔的声音，
还有你那天仙似的倩影。

在穷乡僻壤，在囚禁的阴暗生活中，
我的日子就那样静静地消逝，
没有倾心的人，没有诗的灵感，
没有眼泪，没有生命，也没有爱情。

如今心灵已开始苏醒：
这时在我的面前又重新出现了你，
有如昙花一现的幻影，

有如纯洁之美的天仙。

我的心在狂喜中跳跃,
心中的一切又重新苏醒,
有了倾心的人,有了诗的灵感,
有了生命,有了眼泪,也有了爱情。

《普希金抒情诗全集》第2卷,(俄)普希金著,戈宝权译,湖南文艺出版社1993年版

【导读】

　　此诗被称为"爱情诗卓绝的典范",创作于1825年普希金被幽禁于父母领地期间。诗人因被指控研究无神论而遭流放至此。幽居生活漫长而寂寞,诗人近乎绝望,艰难地熬度时光,此时突然与故人凯恩重逢。二人初次相遇于1819年,六年之后在乡村的重逢犹如一闪电光照亮了诗人幽居岁月中幽暗孤寂的心灵。

　　"我记得那美妙的一瞬",普希金第一次见到凯恩时,她才十九岁,诗人被凯恩的美丽纯洁深深打动,"有如昙花一现的幻影,有如纯洁之美的天仙",没有具体描述,却给读者留下无限想象空间,诗人受震撼的灵魂也跃然纸上。但当时凯恩已经嫁给了52岁的凯恩将军。诗人一见倾心之后,却只能黯然离去,那个邂逅的瞬间却成为在忧愁岁月中珍藏的美好回忆。然而残酷的年代粉碎了诗人的激情、理想,诗人只能用忘却曾经怀想过的美好来摆脱煎熬,这其中也包括了对凯恩的情感。然而,忘却一切并不能使诗人真正得到安慰,特别是"在穷乡僻壤,在囚禁的阴暗生活中",诗人的孤寂忧郁使内心近乎成为一片荒漠,没有任何生机。而此时,与凯恩的第二次不期而遇,恰如久旱逢甘露一般,给诗人久已枯寂的心灵带来了爱的滋润,心灵开始苏醒,那个充满神性的凯恩一如初次相见时一样美丽、纯洁。诗人的灵魂因为爱、因为美而重获生机。

　　此诗妙用比喻,短短两句就塑造了一个美丽纯洁犹如天仙的凯恩形象,结构回环往复,从高潮到低谷再回到高潮,犹如一首爱情和生命的变奏曲,在情感逐层升华中获得一种神性的美。

【选评】

　　普希金的传神之处就在于他没有用过多的笔墨去精细地刻画凯恩隽秀明丽的眉目口鼻,而是用传神的笔触勾勒出她整体的美,纯粹的美,不能分析的美,可感而不可说的美,朴素单纯的美。凯恩的美激发了诗人的灵感,而诗人又用

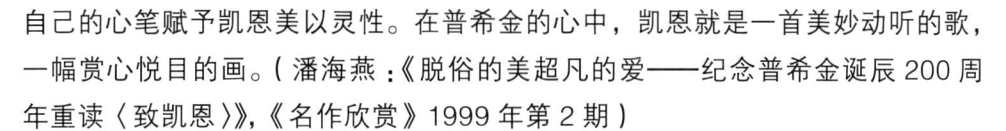

自己的心笔赋予凯恩美以灵性。在普希金的心中,凯恩就是一首美妙动听的歌,一幅赏心悦目的画。(潘海燕:《脱俗的美超凡的爱——纪念普希金诞辰200周年重读〈致凯恩〉》,《名作欣赏》1999年第2期)

【思考与讨论】

1.18世纪末到19世纪初的欧洲风云变幻,产生在这个时期的浪漫主义文学思潮具有鲜明的特点。请谈谈19世纪浪漫主义文学具有怎样的特点。

2. 英国诗人拜伦是19世纪浪漫主义诗歌的杰出代表,他在组诗《东方叙事诗》中塑造了一系列孤傲的叛逆者形象,后被称为"拜伦式英雄"。你认为"拜伦式英雄"具有怎样的特征?

3. 普希金在俄国文学史上具有光辉的地位,高尔基赞誉普希金是"俄国文学的始祖",请结合普希金的文学贡献,谈谈为什么普希金会获此崇高的荣誉。

4. 拜伦、雪莱、济慈是19世纪英国著名的浪漫主义诗人,请选择并朗诵拜伦、雪莱、济慈的几首诗歌,并谈谈其风格的异同。

【拓展与延伸】

1. 东西方文学中,情感的表达方式有什么不同,请比较拜伦《雅典的少女》和戴望舒《雨巷》,就此写一篇评论性文章。

2. 拜伦、雪莱、济慈、普希金都是伟大的诗人,请为他们各写200字左右的人物小传,要求尊重史实,突出特色,语言简洁通畅。

3. "雅典的少女"和凯恩都是西方诗歌史上著名的女性形象,请尝试给她们分别设计一个角色造型。

4.《秋颂》是济慈的名作,表达了他对大自然的喜爱,请感受其诗歌意境,完成一幅色彩构成作品或者拍摄一组照片,并附上100字左右的创作意图说明。有兴趣的话,还可以结合中国文学中的关于秋天的文学作品,如《天净沙·秋思》等作品,为其制作一幅插图或拍摄一组照片。

【推荐阅读】

1.《拜伦、雪莱、济慈抒情诗精选集》,(英)拜伦等著,穆旦译,当代世界出版社2007年版。

2.《雪莱抒情诗选》,(英)雪莱著,江枫译,北京十月文艺出版社2010年版。

3.《普希金抒情诗全集》,(俄)普希金著,戈宝权译,湖南文艺出版社1993年版。

4.《图说名人之拜伦:震撼心灵的诗人》,晓树主编,中国画报出版社2009年版。

5.《普希金在流放中》,(苏)伊凡·诺维科夫著,刘慎微译,上海译文出版社1982年版。

第四单元

十九世纪欧美现实主义文学

【概述】19世纪30年代以后,横扫全欧的浪漫主义热潮开始渐渐消退,继之而起的是现实主义文学思潮的兴起。它首先在西欧的法国、英国等地出现,继而波及俄国、北欧和美国等地,成为19世纪欧美文学的主流,在随后的70多年发展中,出现了大批巨匠和杰作,蔚为壮观,成为19世纪持续时间最长、影响最大、成就最为突出的一个文学思潮。

现实主义的出现有其复杂的社会原因。1830年法国爆发"七月革命",复辟的波旁王朝被推翻,法国资产阶级取得最终胜利。在英国,随着工业革命的完成,资本主义经济迅速发展,1832年英国议会制度的改革标志着资产阶级地位进一步巩固。欧洲各国在英、法资本主义势力的影响下,相继经历了从封建制度向资本主义制度的历史性过渡。随之而来的一系列现实问题使人与人之间的关系,人的道德观念、价值观念等都发生了巨变。浪漫主义的抽象抗议和对未来的空洞理想在现实面前显得捉襟见肘。人们不得不用冷静的眼光来看现实社会和思考人的命运。讲究务实,追求客观冷静地分析与解剖现实的社会心理和风气随之形成。作家从狂想转入冷静,从高声呐喊转为深沉思索。人们希望看到现实社会中普通人的命运。作品中小人物增多,普通人受到关注,决定了欧洲小说越来越贴近现实。

另外,19世纪科学的发展提供了观察现实的客观态度和科学方法。客观性成为现实主义的一个基本特征,文艺被纳入到自然科学范围内进行研究,少了过去时代的浪漫情调和诗意。以左拉为代表的自然主义文学家们甚至直接运用自然科学的方法进行创作,强调文学的写实性。

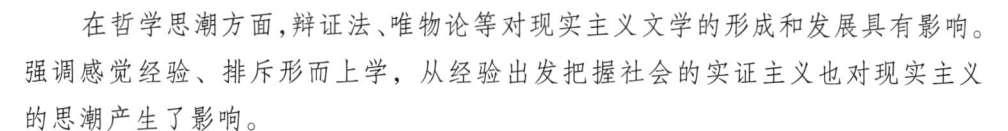

在哲学思潮方面,辩证法、唯物论等对现实主义文学的形成和发展具有影响。强调感觉经验、排斥形而上学,从经验出发把握社会的实证主义也对现实主义的思潮产生了影响。

在这种特定的社会文化背景之下产生的现实主义文学具有如下特征:

第一,现实主义文学致力于暴露与批判资本主义社会的罪恶与黑暗,具有强烈的批判性,同情下层人民的苦难,表现出深厚的人道主义情怀。

第二,强调客观真实地反映现实生活,作家把自己的思想和情感寄寓在情节发展和人物塑造上,不过分流露主观情感,追求细节真实。

第三,塑造典型环境中的典型人物。现实主义作家认为人是社会环境的产物,主张从人物所处的社会环境去刻画人物的性格,展现人物性格在环境中的成长变化。

第四,以小说特别是长篇小说为主要文学体裁。现实主义长篇小说具有展现广阔社会历史和人物性格命运的特点,在19世纪取得了前所未有的辉煌成就。

19世纪30—60年代,法国和英国的现实主义文学成就最为突出。19世纪70年代到20世纪初,现实主义文学思潮的中心转移到俄国、北欧和美国等地。斯丹达尔、巴尔扎克和福楼拜为法国现实主义文学的确立、发展做出了巨大贡献。英国的狄更斯、勃朗特三姐妹、哈代为英国文学写下了浓重的一笔。普希金开辟了俄国的现实主义文学,在他之后果戈理、屠格涅夫、陀思妥耶夫斯基、列夫·托尔斯泰等为俄国文学书写了伟大的篇章。北欧的易卜生,美国的马克·吐温等也为各自的国家争得了文学上的荣誉。

列夫·托尔斯泰

【简介】 列夫·尼古拉耶维奇·托尔斯泰(1828—1910),19世纪俄国伟大的现实主义作家。

1828年9月9日,托尔斯泰生于雅斯纳亚·波良纳庄园,父母早亡,后托尔斯泰承袭了伯爵爵位。在喀山大学读书时受到卢梭等法国启蒙思想家的影响,曾读完卢梭的全部20卷著作。由于对学校教育不满,托尔斯泰于1847年辍学回到故乡。他曾力图改善农民的生活,却不被农民理解。改革失败后,托尔斯泰一度沉溺于上流社会的游乐生活,但又对此极为不满,常常自我谴责。为了改变生活方式，1851年他到高加索加入军队服役，直至1856年退役回家。在高加索期间，托尔斯泰开始了文学活动，写出了自传性三部曲：《幼年》《少年》《青年》。这些作品不仅体现了他早期的思想探索，也初步显示了他文学创作方法的特点，即道德的自我修养和对心理过程本身的分析。

1860-1870年，托尔斯泰接连写出两部长篇小说《战争与和平》《安娜·卡列尼娜》，这两部作品为他赢得世界顶级作家的声誉。《战争与和平》以1812年俄国的卫国战争为中心，以别祖霍夫等四个贵族家庭的遭遇为主线，在战争年代与和平时期的交替描写中，展现出19世纪俄国广阔的社会生活画面。作品结构宏大，布局严整，众多人物形象鲜明而饱满，是一部史诗性的作品。

列夫·托尔斯泰像

19世纪70年代末到80年代初，托尔斯泰完成了世界观的转变。他彻底否定了贵族阶级的生活，转到宗法制农民的立场。一方面抨击俄国社会制度的专制，同时又主张"道德的自我完善"和"不以暴力抗恶"的思想。1899年完成的长篇小说《复活》是托尔斯泰晚年最重要的作品，可以说是作家思想和艺术探索的总结。男主人公聂赫留朵夫是一个为自己和本阶级的罪恶而忏悔的形象，作品通过他为女主人公玛丝洛娃奔走伸冤的过程，全面展现了俄国沙皇专制制度的黑暗。

托尔斯泰晚年一直力求生活和思想的平民化，导致家庭关系紧张，最终于1910年11月10日离家出走，但在火车上偶感风寒得了肺炎，11月20日病逝于阿斯塔波沃火车站。

安娜·卡列尼娜（节选）

三十一

铃响了，几个青年匆匆走过去，他们既丑陋，又无礼，但却非常注意他们给人的印象；彼得穿着号衣和长统靴，面孔呆板，一副蠢相，也穿过候车室，来送她上火车。两个大声喧哗着的男人沉默下来，当她在月台上走过他们身边的时候，其中的一个人对另外那个人低声议论了她几句，自然是些下流的话。她登上火车的高踏板，独自坐在一节空车厢的套着原先是洁白、现在却很肮脏的椅套的弹簧椅上。她的手提包放在身边，被座位的弹簧颠得一上一下。彼得带着一脸傻笑，举起他那镶着金边的帽子，在车窗跟前向她告别；一个冒失的乘务员砰的一声把门关上，并且闩上锁。一个裙子里撑着裙箍的畸形女人（安娜在想象中给那女人剥掉了衣服，看见她的残疾的形体不禁毛骨悚然起来）和一个堆着假笑的女孩子，跑下去。

"卡捷琳娜·安德列耶夫娜什么都有了，Matante！①"那小女孩喊着说。

"还是个小孩子，就已经变得怪模怪样，会装腔作势了，"安娜想。为了不看见任何人，她连忙立起身来，在空车厢对面的窗口坐下。一个肮脏的、丑陋的农民，戴着帽子，帽子下面露出一缕缕乱蓬蓬的头发，走过窗口，弯腰俯在车轮上。"这个丑陋的农民似乎很眼熟，"她想。回忆起她的梦境，她吓得浑身发抖，走到对面的门口去。乘务员打开门，放进一对夫妇来。

"夫人想出去吗？"

安娜一声不答。乘务员和进来的人们都没有注意到她那面纱下的脸上的惊惶神色。她走回她的角落里，坐下来。那对夫妇在她对面坐下来，留心地偷偷地打量着她的服装。安娜觉得他们两夫妇都是令人憎恶的。那位丈夫请求她允许他吸支烟，他分明不是想吸烟，而是想和她攀谈。得到她的许可以后，他就用法语对她妻子谈起来，谈一些他宁可抽烟，也不大情愿谈论的无聊事情。他们装腔作势地谈着一些蠢话，只不过是为了让她听听罢了。安娜清清楚楚地看出来，他们彼此是多么厌倦，他们彼此又有多么仇视。像这样可怜的丑人儿是不能不叫人仇恨的。

听到第二遍铃响了，紧接着是一阵搬动行李、喧哗、喊叫和笑声。安娜非常明白，任何人也没有值得高兴的事情，因此这种笑声使她很痛苦，她很想堵住耳朵不听。终于第三遍铃响了，火车头拉了汽笛，发出哐啷响声，挂钩的链子猛然一牵动，那个做丈夫的在身上画了个十字。"问问他这么做是什么意思，倒是满有趣的，"安娜想，轻蔑地盯着他。她越过那妇人，凭窗远眺，望着月台上那些来送行的、仿佛朝后面滑过去的人。安娜坐的那节车厢，在铁轨接合处有规律地震荡着，轰隆轰隆地开过月台，开过一堵砖墙、一座信号房、还开过一些别的车辆；在铁轨上发出轻微的叮当声的车轮变得又流畅又平稳了；窗户被灿烂的夕阳照着，微风轻拂着窗帘。安娜忘记了她的旅伴们；随着车厢的轻微颤动摇晃着，呼吸着新鲜空气，安娜又开始沉思起来：

"我刚才想到哪里了呢？我想到简直想象不出一种不痛苦的生活环境；我们生来就是受苦受难的，这一点我们都知道，但是却都千方百计地欺骗着自己。但是就是你看清真相的时候，你又有什么办法呢？"

"赐予人理智就是使他能够摆脱苦难，"那个太太用法语挤眉弄眼地咬着舌头说，显然很得意她这句话。

这句话仿佛回答了安娜的思想。

"摆脱苦难，"安娜心里暗暗地重复说。瞥了一眼那位面颊红润的丈夫和他的瘦骨嶙峋的妻子，她看出来那个多病的妻子觉得自己受到误解，她丈夫欺骗了她，因此使她自己起了这种念头。安娜把目光转移到他们身上，仿佛看穿了他们的来历和他们心灵的隐秘。但是这一点意思也没有，于是她又继续思索起来。

"是的，我苦恼万分，赋予我理智就是为了使我能够摆脱；因此我一定要摆脱。如果再也没有可看的，而且一切看起来都让人生厌的话，那么为什么不把蜡烛熄了呢？但是怎么办呢？为什么这个乘务员顺着栏杆跑过去？为什么下面那辆车厢里的那些年轻人在大声喊叫？为什么他们又说又笑？这全是虚伪的，全是谎话，全是欺骗，全是罪恶！……"

《安娜·卡列尼娜》书影

在火车进站的时候，安娜夹在一群乘客中间下了车，好像躲避麻风病患者一样避开他们，她站在月台上，极力回忆着她是为什么到这里来的，她打算做些什么。以前看起来可能办到的一切，现在却那样难以理解，特别是在这群闹嚷嚷的不让她安静一下的讨厌的人中间。有时脚夫们冲上来，表示愿意为她效劳；有时年轻人们从月台上走过去，鞋后跟在地上格格地响着，一边高谈阔论，一边凝视着她；有时又遇见一些给她让错了路的人。回想着如果没有回信她就打算再往下走，她拦住一个脚夫，打听有没有一个从弗龙斯基伯爵那里带了信来的车夫。

"弗龙斯基伯爵？刚刚这里还有一个从那里来的人呢。他是来接索罗金公爵夫人和她女儿的。那个车夫长得什么模样？"

她正在对那个脚夫讲话的时候，那个面色红润、神情愉快、穿着一件挂着表链的时髦蓝外套、显然很得意那么顺利就完成了使命的车夫米哈伊尔，走上来交给她一封信。她撕开信，还没有看，她的心就绞痛起来。

"很抱歉，那封信没有交到我手里。十点钟我就回来。"弗龙斯基字迹潦草地写道。

"是的，果然不出我所料！"她含着恶意的微笑自言自语。

"好，你回家去吧，"她轻轻地对米哈伊尔说。她说得很轻，因为她的心脏的急促跳动使她透不过气来。"不，我不让你折磨我了，"她想，既不是威胁他，也不是威胁她自己，而是威胁什么迫使她受苦的人，她顺着月台走过去，走过了车站。

两个在月台上踱来踱去的使女，扭过头来凝视她，大声地评论了几句她的服装。"质地是真的，"她们在议论她身上的花边。年轻人们不让她安静。她们又凝视着她的面孔，不自然地又笑又叫地走过她身边。站长走上来，问她是否要到什么地方去。一个卖克瓦斯②的孩子目不转睛地盯着她。"天啊，我到哪里去呢？"她想，沿着月台越走越远了。她在月台尽头停下来。几个太太和孩子来迎接一个戴眼镜的绅士，高声谈笑着，在她走过来的时候沉默下来，紧盯着她。她加快脚步，从他们身边走到月台边上。一辆货车驶近了，月台震撼起来，她觉得自己好像又坐在火车里了。

突然间回忆起她和弗龙斯基初次相逢那一天被火车轧死的那个人，她醒悟到她该怎么办了。她迈着迅速而轻盈的步伐走下从水塔通到铁轨的台阶，直到匆匆开过来的火车那儿才停下来。她凝视着车厢下面，凝视着螺旋推进器、锁链和缓缓开来的第一节车的大铁轮，试着衡量前轮和后轮的中心点，和那个中心点正对着她的时间。

"到那里去！"她自言自语，望着投到布满砂土和煤灰的枕木上的车辆的阴影。"到那里去,投到正中间,我要惩罚他,摆脱所有的人和我自己!"

她想倒在和她拉平了的第一辆车厢的车轮中间。但是她因为从胳臂上往下取小红皮包而耽搁了,已经太晚了;中心点已经开过去。她不得不等待下一节车厢。一种仿佛她准备入浴时所体会到的心情袭上了她的心头,于是她画了个十字。这种熟悉的画十字的姿势在她心中唤起了一系列少女时代和童年时代的回忆,笼罩着一切的黑暗突然破裂了,转瞬间生命以它过去的全部辉煌的欢乐呈现在她面前。但是她目不转睛地盯着开过来的第二节车厢的车轮,车轮与车轮之间的中心点刚一和她对正了,她就抛掉红皮包,缩着脖子,两手扶着地投到车厢下面,她微微地动了一动,好像准备马上又站起来一样,扑通跪下去了。同一瞬间,一想到她在做什么,她吓得毛骨悚然。"我在哪里?我在做什么?为什么呀?"她想站起身来,把身子仰到后面去,但是什么巨大的无情的东西撞在她的头上,从她的背上碾过去了。"上帝,饶恕我的一切!"她说,感觉得无法挣扎……一个正在铁轨上干活的矮小的农民,咕噜了句什么。那支蜡烛,她曾借着它的烛光浏览过充满了苦难、虚伪、悲哀和罪恶的书籍,比以往更加明亮地闪烁起来,为她照亮了以前笼罩在黑暗中的一切,毕剥响起来,开始昏暗下去,永远熄灭了。

《安娜·卡列宁娜》,(俄)托尔斯泰著,周扬、谢素台译,人民文学出版社2001年版

【注释】

①法语:姑姑。②汽水。

【导读】

这部小说从构思到1877年正式出版,用了七年时间,中间经过数次修改。同时代的作家陀思妥耶夫斯基盛赞此书,认为作为一件艺术作品,《安娜·卡列尼娜》完美无缺,现代欧洲各国文学中没有一部同类的作品可以和它相比。

小说由安娜、卡列宁、弗龙斯基和列文、基蒂两条既平行发展又互相对照的线索组成,描绘了俄罗斯19世纪六七十年代农奴制改革后,资本主义发展初始阶段从城市到乡村的巨幅生活画卷。整个社会的政治、经济、社会风气和婚姻爱情观念等发生翻天覆地的变化。在这急剧变化的社会背景中,展开主人公安娜和列文各自的命运故事。

其中一条线索写的是贵族女子安娜对爱情的追求,展现的是上流社会的生

活场景。安娜少女时代由姑妈安排嫁给了比她大二十岁的省长卡列宁。卡列宁刻板虚伪，醉心于官场功名，缺少生活情趣。没有爱情的婚姻窒息了安娜蓬勃的生命活力。安娜在车站偶遇年轻英俊的军官弗龙斯基，两人互生好感。在弗龙斯基热烈的追求之下，安娜心中沉睡已久的爱情被唤醒。安娜希望与卡列宁离婚而与弗龙斯基成为正大光明的夫妻，但一直不能如愿。为了爱情安娜孤注一掷，牺牲了自己的荣誉、地位以及对儿子的探视权，并遭到整个上流社会的拒绝。失去一切的安娜希望能紧紧抓住弗龙斯基的心，而他并不能完全理解她的痛苦。爱的激情慢慢退去，安娜在绝望与痛苦中卧轨自杀。

另一条线索讲述的是列文的故事。贵族出身的地主列文在向基蒂求婚失败后回到庄园，开始思考农业的出路。后来在多莉的撮合之下，他和因失恋大病一场而刚刚痊愈的基蒂重燃爱火，两人进入了婚姻的殿堂。婚后日常琐事常常烦恼着他，但在哥哥的去世和孩子的降生过程中，他体悟到生命的神秘，神性的存在。他的农事改革因为得不到农民的理解失败了，但他最后在宗教中找到了生命的意义。

作者选择这两条线索全面描绘俄罗斯丰富复杂、矛盾重重的社会生活。但这两条线索并不是毫无关联的并置，而是具有内在的精神联系：安娜追求人生幸福、列文追寻人生意义，在共同追寻一条真诚的人生道路这一点上，两条线索融合到了一起。由此，形成了"双线拱形结构"。

《安娜·卡列尼娜》在世界文学史上的不朽地位，主要在于成功地塑造了安娜这一充满魅力与悲剧色彩的女性形象。作者数次修改，女主人公安娜从原先构思中淫荡、充满肉欲的失足女人，蜕变成现在小说中敢于追求真爱与幸福的女性形象。托尔斯泰赋予安娜以迷人的美貌和极大的性格魅力。安娜出生贵族，为人热情善良，对生活充满热爱，有着蓬勃的生命活力和诗意盎然的内心世界。她在少女时代由长辈做主，按照贵族的婚姻规则，嫁给了官运亨通的卡列宁。但是这桩看似显贵的婚姻并未给安娜带来幸福。卡列宁比她大二十岁，刻板冷漠，死气沉沉的生活让安娜倍感压抑。安娜也曾竭力让自己爱上他，但一切努力付诸东流。她把对爱情的憧憬深深地埋藏在心底。而当时的俄国社会，封建的婚恋观正受到个性解放、恋爱自由的冲击。风度翩翩的青年军官弗龙斯基走进了她的生活，唤醒了她沉睡的爱情。她呼喊出了"我是人，我要生活，我要爱"的心声。她真诚坦率，勇敢地追求真爱，不愿遵从贵族社会表面贞洁道德，实质骄奢淫逸的游戏规则，敢于向上流社会虚伪的伦理道德挑战，安娜也因此被上流社会拒之门外。而卡列宁获得上流社会的支持，他拒绝安娜的离婚要求，也不允许安娜看儿子,致使安娜与弗龙斯基的爱情一直处于"不名誉"状态,让爱子心切的安娜饱受折磨。在失去了一切之后,安娜只能紧紧抓住弗龙斯基的爱情。而弗龙斯基又不可能为了安娜同上流社会完全决裂,也不能理解安娜的爱情和悲苦心境。激情退却之后,安娜失去了生存的精神依靠而倍感孤独。而伦理道德、宗教观念、对儿子的愧疚等让她内心矛盾重重,她变得敏感多疑、忧郁苦闷、精神恍惚,最后在绝望中卧轨自杀。安娜要生活,要爱,最后却付出了生命的代价。

从安娜形象的塑造上,可以看出作者思想的矛盾性:从追求自由幸福的人性立场,作者对安娜表现出爱慕、赞美和同情,批判了把一个拥有美好人性、追求真挚爱情的女人逼向绝路的社会;从宗教和伦理道德出发,作者认为安娜放纵自己的情感,毁灭了自己,也给家人带来巨大的痛苦。

除了安娜之外,小说还塑造了列文、卡列宁、弗龙斯基等众多性格分明的人物形象。"心灵的辩证法"(车尔尼雪夫斯基语)是托尔斯泰刻画人物的主要手法。首先,揭示人物内心的矛盾,细腻地表现这一矛盾发生、发展、变化的过程。比如安娜初识弗龙斯基后,为了阻断对他的爱恋而提前回家,在火车上幸福回味与自我化解,揭示了此起彼伏的心理活动。再比如安娜临死前,内心的痛苦、矛盾、彷徨以至最后选择死亡——展现在读者眼前。其次,善于挖掘人物深层的心理秘密。比如安娜回到彼得堡,在车站见到接她的丈夫时不由自主产生内心的厌恶感。

本节所选片断中,安娜在弗龙斯基离开后去火车站寻找他。托尔斯泰以惊人的艺术力量描写了安娜自杀前的绝望和醒悟,她看透了那个社会和社会中的人,对它再也不留恋了。临死前,她恨恨地说:"全是虚伪的,全是谎话,全是欺骗,全是罪恶。"这也是托尔斯泰对那个社会所作的结论。

【选评】

1910年11月托尔斯泰刚去世不久,高尔基就在一封信中写道:"溘然长逝的是一颗伟大的灵魂,一颗囊括整个罗斯、囊括俄罗斯的一切的灵魂——除了列夫·托尔斯泰之外,对谁可以这样说呢?"在高尔基看来,托尔斯泰思想的包罗万象、丰富广博正是俄罗斯民族灵魂的丰富、复杂和内在矛盾的反映,所以后来在那部得到一致好评的回忆录《列夫·托尔斯泰》中,他称托尔斯泰为"19世纪所有最伟大的人物中间最复杂的一个人",认为"作为一个民族的作家——就'民族的'这一概念的最确切的涵义而言,他把我们民族的一切缺点,以及我们历史上的种种磨难给我们造成的一切创伤,都体现在他那巨大的灵魂中了"。

（汪介之:《列夫·托尔斯泰与20世纪俄罗斯文学》,《俄罗斯文艺》2010年第2期）

【思考与讨论】

1. 安娜这一形象自诞生之日就饱受争议，托尔斯泰本人对安娜的态度也是矛盾的，既同情又谴责。你是如何看待这一文学形象的？

2.《安娜·卡列尼娜》这部作品有安娜和列文两条线索平行发展，托尔斯泰对这种结构很满意，他称为"拱顶结构"，从表面上看，两条线索没有什么联系，但事实上它们是巧妙地联系在一起的，请思考这种联系体现在哪些方面。

3. 车尔尼雪夫斯基说："托尔斯泰伯爵才华的特点是他不限于描写心理过程的结果。他所关心的是过程本身——那种难于觉察的，彼此异常迅速而又无穷多样地变幻着的内心生活现象，托尔斯泰伯爵都能巧妙地描写出来。"他把这种描写心理的方法称之为"心灵辩证法"。试从这个角度仔细研读安娜自杀前的心理描写，说说这与你以往看到的心理描写有何不同。

【拓展与延伸】

1.《安娜·卡列尼娜》中的主人公安娜是个备受争议的女性形象，在中外文学史上也有一些与之相似的女性。请将安娜与法国作家福楼拜笔下的包法利夫人、曹禺笔下的蘩漪进行比较，就此写一篇评论性文章。

2. 如果你来改编《安娜·卡列尼娜》这部作品，会给安娜安排怎样的结局？

3. 请观看由葛丽泰·嘉宝、费雯·丽和苏菲·玛索等演员主演的电影《安娜·卡列尼娜》，分析这些电影在演员形象、故事情节、思想情感等方面的异同。

【推荐阅读】

1.《安娜·卡列尼娜》,（俄）托尔斯泰著，草婴译，上海文艺出版社2007年版。

2.《名人传》,（法）罗曼·罗兰著，张冠尧、艾珉译，人民文学出版社2003年版。

3.《托尔斯泰研究》，杨正先著，中国社会科学出版社2008年版。

4.《俄罗斯文学启示录》，徐葆耕著，广西师范大学出版社2009年版。

第五单元

二十世纪以来的欧美文学

【概述】 20世纪是变化无常、纷纭复杂的时代。科学技术日新月异，人类在物质文明领域里取得了巨大进步，但人类也经历了空前的灾难。两次世界大战给人们带来毁灭性的灾难，还有各种诸如地震、海啸等自然灾害让人类的身心饱受巨大的摧残，人们的精神世界危机重重，各种非理性主义哲学思潮诸如叔本华的悲观主义、柏格森的直觉主义、弗洛伊德的精神分析学说大大影响着人们的思想，在这样的大背景下，欧美文学基本沿着两个方向发展：一个是不断发展的现实主义文学，一个是现代派到后现代派的文学。

20世纪的现实主义对传统现实主义文学既有继承又有发展。第一，在内容上，作家们依然坚持现实主义的批判原则，紧随社会历史发展的步伐，在作品中力图表现复杂的社会生活和塑造鲜明的人物性格，很多时候会借助一个家族的兴衰来反映一个时代的变化，体现出作家强烈的忧患意识。第二，人道主义仍是他们的批判武器。在作品中抨击非人道的社会现实，关注人在社会中的异化，谴责法西斯主义的残忍暴行，同情被压迫的下层人民，向往自由的美好未来。在这一点上，基本继承19世纪的人道传统，但也有创新，有时用社会主义思想或阶级观点去思考社会现实。第三，在艺术手法上，受到现代哲学思潮的影响，与传统现实主义有所不同，创作方法上的兼容并蓄和"内倾性"是其鲜明特征。作家们不断创新，作品中既有客观写实手法，又吸收了象征主义、意识流、荒诞派等现代主义流派的艺术技巧。在人物描写方面，更加注重对人物的内在主观感受和精神世界的探索。

20世纪的欧美现实主义文学，虽然在欧美各国失去了独尊的地位。但作家们努力创新,不断为20世纪现实主义文学注入新的活力。所以,20世纪欧美现实主义文学仍保持着强大的生命力。20世纪欧美现实主义文学作家大体可以分为偏重于继承和偏重于创新两类。

偏重于继承的主要有:英国的萧伯纳、高尔斯华绥、毛姆,美国的杰克·伦敦、德莱塞、菲茨杰拉德,法国的巴比塞,德国的亨利希·曼和托马斯·曼、布莱希特,奥地利的茨威格等等。而法国作家罗曼·罗兰、美国作家海明威和英国作家 D.H.劳伦斯等人的创作中显示出更多的创新色彩。海明威的作品风格独树一帜,"硬汉精神"和"冰山原则"对欧美现代文学造成深远影响。英国作家劳伦斯细致深入地剖析人物的潜意识,侧重探讨现代人的家庭、婚姻和性爱等问题,与弗洛伊德精神分析学说的某些方面不谋而合。

由于20世纪俄罗斯社会的特殊性质以及苏联的诞生,俄苏现实主义文学与欧美各国的现实主义文学有明显的差异,俄苏文学以其鲜明的特征构成20世纪现实主义文学不可或缺的组成部分。突出表现就是无产阶级文学的形成和发展。伴随着十月革命的胜利,世界上第一个社会主义国家苏联诞生了。在这种特定的社会历史背景下,20世纪的俄苏无产阶级文学形成了与以往现实主义迥异的独特风格。高尔基是无产阶级文学的奠基者,代表作家作品还有:马雅可夫斯基的长诗《列宁》和《好!》、法捷耶夫的长篇小说《毁灭》等。社会主义现实主义创作手法占据了30年代中后期的苏联文坛。这时期的主要作家作品有阿·托尔斯泰的长篇三部曲《苦难的历程》以及肖洛霍夫的《静静的顿河》等。十月革命后有一批作家流亡国外,其中有蒲宁、库普林等。有一部分作家选择留在国内埋头创作,但他们的创作并不符合主流文学的规范,如阿赫玛托娃、帕斯捷尔纳克、左琴科等。

50年代初期,苏联社会迎来了新的变化。斯大林去世后,苏联的文艺政策提倡人道主义,"解冻"文学开始兴起。爱伦堡、老作家帕斯捷尔纳克的作品敢于直面生活的真实,深入揭露生活中的矛盾。60年代以后,出现了许多道德题材的作品,如艾特玛托夫的《白轮船》和《一日长于百年》、阿斯塔菲耶夫的《鱼王》。90年代初,苏联解体,苏联文学宣告结束。

现代主义文学,又称现代派,是19世纪末至20世纪出现的诸多文学流派的总称。现代主义具有强烈的反传统倾向,它大胆探索、锐意创新,表现了强烈的挑战意识和先锋精神。主要包括后期象征主义、表现主义、意识流、超现实主义。

在20世纪五六十年代,人们重新审视人类,后现代主义文学作为后工业文化对社会现实和思想文化的思考和概括登上历史舞台。主要流派有：存在主义文学、荒诞派戏剧、新小说、黑色幽默、魔幻现实主义等，反映当代西方人对世界、人类存在的意义的一种深刻的怀疑，对传统价值观念的否定。

现代主义文学确立于19世纪后期。有三位作家通常被认为是现代主义文学的鼻祖或是最早的现代主义作家，他们是美国的爱伦·坡、法国的波德莱尔和俄国的陀思妥耶夫斯基。

象征主义是欧美现代主义流派中出现的第一个流派，早在19世纪中叶的法国影响就非常大。到20世纪，象征主义文学有了进一步发展，称为后期象征主义。通过象征和暗示，把人们从外部世界引向内部的精神世界，曲折表达某种情绪或意蕴。英国诗人T.S.艾略特、爱尔兰诗人叶芝、德国诗人里尔克、美国诗人庞德等是其代表作家。

表现主义文学产生于20世纪的德国，以后蔓延到欧美各国。其主张主要有：认为艺术要表现一种主观的精神，用主观感受的真实代替客观存在的真实；描写现实时避开具体性、形象性，展示抽象的品质、永恒的真理。卡夫卡的《变形记》和奥尼尔的《毛猿》都是著名的表现主义作品。

意识流小说在20世纪成就非常突出。严格说来，"意识流"并不是一个统一的文学流派，而是一种文学创作技巧，因为在小说领域用得较多而且影响巨大，所以形成一种独特的"意识流小说"。意识流小说着力展现人的无意识和变态心理；大量运用自由联想，打破了传统小说的叙述方式和时空顺序的结构形式，运用柏格森的"心理时间"，把过去、现在、未来交替穿插起来，忽视作品情节的连贯性与完整性。法国作家普鲁斯特的《追忆似水年华》、爱尔兰作家乔伊斯的《尤利西斯》、英国女作家伍尔夫的《达洛维太太》和美国作家福克纳的《喧哗与骚动》等是意识流小说的代表作品。

存在主义文学产生于30年代的法国，日渐流行于欧美。它认为世界是荒谬的，人生是痛苦的。代表作家作品有萨特的《恶心》、加缪的《局外人》等。

荒诞派戏剧是"二战"后最有影响的戏剧流派，50年代兴起于法国，60年代统治西方剧坛。内容上表现世界和人生的荒诞性：人生的荒诞不经、人的异化、人与世界的隔膜、人与人之间的疏远等。形式上则打破传统的戏剧结构，人物性格破碎、台词前言不搭后语、故事情节颠倒无逻辑。法国作家尤奈斯库的《秃头歌女》《椅子》，贝克特的《等待戈多》都是其中名剧。

黑色幽默于60年代风行于美国，用喜剧形式表现悲剧内涵。"黑色"是指绝望恐怖的现实，"幽默"指玩世不恭的嘲笑。这是一种用幽默、讽刺手法来宣泄内心痛苦的一种变形手法，其中既蕴藏着愤懑不平也透露着虚无主义。海勒的《第二十二条军规》、品钦的《万有引力之虹》是其代表作。

魔幻现实主义是拉美小说创作的主潮，发端于40年代，到六七十年代形成高潮。通过将现实和梦幻交织的方法，在荒诞不经、充满拉美神秘色彩的背景中展现拉美的现实生活。马尔克斯的《百年孤独》是其代表。

其他现代主义、后现代主义的作家如纳博科夫、博尔赫斯、卡尔维诺、昆德拉等在20世纪影响巨大，在文学史上留下了不朽篇章。

进入21世纪，科学技术更加突飞猛进地发展，信息化、数字化、网络化逐渐成为新时代的重要特征，同时，人类社会也面临着前所未有的危机：不断恶化的生存环境、局部地区依然存在的战争以及到处肆虐的恐怖分子等。在这一背景下，西方文学在20世纪的文学发展基础上似乎有了一些变化。在流派方面，20世纪后期开始涌现出的流派和作家继续存在，如女性作家、少数族裔作家、生态作家、网络作家，等等。女性作家主要代表有2007年诺贝尔文学奖得主，英国的多莉丝·莱辛，2009年获得诺贝尔文学奖的德国女作家赫塔·米勒等。少数族裔方面主要有英国的奈保尔，他在2001年获得诺贝尔文学奖。在创作风格方面，20世纪的作家在手法上多实验性和先锋性，现代派和后现代派的作家几乎穷尽了各种艺术创作技巧，时至今日，作家们似乎不同程度地向现实主义回归。"现代派文学曾经风行一时，但最终还是衰落了。而现实主义文学不但没有衰落和消亡，反而显示出新的活力，因此我们有理由期待它在新的世纪里发展得更加繁荣和丰富多彩。"他们更加关注现实，当今社会的功利化让文学很多时候也走向实用化和商品化，纪实文学就是一个典型的例子。2015年诺贝尔文学奖得主白俄罗斯记者斯维特拉娜·阿列克谢耶维奇的创作就带有纪实文学的特点。

现代主义诗歌

叶芝

【简介】威廉·勃特勒·叶芝（1865—1939）爱尔兰著名诗人、戏剧家和散文家。他是后期象征主义诗歌的主要代表，对现代诗歌的发展产生过重大影响。

叶芝十七岁步入诗坛，早期作品带有唯美倾向和浪漫色彩。二十三岁时叶芝邂逅莫德·冈，狂热地喜爱并追求她，虽最终毫无结果，但却给世人留下了《当你老了》等许多感人的爱情诗篇。

作为信奉新教的英国移民后裔，叶芝有强烈的民族意识，希望通过文学艺术来恢复爱尔兰高尚的民族精神。为此，他创建"民族文学社"，成为爱尔兰文学复兴运动的重要领袖。他还致力于收集爱尔兰民间文学，创建爱尔兰文学剧院（阿贝剧院），创作反映爱尔兰历史的戏剧。叶芝后期的作品多具有丰富的想象力、哲理性和象征主义倾向，代表作品有《丽达与天鹅》《幻象》《塔》《旋梯》《驶向拜占庭》等。1923年叶芝获诺贝尔文学奖。获奖理由是："由于他那永远充满着灵感的诗，它们透过高度的艺术形式展现了整个民族的精神。"1939年1月28日逝世于法国的罗克布鲁。墓碑上刻着他生前写下的诗句："冷眼看待生与死。"

青年叶芝

当你老了

当你老了，头白了，睡思昏沉，
炉火旁打盹，请取下这部诗歌，
慢慢读，回想你过去眼神的柔和，
回想它们昔日浓重的阴影；

多少人爱你青春欢畅的时辰，
爱慕你的美丽，假意或真心，
只有一个人爱你那朝圣者的灵魂，
爱你衰老了的脸上痛苦的皱纹；

垂下头来，在红光闪耀的炉子旁，
凄然地轻轻诉说那爱情的消逝，

在头顶的山上它缓缓踱着步子,
在一群星星中间隐藏着脸庞。

选自《叶芝抒情诗精选》,(爱尔兰)叶芝著,袁可嘉译,太白文艺出版社1997年版

【导读】

此诗写于1893年,那年叶芝29岁。这是一首献给五年前认识的女演员莫德·冈的爱情诗。叶芝矢志不渝地爱着她,虽然没有结果。全诗共三节,十二行。诗歌融想象与现实于一体。第一节和第三节是想象部分,"当你老了",诗篇第一句就把读者带进作者营造的穿越时光的设想中。站在时间的此岸,看着彼岸的世界:"头白了,睡思昏沉","炉火旁打盹",在诗中遥想青春年少时的情景。任何人都会老去,谁也无法抵挡这种生命规律,但"我"告诉"你",时间虽然过去,但"我"的爱会一直陪伴"你"。浮华的爱也许会消失,但真正的爱情并不会消逝,这是超越时空的直达灵魂的圣洁的爱,似天上的星星,永恒不灭。第二节是现实部分,用对比的手法表达了矢志不渝的爱。不管是青葱岁月的"你",还是韶年已逝的"你","我"都会一如既往地眷恋。爱情不仅是外表的愉悦,更是超越时空的来自灵魂的相知。

整首诗超越时空的构思独具匠心,在现实与想象中勾勒诗人真挚的爱。诗歌采用第二人称的倾诉方式,在平静而舒缓的语调中传达冲破世俗的感人至深的爱。另外,诗歌整体笼罩在一种亲切温馨的氛围中,"红光闪耀的炉子旁",年迈的"你"在追忆往昔,但字里行间透出一抹淡淡的哀伤,让人不得不为之感动。

丽达与天鹅

猝然一攫:巨翼犹兀自拍动,
扇着欲坠的少女,他用黑蹼
　　摩挲她双股,含她的后颈在喙中,
且拥她无助的乳房在他的胸脯。

惊骇而含糊的手指怎能推拒,

她松弛的股间，那羽化的宠幸？
　　白热的冲刺下，那扑倒的凡躯
　　　　怎能不感到那跳动的神异的心？

　　腰际一阵颤抖，从此便种下
　　败壁颓垣，屋顶与城楼焚毁，
　　而亚嘉曼农死去。

　　就这样被抓，
　　被自天而降的暴力所凌驾，
　　她可曾就神力汲神的智慧，
　　乘那冷漠之喙尚未将她放下？

《丽达与天鹅》，（爱尔兰）叶芝著，《余光中选集》第五卷，余光中译，安徽教育出版社1999年版

【导读】

　　这首著名的短诗创作于1923年，发表于1928年。诗歌取材于希腊神话，描述的是宙斯幻化成天鹅与丽达结合的故事。丽达生下了两个女儿和两个儿子，两个儿子死后升天为双子座，两个女儿一个是海伦，她和特洛亚王子帕里斯的私奔引发了特洛亚战争，另一个是克吕泰涅斯特拉，她谋杀了自己的丈夫——希腊军队的统帅亚嘉曼农（阿伽门农）。

　　这是一首带有暴力和恐怖气氛的诗歌，但诗中描写的暴力具有特殊的背景，它是神力与人力的结合。叶芝认为人类历史每两千年就会像车轮和螺旋一样循环一次，每一次都由一只鸟和一位女子的结合开始。纪元后的基督教文化，就是从圣母玛丽亚与白鸽结合而生基督开始的，纪元前的希腊文化，则始自宙斯化为天鹅与丽达的结合。

　　诗的第一节渲染了"天鹅"的暴力性，"猝然一攫"，丽达毫无防备，"欲坠"，无助。但宙斯同时也是创造力的象征。在神力的震慑下，丽达无法拒绝，历史新纪元就此打开。神的创造力终究要与人结合，这结合颇为惊心动魄，它带来了恶果和罪孽，"败壁颓垣，屋顶与城楼焚毁，而亚嘉曼农死去"，巨大的破坏性随之即来。人神结合带来的是双重内容：爱与战争、创造与毁灭。这样，一则普通的希腊神话在这首诗中便承载了诗人对人类历史文明灭绝与更新的思考。

最后一节中，诗人反问，"她可曾就神力汲神的智慧，乘那冷漠之喙尚未将她放下？"丽达尽管和天鹅既抗争又顺从地结合了，可最终她获得了什么呢？诗人表达了这种困惑。丽达是人类的象征，神是伟大的，充满智慧的，在人心目中是无所不能的，可以征服人类，任性妄为，天鹅擒获、征服又冷漠地放开丽达不就是这样吗？丽达的茫然证明短暂的结合并未使人类获得神的智慧，在神力离开之后，人类对自身所生存的宇宙仍有太多疑问和不解。

【选评】

神秘哲学的知与行给叶芝早期创作提供了丰富的象征和象征主义理论基础，给他的晚期创作则不仅提供了表层的隐喻，而且赋予了深层的哲学背景，从而完善了他自圆其说的个人神话。神秘主义实修方法则始终与他的文学创作过程有关。这些极具个人性的"隐秘"因素不仅决定了他的作品的外在风格，而且影响到其内在质地，从而使他得以在现代文学史上独树一帜。"意识流"小说家的"自由联想"和超现实主义诗人的"自动书写"在叶芝那里都可以找到先例。（傅浩：《叶芝的神秘哲学及其对文学创作的影响》，《外国文学评论》2000年第2期）

庞德

【简介】埃兹拉·庞德（1885—1972），美国著名诗人，意象派诗歌的创始人。1885年10月30日出生于美国爱达荷州的海利镇。十六岁进入宾夕法尼亚大学攻读美国历史、古典文学、罗曼斯语言文学。后转至哈密尔顿大学学习，1906年获硕士学位。1898年庞德前往欧洲，后多次赴欧，1908年定居伦敦，和托马斯·休姆一起发起意象派运动。1908年庞德自费出版第一部诗集《灯火熄灭之时》。1909年出版诗集《人物》。1921年庞德前往法国，1924年定居意大利。

庞德

"二战"时，庞德公开支持法西斯主义，抨击美国的作战政策，于1943年被控叛国罪，后由于精神失常而免于受审，1958年因为海明威等人的帮忙，庞德被取消叛国罪。1972年11月病逝于威尼斯。

庞德一生的著作颇丰，主要作品有《面具》(1909)、《反击》(1912)、《献祭》(1916)、《休·西尔文·毛伯莱》(1920)和《诗章》(1917—1959)等。此外，他还写了不少评论文章。庞德早期创作的诗歌体现了意象派的主张，即用最简洁凝练的文字展现鲜明具体的意象。他的意象派诗歌理论影响了英美现代派诗歌的发展。同时，庞德的诗歌创作受到了中国古典诗词和日本俳句的影响，他把中国古典诗词和儒家思想介绍到西方，对中西文化和文学的交流起到了很大作用。

在一个地铁站台

人群中这些面孔幽灵一般显现；
湿漉漉的黑色枝条上的许多花瓣。

《在一个地铁车站》，(美)庞德著，杜运燮译，选自《外国现代派作品选》，袁可嘉等编，上海文艺出版社1980年版

【导读】

　　这首英语中最短小的名诗写于1913年，是英美意象主义诗歌的代表作品。诗歌是庞德根据一个地铁站的印象写就的。诗人曾在1916年谈道："三年前在巴黎，我在协约车站走出了地铁车厢。突然间，看到了一个美丽的面孔，然后又看到一个，然后是一个美丽的儿童面孔，然后又是一个美丽的女人。那一天我整天努力寻找能表达我感受的文字，我找不出我认为能与之相称的、或者像那种突发情感那么可爱的文字。那个晚上……我还在继续努力寻找的时候，忽然我找到了表达方式。并不是说我找到了一些文字，而是出现了一个方程式。……不是用语言，而是用许多颜色小斑点。……这种'一个意象的诗'是一个叠加形式，即一个概念叠在另一个概念之上。我发现这对我为了摆脱那次在地铁的情感所造成的困境很有用。"[袁可嘉、董衡巽、郑克鲁编选：《外国现代派作品选》第一册（上），上海文艺出版社1980年版第130页。]诗人最先写了三十行的诗歌，后来修改为十五行，经过很长时间的酝酿和推敲，最后定稿只有两行。诗歌的形成过程也正体现出意象派诗歌的创作主张：用最简洁凝练的文字展现鲜明具体的意象。

庞德认为，意象是理智和情感在瞬间结合的复合体，是个体心灵体验的物化形式，是直觉的产物。这首诗歌在意象的处理上主要使用"意象叠加"的艺术手法。短短的两行诗共有14个单词，其中有5个名词，2个形容词，还有一些介词、代词和冠词等，没有任何动词、连词。整首诗塑造了4个意象，人群、潮湿的枝条、面孔、花瓣，人群和面孔是现实的一组意象，湿漉漉的枝条和花瓣则是由现实引出的瞬间的感觉。诗人把两组意象不用任何连词直接放在一起，形成了"意象叠加"：地铁站熙熙攘攘的人群、漠然的面孔中，突然出现了充满生气和活力的面庞，犹如开在黑色枝条上的花瓣。意象的叠加呈现给人一种蒙太奇的感觉，同时又留下许多想象的空间，这就是诗意的张力，也正是作者追求的效果：丰富的想象蕴含于简洁凝练的文字中，让人回味无穷。

另外，庞德的诗歌创作受到了中国古典诗词和日本俳句的影响，从这首小诗对"意象"的处理中可以看出其与"枯藤老树昏鸦，小桥流水人家"、"梨花一枝春带雨，玉容寂寞泪阑干"等中国古典诗词的共通之处。

【选评】

融合东西方诗美学思想和技艺是意象派另一个重要的现代派特征——真正的国际性。意象派之前的浪漫主义和更早的文艺复兴运动也是号称具有国际性的，但毕竟只局限于欧美。意象派在"欧洲中心论"盛行的欧美本土上第一个打破了地域的偏见，将视线投向一向受到歧视的东方，大大促进了东西方文化的交流。意象派以后的现代主义流派均不再排斥东方哲学和诗学思想，而是积极地建立一种"泛指四海而皆标准"的理论框架。（张强：《意象派、庞德和美国现代主义诗歌的发轫》，《外国文学研究》2001年第1期）

【思考与讨论】

1.《丽达与天鹅》是象征主义诗歌的代表之一，仔细阅读并分析其象征主义的特征具体表现在哪里。

2.《在一个地铁车站》作为意象派诗歌的代表作，其意象派特征表现在哪些方面？

3.莫德·冈是叶芝生命中的奇迹，她在71岁那年接受记者采访谈到叶芝时，曾说过这么一句话："世人会因我没嫁给他而感激我的。"联系叶芝的诗歌试分析她为什么这样说。

4.你是否同意《当你老了》一诗中的爱情观，你又是如何理解爱情的？

【拓展与延伸】

1.请选择庞德、叶芝等人的诗作，策划一场现代派诗歌的诵读比赛，可有单人、对诵、群诵等多种组合方式，诵读中可辅以配乐、舞蹈、表演等多种表现形式。

2. 请根据《当你老了》一诗中的描述，将文字图像化，想象并描绘出作者心目中的"你"的形象，表现形式不限。

3. 请感受《在一个地铁车站》中的独特意境，完成一幅色彩构成作品。要求色调与造型表达准确。

【推荐阅读】

1.《外国现代派作品选》，袁可嘉等编选，上海文艺出版社1980年版。
2.《叶芝抒情诗精选》，(爱尔兰)叶芝著，袁可嘉译，太白文艺出版社1997年版。
3.《叶芝诗歌：灵魂之舞》，李静著，东方出版中心2010年版。
4.《现代派论·英美诗论》，袁可嘉著，中国社会科学出版社1985年版。

菲茨杰拉德

【简介】弗朗西斯·司各特·基·菲茨杰拉德（1896-1940），美国著名小说家，被誉为"爵士乐时代的桂冠诗人"。菲茨杰拉德出生于明尼苏达州圣保罗市一个没落的旧绅士阶层家庭，1911年在圣保罗学院读完中学后，进入新泽西州纽曼学院读了两年预科，1913年考入普林斯顿大学，但在大学时期因为热衷写作和社交而荒废了学业，最终于1917年带着一部小说手稿肄业从军。在被派驻南方亚拉巴马州时，迷恋上富家女珊尔达·赛瑞并与其订婚，但在1919退役后因为从事广告撰写一职收入甚微，前途渺茫，遭到未婚妻嫌弃并解除婚约。不久，菲茨杰拉德毅然辞职，返回家乡闭门修改小说，经过一番刻苦努力，第一部长篇小说《人间天堂》于1920年问世，一鸣惊人，名利双收，并与回心转意的未婚妻成婚。自此菲茨杰拉德走上了职业作家的道路，如他笔下的人物一样，菲茨杰拉德一生追求奢华生活，曾两次携妻旅欧，侨居巴黎等地，出入各种舞会和宴会，狂欢纵乐。维持奢华生活使他在经济上承受了巨大的压力，

菲茨杰拉德

同时也使他的创作才情受到一定的影响，后期由于妻子罹患精神病经常住院治疗，医疗费高昂，导致入不敷出，菲茨杰拉德走投无路来到好莱坞，通过写电影脚本以偿还巨额债款。1940年因心脏病发作而去世，享年仅44岁。

菲茨杰拉德一生共创作了5部长篇小说，160多个短篇小说。除成名作《人间天堂》外，还有《美丽与毁灭》《了不起的盖茨比》《夜色温柔》《最后一位大亨》等。其中《了不起的盖茨比》是他的代表作，为他赢得了不朽的文学声誉，曾在美国学术界选出最优秀的100部小说中排名第二。他的一生及其作品都充分说明，他是美国"爵士乐时代"的代言人，是20世纪20年代最具代表性的作家，他有成功与辉煌的一面，也有苦涩和失意的一面，曾被称为"失败的权威"。

从小说艺术来看，菲茨杰拉德擅长叙述故事，作品风格幽雅细腻，语言流畅，结构严谨，尤其是人物对话写得自然逼真，富有个性。

了不起的盖茨比（节选）

盖茨比死后，东部在我心目中就是这样鬼影憧憧，面目全非到超过了我眼睛矫正的能力，因此等到烧枯叶的蓝烟弥漫空中，寒风把晾在绳上的湿衣服吹得邦邦硬的时候，我就决定回家来了。

在我离开之前还有一件事要办，一件尴尬的、不愉快的事，本来也许应当不了了之的，但是我希望把事情收拾干净，而不指望那个乐于帮忙而又不动感情的大海来把我的垃圾冲掉。我去见了乔丹·贝克，从头到尾谈了围绕着我们两人之间发生的事情，然后谈到我后来的遭遇，而她躺在一张大椅子里听着，一动也不动。

她穿的是打高尔夫球的衣服，我还记得我当时想过她活像一幅很好的插图，她的下巴根神气地微微翘起，她头发像秋叶的颜色，她的脸和她放在膝盖上的浅棕色无指手套一个颜色。等我讲完之后，她告诉我她和另一个人订了婚，别的话一句没说。我怀疑她的话，虽然有好几个人是只要她一点头就可以与她结婚的，但是我故作惊讶。一刹那间我寻思自己是否正在犯错误，接着我很快地考虑了一番就站起来告辞了。

"不管怎样，还是你甩掉我的，"乔丹忽然说，"你那天在电话上把我甩了。我现在拿你完全不当回事了，但是当时那倒是个新经验，我有好一阵子感到晕头转向的。"

我们俩握了握手。

"哦,你还记得吗,"她又加了一句,"我们有过一次关于开车的谈话?"

"啊……记不太清了。"

"你说过一个开车不小心的人只有在碰上另一个开车不小心的人之前才安全吧?瞧,我碰上了另一个开车不小心的人了,是不是?我是说我真不小心,竟然这样看错了人。我以为你是一个相当老实、正直的人。我以为那是你暗暗引以为荣的事。"

"我三十岁了,"我说,"要是我年轻五岁,也许我还可以欺骗自己,说这样做光明正大。"

她没有回答。我又气又恼,对她有几分依恋,同时心里又非常难过,只好转身走开了。

十月下旬的一个下午我碰到了汤姆·布坎南。他在五号路上走在我前面,还是那样机警和盛气凌人,两手微微离开他的身体,仿佛要打退对方的碰撞一样,同时把头忽左忽右地转动,配合他那双溜溜转的眼睛。我正要放慢脚步免得赶上他,他停了下来,蹙着眉头向一家珠宝店的橱窗里看。忽然间他看见了我,就往回走,伸出手来。

"怎么啦,尼克?你不愿意跟我握手吗?"

"对啦。你知道我对你的看法。"

《了不起的盖茨比》书影

"你发疯了，尼克，"他急忙说，"疯得够呛。我不明白你是怎么回事。"

"汤姆，"我质问道，"那天下午你对威尔逊说了什么？"

他一言不发地瞪着我，于是我知道我当时对于不明底细的那几个小时的猜测果然是猜对了。我掉头就走，可是他紧跟上一步，抓住了我的胳臂。

"我对他说了实话，"他说，"他来到我家门口，这时我们正准备出去，后来我让人传话下来说我们不在家，他就想冲上楼来。他已经疯狂到可以杀死我的地步，要是我没告诉他那辆车子是谁的。到了我家里他的手每一分钟都放在他口袋里的一把手枪上……"他突然停住了，态度强硬起来，"就算我告诉他又该怎样？那家伙自己找死。他把你迷惑了，就像他迷惑了黛西一样，其实他是个心肠狠毒的家伙。他撞死了茉特尔就像撞死了一条狗一样，连车子都不停一下。"

我无话可说，除了这个说不出来的事实：事情并不是这样的。

"你不要以为我没有受痛苦——我告诉你，我去退掉那套公寓时，看见那盒倒霉的喂狗的饼干还搁在餐具柜上，我坐下来像小娃娃一样放声大哭。我的天，真难受……"

我不能宽恕他，也不能喜欢他，但是我看到，他所做的事情在他自己看来完全是有理的。一切都是粗心大意、混乱不堪的。汤姆和黛西，他们是粗心大意的人——他们砸碎了东西，毁灭了人，然后就退缩到自己的金钱或者麻木不仁或者不管什么使他们留在一起的东西之中，让别人去收拾他们的烂摊子……

我跟他握了握手。不肯握手未免太无聊了，因为我突然觉得仿佛我是在跟一个小孩子说话。随后他走进那家珠宝店去买一串珍珠项链——或者也许只是一副袖扣——永远摆脱了我这乡下佬吹毛求疵的责难。

我离开的时候，盖茨比的房子还是空着——他草坪上的草长得跟我的一样高了。镇上有一个出租汽车司机载了客人经过大门口没有一次不把车子停一下，用手向里面指指点点。也许出事的那天夜里开车送黛西和盖茨比到东卵的就是他，也许他已经编造了一个别出心裁的故事。我不要听他讲，因此我下火车时总躲开他。

每星期六晚上我都在纽约度过，因为盖茨比那些灯火辉煌、光彩炫目的宴会我记忆犹新，我仍然可以听到微弱的百乐和欢笑的声音不断地从他园子里飘过来，还有一辆辆汽车在他的车道上开来开去。有一晚我确实听见那儿真有一辆汽车，看见车灯照在门口台阶上，但是我并没去调查。大概是最后的一位客人,刚从天涯海角归来,还不知道宴会早已收场了。

在最后那个晚上,箱子已经装好,车子也卖给了杂货店老板,我走过去再看一眼那座庞大而杂乱的、意味着失败的房子。白色大理石台阶上有哪个男孩用砖头涂了一个脏字眼儿,映在月光里分外触目,于是我把它擦了,在石头上把鞋子刮得沙沙作响。后来我又溜达到海边,仰天躺在沙滩上。

那些海滨大别墅现在大多已经关闭了,四周几乎没有灯火,除了海湾上一只渡船的幽暗、移动的灯光。当明月上升的时候,那些微不足道的房屋慢慢消逝,直到我逐渐意识到当年为荷兰水手的眼睛放出异彩的这个古岛——新世界的一片清新碧绿的地方。它那些消失了的树木,那些为盖茨比的别墅让路而被砍伐的树木,曾经一度迎风飘拂,低声响应人类最后的也是最伟大的梦想,在那昙花一现的神妙的瞬间,人面对这个新大陆一定屏息惊异,不由自主地堕入他既不理解也不企求的一种美学的观赏中,在历史上最后一次面对着和他感到惊奇的能力相称的奇观。

当我坐在那里缅怀那个古老的、未知的世界时,我也想到了盖茨比第一次认出了黛西的码头尽头的那盏绿灯时所感到的惊奇。他经历了漫长的道路才来到这片蓝色的草坪上,他的梦一定就像是近在眼前,他几乎不可能抓不住的。他不知道那个梦已经丢在他背后了,丢在这个城市那边那一片无垠的混沌之中不知什么地方了,那里合众国的黑魆魆的田野在夜色中向前伸展。

盖茨比信奉这盏绿灯,这个一年年在我们眼前渐渐远去的极乐的未来。它从前逃脱了我们的追求,不过那没关系——明天我们跑得更快一点,把胳臂伸得更远一点……总有一天……

于是我们继续奋力向前,逆水行舟,被不断地向后推,被推入过去。

《了不起的盖茨比》,(美)菲茨杰拉德著,巫宁坤等译,上海译文出版社2011年版

【导读】

《了不起的盖茨比》发表于1925年,发行量小得令人失望,直到1940年菲茨杰拉德去世之际也未能售完,但评论界对这部作品的反映却出人意料的好。随着20世纪50年代"新批评运动"和60年代"接受美学"文艺思潮的兴起,文学批评方法发生了根本性的改变。人们又对菲茨杰拉德产生了浓厚的兴趣,开始以一种新的眼光来重新审视他的创作思想和艺术风格,重新发掘他的作品

中所包含的深刻的思想意义和具有前瞻性的警世作用,从而进一步确立了他在20世纪文学史上的杰出地位,也使得"菲茨杰拉德研究"大大超出了美国的疆域,得到了世界各国文学界的普遍重视。20世纪60年代以来菲茨杰拉德的作品更是一版再版,风靡于世。尤其是《了不起的盖茨比》,几乎成为人所共知的美国文学中重要的经典名作。

小说的篇幅不算长,故事的基本情节也不复杂。全书共有9章,基本故事场景被设定在典型的"现代化"的美国社会里,故事的主要人物为生活在这一特定历史环境中的中上层美国白人。从表面上看,小说讲述的似乎只是一个成年人的爱情悲剧故事:盖茨比为美国中西部一农家子弟,"一战"期间入伍,随军驻扎南方时与当地富家女黛茜相恋。但黛茜嫌他贫穷,不愿下嫁,待到盖茨比退伍归来时,黛茜已嫁给纨绔子弟汤姆为妻,并育有一女。汤姆拈花惹草,黛茜并不幸福。而盖茨比仍对黛茜一往情深,他花五年时间积攒财富,购置豪宅,举办豪宴,打入上流社会,一心想重新赢回黛茜。但黛茜舍不得丈夫的万贯家财,夹在汤姆和盖茨比之间态度暧昧。汤姆发现隐情妒怒交加,不但设法粉碎了盖茨比的图谋,更利用一场车祸借刀杀人,谋害了盖茨比。但小说真实记录的却是20世纪20年代期间美国的社会风气:"禁酒令"颁发之后的非法私自酿酒、酗酒;小汽车在现代社会生活中所扮演的角色;娱乐世界中的摄影师、电影导演、电影明星们的各种脸谱以及形形色色的爵士乐队;职业女性的生活观和爱情观;人们对现行的道德标准和社会、文化习俗的各不相同的态度,等等。

《了不起的盖茨比》是一则被赋予了深刻含义,充满譬喻和警句的寓言。小说以盖茨比对初恋情人黛茜的热烈追求为主线,讲述的既是一个关于"爱情与金钱"的传统的浪漫故事,又是一个"爱情与金钱"之梦如何破灭、最终演变成一场悲剧的反浪漫故事。它的重要意义在于对所谓"美国梦"的精神实质所作的深刻探究和对"爵士乐时代"的腐败的社会现实所作的严肃批判和谴责。

作者在这部作品中所着意塑造并寄予了深厚同情的主人公盖茨比是一个完全凭借个人努力从社会的最底层奋斗上来的人。他坚忍不拔、勇敢顽强,凭着自己的奋力拼搏终于获得了经济上的巨大成功,步入了社会的上层。这似乎印证了"美国理想"中"人无论贫富贵贱,机会人人均等"的法则。但事实却是,他并不理解财富在现实社会中所起的真正作用,意识不到他的暴富与他的对手汤姆所继承的家庭财产之间有着天壤之别。他所笃信的"美国理想"和"美好未来"是虚无缥缈的,与现实社会完全格格不入。他的雄心壮志已被他对初恋情人黛茜的一片痴心幻想所毁灭。因为,在他的心目中,黛茜已幻化成一个至高无上的理想，一个代表着一切美好事物的象征，一个色彩斑斓的仙境。为了追求黛茜，或者说为了追求他理想中的爱情，为了恢复旧梦，他耗尽了自己的感情、才智和金钱，甚至不惜自己的生命。然而，实际生活中的黛茜却是一个庸俗浅薄的女人。她没有理想，没有情操，只以享乐人生为最高目标，甚至连最起码的真诚也没有。她的良心已被金钱和地位所泯灭。盖茨比用毕生精力和生命为代价建造起来的梦想居然奉献给了这样一个俗物，一具美丽的躯壳。这正是盖茨比的悲剧，而造成这一悲剧的原因就在于，他没有认识到上流社会极端卑劣、自私的本质。更为可悲的是，他到死也没能从中醒悟过来。他的一生遭遇正是美国20年代社会生活的真实写照，他的最终毁灭也标志着"美国梦想"的彻底幻灭。他的死亡给人留下了无限的惆怅和思索的空间。菲茨杰拉德自己也曾说："这部小说的全部分量就在于，它表现了一切理想的幻灭，再现了真实世界的原本色彩。因此，我们不必去考究书中事情和人物的真伪，只要它真实反映了那个时代的诸多特征。"

　　小说中的黛茜这一人物具有典型的双重意义。她有自己的生存法则和个性特征，但她同时又生活在盖茨比的幻觉里。她漂亮、愚蠢、自私、庸俗，是现实世界中一个微不足道的小人物。但在盖茨比的精神世界里，她却幻化成了一个至高无上的美妙梦想，一个能使他重温旧情的纯洁象征。她代表着腐朽堕落的"美国梦想"的内在本质——一个虚假、空洞、毫无实际意义的幻影。黛茜本质上的空虚和浅薄必然导致她感情上的冷漠和道德上的堕落。菲茨杰拉德通过对黛茜这一人物的塑造，以精妙的笔触深刻有力地谴责和批判了潜藏于美丽表象之下精神上的空虚和品格上的败落。黛茜在整个故事中存在的意义就在于，她并不是盖茨比在他的梦幻世界里所描绘和拼命追求的完美的对象，而是"爵士乐时代"里一个绝妙的代表，是世俗社会的典型本质的化身。她并不理解盖茨比的内心世界和人生目标。在爱情和婚姻问题上，她也是一个失败者。她的个人意义上的失败与盖茨比更为惨痛的社会意义的失败是密切相关的。黛茜无疑是"金钱至上、物质至上"的享乐主义人生观的具体体现，而盖茨比所追求的则是浪漫、完美的梦幻式的理想，所以被称为"了不起的盖茨比"。

　　在这部小说中，黛茜的丈夫汤姆是盖茨比的对立面，两人在性格特征、思想观念和成长经历等诸多方面都形成了鲜明的对比，两人代表的既是两种完全对立、又有着必然的历史联系的美国生活观和价值观。汤姆"21岁就在有限的范围内取得了登峰造极的成就，但从此以后，一切都不免有走下坡路的味道了"。家里有钱，上大学就曾因为任意花钱而惹人非议，"说话的声音又大又粗，给人性情暴戾的印象。"他留给读者的直观印象是,他就是那些在美国早期的历史中通过无情的厮杀而聚敛了巨大财富的先辈们的后裔,此刻正躺在前人留下的财富上盛气凌人地恣意挥霍着。而盖茨比则仍在漫无止境地奋力拼搏着,并将希望寄托在未来。盖茨比的最终毁灭正是汤姆的暗算和陷害的结果,他是杀害盖茨比的真正凶手。但是汤姆所代表的上层社会所犯下的这一罪行只是一种表象,其更深刻的含义是,它象征着上层社会对盖茨比的美好幻想所进行的精神摧残,是一种更为残忍的精神犯罪。

小说在叙事手法上采用第一人称,作者在小说中精心设计了一个"双重人物"——尼克·卡拉威。他既是整个故事的叙述者和一切重要事件的见证者,也是小说的一个重要人物,同时还是作者在小说中的评论者和代言人,在整个作品中起着至关重要的桥梁和纽带作用。年届三十的尼克出生于殷实的商贾世家,参加过"一战",战后回到国内,由于百无聊赖,离家来到纽约学做债券生意,住在长岛与盖茨比和布坎南夫妻成为邻居。作为小说中一个重要人物,尼克有其特殊身份:他是盖茨比的朋友和邻居,是黛茜的远方表兄,是汤姆的大学同班同学,是黛茜好友乔丹·贝克的恋人,因此他成为盖茨比与黛茜重新会面的牵线人,也是盖茨比与汤姆各种矛盾冲突的现场见证人,他有机会亲眼目睹了盖茨比生前的排场和死后的凄凉,由他讲述了盖茨比的出身、来历及全部遭遇。在小说中尼克对主要人物都做出了客观的判断和评价,是小说中评判一切道德是非的核心人物,因此,他是"既身在其中,又身在其外,对人生的千变万化既感到陶醉,同时又感到厌恶"。

作者在这部小说中运用大量比喻和象征手法。夜间从盖茨比公馆的窗户和草坪上可以看到的远处闪烁着的"一盏绿灯",便是贯穿全书的一个最为重要的象征。这盏"绿灯"在小说中多次出现,具有独特意义,随着故事情节的逐步开展,我们可以清楚看出,这盏"绿灯"就象征着盖茨比心中理想的恋人黛茜,这盏"绿灯"代表着他至高无上的美好幻想的核心,"绿灯"所发出的"又小又远"的光亮一直伴随着他走到生命的终点。这盏"绿灯"的成功之处就在于,它不仅"通宵不灭地"在海湾对面黛茜家码头的尽头闪烁着,给人以一种特殊的视觉效果,它更代表着盖茨比天真质朴的对未来的向往,同时也象征着盖茨比对历史的真实性的希冀。从这一层面来说,这盏"绿灯"已被作者赋予了深层的含义,使得个体的象征和社会历史的象征有机融合起来。

小说无论在思想深度还是艺术表现力度上都堪称是 20 世纪美国文学中的杰作,它自问世以来,在半个多世纪的岁月里,一直受到文学评论界的广泛关注,对它的研究也一直经久不衰,并被冠以"伟大的美国小说"的称号。菲茨杰拉德本人也声称:"我的这部小说大概可以称得上是有史以来写得最精彩的美国小说之一。"

选文出自第九章,为作品的结尾部分,叙述了尼克·卡拉威在盖茨比死后与乔丹·贝克见面了结前缘,和约翰·布坎南偶遇,确认盖茨比死亡真相的情形,最后作者以乐观又略带感伤的笔触抒发了对"新大陆"现实的感喟及对未来的展望。

【选评】

"在19世纪末20世纪初的美国,蛮荒西部消逝城市不断扩张,农耕社会向工业社会进而向金融社会推进,金融机构取代土地成为现代财富的源泉,减少了人对土地的直接依赖,也削弱了土地带给人的安全感;自然景观因发展的需要扭曲变形,地方丧失了应有的地方性,人地关系疏远。失去了与地方之间的紧密联系,现代人如无本之木,在丰厚的物质条件掩盖之下的是虚空焦虑的灵魂。《了不起的盖茨比》既是作者缅怀美好西部边疆消逝的挽歌,更是一曲关于现代无根性的悲歌。"(熊红萍、朱宾忠:《无根盖茨比:〈了不起的盖茨比〉的场所分析》,《外国文学研究》2012年第6期)

【思考与讨论】

1. 为什么小说称主人公盖茨比为"了不起的盖茨比",这个人物有哪些不凡之处,请结合作品,谈谈你对盖茨比这个人物的理解。

2. 小说中大量使用象征手法,其中一盏"绿灯"是最具代表性的,请谈谈这盏"绿灯"有什么象征含义?除了这盏"绿灯",请找找小说中还有哪些具有象征意义的事物?

3. 在菲茨杰拉德的小说中几乎都能找到他自己的影子,《了不起的盖茨比》里的尼克·卡拉威就是一例,请阅读菲茨杰拉德的传记,看看尼克与菲茨杰拉德有哪些相似之处?

【拓展与延伸】

1. 小说《了不起的盖茨比》展现了20世纪20年代"美国梦"的覆灭,请查找相关资料,了解"美国梦"的来龙去脉和精神实质。

2.《了不起的盖茨比》自从问世以来,已经被五次搬上大荧幕,其中距离我们最近的版本是2012年由莱昂纳多主演的同名电影,请观看此片并比较其与小说在主题内容、叙事手法、人物形象等方面的异同,并说说你更喜欢哪一种。

3. 在美国文学中,福克纳的《喧哗与骚动》、约瑟夫·海勒的《第二十二条军规》、罗姆·大卫·塞林格的《麦田里的守望者》、海明威的《老人与海》都是非常著名的文学作品，有兴趣的话，请找来读一读，并写一篇1500字左右的读书报告。

【推荐阅读】

1.《菲茨杰拉德研究》，吴建国著，上海外语教育出版社2002年版
2.《夜色温柔》，（美）菲茨杰拉德著，上海译文出版社2010年版
3.《末代佳人：菲茨杰拉德短篇小说选》，（美）菲茨杰拉德著，复旦大学出版社2011年版。

卡夫卡

【简介】弗兰茨·卡夫卡（1883—1924），奥地利著名小说家，西方现代主义文学的奠基人和重要代表人物。英国诗人奥登曾评价说，就作家与他所处的时代关系而言，"卡夫卡与我们的时代的关系最近似于但丁、莎士比亚、歌德与他们的时代的关系"。

1883年7月3日，卡夫卡出生在当时奥匈帝国统治下的布拉格。父亲是个犹太百货批发商，性情粗暴专制像个暴君，母亲忧郁温顺。在压抑的家庭氛围中长大的卡夫卡怯懦忧郁，孤僻内向。卡夫卡从小喜欢文学。1901年，卡夫卡进入布拉格大学学习德国文学，开始创作。但不久就迫于父命改学法

卡夫卡

律，获得法学博士学位，先后在法律事务所和保险机构工作。1922年因肺结核病情转重而离职疗养，两年后去世，年仅41岁。作为一个犹太人，在布拉格他处处感受到种族歧视的折磨，与父亲之间不和谐的关系，羸弱多病的身体，三次订婚三次主动解约产生的挫败和孤独感，成为卡夫卡精神上挥之不去的阴影。

卡夫卡的创作都是在业余时间进行的，他不想成名，发表的作品也很少，临死前在遗信中请求好友布罗德把他的书稿焚毁。但布罗德违背了他的遗愿，相反把卡夫卡所有的作品，包括书信、日记、草稿等加以整理出版。作品发表后，在世界上引起长久持续的"卡夫卡热"。

卡夫卡主要作品为78篇短篇小说和3部未完成的长篇小说。他的小说思想内容怪诞离奇，艺术形式新颖别致。从主题思想上，他的小说可分为以下四类：第一类，揭示世界的荒诞和非理性，如《判决》和《乡村医生》以及长篇小说《城堡》。第二类，揭示现代人的异化现象，如《变形记》。第三类，揭示人在现实世界中的困境和无能为力，表现对现实生活的不安和恐惧，如《地洞》和长篇小说《美国》。第四类，描写国家专制体制的暴行和荒诞，如《在流放地》《审判》。

卡夫卡的小说革新了人们对小说的认识，在荒诞的框架中包含着细节的真实，叙述语调平实冷漠，对20世纪的作家和读者来说都是一种崭新的小说叙述方式。

变形记（节选）

"他一定得走，"格里高尔的妹妹喊道，"这是唯一的办法，父亲。你们一定要抛开这个念头，认为这就是格里高尔。我们好久以来都这样相信，这就是我们一切不幸的根源。这怎么会是格里高尔呢？如果这是格里高尔，他早就会明白人是不能跟这样的动物一起生活的，他就会自动地走开。这样，我虽然没有了哥哥，可是我们就能生活下去，并且会尊敬地纪念着他。可现在呢，这个东西把我们害得好苦，赶走我们的房客，显然想独霸所有的房间，让我们都睡到沟壑里去。瞧呀，父亲，"她立刻又尖声叫起来，"他又来了！"在格里高尔所不能理解的惊惶失措中她竟抛弃了自己的母亲，事实上她还把母亲坐着的椅子往外推了推，仿佛是为了离格里高尔远些，她情愿牺牲母亲似的。接着她又跑到父亲背后，父亲被她的激动弄得不知如何是好，也站了起来张开手臂仿佛要保护她似的。

可是格里高尔根本没有想吓唬任何人，更不要说自己的妹妹了。他只不过是开始转身，好爬回自己的房间去，不过他的动作瞧着一定很可怕，因为在身体不灵活的

1915年首版《变形记》封面

情况下，他只有昂动头部一次又一次地支着地板，才能完成困难的向后转的动作。他的良好的意图似乎给看出来了；他们的惊慌只是暂时性的。现在他们都阴郁而默不作声地望着他。母亲躺在椅子里，两条腿僵僵地伸直着，并紧在一起，她的眼睛因为疲惫已经几乎全闭上了；父亲和妹妹彼此紧靠地坐着，妹妹的胳膊还围在父亲的脖子上。

也许我现在又有气力转过身去了吧，格里高尔想，又开始使劲起来。他不得不时时停下来喘口气。谁也没有催他；他们完全听任他自己活动。一等他转过了身子，他马上就径直爬回去。房间和他之间的距离使他惊讶不已，他不明白自己身体这么衰弱，刚才是怎么不知不觉就爬过来的。他一心一意地拼命快爬，几乎没有注意家里人连一句话或是一下喊声都没有发出，以免妨碍他的前进。只是在爬到门口时他才扭过头来，也没有完全扭过来，因为他颈部的肌肉越来越发僵了，可是也足以看到谁也没有动，只有妹妹站了起来。他最后的一瞥是落在母亲身上的，她已经完全睡着了。

还不等他完全进入房间，门就给仓促地推上，闩了起来，还上了锁。后面突如其来的响声使他大吃一惊，身子下面那些细小的腿都吓得发软了。这么急急忙忙的是他的妹妹。她早已站起身来等着，而且还轻快地往前跳了几步，格里高尔甚至都没有听见她走近的声音，她拧了拧钥匙把门锁上以后就对父母亲喊道："总算锁上了！"

"现在又该怎么办呢？"格里高尔自言自语地说，向四周围的黑暗扫了一眼。他很快就发现自己已经完全不能动弹了。这并没有使他吃惊，相反，他依靠这些又细又弱的腿爬了这么多路，这倒真是不可思议。其它也没有什么不舒服的地方了。的确，他整个身子都觉得酸疼，不过也好像正在减轻，以后一定会完全不疼的。他背上的烂苹果和周围发炎的地方都蒙上了柔软的尘土，早就不太难过了。他怀着温柔和爱意想着自己的一家人。他消灭自己的决心比妹妹还强烈呢，只要这件事真能办得到。他陷在这样空虚而安谧的沉思中，一直到钟楼上打响了半夜三点。从窗外的世界透进来的第一道光线又一次地唤醒了他的知觉。接着他的头无力地颓然垂下，他的鼻孔里也呼出了最后一丝摇曳不定的气息。

选自《变形记》，（奥）卡夫卡著，李文俊译，浙江文艺出版社2000年版

【导读】

《变形记》是卡夫卡短篇小说的代表作，被公认为 20 世纪现代主义文学的经典之作。小说用平淡冷漠的语调讲述了一个荒诞到让人匪夷所思的故事。"一天早晨，格里高尔·萨姆沙从不安的睡梦中醒来，发现自己躺在床上变成了一只巨大的甲虫。"他的奇怪形状吓跑了公司派来催他上班的秘书主任。父亲看到后，把他赶进了房间，要求严加看管。之后他的生理习性随之发生变化，但属于人的清醒的意识和心理依然存在。他的心里仍然关心着要替父亲还债，要送妹妹上音乐学院的事，期望着自己能够早日回去上班。

他的变化给家庭带来巨大的影响，家境日渐窘迫。父亲不得不到一家银行当杂役，母亲替人缝补衬衣，妹妹去商店站柜台。他们还不得不腾出一间房子招租，找了三个房客。一家三口为了留住房客，非常卑微，妹妹为客人拉起了小提琴。格里高尔一直非常知趣地在房间里不惊扰客人，但听到妹妹的琴声后非常感动，不由爬了出来。房客发现后宣布要退租，而且不付分文房钱。全家人越来越觉得格里高尔的存在是个累赘，希望他快些死去。格里高尔最后在孤寂中绝食死去。在他死后，全家人庆幸终于摆脱了他，怀着欣慰的心情去郊游，庆祝新生活的开始。

小说通过主人公变为大甲虫的荒诞故事，反映了西方现代人普遍感受到的人的"异化"现象。在物的世界里，金钱、机器、生产方式、工作制度等变成了异己的力量处处挤压、操纵着人，把人变成了"非人"。在家人眼中，格里高尔只是养家糊口的机器，没有人去关心他的思想、情感。而格里高尔变成大甲虫之后带来的灾难性影响，让他的家人从最初的震惊、困惑，期待他重回人形到习惯了他的缺席，甚至忘记他的存在，最后当感觉到格里高尔将会影响他们的生活时，越来越难以忍受他的存在，并达成共识，要把他弄走。格里高尔最后怀着对家人温柔的爱意而选择了绝食，在极度的孤独中走向了死亡。他的死，揭示了在一个异化的世界中，人与人之间赤裸裸的利害关系。当一个人的工作能力或者使用价值丧失的时候，即使是亲人也会彻底地遗弃他。这种孤独感和恐惧感在卡夫卡所有的作品中都弥散着，而《变形记》尤为突出。

在艺术上，《变形记》集中表现了卡夫卡创作的主要特征：总体的荒诞性和细节的真实性。《变形记》的情节荒诞离奇，格里高尔在一夜之间由人变成了大甲虫，但卡夫卡并未止于荒诞，他是要透过虚幻的外在表象表现内在的真实。作者没有交代格里高尔为何变形，也没有大肆渲染他如何变形，仿佛他的变形是再平常不过的事，变形后他还是有着人的思维，最初他以为是幻觉，他盼望着幻觉早点消失自己变回人形以便开始当天的工作。作者花了大量的篇幅写变形后虫子的生活细节和家人对他的态度,"在故作平淡无奇的日常形式中表达出反常的内容",卡夫卡以这种高超的手法使得荒诞虚幻的事件显得"比真正的生活真实还要现实"。另外,小说的叙述语调冷漠、淡然,像新闻报道一样冷静客观,只是不动声色地说明情况和记叙过程,不发表任何评论。

本节所选片断为小说最后一部分,格里高尔破坏了"音乐会",家人对他的厌恶集中暴发,表现最激烈、最决绝的就是他最疼爱的妹妹,坚决要把他弄走,而父亲和母亲也默许了这种意见。格里高尔怀着温柔和爱意想着他的家人,决定消灭自己,最后绝食而亡。在噩梦般的情景下,作者进入主人公的内心,揭示了世界对人性的强大压力,揭示了一个渴望得到爱的心灵在冷漠的世界中孤绝而死的极度的凄凉。

【选评】

卡夫卡是一个写自我、写内心的作家,他写作的奥秘就是不加声明、不露声色地把内心世界投射到外部世界,使虚幻朦胧的下意识形象化、客体化,由此打破了心灵与外界、幻觉与真实的界限。可以说,卡夫卡创造了一个象征的、二元的、辩证的叙事世界,它是虚与实、动与静、具象与抽象、现象与本体的对立统一体。(黄燎宇:《卡夫卡的弦外之音——论卡夫卡的叙事风格》,《外国文学评论》1997年第4期)

【思考与讨论】

1. 卡夫卡说过,他生活在自己的家里,可却感到"比陌生人还要陌生",这一生存状况也体现在《变形记》中。请结合作品,谈谈格里高尔的变形所体现出的现代人的生存困境。

2. 卡夫卡的作品往往荒诞而具有寓言的色彩。格里高尔变成一只大甲虫这个情节被很多人理解为是揭示了西方社会的异化主题。请你谈谈《变形记》是怎样以荒诞的形式来揭示异化主题的?异化主题是不是只在西方存在,对这个问题的思考对现代社会有何启示意义?

【拓展与延伸】

1. 请观看电影《卡夫卡》或者《城堡》,谈一谈电影在思想、风格上与卡夫卡作品的相似处。

2. 根据《变形记》中对大甲虫的描述,想象并描绘出其形象,表现形式不限。

3. 观看日本动画家山村浩二根据卡夫卡《乡村医生》改编的同名动漫作品,写一篇观后感。

【推荐阅读】

1.《变形记》,(奥)卡夫卡著,李文俊译,浙江文艺出版社2000年版。

2.《卡夫卡读本》,(奥)卡夫卡著,叶廷芳选编,叶廷芳等译,新世界出版社2010年版。

3.《灰色的寒鸦——卡夫卡传》,(奥)布罗德著,张荣昌译,北京十月文艺出版社2010年版。

4.《灵魂的城堡》,残雪著,华东师范大学出版社2008年版。

马尔克斯

【简介】 加西亚·马尔克斯(1928—2014)哥伦比亚小说家,魔幻现实主义的杰出代表。出生于哥伦比亚的阿拉卡塔卡镇。父亲是一名乡镇报务员,家中有16个孩子,马尔克斯排行最大。他的童年是在外祖母家度过的。外祖父参加过战争,是位退役上校;外祖母喜欢讲神话故事和传说,这对马尔克斯日后的文学创作很有帮助。

马尔克斯18岁考入国立波哥大大学法学系,可是作家对法律毫无兴趣。后因时局动荡,马尔克斯中途辍学,随后进入《观察家报》任记者,并逐渐走上文学创作道路。在创作风格上,马尔克斯深受海明威、卡夫卡等人的影响。

加西亚·马尔克斯

20世纪50年代中期以来,马尔克斯陆续发表了一系列中短篇小说。其中有《枯枝败叶》(1955)、《没有人给他写信的上校》(1961)、《恶时辰》(1962)、《格兰德大妈的葬礼》(1962)。1965年开始创作《百年孤独》,1967年小说出版后被誉为杰作,短时间内被翻译成多种文字并饮誉全球,奠定了作家在文坛上的地位。随后又创作了《家长的没落》(1975)和《一件事先张扬的凶杀案》(1981)等小说。1982年,马尔克斯因为他的创作"把幻想和现实融为一体,勾画出一个丰富多彩的想象中的世界,反映了拉丁美洲大陆的生活和斗争"而获得了诺贝尔文学奖。获奖后，马尔克斯潜心创作，不断有新作推出，《霍乱时期的爱情》（1985）和《迷宫中的将军》（1988）等都是影响比较大的作品。

马尔克斯的创作扎根于拉美的文化土壤，也受到卡夫卡和乔伊斯等人的影响，其风格主要表现为魔幻现实主义，"变现实为幻想而又不失其真"是其创作原则，融现实与神话、传说、梦幻于一体，为我们创造了一个神秘魔幻的世界，借此反映拉丁美洲贫困、落后的现实状况。

百年孤独（节选）

于是他们明白美人儿蕾梅黛丝的气息仍在折磨死者，直到尸骨成灰也不放过。然而，他们并没有将这桩恐怖的事件与其他另外两个为美人儿蕾梅黛丝而死的男人联系起来。要等到另一个牺牲者出现，外乡人以及马孔多的许多老住户才会相信关于美人儿蕾梅黛丝的传说，即她发出的不是爱情的气息，而是死亡的召唤。证实这一点的机会出现在几个月后，那天下午美人儿蕾梅黛丝和一群女友一起去见识那些新奇的种植园。对马孔多的居民来说，这是一种新兴的消遣：在香蕉林中弥漫着湿润气息又杳无尽头的小径间散步，那里的寂静仿佛刚刚从别处迁来，崭新未用，因此还不能正常传递声音。有时候在半米的距离内听不清别人说话，但在种植园另一头却能听得清清楚楚。这个新游戏为马孔多的少女带来欢笑和惊奇，引发惊恐和戏嘲，直到晚上她们还会谈起恍如梦境的散步经历。那里的寂静如此出名，乌尔苏拉也不忍剥夺美人儿蕾梅黛丝的乐趣，便同意她那天下午出门，但要衣着得体并戴上帽子。从少女们走进种植园那一刻起，空气中便有致命的芳香满溢。在沟垄间劳作的男人感觉自己被奇异的魔力所控制，面临着无形的危险，很多人甚至忍不住想要痛哭一场。美人儿蕾梅黛丝和她受惊的女友们险些落入一群凶暴的男人手中，好不容易才躲进附近的一户人家。没过多久四个奥雷里亚诺将她们救出，他们额上的灰烬十字引发某种对神明的敬意，仿佛那是门第等级的标志、免受伤害的印记。美人儿蕾梅黛丝没跟任何人说起有个男人趁着混乱在她腹部摸了一把，那只手更像是攫在悬崖边缘的鹰爪。那一瞬她惊愕地望着袭击者，那双绝望的眼睛像灼人的炭火印在她的心里。当晚，那男人在土耳其人大街吹嘘自己的勇气，炫耀自己的幸运，可几分钟后一匹马就从他胸前踏过，众多外乡人看着他在街上垂死挣扎，直到在自己吐出的鲜血里窒息。

　　四桩无可置疑的事例证实了美人儿蕾梅黛丝拥有致命力量这一猜测。尽管不乏言语轻薄的男人乐于宣称与这样令人心动的女人过上一夜死了也值，可实际上没人敢去尝试。或许想要征服她乃至袪除她带来的危险，只需一种最自然最简单、被称为"爱"的情感，但从没有人想到过这一点。乌尔苏拉不再为她费心。曾几何时，她尚未放弃挽救她令她融入现实的努力，试图让她对家务发生兴趣。"男人比你想的要求更多。"她故作神秘地说道，"有很多饭要做、很多地要扫，还有很多小事要忍耐，不是你想的那么简单。"乌尔苏拉试图训练她为家庭幸福作准备的想法不过是在自我欺骗，因为她早已确信一旦欲望得到满足，没有任何男人能忍受哪怕一天她这种不可思议的懒散。最后一个何塞·阿尔卡蒂奥降生后，她一心要将他培养成教皇，也就不再为曾孙女操心。她任由她自生自灭，相信早晚会有奇迹发生，在这个无奇不有的世界上总会有一个耐性足够的男人能接受她。很早以前，阿玛兰妲就放弃了将她改造成贤妻良母的一切努力。在缝纫间里那些被遗忘的午后，她这个侄女连对帮忙摇缝纫机摇柄都不大感兴趣，那时她便得出明确的结论：她脑子有问题。阿玛兰妲奇怪她竟会对男人的甜言蜜语无动于衷，便对她说："看来我们得卖彩票才能把你推销出去。"后来，乌尔苏拉坚持要美人儿蕾梅黛丝用头巾蒙脸去望弥撒，阿玛兰妲认为这样平添了神秘感，很快就能吸引某个好奇的男人耐下性子来寻索她内心的弱点。然而当阿玛兰妲看到对那个在各方面都胜过一位王子的追求者她竟愚蠢地不屑一顾，便不再抱任何希望。费尔南达从未试图去理解她。她在血腥狂欢节上见到美人儿蕾梅黛丝一身女王打扮，觉得她真是一个出众的美人。可看到她用手抓饭吃，说出的话没有一句不显天真，费尔南达只有在心里哀叹，家里这些傻子都活得太久了。尽管奥雷里亚诺·布恩迪亚上校依然相信并再三宣扬，美人儿蕾梅黛丝实际上是他平生见过最有智慧的人，这一点从她不时嘲弄众人的惊人能力上就可以看出，但他们还是对她不闻不问，任其自

《百年孤独》中文版封面

然。美人儿蕾梅黛丝独自留在孤独的荒漠中，一无牵绊。她在没有恶魔的梦境中，在费时良久的沐浴中，在毫无规律的进餐中，在没有回忆的漫长而深沉的寂静中，渐渐成熟。直到三月的一天下午，费尔南达想在花园里叠起她的亚麻床单，请来家里其他女人帮忙。她们刚刚动手，阿玛兰妲就发现美人儿蕾梅黛丝变得极其苍白，几近透明。

"你不舒服吗？"她问道。

美人儿蕾梅黛丝正攥着床单的另一侧，露出一个怜悯的笑容。

"正相反，"她说，"我从来没这么好过。"

她话音刚落，费尔南达就感到一阵明亮的微风吹过，床单从手里挣脱并在风中完全展开。阿玛兰妲感到从裙裾花边传来一阵神秘的震颤，不得不抓紧传单免得跌倒。就在这时美人儿蕾梅黛丝开始离开地面。乌尔苏拉那时几近失明，却只有她能镇定自若地看出那阵不可阻挡的微风因何而来，便任凭床单随光芒而去，看着美人儿蕾梅黛丝挥手告别，身边鼓荡放光的床单和她一起冉冉上升，和她一起离开金龟子和大丽花的空间，和她一起穿过下午四点结束时的空间，和她一起永远消失在连飞得最高的回忆之鸟也无法企及的高邈空间。

选自《百年孤独》，（哥伦比亚）马尔克斯著，范晔译，南海出版社 2011 年版

【导读】

《百年孤独》讲述了马孔多小镇上布恩蒂亚家族七代人的生活变迁。家族的祖先是何塞·阿尔卡蒂奥·布恩迪亚和乌尔苏拉夫妇。他们是近亲结婚，由于担心会生出长猪尾巴的孩子来，婚后乌尔苏拉一直不敢和丈夫同房，一个邻居嘲笑布恩迪亚没用，一气之下，布恩迪亚把那个邻居杀了，后来因为忍受不了死者鬼魂的骚扰就离开家乡来到了马孔多。最初，马孔多是一个与世隔绝的地方，风景秀丽，人们安居乐业，后来由于外部势力的侵入，小镇发生了巨大的变化，垄断资本家侵入了盛产香蕉的小镇，并与本地独裁政权勾结屠杀大批工人。最后，布恩迪蒂亚家族的最后一个人被蚂蚁吃掉了，随后小镇在一场大洪水和飓风中化为乌有。

小说写了布恩迪亚家族七代人的经历，人物众多且姓名相同，情节离奇曲折，形象地展现了拉丁美洲的百年沧桑，作者借此也思考了"百年孤独"的原因，并进而寻找拉美的出路。

"孤独"，这是家族七代人的共同特征。作家在谈到作品中人物的孤独时说："布恩迪亚整个家族都不懂爱情，不通人道，这就是他们孤独和受挫的秘密。我认为，孤独的反义是团结。"[（哥伦比亚）门多萨：《番石榴飘香》，林一安译，三联书店1987年版，第109页]在他们身上感受不到亲情的温馨、爱情的甜蜜。他们冷漠、难以沟通、对不幸的人无动于衷。第二代中的阿尔卡蒂奥固执、放荡不羁，奥雷里亚诺在外和不同的女子生了17个儿子。第三代中的阿尔卡蒂奥不知自己生母是谁，后来竟荒唐地爱上了生母，奥雷里亚诺爱上了自己的姑妈阿玛兰妲。第四代中的两个男孩爱上了同一个寡妇。他们感情冲动，毫无理性，家族成员间难以交流沟通。为了排遣孤独，就像家族中成员重复地使用相同的名字一样，他们也会重复地做着某件事。自从老布恩迪亚陷入孤独，整日呆在炼金室，沉迷于炼金术之后，"孤独"就阴魂不散地出现在家族的每一代人身上。养小金鱼、织尸衣布，日复一日，年复一年，他们也努力摆脱孤独，但最终都以失败告终。

　　"孤独"不仅属于布恩迪亚家族，也属于马孔多小镇代表的拉丁美洲。马孔多常年闭塞不堪，始终被现代文明拒之门外。外族的入侵，使马孔多人对外界也充满了好奇，但马孔多人的愚昧和不通人情使他们无法接受现代文明，而同时他们又丧失了自己独特的民族传统价值观念。小说通过布恩迪亚家族的兴衰，揭示了拉丁美洲民族衰亡的原因。

　　《百年孤独》是魔幻现实主义的代表作，其中的魔幻特征非常明显。首先，小说带有非理性的一面，融现实与神话、传说、梦幻于一体。马尔克斯认为，在拉美人眼中，世界就是人鬼混杂的，真实与虚幻世界的界限是模糊的，这就是拉美人对世界独特的认知方式。所以，作品中有大量的不可思议的情节，比如，美人儿蕾梅黛丝抓着床单就升天了，奥雷里亚诺在娘肚子里就会哭，生下来时睁着眼睛。霍·阿尔卡蒂奥被杀后，鲜血竟然穿过客厅，流到街上，穿过库房，最后流到乌尔苏拉正在做饭的厨房里报信。其次，作品中大量运用象征、暗示的手法。如小说中多次出现的小黄花，老布恩迪亚临终时天上下了整整一夜黄花雨，家族快要灭亡时，小黄花又一次出现。在印第安人的传统观念中，黄色象征死亡和灾难。还有全村人都染上的健忘症，人们不得不在物品上贴上标签。作家这样写的目的是暗示大家不要忘记民族的历史。

　　最后是作品的循环结构。作家在小说开头这样写道："多年以后，面对行刑队，奥雷里亚诺·布恩迪亚上校将会回想起父亲带他去见识冰块的那个遥远的下午。"一句话就涵容了未来、过去和现在三个时间层面，而作家是站在"现在"

的角度回溯"过去",展望"未来",这样的叙事方式更能体现布恩迪亚家族和整个拉美民族的历史沧桑感。

节选部分写的是不食人间烟火的美人儿蕾梅黛丝拥有置人于死地的能力和她最后升天的景象。她纯洁美丽,像一个孩子那样不谙世事地活在自己的世界中,她最终的离去象征爱与美的消失。魔幻现实主义的特征诸如荒诞不经的情节、象征和隐喻的手法都可以从中窥得一斑。

【选评】

《百年孤独》的史诗气质是作品原生态的实质,它先天地由内容带来,也被形式后天地塑造着。从某种程度上说,《百年孤独》努力揭示拉美民族的原始精神,并用这样的气概去面对现实。马尔克斯深谙史诗之道,作品此彼无界,天人互渗,而且仿佛作品在自己生长,作者在此终止判断。虽然产生史诗的历史时空已然消失,但此历史时空作为一种史诗式遗迹,使《百年孤独》的史诗气质成为可能;而且马尔克斯有意识地要做到这一点。(王正蓉:《〈百年孤独〉的史诗气质》,《四川师范大学学报》2001年第5期)

【思考与讨论】

1. "孤独"主题贯穿《百年孤独》的始末,请你谈谈对作品中"孤独"的理解。

2. 魔幻现实主义是20世纪五六十年代在拉美形成的影响深远的文学流派。马尔克斯是其中的代表作家,其创作深受拉美神奇的自然环境和神秘传说以及西方现代派创作观念的影响。你是如何理解《百年孤独》这种魔幻现实主义艺术特征的?

【拓展与延伸】

1. 马尔克斯曾对昆德拉说:"是卡夫卡使我懂得了可以用另外的方法写作。"所谓另外的方法,昆德拉解释是"越过真实性的疆界。并非为逃避真正的世界(用那些浪漫者的方式),而是为了更好地把握它"。请你比较阅读《变形记》和《百年孤独》两部作品,写一篇文章,谈谈马尔克斯在卡夫卡那里学到了怎样的方法。

2. 20世纪80年代,拉丁美洲文学的大爆炸对中国当代文学影响巨大,作家莫言说:"读这本书对我们80年代这一批开始写作的作家来讲,每个人都会讲述很多很多的故事。我读这本书第一个感觉是震撼。原来小说可以这样写。紧接着感觉到遗憾,我为什么早不知道小说可以这样写呢?如果早知道小说可以这样写,没准《百年孤独》我就可以写了。因为戏法一旦捅破以后很简单,很多人会说我们也可以做到。"搜寻这方面资料,写一篇研究性文章,谈谈《百年孤独》对中国的"寻根文学"产生了怎样的影响。

3. 请阅读《百年孤独》节选部分,根据其中对俏姑娘蕾梅黛丝的描写,为她设计一个造型。

4.《百年孤独》被誉为"再现拉丁美洲历史社会图景的鸿篇巨著",是加西亚·马尔克斯的代表作,也是拉丁美洲魔幻现实主义文学的代表作。2011年,授权新经典图书公司正式出版《百年孤独》。假若你是一家报社或电视台记者,将采访马尔克斯,你们会有怎样的交流?请就此写一篇新闻采访实录。

【推荐阅读】

1.《百年孤独》,(哥伦比亚)马尔克斯著,范晔译,南海出版公司2011年版。

2.《百年孤独》,(哥伦比亚)马尔克斯著,高长荣译,北京十月文艺出版社1984年版。

3.《番石榴飘香》,(哥伦比亚)门多萨著,林一安译,三联书店1987年版。

4.《马孔多神话与魔幻现实主义》,许志强著,中国社会科学出版社2009年版。

5.《加西亚·马尔克斯传》,(哥伦比亚)萨尔迪瓦尔著,卞双成、胡真才译,上海人民出版社2008年版。

第六单元

亚 非 文 学

【概述】亚非地区是世界文明的发源地,四大文明古国均为亚非国家,三大宗教都产生于亚洲地区。古代的埃及、巴比伦、印度、中国创造了最早的物质文明和精神文明。亚非文学一般分为三个时期:

第一,古代亚非文学,主要是原始社会、奴隶社会的文学,这一时期的亚非文学居世界文学的先导地位,拥有人类最早的口头文学和创作书籍。其中有世界上最古老的史诗巴比伦的《吉尔伽美什》,世界最早的三大诗集——中国的《诗经》、埃及的《亡灵书》、印度的《吠陀》。此外,希伯来文学总集《旧约》也是这一时期的重要成就,在思想和艺术上《旧约》都取得了非常高的成就,对后世尤其是欧洲文学产生了深远的影响,希伯来文学成为欧洲文学的另一源头。印度文学中的两大史诗《摩诃婆罗多》和《罗摩衍那》也是这一时期的辉煌成就。

第二,中古亚非文学,主要是亚非国家封建时期文学,这时期文学处于当时世界文学的高峰,呈现了各民族文学繁荣的景象。中国(中国部分略去)、印度、日本、波斯和阿拉伯文学成就最为突出。印度出现最著名的诗人和剧作家迦梨陀娑,他的戏剧《沙恭达罗》是亚非中古戏剧最优秀的作品之一。中古日本文学出现了日本最早的诗歌总集《万叶集》以及亚非文学史上第一部长篇纪实小说紫式部的《源氏物语》。中古波斯文学突出的成就是诗人萨迪的《蔷薇园》。代表中古阿拉伯文学最高成就的是民间故事集《一千零一夜》。此外,朝鲜文学中的古典小说《春香传》也是这一时期的优秀作品之一。

第三,近现代亚非文学,指的是从19世纪后期到20世纪的文学。这一时期的亚非文学包含三个分期：近代（19世纪后期到20世纪初）、现代（1917年十月革命前后到"二战"结束）、当代（"二战"结束至今）。这一时期的亚非文学，大都打上了反帝、反封建和争取民族自由、独立的烙印，同时，也不同程度地受到了西方文学的影响。成就最突出的是日本、印度和埃及。二叶亭四迷的《浮云》标志着日本近代文学的产生。森鸥外的《舞姬》是日本浪漫主义文学的奠基作。夏目漱石是日本近代文学的杰出代表，代表作《我是猫》从猫的角度刻画了近代日本知识分子的形象。小林多喜二是日本无产阶级作家的代表。川端康成获1968年度诺贝尔文学奖，是日本第一个获此殊荣的作家，代表作有《雪国》《古都》和《千只鹤》。现当代著名作家大江健三郎成为1994年诺贝尔文学奖的得主，代表作《万延元年的足球队》受到存在主义的影响，"集知识、热情、野心、态度于一炉，深刻地发掘了乱世之中人与人的关系"。印度近现代文学的杰出代表是泰戈尔和普列姆昌德，泰戈尔凭借《吉檀迦利》于1913年获诺贝尔文学奖。另外，黎巴嫩著名诗人纪伯伦的散文诗集《先知》、尼日利亚作家索因卡（1986年度诺贝尔文学奖得主）的长篇小说《解释者》、埃及著名作家马哈福兹（1988年度诺贝尔文学奖得主）的代表作《宫间街》《思宫街》《甘露街》三部曲等都是这一时期亚非文学的重要成就。

亚非文学和欧美文学相比，呈现出以下几个特点：

第一，亚非文学源远流长，历史悠久。古埃及早在公元前2000多年前就产生了歌谣、故事和箴言等文学样式，印度《吠陀》中有些部分早在公元前15世纪前后就已编成。

第二，亚非文学有多种源头。从亚非文学的古代时期就形成以阿拉伯为中心的西亚、北非文学圈，以印度为中心的南亚文学圈和以中国为中心的东亚文学圈。

第三，宗教对文学的影响深远。古代亚非文学大都带有鲜明的宗教色彩，《亡灵书》就是一部宗教诗歌集，《旧约》亦是宗教典籍。

泰戈尔

【简介】罗宾德拉纳特·泰戈尔（1861—1941），印度近现代文学史上著名诗人、作家，同时也是著名的艺术家和社会活动家。1861年生于加尔各答市的一个富有的婆罗门家庭,泰戈尔排行第十四,是家中最小的孩子。父亲是一位哲学家和宗教改革者,哥哥姐姐中有的是文学家,有的是艺术家。他从小就饱受家庭浓郁的文化氛围的熏陶,虽未接受过正规的学校教育,但这并不影响他日后成为博学多才的人。泰戈尔自幼喜爱诗歌,14岁便发表爱国诗歌《献给印度教徒庙会》。1878年,泰戈尔赴英国学习法律,后转入伦敦大学学习文学和音乐,一年多后回国,从事文学创作。1905年,印度民族解放运动高涨,泰戈尔发表演说,撰写了许多爱国诗歌,积极支持并参加运动,表现出强烈的爱国思想和民主倾向。他反对种姓制度等落后的传统,重视民族文化中优秀的因子,同时也乐于以开放的胸襟向西方学习。在长达60多年的文学创作中,泰戈尔给世人留下了宝贵的文学艺术遗产,其中有《吉檀迦利》等50多部诗集,12部中长篇小说,100多篇短篇小说和20多部剧本,此外还有许多文学、哲学论著,1500多幅画和2000多首歌曲。1913年,泰戈尔以诗歌集《吉檀迦利》荣获诺贝尔文学奖。这部诗集集中体现了泰戈尔的泛神论和泛爱论的思想。"神"是万事万物,也无处不在,是"你",是"他",梵我如一。从中可以看出印度传统文化对泰戈尔的影响,同时诗集中也不乏西方浪漫主义诗歌的气息。

泰戈尔

泰戈尔一生致力于东西文化的交流,曾多次远赴欧洲,与罗曼·罗兰、叶芝、庞德、爱因斯坦等世界名人都有交往。20世纪初,他的作品与中国读者见面,其清新隽永的诗风对冰心、徐志摩等人的创作都有很大影响。

新月集(节选)

金色花

假如我变了一朵金色花①,只是为了好玩,长在那棵树的高枝上,笑哈哈地在风中摇摆,又在新生的树叶上跳舞,妈妈,你会认识我么?

你要是叫道:"孩子,你在哪里呀?"我暗暗地在那里匿笑,却一声儿不响。

我要悄悄地开放花瓣儿，看着你工作。

当你沐浴后，湿发披在两肩，穿过金色花的林荫，走到你做祷告的小庭院时，你会嗅到这花的香气，却不知道这香气是从我身上来的。

当你吃过中饭，坐在窗前读《罗摩衍那》②，那棵树的阴影落在你的头发与膝上时，我便要投我的小小的影子在你的书页上，正投在你所读的地方。

但是你会猜得出这就是你的小孩子的小影子么？

当你黄昏时拿了灯到牛棚里去，我便要突然地再落到地上来，又成了你的孩子，求你讲个故事给我听。

"你到哪里去了，你这坏孩子？"

"我不告诉你，妈妈。"这就是你同我那时所要说的话了。

孩子天使

他们喧哗争斗，他们怀疑失望，他们辩论而没有结果。

我的孩子，让你的生命到他们当中去，如一线镇定而纯洁之光，使他们愉悦而沉默。

他们的贪心和妒忌是残忍的；他们的话，好像暗藏的刀，渴欲饮血。

我的孩子，去，去站在他们愤懑的心中，把你的和善的眼光落在它们上面，好像那傍晚的宽洪大量的和平，覆盖着日间的骚扰一样。

我的孩子，让他们望着你的脸，因此能够知道一切事物的意义；让他们爱你，因此他们能够相爱。

来，坐在无垠的胸膛上，我的孩子。朝阳出来时，开放而且抬起你的心，像一朵盛开的花；夕阳落下时，低下你的头，默默地做完这一天的礼拜。

偷睡眠者

谁从孩子的眼里把睡眠偷了去呢？我一定要知道。

妈妈把她的水罐挟在腰间，走到近村汲水去了。

这是正午的时候，孩子们游戏的时间已经过去了；池中的鸭子沉默无声。

牧童躺在榕树的荫下睡着了。

白鹤庄重而安静地立在芒果树边的泥泽里。

就在这个时候，偷睡眠者跑来从孩子的两眼里捉住睡眠，便飞去了。

当妈妈回来时，她看见孩子四肢着地地在屋里爬着。

谁从孩子的眼里把睡眠偷了去呢？我一定要知道。我一定要找到她，把她锁起来。

我一定要向那个黑洞里张望，在这个洞里，有一道小泉从圆的有皱纹的石上滴下来。

我一定要到醉花③林中的沉寂的树影里搜寻，在这林中，鸽子在它们住的地方咕咕地叫着，仙女的脚环在繁星满天的静夜里叮当地响着。

我要在黄昏时，向静静的萧萧的竹林里窥望，在这林中，萤火虫闪闪地耗费它们的光明，只要遇见一个人，我便要问他："谁能告诉我偷睡眠者住在什么地方？"

谁从孩子的眼里把睡眠偷了去呢？我一定要知道。

只要我能捉住她，怕不会给她一顿好教训！

我要闯入她的巢穴，看她把所有偷来的睡眠藏在什么地方。

我要把它都夺了来，带回家去。

我要把她的双翼缚得紧紧的，把她放在河边，然后叫她拿一根芦苇，在灯心草和睡莲间钓鱼为戏。

黄昏，街上已经收了市，村里的孩子们都坐在妈妈的膝上时，夜鸟便会讥笑地在她耳边说：

"你现在还想偷谁的睡眠呢？"

责备

为什么你眼里有了眼泪，我的孩子？

他们真是可怕，常常无谓地责备你！

你写字时墨水玷污了你的手和脸——这就是他们所以骂你龌龊的缘故么？

呵，呸！他们也敢因为圆圆的月儿用墨水涂了脸，便骂它龌龊么？

他们总要为了每一件小事去责备你，我的孩子。他们总是无谓地寻人错处。

你游戏时扯破了你的衣服——这就是他们说你不整洁的原故？

呵，呸！秋之晨从它的破碎的云衣中露出微笑。那末，他们要叫它什么呢？

他们对你说什么话，尽管可以不去理睬他，我的孩子。

他们把你做错的事长长地记了一笔账。

谁都知道你是十分喜欢糖果的——这就是他们所以称你做贪婪的原故么？

呵，呸！我们是喜欢你的，那末，他们要叫我们什么呢？

审判官

你想说他什么尽管说罢，但是我知道我孩子的短处。

我爱他并不因为他好，只是因为他是我的小小的孩子。

你如果把他的好处与坏处两两相权一下，恐怕你就会知道他是如何地可爱呢？

当我必须责罚他的时候，他更成为我的生命的一部分了。

当我使他眼泪流出时，我的心也和他同哭了。

只有我才有权去骂他，去责罚他，因为只有热爱人的才可以惩戒人。

《新月集·飞鸟集》，（印）泰戈尔著，郑振铎译，湖南人民出版社1986年版

【注释】

①金色花为印度圣树，木兰花属植物，开金黄色碎花。译名亦作"瞻波珈"或"占波"。②印度的一部叙事诗，相传系第五世纪Valmi Ki所作。全诗二万四千章，分为七卷。③醉花：印度传说美女口中吐出香液，此花始开。

【导读】

《新月集》是泰戈尔的代表作之一，写于1913年。《新月集》共收录了37首诗歌，是献给孩子们的礼物，诗篇充满了童真童趣。《新月集》有一种魔力，

会把我们带入富于梦幻之情的儿童王国,让我们重温儿时的纯净世界。泰戈尔也因这部诗集被称为"儿童诗人",他以一个孩子的稚嫩的心灵呈现了美丽和平的世界,以细腻多情的笔触使作品流淌着童话般明亮的诗意。

《新月集》里很多诗篇都是从孩子的视角来看世界的,充满了童真美。在《孩子的世界》中,"我愿我能在我孩子的自己的世界的中心,占一角清净地。我知道有星星同他说话,天空也在他面前垂下,用它傻傻的云朵和彩虹来娱悦他。"孩子的世界是充满想象力的,是无拘无束的,星星月亮都是他的好朋友,他和大自然是融汇在一起的。柔嫩的绿草,芬芳的花儿,透明的露珠,纯净优美的大自然深深吸引着孩子们并陶冶着他们,与他们的天性和谐地融合在一起。孩子以其特有的想象融入其中,他想变成一朵金色花、变成雨点、鸟儿。《金色花》生动地描写了一个变成金色花的顽皮的孩子和妈妈的嬉戏。"假如我变了一朵金色花,只是为了好玩,长在那棵树的高枝上,笑哈哈地在风中摇摆,又在新生的树叶上跳舞,妈妈,你会认识我么?"一个活泼可爱的小天使形象把我们带入一个纯洁的儿童世界,孩子对母亲的那份依恋展露无遗,一个慈爱善良、疼爱孩子的母亲的形象也出现在读者面前。《海边》《孩童之道》《孩子的世界》等诗篇描绘了一个个天真可爱的孩子,在作者的想象中,这些孩子好像并不是生活在现实世界中,而是活跃在虚幻的世界中,无处不在,在大海边和浪花戏耍,在茫茫宇宙中和星星太阳做游戏,他们是透着香气的金色花,是投在书本上的阴影,他们是带着诗意的孩童,是"天使",也是"神"。泰戈尔认为,人、神、万物都是合一的,神圣的爱和人类的爱是合一的,孩子能让人心情愉悦,能让人远离贪婪,让人们学会相爱,和平共处,孩子的圣洁是神性的体现。在诗歌中,孩子的世界和神的世界紧密地结合在一起,所以诗集中孩子的形象总是令人感觉扑朔迷离,诗篇也弥漫着朦胧的神秘的色彩。

孩子的世界少不了母爱,泰戈尔认为,妇女是上帝派来爱这个世界的,对孩子的爱是妇女之爱中的重要部分。母爱之歌是"当你只是一个人的时候,它将坐在你的身旁,在你耳边微语着;当你在人群中的时候,它将围住你,使你超然物外"(《我的歌》),在母亲眼里,孩子是她的"小小的命芽儿"(《不被注意的花饰》),孩子生命中的一点一滴都融入了母亲的关爱:雨天,母亲叮咛"不要出去",天黑了,母亲嘱咐"夜里用的灯,一定要预备好"(《雨天》)。当孩子不肯睡觉时,妈妈着急万分,一定要去抓那偷孩子睡眠的人。母爱也体现为对孩子在成长过程中所犯的过错的宽容。孩子做错事情受罚哭了的时候,妈妈的心"也和他同哭了"(《审判官》),因为"我爱他并不因为他好,只是因为他是我的小小的孩子"(《审判官》)。

　　诗集中天真可爱的孩子形象的塑造与诗人丰富的联想是分不开的。好奇和富于幻想，是孩子的天性，他们对世界上的一切事物都感到新鲜、神秘。诗人以孩子的视角来想象这个世界。比如，在《纸船》中，纸船上是"用大黑字写我的名字和我住的村名"，花是"黎明开的"，篮子是"满载着梦的"。这样的例子俯拾皆是，在《花的学校》中，下雨的时候，"一群一群的花从无人知道的地方突然跑出来，在绿草上狂欢地跳着舞"，在孩子眼中，"他们的家是在天上，在星星所住的地方"，"花朵是在地下的学校里上学"，"雨一来，他们便放假了。树枝在林中互相碰触着，绿叶在狂风里萧萧地响着，雷云拍着大手，花孩子们便在那时候穿了紫的、黄的、白的衣裳，冲了出来"。孩子想象中的世界是一个万物有灵的世界，永远都充满了生机和活力。阅读这些清新隽永的诗篇，能陶冶性情，净化人格，美化心灵。

　　在节选的诗歌中，有的是表现孩子的天真可爱以及对大自然的热爱和对母亲的眷恋之情，有的是歌颂母爱的包容和无私，简洁真挚的文字中透露出浓浓的爱。

【选评】

　　《新月集》里的诗，不像巨石从山巅向下滚动那样惊天动地，不像匕首闪耀那样摄人心魄，不像仙山玉宇那样神秘莫测，不像钢水飞瀑那样使人热血沸腾。它之所以具有不可测的魅力，那是作者对孩子深厚的爱，对自己童年的回忆和对理想世界的追求，充分体现出诗人对儿童心理深刻的理解和善于用儿童无邪的眼睛、心灵来观察自然、感受生活的特点，充满童稚的想象和纯真的感情，从而使人为之惊异，为之倾倒，其魅力之大，令人不得不慑服。

　　(《在儿童的新月之国里——泰戈尔〈新月集〉艺术探微》，杨正瑀，《云南师范大学哲学社会科学学报》1996年第2期)

【思考与讨论】

　　1.《新月集》中，作者塑造了多个天真可爱的孩子的形象，请举例分析这些人物形象的特点。

　　2.泰戈尔的诗歌清新隽永，质朴纯净，富有哲理性。朗读泰戈尔的诗歌，并谈谈你的感受。

【拓展与延伸】

　　1. 2015年，作家冯唐翻译的泰戈尔的《飞鸟集》由浙江文艺出版社出版后，引起了国内文学界和翻译界的极大争议，有人觉得冯唐是在亵渎经典，有人认为冯唐译本的质量超过郑振铎译本，是《飞鸟集》迄今为止最好的中文译本。请认真阅读冯唐的《飞鸟集》译本，并谈谈你的看法。

2. 请以班级为单位，策划演出一场"泰戈尔诗会"，朗诵泰戈尔的诗歌，感受泰戈尔诗歌的艺术魅力。

3. 印度，不仅在文学上有享誉世界的诗人，印度的电影产业也非常发达。几十年来，印度以年产电影一千部左右的骄人业绩成为超越美国的世界最大电影生产国。你看过哪些印度电影？谈谈你对这些电影的看法？

【推荐阅读】

1.《新月集·飞鸟集》，（印）泰戈尔著，郑振铎译，北京十月文艺出版社2009年版。

2.《泰戈尔传》，（印）克里希那·克里巴拉尼著，倪培耕译，漓江出版社1984年版。

3.《泰戈尔与中国》，孙宜学著，广西师范大学出版社2005年版。

川端康成

【简介】 川端康成（1899—1972），日本现代小说家。出生于日本大阪市的一个医生家庭，不到三岁就父母双亡，此后随祖父母一起生活。川端康成从小就喜爱读书，少年时代阅读了日本的古典名著《源氏物语》和《枕草子》。上小学时祖母去世，上中学时祖父去世，从此川端康成过上了无依无靠居无定所的生活。由于心情苦闷忧郁，川端康成逐渐形成了感伤与孤独的性格，他把自卑而又不甘寂寞的感情倾注于笔墨中，这也成为他文学的底色。祖父去世后不久，川端康成就在《京阪新闻》报上发表了《淡雪之夜》《紫色的茶碗》等文章，这些作品中流露的孤儿的情感正是川端康成本人的真实感受。大学期间，川端康成热衷于文学

川端康成

创作，毕业后正式开始了艰苦的文学创作生涯。26岁时，川端康成与横光利一等人发起了"新感觉派"文学运动，追求西方现代主义，后又回归日本传统主义，希望在某种程度上将西方文化与日本传统文化结合起来。《伊豆的舞女》和《雪国》正是这种探索的结果。

在整整半个世纪的创作生涯中，川端康成共写了500余篇小说，以中篇和短篇居多，此外还有为数不少的散文和评论等。他的小说融日本古典文学传统和西方现代主义于一体，风格唯美，弥漫着孤独与感伤的情感色彩以及虚无甚至颓废的思想。1968年川端康成以《雪国》《古都》《千只鹤》三部代表作获得诺贝尔文学奖。原因是他"以其敏锐的感觉、高超的叙事技巧，表现了日本人的精神实质"。

雪 国（节选）

比起日记来，岛村格外感动的是：她从十六岁起就把读过的小说一一做了笔记，因此杂记本已经有十册之多。

"把感想都写下来了吗？"

"我写不了什么感想，只是记记标题、作者和书中人物，以及这些人物之间的关系。"

"光记这些有什么意思呢？"

"没法子呀。"

"完全是一种徒劳嘛。"

"是啊。"女子满不在乎地朗声回答，然后直勾勾地望着岛村。

岛村不知为什么，很想再强调一声"完全是一种徒劳嘛"，就在此时，雪夜的宁静沁人肺腑，那是因为被女子吸引住了。

他明知对于这女子来说不会是徒劳的，却劈头给她一句"徒劳"。这样说

过之后，反而觉得她的存在变得更加纯真了。

这个女子谈到小说的事，听起来仿佛同日常所用的"文学"两字毫不相关。看来这村庄人们之间的情谊，也只是交换着看看妇女杂志而已，除此之外，就完全是孤孤单单地各看各的书了。没有选择，也不求甚解，只要在客栈的客厅等处发现小说或杂志，借来就翻阅。她凭记忆所列举的新

作家的名字，有不少是岛村所不知道的。听她的口气，像是在谈论遥远的外国文学，带着一种凄凉的调子，同毫无贪欲的叫化子一样。岛村心想：这恐怕同自己凭借洋书上的图片和文字，幻想出遥远的西方舞蹈的情况差不多吧。

她好像几个月才盼来了这样的话伴，又饶有兴味地谈起不曾看过的电影和戏剧。一百九十九天以前，那时她也热衷过这类谈话。难道她忘记了自己曾情不自禁地投到岛村怀里的那股劲头了吗？此时此刻她仿佛又因自己所描述的事物而连身体都变得热乎起来了。

但是，看上去她那种对城市事物的憧憬，现在已隐藏在纯朴的绝望之中，变成一种天真的梦想。他强烈地感到：她这种情感与其说带有城市败北者的那种傲慢的不满，不如说是一种单纯的徒劳。她自己没有显露出落寞的样子，然而在岛村的眼里，却成了难以想象的哀愁。如果一味沉溺在这种思绪里，连岛村自己恐怕也要陷入缥缈的感伤之中，以为生存本身就是一种徒劳。但是，山中的冷空气，把眼前这个女子脸上的红晕浸染得更加艳丽了。

不管怎样，岛村总算是重新评价了她。然而今天对方已当了艺妓，他反倒难以启齿了。

那时她酩酊大醉，懊悔自己的胳臂麻木不仁，下死劲地咬住胳膊肘，嚷道：

"这是什么玩意儿！他妈的，妈的！我累极了，这是什么玩意儿！"

她脚跟站不稳，摇晃两下便栽倒在地上了。

"决没有什么可惋惜的啊。不过，我不是那种女人。不是那种女人啊！"岛村想起这句话，踟蹰不前了。女子敏感地觉察到，条件反射似地站立起来。这时正好传来汽笛声，她说了声"是零点的上行车"，猛一下拉开纸窗，然后推开玻璃窗，一屁股坐上窗台，身体倚在窗栏上。

一股冷空气飕地卷进室内。火车渐渐远去，听来像是夜晚的风声。

"喂，不冷吗？傻瓜。"

岛村也站起来，走过去，倒是没有风。

《雪国》书影

这是一幅严寒的夜景，仿佛可以听到整个冰封雪冻的地壳深处响起冰裂声。没有月亮。抬头仰望，满天星斗，多得令人难以置信。星辰闪闪竞耀，好像以虚幻的速度慢慢坠落下来似的。繁星移近眼前，把夜空越推越远，夜色也越来越深沉了。县界的山峦已经层次不清，显得更加黑苍苍的，沉重地垂在星空的边际。这是一片清寒、静谧的和谐气氛。

女子发现岛村走近，就把胸脯伏在窗栏上。这种姿态，不是怯懦，相反地，在这种夜色映衬下，显得无比坚强。岛村暗自思忖：又来了。

然而，尽管山峦是黑压压的，但不知为什么看上去却像茫茫的白色。这样一来，令人感到山峦仿佛是透明而冰凉的。天空和山峦的色调并不协调。

岛村捏着女子的喉节，一边说，"天这么冷，要感冒的！"一边使劲把她往后拽。女子一把抱住窗栏，哑着嗓子说：

"我要回去啦！"

"你就走吧。"

"让我就这样再坐一会儿。"

"那么我洗澡去。"

"不，你留在这儿。"

"把窗关上吧。"

"让我就这样再坐一会儿。"

村庄半隐在土地神庙的杉林后边。乘汽车不用十分钟就可以到达火车站。那里的灯火在寒峭中闪烁着，好像在啪啪作响，快要嘣裂似的。

女子的脸颊，窗上的玻璃，自己的棉袍袖子，凡是手触到的东西，都使岛村头一回感到是那样的冰冷。

连脚下的铺席也是冷冰冰的。他正要独自去洗澡时，女子这回却温顺地跟上来，说：

"请等一下，我也去。"

女子正要把他脱下的散乱的衣裳收拾到篮子里去，一个投宿的男客走了进来，发现女子畏缩地把脸藏在岛村怀里，就说：

"啊，对不起。"

"没什么，请进。我们要到那边去。"

岛村连忙说了一句。然后就那么光着膀子，抱起篮子走进了旁边的女澡堂。女子当然是装成夫妻的样子跟了上去。岛村默默地头也不回就跳进了温泉。他放心了,正要放声大笑,又急忙把嘴凑到泉口,胡乱地漱了漱口。

回到房间,女子轻轻地抬起仰着的头,用小拇指把鬓发撩上去,只说了一声:"多悲伤啊!"

女子像是半睁着黑眸子。可是,凑近一看,原来那是她的睫毛。

这个神经质的女子彻夜未眠。

窸窸窣窣的腰带声把岛村惊醒了。

"那么早把你吵醒,真对不起。天还没亮呐。我说,请你看看我好吗?"女子关上了电灯,"看见我的脸吗?看不见?"

"看不见,天还没亮嘛。"

"胡说。你好好看看,怎么样?"女子说着,把窗子全推开了,"看见了吧?不行啊,我回去啦。"

黎明时分这么寒峭,岛村有点意外。他从枕边抬起头,望见天空仍是一片夜色,可是山峦已经微微发白了。

"对了,没关系,现在是农闲,一早不会有行人的。不过,会不会有人上山呢?"女子喃喃自语,拖着系了半截的腰带来回走动。

"刚才五点钟的那趟下行车好像没有下来客人。客栈里的人起床还早呐。"

女子系好腰带,还是时而站起,时而坐下,然后又踱来踱去。这种坐立不安的样子,像是夜间动物害怕黎明,焦灼地来回转悠似的。这种奇异的野性使她兴奋起来了。

这时间,可能室内已经明亮,女子绯红的脸颊也看得很清楚了。岛村对这醉人的鲜艳的红色,看得出了神。

"瞧你这脸蛋,都冻得通红啦!"

"不是冻的,是卸去了白粉。我一钻进被窝,马上就感到一股暖流直窜脚尖。"说着,她面对着枕旁的梳妆台照了照镜子。

"天到底亮了。我要回去了。"

岛村朝她望去,突然缩了缩脖子。镜子里白花花闪烁着的原来是雪。在镜中的雪里现出了女子通红的脸颊。这是一种无法形容的纯洁的美。

也许是旭日东升了,镜中的雪越发耀眼,活像燃烧的火焰。浮现在雪上的女子的头发,也闪烁着紫色的光,更增添了乌亮的色泽。

选自《雪国·古都·千只鹤》,(日)川端康成著,叶渭渠等译,译林出版社 1996 年版

【导读】

《雪国》是川端康成的经典名作,情节比较简单,岛村的行程是小说的主要脉络。男主人公岛村是东京的一个舞蹈艺术研究家,因为无聊,告别了妻小来到雪国游玩,邂逅了当地一名艺妓驹子。驹子给岛村留下了深刻的印象——难以想象的洁净。此后岛村第二次前往雪国,在车上又被邻座的叶子所吸引。叶子当时正在照顾师傅病弱的儿子行男,既像母亲,又像妻子,岛村对叶子产生了倾慕之情。车子到站后,岛村发现叶子和自己在同一个车站下车。岛村来到旅馆又找到了驹子,旧情重温,而这次,岛村也对驹子有了更多的了解——她来自贫苦山村,为了生活,从小就学会了三弦和舞蹈。为了给师傅和未婚夫行男治病,不得已做了艺妓。驹子并不爱自己的未婚夫,而对岛村一往情深。当岛村察觉到驹子对自己的感情之后,知道这场爱是徒劳的,所以决定分手。第二年的秋天,岛村第三次来到雪国,他一边迷恋驹子身体的美丽,一边又陶醉于叶子超脱凡尘的美,正当岛村下定决心要离开雪国的前夕,村里发生了一场大火,叶子在火中丧生。岛村看到这个场景,并未感到害怕,相反感到一种非现实的美——"银河好像哗啦一声,向他的心坎上倾泻了下来"。

小说通过岛村的视角塑造了一个纯洁美丽、虽然出身卑微却不甘沉沦的主人公驹子形象。岛村第一次看到驹子时,感觉"她过于洁净了",她的洁净不仅是外表的,更是内在精神层面的。在外表上,她"给人的印象是洁净得出奇,甚至令人想到她的脚趾弯里大概也是干净的"。她的肌肤"恰似在白陶瓷上抹了一层淡淡的胭脂"。她的柔唇"却宛如美极了的水蛭环节,光滑而伸缩自如"。这样一个纯真的女子,实在让人无法对她印象不深刻,也无法想得更多,连岛村也说"清清白白交个朋友",不想玷污那份清白。内在精神层面的洁净主要表现在她对待日常生活和爱情的态度方面。她虽然出身卑微沦落风尘,却不想随波逐流,自暴自弃,仍想过"正正经经"的生活,仍对生活怀有美好的理想,仍追寻着生存的意义,这显示出她可敬的一面。当她的情人岛村说她记日记"完全是一种徒劳"时,她满不在乎地朗声回答:"是啊!"从这些描写看来,尽管她的日记可能没有什么深刻的思想内涵,但至少驹子记日记的态度是认真的,并且她还表现出了一种坚持下去的毅力,这就让她与其他艺妓有了明显的区别。生活有时可能就是一种徒劳,但驹子这样做就并不是徒劳了。她对三弦的执着,使她的技巧比当地的一般艺妓高出一筹,这是她平时刻苦练习的结果。作为一个艺妓,她生活态度认真,意志顽强,想方设法地维护自己的品位与格调。只有这样,生活才会有意义,才会充满了憧憬和期待。对待爱情,她一直希望遇到知音，由于岛村在一开始没有直接把驹子当成艺妓，而是托她找艺妓，使驹子感到，岛村对自己的态度要比一般游客真诚一些；更由于岛村希望跟她清清白白地做朋友，谈谈话，不难为她；岛村关于歌舞的一番说法与议论，使驹子敬佩，这让她的求知欲获得了一定程度的满足，于是她想在岛村身上求得一份像是爱情的感情。可是驹子的这份"爱情"却是畸形的，因为她明知岛村是一个有家室的人，明知岛村对她并不像自己对他那样一心一意，明知自己和岛村的关系不能长久，却像飞蛾扑火一般，在岛村身上倾注了自己全部的感情，这场爱注定是徒劳的。驹子既有少女的纯真，但也会有艺妓的放荡不羁，总体而言，驹子是个不甘堕落、有着认真严肃生活态度的艺妓形象，令人同情。

叶子是和驹子形成鲜明对比的，驹子代表"肉"，叶子代表"灵"。叶子具有"无法形容的美"，川端康成说叶子是他"虚构出来的"。叶子其实只是一个山村姑娘，但作者却用感性的眼光在小说的开头就描写了叶子的美丽——"人物是透明的幻影，背景则是朦胧逝去的日暮野景，两者融合在一起，构成一幅不似人间的象征世界。尤其是姑娘的脸庞上叠现出寒山灯火的一刹那，那真是美得无可形容。岛村的心灵都为之震颤。"美丽、纯洁、善良，丝毫不染人世污浊。叶子的形象是虚无缥缈的，象征着美丽的虚无，是作者追求"朦胧美"的体现。

岛村生活在东京，靠父母留下的遗产度日，衣食无忧，但却无所事事，内心空虚，总认为一切都是徒劳虚无。虽有妻小，却还想着寻欢作乐，这边享受着驹子的温存，那边却又移情于叶子，虽则相较其他游客，岛村不乏同情心，但他的举动却是"单纯的徒劳"。岛村的虚伪、冷酷、虚无和驹子的真诚、热情和执著形成鲜明的对比。在他身上体现出的是20世纪30年代日本中产阶级知识分子的心态。但岛村从驹子和叶子那里获得了精神上的拯救与净化，驹子无私的性爱、认认真真的生活态度和坚强的生存意志为岛村虚无的人生注入了鲜活的生命力。在和驹子相处的过程中，岛村更加清醒地认识到自己的弱点，不断了解驹子的过程就是岛村经历灵魂自我撞击的过程。岛村从最初对驹子的不以为然到后来的问心有愧，这些转变正是驹子的"美好"感化了岛村。

日本学者桔正典把驹子称为"性的存在"而把叶子称为"处女的存在"，可以说，叶子象征空灵纯粹的审美精神，所以叶子对岛村的拯救则表现为她象征的纯粹空灵的精神升华净化了岛村的世俗轻浮。同时，雪国这个与世隔绝的世外桃源本身也净化了岛村的心灵。"穿过县境上长长的隧道，便是雪国。夜空下，大地一片莹白，火车在信号所前停下来。"这是小说开篇的一句话，岛村坐了一夜的火车，终于抵达了另一个天地：静寂寒冷、给人一种虚幻感觉的雪国。在东京，岛村觉得生活百无聊赖，可在这纯净虚幻的雪国，他却寻求到了生命的慰藉。

《雪国》是川端康成把西方现代叙事技巧与日本传统相结合的一次成功的尝试，同时也标志着作者唯美主义艺术的成熟。

首先，在创作方法上，《雪国》以传统的手法为主，同时又运用了西方现代叙事技巧。小说运用日本传统的小说叙事方法，结构松散，这与日本传统文学惯用的并列式结构一脉相承。同时，作者运用自由灵动的联想、快速跳跃的节奏等意识流小说的技巧来展示外界事物给人物留下的瞬间印象。这些使他的小说仿佛是一幅幅意境朦胧、绚丽多彩的浮世绘。

其次，在人物形象塑造上，作者注重感觉。川端康成以敏锐的感觉捕捉人物的纤细情感和瞬间感受，细致入微。

最后，在风格上，《雪国》既美又悲，抒情性极强。以富于抒情色彩的优美笔触描绘雪国多姿多彩的景致，同时在感伤、朦胧的意境中展开故事情节。和美丽的自然景色相伴的是作品中自始至终的孤独感伤的悲凉氛围，结尾处叶子的死更是增添了小说的悲凉气氛。外界环境和人物的心境相互融合，作者创造出美不胜收的情趣和境界，使人受到强烈的感染。

节选部分讲述岛村第二次来雪国，驹子向他说起自己有记日记和做读书笔记的习惯，可岛村说她这是徒劳。清晨时驹子对镜梳妆，红颜黑发，窗外的白雪烘托着她。岛村欣赏着，感到心旷神怡。驹子对生活认真的态度和岛村"一切都是徒劳"的人生态度形成鲜明的对比。川端康成敏感忧郁又不失细腻的创作风格在这一段中也体现得尤为明显。

【选评】

川端康成早期怀着借鉴的心态开拓视野，汲取达达主义、未来主义、表现主义等西方文艺思潮的精髓，在创作意念和手法上，展现了日本文化的优秀传统和外来文化的融合与传承。……川端信笔游刃于传统与现代，自由驰骋于东方与西方所表现生活的无限可能。外来因素不仅丰富了小说的艺术表现方法，更进一步强化了日本幽玄之美的艺术特质。而说禅也是为了由禅入文，把禅学精义融合在自己的创意之中。（李德纯：《美是生命之花——川端康成论》，《外国文学评论》2005年第4期）

【思考与讨论】

1. 请谈谈你对《雪国》中驹子这个人物的理解。

2. 川端康成获得诺贝尔文学奖的原因是："以其敏锐的感觉、高超的叙事技巧，表现了日本人的精神实质"，请结合《雪国》，谈谈你对这句话的理解。

【拓展与延伸】

1. 佛教传入日本后，对日本文化产生了深刻的影响，许多日本作家的创作中都可以看出这一点，川端康成就是典型的例子。试分析《雪国》中的禅文化意蕴。

2. 日本文学中还有很多优秀的作家和作品：如森鸥外的《舞姬》、夏目漱石的《我是猫》、大江健三郎的《万延元年的足球》、村上春树的《挪威的森林》、东野圭吾的《白夜行》等。请找来一读，感受日本文学的独特魅力。

3. 除了日本文学具有独特魅力之外，日本动画也在世界上享有盛誉，出现了手冢治虫、宫崎骏等动画大师和一大批优秀的动画作品。请结合具体的作品，阐述日本动画与文学的关系。

【推荐阅读】

1.《雪国·古都·千只鹤》，（日）川端康成著，叶渭渠等译，译林出版社1996年版。

2.《川端康成》，（日）进藤纯孝著，何乃英译，中央编译出版社1998年版。

3.《感悟东方之美 走进川端康成的〈雪国〉》，刘象愚等编著，北京师范大学出版社2007年版。

4.《菊与刀：日本文化面面观》，（美）露丝·本尼狄克特著，上海三联出版社2007年版。

后　记

本教材由常州工学院人文学院王振军和南京传媒学院基础教学部宋向阳担任主编，共八名具有丰富教学经验的教师参与编写。编写过程中，编写组成员与审阅专家就教材的编写目的、篇目选择、选文版本、问题设计等诸方面进行反复讨论，经过多次修改，比较好地保证了教材质量。

本教材执笔者具体分工如下：

中国古代文学精品导读部分

华敏：第一单元；

葛文杰：第二单元；

王振军：第三、四、六、七单元；

俞阅：第五、八单元。

中国现当代文学精品导读部分

倪雪坤：第一、三、五单元；

宋向阳：第二、四、六单元。

外国文学精品导读部分

林玲：第二、五、六单元；

夏冬兰：第一、三、四单元。

在教材编写中，原中国人民公安大学唐永德教授审读了全部书稿，南京师范大学文学院曹辛华教授和赵普光教授分别审读了书稿中的中国古代文学部分和现当代文学部分，常州大学文法学院周凌枫副教授审读了外国文学部分，他们均提出了诸多有益的修改意见。中国广播影视出版社余潜飞女士也为本书的出版倾注了心血，付出了辛劳。同时，编者所在的学院各级领导给予了大力支持。在此，致以深深的感谢！

此外，本书的编写还参考了国内外众多学者的研究成果，对其中的创见和思想多有汲取，恕难一一注明。本书中所节选文字、图片等，少部分由于种种原因联系不上作者，请见书后与出版社联系，以便奉寄样书和稿费。在此，谨致以真诚的谢意！

编　者

2021 年 9 月